Tom DeMarco

Als auf der Welt das Licht ausging

Tom DeMarco

Als auf der Welt das Licht ausging

Ein Wissenschafts-Thriller

Aus dem Amerikanischen von Andreas Brandhorst

HANSER

Titel der Originalausgabe: „*Andronescu's Paradox*"

Published by Artful Press, PO Box 160, Camden, Maine 04843, U.S.A.

MIX
Papier aus verantwortungsvollen Quellen
FSC® C006701

Bibliografische Information der Deutschen Nationalbibliothek:

Die Deutsche Nationalbibliothek verzeichnet diese Publikation in der Deutschen Nationalbibliografie; detaillierte bibliografische Daten sind im Internet über http://dnb.d-nb.de abrufbar.

Lektorat: Brigitte Bauer-Schiewek
Copy editing: Petra Kienle, Fürstenfeldbruck
Herstellung: Irene Weilhart
Layout: Manuela Treindl, Fürth
Umschlagrealisation: Stephan Rönigk
Druck und Bindung: CPI – Ebner & Spiegel, Ulm
Printed in Germany

Print-ISBN: 978-3-446-43960-3
epub-ISBN: 978-3-446-44084-5

Der Weltuntergang steht bevor – aber nicht so, wie Sie glauben.
Dieser Krieg zerstört nicht alles, sondern schaltet alles aus.

ERSTER TEIL

DER FLUSS t

1

Senator Hopkins

Chandler Hopkins war ein *beachtlicher* Mann. Dieser Gedanke ging ihm durch den Kopf, als er in seinem Ankleideraum vor dem Spiegel stand, der in einem Rahmen aus massiver Eiche steckte. Williams trat wortlos hinter ihn und putzte mit einer weichen Bürste die Schultern der neuen dunkelblauen Samtjacke ab, was dem Senator ein zufriedenes Seufzen entlockte. Für die Dauer eines langen Moments war er wunschlos glücklich. Mit Williams, dachte er, hatte alles bestens geklappt. Er war die personifizierte Diskretion, immer da, wenn man ihn brauchte, und *nicht* da, wenn man nicht gestört werden wollte. Senator Hopkins hatte gern schwarze Hausangestellte, beziehungsweise »Farbige«, wie sie jetzt genannt werden wollten, aus irgendeinem ihm unverständlichen Grund. Ihre Präsenz unterstrich den eigenen liberalen Anspruch und gab dem Haus das angenehme Flair eines Herrensitzes. Er hielt das für angemessen, denn immerhin war er der Präsident einer wichtigen Universität. Senator Hopkins legte großen Wert auf Dinge, die der Würde seines Amts angemessen waren.

Während seiner Zeit in Washington – des »Jahres auf dem Hügel«, wie er es nannte – war er mehrmals im Weißen Haus zu Gast gewesen, und diese Erfahrungen hatten einen dauerhaften Eindruck bei ihm hinterlassen. An Würde herrschte dort gewiss kein Mangel. Wenn man eine Tasse Kaffee wollte, erschien sie einfach und wurde elegant von einem älteren Butler serviert. Es gab silberne Kaffeekannen, gestärkte weiße Servietten und teures Porzellan, indigoblau mit einem dünnen goldenen

Streifen. Überall standen Vasen mit Schnittblumen. Die Bibliothek des Präsidenten, wo die meisten Besprechungen stattfanden, enthielt zahlreiche in Saffianleder gebundene Bücher, Wandvertäfelungen aus Nussholz und dick gepolsterte Chesterfield-Sessel und -Sofas. Wenn der Senator danach trachtete, irgendwann einmal Regierungschef zu werden, so nicht aufgrund eines großen politischen Ehrgeizes, sondern wegen der Vorzüge, die das Amt mit sich brachte.

Doch eine weiterführende Karriere in der Politik war Senator Hopkins nicht bestimmt gewesen. Sein »Jahr auf dem Hügel« hatte sich auf die zwölfeinhalb Monate als Nachfolger des verstorbenen Vorgängers im Senat beschränkt, denn bei der nächsten Wahl war sein Sitz verlorengegangen. Na ja, er würde nicht der Präsident der ganzen Nation werden, aber immerhin war er der Präsident von etwas. Seit dem Amtsantritt in Cornell hatte er den größten Teil eines Jahres damit verbracht, alles so zu organisieren wie im Weißen Haus, wie es sich der Würde seiner neuen Position geziemte.

»Heute Abend sind wir dreizehn beim Essen, Williams.«

»Ja, Senator.«

»Doktor Homer Layton ist der Ehrengast. Und natürlich General Buxtehude.«

Williams nickte.

»Albert Tomkis vom State Department wird da sein, außerdem die Professoren Porter und St. Vincent, drei Assistenten von Dr. Layton, junge Physiker, nehme ich an, plus zwei Ehefrauen und die Dekanin der Studentinnen, Maria Sawyer.«

»Ja, Sir.«

Der Senator sah zum leeren Martiniglas auf der Kommode, und Williams füllte es sofort. Ja, Williams war eine kluge Wahl gewesen. Fast wie der wundervolle Butler, den Jack Benny gehabt hatte, Rochester oder so. Williams machte einen ordentlichen Martini und ausgezeichneten Kaffee, und er hielt ihm die anderen Bediensteten vom Hals. Williams war ein Schlüsselelement des Lebens, das an der North University Avenue Nummer 850 endlich akzeptable Formen annahm.

Das Haus an der North University wurde zweifellos der Würde des Präsidenten einer wichtigen Universität gerecht. Es war in den siebziger Jahren des neunzehnten Jahrhunderts für die reiche Prominente Jeanie McGraw Fiske gebaut worden. Understatement hatte nie zu Ms. Fiskes

Stil gehört, was die Villa mit ihren kostspieligen Vertäfelungen und glitzernden Kronleuchtern deutlich zeigte. Der Kamin im Wohnzimmer war fast drei Meter breit. Am besten war die ganz und gar *präsidiale* Bibliothek. Beim ersten Anblick des Raums hatte Senator Hopkins das Haus als richtige Residenz für sich erkannt und sofort den Erwerb von zwei roten Chesterfield-Sofas und dazu passenden Polstersesseln geplant.

Zum Zeitpunkt seiner Amtseinsetzung hatte das Fiske-Haus einer Studentenverbindung zur Verfügung gestanden. Mit reichlich Glück war es der Universität gelungen, das Anwesen, Gebäude und Grundstück, in den 1960er-Jahren für nur einen Dollar zu kaufen, und für einen Dollar im Jahr hatte sie das Haus anschließend der studentischen Verbindung vermietet. Der Mietvertrag war im vergangenen Jahr ausgelaufen und Senator Hopkins hatte im Namen der Universität von der Villa Besitz ergriffen, als Ersatz für die heruntergekommene Residenz von Präsident Arthur. Natürlich hatten sich die Studenten und auch einige Ehemalige beklagt – bei jeder vom Universitätspräsidenten getroffenen Entscheidung wurden irgendwelche Klagen laut. Aber schließlich hatte sich der Unmut gelegt und jetzt gehörte das Fiske-Haus ihm.

Unter Küche und Speisezimmer der Villa gab es einen geheimen Raum, zugänglich über eine Treppe, die hinter der Wandvertäfelung des Musikzimmers verborgen war. Die studentische Fraternität hatte den geheimen Raum für geheime Versammlungen benutzt, bei dem geheime Rituale durchgeführt worden waren. Jetzt diente er dem Senator als Büro für »besondere Angelegenheiten«. Bisher war außer ihm niemand dort unten gewesen. Er benutzte den Zugang im Musikzimmer, wenn ihn niemand sah, und schlich die Treppe hinunter, um dann in aller Ruhe über die vom Verteidigungsministerium finanzierten Projekte der Universität zu lesen oder mit General Buxtehude im Pentagon zu telefonieren. Für diese Anrufe benutzte er ein rotes Telefon. Wegen der Sicherheit hatte er das Telefon selbst angeschlossen, als eine Erweiterung des Hauptanschlusses.

Von unten kamen Geräusche, die darauf hindeuteten, dass die ersten Gäste eintrafen. Kein Grund zur Eile. Hopkins war mit seinen Vorbereitungen fertig, doch es kam auf den richtigen Zeitpunkt für seinen Auftritt an. Die Gäste sollten Gelegenheit erhalten, einen ersten Drink zu genießen, bevor er bei ihnen erschien. Williams hatte eine Gesangsgruppe der Universität engagiert, die zu Beginn des Abends singen sollte, und aus dem Wohnzimmer klang bereits Musik empor. Der Senator hatte das Programm selbst festgelegt und wusste daher, dass es mit dem Universitätslied »Cornell Victorious« enden würde. Er beabsichtigte, bei der letzten Strophe die Bogentreppe herunterzukommen.

*

Leider wurde sein großer Auftritt dadurch ruiniert, dass einige Gäste noch nicht eingetroffen waren. Von denen, auf die es ankam, hatte sich wenigstens General Buxtehude eingefunden – mit einem Drink in der Hand stand er am Kamin. Senator Hopkins ging direkt zu ihm und überhörte die Worte, die Dekanin Sawyer an ihn richtete, ein »Guten Abend« oder etwas in der Art. Dem General schenkte er ein geübtes Lächeln, die Art von Lächeln, mit der Ronald Reagan Wärme mit ernster Sorge dahinter zum Ausdruck gebracht hatte.

»Freut mich, Sie zu sehen, Gordon.«

»Ebenfalls, Chandler.«

Hopkins schüttelte dem General die Hand, fügte dabei seine linke Hand hinzu und sah ihm fest in die Augen. »Wie ich sehe, hat Williams Ihnen bereits einen Drink gebracht.«

»Oh, ja.«

General Buxtehude war fast dreißig Zentimeter größer als Hopkins und nahezu kahlköpfig. Wenn er den Mund öffnete, sah man nicht nur die oberen Zähne, sondern auch das Zahnfleisch darüber. Diesmal trug er einen zivilen Anzug, aber auf eine Weise, die ihn wie eine Uniform ohne Rangabzeichen aussehen ließ. Seine Haltung wies in aller Deutlichkeit darauf hin, dass er ein hochrangiger Offizier war. Er war durch und durch ein Mann des Militärs, bis auf das rosarote obere Zahnfleisch, das diesen Eindruck ein wenig störte.

»Uns erwartet ein interessanter Abend, Gordon. Dr. Laytons Forschungsgruppe wird uns Gesellschaft leisten, was Ihnen Gelegenheit gibt, einen Eindruck von seinen jungen Mitarbeitern zu gewinnen. Aus den Berichten kennen Sie sie bereits, aber ich glaube, heute begegnen Sie ihnen zum ersten Mal persönlich. Interessante Leute.«

»Bestimmt, zweifellos.« Der General wirkte verdrießlich. »Chandler, ich will nicht verhehlen, dass ich in Hinsicht auf dieses Simula-7-Projekt Bedenken habe. Erhebliche Bedenken. Ich meine, an Laytons akademischen Referenzen gibt es nichts auszusetzen …«

»Wohl kaum. Den Enrico Fermi Award bekommt man nicht ohne einige herausragende Denkleistungen. Ich wage zu behaupten, dass es in den Physik-Fakultäten aller Universitäten weit und breit keinen klügeren Kopf gibt.«

»Mag sein. Mir geht es nicht um seinen Kopf, sondern um …«

»Guten Abend, Senator Hopkins.« Die Worte stammten von der unerträglichen Dekanin Sawyer.

»Ja. Guten Abend, Maria. Wenn ich Ihnen irgendwie helfen kann …«

»Ich wollte nur guten Abend sagen und mich für die Einladung in einen so illustren Kreis bedanken. Ich bin Maria Sawyer«, sagte sie und streckte ihre Hand dem General entgegen.

Senator Hopkins erfüllte seine Pflicht. »Oh, ja. Das ist General Buxtehude von den Joint Chiefs. Maria Sawyer, die Dekanin unserer Frauen.«

Dem General schien die Störung nichts auszumachen. »Dekanin Sawyer …« Sein Lächeln war ebenso warm wie ihres. Buxtehude wusste Schönheit zu schätzen und Dekanin Sawyer war noch immer eine schöne Frau, trotz ihrer gut sechzig Jahre.

»Ja, nun, ich lasse Sie beide jetzt allein und kümmere mich um meine anderen Gäste. Über die kleine Sache reden wir später, Gordon.«

Chandler Hopkins ging ins Foyer zurück. Welche Laus zum Teufel war Buxtehude diesmal über die Leber gelaufen? Mit dem Projekt Simula hatte er sich nie richtig angefreundet. Wie ärgerlich – es war Chandlers absolutes Lieblingsprojekt. Es hatte eine gewisse Romantik, genoss hohes Ansehen in Washington und wurde gut finanziert. Es war sogar verständlich, eine Sache, die man sich vorstellen konnte, ohne sein Leben lang Scientific American gelesen zu haben. Die anderen Projekte der Fakultät für Physik neigten dazu, völlig abgehoben zu sein; man musste Akademiker sein, um auch nur die staatlichen Bewilligungen lesen zu können. Simula-7 hingegen ähnelte mehr einem großen Computerprogramm, wie die Simulation des Wetters oder von wirtschaftlichen Entwicklungen. Es war ehrgeizig, kein Zweifel, aber es konnte von gewöhnlichen Sterblichen ohne geistige Akrobatik verstanden werden.

Sich mit Dingen zu beschäftigen, die von gewöhnlichen Sterblichen verstanden werden konnten, war neu für Homer Layton. Er hatte sich in der Teilchenphysik einen Namen gemacht, mit etwas namens »Pekuliarbewegung«, die für Chandler Hopkins ein Buch mit sieben Siegeln war. Nach der Verleihung des Enrico-Fermi-Preises hatte der Präsident der

Vereinigten Staaten Homer Layton zu seinem wissenschaftlichen Sonderberater ernannt und plötzlich fielen der Universität Fördergelder in Höhe von 17 Millionen $ in den Schoß. Senator Hopkins fühlte die Dollarzeichen in seinen Augen, wann immer er an diese Summe dachte.

»April ist der übelste Monat von allen, nicht wahr, Senator?«

Hopkins hob den Blick und erkannte Professor Porter von der historischen Fakultät.

»Wie bitte?«

»Ich habe gesagt: April ist der übelste Monat von allen.« Porter deutete aus dem Fenster der Bibliothek. Draußen regnete es.

»Ja, ich denke schon.« Wer hätte gedacht, dass ein vernünftiger Bursche wie Porter Ärger mit der Einkommensteuer haben konnte?

»›April ist der übelste Monat von allen, treibt Flieder aus der toten Erde, mischt Erinnerung mit Lust, schreckt Spröde Wurzeln auf mit Frühlingsregen.‹«

»In der Tat. In der Tat. Bitte entschuldigen Sie mich, Porter, ich muss unseren Gast vom State Department willkommen heißen.«

*

Williams zählte die Martinis von Mrs. Hopkins. Der, den sie gerade von seinem silbernen Tablett nahm, war der vierte. Er hatte sie schon einige Male mit fünf intus erlebt und wusste daher: Je mehr sie trank, desto mehr neigte sie dazu, ihre Sätze mit gesenkten Lidern zu beenden, obwohl es ihr normalerweise gelang, einen klaren Kopf zu behalten. Doch dieser Abend stellte einen neuen Rekord in Aussicht. Es war noch früh, die Dame hatte bereits einen in der Krone und der Ehrengast war noch gar nicht eingetroffen. Es konnte Stunden dauern, bis sie fürs Abendessen Platz nahmen. Williams befürchtete, dass Mrs. Hopkins mit sechs Martinis etwas Spektakuläres anstellen konnte; vielleicht legte sie dann das Gesicht in den Waldorfsalat.

Dieser Gedanke blieb ohne Bosheit. Es war keineswegs so, dass er die Hausherrin nicht mochte. Sie war distanziert, aber nicht unfreundlich. Bei Mrs. Hopkins, so glaubte er, gab es viel, das die Leute übersahen. Während des Jahres an der North University Avenue hatte er nie gehört, dass jemand ihren Vornamen nannte. Er wusste, dass er Candace lautete, aber ausgesprochen wurde er nie. Der Senator sprach immer von

»Mrs. Hopkins« oder nannte sie »meine Liebe«. Vielleicht gab es auf der ganzen Welt niemanden, der ihren Vornamen benutzte. Und wenn es jemand wagte, dachte Williams, bekam er vielleicht einen Blick von ihr.

So kühl und zurückhaltend Mrs. Hopkins auch sein mochte, Williams wollte nicht erleben, wie sie sich in betrunkenem Zustand lächerlich machte. Andererseits: Ihr übermäßiger Alkoholkonsum war an diesem Abend vielleicht die einzige Unterhaltung. Er beugte sich zu ihr vor, um Anweisungen in Hinsicht auf die Sitzordnung am Tisch entgegenzunehmen.

»Ich denke, Mrs. St. Vincent sollte am besten neben einem der Physiker sitzen, Williams. Ich wollte sie erst an die rechte Seite des Generals setzen, aber sie ist wirklich unmöglich. Worüber könnte jemand mit ihr reden wollen? Vielleicht interessiert sie sich für Relativität oder so was.« Mrs. Hopkins' Lider sanken, während sie auf eine Antwort wartete.

»Ja, M'am.«

»Die junge Frau aus Dr. Laytons Gruppe ...«

»Dr. Duryea, M'am.«

»Ja. Sie soll links von meinem Mann sitzen, dem General direkt gegenüber. Sie sieht sehr gut aus, was für die Verdauung des Generals hilfreich sein sollte. Es ist sehr wichtig, dass der Abend dem General gefällt.«

»Ja, M'am.«

»Na gut, setzen Sie Dekanin Sawyer rechts neben den General und Professor Potter ...«

»Porter, M'am.«

»Ja. Er kommt neben die Dekanin.« Mrs. Hopkins leerte ihr Glas. »Ah, die Glocke. Das müssen die letzten Gäste sein. Führen Sie herein, Williams.« Sie sah auf die Uhr. »Meine Güte. Sie könnten ihnen einen etwas kühlen Empfang bereiten, weil sie zu spät dran sind.«

»Ja, M'am.«

Williams eilte zur Tür und öffnete sie für den Ehrengast und seine drei jungen Assistenten. Zu der Gruppe gehörte eine unerwartete fünfte Person, ein älterer Herr in gelber Regenkleidung und mit einem Südwester auf dem Kopf. Williams vergewisserte sich, dass ihnen das französische Hausmädchen, Elise, mit den nassen Sachen half, und kehrte dann in die Bibliothek zurück, um dem Senator Bescheid zu geben.

»Die Layton-Gruppe ist mit einer weiteren Person eingetroffen, Sir«, flüsterte Williams, als sich ihre Wege kreuzten. »Mit einem Mr. Claymore

Layton. Offenbar hat sich Dr. Layton erlaubt, die Einladung auf ihn zu erweitern.«

»Verdammt.« Der Senator runzelte die Stirn.

»Er ist der jüngere Bruder des Professors, Sir. Ich glaube, er hat eine Behinderung.«

»Scheint ihn aber nicht daran gehindert zu haben, zu uns zu kommen.«

»Ich meine eine geistige Behinderung, Sir.«

»Oh.« Mist. Neben wen konnte er gesetzt werden? Na ja, sollten sich Candace und Williams darum kümmern. Am wichtigsten war jetzt, Dr. Layton von den anderen zu trennen und ihm zu erklären, dass auf den General Rücksicht genommen werden musste.

Senator Hopkins setzte sein Ronald-Reagan-Lächeln auf, warm mit ein bisschen ernster Sorge, fing den Ehrengast auf seinem Weg zum Badezimmer ab und ging mit ihm zum Salon.

*

Claymore Laytons »Behinderung« bestand aus zwei Problemen, die nicht unbedingt etwas miteinander zu tun hatten. Das erste: Sein Gedächtnis funktionierte manchmal nicht richtig. Mitten in einem Gespräch vergaß er manchmal, worüber sie überhaupt sprachen. Solche Gedächtnislücken beschränkten sich keineswegs nur auf Claymore. Lyndon B. Johnson hatte ebenfalls daran gelitten. Mitten in einer Besprechung mit Kabinettsmitgliedern hatte er seine Sekretärin gerufen und ihr einen Zettel gereicht, auf dem geschrieben stand: »Wer ist dieser Bursche?« Der große Unterschied zwischen Claymore und Lyndon Johnson bestand darin, dass Claymore nicht auf die Hilfe einer Sekretärin zurückgreifen konnte.

Claymores zweites Problem war die Unfähigkeit, mit sprachlichen Bildern umzugehen. Wenn man sagte, jemand sei »an die Decke gegangen«, so sah er hoch und hielt nach dem Betreffenden Ausschau. Dass er alles wörtlich verstand und manchmal Dinge vergaß, behinderte ihn nicht allzu sehr. Claymore war intelligent, in fast jeder Hinsicht, nur ein wenig seltsam. Er kümmerte sich für Dr. Layton um das alte viktorianische Haus, in dem sie beide an der Wyckoff Avenue wohnten. Er las viel und sollte ein sehr guter Koch sein. Es gab noch eine sonderbare Sache an Claymore, eine schlichte Eigentümlichkeit: Wenn er seine Lesebrille nicht brauchte, drehte er sie einfach und trug sie am Hinterkopf. Dadurch wusste er immer, wo sie zu finden war. Die Bügelendstücke der Brille reichten über die Ohren hinweg nach vorn, bis zu den grauen Koteletten.

Neben Claymore stand Loren Martine, Dr. Laytons jüngster Assistent, ein Rekrut von der University of Salamanca. Er sprach mit einem deutlichen spanischen Akzent. »Gib's zu, Clay: Sieht dies nicht nach einer netten Party aus?«

»Zu viele Leute.«

»Sie werden dir alle gefallen, Claymore. Ganz bestimmt. Willst du nicht die Mütze abnehmen?«

»Nein.«

»Sie ist ganz nass.«

»Und wenn schon.«

Loren wandte sich hilfesuchend an Sonia Duryea. »Claymore schaltet wieder auf stur. Vielleicht kannst du ihn bezirzen.«

Sonia trat zu Clay und rückte ihm die Jacke zurecht. »Claymore hat es faustdick hinter den Ohren. Er glaubt, uns alle blamieren zu können, indem er während der Party seine gelbe Regenmütze trägt und Wasser auf den hübschen Teppich tropfen lässt.« Sie strich seine Jacke glatt und kitzelte ihn kurz unter den Armen. Clay grinste breit. Bei Sonia wurde er immer schwach. Sie löste die Schnur unter seinem Kinn. »Aber ich durchkreuze seinen verruchten Plan.«

»In Ordnung, Sonia.«

»Dies ist deine große Chance, dem Präsidenten zu begegnen. Was willst du ihm sagen, Clay?«

»Ich sage ihm, wie er die Abrüstungsgespräche nächste Woche in Wien führen soll.«

»Ich meine nicht den Präsidenten der Vereinigten Staaten, Dummerchen, sondern den der Universität.«

»Ich sage ihm, dass er den Parkplatz hinter Sage Hall abschaffen und uns die Tennisplätze zurückgeben soll, die es dort früher gegeben hat.«

»So ist's recht.«

*

Die Party hatte sich von ganz allein in einzelne Gesprächsinseln im Erdgeschoss des Fiske-Hauses aufgeteilt. Albert Tomkis und General Buxtehude standen am Kamin des Musikzimmers und Tomkis äußerte gerade seine Meinung über das Simula-Projekt. »Ich habe gesehen, was sie machen, General, und es erscheint mir vielversprechend.« Er sagte es ohne große Begeisterung.

»Das ist es bestimmt, Albert. Vielversprechend. Und auch faszinierend. Diese Beschreibungen treffen sicher auf Simula-7 zu. Ein wunderschönes Stück reiner Forschung. Ich hätte nichts dagegen, Layton und seinen Leuten das ganze Geld zu bewilligen, solange allen klar ist, dass es sich nur um Forschung handelt. Sie sollten einsehen, dass ihr Projekt für die reale Welt überhaupt keine Relevanz hat. Unter solchen Voraussetzungen wäre ich bereit, jeder Summe zuzustimmen. Millionen und Abermillionen. Aber es besteht die Gefahr, dass jemand ihre Arbeit ernst nimmt. Mir wäre es weitaus lieber, wenn man ihr keine Beachtung schenken würde.«

»Tja, das sehe ich etwas anders, General. Es besteht durchaus die Möglichkeit, dass Layton und seine Assistenten auf etwas gestoßen sind.«

»Das will ich nicht hoffen. Wenn wir die Ergebnisse aller von uns finanzierten zweitklassigen Studien ernst nähmen, kämen wir zu nichts anderem mehr. Oh, da kommt Chandler.«

Senator Hopkins betrat das Musikzimmer und schloss die Tür. Er näherte sich Tomkis und dem General, rieb sich dabei die Hände. Dies war der Teil des Abends, der besonders interessant zu werden versprach: Dinge mit Leuten auszukungeln, die wirklich eine Rolle spielten. »Meine Herren … Wird Zeit, die Probleme der Welt zu lösen. Erinnert mich an meine Jahre auf dem Hügel.«

»Albert und ich haben gerade über das Projekt Simula-7 gesprochen.«

»Oh, das ist ein Gespräch, das ich auf keinen Fall versäumen möchte. Und ich weiß, wo wir es führen können, ohne befürchten zu müssen, dass jemand mithört.« Hopkins führte sie zur Wandvertäfelung neben dem Kamin und drehte dort eine Basrelief-Rosette, woraufhin ein Teil der Wand langsam nach innen schwang. Dann geleitete er seine beiden Gäste die Treppe hinunter.

*

Während sich das Triumvirat der Macht ins geheime Zimmer begab, um dort staatspolitische Pläne zu schmieden, tranken Elise und die Köchin Henri nur ein kleines Stück weiter oben in der Speisekammer vom Portwein des Senators. Sie hatten vor Stunden begonnen und jetzt war eine Flasche leer.

Auf der anderen Seite der Speisekammerwand setzte Mrs. Hopkins ihr leeres Glas in die Mitte eines Tellers mit Weißbrotschnittchen. Professor St. Vincent schickte sich an, die Toilette aufzusuchen, um dort etwas von einer gewissen verbotenen Substanz zu nehmen. In einer Ecke der Bibliothek lachten die drei jungen Physiker Duryea, Barodin und Martine. Der Rhodes-Absolvent Barodin war Opfer eines Scherzes geworden, den er seit seiner Schulzeit völlig vergessen hatte: Man hatte ihn beim Trinken zum Lachen gebracht, wodurch ihm Weißwein in die Nase geraten war. Die Verantwortung dafür trug Sonia, die mit ihrem Imitatorentalent die Lider gesenkt und mit der Stimme von Mrs. Hopkins »Meine Güte« gesagt hatte.

Direkt hinter der Wand in Sonias Rücken unterhielt sich Dr. Homer Layton mit Mrs. Buxtehude. Sie saßen in zwei am Erkerfenster stehenden Polstersesseln. Inzwischen hatte sich das Gespräch zu einem Monolog entwickelt, denn Dr. Layton war eingenickt, während Mrs. Buxtehude weiterhin munter plapperte. Homer war gerade taub genug, ihre leise Stimme in dem Lärm zu überhören, der aus dem Zimmer hinter ihnen kam. Und Mrs. Buxtehude war gerade kurzsichtig genug, nicht zu erkennen, dass ihr Gesprächspartner schlief. Williams (immer da, wenn man ihn brauchte) nahm geschickt Dr. Laytons Glas, als es ihm auf den Schoß zu fallen drohte. Weder der Enrico-Fermi-Preisträger noch die Frau des Generals merkten etwas davon. Beide würden diese halbe Stunde später für die angenehmste des ganzen Abends halten.

Mrs. St. Vincent hörte sich mit großer Aufmerksamkeit Claymores Meinung über die neuen Studentenwohnheime an, die am Bebe Lake gebaut werden sollten. Das Thema interessierte sie nicht sonderlich, aber sie glaubte, es mit Claymores berühmterem Bruder zu tun zu haben, und deshalb nahm sie jedes Wort mit großer Faszination auf. »Ja, Sie haben es gut auf den Punkt gebracht«, sagte sie.

»Ich habe einen Punkt gebracht?«, erwiderte Claymore verwirrt.

»Ich verstehe Ihren Standpunkt.«

»Der Punkt ist ein Standpunkt?«, fragte Claymore.

Mrs. Buxtehude spürte seine Verwunderung. »Ich meine, Sie haben sich klar ausgedrückt und kein Blatt vor den Mund genommen.«

»Warum sollte ich ein Blatt vor den Mund nehmen?« Claymore blickte sich um. »Es gibt hier gar keins.«

Claymores alter Freund Walter Porter schaltete sich ein. »Ich glaube, Mr. Layton wollte darauf hinweisen, dass die neuen Wohnheime die lokalen Biosphären beeinträchtigen. Er wirft uns bei solchen Dingen etwas vor, das er ›Spezies-Voreingenommenheit‹ nennt: Wir denken nur an unsere eigenen Bedürfnisse und nicht an die der Tiere. Das wolltest du doch sagen, Claymore, nicht wahr?«

»Wollte ich das?«

»Eindeutig.«

»Oh, ich fürchte, das ist alles zu hoch für mich«, sagte Mrs. Buxtehude.

Woraufhin Claymore nach oben sah.

*

Der Senator gab sich alle Mühe, nicht betroffen zu klingen. »Ich wage zu behaupten, dass es an dem Konzept nichts auszusetzen gibt, Gordon. Diese Leute machen sich nicht selbst etwas vor; dazu haben sie zu viel auf dem Kasten. Es waren Ihre eigenen Mitarbeiter, die auf die Idee kamen und Dr. Layton um die Entwicklung einer Planspiel-Simulation baten, als Orientierungshilfe bei der strategischen Abrüstung. Diesen Zweck erfüllt die Simulation. Sie zeigt uns, wie sich das Gleichgewicht der Kräfte entwickelt, wenn eine bestimmte Seite auf bestimmte Waffen verzichtet.«

»Dagegen gibt es nichts einzuwenden«, sagte der General. »Wenn es nur darum ginge, wenn mir die Simulation nur einen hübschen Ausdruck in die Hand gäbe, aus dem hervorgeht, wie wir gegen die restlichen chinesischen und russischen Waffen dastünden, Kopf an Kopf … Dann wäre alles in bester Ordnung. Stattdessen bringt das Programm verrückten Kram hervor und beschreibt Aktionen, die unsere Feinde nie unternehmen werden, weil ihnen dafür zum Glück der Mumm fehlt.«

»Simula-7 muss natürlich die Konfrontation mit den übrig bleibenden Waffen simulieren, um das neue Gleichgewicht zu testen. Dafür untersucht das Programm alles, was sich mit dem reduzierten Arsenal anstellen lässt, wozu auch ›verrückte‹ Möglichkeiten gehören, wie Sie es nennen, die Verwendung von Strohmännern und so weiter. Es ist zweifellos eine sehr beunruhigende Vorstellung, dass jemand den Rebellen von Gloria Verde und anderen kubanischen Stellvertretergruppen strategische Waffen zugespielt haben könnte, damit sie auf eine Weise gegen uns verwendet werden, wie es die etablierten Mächte nicht wagen würden. Das Programm simuliert alle unterschiedlichen Möglichkeiten und druckt jene aus, über die wir uns am meisten Sorgen machen müssen.«

»Oh, ich kenne die Theorie, Chandler. Ich kenne sie gut. Eines Tages könnten Layton und seine jungen Leute durchaus imstande sein, uns eine probabilistische Einschätzung der möglichen Entwicklung einer bestimmten Situation zu geben. Und wir wären dumm, das nicht zu berücksichtigen, wenn der Tag kommt. Aber noch ist es nicht so weit, nicht wahr, Albert?«

»Wie?« Tomkis hatte den menschlichen Schädel angestarrt, der direkt hinter dem Kopf des Generals auf einem Sockel aus Mahagoni ruhte. Es handelt sich um eins von zwölf Artefakten, die die Studentenverbindung vor einigen Jahren in kleinen beleuchteten Wandnischen aufgestellt hatte.

»Layton und sein Programm haben den Kontakt mit der heutigen Realität verloren«, fuhr der General fort. »Die heutige Realität sieht so aus: Zwar gibt es überall strategische Waffen, aber niemand hat den Mut, Gebrauch von ihnen zu machen. Unsere Feinde sind wie gelähmt und ganz und gar unfähig, die Initiativen zu ergreifen, die Simula-7 ihnen zutraut.«

»Nun …« Tomkis zögerte und richtete einen verdrießlichen Blick auf den Schädel.

»Äh, ich glaube, wir sollten uns besser anhören, was Albert dazu zu sagen hat«, hakte Senator Hopkins nach. »Sie wollten doch etwas dazu sagen, nicht wahr, Albert?«

Tomkis seufzte. »Es ist gerade der von Ihnen erwähnte Zustand der Lähmung, General, die den Einsatz von Stellvertretern so attraktiv macht. Die Kubaner, zum Beispiel. Auf eine direkte Konfrontation mit uns können sie sich nicht einlassen. Aber wenn sie eine Gelegenheit sehen, uns auf die eine oder andere Weise zu manipulieren – warum nicht? Wir dürfen nicht vergessen, dass besorgniserregend viele strategische Waffen der früheren Sowjetunion in dunklen Kanälen verschwunden sind. Vielleicht haben Gloria Verde und andere Gruppen, die insgeheim von unseren Feinden kontrolliert werden, Zugriff darauf erhalten. Eigentlich ist es eine clevere Taktik. Man überlasse kubanischen Strohmännern einige Raketen und wasche seine Hände in Unschuld. Nach Simula-7 könnte genau das geschehen sein. Wir wissen, dass die Stellvertretergruppen seit einiger Zeit eine ziemlich dicke Lippe riskieren. Jedes Mal, wenn wir unsere Interessen schützen, müssen wir einen Preis dafür zahlen. Simula-7 glaubt, dass die Kubaner strategische Waffen haben und sie gegen uns einsetzen könnten.«

»Die bisherige Erfolgsbilanz des Programms ist beeindruckend. Es gibt nicht nur Auskunft darüber, wie Stellvertreter handeln könnten. Manchmal hat es auch Details genannt, Zeit und Ort, ohne sich jemals zu irren.«

Der General war zu einem kleinen Zugeständnis bereit. »Na schön. Es gibt einige Dinge, bei denen das Programm Ordentliches leistet. Deshalb ist das Projekt seine Zuschüsse wert. Und wenn ich hier von Zuschüssen rede, Chandler, so meine ich nicht die bisherigen Kleckerbeträge, sondern echtes Geld. Richtig viel.«

»Nun, Gordon, damit zeigen Sie den Weitblick, den wir alle von Ihnen gewohnt sind, und ich versichere Ihnen, dass Sie …«

»Mehr Geld. Und mit mehr Geld können Laytons Leute nach Herzenslust forschen. Reine Gedankenarbeit und so. Was in der Art.«

Der Senator sah ihn ausdruckslos an.

»Ich glaube, der General meint mehr Input und weniger Output«, sagte Albert Tomkis.

»Genau«, pflichtete ihm Buxtehude bei. »Unser Verbindungsmann bei dem Projekt, Burlingame, weiß sehr Beunruhigendes zu berichtet, Chandler. Er teilt uns mit, dass einige der am Projekt beteiligten Personen mit ihren politischen Meinungen Einfluss auf die Simulation nehmen. Das Programm neigt also dazu, Dinge vorauszusagen, zu denen nach Ansicht dieser Leute die Kubaner und ihre Terroristenfreunde fähig wären. Wir aber wissen, dass sie dazu nicht den Nerv haben. Verderblichen Einfluss nenne ich so etwas.«

»Dergleichen können wir natürlich nicht zulassen.«

»Ich möchte nicht, dass weitere Simula-Szenarien den Präsidenten in einen Nervenzusammenbruch treiben. Der Mann hat auch so schon den großen Flatterich. Zwei meiner Leute im Weißen Haus sind rund um die Uhr damit beschäftigt, ihn bei Laune zu halten. Er erbleicht jedes Mal, wenn er an Simula denkt. Stellt euch das vor: Die einzige Supermacht der Welt befindet sich in einer Position, die es ihr erlaubt, ganz auf Verhandlungen zu verzichten und einfach ihren Willen zu diktieren. Und wir können unseren Vorteil nicht nutzen, weil irgendein verdammtes Computerprogramm unserem Präsidenten Angst einjagt.«

Senator Hopkins wusste nicht, ob er entmutigt sein sollte. Es erleichterte ihn zu hören, dass die weitere Finanzierung nicht nur sicher war, sondern dass es mehr Geld geben würde. Aber wenn Simula-7 in den Hintergrund rückte, verlor auch er selbst an Bedeutung. Das war ein Gedanke, der ihm ganz und gar nicht gefiel. Er fühlte seine Vorstellung von Ithaca als Sitz nationaler strategischer Überlegungen in Gefahr.

Der Senator sah zur verzierten Wanduhr. Oh je. »Lieber Himmel, schon nach acht. Mrs. Hopkins ist bestimmt außer sich.« Seine Rolle als Berater für das Pentagon hatte ihn die Gastgeberpflichten vergessen lassen. Er stand auf und führte Tomkis und den General über die geheime Treppe ins Musikzimmer zurück.

Als sie die Bibliothek betraten, stießen sie fast mit Claymore Layton zusammen. Hopkins musterte den kleinen, dicklichen Mann mit dem grauen Bürstenschnitt geistesabwesend und wich nach links aus.

Clay versperrte ihm erneut den Weg. »Wo sind unsere Tennisplätze?«

»Tennisplätze? Welche Tennisplätze?«

»Diejenigen, die nicht mehr da sind.«

»Ich fürchte, ich komme da nicht ganz mit, guter Mann.«

»Sie wollen nicht mitkommen?«

»Ich meine, ich bin Senator Hopkins. Und Sie sind ...?«

»Ich bin?«

»Sie sind Mr. ...?«

»Ja?« Claymore wartete ebenso fasziniert wie Senator Hopkins auf die Antwort.

»Sie sind Mr. ... Layton, nehme ich an. Dr. Laytons Bruder.«

»Ja. Wo sind unsere Tennisplätze?«

Gütiger Himmel. Senator sah sich nach jemandem um, der Rettung bringen konnte. Niemand in Sicht. »Äh, welche Tennisplätze?«

»Die hinter Sage Hall.«

»Hinter Sage Hall gibt es keine Tennisplätze, sondern einen Parkplatz.«

»Ja. Der Parkplatz befindet sich dort, wo unsere Tennisplätze sein sollten.«

»Oh, ich verstehe. Darauf wollen Sie hinaus.«

»Nein, ich will nicht hinaus.«

Hopkins erblickte Williams, der mit einem Tablett unterwegs war. Er winkte ihn heran. »Oh, Rochester. Würden Sie der Köchin bitte ausrichten, dass wir jetzt zum Dinner Platz nehmen?«

Mit tiefer, rauer Rochester-Stimme antwortete Williams: »Ja, Boss. Wird sofort erledigt.« Er ging zur Küche und Hopkins sah ihm verdutzt nach. Was hatte das denn zu bedeuten?

Nur einige Schritte entfernt wich eine verwirrte Mrs. Hopkins von Elise zurück, die sehr aufgebracht zu sein schien. Elise war angewiesen, mit den Hopkins nur Französisch zu sprechen, aber dies sollte Französisch sein? Dieses überaus emotional klingende gelallte Kauderwelsch? Mrs. Hopkins wandte sich ab und hoffte irgendwo Rettung zu finden. Ihr Blick fiel auf etwas, das für ihre weitsichtigen Augen zu nahe war: Claymores Hinterkopf. Sie sah eine Hornbrille und ein Gesicht, das offenbar nur aus Haaren bestand. Mit einem erschöpften Seufzen sank sie zu Boden.

*

Fast auf den Tag genau elf Jahre nach Senator Hopkins Dinnerparty im April begann seine Tochter Stacey damit, die Geschichte der folgenden Ereignisse aufzuschreiben. Zwar verband sie keine direkten Erinnerungen mit der Party (sie hatte Abend und Nacht bei einer Freundin verbracht), aber sie legte eine Karteikarte an, darauf die Namen einiger der Personen, die an jenem Abend im Haus ihrer Eltern zugegen gewesen waren: Senator Hopkins nebst Gattin, die Laytons, die drei jungen Physiker, General Buxtehude, Albert Tomkis und der Butler, Jared Williams.

Etwas verband diese Leute – das Schicksal hatte Pläne für sie. Sie waren dazu bestimmt, Teil von Geschehnissen zu werden, die das Leben aller Menschen grundlegend verändern würden. Eine dieser Personen, Loren Martine, sollte sich in einen großen Helden verwandeln. Und eine von den anderen würde ihre Sache verraten, Schande auf sich laden und zu einem Symbol für verletztes Vertrauen werden.

Ich erzähle Ihnen, wie sich alles zutrug.

2

Cuba Libre

Arlington, Virginia: In einem Colonel Kenneth Gustafson von den Joint Chiefs zur Verfügung stehenden Kellergeschosszimmer saßen dreizehn Personen an einem ovalen Tisch. Das einzige Licht kam von einer niedrigen Bodenlampe in der Ecke. Es handelte sich ausnahmslos um Männer, Weiße in mittleren Jahren oder älter, offenbar recht begütert. Die meisten schienen ein wenig übergewichtig zu sein. Die Stimmung der Zusammenkunft war, zumindest derzeit, religiöser Natur:

»Wie lange schon, oh Herr, wie lange schon?« Minister Murdoch hob die Stimme auf Verkünderniveau. Alle wussten: Bald würde er, richtig in Fahrt gekommen, auf den Beinen sein. Weniger begabte Oratoren benutzten Augen, Hände und Stimme, um etwas zum Ausdruck zu bringen. Wenn Murdoch richtig loslegte, konnte er auch eindrucksvoll schwitzen. Seine Stirn glänzte bereits. »Wie lange schon, meine Brüder, versammeln wir uns an diesem Ort, um zu beten und für eine bessere Zukunft zu planen?«

Die anderen Männer am Tisch murmelten und wussten nicht recht, ob sie die Anzahl der Jahre nennen oder nur das übliche »Amen« sagen sollten. Marine Captain Courtenay wiederholte einfach Murdochs »Wie lange schon?«

»Ja, wie lange, meine Herren? Jahre sind es, lange Jahre. Aber es waren auch gute Jahre, in denen wir das Antlitz dieser verdorbenen Stadt verändert haben. Als wir begannen, waren wir niemand, ohne Macht und ohne Ansehen. Aber wir hatten den Glauben!«

»Den Glauben!«, wiederholte Courtenay erneut.

»Sein Feuer brannte in uns, wir hatten die Gabe, mit fremden Zungen zu reden …« Es war so weit – Murdoch stand auf.

»Ja, das ist gut, Bill«, warf Nolan Gallant ein. »Wir hatten die Gabe.« Der Minister starrte und seine Lippen bebten noch. Doch Gallant wollte ihn nicht weiterreden lassen. Es gab Dinge, die erledigt werden mussten, und sie durften keine Zeit mit irgendwelchen fanatischen Reden vergeuden. Außerdem war Gallant der geweihte Priester, nicht Murdoch. »Wir hatten die Gabe, mit fremden Zungen zu reden, und so weiter. Und jetzt haben wir in unserer Mitte einen speziellen Berater des Präsidenten, einen Minister und jemanden, der einen wichtigen Posten bei den Joint Chiefs einnimmt. Hinzu kommen andere von Ihnen, die zu Positionen von Autorität und Vertrauen aufgestiegen sind. All das ist uns sehr wohl bekannt.«

Gallant musterte die zwölf Männer nacheinander, die zwölf Jünger, wie er von ihnen dachte. Er schwieg auf eine Art und Weise, die niemanden der anderen einlud, ein Wort zu sagen. Sein Blick hielt sie fest, gebot ihnen Stille. Bill Murdoch stand noch immer; es widerstrebte ihm, Gallant die Bühne zu überlassen.

Der Reverend wandte sich direkt an ihn. »Ich glaube, Mr. Secretary, es wird Zeit, dass wir das Beten ein wenig zurückstellen und uns mehr auf die Planung der besseren Zukunft besinnen.«

»Genau meine Meinung, Nolan. Genau meine Meinung. Ich wollte gerade auf die Absichten des Herrn in dieser Zeit der Not hinweisen, auf Seine Pläne für jeden einzelnen von uns …«

»Ja, das wollten Sie bestimmt, zweifellos.« Reverend Gallant zeigte eines seiner Fernsehprediger-Lächeln. Er hatte ein großes Repertoire, das von »entzückt« bis »zutiefst enttäuscht« reichte. Dieses Lächeln war freundlich, aber ein wenig gezwungen. Murdoch nahm Platz und Gallant legte eine weitere Pause ein. Auch hier, ohne dass er vor der Kamera stand, wirkte Reverend Gallant wie ein gutmütiger, kluger Schuldirektor. Sein sandbraunes Haar und die Apfelwangen ließen ihn wie jemanden auf einem Bild von Norman Rockwell aussehen. Er hatte eine natürliche, väterliche Autorität, was andere Menschen in seiner Nähe in die Rolle von Kindern drängte, die Anleitung und Korrektur erwarteten. Wenn er innehielt, um seine wichtigen Gedanken zu denken, herrschte um ihn herum erwartungsvolle Stelle. Derzeit dachte er: *Immer wollen alle mitmischen.* War es möglich, dass ein Priester mehr Spaß haben konnte als ein

Marineminister? Wie sollte man sonst erklären, dass Minister Murdoch und auch einige der anderen religiöse Reden schwangen, wenn er ihnen Gelegenheit dazu gab? Sie waren ein Haufen frustrierter Erweckungsprediger. Wie öde. Gallant musste sich immer wieder ins Gedächtnis rufen, dass alle Personen in diesem Zimmer nützlich und für den großen Plan erforderlich waren. Andernfalls hätte er gern auf die inzwischen täglich stattfindenden Treffen verzichtet.

Er sah Rupert Paule an, der im Weißen Haus arbeitete. »Rupert?«

»Danke, Nolan. Ja.« Paule griff nach den vor ihm auf dem Tisch liegenden Papieren und räusperte sich. »Na ja, nichts, eigentlich. Ich meine, seit gestern um diese Zeit ist nichts passiert.« Er legte die Papiere zurück. »Der Präsident ist … Ich glaube, der richtige Ausdruck lautet ›deprimiert‹. Die Wahl, vor die wir ihn gestellt haben, hat ihm nicht gefallen. Ich will Sie nicht mit psychologischem Kram langweilen, aber die schlichte Wahrheit lautet: Er versucht mit irgendwelchen Ausweichmanövern, sich vor seiner Verantwortung zu drücken. Gestern hatten wir eine Gruppe Wölflinge zu Besuch im Weißen Haus und der Präsident ließ sich mit einem Scout aus Florida fotografieren, der ein kleines Mädchen vor dem Ertrinken gerettet hat. Im Terminplan waren fünf Minuten für diese Sache vorgesehen. Anderthalb Stunden später sprach er noch immer mit den zwanzig Boyscouts, über Amerikas Freiheit und was weiß ich sonst noch. Hat ihnen eine von Lincolns Reden gehalten, fast in gesamter Länge. Ich hatte die O.F.D.-Truppe in seinem Büro versammelt, bereit dazu, Tacheles mit ihm zu reden. Und das wusste er. Er blieb bei den Kindern, bis es Zeit wurde für den holländischen Botschafter. Weil er nicht hören wollte, was wir ihm zu sagen hatten.«

Die Worte klangen fast weinerlich. Paule war daran gewöhnt, Leuten das Fell über die Ohren zu ziehen, wenn sie nicht spurten. Er verstand es gut, den Präsidenten zu verhätscheln, aber für jemanden mit seinen Neigungen musste es sehr frustrierend sein. Der Berater des Weißen Hauses ließ seinen Ärger am Metallbügel eines Kugelschreibers aus, drehte ihn hin und her. Es gab auch Bissspuren am Ende des dünnen Zylinders und als Gallant genau hinsah, bemerkte er einen blauen Tintenfleck in Paules Mundwinkel.

»Es setzt ihm noch immer zu, wie die Honduras-Affäre nach hinten losgegangen ist«, fuhr Paule fort und drehte die ganze Zeit den Kugelschreiber. »Er hat deswegen Albträume. Gestern musste ich mir erneut die ganze Litanei anhören. Ich schwöre, dass er dabei Tränen in den Augen hatte. Es hätte wie die Aktion in Libyen sein sollen, sagte er, ein gezielter Angriff. *Wamm* – hinein und wieder heraus, bevor irgendjemand begreift, was eigentlich geschieht. Eine kleine Stadt in den Bergen und eine ganze Zentrale voller Terroristen ausradiert. Und dann tritt er vor die Fernsehkameras und sagt, den Anführern von Gloria Verde müsse klar sein, dass sich bittere Konsequenzen für sie ergeben, wenn sie versuchen, eine Supermacht unter Druck zu setzen. Sie hätten wissen sollen, dass sie nicht immer wieder neue Territorien besetzen und uns eine lange Nase machen können. Er hatte seine Rede schon fertig geschrieben. Und dann, bevor die Fernsehfritzen ihre Kameras aufstellen können, kommt es zum Debakel von Prince Edward Island. Ich bitte Sie, *Prince Edward Island!* Was für ein blöder Ort für ein Treffen der blöden Texaco-Direktoren. Er befindet sich nicht einmal in Amerika. Wir mussten die CIA anrufen, um zu erfahren, wo die blöde Insel liegt. Unsere verdammte Einsatzgruppe ist also noch auf dem Heimweg und plötzlich wird das ganze Texaco-Direktorium von einer Bombe weggeblasen.«

»Es sah alles danach aus, als stecke eine Gruppe von Öko-Irren hinter der Bombe«, warf Gallant ein. »Aber wir wissen natürlich, dass irgendwelche Umweltgruppen dafür nicht infrage kommen, oder?«

»Natürlich nicht. Es sah nur so aus. In Wirklichkeit waren es die Kubaner. Als ob wir das nicht erraten könnten. Wie beim Oktober-Zwischenfall. Wir unternehmen etwas, das ihnen nicht gefällt, und sie schlagen an einem anderen Ort zurück, aber getarnt, sodass die Öffentlichkeit die Verbindung nicht erkennt. Nur wir wissen, wie der Hase läuft. Ein kleiner Klaps auf unsere Hand, damit wir aufhören. Sie wollen uns erziehen, verdammt. Wir könnten sie in der Luft zerreißen, wenn sie es jemals wagen würden, sich uns direkt zu stellen, aber wer zum Teufel hat an Texaco gedacht? Unsere hübsche Aktion ruiniert von …«

»Das ist alles Schnee von gestern, Rupert. Der Präsident muss jetzt den Blick in die Zukunft richten, nicht in die Vergangenheit.«

»Leicht gesagt, Nolan. Aber diese Angelegenheit hat ihn richtig umgehauen. Er wird in die Geschichtsbücher eingehen als ›der Mann, der Texaco verlor‹. Das denkt er jedenfalls.«

»Er wird in die Geschichtsbücher eingehen als der Mann, der sich dem Bösen entgegenstellte. Vorausgesetzt, er leitet nun alle notwendigen Schritte ein. Und es liegt an uns, ihm diese Schritte aufzuzeigen.«

Gallant zögerte und ließ den Blick über die Gesichter der am Tisch sitzenden Männer streichen. »Dies ist ein einzigartiger Moment in der Geschichte, meine Herren. Bei unseren Feinden herrschen Unordnung und Verwirrung. Natürlich sind sie nicht hilflos. Aber sie sind schwach. Nur dieses Land – dieses Land allein – hat die Fähigkeit zu strategischem Handeln. Es kommt darauf an, diesen Vorteil zu nutzen und unsere Macht abzusichern. Denn unsere Feinde werden nicht für immer schwach sein.« Gallant sah Colonel Gustafson an, der offenbar etwas sagen wollte. »Ken?«

»Ich sage dies nicht gern, Nolan: Der Präsident ist der schwächste Punkt in unserem Kuba-Plan. Als unseren Präsidenten liebe und respektiere ich ihn, doch ich frage mich, ob er dieser Sache gewachsen ist. Der Mann gerät richtig in Wallung, wenn er über die Helden in Amerikas Vergangenheit spricht, insbesondere über Lincoln. Allerdings gewinnt man den Eindruck, dass er es gar nicht darauf anlegt, ein neuer Lincoln zu werden. Er gäbe sich damit zufrieden, ein Tyler oder Fillmore zu sein. Wir fordern ihn auf, einige schwierige Entscheidungen zu treffen, aber er möchte sich am liebsten irgendwie durchmogeln, ohne wichtige Entscheidungen zu treffen, und sich dann zurückziehen, um seine Memoiren zu schreiben.«

Die anderen Männer nickten traurig. »Wir müssen ihn in seiner Entschlossenheit bestärken«, sagte Gustafson. »Ich denke, Sie sollten zu ihm gehen und noch einmal mit ihm reden, Nolan. Tief in dem Mann stecken Eifer und Inbrunst, die geweckt werden müssen. Machen Sie ihm die absolute Unausweichlichkeit gewisser Entscheidungen klar. Unausweichlichkeit, das ist der Schlüssel. Es dürfte tröstlich für ihn sein zu wissen, dass er von Gottes Hand gelenkt wird. Dass es gar nicht seine Entscheidung ist. Als Sie sich ihn das letzte Mal vorgenommen haben, war er ein David, der nach einem Goliath suchte, den er besiegen konnte. Er hatte Feuer in den Augen.«

»Ja, und das war leider kurz vor seinem Okay für Honduras.«

Gallant explodierte. »Kommen Sie mir nicht mit dem Leider-Unfug! Die Sache mit Honduras und Texaco spielt uns direkt in die Hände. Wir hätten sie selbst gar nicht besser planen können. Wenn die Kubaner bereit gewesen wären, einfach ruhig zuzusehen, wie wir bei ihren Kumpanen reinen Tisch machen … Dann wäre es endlos so weitergegangen wie bisher, mit Leisetreterei und dem einen oder anderen gezielten Schlag. Vielleicht hätte man sogar den Verteidigungsetat gekürzt und die Mittel für irgendwelche humanitären Zwecke und ähnlichen Unsinn verwendet. Es wäre das Ende unserer Mission gewesen.«

Captain Courtenay hob die Hand. Courtenay gehörte zum Sicherheitsteam des Weißen Hauses und genoss aus irgendeinem Grund das besondere Vertrauen des Präsidenten. Wenn Mr. President an Schlaflosigkeit litt, ging er in den Keller, wo die Sicherheitsleute schliefen, weckte Courtenay und schüttete ihm sein Herz aus, manchmal stundenlang. Anschließend erstattete der Captain Nolan Gallant und den Jüngern pflichtbewusst Bericht über diese nächtlichen Gespräche. Gallant nickte ihm zu.

»Danke, Sir. Der Präsident ist deprimiert, wie Mr. Paule gesagt hat, Sir. Man könnte meinen, dass es am Genörgel der Presse liegt oder an der Kritik der linksliberalen Demokraten, aber damit bekommt er es nur selten zu tun. Ich meine, die Zusammenfassungen, die er morgens erhält, sind gefiltert und ziemlich sauber, doch er liest sie ohnehin nicht. Was ihm an die Nieren geht, sind interne Informationen, die dem widersprechen, was wir ihm sagen. Wenn wir zum Beispiel das State Department von ihm fernhalten könnten …« Diese Worte bewirkten ein verärgertes Brummen am Tisch. »Na ja, es brächte uns ein Stück weiter. Außerdem wäre da noch die Cornell-Angelegenheit. Die hat ihm so richtig zugesetzt.«

Mindestens die Hälfte der Anwesenden richtete fragende Blicke auf Courtenay – nicht alle wussten über das Cornell-Projekt Bescheid. Gallant sah Colonel Gustafson an; sollte er es den anderen erklären.

»Das Cornell-Projekt«, begann Gustafson. »Ja. Man nennt es auch ›Simula‹. Dabei handelt es sich um ein leistungsfähiges Computerprogramm, das uns bei den Abrüstungsverhandlungen helfen soll. Es kann uns zum Beispiel sagen, wie viele MX-Raketen es aufzugeben lohnt, wenn die Gegenseite dafür eine bestimmte Anzahl von SS-24 zerstört.« Gustafson schüttelte den Kopf. »Ich fasse noch immer nicht, dass wir uns so etwas angetan haben. Es ist unser verdammtes Projekt, die Idee eines jungen Wunderknaben aus General Buxtehudes Gruppe. Der Bursche besucht ein Seminar über die tollen Möglichkeiten der modernen Computerei und ist bei seiner Rückkehr davon überzeugt, dass wir eine computerisierte ›Kristallkugel‹ brauchen. Sie soll dazu imstande sein, die relative Stärke aller Mächte bei einem beliebigen Stand der Abrüstung zu nennen. Jedenfalls, Gordon beauftragt diesen Professor von Cornell mit dem Projekt. Der Professor hatte Zuschüsse in Höhe von mehreren

Millionen Dollar für irgendein Computerprojekt beantragt, bei dem es um was weiß ich ging, das Sexleben von Käfern oder dergleichen. Aber Gordon legt ihm auch dieses neue Projekt nahe. Weil der Typ ein Experte für Simulationen ist. Jemand anderer hätte einfach das Geld genommen und sich nicht die Mühe gemacht, uns mit Resultaten zu belästigen, aber ausgerechnet dieser Professor will tatsächlich etwas für das Geld tun und baut die Kristallkugel.

Was er präsentiert, ist eine Art computerisiertes Planspiel. Wir sagen dem Programm, welche Waffen nach einer bestimmten Abrüstungsrunde übrig sind, und die Simulation teilt uns mit, ob wir bei einem unter solchen Voraussetzungen stattfindenden Konflikt im Vorteil oder im Nachteil wären. Sie berücksichtigt alle erdenklichen Anwendungsmöglichkeiten für die Waffen und wir bekommen Ausdrucke der verschiedenen Szenarien. Die Angaben sind sehr detailliert, nennen die Verluste an Menschenleben und Material. Einige der beschriebenen Situationen sind ziemlich düster. Der Zweck des Programms besteht darin, das Gleichgewicht der Kräfte bei verschiedenen Waffenstärken zu beurteilen, aber man kann es auch benutzen, um strategische Hypothesen durchzuspielen.«

Murdoch wirkte ratlos. »Und? Was hat das mit allem anderen zu tun?«

»Das Problem ist: Die Simulation zeigt weitaus mehr Fantasie als die tatsächlichen Akteure. Es entwickelte die Idee von strategischen Waffen, die bestimmten Gruppen zugespielt werden. Nehmen wir eine angeblich unabhängige Terroristengruppe, sagt es, die von alten Generälen der Roten Armee einige Raketen bekommt. Angenommen, sie unterstellen die Gruppe der Kontrolle der Kubaner, um selbst unerkannt im Hintergrund zu bleiben. Dann geben die alten Generäle den Kubanern einen dezenten Hinweis und die Kubaner flüstern der Terrorgruppe etwas zu und die Gruppe handelt. Das Ergebnis besteht aus konkreten Reaktionen auf unsere Maßnahmen, wie früher. Und die Generäle und die Kubaner bekommen etwas Macht.

Natürlich gibt es keine Beweise dafür, dass solche Gruppen über strategisches Potenzial verfügen«, fuhr Gustafson fort. »Aber unmöglich ist das nicht. Das Programm geht von solchen Voraussetzungen aus und berechnet dann, welche Reaktionen unser jeweiliges Verhalten hervorrufen könnte. Eine Zeit lang lief es so ab: Wenn der Präsident wissen wollte, welchen Ärger wir von welcher Seite für Aktion X, Y oder Z bekommen könnten, fragte er Gordon, der dann mich fragte. Und wir sagten ihm:

null problemo. Aber jetzt sieht er sich die ausgedruckten Szenarien des Cornell-Programms an und das Ergebnis besteht darin, dass er immer weniger Neigung hat, Aktion X, Y oder Z zu genehmigen. Er genehmigt kaum mehr etwas, wegen der in Aussicht gestellten Reaktionen.«

»Können wir die Leute nicht daran hindern, ihm Ausdrucke zu schicken?« Dieser vernünftige Vorschlag kam von Paules Assistent Taylor Hodge.

»Darum geht's«, sagte Gustafson. »Wir lassen unsere Beziehungen spielen. Aber Sie wissen ja, wie solche Dinge laufen. Die Universitäten sind recht unabhängig und ganz offensichtlich können wir den Professor und seine Leute nicht einfach umbringen.« Lange Stille folgte. Gustafson sah sich voller Unbehagen am Tisch um und spürte, dass dies für die anderen nicht so offensichtlich war wie für ihn.

Captain Courtenay ergriff erneut das Wort. »Wie dem auch sei, die Ergebnisse der Cornell-Simulationen machen dem Präsidenten schwer zu schaffen. Wir könnten ihm sagen, nicht auf die Berichte zu achten. Wir könnten behaupten, dass sie ungenau und sogar falsch sind, aber leider haben sie die Honduras-Sache simuliert, kurz bevor sie stattfand, und der Computer sagte die aktuellen Geschehnisse fast exakt voraus. Er wies darauf hin, dass die Kubaner sofort handeln würden, um uns von weiteren Aktionen dieser Art abzuhalten. Die Simulation ging davon aus, dass eine Stellvertretergruppe, vermutlich eine extremistische Umweltorganisation, einen Teil unseres privaten Sektors angreifen würde. In der Öffentlichkeit würde man radikale Grüne für die Täter halten. Aber wir würden Bescheid wissen und den Schlag als Warnung erkennen, als Hinweis darauf, dass so etwas immer dann passieren wird, wenn wir ihnen auf den Fuß treten. Unglücklicherweise hat das State Department eine Kopie des Simulationsergebnisses bekommen und vor der Aktion einen Blick darauf geworfen. Der Außenminister erinnert uns immer wieder daran beziehungsweise den Präsidenten.«

»Der Außenminister ist ein Feigling«, brummte Murdoch. Er ließ kaum eine Gelegenheit ungenutzt, schlecht über das State Department zu reden.

Gallant nickte. »Er ist ein Feigling und ein Atheist. Vielleicht gehören beide Begriffe zusammen.« Die Zwölf lachten pflichtbewusst. »Ich glaube, ich weiß, was Sie jetzt sagen wollen, Captain Courtenay, aber nur zu, sagen Sie es.«

»Ja, Sir. Nun, es gibt zahlreiche Szenarien, die Cornell dem Weißen Haus seit Honduras geschickt hat. Sie zeigen die möglichen Konsequenzen unseres Cuba-Libre-Plans auf …«

»Natürlich wissen die Cornell-Leute nichts von Cuba Libre. Davon können wir doch ausgehen, oder?«

»Ja, Sir. Sie wissen nichts. Aber sie haben eigene Vorstellungen in Hinsicht auf das, was wir in Erwägung ziehen könnten, und mit einer dieser Annahmen treffen sie fast genau ins Schwarze. Wenn der Präsident sieht, welche Reaktion die Simulation auf unseren Plan vorsieht …« Courtenay verzog andeutungsweise das Gesicht. »Dann kriegt er es vermutlich mit der Angst zu tun.«

»Hm. Und welche Reaktion auf unseren Plan hat das Programm errechnet?«

»Äh …« Captain Courtenay zögerte. Ihm kamen plötzlich Zweifel, ob er Einzelheiten nennen durfte.

»Wie sieht die Reaktion aus, Captain?«, fragte Gallant scharf. »Heraus damit!«

»Ja, Sir. Nach der Simulation wird eine der angeblich unabhängigen Gruppen aktiv, wenn wir Cuba Libre oder einen ähnlichen Plan durchziehen. Die Stellvertreter werden einen, äh, Atomsprengkopf gegen eine amerikanische Stadt einsetzen. Sie werden ihn direkt mit unserer Aktion in Verbindung bringen und uns genug Vorwarnzeit geben, um die Stadt zu evakuieren. Es wäre eine Art … Strafe.«

Es wurde mucksmäuschenstill in dem Raum, als die Versammelten den Atem anhielten. Gallant beeilte sich, die stille Leere mit Worten zu füllen. »Ich zweifle nicht daran, dass die Cornell-Gruppe so etwas voraussagt. Aber dazu wird es nie kommen. Die Reaktion auf Cuba Libre wird aus totaler Verwirrung in Havanna bestehen. Das wissen wir alle in diesem Raum, ganz gleich, was die Professörchen behaupten. Wenn die Kubaner doch nur versuchen würden, eine unserer Städte zu erledigen. Ihre Überraschung wäre ziemlich groß. Sie haben keine Ahnung, wie weit wir mit Shield sind.«

Sofort veränderte sich die Stimmung im Zimmer. Die Erinnerung an Shield, ihren geheimen Trumpf, erleichterte die Männer und vertrieb die Anspannung der letzten Minuten. Murdoch lehnte sich mit einem zufriedenen Lächeln zurück und faltete die Hände auf dem großen Bauch. »Eine große Überraschung, in der Tat. Im einen Moment eine

Rakete, die auf eine unserer Städte zurast, und im nächsten … nichts. Und dann …«

Gallant übernahm wieder. »Und dann ist die Welt eine andere, meine Freunde. Von dem Moment an wird es wieder so sein wie 1950. Wir können angreifen und niemand kann zurückschlagen. Das ist Hegemonie, Gentlemen. Wir haben das Heft in der Hand und die Mächte des Bösen sind hilflos.« Gallant lächelte. Er lächelte immer. Und doch wussten alle Anwesenden, dass er zornig war. Er zischte seine Worte, ohne dass sein Lächeln verschwand. »Sie werden unseren Grimm zu spüren bekommen. Mit den Worten unseres Herrn zu Moses: ›Ich will meine Pfeile in sie schießen. Vor Hunger sollen sie verschmachten und verzehrt werden vom Fieber und von jähem Tod.‹ Es wird eine ganz andere Welt sein, meine Herren. Triumph für unsere geliebte Nation, und Fieber und jäher Tod für unsere Feinde. Nicht nur für Kuba, sondern für alle unsere Feinde. Und wir werden diese neue Welt schaffen.«

»Hegemonie.« Murdoch rollte das Wort auf der Zunge. Es wirkte fast berauschend, nicht nur für ihn, sondern auch für die anderen. »Meine Güte. Wir schicken uns wirklich an, diese arme alte Welt zu verändern, sie zu retten, sie wieder so zu gestalten, wie sie sein sollte. Es wird tatsächlich geschehen.«

Die anderen stimmten ihm zu und es wurde laut, als alle gleichzeitig sprachen. Einige der Jünger standen auf. Edmund Tolliver vom Nationalen Sicherheitsrat legte Gallant die Hand auf den Arm. Der Reverend lächelte weiterhin, wie immer, obwohl er es verabscheute, berührt zu werden. Tolliver grinste wie ein Idiot. Gallant sah ihm direkt in die Augen und daraufhin errötete der Mann. Er murmelte »Amen« und drehte sich zu seinem Stuhl um. Im Lauf der Jahre lernte man, sie allein mit einem Blick dazu zu bringen, die Hände wegzunehmen.

Gallant klopfte auf den Tisch, um die Aufmerksamkeit der Jünger zu bekommen. Als sich die Männer beruhigten, sagte er: »Shield, meine Herren. Der Schild. Wir haben lange und hart daran gearbeitet, ihn so wirkungsvoll wie jetzt zu machen. Er wird zu einem Werkzeug Seiner Hand. Shield, von Ihnen mit Leben erfüllt, wird für unsere Generation zur neuen Bundeslade.« Der Reverend begriff, dass er es hier mit den Metaphern ein wenig übertrieb, aber die anderen waren noch immer in der Begeisterung des Moments gefangen. »Bundeslade!«, wiederholte Courtenay.

Tags zuvor hatte Reverend Gallant in einer kleinen Buchhandlung an der Wisconsin Avenue ein Handbuch für Versammlungen gekauft und es ganz durchgelesen, bevor er spät am Abend zu Bett gegangen war. Das Buch empfahl, jedes Treffen nach seinen Zielen zu gestalten, und darauf besann sich Gallant nun, während die anderen warteten, auf die Ziele. Er hob die Hände, die Innenflächen nach oben gerichtet. »Wir sind die Träger des Schilds, meine Freunde. Sie lachten über unsere ›Star Wars‹-Verteidigung, aber davon ließen wir uns nicht beirren. Sie strichen die Finanzierung, aber wir hielten durch. Wir kamen ohne die Zuschüsse zurecht und steckten geheime Gelder in das Projekt. Wir steuerten gegen den Tadel, gegen den Spott. Und jetzt haben wir drei wahrhaftige Körper des Himmels in die Umlaufbahn gebracht.«

Gallant legte eine kurze Pause ein, um den Zuhörern Gelegenheit zu geben, seine Beschreibung der Laser-Satelliten als »himmlische Körper« zu würdigen. Überall am Tisch wurden anerkennende Bemerkungen laut. Jeder Hinweis auf die Abfangsatelliten hätte diese Männer zu einer positiven Reaktion veranlasst. Nicht einmal der Kongress wusste, dass die Laser-Satelliten im Orbit waren. Diese Jünger aber wussten Bescheid und angesichts ihres Wissens fühlten sie sich wichtig und mächtig. Sie lächelten zufrieden beim Gedanken an die Satelliten.

»Diese drei neuen Himmelskörper, Gentlemen, sind die Beschützer unserer großen Nation. Aber was nützt uns Shield, wenn wir zu viel Angst haben, den Schild auch zu benutzen? In unserem Land herrscht eine Stimmung von Beschwichtigung. Die Leute sind trunken von der Vorstellung, mit der anderen Seite in Frieden und Harmonie zu leben. Als ob das jemals möglich gewesen wäre. Die Sowjetunion ist zusammengebrochen, aber ihre Waffen existieren noch, kontrolliert von denselben Händen, die sie früher kontrolliert haben. In einem Jahr oder vielleicht noch früher werden wir einen großen Teil unserer strategischen Stärke verloren haben. Wir müssen jetzt handeln; andernfalls ist es zu spät. Diesem Zweck dient Cuba Libre. Wenn sich der Feind unterwirft ... Umso besser. Wenn er Widerstand leistet, legen wir die Karten auf den Tisch und zeigen ihm Shield. Und dann, nach der Abwehr seines lächerlichen Angriffs, schlagen wir zurück. Mit den Worten Jeremias: ›Und seine Städte werden wüst liegen, dass niemand darin wohnen wird. Denn der Verwüster wird über alle Städte kommen, dass nicht eine Stadt entrinnen wird. Es sollen die Täler verwüstet und die Ebenen verheert werden ...‹«

»Wir müssen jetzt an unserer Entschlossenheit festhalten. Wir müssen beharrlich sein, unseren Weg auf dem Pfad der Gerechtigkeit fortsetzen. ›Verflucht sei, wer des Herrn Werk lässig tut; verflucht sei, wer sein Schwert aufhält, dass es nicht Blut vergießt.‹ So steht es geschrieben in Jeremia 48,10. Es steht für uns geschrieben.«

Im Verlauf von drei Jahrzehnten hatte Reverend Gallant bei zahlreichen Auftritten gelernt, dass es in jedem Publikum einen ungläubigen Thomas gab. Man konnte sich darauf verlassen, dass früher oder später eine ängstliche Stimme erklang, direkt nach der Präsentation der wundervollsten Vision einer neuen Ordnung. Wenn man vorbereitet war, konnte man ihn als Anreißer benutzen. Diesmal war der ungläubige Thomas der junge Bursche, den Paule aus dem Finanzministerium rekrutiert hatte; seinen Namen vergaß Gallant immer wieder. Mit hoher, wehleidiger Stimme sagte dieser Mann:

»Ich frage mich, ob dies der richtige Zeitpunkt ist. Mehr nicht. Ich meine, ich zweifle nicht daran, dass die Laser-Satelliten schließlich funktionieren werden, wenn wir sie perfektioniert haben und wenn sich genug von ihnen in der Umlaufbahn befinden. Aber die Presse hat immer wieder die Fehlerhaftigkeit des Grundkonzepts von Shield betont und darauf hingewiesen, dass ein solcher Schild gar nicht funktionieren kann, zumindest nicht mit dem gegenwärtigen Stand unserer Technik. Ich habe mich gefragt, ob wir mit dieser Sache vielleicht nicht ein bisschen zu früh dran sind. Ich meine, wir könnten uns doch irren, oder? Immerhin sind wir nur Menschen. Vielleicht funktioniert Shield nicht so gut, wie wir glauben … Ich meine, es stehen viele Leben auf dem Spiel.«

Gallant lächelte nachsichtig. »Wir sind nur Menschen, Wie wahr. Wir können uns irren. Sehr tiefgründige Worte. Aber der Herr ist nicht ›nur ein Mensch‹ und Er kann sich nicht irren. Wovor haben wir Angst, meine Freunde? Dass wir Seine Werkzeuge sind bei der Perfektionierung der menschlichen Gesellschaft durch Feuer? Kann der Weltuntergang ohne Seine Erlaubnis kommen? Und wenn das Armageddon geschieht und wenn ihm die Wiederkehr unseres Heilands folgt … Wer von uns kann dann im Rückblick die Entscheidungen bedauern, die wir heute hier treffen?«

Gallant gab plötzliche Müdigkeit vor. »Aber wer bin ich, dass ich euch Kraft gebe, wenn ihr schwach seid? Ich bin nur ein einfacher Prediger, das Kind einfacher, bescheidener Leute. Ich rede schon zu lange, meine

Freunde. Vielleicht war es falsch, das Wort an Sie zu richten. Ich schlage vor, Minister Murdoch liest uns ein kurzes Stück aus der Bibel vor, und anschließend, Mr. Secretary, könnten Sie uns vielleicht erklären, wie wir Ihrer Meinung nach vorgehen sollten.«

»Sehr gern, Nolan. Sehr gern.« Murdoch griff nach seiner Bibel.

»Wenn Sie gestatten, Bill ... Wie wäre es mit dem sechsten Vers aus Kapitel fünfzehn des zweiten Buch Mose?«

»Eine ausgezeichnete Wahl, Nolan«, sagte der Minister, obgleich er nicht die blasseste Ahnung hatte, worum es in der betreffenden Bibelstelle ging. »Ich hätte nicht besser auswählen können.«

Der Reverend schloss die Augen, als Minister Murdoch zu lesen begann:

»›Herr, deine rechte Hand tut große Wunder; Herr, deine rechte Hand hat die Feinde zerschlagen. Und mit deiner großen Herrlichkeit hast du deine Widersacher gestürzt; denn da du deinen Grimm ausließest, verzehrte er sie wie Stoppeln.‹«

Murdoch sah noch einmal hin, um ganz sicher zu sein, dass er richtig gelesen hatte. »Ja, hier ist von ›Stoppeln‹ die Rede. Nun, wenn wir in dieser Zeit der Not über die Worte nachdenken, die wir gerade gehört haben, so müssen wir uns fragen: Wie lange schon, oh Herr, wie lange schon ...«

*

Gallant hatte sich für die Versammlung vier Ziele gesetzt. Die ersten drei zu erreichen, war nicht weiter schwer gewesen. Er hatte General Archers Attaché und dem Untersekretär im Verteidigungsministerium direkte Anweisungen gegeben – sie verfügten im Pentagon über genug Einfluss, um auch kurzfristig fast alles zustande zu bringen. Das vierte Ziel erwies sich als problematischer: Er musste, wie Gustafson gesagt hatte, mit dem Präsidenten reden, ihm Mut machen und dafür sorgen, dass er sich zusammenriss. An ihn heranzukommen, war nicht weiter schwer – Rupert Paule kontrollierte seinen Terminkalender. Es musste ein heimliches Treffen sein, denn die Presse würde Zeter und Mordio schreien, wenn der Präsident vor den Abrüstungsgesprächen in Wien Nolan Gallant empfing. Sollte sich Paule darum kümmern.

Was sollte er dem Präsidenten sagen? Bestimmt hatte der Mann nicht genug Mumm, mit Armageddon zu liebäugeln. Als die anderen gingen, zog sich Gallant mit Paule und Hodge ins nahe Büro zurück und erklärte seine Sorge. Hodge war ein geborener Intrigant. Gallant wandte sich mit einer direkten Frage an ihn. »Wie trete ich am besten an den Präsidenten heran, Taylor?«

Hodge überlegte kurz. »Dem Präsidenten geht es jetzt darum, wie die Geschichte über ihn urteilen wird. Sein schlimmster Albtraum ist, dass man ihn für einen Schussel hält, der alles verpfuscht hat und mit einer unklugen Aktion die Verantwortung dafür trägt, dass das ganze Direktorium eines wichtigen amerikanischen Unternehmens ermordet wurde. Geben Sie ihm zu verstehen, dass die Verantwortung für alles bei den Kubanern liegt und die Geschichtsbücher von einem cleveren Präsidenten berichten werden, der schnell und mutig handelte und den Schuldigen die Strafe brachte, die sie verdienten ...«

»Ich verstehe, ich verstehe. Unsere Seite hat nur darauf gewartet, eine Gelegenheit zu bekommen. Und die gibt uns der feige Angriff auf Texaco.«

»Genau. Operation Cuba Libre war die ganze Zeit bereit. Und der Präsident wird als der Mann in die Geschichte eingehen, der uns Kuba zurückholte.«

»Aber die Honduras-Aktion und die Bombe gegen Texaco liegen Wochen zurück. Es kann wohl kaum von einer schnellen Reaktion die Rede sein.«

»Wer will das behaupten? Cuba Libre kann innerhalb von zehn Tagen durchgezogen werden. Der Plan ist einfach. Er erfordert kaum Leute und nur wenig Ausrüstung. Vom Blickwinkel des nächsten Monats aus gesehen wird man es für eine sofortige Reaktion halten. Und es wird unsere Freunde in Havanna auf dem falschen Fuß erwischen.« Hodge wirkte entspannt und zuversichtlich. Er hatte überhaupt keine Zweifel. »Sie werden ... wie soll ich es ausdrücken ...«

»Sie werden sich in die Hosen machen«, sagte Gallant.

»Damit ist zu rechnen, ja«, bestätigte Hodge.

*

Auf dem Rücksitz seiner schwarzen Limousine ließ Gallant das Treffen noch einmal Revue passieren. Die Wege des Herrn sind für uns gewöhnliche Sterbliche unergründlich, dachte der Reverend. Er führt uns mit Vollidioten zusammen, lässt uns die Murdochs und Tollivers dieser Welt erleiden, die Kriecher und Katzbuckler, die aus Gründen auf dieser Welt wandeln, die für keinen Menschen ersichtlich sind. Manchmal lässt Er uns erstaunliche Wege einschlagen und es kommt sogar vor, dass Er uns die eine oder andere faustdicke Lüge in den Mund legt.

Gallant überlegte, wie man die Cornell-Simulationen diskreditieren konnte. Kleine Lügen für kleine Menschen, dachte er und stellte sich vor, wie er dem Präsidenten geradewegs in die Augen sah und ihm sagte, dass die Cornell-Daten frisiert waren, dass die »Honduras-Simulation« nach der eigentlichen Aktion stattgefunden hatte und zurückdatiert worden war. Er würde behaupten, dass der Minister des Auswärtigen Amts davon gewusst hatte, darauf vertrauend, dass der Präsident die Bedeutung hinter diesen Worten erkannte und zu dem Schluss gelangte, dass das State Department gefälschte Szenarien benutzte, um seinen Einfluss auszuweiten. Er würde darauf hinweisen, dass sie versuchten, dem Präsidenten Angst einzujagen, dass sie ihn handlungsunfähig machen wollten zu einer Zeit, die mutiges Handeln erforderte.

Es funktionierte bestimmt. Der Präsident versuchte vielleicht, sich aus seinen Verpflichtungen zu stehlen, aber das würde Gallant nicht zulassen. Er hatte ihn gewissermaßen im geistlichen Schwitzkasten. Höchstens zwei Wochen und von Cuba Libre waren vollendete Tatsachen geschaffen.

Machtpolitik kann einem in den Kopf steigen und sogar eine starke erotische Wirkung entfalten. Die Bewegung von Truppen, die Planung kühner Vorstöße … Gallant wusste, dass manche Männer davon eine Erektion bekamen. Bei ihm sah die Sache anders aus – er wurde hungrig. Er klopfte an die Glaswand der Limousine und bedeutete dem Fahrer, bei Kentucky Fried Chickens direkt voraus zu halten.

3

Das Gefangenendilemma

Es war nicht das Sexleben von Käfern, das Homer Layton untersuchen wollte, sondern die Bewegung von Elektronen in einem Medium aus Wasser und kristallisiertem Diopsid. Der Kristall war sein Laboratorium. Der Effekt, den er zu erklären versuchte, fand über eine Entfernung von wenigen Atomdurchmessern statt und wurde hervorgerufen von der Wechselwirkung zwischen einem dünnen Strom aus Elektronen und einem einzelnen Wasserstoffatom. Für die Beobachtung des Effekts verwendete er eine Trockenbatterie, ein Beugungsgitter und einen Schwarzweißfilm mit Hochkontrastauflösung. Die Gesamtkosten des Experiments bewegten sich innerhalb des Rahmens einer Highschool-Wissenschaftsmesse.

Richtig teuer wurde es später, wenn es darum ging, die gewonnenen Daten auszuwerten und zu verstehen, was die sonderbaren Ergebnisse des Experiments bedeuteten. Das gefilmte Muster von Elektronen, die aus der Aura des Atomkerns kamen, wiesen auf eine besondere Bewegung hin, eine Pekuliarbewegung auf atomarem Niveau. Das erste Experiment dieser Art hatte Homer vor zehn Jahren an der Columbia University durchgeführt und seitdem fragte er sich nach seiner Bedeutung.

»Die wirtschaftlichste Methode, das Rätsel zu lösen, besteht aus der Anwendung der Einstein-Methode«, hatte Homer zu Loren gesagt, im September, an Lorens erstem vollen Tag in Amerika, seinem ersten Tag am Projekt. Homer und er waren von Spanien gekommen und am vergangenen Abend am Kennedy Airport gelandet.

»Nun, wie würde Einstein vorgehen, um das Geheimnis der Pekuliarbewegung zu knacken?« Homer richtete einen erwartungsvollen Blick auf Loren.

»Äh …«, sagte Loren.

»Genau. Er würde die Schuhe ausziehen, die Füße auf den Tisch legen und mit reiner Denkkraft an das Problem herangehen. Er bräuchte … einen Morgen. Gesamtkosten der Analyse: zwei Eier, oder was er sonst zum Frühstück hatte, Treibstoff für den Motor namens Gehirns. Warum bin ich nicht dazu imstande?«

»Nun …«, sagte Loren.

»Genau. Nicht genug Denkkraft. Deshalb brauche ich Hilfe. In Form von Assistenten und Computern. Außerdem sind auch noch ein Computertechniker, Büros und Gehaltsabrechnungen nötig. Statt der Einstein-Methode verwende ich die Layton-Methode. Ich gehe das Problem mit einem Haufen Zaster an. Und wo finde ich einen Haufen Zaster?«

»Ich weiß nicht, Homer.« Loren versuchte sich daran zu erinnern, was das Wort »Zaster« bedeutete.

»Natürlich weißt du es nicht. Deshalb sage ich es dir. Einen Haufen Zaster bekommt man beim Verteidigungsministerium. Man stellt einen Antrag. Eines Tages, als ich das Glück auf meiner Seite glaubte, schrieb ich einen und schickte ihn los. Und bevor wir uns versahen, schwammen wir plötzlich in Geld.«

»Nett.«

»Sehr nett.« Homer verzog das Gesicht. »Allerdings … Wenn man nicht aufpasst, muss man einen Preis dafür zahlen. Wenn man beim Verteidigungsministerium Geld für die Untersuchung der Pekuliarbewegung von Elektronen beantragt, darf man erwarten, dass sie die ganze Sache für sich ausnutzen und von einem erwarten, dass man eine Pekuliarbewegung-Bombe baut. Die kleinen Veränderungen durch unsere Geldgeber nehmen einem den ganzen Spaß an der Arbeit.«

»Ich verstehe.«

»Der Trick besteht also darin, den Antrag möglichst abstrakt zu formulieren. Man beschreibe das Projekt als reine Gedankenarbeit, als etwas, das mit der Realität so wenig zu tun hat, dass niemand auf den Gedanken kommen kann, eine Waffe daraus zu entwickeln.«

»Wie eine mathematische Untersuchung«, sagte Loren.

»Oder eine Computersimulation. Das dachte ich zumindest. Was könnte abstrakter sein? Die Konstruktion eines mathematischen Modells in einem Maschinengehirn, ein harmloser Ausflug in die Welt des Kleinen und Winzigen. Fast wie ein Gedicht hab ich's geschrieben und dem Verteidigungsministerium geschickt.

Und plötzlich erreicht uns jede Menge Geld. Woher sollte ich wissen, dass ›Simulation‹ plötzlich ein Zauberwort im Pentagon ist? Man wollte nicht nur eine Simulation, sondern zwei. Wir bekommen Gelegenheit, ein Computerprogramm zu entwickeln, das Partikel simuliert, die sich an einem Atomkern vorbeischlängeln, und wenn wir schon einmal dabei sind, können wir auch gleich ein zweites Programm entwickeln.«

»Den Kristallkugel-Simulator.« Diesen Teil kannte Loren bereits. Sie hatten während des Flugs darüber gesprochen.

»Ja. Eine Kristallkugel, die das Gleichgewicht der Macht bei jedem Stadium der Abrüstung voraussagt, damit wir nichts übersehen. General Buxtehudes Adjutanten kommen hierher, halten einen wundervollen Vortrag und erzählen uns, alle Computersimulationen seien im Grunde genommen gleich. Wir sollten imstande sein, den Abrüstungssimulator zu programmieren und ihn mit kleinen Änderungen hier und dort auch für die Simulation von Elektronenbewegungen zu verwenden, zum Beispiel am Samstag. Mein bestes Angebot, antworte ich, ist fifty-fifty. Die Hälfte der Zeit dürfen wir auf Kosten der Regierung über Teilchenphysik nachdenken und die andere Hälfte widmen wir dem Machtgleichgewicht.«

Sonia und Ed nahmen an Lorens Einführung teil. »Wir haben einen sehr eleganten Ausdruck für die andere Hälfte der Arbeit«, wandte sich Sonia an Loren. »Für die Arbeit am Abrüstungssimulator. Wir sprechen von ›auf den Strich gehen‹.« Sie nahm Lorens Lächeln als Zeichen dafür, dass er verstand, was diese Worte bedeuteten.

»Wir konstruierten also zwei Simulatoren«, setzte Ed Barodin die Erklärungen fort. »Eigentlich sogar noch mehr, aber schließlich blieben zwei übrig: Simula-6 für die Simulation von Partikelbewegungen und Simula-7 für die Simulation des Machtgleichgewichts. Homer hat die Programme konzipiert und Sonia und ich haben sie geschrieben.«

Homers Augen funkelten. »Mit dem Simula-6-Programm können wir alle nur erdenklichen Hypothesen über das Geschehen auf dem Partikelniveau untersuchen. Wir spekulieren und Simula-6 teilt uns mit, ob sich die beobachtete Realität damit erklären lässt. Bei den Spekulationen sind unserer Fantasie keine Grenzen gesetzt. Nehmen wir an, ein Elektron zerfällt zu einem Muon, das sich in der Präsenz von Licht sofort in ein Elektron zurückverwandelt. Edward übersetzt diese Annahmen in Programmdaten und füttert Simula-6 damit. Und Simula-6 antwortet: Wenn so etwas geschähe, wäre die Elektronenbewegung nicht nur seltsam, sondern absonderlich. Aber wir beobachten eine seltsame Bewegung der Elektronen, keine absonderliche. Also ziehen wir die entsprechende Hypothese zurück und versuchen es mit einer anderen.

Wenn wir die richtige Hypothese präsentieren, sagt die Simulation: Na so was, ihr habt den Nagel auf den Kopf getroffen. Die Spekulation, die ihr gerade eingegeben habt, erklärt die Pekuliarbewegung. Das simulierte Bewegungsmuster, das wir im Ausdruck finden, stimmt mit dem beobachteten überein. Dann wissen wir Bescheid. Dann ist das Rätsel der seltsamen Bewegung, der Pekuliarbewegung, gelöst, und mit ihm ein großes Stück vom größeren Rätsel der Quantenrealität.« Homer erwärmte sich immer mehr für das Thema. »Dies könnte eine große Sache sein«, betonte er. »Eine verdammt große. Wenn wir es schaffen, wenn wir tatsächlich das Rätsel der Pekuliarbewegung lösen, dann sind wir ganz oben und spielen die erste Geige! Dann liegt uns die Welt zu Füßen. Princeton wird grün vor Neid. Lincoln Labs ebenfalls. Berkeley … Du scheinst verwirrt zu sein, Loren.«

»Die erste Geige?«

»Genau. Und wir bekommen Preise. Und jede Menge Ruhm und Ehre.«

Sonia kam Loren zu Hilfe. »Homer ist wegen der Pekuliarbewegung sehr aufgeregt. Wenn wir nachweisen können, dass sich Teilchen nicht nur in einzelnen Schritten bewegen, sondern auch in sich überlappenden einzelnen Schritten, wobei es gelegentlich zu Wechselwirkungen mit ihren früheren Instanzen kommt, wie Homer glaubt … Dann müssen gewisse Theorien der Teilchenphysik aufgegeben werden. Wir hätten es mit einer ganz neuen Wissenschaft zu tun.«

Homer nickte. »Dafür, meine jungen Freunde, lohnt es sich, ›auf den Strich zu gehen‹.« Er fügte den Worten ein schiefes Lächeln hinzu.

»Die Hälfte unserer Zeit können wir nach Herzenslust spekulieren«, fuhr Edward fort. »Doch die andere Hälfte müssen wir Simula-7 widmen. Diese Zeit ist ebenfalls Spekulationen gewidmet, die allerdings nicht von uns stammen, sondern vom Auftraggeber, der zum Beispiel fragt: Was würde geschehen, wenn beide iranischen Ölhäfen zufälligerweise in die Luft flögen, oder wenn die CIA einen kleinen Zwischenfall für den einen oder anderen widerlichen Diktator arrangiert.«

Loren nickte. »Dann werft ihr Simula-7 an und analysiert Aktion und Reaktion.«

»Ja.«

»Eigentlich nicht so schlimm, wenn es darum geht, die Miete zu zahlen. Ich meine, es klingt so, als könnte man Spaß dabei haben.«

Sonia verzog das Gesicht. »Wenn man nicht zu oft an all das Blut denkt, das aus dem Computer tropft. Während der Rest der Welt über eine neue Ära des Friedens nachdenkt, müssen wir den Krieg in Betracht ziehen. Das ist nötig, wenn man das Gleichgewicht der Kräfte für bestimmte Abrüstungsvorschläge überprüfen will: Man simuliert eine Konfrontation mit den übrig bleibenden Waffen, um festzustellen, was sich dabei ergibt. Simula-7 simuliert den Krieg. Das Programm stellt sich das Unvorstellbare vor und gibt an, wie viele Tote zu erwarten sind. Bei einigen Ergebnissen ist von ›Megatoten‹ die Rede, ein Begriff, den ich zum ersten Mal gehört habe, als ich mit diesem Projekt begann.« Sie schauderte.

»Aber es findet alles im Innern eines Computers statt«, erwiderte Loren. »Es ist nur eine Simulation. Niemand kommt zu Schaden.«

»Ja«, sagte Sonia. »Das muss man sich immer wieder ins Gedächtnis rufen.«

*

Homer legte die Zeit für die beiden Projekte fest: der Morgen für Simula-7, der Nachmittag für die Pekuliarbewegung. Doch diese Einplanung blieb nur einige Wochen gültig, bis der Verbindungsmann des Pentagon kam, Oswald »Curly« Burlingame. Er richtete sich im zweiten Stock von Clark Hall ein Büro direkt neben ihnen ein und verkündete, sie sollten ihn wie ein Mitglied des Teams behandeln. Um ihn zu meiden, verlegten sich Homer und seine Assistenten darauf, abends mit der Arbeit zu beginnen und bis morgens zu bleiben. Sonia, die Loren beim Lernen neuer englischer Wörter half, nannte Burlingame ein »Arschloch«.

Die Untersuchung der Pekuliarbewegung war nicht etwas, an dem man stückchenweise arbeiten konnte, mit kleinen Fortschritten jeden Tag. Erst befürchtete man, dass es überhaupt keine Fortschritte geben würde, und dann half ein plötzlicher Durchbruch dabei, das Problem in Nullkommanichts zu lösen. Aber: Der Durchbruch ließ noch immer auf sich warten. Stundenlang saßen sie da und starrten auf dieselben Gleichungen. Viel Spaß machte das nicht. Manchmal gingen sie zu den Abrüstungssimulationen über, nur um sich ein wenig abzulenken.

Für Ablenkung sorgte Simula-7 genug. Die vom Pentagon gelieferte Hardware bestand aus besonders teuren Spielzeugen. Ed und Loren verbrachten eine Nacht damit, im Computerraum einen riesigen Plasmaschirm aufzubauen. Es war der größte Bildschirm, den sie je gesehen hatten: zwei Meter vierzig mal drei Meter sechzig. Sie stellten ihn auf zwei zusammengeschobene Tischtennisplatten. Nach einigen Stunden Programmierung zeigte der Schirm Lagekarten der Welt in Echtzeit. Man konnte sich in ein bestimmtes Gebiet zoomen und bekam Informationen über Truppenstationierungen, Raketenstellungen und Bevölkerung.

Die Computertechnikerin Kelly Corsayer starrte auf das riesige Display. »Die roten Dreiecke verstehe ich. Das sind alte sowjetische Silos und einige mit Raketen bestückte Unterseeboote. Und die blauen Markierungen gehören zu uns. Aber was hat es mit den schwarzen auf sich?«

»Sie sorgen dafür, dass das Spiel interessant bleibt, meine liebe Kelly«, sagte Edward grimmig. »Sechs Raketen der ehemaligen Sowjetunion. Niemand weiß, was aus ihnen geworden ist. Vielleicht liegen sie irgendwo in einem Lagerhaus, aber das glauben wir nicht. Wir glauben, dass sie an bestimmte Gruppen weitergegeben worden sind.«

»Meine Güte.«

»Natürlich wissen wir nicht genau, wo sie sind. Hier kommt Simula-7 ins Spiel. Das Programm ersinnt schreckliche Möglichkeiten und warnt uns vor ihnen. Zum Beispiel …« Edward wandte sich der Konsole zu und seine Finger huschten über die Tastatur. »Angenommen, wir lassen im Nahen Osten ein bisschen die Muskeln spielen, was den ›bestimmten Gruppen‹ nicht gefällt …« Die sechs Dreiecke veränderten ihre Position und rückten näher an die Vereinigten Staaten heran. Edward deutete auf eins an der mexikanischen Westküste. »Sie wiegen etwa so viel wie ein Mähdrescher, können also von einem Lkw relativ problemlos herumkutschiert und an einem abgelegenen Ort aufgestellt werden. Infrage käme auch ein Fischerboot mittlerer Größe.« Er zeigte auf ein schwarzes Dreieck vor der Küste von South Carolina. »Während wir noch mit unserem kleinen Abenteuer im Nahen Osten beschäftigt sind …« Edwards

Finger tanzten erneut auf den Tasten und das mexikanische Dreieck glitt fort von seinem Startplatz, zog dabei eine feuerrote Markierungslinie hinter sich her. Es kroch über amerikanisches Territorium und näherte sich San Diego. Eine Art Knacken kam aus dem Lautsprecher und die Stadt verwandelte sich in einen langsam größer werdenden grauen Fleck.«

»Huch«, sagte Kelly.

»Huch, ja. Das geschieht, wenn die ›bestimmten Gruppen‹ ein bisschen verärgert sind. Wenn sie sich *richtig* ärgern …« Edward gab noch einmal etwas über die Tastatur ein und die restlichen schwarzen Dreiecke gerieten in Bewegung, näherten sich amerikanischen Städten. Das Knacken aus dem Lautsprecher wiederholte sich und es entstanden weitere graue Flecken: New York, Washington, Chicago, Los Angeles und San Francisco.«

»Himmel.« Kelly erbleichte.

»Eigentlich nicht so schlimm, denn es sind nur sechs, nicht mehr. Sechs Atomexplosionen auf einem Kontinent lassen noch die Möglichkeit von Leben im Rest der Welt zu. Glaube ich jedenfalls. Es sei denn, wir schlagen zurück. Wir wissen nicht genau, wer die ›bestimmten Gruppen‹ sind; also können wir nur ganz allgemein zurückschlagen und unser Arsenal gegen Länder einsetzen, die uns in der Vergangenheit geärgert haben.« Er schrieb noch einmal. Blaue Dreiecke verließen ihre Positionen in den USA und glitten in alle Richtungen.«

»Schluss damit …«

Mit einem letzten Tastendruck legte Ed ein langsames Wogen auf den Schirm, das nach einer Unterwasserszene aussah. Ein kleiner Cartoon-Fisch schwamm von der einen Seite durchs Display.

Kelly, noch immer grau im Gesicht, wich zurück.

Loren sah von seiner Konsole am anderen Ende des großen Bildschirms auf. »Wieder bereit für die Karibik, wenn ihr wollt.« Homer und Sonia traten näher. »Los geht's.«

Sie beobachteten stumm, wie die Simulation eine Reihe von Aktionen und Gegenaktionen zeigte. Die von Amerika ergriffenen Maßnahmen stammten aus einer Hypothesen-Datenbank, die einige Vorschläge aus Washington enthielt und andere, von Homer und seinen Assistenten ausgearbeitete Möglichkeiten. Die wahrscheinlichen Reaktionen wurden von Simula-7 berechnet. Homer sah sich das Ergebnis an und schüttelte den Kopf. Verschiedene Bildschirmfenster gaben Auskunft über Tote und

Materialverlust aller Beteiligten. Schließlich sagte er: »Zum Glück ist es nur eine Simulation.« Das sagte er immer.

Der Laserdrucker summte und druckte das letzte Szenario mitsamt den Ergebnissen.

Der Plasmabildschirm war nicht das einzige technische Spielzeug des Pentagon. Es gab auch noch SHIELA, einen Array-Computer mit fast unbegrenzter Kapazität. Simulationsprogramme sind in Hinsicht auf die Verarbeitungsgeschwindigkeit sehr anspruchsvoll und für Simula galt das in einem besonderen Maße. Ein normaler Computer hätte Stunden gebraucht, um ein einzelnes Szenario durchzurechnen. SHIELA benötigte dafür weniger als eine Minute. Der schnellste Computer auf der Erde rechnet mit einer Geschwindigkeit von einigen Tausend Teraflops, wobei ein Teraflop einer Billion Gleitkommazahl-Operationen pro Sekunde entspricht. SHIELAS Kapazität lag einige Tausend Male darüber, bei mehr als 850 Petaflops. Es war nicht der schnellste Computer auf der Erde, weil er sich gar nicht auf der Erde befand, sondern im All. Seine Schaltkreise brauchten eine Temperatur von weniger als 15 Grad Kelvin und eine derartige Kühlung wäre auf der Erde kaum möglich gewesen.

Das Pentagon hatte mehr als 5 Milliarden Dollar in SHIELA gesteckt. Das Geld stammte ursprünglich aus dem Fonds für das »Strategic missile shield project«, dem Projekt des strategischen Raketenschilds. Daher der Name: SHIELd Array, SHIELA. Ein vom Kongress verabschiedetes Gesetz hatte das Projekt auf Eis gelegt, was dazu führte, dass praktisch alle 850 Petaflops zur Verfügung standen, als Simula begann. Homer hatte die Verwendung von SHIELA durch seine Gruppe beantragt. Inzwischen liefen die beiden Programme Simula-6 und Simula-7 in einem Arbeitsspeicher, der sich in einer Umlaufbahn um die Erde befand. Die Computer in Clark Hall dienten nur dazu, eine Verbindung mit SHIELA herzustellen, Daten zu sichern und Ergebnisse auszudrucken.

Es dauerte zwei Stunden, auch die übrigen Karibik-Hypothesen durchzugehen. Am Ende kehrte Kelly zurück, gähnte und warf einen Blick auf den Schirm.

»Wie sieht es für unsere Seite aus?«, fragte sie.

Homer legte ihr den Arm um die Schulter. »Zum Glück ist es nur eine Simulation.«

»Bin froh, das zu hören.« Sie gähnte erneut.

»Geh schlafen, junge Dame. Fahr nach Hause und leg dich ins Bett.«

Kelly schüttelte den Kopf. »Ich mache nur ein kleines Nickerchen auf der Couch in deinem Zimmer, Homer. Dort kann ich wie ein Murmeltier schlafen. Falls du mich später brauchst.«

Loren sah von seiner Konsole auf. »Geh noch nicht, Kelly. Bitte rekonfiguriere das Programm für uns. Wirf den Kram mit geringer Priorität hinaus. Für das Szenario des Nahen Ostens brauchen wir viel mehr Arbeitsspeicher.«

»In Ordnung, Loren.« Kelly nahm an ihrem Terminal Platz und eine Zeit lang klickten die Tasten unter ihren Fingern. Schließlich stand sie auf, winkte ihnen zu und zog sich in Homers Zimmer zurück.

*

Wenn sie nachts mit den strategischen Simulationen fertig waren, wandten sie sich den »Partikelkriegen« zu, wie sie es nannten, und setzten die Suche nach einem Durchbruch bei der Pekuliarbewegung fort. Seit einigen Wochen arbeiteten Sonia und Homer getrennt von den anderen in einem leeren Unterrichtszimmer weiter unten am Flur. Loren und Ed blieben im Computerraum mit dem riesigen Bildschirm. Sie hatten ein Programm geschrieben, das es ihnen gestattete, den Schirm wie eine große Tafel zu benutzen. SHIELA blieb inaktiv, wenn keine Simulationen liefen; es mangelte also nicht an Rechenpower, um ihnen ein paar Gleichungen zu zeigen. Sie fanden es amüsant, ein so teures technisches Schmuckstück für etwas so Simples zu verwenden.

Das Hauptproblem des letzten Monats war eine einzelne Feldgleichung gewesen, die der große Schirm jetzt präsentierte. Ed schrieb mit der Tastatur seiner Konsole und veränderte die Darstellung so, dass die Gleichung in alter englischer Schrift erschien. Dann fügte er eine Anweisung hinzu, die dafür sorgte, dass die einzelnen Buchstaben immer wieder ihre Farben veränderten. Die störrische Gleichung leuchtete rot, dann orangefarben, gelb, grün, blau und violett, kehrte anschließend zu einem trotzigen Rot zurück. Ed ließ wieder den Cartoon-Fisch erscheinen und ihn unter der Gleichung hin und her schwimmen. Kurze Zeit später klickten erneut Tasten und kleine Luftblasen stiegen von dem Fisch auf.

Loren hatte ebenso wenig Erfolg damit, auf das Problem konzentriert zu bleiben.

»Warum spricht Sonia immer wieder von ›Tit-for-Tat‹, von ›Wie du mir, so ich dir‹?«, wandte er sich an Edward. »Was bedeutet das für Simula-7?« Seine Gedanken waren zum Projekt der Kriegssimulation zurückgekehrt.

»Es geht auf das Gefangenendilemma zurück, ein logisches Problem.«

»Mit dem Gefangenendilemma bin ich vertraut. Wir haben uns im ersten Jahr der Prädikatenlogik damit beschäftigt.«

»Stell dir das Problem vor, dann siehst du die Parallelen. Die beiden Gegangenen müssen entscheiden, was zu tun ist, ohne sich verständigen zu können. Wenn einer loyal bleibt und der andere ihn verrät, kommt der Verräter frei. Wenn beide verraten, bleiben sie für immer gefangen. Und wenn beide loyal zueinander sind, kommen sie mit einer relativ leichten Strafe davon. Im Schnitt sind sie besser dran, wenn sie kooperieren, aber in einzelnen Fällen kann es sich lohnen, den Partner zu verraten, wenn man glaubt, dass er treu bleibt.«

»Ich weiß.«

»Die Gefangenen sind wie die Machtgruppen in der Simulation. ›Verrat‹ bedeutet dabei Angriff und ›Loyalität‹ läuft auf keinen Angriff hinaus. Wenn eine Seite aggressiv ist und die andere friedlich, liegt der Vorteil beim Angreifer. So war es 1941 bei Japanern und Amerikanern. Doch das Spiel ist nicht nach einem Durchlauf vorbei; es gibt viele Entscheidungsrunden, viele Möglichkeiten zu verraten. Zusammenarbeit ist auf lange Sicht besser, aber wie soll man gewährleisten, dass man nicht ausgenutzt wird, wenn man beschließt, brav zu sein?«

»Ich gebe auf.«

»Als Axelrod in den achtziger Jahren an der Universität von Michigan das über mehrere Runden gehende Gefangenendilemma simulierte, stellte er fest, dass es eine einfache Strategie gibt, mit der man den Gegner zur Zusammenarbeit bewegen kann. Immer dann, wenn man von einem Gegner verraten wird, so bestraft man ihn, indem man ihn beim nächsten Mal verrät. Deshalb spricht man von ›Tit for Tat‹, ›Wie du mir, so ich dir‹. Man legt das Muster fest. Wenn es eine ganze Sequenz von Entscheidungen gibt, so setzt man sich schließlich durch, indem man jeden Verrat sofort bestraft und Kooperation belohnt. Man verhält sich bei der nächsten Runde so wie der Gegner bei der vorherigen. Das ist die beste Strategie von allen, die Axelrod damals ausprobiert hat.«

»Sonia glaubt also, dass die Kubaner Tit-for-Tat‹ mit uns spielen?«

»Simula-7 glaubt das. Das Programm kennt die vergangenen Wechselwirkungen, hat daraus eine Abstraktion entwickelt und sie seiner Muster-Datenbank hinzugefügt, als Muster 118. Sonia hat ihm den Namen ›Tit-for-Tat‹ gegeben. Die Kubaner können keine direkte Konfrontation mit uns herbeiführen, weil sie zu schwach sind, und deshalb haben sie ein Muster geschaffen: Jedes Mal, wenn wir sie ›verraten‹, jedes Mal, wenn wir etwas tun, das ihnen nicht gefällt, werden wir bestraft. Sie überlassen es einer der Stellvertretergruppen, Gloria Verde oder einer anderen.«

»Aber wie können wir sicher sein, dass tatsächlich solche Absichten dahinterstecken? Es erscheint absurd, dass sie uns auf diese Weise ›erziehen‹ wollen.«

»Natürlich können wir nicht sicher sein. Es ist eine Hypothese, die Aktionen erklärt, die tatsächlich stattgefunden haben. Simula-7 hat sich gewissermaßen feinjustiert, mit der Entwicklung von Abstraktionen aus beobachteten Handlungen. Das Programm hat ein Muster entdeckt, das aus dem Einsatz von Stellvertretergruppen nach Aktionen von unserer Seite besteht. Daraus wurde eine neue Abstraktion für seine Datenbank. Sonia hat ihr nur einen Namen gegeben, doch Simula-7 hat das Muster erkannt.«

Sie hatten den Vorgang der »Feinjustierung« während der letzten sechs Monate beobachtet, als die Simulation vergangene Muster analysierte, Abstraktionen daraus gewann und sie in den Speichermodulen von SHIELA ablegte. Während die Simulation auf diese Weise reifte, blieb die Fähigkeit der Menschen, der Arbeitsweise des Programms zu folgen, immer mehr auf der Strecke. Sie verstanden die Theorie hinter dem Vorgang des Abstrahierens, aber manchmal führte er zu Ergebnissen, die sie verblüfften. Der einzige Beweis dafür, dass sie korrekt waren, bestand aus der Vorhersage von Ereignissen, die sich tatsächlich wie vorhergesagt entwickelten.

Loren schüttelte den Kopf. »Das Erstaunliche ist: Du, Sonia, Homer und ich, wir haben dieses Ding konstruiert und wussten nicht, dass die Kubaner auf der Grundlage des Gefangenendilemmas handeln. Aber Simula-7 erkannte es. Wie konnte die Simulation etwas erkennen, das wir, seine Schöpfer, übersehen hatten?«

»Wer weiß? Wir waren klug genug zu erklären, was die Simulation machte. Aber sie ist die ganze Zeit über gereift. Sie hat sich weiterentwickelt und uns überholt, Loren. Wir haben eine Art Frankenstein geschaffen.«

»Ausgeschlossen. SHIELA ist zu dumm. Trotz seiner enorm hohen Rechengeschwindigkeit hat der Computer im Orbit nur ein Tausendstel vom Intellekt eines Kaninchens. Was er errechnet, sollte nicht unerklärlich für uns sein.«

»Kaninchen verwenden den größten Teil ihrer Gehirnleistung, um Nahrung zu suchen und Nachwuchs zu zeugen. SHIELA lässt sich von solchen Dingen nicht ablenken. Ihre Hirnleistung mag geringer sein als die eines Kaninchens, aber sie ist auf eine einzige Sache konzentriert. Wenn Simula-7 läuft, denkt SHIELA nur daran, wie die strategischen Mächte ticken, was sie antreibt. Und sie ist schnell. Ihr Logikzyklus ist Billionen Male schneller als die menschliche Hirnaktivität. Wir haben zweifellos genug Intellekt, um die eine oder andere Abstraktion zu verstehen, aber nicht alle. Und wir verlieren immer mehr an Boden, weil SHIELA so schnell neue Abstraktionen entwickelt.«

Sonia kehrte gerade von ihrer Arbeit mit Homer zurück. Sie blickte zum großen Bildschirm und beobachtete den Fisch, der unter der Gleichung hin und her schwamm. »Ihr habt hart gearbeitet, wie ich sehe.«

Edward sah auf. »Wir haben bedeutungsvolle philosophische Gedanken gedacht, Sonia. Jedenfalls, ich schätze, es wird Zeit fürs Frühstück. Das ist meistens der Fall, wenn das B-Team Schluss macht.«

»Homer ist schon weg. War ziemlich erledigt und meinte, wir sollten ohne ihn frühstücken.«

Sonia ging zum Protokoll und legte eine Seite mit Notizen hinein. Loren und Ed hatten nichts hinzuzufügen, nahmen ihre Jacken und warteten auf Sonia. Sie hatten es sich zur Angewohnheit gemacht, in der Kantine von Willard Straight Hall zu frühstücken und sich dabei gegenseitig auf den neuesten Stand der Dinge zu bringen. Ed schaltete das Licht aus und sie gingen zur Treppe.

»Oh, Mist«, sagte Loren. »Ich habe vergessen, Kelly zu wecken. Geht nur, ich komme nach.«

Er lief zurück. Homers Arbeitszimmer befand sich weiter den Flur hinunter, hinter seinem eigenen. Es verfügte über ein kleines Vorzimmer mit einer Couch, auf der sie alle schon das eine oder andere Nickerchen gemacht hatten. Kelly lag dort und Loren blieb kurz stehen und betrachtete sie. Ihr Gesicht war entspannt und die Andeutung eines Lächelns lag auf den Lippen. Eine Hand lag unter der Wange. Der Rock war ein wenig nach oben gerutscht und zeigte die Oberschenkel, silbern im Licht vom

Flur. Loren beugte sich vor und strich den Rocken nach unten, damit sie nicht verlegen war, wenn sie erwachte.

»Kelly?« Er drückte ihre Hand. »Wach auf, Kelly.«

»Hm?« Sie drehte sich und griff mit beiden Händen nach seiner Hand. Dann öffnete sie die Augen und setzte sich benommen auf. »Oh. Ich muss ziemlich tief geschlafen haben.«

»Hast du.« Loren nahm auf der Seite der Couch Platz. Kelly erwachte langsam. Wenn er sie jetzt verließ, schlief sie vielleicht wieder ein und würde bis Mittag hier liegen. Sie musste nach Hause und das Frühstück für ihren kleinen Bruder Curtis vorbereiten, der niemanden außer ihr hatte.

»Es wird Zeit heimzukehren.«

»Ich habe geträumt, Loren. Oh, ich hatte einen wundervollen Traum. Wir alle sind irgendwohin gefahren: du, Homer, auch Sonia und Edward. Und Curtis. Statt uns mit düsteren Kriegsprojekten zu befassen, haben wir zusammen etwas gebaut. Ich weiß nicht was. Vielleicht eine Stadt.«

Loren blieb neben ihr sitzen, als Kelly sprach und wach wurde. Er hörte zu, aber nur mit halbem Ohr, und fragte sich, was er an Kelly so verwirrend fand. Er beobachtete ihre Lippen, während sie sprach, ließ den Blick über ihr blondes Haar streichen. Sie war hübsch, aber es war nicht ihre Schönheit, die ihn bewegte. Vielleicht war es Sympathie, und auch Anteilnahme. Kelly gab sich alle Mühe, die Eltern für Curtis zu ersetzen, ihn und sich selbst über Wasser zu halten. Das mochte der Grund sein. Loren hatte begonnen, so etwas wie eine jüngere Schwester in ihr zu sehen.

»Ich würde gern etwas bauen, Loren. Etwas Greifbares, etwas Schönes. Etwas, das sagt: Kelly ist hier gewesen. Kelly und ihre Freunde haben dieses Schloss gebaut oder diese Bibliothek, was auch immer … und dadurch ist die Welt zu einem besseren Ort geworden.«

*

Loren lief durch die Unterführung nach Baker Hall und beeilte sich, zu den anderen aufzuschließen. Es regnete wieder. Der Frühling in Ithaca schien vor allem Regen zu bedeuten und natürlich hatte er den Regenschirm vergessen. Loren nahm die Abkürzung über den Hof des Fachbereichs für Künste und blieb auf den nördlichen Wegen, weil es dort mehr Bäume gab, die vor dem Regen schützten. Schließlich erreichte er Willard Straight Hall und die Kantine im ersten Stock, wo Sonia und Ed am üblichen Tisch bei den Fenstern der Westseite saßen. Claymore Layton leistete ihnen Gesellschaft. Er trug bis zur Hüfte reichende Stiefel, eine Tarnjacke mit zahlreichen Taschen und einen Hut mit daran befestigten Fliegen.

»Hallo, Claymore. Sieht aus, als wärst du Angeln gewesen.«

»Nein.«

»Willst du Angeln gehen?«

»Nein.«

»Oh.«

Claymore hatte sein eigenes Frühstück von zu Hause mitgebracht: eine Tüte mit getrockneten Aprikosen und eine Thermosflasche mit Tee. Er aß und trank zufrieden, ohne groß auf die anderen zu achten. Loren stellte sein Tablett auf das Ende des Tischs und setzte sich neben Sonia.

»Edward erzählt Armitage-Geschichten«, sagte sie. Loren runzelte die Stirn und versuchte, mit dem Namen etwas anzufangen.

»Mein alter Chef bei Johns Hopkins«, sagte Edward. »Lamar Armitage.«

»Die Theorie des Besonderen Attraktors – der Armitage?«

»Genau der. Leiter des Fachbereichs für Physik von Johns Hopkins. Teils erstklassiger Physiker, teils Politiker und teils Schurke.«

»Edward hat für ihn gearbeitet, bevor er nach Cornell kam.«

»Man hat mich als ›zentralen Bestandteil eines wichtigen Projekts der Teilchenphysik‹ eingestellt. So hieß es jedenfalls. Und ich hab's geschluckt. Beim Vorstellungsgespräch beschrieb Armitage das Forschungsprojekt so, als gäbe es nichts Besseres. Dann habe ich dort zwei Jahre verbracht und wir sprachen nie wieder über Teilchenphysik. Alle waren zu sehr damit beschäftigt, beim Verteidigungsministerium ›auf den Strich zu gehen‹.«

»Es ist also nicht nur bei Cornell so?« Loren stellte sich vor, wie überall im Land Forscher ihre normale Arbeit liegen ließen und versuchten, Zuschüsse vom Verteidigungsministerium zu ergattern. Es war ein deprimierender Gedanke.

»O nein, ganz und gar nicht. Bei Johns Hopkins war's noch viel schlimmer. Homer hat sich mit einem Teilzeit-Job fürs Militär bereit erklärt, damit seinen Forschungen in Hinsicht auf die Pekuliarbewegung finanziert werden. Nur hier haben wir die Möglichkeit, wenigstens die Hälfte unserer Kraft und unserer Zeit den Dingen zu widmen, für die wir ausgebildet sind. Unter Lamar sah die Sache anders aus. Er schuf sich ein Reich und maß seinen Erfolg an der Anzahl der klugen jungen Physiker, die er für seine Fakultät gewinnen konnte. Dass diese klugen jungen Physiker die ganze Zeit über Software für die Raketenabwehr schrieben, störte ihn überhaupt nicht. Er trieb sich in den Fluren des Pentagon herum und suchte dort nach mehr Arbeit, damit er weitere talentierte Forscher einstellen konnte. Auf dem Papier hatten wir die aufregendste Physikergruppe, die jemals zusammengestellt worden war. Aber wir forschten nicht, sondern schrieben Programme. Zwei Jahre meines Lebens futsch.«

»Nicht ganz. Du hast das Betriebssystem für SHIELA geschrieben. Und die Arbeit mit Armitage muss interessant gewesen sein. Was für ein Kopf.« Seit seinem ersten Jahr an der University of Salamanca hatte Loren Armitages Arbeit verfolgt. »Wie war er, Edward?«

»Ein Schwindler. Ein wundervoller Mann, in vielerlei Hinsicht, aber ein Schwindler.« Edwards Gesicht verlor bei diesen Worten etwas von seiner Strenge, als hätte er noch immer eine gewisse Zuneigung für seinen alten Mentor übrig. »Er konnte so überzeugend sein, dass man ihm eine seiner verrückten Ideen abkaufte, ohne sie auch nur für ausgefallen zu halten. Eigentlich war er mehr Verkäufer als Physiker. Was ihm zweifellos dabei half, dem Pentagon neue Zuschüsse abzuluchsen, wenn ein Projekt Geld brauchte. Aber er war nicht nur beim Pentagon ein Verkäufer, sondern überall. Er verstand das Verkaufen so gut, dass er uns überzeugte und manchmal auch sich selbst. Die Wahrheit war für ihn nur eine Art Rohmaterial, das man nach Belieben formen konnte.«

»Ein nützliches Talent.«

»Sein großer Held war De Bono.«

Sonia sah von ihrem Obstteller auf. »Meinst du den De Bono, der *Laterales Denken* geschrieben hat?«

»Ja. Und all die anderen Bücher über Gedankenspiele und Kreativität. Wenn wir irgendwo festsaßen, rief Lamar uns zusammen und las einen Text von De Bono vor. Vor allem die Provokationstechnik um das ›Po‹ hatte es ihm angetan.«

Sonia nickte. »Po, das Gegenteil von Nein«, sagte sie. »Ich erinnere mich.«

Damit konnte Loren nichts anfangen, was man ihm offenbar ansah, denn Edward erklärte: »Wenn man mit einem Problem nicht weiterkommt, sagt man einfach ›Po damit‹. Man wünscht sich das Problem weg; man umgeht es. Manchmal hilft es, denn wenn man vorgibt, dass das Problem gar nicht existiert oder man bereits eine Lösung dafür hat, kann man Ideen erforschen, die jenseits davon liegen. Dann kann man sich mit neuen Dingen befassen, die sonst außer Reichweite geblieben wären.«

»Po mit der verdammten Feldgleichung«, sagte Loren und fühlte die Enttäuschungen und den Frust der vergangenen Wochen.

»Genau.«

Claymore starrte ins Leere. Er schien gar nicht zugehört haben, brummte aber: »Po.«

»Man poht ein Problem und denkt alle Gedanken, die man gedacht hätte, wenn das Problem gelöst wäre«, fuhr Edward fort. »Manchmal gibt einem einer dieser Gedanken die Möglichkeit, zurückzukehren und das Problem aus der Welt zu schaffen.«

»Wir machen so etwas«, sagte Sonia. »Vielleicht machen wir es nicht oft genug.«

»Wir machen es hier und es kann helfen. Aber wir gehen dabei nicht so vor wie Lamar. Wir pohen ein Problem, ohne zu vergessen, dass wir eines Tages zurückkehren und uns erneut damit befassen müssen. Wenn Lamar etwas pohte, so hatte es sich damit; das gepohte Etwas existierte nicht mehr. Unser ganzes Projekt schwebte in neurotischer Stumpfheit und leugnete die Realität auf allen Seiten. Es war eine große Erleichterung, als es beendet wurde. Andererseits hätte uns ein kollektiver Nervenzusammenbruch gedroht.«

Loren schnitt eine Grimasse bei dem Gedanken, dass einer seiner alten Helden auf tönernen Füßen stand. »Aber er kriegt doch etwas zustande, Edward, oder? Sein Konzept des Besonderen Attraktors ist wundervoll.«

»Er kriegt das eine oder andere hin, ja. Oder die Dinge finden um ihn herum statt. Er ist ein wichtiger Bestandteil der allgemeinen Chemie, die Kreativität hervorbringt. Aber er persönlich ist ein Schwindler.«

Neben Loren murmelte Claymore etwas in seinen Tee. Er hatte das Gesicht auf eine sonderbare Weise verzogen.

»Po Armitage«, sagte er leise. »Po mit dem ganzen schmutzigen Kram.« Er blickte noch immer ins Leere und seine Hände zitterten leicht. Ein seltsamer Laut entrang sich seiner Kehle; es klang fast nach einem Würgen.

Loren stand auf. »Ist alles in Ordnung, Claymore?« Er streckte die Hand nach Clays Schulter aus und befürchtete, dass er eine Art Anfall hatte. Claymore sah auf, ohne ihn zu erkennen. Ein Moment verstrich und dann zeigte sein Gesicht wieder das für ihn typische leichte Lächeln. Er erhob sich und griff nach seiner Tasche. »Ich geh jetzt schwimmen.«

4

Sonia

Im Januar vor Chandler Hopkins' Dinnerparty im April hatte Loren seinen fünfundzwanzigsten Geburtstag gefeiert. Es war eine private Feier gewesen, an der nur er selbst und eine sehr alte Aktenmappe teilgenommen hatten. Seit seiner Kindheit schrieb er jedes Jahr an seinem Geburtstag einen Brief an sich selbst. Adressiert war der Brief an: Loren, im nächsten Jahr.

In seinem Apartment über der Cascadilla-Schlucht nahm er den Umschlag vom letzten Jahr und öffnete ihn. Der Brief darin, so erinnerte sich, war in einem Moment geschrieben worden, als er sich nicht besonders gut gefühlt hatte. Der Erfolg seiner Doktorarbeit über Teilchenphysik, die ihm einige kurze Erwähnungen in internationalen Physik-Fachzeitschriften eingebracht hatte, war gekommen und gegangen. Und dann … nichts. Offenbar sollte er zu einem unbedeutenden Professor werden (bisher hatte er es nur zum Laborassistenten gebracht), an irgendeiner unwichtigen spanischen Universität. Der ein Jahr alte Brief war kurz und brachte es auf den Punkt:

Lieber Loren,
weiter so. Ich hoffe, es läuft besser für dich.
Viel Glück!
Loren

Nur wenige Monate später hatte er wegen Homers Rekrutierungstrio nach Salamanca die große Chance seines Lebens bekommen. Und zwei Tage später hatte Loren seine Sachen für Ithaca gepackt. Jetzt war er auf dem richtigen Weg und hatte das Gefühl, in die Richtung unterwegs zu sein, die ihm immer bestimmt gewesen war. Welch ein Unterschied. Er nahm einen gelben Papierblock und schrieb langsam auf Spanisch:

Lieber Loren,
ich glaube, ich habe mich endlich gefunden, die Person, die in meinem alten Selbst verzweifelt darauf wartete, befreit zu werden. Ich werde mein ganzes Leben hier in Cornell verbringen, ein Leben, das eine wundervolle Karriere in der Wissenschaft sein wird, der Erforschung der Geheimnisse des Universums gewidmet. Vor allem glaube ich, in Doktor Homer Layton einen Mann gefunden zu haben, der für meine eigene Entwicklung absolut notwendig ist.

Doktor Layton sagt, dass es zwei Arten von Physikern gibt; er nennt sie die Intrinsischen und die Mechaniker. Die Intrinsischen haben einen angeborenen Sinn dafür, wie die Dinge beschaffen sind. Sie verstehen fast intuitiv, was für alle anderen rätselhaft bleibt. Hendrik Lorentz zählt zum Beispiel zu den Intrinsischen. Er erkannte, dass das euklidische Konzept des Raums fehlerhaft war, dass der Raum anders beschaffen ist. Er wusste es schon, noch bevor er feststellte, wo der Unterschied liegt. Ihm war klar, dass mit relativer Bewegung eine Krümmung des Raums einhergeht; als Intrinsischer konnte er es fühlen. Ein Mechaniker hingegen ist ein Physiker, der die Vorstellungen der Intrinsischen in Begriffen der Mathematik und Physik zum Ausdruck bringt. Mechaniker machen die Ideen der Intrinsischen für andere zugänglich. Einstein war der größte Mechaniker aller Zeiten. Was Lorentz intuitiv erkannte, formulierte Einstein mit seiner besonderen Relativitätstheorie, damit auch wir es verstehen konnten. Es erfordert sowohl einen Intrinsischen als auch einen Mechaniker, etwas Neues zu schaffen.

Doktor Layton meint, dass ich eines Tages ein berühmter Mechaniker sein werde. Und ich glaube, er wird mein Intrinsischer sein.

Viel Glück in der wundervollen Zukunft.

Loren

PS: Mir scheint, ich bin dazu bestimmt, mich in Sonia zu verlieben.

*

Loren schob den Brief in den Umschlag, schloss ihn für das kommende Jahr und legte ihn in die Aktenmappe, oben auf die anderen Briefe. Der vom vergangenen Jahr kam ganz nach hinten. Anschließend las er noch einmal alle Briefe, vom ersten bis zum letzten, wobei er wie immer bei solchen Gelegenheiten über ihren Verfasser nachdachte. Es ergab sich kein klares Bild. In den meisten frühen Briefen ging es nur darum, was in den jeweiligen vergangenen Tagen oder Momenten geschehen war. Voller Aufregung beschrieben sie die Geschenke, die er tags zuvor am Dreikönigsfest geöffnet hatte, oder betrafen Zwischenfälle und Streitereien mit einer seiner sieben Schwestern. Es fehlte ein klares Muster. Die Briefe erweckten den Eindruck, von achtzehn verschiedenen Jungen und jungen Männern geschrieben worden zu sein, die nur ihren Geburtstag gemeinsam hatten.

Schon vor Jahren hatte Loren beschlossen, nie Worte durchzustreichen. Die Aufzeichnungen, die er mit den Briefen an sich selbst anfertigte, sollten spontan sein, nicht wohlüberlegt und vom Verstand gefiltert. Doch Formulierungen wie »ein Leben, das eine wundervolle Karriere in der Wissenschaft sein wird, der Erforschung der Geheimnisse des Universums gewidmet« erschienen ihm zu schwülstig. Und warum sollte es ihm »bestimmt« sein, sich in Sonia zu verlieben? Warum hatte er nicht einfach geschrieben, dass er sich in sie verliebte, dass es bereits geschah?

Seine Gefühle für Sonia hatten etwas Unvermeidliches. Er wusste, dass ihre Bekannten sie für ein Paar hielten, noch bevor sie selbst auf diesen Gedanken gekommen waren. Es fing damit an, dass sie sich in physischer Hinsicht ähnelten. Sie waren beide schlank, dunkelhäutig und gleich groß, hatten beide schwarzes Haar. Und natürlich arbeiteten sie am selben Projekt. Sonia hatte dabei ein Jahr mehr Erfahrung als er und deshalb erschien es ihm ganz normal, dass sie bei der Arbeit eine gewisse Führung übernahm. Doch abgesehen davon wusste er, dass sie ihm in intellektueller Hinsicht ebenbürtig oder sogar überlegen war. Bei der Feinabstimmung von Simula-7 schien sie ihm immer mehrere Schritte voraus gewesen zu sein und selbst in der ihm vertrauteren Domäne der Teilchenphysik hatte er zu glauben gelernt, dass sie mit etwas recht hatte, noch bevor ihm ganz klar wurde, worüber sie sprach. (Gehörte sie zu den Intrinsischen? Er nahm sich vor, Homer darauf anzusprechen.)

Sie war seine Lehrerin in Simulationstechnik, Teilchenphysik und Sprache und das führte zu einer engen Verbindung. Der Gedanke, dass sie sich schließlich nicht verliebten, war geradezu grotesk.

*

Wenn Loren nicht arbeitete, schlief er meistens. Er wankte in sein Apartment und eine halbe Stunde später lag er im Bett. Nach dem Erwachen kehrte er nach Clark Hall zurück, um festzustellen, dass die anderen bereits da waren. Er nahm an, dass sie alle mehr oder weniger das gleiche Leben führten: arbeiten, schlafen und kaum etwas anderes. Deshalb war er überrascht, als er in der *Daily Sun* einen Artikel über das letzte Stück der Theatergruppe las, *Ein Sommernachtstraum.*

»... Doch es ist Sonia Duryeas Darstellung der Elfenkönigin Titania, die zum großen Triumph des Abends wurde. Einfach zauberhaft! Wenn sie spricht, hält man Dinge für möglich, an die man seit der Kindheit nicht mehr geglaubt hat. Und sie bewegt sich so elegant, als würde sie schweben. Ihre Füße scheinen den Boden gar nicht zu berühren. Man ist überhaupt nicht überrascht, als sie in einer Szene tatsächlich fliegt (vermutlich mithilfe von Drähten oder dergleichen); man hat es die ganze Zeit erwartet.«

An jenem Abend saß Loren im Zuschauersaal und sah sich das Stück an. Am nächsten Tag kaufte er in der Buchhandlung von Cornell eine Ausgabe des *Sommernachtstraums*, las sie und schlug die Wörter nach, die er nicht kannte. Und dann ging er noch einmal ins Theater. Am Ende der Vorstellung, der letzten für dieses Stück, verließen die Darsteller die Bühne und bedankten sich beim Publikum für den Applaus. Sonia näherte sich Loren.

»Du bist auch gestern Abend hier gewesen. Ich habe dich gesehen.«

»Du warst ... zauberhaft«, erwiderte Loren und benutzte ein Wort aus dem Artikel.

»Elfenköniginnen sollen zauberhaft sein.« Sie lachte ihr wundervolles Lachen, ein Lachen, wie man es von einem magischen Geschöpf erwartete. Dann hakte sie sich bei ihm ein und kehrte mit ihm zusammen zur Bühne zurück. »Kommst du heute Abend zur Party der Mitwirkenden? Ich schwänze die Arbeit, weil es Samstag ist und wegen der Party und weil ich Lust dazu habe. Jeder von uns kann eine Person einladen und ich möchte, dass du meine Person bist.«

»Ich komme gern. Danke, Sonia.«

»Gib mir nur ein wenig Zeit, damit ich mich umziehen und mir diesen ganzen Kram aus dem Gesicht waschen kann.«

Nach der Party begleitete er sie nach Hause. Sonia wohnte hinter dem Beebe Lake, in einem Cottage, das sie von einem der Englisch-Professoren gemietet hatte. Es befand sich hinter dem Haupthaus, verfügte aber über eine eigene Zufahrt und einen kleinen Garten. Vor der Tür blieben sie stehen. Einige Schneeflocken fielen und glänzten im gelben Licht der Lampe über der Tür. Die Luft war kalt und rein. In den nächsten Momenten, begriff Loren, konnte etwas Wundervolles geschehen – wenn er nur wüsste, wie er es geschehen lassen sollte. Sie waren den ganzen Weg gegangen, ohne dass er einen Plan entwickelt hatte, ohne dass er wusste, was es zu tun oder zu sagen galt. Er wusste nur, dass er sich kein Ende dieses Abends wünschte. Es musste irgendeine Möglichkeit geben, ihn zu verlängern, doch ihm fiel nichts ein. Wortlos stand er vor ihr, im eigenen Schweigen gefangen. Sonia lächelte.

»Kommst du für einen Kuss herein, Loren?«

Er konnte nur nicken. Drinnen schloss Sonia die Tür und drehte sich zu ihm um. Sie streifte den Mantel ab, ließ ihn einfach fallen und schlang die Arme um ihn. Voller Leidenschaft drückte sie ihm die Lippen auf den Mund, befreite ihn von seinem eigenen Mantel und schob die Hände unter sein Sakko. Sonia hielt die Augen offen, als sie Loren küsste, der noch nie geküsst worden war, zumindest nicht auf diese Weise. Großes Verlangen lag in Sonias Kuss, fast so etwas wie Gier. Sie lehnte sich gegen ihn, ließ ihn ihren Körper spüren. Was Lorens Körper eine Reaktion von schmerzhafter Intensität entlockte. Es war ihm peinlich, dass seine Reaktion so deutlich war, dass Sonia sie fühlen konnte. Ihm schwindelte und er wusste nicht, was er tun sollte, was Sonia von ihm erwartete. Am schlimmsten war, dass ihr seine Unerfahrenheit klar werden musste. Etwas bohrte sich ihm in den Rücken, als sie ihn gegen die Wand drückte und sich selbst an ihn, mit der ganzen Länge ihres Körpers. Etwas Hartes bohrte sich Loren zwischen die Schulterblätter.

Ein langer Kuss. Nur dieser eine. Und dann hörte Sonia auf.

Sie wich in die Mitte des Zimmers zurück und schaltete dort die Lampe auf dem Tisch ein. Vor ihrem Spiegelbild im dunklen Fenster blieb sie stehen, rückte den Pullover zurecht und strich das Haar zurück. Loren drehte den Kopf, um festzustellen, was der harte Gegenstand in seinem

Rücken gewesen war: ein Thermostat. Er stolperte über die auf dem Boden liegenden Mäntel, hob sie beide auf und legte sie über die Rückenlehne eines Küchenstuhls. Es gab zwei Sonias vor ihm, die echte und ihr Spiegelbild. Sie hatte beide Hände im Haar am Hinterkopf; die Ellenbogen zeigten nach oben. Es hob die Vorderseite ihres Körpers hervor, nicht einmal, sondern gleich zweimal, die rechte Seite und ihr Gegenpart in der Fensterscheibe. Er trat hinter sie und schlang ihr die Arme um die Taille. Seit fast fünf Monaten waren sie befreundet, doch in den letzten fünf Minuten, hier in diesem Zimmer, hatte sich alles verändert. Sie legte ihre Hand auf seine an ihrem Bauch und ihr Spiegelbild schenkte ihm ein Lächeln. Es war das Lächeln der magischen Titania, warm und liebevoll. Aber auch ein wenig geistesabwesend. Sonia war mit dem Küssen fertig, die Intimität war vorbei. Vielleicht überraschte es sie ein wenig, dass er noch da war. Sollte er besser gehen?

»Ich sollte jetzt besser …«

Sie drehte sich in seinen Armen und legte ihm beide Hände auf die Brust. »Loren. Ich möchte …« Sie zögerte.

»Ja.« Was immer sie wollte.

»Kommst du mit, um meine Eltern kennenzulernen?«

»Sehr gern. Wann immer es dir passt.«

»Jetzt. Jetzt sofort. Sie wohnen nur einige Blocks entfernt. Wir könnten in einigen Minuten bei ihnen sein.«

»Es ist fast zwei Uhr nachts, Sonia.«

»Sie sind bestimmt noch auf. Oft gehen sie erst spät in der Nacht zu Bett.« Es folgte eine lange Pause und Loren hatte keine Ahnung, was Sonia dachte. »Es würde sie freuen, Loren.« Sie sah auf seine Brust, dorthin, wie ihre Finger über seine Krawatte tasteten. »Sie machen sich Sorgen um ihre Tochter, ihr einziges Kind. Sie befürchten, dass sie immer nur arbeitet und sich überhaupt keinen Spaß gönnt.« Sie sah zu ihm hoch. »Wenn sie dich sehen, denken sie: Genau das hat in Sonias Leben gefehlt. Und dann sind sie glücklich.«

Er hielt den Mantel für sie und kurz darauf gingen sie erneut am zugefrorenen See entlang, Hand in Hand. Sonia zog ihn ein wenig und schien es sehr eilig zu haben. Einen Teil des Wegs liefen sie sogar durch die kalte Nacht.

Loren wusste, dass Sonias Eltern in der Verwaltung der Universität gearbeitet hatten. Vor sieben Jahren waren sie aus Kanada nach Ithaca gekommen, als Sonia mit ihrem Studium in Cornell begonnen hatte. Zuvor waren sie ständig unterwegs gewesen und hatte sich jeweils nur für kurze Zeit in den einzelnen kanadischen Provinzen aufgehalten. Offenbar hatten die Eltern zu einer Theatergruppe gehört. Das alles wusste Loren von Kelly; Sonia hatte nie darüber gesprochen.

Die längst Zeit, die Sonias Eltern laut Kelly an einem Ort verbracht hatten, war ein Winter in Calgary. Dort waren sie gerade lange genug geblieben, um den Adoptionsgesetzen zu genügen und Sonia zu adoptieren. Anschließend hatten sie ihre endlose Reise fortgesetzt. Bis Cornell war Sonia nie zur Schule gegangen.

Sie hatte seinen linken und ihren rechten Handschuh abgenommen, damit sie sich an den bloßen Händen halten konnten, und zwar im Innern von Sonias großer Manteltasche. Loren fühlte sehr deutlich ihre Hand in der seinen; dieses Gefühl nahm einen zentralen Platz in seiner Wahrnehmung ein. Als sie das kleine, moderne Haus der Duryeas erreichten, begriff er plötzlich, dass er gar nicht wusste, wo sie sich befanden. Einen Moment später war er drinnen und begegnete Matthew und Margaret.

Loren war noch immer ein bisschen außer Atem vom Laufen, der Kälte und dem heißen Kuss. Bei der Begrüßung brachte er es nicht fertig, auch nur ein Wort zu sagen. Als Sonias Mutter ihm die Hand reichte, hob er sie an die Lippen, wie man es ihm gezeigt hatte, und alle lachten. Er wusste, dass es in dieser Gesellschaft nicht unbedingt eine passende Geste war, aber das Lachen machte sie akzeptabel.

»Dies ist also *el famoso Lorentino, fenómeno Español*, von dem Sonia uns erzählt hat«, sagte Matthew.

»Si, Señor. Ein ziemlich kleines *fenómeno*, und nicht sehr *famoso*.«

»Willkommen bei uns daheim, Loren«, sagte Margaret. »Esta es su casa.«

»Gracias, Señora.«

Loren begriff vage, dass nur wenig von dem, was jetzt geschah oder gesagt wurde, einen festen Platz in seinem Gedächtnis finden würde. Er sah Sonias Eltern genau an, um sich ihre Gesichter einzuprägen und sicher zu sein, dass er sich an sie erinnerte. Sie waren ein nettes Paar in den Sechzigern, vielleicht etwas älter. Beide wirkten gesund und fit. Matthew hatte die drahtige Statur und die geröteten Wangen eines Mannes, der viel Zeit im Freien verbrachte. Margaret war blond und blauäugig. Beide reichten nicht ganz an Sonias Größe heran. Sonia saß entspannt auf dem

Teppich und lächelte. Sie hörte ihren Eltern zu, blieb aber fast ebenso still wie Loren, der versuchte, sich die Namen zu merken: Matthew und Margaret. Er fühlte sich noch immer ein wenig benommen, was vielleicht auch daran lag, dass es im Haus ziemlich warm war. Das Zimmer, in dem sie sich befanden, erschien ihm bescheiden und nicht sehr groß, aber es hatte eine sehr hohe Decke, wie in einer Kathedrale.

Er dachte, dass er nicht nur zuhören, sondern auch selbst etwas sagen sollte. »Ich habe gehört, dass Sie beim Theater gewesen sind, Mr. Duryea. Waren Sie beide Schauspieler wie Ihre sehr talentierte Tochter?« Loren wählte die Worte vorsichtig und fragte sich, ob man auch bei Frauen »Schauspieler« sagte. Oder wäre es besser gewesen, von »Schauspieler und Schauspielerin« zu sprechen?

»Nein, ich fürchte, Sonia ist die einzige Schauspielerin in der Familie, zweifellos die einzige, die sich mit Shakespeare beschäftigt. Margaret und ich sind Leute vom Zirkus.«

»Zirkus?«

»Ja. Fast unser ganzes Leben sind wir Akrobaten gewesen. Auch unsere Eltern gehörten zum Zirkus. Fast von Geburt an waren wir mit demselben Zirkus unterwegs.«

»Als Zehnjähriger konnte Matthew mit brennenden Fackeln jonglieren, während er auf dem Rücken eines tänzelnden weißen Pferds stand«, warf Margaret ein. »Natürlich habe ich mich in ihn verliebt. Wer kann einem solchen Mann widerstehen?« Ihr Gesicht schien nur aus Lachfalten zu bestehen. Sie saß neben Sonia auf dem Teppich und lehnte wie beiläufig an ihr. »Wir sollten unserem Gast etwas anbieten, Matthew.« Sie stand auf und Loren staunte – nie zuvor hatte er jemanden so aufstehen sehen wie Margaret. Sie legte die Handflächen auf den Boden und stemmte sich hoch, bis sie plötzlich stand, die Beine gerade, während ihre Hände noch immer den Boden berührten. Dann richtete sie sich mühelos ganz auf. Sonia erhob sich auf die gleiche Weise wie ihre Mutter.

Loren hörte verwundert zu, als Matthew von einem Leben erzählte, das aus ständigen Reisen durch die kanadischen Provinzen bestanden hatte. Es fiel ihm schwer, Sonia dem Bild zuzuordnen, das ihm ihr Adoptivvater beschrieb. Loren hatte sein ganzes Leben in einem kleinen Ort unweit von Salamanca verbracht und keine Ahnung, was es bedeutete, immerzu unterwegs zu sein. Die Duryeas waren nicht jedes Jahr umgezogen, wie Kelly angedeutet hatte, sondern jede Woche. Und Sonia war nicht als

Zuschauerin mitgekommen, sondern hatte mit ihren Eltern gearbeitet, als Akrobatin. Er sah sie staunend an, als sie ins Zimmer zurückkehrte.

»Natürlich war sie Akrobatin. Was hätte sie sonst sein sollen? Etwa Dompteurin?« Matthew sagte es in einem verächtlichen Ton, als wären Dompteure so etwas wie eine niedere Lebensform. »Sie war – und ist es noch immer – eine ausgezeichnete Akrobatin. He, Schatz, zeigen wir diesem Loren das eine oder andere.« Mit beiden Händen griff er nach der Hand seiner Tochter.

»Paps! Um Himmels willen, ich habe einen Rock an. Vor Loren lasse ich mich von dir nicht auf den Kopf stellen.«

»Dann zieh dich um, Dummerchen. Zieh dir eine Strumpfhose an. Na los, beeil dich. Das Publikum wartet. The show must go on.«

Sonia richtete einen fast reumütigen Blick auf Loren. »Mach dich auf was gefasst«, sagte sie. »Dies ist das Ende meines mit großer Sorgfalt geschaffenen intellektuellen Images.«

»Ich würde es gern sehen.«

»Dann komm mit. Ich zeige dir auch mein Zimmer.«

Sie nahm seine Hand und führte ihn nach unten, zu den Schlafzimmern. Sonias Zimmer war so feminin, dass sich für Loren der Aufenthalt darin irgendwie falsch anfühlte, als hätte er aus Versehen die Damentoilette betreten. Sie lächelte, als sie seine Reaktion bemerkte. »Wenn sich Menschen, die ständig auf Reisen waren, irgendwo niederlassen, dann stellen sie es richtig an. Ich habe immer davon geträumt, ein eigenes Zimmer zu haben. Und als ich es schließlich bekam, hatte ich es in meiner Vorstellung über Jahre hinweg eingerichtet.« Sie strich über die spitzenbesetzte Bettdecke. Dann ging sie in die Hocke und öffnete eine Schublade im Sockel des Betts.

Den Arm voller Kleidungsstücke richtete sich Sonia wieder auf. Loren spürte, wie seine Wangen zu glühen begannen. Sie nahm ihn bei den Schultern, drehte ihn zur Wand um und er hörte, wie sie sich auszog. Die Geräusche schienen irgendwie verstärkt zu sein. Er glaubte, eins zu erkennen, das von ihrem Pullover stammte, als er über die Bluse strich, und bei einem anderen dachte er an ihre Fingernägel, die die Bluse aufknöpften. Seine Wangen glühten noch immer und er fühlte sich ganz und gar unerfahren – er befand sich zum ersten Mal in der Präsenz einer Frau, die sich auszog. Er richtete seinen verträumten Blick auf das Bücherregal direkt vor seinen Augen und bemerkte ein Schwarzweißfoto, das Sonia als Mädchen zeigte, im Kleid der ersten Kommunion. Daneben stand ein Fachbuch über Integrale, mit einem Text über Tensorrechnung an seiner Seite. Als Sonia ihn erneut umdrehte, war sie ganz in Schwarz gekleidet: schwarze Strumpfhose und ein knapp sitzendes schwarzes Trikot mit einer schwarzen Jacke darüber.

Wieder im Wohnzimmer fiel ihm die Stange zwischen den beiden Balken der hohen Decke auf. Matthew stand darunter, kreuzte die Hände an den Gelenken und hielt sie Sonia entgegen. Sie überkreuzte ihre eigenen und ergriff Matthews Hände. Geräuschlos und ohne erkennbare Anstrengung machte sie einen Salto nach vorn und drehte sich, sodass ihre Füße nach oben zeigten – ein perfekter Handstand auf einer Plattform, die nur aus zwei Händen bestand. Sie hielt den Körper kerzengerade, die Beine aneinander, und die gestreckten Arme zitterten nicht. Matthew senkte sie ein wenig und brachte seine Hände dann nach oben. Sonia flog, schwang herum und saß plötzlich auf der Stange. Von dort aus lächelte sie auf Loren herab.

»Also los«, sagte Matthew. »Zeig es ihm.«

»Kommst du nicht?«

»Nein. Dies ist dein Auftritt.«

»Loren ist der netteste junge Mann auf dem Campus, Paps, und du willst, dass ich ihn verjage.«

»Wenn er sich vom Anblick eines perfekten, gesunden, jungen Frauenkörpers verjagen lässt, so werden wir ihn nicht vermissen.«

Sonia zog die Jacke aus und legte sie über das Ende der Stange. Dann begann sie mit ihrer Darbietung. Anderthalb Minuten lang beobachtete Loren sie und musste sich immer wieder auffordern, den Mund zu schließen. Nach einigen Drehungen, zu denen er nie imstande gewesen wäre, ließ sie die Stange los, flog in einem Bogen und landete direkt vor ihm.

»Hurra«, sagte er und klatschte. »Wer hätte das gedacht? Noch mehr Magie.«

»Nein, keine Magie, nur Übung. Jede Menge Übung, ein Leben lang.« Ihr war warm geworden, aber sie schien nicht einmal außer Atem zu sein. Lorens Herz klopfte.

Den Rest des Besuchs nahm er wie durch einen Nebel wahr. Sie tranken und aßen etwas, hörten sich Matthews und Margarets Geschichten über Vergangenes an. Als Loren schließlich ging, begleitete ihn Sonia auf die Terrasse und gab ihm einen zärtlichen Kuss. Dann kehrte sie ins Haus zu ihren Eltern zurück. Loren blickte in die Nacht und fragte sich, welchen Weg er einschlagen musste, um nach Hause zu kommen.

*

Die Zeit von seiner Ankunft im letzten Frühjahr bis zum ersten Kuss war glücklich gewesen. Und danach? Noch mehr. Loren sah im Wörterbuch nach und fand das Wort »Glückseligkeit«. Er nahm sich vor, Sonia zu fragen, wie man dieses Wort benutzte, ohne dabei zu sentimental zu klingen. »Ich fühle Glückseligkeit?« Es spielte keine Rolle, wie es klang, denn er war zu sentimental, eindeutig glückselig. Vor Jahren hatte er sich eine Zeile aus einem Gedicht von Antonio Machado gemerkt, davon überzeugt, dass sie eines Tages auf ihn zutreffen würde. Jetzt sprach er sie feierlich.

»Tu eres mi sed y mi agua. Du bist mein Durst und auch mein Wasser.«

»Das gilt auch für mich.«

Fast jede Nacht gegen Mitternacht stiegen sie gemeinsam die Stufen von Clark Hall hoch, um sich mit zwei Projekten auseinanderzusetzen. Während der Stunden bis zum Frühstück dachten sie nur an die Arbeit und nicht an ihre Liebe. Gelegentlich trafen sich ihre Blicke und dann wechselten sie ein geheimes Lächeln, aber die Arbeit vereinnahmte sie ebenso sehr wie vorher. Morgens frühstückten sie mit Homer und Edward, manchmal auch mit Claymore. Anschließend ging jeder von ihnen für ein paar Stunden Schlaf nach Hause. Die Nachmittage und Abende verbrachten sie zusammen.

Sie vergnügten sich damit, auf dem zugefrorenen Lake Beebe Schlittschuh zu laufen, und auch das war ein erstes Mal für Loren. Gelegentlich spielten sie Hockey mit einer gemischten Gruppe von Studenten. Sonia war eine hervorragende Athletin und kam bei jedem Sport gut zurecht, auch beim Schlittschuhlaufen. Sie huschte an einem Verteidiger vorbei und ließ den armen Kerl so aussehen, als wüsste er nicht mehr, wo sich seine Füße befanden. Und wenn sie sich dann dem Tor näherte, mit hin und her tanzendem Blick, rief etwas in Loren: Ja, ja, ja! Manchmal, allein auf dem Eis, glitten sie langsam dahin und umarmten sich dabei.

Am späten Nachmittag aßen sie einen Happen in Sonias Cottage und machten ein Nickerchen auf ihrem Bett. Das war die intimste Zeit, die sie miteinander verbrachten, und gleichzeitig auch, in gewisser Weise, die schwierigste. Loren hätte um nichts in der Welt auf jene Minuten verzichten wollten, aber es waren nur Minuten und sie endeten immer damit, dass Sonia aufhörte, dass sie sich zurückzog. Sie setzte sich auf und lächelte ein wenig geistesabwesend und damit war es vorbei. Oder sie drehte ihn so, dass er ihr den Rücken zuwandte, schmiegte sich dann an ihn und schlief ein. Loren blieb dann wach liegen und fragte sich, ob alles so sein sollte, wie er es erlebte.

Sie waren beide Jungfrau, in einer Zeit der Toleranz und sexuellen Freizügigkeit. Vielleicht, dachte Loren, waren sie die beiden einzigen Jungfrauen der ganzen Universität. Sonia hörte nicht etwa deshalb auf, weil sie nicht weitermachen wollte. Das spürte Loren. Er fühlte ihr Begehren. Doch etwas veranlasste sie jedes Mal, das Liebesspiel dort abzubrechen, wo es »ernst« zu werden begann. Loren versuchte sich davon zu überzeugen, dass es nicht eilte. Obwohl ihnen ein wichtiger Teil vorenthalten blieb, schaffte es Sonia trotzdem, eine exzellente Liebhaberin zu sein. Sie schien sich ihm immer ganz hinzugeben, aber eben doch nicht *ganz*. Sie gestattete es ihm, ihre Bluse aufzuknöpfen, wobei sie ihn manchmal dazu brachte, Pausen zwischen den einzelnen Knöpfen einzulegen und jeden langsamen Moment zu genießen. Er durfte die Bluse ganz aufknöpfen und sie aus dem Rock- oder Hosenbund ziehen. Sonia drückte seinen Kopf an sich, während er den oberen Teil ihres Busens küsste, den Rest streichelte und fühlte, wie sich dabei ihre Brustwarzen aufrichteten. Aber dann war es wieder vorbei. Sie küsste ihn anders, zärtlich, ohne Verlangen, und das war das Signal für ihn. Kurze Zeit später würde sie sich aufsetzen und die Bluse wieder zuknöpfen.

Einmal streckte er die Hand nach dem Lichtschalter aus, als sie auf dem Bett lagen, Sonia mit offener Bluse. »Warte, Loren«, sagte sie leicht verärgert und bedeckte sich.

»Aber es ist doch nur deine Unterwäsche, die ich sehen könnte, Sonia, nur deine …« Das Wort fiel ihm nicht ein.

»Ich geniere mich.«

»Sonia. Ich weiß über diese Dinge Bescheid. Ich meine, ich habe Schwestern.«

»Lügner. Deine Schwestern scheinen sehr vernünftige Mädchen zu sein. Ich zweifle nicht daran, dass sie ebenso anständig sind wie ich.«

Das stimmte natürlich. Lorens Schwestern waren alle schrecklich anständig. Trotzdem fand er Sonias Verhalten seltsam. Er hatte das Gefühl, in eine andere Zeit zurückgekehrt zu sein, in ein viktorianisches Zeitalter, in dem Keuschheit, Anstand und Schicklichkeit eine viel größere Rolle spielten. Sonia wehrte sich gegen ihre eigene Sexualität. Sie verlor den Kampf, aber es würde eine Weile dauern, vielleicht ziemlich lange.

*

Sie schien irgendwie blockiert zu sein. Vielleicht, dachte Loren, möchte sie, dass ich ihr helfe. Vielleicht sollte ich beharrlicher werden, nur ein bisschen. Aber das brachte er nicht fertig. An einem Tag sagte er sich, dass sie sich ruhig Zeit lassen konnten, und am nächsten fragte er sich erneut, ob er mit etwas mehr Nachdruck an die Sache herangehen sollte. Immer wieder erinnerte er sich an den einzigen Rat, den er von jemandem in dieser Hinsicht bekommen hatte, an die Worte seiner ältesten Schwester Asunción.

Es war am Morgen seines fünfzehnten Geburtstags gewesen. In Spanien wird man mit 15 zum Mann. Beim Frühstück an jenem Morgen hatte ihn jede seiner Schwestern umarmt und ihn einen »jungen Mann« genannt. Selbst die kleine Anna-Lucia sagte förmlich: »Unser Bruder ist jetzt ein junger Mann.« Nach der Mahlzeit scheuchte Asunción die anderen hinaus und setzte sich zu Loren an den Küchentisch. Es geschah selten, dass sie so früh da war, anstatt mit ihrem Mann und den beiden kleinen Kindern zu frühstücken. Sie ergriff seine Hände und errötete.

»Wir müssen miteinander reden, junger Mann. Und du weißt, worüber wir miteinander reden müssen.«

»Ja.« Er wusste es wegen ihres Errötens. Es gab peinliche Dinge, die ihm erklärt werden mussten. Da ihre Eltern tot waren, kam diese Pflicht Asunción zu. Sie hatte ihn fast wie ihr eigenes Kind großgezogen.

»All die mechanischen Dinge kennst du aus Büchern.«

»Ja.«

»Aber du weißt nicht, wie du über diese Dinge denken solltest. Wie du dir selbst treu bleibst, und der Frau, die du liebst, ohne dich von dem zurückzuziehen, was im Leben so wichtig ist. Das musst du erfahren und verstehen.«

»Du wirst es mir sagen, Asunción.«

»Ich werde dir sagen, was ich tief in meinem Herzen über junge Männer und junge Frauen fühle. Es fällt mir schwer, mit dir darüber zu sprechen, weil ich eine Frau bin, die nur neun Jahre älter ist als du. Auch für dich wird es nicht leicht sein. Aber am schwersten dürfte es für dich werden, meinen Rat zu befolgen.«

»Ich höre dir zu.«

Seine Schwester erklärte ihm verlegen die Bedeutung von Langsamkeit. Ganz gleich, wie groß und drängend sein Verlangen, es war nicht weiter wichtig. Was er in Minuten wollte, sollte besser über Monate verteilt werden. Wenn er hundert Jahre alt sei, so versicherte ihm Asunción, würde er auf jene Monate zurückblicken und sich wünschen, sie zu Jahren gedehnt zu haben. Selbst wenn die geliebte Person bereit ist, betonte Lorens Schwester, muss man langsam sein, langsamer als von ihr gewünscht. Langsam, ganz langsam, halt sie zurück. Necke sie. Und je näher du kommst, sagte Asunción, desto langsamer musst du werden. Ganz gleich, was sie sagt. Wenn ihr schließlich das Ziel erreicht, seid ihr beide erwachsen. So soll er sein, der Anfang einer Liebe, die das ganze Leben dauert.

Aber hätte Asunción das auch gesagt, wenn sie Sonia gekannt hätte?

*

An einem Nachmittag im Frühling fand Loren einen Zettel an Sonias Tür, auf dem geschrieben stand, dass sie einige Dinge erledigen müsse und in einigen Stunden zurück sein werde. Daraufhin ging er zu den Duryeas und lud Matthew zu einem Spaziergang ein. Sie wanderten zum Campus und setzten sich schließlich auf eine Bank am Library Slope.

»Bitte helfen Sie mir zu verstehen, wie Sonia denkt, Matthew. Glauben Sie zum Beispiel, dass Religion für sie wichtig ist?«

»Ich weiß es nicht, Loren. Vielleicht. Sie spricht nicht viel darüber. Als Kind machte sie Phasen durch, wie andere Kinder auch, nehme ich an.«

»Aber Sie müssen doch Bescheid wissen. War Religion wichtig für Sie und Margaret? Ich meine, hat Sonia das, woran sie glaubt, von Ihnen bekommen?«

Matthew schien unbehaglich zumute zu sein. Er blickte auf seine im Schoß gefalteten Hände. »Ich weiß nicht, ob es Ihnen bekannt ist, Loren, aber wir haben Sonia adoptiert.«

»Ja, ich weiß.«

»Oh. Nun, die Adoptionsagentur bestand darauf, dass sie eine Religion bekommt. Sie hätte erlaubt, dass wir sie in unserem Glauben großziehen, aber wir hatten nie große Neigungen in dieser Richtung. Überhaupt keine Religion kam nicht infrage. Eine der Adoptionsbedingungen bestand darin, dass wir ihr einen Glauben geben mussten.«

»Aber welchen?«

»Die Agentur wählte einen aus. Sie wies ihn ihr zu; wir hatten dabei nichts zu sagen. Sie hätte praktisch jede Religion bekommen können.«

»So lief das ab?«

»Wir mussten es nehmen, wie es kam. Na ja, vom Blickwinkel des Kinds aus gesehen muss man es immer nehmen, wie es kommt. Jedenfalls, wir mussten Papiere unterschreiben, in denen wir uns verpflichteten, ihr eine religiöse Bildung zu geben. Anschließend versuchten wir, dieser Pflicht gerecht zu werden. Am Sonntagmorgen fuhren wir sie zur Kirchen und nach dem Gottesdienst holten wir sie wieder ab. Gelegentlich kamen die Nonnen zu uns und meinten, dass Sonia irgendeine Klasse besuchen und sich dieser oder jener Zeremonie unterziehen müsse, und wir taten, was man von uns erwartete. Mir ist nie richtig klargeworden, worum es dabei ging. Für uns war das alles ein Rätsel.«

Das war es auch für Loren. Gedulde dich ein Jahr, dachte er. Ein Jahr zu warten, um diese fast perfekte Frau zu lieben, das ist nicht zu viel verlangt. Es war unvermeidlich, dauerte nur eine Weile – warum sich Sorgen machen? Manchmal stöhnte sie in seinen Armen, wenn ihr Verlangen größer wurde als jemals zuvor. Sie kroch auf ihn, drückte ihren Körper an seinen und dann dachte er: Diesmal gibt sie ihrem Begehren nach und führt uns dorthin, wohin wir beide gehen wollen. Doch irgendwo in ihrem Innern fand sie die Kraft, sich aufzusetzen und wieder anzuziehen.

»Warte auf mich, Loren. Warte auf mich. Wir können uns lieben, wenn es so weit ist.«

»Ich warte, Sonia. Ich warte, bis du bereit bist.«

*

Sonia am Nachmittag und am Abend und dann gemeinsame Arbeit in der Nacht. Geschlafen wurde, wenn sich Zeit dafür fand. Homer setzte das Team nicht unter Druck, aber es gab trotzdem welchen. Sie wussten, dass andere Gruppen an der Pekuliarbewegung arbeiteten – das war eine

Folge der Veröffentlichung von Homers Artikel in der Fachzeitschrift *Science* vor einem Jahr. Manchmal sagte Homer, dass es besser gewesen wäre, erst dann darüber zu reden, wenn die Hintergründe geklärt waren. Aber er hatte es eilig gehabt, mit seinen ersten Spekulationen an die Öffentlichkeit zu treten. Die Angelegenheit war ihm so wichtig gewesen, dass sich auch andere Universitäten damit befassen sollten. Doch jetzt spürten sie die Konkurrenz im Nacken. Princeton, Berkeley, das M.I.T. oder sogar Johns Hopkins – einem von ihnen gelang es vielleicht, das Geheimnis eher zu lüften.

Simula-7 sorgte ebenfalls für Druck. So sehr Homer auch mit seinem eigenen Projekt vorankommen wollte – er bestand darauf, dass sie sich oft und lange mit der Simulation beschäftigten. Der Honduras-Zwischenfall hatte ihn davon überzeugt, dass es in der Regierung Personen gab, die die derzeitige Vormachtstellung der Vereinigten Staaten zu energischen Maßnahmen nutzen wollten. Die von Simula-7 errechneten Szenarien waren vielleicht das Einzige, das diese Abenteurer davon abhielt, eine Katastrophe auszulösen. »Wir müssen weitere Szenarien schicken, damit nichts dergleichen geschieht«, sagte Homer immer wieder.

Druck und Arbeit in der Nacht sorgten dafür, dass es zu Schlafmangel kam. Manchmal verlor Loren einen ganzen Tag, wenn sein Körper Priorität verlangte. Dann erwachte er auf Sonias Bett, wenn sie morgens heimkehrte, oder er schlief in seinem eigenen Bett den ganzen Tag und auch den größten Teil der Nacht, wodurch er nicht nur die Zeit mit Sonia verlor, sondern auch einen großen Teil der nächtlichen Arbeit versäumte. Die kleinen Aufgaben des normalen Lebens – Einkaufen, Haare schneiden, Wäsche waschen – wurden vernachlässigt.

Einmal geschah es an einem Wochenende, dass er eine Nacht, eine ganze Nacht, in seinem Bett verbringen konnte. Welch ein Luxus: am Abend nach einem normalen Essen heimzukehren, frische Laken, frischer Schlafanzug, Dunkelheit jenseits des Fensters. Nur schlafen und wie ein ganz normaler Mensch am nächsten Morgen aufwachen. Er zog die Decke bis zum Kinn und lauschte den von draußen kommenden Geräuschen: Schritte auf dem Pflaster, die leisen Stimmen von Passanten, das Rauschen des Winds. Alles Geräusche der Nacht. Und die Geräusche seines Schlafs sollten Teil dieser Harmonie werden. Er würde die ganze Nacht schlafen.

Leere Dunkelheit umhüllte ihn und er fühlte sich am Rand des Schlafs schweben. Wortlose Gedanken zogen ihm durch den Kopf, Sätze, die mit drei Punkten endeten … Sonia lag neben ihm. Wieso war sie da? Sie kam fast nie zu ihm in sein Apartment, aber jetzt war sie da. Sie sprach. Er hörte ihre Stimme, aber nicht die Worte, dazu war er zu müde. Sie plapperte fröhlich und nur der Ton drang durch den Nebel. Die ganze Welt schlief und Sonia war albern und mädchenhaft, sie kicherte über etwas. Über was? Loren setzte sich in seinem Bett auf. Sie saß weiter unten und gestikulierte lebhaft. Ihre Lippen bewegten sich, aber was auch immer sie sagte, es blieb ohne Bedeutung für ihn. Er konnte sie deutlich sehen, ihren übersprudelnden Enthusiasmus. Sie trug ein cremefarbenes Satinkleid, das im schwachen Licht glänzte. Er war nackt unter der Decke und hatte eine Erektion. Zuvor hatte er einen Schlafanzug getragen, aber jetzt nicht mehr. Ganz deutlich zeichnete sich sein Körper unter der Decke ab. Er hob ein Knie, um vor ihr zu verbergen, dass er steif geworden war.

Sie beeinflussten sich gegenseitig, während er im Bett lag und Sonia unten am Fußende saß. Mit einem Trick gab er vor, jemand anderer zu sein, eine Frau, denn er wollte hören, was sie nur zu einer Frau sagen würde. Er lächelte über seine eigene Schlauheit. Sonia fiel ganz und gar darauf herein. Sie sprach von Frau zu Frau, der Ton verriet sie. Dann plötzlich stand sie und zog sich aus. Mit einer glatten, anmutigen Bewegung hob sie das Kleid über den Kopf, und zum Vorschein kam ein geschnürtes Mieder, das sie nun öffnete. »Ich muss dir meinen BH zeigen«, sagte sie. »Es ist mein hübschester.« Irgendwie klappte das Mieder vorn auf und ein weißer, spitzenbesetzter Büstenhalter kam zum Vorschein, mit rosarotem Rand. Sie hatte keine Ahnung, wer er wirklich war. Der Trick funktioniert, dachte er und hätte fast gelacht. Sie trat im Dunkeln näher und drehte sich halb, damit er sie besser sehen konnte. »Und dies passt dazu«, sagte sie und ließ das Mieder fallen. Sie drehte sich erneut, direkt vor ihm, nur noch in Slip und BH. Loren begann sich wegen seines Tricks schuldig zu fühlen. Er hätte ihr sagen sollen, wer er wirklich war, aber dann wäre sie verärgert und verletzt gewesen. »Ich ziehe jetzt auch den Rest aus«, sagte sie.

Sie sah ihn direkt an und durchschaute plötzlich die Tarnung. Ihr Mund formte ein O der Überraschung. Und dann lächelte sie und sagte: »Jetzt, Loren, jetzt. Auf diesen Moment haben wir gewartet; jetzt ist alles erlaubt.« Sie öffnete den Verschluss des Büstenhalters im Rücken und zog beide Seiten nach vorn. Der Rand des BHs blieb sichtbar und er umrahmte nicht etwa ihre Brüste, sondern nichts. Sie zog den Slip aus und dort wiederholte sich der Vorgang. Es blieben Ränder zurück, an Taille und Oberschenkeln, aber innerhalb dieser Ränder, an den Stellen, die zuvor bedeckt gewesen waren, zeigte sich nichts. Sonia hob die Decke und legte sich neben ihn. Und dann lag sie auf ihm, warm, feucht und zitternd. »Jetzt, Loren! Nichts ist mehr verboten. Nichts.« Sie drückte ihre Lippen auf die seinen. Er konnte nicht sprechen und sie ebenfalls nicht.

Aber jemand sprach.

Es war ein Summen, das allmählich zu einer vertrauten Stimme wurde. Und diese Stimme hielt einen Vortrag, offenbar schon seit einer ganzen Weile. »… was man nicht erwarten würde. Es ist ein ganz anderer, ein fremder Ort. Man stelle sich das vor«, sagte die Stimme. »Ein Universum wie das unsrige, bis auf einen kleinen Unterschied.« Den Worten folgte ein leises Lachen.

Es war Homer, der da sprach. Er saß auf dem Stuhl am Ende des Betts. »Ein vertrautes Universum, abgesehen davon, dass in diesem Universum die Quantenkonstante anders ist. Das Planck'sche Wirkungsquantum hat einen anderen Wert. Max Planck, der alte Knabe, wäre sicher sehr überrascht gewesen.« Homer lachte erneut. »Denn in diesem Universum wäre der Wert der Planck-Konstante auf eins Komma null null gestiegen.«

Die Lampe auf dem Nachtschränkchen brannte. Loren erinnerte sich nun daran, dass er die eingeschaltet gelassen hatte, als es zu Bett gegangen war. Im Licht dieser Lampe bemerkte er den vertrauten gelblichen Glanz von Homers Augen. »Welch ein Ort, welch ein Universum! Kannst du dir vorstellen, wie es dort wäre, mein Freund?«

Loren setzte sich auf und versuchte, einen klaren Gedanken zu fassen. Sonia war nicht mehr da und vielleicht nie dagewesen.

»Wie wäre es, wenn die Quantenkonstante einen Wert von eins hätte?«, fragte Homer.

Loren suchte in seinen Erinnerungen und ihm fiel ein: George Gamow, ein Physiker aus Colorado, hatte in den vierziger Jahren ein Buch für junge Wissenschaftsstudenten geschrieben, um ihnen zu helfen, die Konzepte der modernen Physik zu verstehen. Loren erinnerte sich sogar an den Titel: *Mr. Tompkins im Wunderland oder Träumereien von c, g und h*. In dem Buch besuchte Mr. Tompkins ein alternatives Universum nach dem anderen und in jedem dieser Universen war eine der physikalischen Konstanten anders. In einem der Universen betrug die Lichtgeschwindigkeit 16 Meilen die Stunde, was es Mr. Tompkins ermöglichte, beim Fahrradfahren relativistische Effekte zu erleben. Wenn er schneller fuhr, wurde er schwerer und dünner. Und in einem der anderen Universen hatte die Quantenkonstante einen Wert von eins. Welche Folgen ergaben sich daraus?

»Wenn die Konstante eins wäre, könnte man Quanteneffekte mit dem bloßen Auge beobachten«, sagte Loren schließlich. Seine Stimme schien jemand anderem zu gehören, klang fern und blechern. Er war noch immer benommen, fuhr aber damit fort, Mr. Tompkins' Universum zu beschreiben. »Ein Billardkugel würde nicht rollen, sondern einzelne Positionen einnehmen, die aber unbestimmt und daher verwischt wären.«

»Ein höchst interessanter Ort, dieses andere Universum! Wenn wir es doch nur aufsuchen könnten. Dann wären unsere Probleme gelöst. Dann bräuchten wir nicht mehr über die Pekuliarbewegung von Elektronen zu spekulieren und könnten stattdessen die Pekuliarbewegung von Billardkugeln beobachten. Wir könnten feststellen, ob ihre Positionen wechselhaft oder geordnet sind. Wir könnten sehen, ob sie jemals gleichzeitig mit ihren früheren Instanzen existieren.«

»Ja.« Loren sah zur Uhr auf dem Nachtschränkchen. Drei Uhr nachts. Oder vielleicht drei Uhr nachmittags. Der Rollladen war unten; er konnte also nicht erkennen, ob es draußen hell oder dunkel war.

Homer bemerkte den Blick. »Du fragst dich, warum ich hier bin.«

»Ja, ein bisschen.«

»Ich bin nicht hier, um mit dir über Physik zu reden. Ich brauche Rat bei einer Sache, über die du alles weißt und ich gar nichts.«

»Was könnte das sein?«

»Frauen.«

»Ah. Da bin ich ein Experte, Homer.«

»Dachte ich mir. Weil du so jung bist. Junge Leute kennen sich damit aus und wir alten Knacker haben überhaupt keine Ahnung. Was darin liegt, dass wir dazu erzogen worden sind, nicht auf Frauen zu achten.«

»Frag nur.«

»Na schön. Es ist mir peinlich, so wenig zu wissen.« Homer legte eine kurze Pause ein und suchte nach den richtigen Worten. »Was bedeutet es, wenn eine vollkommen vernünftige Frau plötzlich irrational und albern wird?«

»Sonia?«

»Nein, nicht Sonia. Ich meine jemand anderen. Maria, wenn du es unbedingt wissen willst. Dekanin Sawyer. Manchmal ist sie aus irgendeinem Grund sauer auf mich. Ich weiß nicht, was ich davon halten soll.«

»Vielleicht hat sie sich in dich verliebt, Homer. Das denke ich schon seit einer ganzen Weile.«

»Ah, Liebe. So ist das also damit.«

»Ja, Liebe.«

Homer überlegte. »Nicht so großartig, wie man immer wieder hört.«

»Nicht immer.«

Loren war plötzlich sehr müde. Er legte sich hin und als er erwachte, war Homer fort.

5

Himmelskörper

»Sie brauchen keine Angst vor mir zu haben, Miss Corsayer. Ich bin durch und durch anständig, glauben Sie mir.«

»Ja, Sir.«

»Das bin ich wirklich.« Burlingame musterte sie mit etwas, das er für einen sachlichen, aber nicht unfreundlichen Gesichtsausdruck hielt. Kelly war nervös und wusste, dass auch die anderen Mitglieder des Teams an diesem Nachmittag zum Chef zitiert worden waren.

Burlingame bemerkte ihre Nervosität und fand Gefallen daran; er fühlte sich davon sogar ein bisschen angetörnt. Miss Corsayer bot einen angenehmen Anblick und war sogar sein Typ, fiel ihm plötzlich ein. Er gestattete sich einen Blick auf ihre Brüste, woraufhin Kelly errötete. Burlingame fand es in Ordnung, wenn sie wusste, wo sein Blick gewesen war. Frauen trugen ihre Sexualität ganz offen und deshalb hatten sie wohl kaum einen Grund zur Klage, wenn sie gelegentlich einen offenen Blick bekamen.

»Sie wissen vermutlich, Miss Corsayer, dass ich heute Nachmittag die ganze Gruppe zu einem Treffen hierher bestellt habe. Ich bedauere natürlich, dass es Sie um Ihren Schönheitsschlaf bringt, aber …« Burlingame legte eine Pause ein und überließ es Kelly, den logischen Schluss zu ziehen, nämlich dass seine offizielle Angelegenheit wichtiger war als der Schlaf des Teams. Er sah auf die Uhr. Viertel nach eins. Sollten die anderen noch etwas länger warten und auf der anderen Seite der Tür in ihrem Saft schmoren. Tat ihnen bestimmt gut. »Ich möchte Ihnen einige Fragen stellen, meine Liebe, bevor wir mit der Besprechung beginnen.«

»Ja.«

»Die Angelegenheit ist etwas, wie soll ich sagen, delikat. Nun, ich frage Sie, und dies ist streng vertraulich: Haben Sie den Eindruck, dass Dr. Layton und seine Mitarbeiter jemals das Simulationsprogramm geändert haben, damit es … Wie soll ich mich ausdrücken? Damit es etwas vorhersagt, das mehr ihrer eigenen Denkweise entspricht?«

»Sie verändern das Programm die ganze Zeit über, damit es genauere Vorhersagen treffen kann.«

»Ja, kein Zweifel. Aber meine Frage zielt in eine andere Richtung. Glauben Sie, dass manche Veränderungen dazu dienten, die Simulationen ihrem politischen Programm anzupassen?«

»Das ist unverschämt. Natürlich nicht.«

»Nichts für ungut, nichts für ungut. Ich habe nur gefragt.«

»Diese Leute sind Wissenschaftler. Sie haben kein ›politisches Programm‹, wie Sie es nennen.«

»Nein, vermutlich nicht. Es gab da nur diese eine Sache, über die ich gestolpert bin und die mich auf den Gedanken brachte, dass vielleicht etwas manipuliert wurde.« Burlingame nahm einen Ausdruck aus einer Schublade und legte die Blätter auf den Schreibtisch. »Ich kann Ihnen nicht sagen, woher ich dies habe. Fragen Sie also bitte nicht nach meiner Quelle.«

Kelly bemerkte Kaffeesatzflecken. »Haben Sie schon wieder in den Abfällen gestöbert, Mr. Burlingame?«

»Wichtig ist, was hier geschrieben steht. Beziehungsweise gedruckt. Fragen Sie mich jetzt bitte nicht, woher ich weiß, was es bedeutet …«

»Es ist englische Schrift, die jeder in diesem Land verstehen sollte.«

»… oder woher ich weiß, dass sich diese Simulation von allen anderen unterscheidet.«

Kelly nahm das Blatt mit der Zusammenfassung. »Sehr aufmerksam von Ihnen, Sir, dass Sie dies als ungewöhnliches Szenario erkannt haben. Ich nehme an, einen wichtigen Hinweis lieferte Ihnen der Umstand, dass die spanische Luftwaffe einen großen Teil der Vereinigten Staaten bombardiert, während die spanische Infanterie Europa und Teile von Asien erobert.«

»Die spanische Luftwaffe hat überhaupt kein strategisches Potenzial.«

»Es war eine Überraschung. Vielleicht liegt es an all den spanischen Schulkindern, die Wertmarken für das spanische Verteidigungsministerium in ihre kleinen Bücher kleben, damit das Militär genug Geld bekommt.«

»Wie erklären Sie dieses außergewöhnliche Szenario, Miss Corsayer? Wie erklären Sie, dass Simula-7 – ein teures, im Auftrag der Regierung entwickeltes Programm – einen derartigen Unsinn hervorbringt?«

»Es war ein Scherz. Konnten Sie das nicht erraten? Das Team hat Loren einen Streich gespielt. Die anderen ließen die Simulation laufen und sahen ihn an, als wäre er plötzlich zu einem Sicherheitsrisiko geworden, zu einer Gefahr für das Land. Es war sehr komisch. Loren fiel komplett darauf herein. Dr. Layton, Edward und Sonia waren an jenem Abend früher als sonst gekommen und bastelten die Inputdaten zurecht …«

»Ah, sie haben die Daten ›zurechtgebastelt‹?« Burlingame schien das Wort festhalten zu wollen.

»Für einen Scherz.«

»Sehr lustig, sehr lustig. Nun ja, diese kleine Plauderei hat das eine oder andere geklärt. Ich glaube, meine Liebe, Sie können jetzt die anderen hereinschicken. Und …« Burlingame sah auf seine Kaffeetasse hinab. »Vielleicht sind Sie so nett und holen mir noch etwas Kaffee. Der Nachmittag könnte lang werden.«

Als Kelly die Untertasse verärgert hob, kippte die Tasse und cremefarbene Flüssigkeit rann über die Schreibunterlage zum Rand des Schreibtischs. Burlingame sprang erschrocken auf und wich zurück, damit seine Hose nichts abbekam. »Dumme Göre«, sagte er.

Einige Sekunden lang blieb es still. Kelly legte die Hände auf den Schreibtisch und betrachtete sie. Ihre Farbe veränderte sich, stellte sie fest und sagte sich: Bleib ruhig, ganz ruhig.

»Mr. Burlingame«, begann sie, »ich habe Ihnen zwei Dinge zu sagen, zwei wichtige Dinge. Erstens: Es gibt keine Entschuldigung für beleidigende Worte. Nie. Unter gar keinen Umständen. Das war die erste Sache.« Sie zögerte und gab Burlingame Gelegenheit, über ihre Worte nachzudenken. »Punkt zwei: Sie können mich mal.«

*

Der berühmte Dr. Homer Layton hielt bei der Besprechung die Augen geschlossen. Was sehr verwirrend war. Er hielt sie auch dann geschlossen, wenn er sprach. Burlingame fühlte sich davon verunsichert – was ihm gar nicht gefiel –, denn er wusste nicht, an wen er seine Worte richtete. Schließlich fixierte er seinen Blick auf Dr. Barodin, die älteste Person unter denen mit offenen Augen, doch es brachte ihn ein wenig aus dem Konzept.

Unbewusst hob Burlingame die Stimme, in der Hoffnung, dass Layton ihn hörte. »... wenn ein Szenario das Pentagon erreicht und den Eindruck erweckt, dass unsere Seite überhaupt nichts unternehmen kann. Sie verstehen sicher, dass so etwas unsere Begeisterung ein wenig dämpft. Wenn ein Szenario davon ausgeht, dass wir Atomwaffen auf dem Schlachtfeld einsetzen, zum Beispiel unsere M88 mit kleinen Sprengköpfen, zeigt die Simulation, dass die andere Seite eskaliert. Wenn wir all den Simulationen Glauben schenken könnten, gäbe es für uns nie eine Möglichkeit, die M88 einzusetzen.«

»Gut mitgedacht«, sagte Barodin.

»Wissen Sie, was wir für die Dinger bezahlt haben?«, heulte Burlingame. »Sie sind ein wichtiger Bestandteil der amerikanischen Verteidigungsbemühungen. Und Sie machen sie nutzlos. Das läuft auf Sabotage hinaus. Genauso gut könnten Sie sich in ein Depot schleichen und die Sprengköpfe in die Luft jagen. Sie nehmen uns die Möglichkeit, von ihnen Gebrauch zu machen. Sie könnten ebenso gut durch feindliche Aktion zerstört sein. Wo liegt der Unterschied?«

»Der Unterschied«, sagte Barodin, »besteht darin, dass Sie jetzt, da Sie die Szenarien kennen, weniger dazu neigen, den ganzen Rest der Welt in ein nukleares Inferno zu verwandeln.«

»Es gibt keinen Unterschied. Unsere Waffen könnten genauso gut von einer ausländischen Macht vernichtet worden sein, oder was weiß ich. Wir können sie nicht benutzen. Neunhundert Millionen gottverdammte Dollar. Und Sie sitzen da und grinsen selbstzufrieden. Sie nehmen dies nicht einmal ernst. Sie halten es für einen Scherz. Für Sie ist alles ein großer Witz. Was haben Sie für den 7. April ins Protokoll eingetragen?« Burlingame schob das Buch empört Barodin entgegen.

Ed warf einen Blick auf die Seite. »Es war ein Scherz, Curly.«

»Ha, ha. Woher soll ich das wissen? Ich meine, was soll man denken, wenn man morgens am 7. April eintrifft und liest: coitus interruptus?«

»Dann sollte man denken, dass wir eine lausige, frustrierende Nacht hatten und es auf diese harmlose Weise zum Ausdruck brachten.«

»Ach? Sie stecken die ganze Zeit zusammen, zwei Männer, zwei Frauen und Dr. Layton ...«

»Dr. Layton ist ebenfalls ein Mann«, sagte Homer, dessen Augen noch immer geschlossen waren.

»Aber Sie verstehen, was ich meine, oder?«

Alle fünf schüttelten würdevoll den Kopf. »Nein«, hieß es, und: »Keine Ahnung«, »Hab keinen blassen Schimmer«, »Ich auch nicht« und »Ich ebenso wenig«.

Burlingame lief rot an. »Dies ist kein Witz, meine Herren, ich meine … Leute. Ganz und gar kein Witz. Es handelt sich vielmehr um eine überaus ernste Angelegenheit. Die Sicherheit der Nation steht auf dem Spiel. Ihre Szenarien nehmen uns die Möglichkeit, unser Vaterland zu verteidigen. Was mich betrifft … Ich weiß nicht, ob man ihnen glauben kann oder nicht. Ich weiß nicht, ob sie das Ergebnis ehrlicher Simulationen sind oder …« Er blickte auf den Text der Mitteilung von General Buxtehude und fand dort die Worte, nach denen er suchte. »… oder ob es etwas ist, das wir ›bösartigen politischen Aktionismus‹ nennen.«

»Was zum Teufel soll ›bösartiger politischer Aktionismus‹ sein?«, fragte Barodin und kam ebenfalls ein bisschen in Fahrt.

»Damit ist Politisieren gemeint, und …«

»Und bösartiges obendrein?«

»Genau.« Verdammte Physiker. Man musste ihnen alles haarklein erklären.

»Oswald. Mit Politik haben wir nichts am Hut. Wir sind Forscher. Wir versuchen, eine Simulation zu entwickeln, die uns einen Blick in die Zukunft gestattet und die Konsequenzen einer bestimmten Aktion erkennen lässt. Damit wir sehen können, welche Folgen sich aus Maßnahmen ergeben, *bevor* sie ergriffen werden. Derartige Simulationen geben uns die Möglichkeit, alternative Pläne darauf untersuchen, welcher sich am besten eignet. Wie kann so etwas schlecht sein? Es ist ein Werkzeug, das uns wissen lässt, was geschehen wird. Wie eine Kristallkugel. Die Simulationen können uns dabei helfen, den Kopf aus der Schlinge zu ziehen.«

»Sie hindern uns daran, irgendetwas zu unternehmen! Die blöden Simulationen scheinen zu glauben, dass wir es darauf abgesehen haben, die ganze Welt in die Luft zu jagen.«

»Es ist besser, das durch Simulationen herauszufinden, als es tatsächlich geschehen zu lassen.«

»Vorausgesetzt, wir glauben dem verdammten Programm.«

»Wie können wir ihm nicht glauben? Sie waren bei der Honduras-Simulation hier. Sie haben es mit eigenen Augen gesehen. Wir sollten von einem gezielten amerikanischen Angriff auf die Rebellen von Gloria Verde ausgehen und herausfinden, wie die Reaktion darauf sein könnte. Und Simula-7 wies darauf hin, dass die Kubaner auf Stellvertreter zurückgreifen würden, vermutlich auf grüne Aktivisten, die versuchen würden, einem amerikanischen Unternehmen zu schaden. Die Simulation legte eine Ölfirma nahe und wies darauf hin, dass die Aktion innerhalb weniger Stunden erfolgen könne. Hätte sie noch genauer sein können?«

Burlingame lehnte sich selbstgefällig zurück. »Inzwischen hat sich das alles erledigt. Es sind einige Dinge geschehen, über die ich unterrichtet bin und die alles verändern. Das Simulationsprogramm weiß nichts von diesen sehr wichtigen neuen Entwicklungen, im Gegensatz zu mir. Nicht einmal der Kongress ist eingeweiht. Dadurch werden alle Simulationen hinfällig.«

»Worum geht es?«

»Wie bitte? Sie erwarten von mir, dass ich Ihnen diese Informationen gebe? Sie sind streng geheim!«

»Welchen Sinn hat es, Simulationen durchzuführen, wenn relevante Daten fehlen? Geben Sie uns die Informationen und wir fügen sie dem Programm hinzu.«

»Unmöglich.«

»Wenn wir sie nicht bekommen, vergeuden wir nur das Geld der Regierung. Und es versteht sich von selbst, dass wir dann nur noch ungenaue Simulationen liefern könnten, mit denen sich nichts anfangen ließe.«

Die anderen hatten kein Wort gesagt. Homer schien zu schlafen. Burlingame wandte den Blick von Barodin ab und überlegte. Es war verlockend, diese Leute einzuweihen und damit ihre Arroganz und ihr Überlegenheitsgefühl wegzuwischen. Außerdem entwickelten sie dann vielleicht Szenarien, die erfolgversprechende Aktionen aufzeigten. Eine Handvoll davon würde ihn in Washington zu einem sehr populären Mann machen. »Nun …«

Eine lange Pause. »Sie müssen uns Bescheid geben, Curly«, forderte ihn Barodin auf. »Wir können nur helfen, wenn wir alles wissen. Und wir möchten helfen.«

»Nun …« Burlingames Widerstand schmolz dahin. Zum Teufel auch, eigentlich spielte es gar keine Rolle mehr. Er sah nach rechts und links, senkte die Stimme und sagte: »Was das Simulationsprogramm nicht weiß und wodurch sich alles ändert, ist …« Die Versuchung, an dieser Stelle eine Kunstpause einzulegen, um die Spannung in die Höhe zu treiben, war zu groß.

»Ja?«

»Wir sind unter dem Schild!«

Homer öffnete die Augen.

»Unsere Laser-Abwehr à la Star Wars.« Burlingame konnte ein Grinsen kaum unterdrücken. »Sie ist einsatzbereit.«

Die anderen starrten ihn stumm an.

»Verstehen Sie jetzt?«, fragte der Verbindungsoffizier des Pentagon. »Es ist unser größter Trumpf. Der Raketenschild bedeutet, dass uns niemand angreifen kann. Wir können einen nuklearen Schlagabtausch mit dem Feind riskieren und seine verdammten Sprengköpfe vom Himmel holen, bevor sie uns erreichen. Natürlich ist das alles sehr geheim. Wie ich schon sagte, selbst das Repräsentantenhaus und der Senat wissen nichts davon. Andernfalls hätten sie wegen der Finanzierung hysterische Anfälle gekriegt. Können Sie sich das Gejammere und Gezetere vorstellen? Wir haben etwas Geld vom normalen Raumfahrtprogramm abgezweigt und schließlich, vergangenen Monat, hat die NASA die Satelliten in den Orbit gebracht.« Den letzten Worten gab er einen besonderen Klang und wartete auf das Staunen seiner Zuhörer.

»Ja«, sagte Sonia gelassen. »Es sind drei, nicht wahr?«

Burlingame sah sie groß an. »Wie zum … Woher wissen Sie, dass es drei sind?«

»Es geht aus der von SHIELA geführten Konfigurationsübersicht hervor«, sagte Sonia. »Ohne SHIELA hätten die Satelliten nicht gestartet werden können, denn dafür war der Computer ursprünglich geplant. Und er behält sie im Auge, verfolgt ihre Bahn. Vergangene Woche fiel uns auf, dass der zur Verfügung stehende Arbeitsspeicher etwas geringer geworden ist. Also hat Kelly die Übersicht abgerufen und da waren sie, die drei neuen Satelliten.«

»Ich muss schon sagen … Es ist ein schwerer Sicherheitsverstoß, dass Sie freien Zugang zu SHIELA haben. Um ganz ehrlich zu sein, ich war dagegen. Dass jemand wie Miss Corsayer, ohne besondere Ausbildung und mit der niedrigsten Sicherheitseinstufung, in der Lage ist, Konfigurationsübersichten einzusehen und in den Besitz von Informationen zu gelangen, die selbst unseren Abgeordneten vorenthalten bleiben … Wie grotesk! Was haben sich die Verantwortlichen bei der Genehmigung dieses dämlichen Simula-Projekts nur gedacht? Ich meine, ich will Ihnen nicht zu nahe treten, aber Sie sind einfach nicht sicher genug, um Einblick in solche Dinge zu haben.«

Edward Barodin verzog das Gesicht. »Vor zwei Minuten haben Sie uns für sicher genug gehalten, uns zu erzählen, dass die NASA die drei Satelliten gestartet hat.«

»Das war streng vertraulich. Die Information darf diesen Raum nicht verlassen. Auf keinen Fall. Ach, was soll's. Es kommt vor allem darauf an, dass sich dadurch alles ändert.«

»Es ändert sich überhaupt nichts«, widersprach Homer »Die Laser-Satelliten sind im Orbit, können aber nichts ausrichten.«

»Natürlich können sie etwas ausrichten. Sie können Laserstrahlen abschießen und die Raketen zerstören, die unsere Feinde gegen uns einsetzen.«

»Es gibt kein Kontrollprogramm. Es gibt nichts, das die Laserstrahlen ausrichtet. Das Kontrollprogramm sollte in SHIELA laufen, aber es ist nicht da. Wir hätten es sehen müssen.«

»Natürlich ist es da! Sie haben es übersehen.«

»Über eine Tatsache braucht man nicht zu streiten.« Homer stand auf. Die anderen folgten ihm in den Computerraum, wobei Burlingame noch immer vor sich hin brummte. Kelly legte gerade Papier in einen der Laserdrucker und Homer bat sie, die Konfigurationsübersicht abzurufen.

Sie nahm an ihrer Konsole Platz und gab die Anweisung ein. Das Bild auf dem großen Plasmaschirm wechselte und zeigte in gelben Buchstaben auf dunkelblauem Grund alle residenten Programme und Datenbanken sowie den jeweils belegten Speicher.

»Das ist alles«, sagte Homer. »Alles, was SHIELA derzeit enthält. Kelly, bitte blende unsere Sachen aus, damit wir sehen können, was übrig bleibt.«

Kellys Finger flogen über die Tastatur und schufen einen Filter, der die Simulationsdateien, Lorens Programme und die beiden Simulatoren vom Bildschirm verbannte. Es blieb eine Tabelle mit fünf Zeilen:

SHIELA OPSYS VERSION 7.1	9.2 GB	EJB
CONFIG.MAP	15.1 MB	
I/O BUFFERS	38.2 MB	
SATCOM EXEC VERSION 6.0	12.0 MB	EJB
REVELATION-13 VERSION 1.0	125 KB	LMA

»Da ist es!«, rief Burlingame triumphierend und deutete mit zitternder Hand auf den letzten Eintrag der Tabelle. »Revelation Dreizehn. Ich kenne den Namen des Kontrollprogramms. Da ist es. Ich wusste, dass es existiert.«

»Es ist tatsächlich da«, räumte Homer ein. »Allerdings nicht sehr.«

»Es könnte nicht mehr da sein, verdammt!«

»Homer meint, dass es sehr klein ist«, sagte Loren. »Das ShieldCom-Kontrollprogramm müsste viel größer sein. Die ShieldCom-Software ist sehr umfangreich und dieses Revelation-Programm besteht nur aus 125.000 Zeichen.«

»Hundertfünfundzwanzigtausend Zeichen klingen für mich nach einer ganzen Menge«, erwiderte Burlingame trotzig. »Ich schätze, mit modernen Programmiermethoden kann man in 125 K ziemlich viel unterbringen.«

»Für die ShieldCom-Software waren etwa hundertfünfzig Millionen Zeilen Code vorgesehen, was auf mindestens fünfhundert Millionen Zeichen hinausliefe. Sie wäre etwa viertausend Mal größer als dieses kleine Programm.«

»Vielleicht befindet sich der Hauptteil des Programms in einem Computer auf dem Boden, so wie Ihre Dateien. Zweifellos dient eine solche Maßnahme dazu, die Software geheim zu halten und vor den neugierigen Blicken unbefugter Personen wie Ihnen zu schützen. Wenn's brenzlig wird, lädt man die Software hoch, damit die Satelliten einsatzbereit sind.«

»Das dauert eine Weile, selbst mit dem schnellsten Link«, warf Kelly ein. »Die Übertragung von hundertfünfzig Millionen Zeilen Code würde etwa … einen Tag dauern, schätze ich.«

Die anderen nickten.

»Oh, wundervoll«, kommentierte Barodin. »Die Terroristen werden dreist und wir bringen sie dazu, alle ihre strategischen Waffen einzusetzen. Und einen Tag später sind wir dann bereit, uns zu verteidigen.

Das klappt bestimmt wunderbar, vorausgesetzt, die Terroristen starten ihre Raketen mit Heißluftballons.«

Burlingames Gesicht verfärbte sich noch etwas mehr – aus Rosarot wurde Rot. »Warum höre ich mir dies an? Ich weiß, dass Revelation-13 das Kontrollprogramm ist. Ich *weiß* es. Man hat eine Möglichkeit gefunden, es einzuschrumpfen, das ist alles. Ich weiß es, weil Revelation der Name ist, für den man sich ganz oben entschieden hat. Revelation-13, das kommt aus der Bibel, ›Revelation‹ bedeutet Offenbarung, und bei Offenbarung 13 heißt es: ›Und ich trat an den Sand des Meeres und sah ein Tier aus dem Meer steigen, das hatte sieben Häupter und zehn Hörner und auf seinen Hörnern zehn Kronen und auf seinen Häuptern Namen der Lästerung.‹ Damit sind die angreifenden Raketen gemeint, verstehen Sie?«

»Oswald«, sagte Homer sanft, »Revelation-13 ist nur eine kleine Demo. Deshalb ist das Programm so klein. Es stellt nicht einmal eine Verbindung mit den Sensorsatelliten her. Das erkennt man auf der Link-Karte – Revelation kann keine Signale empfangen, keinen Hinweis darauf, dass eine Rakete im Anflug ist. Es kann nur einen der Lasersatelliten anweisen, für eine Sekunde einen Laserstrahl auf ein bestimmtes Ziel auf der Erde zu richten, mehr nicht. In seiner bisherigen Form dient das Revelation-Programm dazu, die Lasersatelliten zu testen.«

»Woher wissen Sie so viel über Revelation?«

»Wir haben es ausprobiert.«

Es folgte eine Pause, während Burlingames Gesicht die Farbe verlor. Er rang sichtlich um seine Fassung. »Ich muss mich verhört haben. So etwas ist absolut unvorstellbar. Sie haben Revelation-13 aktiviert?«

»Ja. Das Programm verfügt über eine Schutzvorrichtung, die verhindern soll, dass man es ohne Passwort benutzt. Aber Loren und Ed fanden einen Weg, den Schutz auszutricksen.«

Loren lächelte. »Wir haben uns hineingehackt. Es war ein sehr primitiver Schutz, ich meine, jeder Informatikstudent im ersten Semester wäre imstande gewesen, ihn auszuhebeln. Wir verschafften uns Zugang, starteten die Demo und bestimmten die genauen LORAN-Koordinaten der Mitte von Lake Cayuga. Und tatsächlich kam ein kurzer Laserstrahl vom Himmel. Wir haben ihn gesehen, vom Dach.«

Burlingame schien kurz davor zu sein, sich zu übergeben. »Es muss eine andere Erklärung geben«, sagte er. »Und eine andere Möglichkeit, die Lasersatelliten zu kontrollieren. Ich kann mich nicht irren.«

*

Burlingame saß in seinem Büro, die Tür war geschlossen. Homer nickte in Richtung Ausgang. Er und seine vier Begleiter streiften die Mäntel über und gingen die Treppe hinunter. Draußen war es kalt und es regnete. Mit gesenktem Kopf marschierten sie nach Statler Hall, wo es eine kleine Kantine gab, fast leer um diese Zeit. Homer sank schwer auf einen Stuhl und die anderen stellten sich mit Tabletts bei der Ausgabe an.

Loren, Kelly und Sonia kehrten mit dampfenden Bechern zurück. Niemand sagte etwas, während sie auf Edward warteten, der schließlich mit fünf Gebäckstücken kam. »Das Ende der Welt ist nahe«, sagte er. »Da lohnt keine Diät mehr.« Niemand lachte. Sie nahmen ihre Teller entgegen und aßen stumm.

Loren brach das Schweigen. »Burlingame ist ein Idiot. Er hat ein Gerücht gehört, mehr nicht, und ging deshalb von einem wirkungsvollen Schild aus. Aber sonst glaubt niemand daran. Das Pentagon weiß es besser.«

»Hoffentlich«, erwiderte Homer.

»Vielleicht ist es gar nicht so schlimm«, sagte Sonia. »Wie sieht es schlimmstenfalls aus? Im schlimmsten Fall glauben alle, was auch Curly glaubt, dass Revelation-13 tatsächlich die ShieldCom-Software ist und drei Lasersatelliten kontrolliert. Sie unternehmen etwas auf der Grundlage dieser Annahme und dann stellt sich Revelation nur als die Demo heraus, als die wir das Programm kennen …«

»Kabumm«, sagte Edward.

»Na schön, der schlimmste Fall ist wirklich schlimm«, sagte Sonia. »Aber er ist auch unmöglich. Armitage weiß über Revelation Bescheid, er hat das Programm geschrieben. Das waren seine Initialen neben dem Programmnamen in der Übersicht. Und er wird nicht behaupten, dass es die komplette ShieldCom-Software ist. Edward sagt, dass er manchmal Dinge vergisst, die ihm nicht in den Kram passen, aber auf keinen Fall wird er etwas in dieser Größenordnung erfinden. Ich meine, es wäre totaler Quatsch zu behaupten, hundertfünfzig Million fehlende Codezeilen würden keine Rolle spielen.«

»Po hundertfünfzig Millionen Zeilen.«

»Im Ernst, Ed. Armitage ist nicht verrückt. Auch er muss auf dieser Erde leben.«

»Ich weiß nicht, Sonia. Manchmal lebt er in seiner eigenen Welt, das ist das Problem. Aber ich hoffe, du hast recht.«

»Und wer würde ihm eine solche Behauptung abnehmen? Alle wissen, dass das Software-Projekt gestrichen wurde, als es noch mindestens eine Milliarde Dollar von der Fertigstellung entfernt war. Wer würde glauben, dass Lamar, seine wenigen Assistenten und ein paar Studenten in ihrer Freizeit etwas programmiert haben, das eine Milliarde Dollar wert ist? Sie wissen, dass es sich nur um eine Demo handelt. Diese Leute sind doch nicht total verblödet. Wer total verblödet ist, kommt nicht ins Weiße Haus und erhält auch keine Gelegenheit, mit den Joint Chiefs of Staff zu arbeiten, den Vereinigten Generalstabschefs.« Sonia sah Homer an und erwartete eine Bestätigung von ihm.

»Das gilt vielleicht für total verblödete Idioten«, sagte Homer. »Aber gilt es auch für religiöse Eiferer?«

Kelly schauderte und erinnerte sich an die Besprechung mit Mitgliedern der Aufsichtskommission des Projekts im vergangenen Sommer. »Die Leute, die wir kennengelernt haben, General Simpson und Mr. Paule aus dem Weißen Haus, wirkten sehr selbstsicher. Es war beängstigend. Man wünscht sich Leute voller Zuversicht an der Spitze der Regierung, aber dies ging darüber hinaus. Sie waren irgendwie … abgehoben. Ihre Gewissheit schien von allen Fakten unabhängig zu sein. Solche Leute kann ich mir gut als Eiferer vorstellen.«

Sonia winkte mit ihrer Gabel. »Selbst wenn es im Pentagon und im Weißen Haus ein paar Zeloten gibt … Sie können die Fakten nicht verleugnen. Armitage ließe sich bestimmt nicht dazu hinreißen – oder dazu bewegen –, dem Präsidenten eine glatte Lüge aufzutischen. Selbst wenn er die Wahrheit ein wenig verbiegt: Der Präsident erfährt, was in SHIELA drin ist und was nicht.«

»Aber vielleicht kommt Dr. Armitage gar nicht bis zum Präsidenten«, sagte Kelly. »Homer erhält nur selten Zugang. Wenn das einmal geschieht, geht es um nichts Wichtiges. Sonst würde er nicht bei uns sitzen und mit uns frühstücken – er säße beim Präsidenten und würde ihm alles erklären. Der größte Teil von dem, was wir zu sagen haben, geht über Mr. Burlingame an General Simpson oder General Buxtehude und einer von ihnen informiert Mr. Paule und der spricht dann mit dem Präsidenten.« Kelly musterte die anderen kummervoll. »Alles wird weitergesagt und es könnte so ablaufen: Dr. Armitage sagt, dass die Demo ein Loch in etwas schießen kann, wenn man die genauen Koordinaten nennt. Sein Kontaktmann gibt die Information weiter, dass die Lasersatelliten zum Schuss bereit sind. Das nächste Glied in der Weitersagenkette spricht von einsatzbereiter Software. Wenn die Sache schließlich den Präsidenten erreicht, ist der Schild über das Land gehoben und undurchdringlich.«

»Für uns mag das erschreckend sein, aber bestimmt wissen wir nicht alles«, sagte Sonia. »Ich bin sicher, der Präsident weiß mehr als wir. Wenn wir wüssten, was er weiß … Dann würden wir verstehen.«

Eine Zeitlang dachten sie über diese Worte nach und versuchten, sich mit ihnen zu trösten.

»Ich erinnere mich an diese Idee aus den 1960er-Jahren«, sagte Homer schließlich. »Eine vertraute Idee, ein alter Freund. 1967 und 1968 haben wir das über Präsident Johnson gesagt. ›Er weiß vermutlich etwas, das wir nicht wissen‹, hieß es damals. ›Wenn wir wüssten, was er weiß, würden wir verstehen, warum in Ordnung ist, was in Kambodscha und Vietnam passiert.‹ Aber es war nicht in Ordnung. Und als die Wahrheit ans Licht kam, stellte sich heraus, dass der Präsident gar nicht wusste, was alle anderen Amerikaner wussten. Die Exekutive regte sich damals mächtig über durchsickernde Informationen auf. Das Stopfen undichter Stellen war zentrales Element des nationalen Sicherheitsprogramms. Die Presse berichtete darüber. Wir alle dachten, es sollte verhindert werden, dass Informationen das Weiße Haus verließen. Aber es verhielt sich genau umgekehrt. Es wurden undichte Stellen gestopft, damit keine Informationen hineinkamen.«

6

Verschiedene Tangos

Senator Hopkins stand in seinem gelben Schlafanzug vor der breiten Glastür des Fiske-Hauses. Wie üblich hatte der Bote die Zeitung etwa fünfzig Meter vor der Veranda zurückgelassen. Er sah sie, unter den Rhododendren an der Zufahrt. Zeitungen wurden jetzt nicht mehr von Zeitungsjungen auf Fahrrädern zugestellt, sondern von Erwachsenen in Lieferwagen, aber der Service war nicht einmal ein kleines bisschen besser geworden. Manchmal schaffte es die in Schutzfolie steckende Zeitung bis zur Wendeschleife, aber meistens nicht. Die Veranda erreichte sie nie. Rein theoretisch spielte es keine Rolle, da Williams um halb acht hinausging und das Ding holte, damit er es auf das Frühstückstablett des Senators legen konnte. Um viertel vor acht klopfte er an die Schlafzimmertür und einige Minuten später öffnete der ranghöchste Repräsentant dieser wichtigen Universität seine Zeitung, beim Frühstück im Bett. So sollte es sein und so würde es bleiben, solange Chandler Hopkins Regie führte.

Der schwache Punkt in diesem sorgfältig gestalteten System bestand darin, dass der Senator oft gegen halb sechs oder sechs erwachte. An diesem Morgen brannte er regelrecht darauf, einen Blick in die Zeitung zu werfen. Verdammter Mist. Geh nach oben und zieh dich an, dachte er. Oder willst du es riskieren, im Schlafanzug nach draußen zu gehen? Er öffnete die Tür und spähte an der Säule vorbei zum Nachbarhaus der Studentenverbindung. Die Bäume trugen neue Blätter, aber vom oberen Stock des Nachbarhauses war der vordere Teil der Fiske-Villa mitsamt Zufahrt deutlich zu sehen. Die jungen Damen in jenem Gebäude hatten bestimmt Besseres zu tun, als in dieser frühen Stunde mit Feldstechern an den Fenstern zu stehen. Trotzdem beobachtete Hopkins die Fenster einige Sekunden lang und hielt nach verräterischen Zeichen Ausschau. Nichts. Also los. Mit einem Satz war er die Treppe hinunter, sprang über eine Pfütze hinweg, wich einer anderen aus, schnappte sich die Zeitung und sprintete zur Tür zurück.

Noch außer Atem ging er in die Bibliothek. Vor Ablauf einer weiteren Stunde würde im Haus niemand auf den Beinen sein; er war also so ungestört, wie er es sich nur wünschen konnte. Mit einer leichten Decke über den Schultern setzte sich Hopkins in den roten Chesterfield-Sessel am Fenster. Auf der letzten Seite fand er, was er suchte, bei den Leserbriefen. Die Überschrift lautete: »FBI führte Dossier über 13-jähriges Mädchen.« Unter dem Text stand der Name Stacey Hopkins. Seine Tochter. Er las schnell.

In dem Leserbrief hieß es, dass sie seit drei Jahren, seit sie zehn geworden war, Briefe an Personen des öffentlichen Lebens schrieb und ihnen wohlüberlegten Rat in der Frage gab, wie es mit der Welt weitergehen sollte. Sie hatte Agency-Direktoren, Komitee-Vorsitzenden und dergleichen geschrieben und dabei oft einen sehr kritischen Ton angeschlagen. Nach dieser langen Karriere öffentlicher Fürsprache war es Stacey in den Sinn gekommen, dass vielleicht einer der Sicherheitsdienste Interesse an ihr gefunden hatte. Aus Spaß berief sie sich auf das Informationsfreiheitsgesetz und beantragte Zugang zu ihrer Akte. Zu ihrer Überraschung erhielt sie einen großen Umschlag voller Informationen, die das FBI über sie zusammengetragen hatte. Er enthielt Kopien aller ihrer Leserbriefe und einen Ermittlungsbericht, der die Namen ihrer Schule, ihrer Lehrer und einiger ihrer Klassenkameraden nannte. Stacey beendete ihren Brief an den Herausgeber der Zeitung mit dem Hinweis, dass sie gerade erst 13 geworden wäre und nicht damit rechnete, in den nächsten Jahren zu einer großen Gefahr für die Nation zu werden. Das FBI täte also vielleicht besser daran, dem auf sie angesetzten Überwachungsteam andere Aufgaben zuzuweisen.

Der Senator las den Text ein zweites Mal. Kein schlechter Leserbrief. Im ersten Absatz gab es ein überflüssiges Partizip und gelegentlich hatte es seine Tochter mit den Adverbien ein wenig übertrieben, aber abgesehen davon … Nicht schlecht. Vor allem aber vermied es der Leserbrief, ein gewisses schuldiges Geheimnis des Senators zu verraten. Er faltete die Zeitung im Schoß und blickte zur Decke hoch.

Chandler staunte immer wieder darüber, dass Candace und er ein Kind hatten. Es wäre ihm schwer gefallen, dies anderen zu erklären, aber der erstaunlichste Aspekt von Staceys Existenz bestand darin, dass sie das Ergebnis von Sex war. Die Kinder anderer Menschen – diese Erkenntnis basierte auf einer rein intellektuellen Betrachtungsweise – wurden auf ähnliche Weise produziert. Doch die Zeugung von Stacey war ihm so klar im Gedächtnis geblieben und derart angenehm und erfreulich gewesen, dass er das Gefühl hatte, andere Menschen müssten es spüren, wenn sie Stacey sahen. Es war mehr als nur ein bisschen beunruhigend.

Vor der Hochzeit hatte er nie mit einer starken sinnlichen Komponente ihres Zusammenlebens gerechnet. Wenn Candace ihm erklärt hätte, dass die Ehe ohne Sex bleiben würde, wäre er sofort bereit gewesen, sich damit abzufinden und es als völlig normal zu akzeptieren. Immerhin war er fünfzehn Jahre älter und zur Zeit der Eheschließung fast fünfzig gewesen. Candace wäre in jedem Fall eine gute Partie gewesen, auch ohne eine körperliche Beziehung. Sie war gesellschaftlich gut vernetzt und so schön, dass es ihm den Atem verschlagen hatte. Wenn sie sprach, begleitete ein Lächeln die Worte – das Lächeln schien nur auf eine Gelegenheit zu warten, sich zeigen zu können. Candace hatte lavendelfarbene Augen und ihre Bewegungen zeichneten sich durch eine natürliche Eleganz aus. Chandler hatte sein Glück kaum fassen können, als sie bereit gewesen war, ihn zu heiraten. Er mochte Candace und hoffte, ihr den Kummer zu ersparen, den Frauen seiner Meinung nach mit Sex in Verbindung brachten. Er hatte ihr sogar sagen wollen, dass sie sich »wegen der Sache« keine Sorgen zu machen brauchte. Aber es war ein unangenehmes Thema gewesen und deshalb hatte er es nie zur Sprache gebracht. Und sie ebenfalls nicht. Stattdessen hatte sie ihn am Tag vor der Hochzeit zum Gästehaus auf dem Anwesen ihres Vaters geführt und ihn dort geliebt. Später hatten sie noch oft wundervollen Sex miteinander gehabt – eine echte Überraschung.

Da ihm Sex nie in den Sinn gekommen war, hatte er auch nicht an die Möglichkeit einer Schwangerschaft gedacht. Und dann, an einem verwirrenden Nachmittag im ersten Sommer ihrer Ehe, hatte Candace verkündet, dass sie glaubte, schwanger zu sein. Knapp sieben Monate später war Stacey geboren worden.

Die Vorstellung, dass Chandler seine Frau liebte, wäre vielen Bekannten absurd erschienen. Chandler? Sie hätten vermutet, dass sich seine

Fähigkeit zu lieben auf Limousinen, Herrlichkeit und Macht beschränkte. Aber er liebte sie. Das Außergewöhnliche dieses Gefühls war ihm ebenso klar wie allen anderen. Es schien überhaupt nicht zu ihm zu passen und auch nicht zu seinem Leben, doch wenn er den Blick nach innen richtete, war es da.

Stacey war das lebende Symbol des überraschenden Bunds von Chandler und Candace. Manchmal schlich er abends ins Zimmer seiner Tochter und betrachtete das Gesicht der Schlafenden. Dort waren in einer Person seine Züge und die seiner Frau vereint. In Lippen und Augenwinkeln erkannte er Candace. Ihre rötlichen Locken erinnerten ihn ans eigene Haar und ihre Stupsnase schien ebenfalls von ihm zu stammen. Wie sehr er sie liebte, wenn sie schlief.

Wenn sie wach war, sah die Sache anders aus. Stacey konnte einen in den Wahnsinn treiben, weil sie sich manchmal – oft – gar nicht wie ein Kind verhielt, sondern eher wie ein etwas zu klein geratener Erwachsener. Sie hatte gerade erst sprechen gelernt, als sie ihn nach Dingen fragte, die eigentlich gar nicht in die Welt von Kindern gehörten. Doch was wohin gehörte und *wie* sich die Dinge gehörten, daran störte sich Stacey nie. Während ihres Aufenthalts in Washington verbrachte Chandler manchmal einen ganzen Tag auf dem Hügel, ohne eine einzige schwierige Frage beantworten zu müssen (die Leute glaubten, dass man sich mit den Dingen auskannte und über alles Bescheid wusste, wenn man es zum Senator gebracht hatte), aber wenn er abends heimkehrte, bekam er von seiner zehnjährigen Tochter zu hören: »Senator Hopkins, warum geben wir unser ganzes Naturschutzgeld dafür aus, Wölfe, Kojoten und Wildpferde zu töten? Ist das etwa Naturschutz?« Sie war alt genug, die Fragen zu stellen, aber noch nicht alt genug, die manchmal sehr komplexen Antworten zu verstehen, selbst wenn er gewusst hätte, woraus die sehr komplexen Antworten bestanden. Stacey forderte ihn bei Außenpolitik, Rüstung, Bürgerrechten und praktisch allem anderen heraus. Ein zehnjähriges Mädchen! Natürlich war er stolz auf ihre frühreife Intelligenz, doch es gab Tage, da wäre ihm etwas weniger davon lieber gewesen.

Er lehnte sich im roten Sessel zurück, hob das Bein und untersuchte den linken Fuß nach Anzeichen von Fußpilz zwischen den Zehen. Wie in ihrem Leserbrief in der Zeitung erwähnt hatte Stacey in den vergangenen drei Jahren zahlreiche Briefe an Personen geschrieben, die irgendwo irgendetwas zu sagen hatten. Chandler schnitt eine Grimasse, als er sich an einige davon erinnerte. Ihr Brief mit Zehn Nicht Verhandelbaren Forderungen an den kenianischen Präsidenten Kibaki war besonders besorgniserregend gewesen. Wenn die Presse davon erfahren und ihn mit ihrem Vater in Verbindung gebracht hätte, wäre es drunter und drüber gegangen. Und dann der Brief an Netanjahu, in dem sie ihn aufforderte, netter zu den Palästinensern zu sein … Chandler schauderte. Zum Glück verschwanden die meisten Briefe seiner Tochter im Nichts, ohne dass jemand von ihnen erfuhr.

In Stacey steckte ein Liberalismus, der ihren Vater immer wieder verblüffte. Die Eltern anderer Dreizehnjähriger machten sich Sorgen über Drogen oder Kinderschwangerschaft, doch Chandler sah sich mit einer noch größeren Gefahr konfrontiert: Seine Tochter schien sich zu einer Demokratin zu entwickeln.

Er hätte sie auffordern können, den Ball flach zu halten, es nicht zu übertreiben und das Schreiben von Briefen den Erwachsenen zu überlassen. Aber Stacey ließ sich keine Vorschriften machen. Chandler hatte ihr streng verboten, Einsicht in ihre Akte zu verlangen, was sie aber nicht daran gehindert hatte, trotzdem einen entsprechenden Antrag zu stellen. Das Verbot, der *Daily Sun* zu schreiben, war ihr ebenso wenig ein Hindernis gewesen. Das machte sie nicht zu einem ungehorsamen Kind; sie missachtete einfach nur Verbote, die keinen Sinn für sie ergaben. Als sie zu ihm gekommen war, um ihm den Entwurf des Briefs an die *Sun* zu zeigen, hatte er ein Machtwort gesprochen und darauf bestanden, dass sie den Satz über die Abstimmung ihres Vaters strich. Nichts war vor ihrer Neugier sicher. Chandler erschrak bei dem Gedanken, dass sie die Protokolle der Kongressdebatten durchging, darin nach peinlichen Vorfällen suchte und sie vielleicht sogar an die Öffentlichkeit brachte – er stöhnte innerlich.

Wegen des Informationsfreiheitsgesetzes war die derzeitige Administration völlig durch den Wind. Rupert Paule stieg die Zornesröte ins Gesicht, wann immer dieses Thema zur Sprache kam. Chandler brauchte nichts weniger als einen Brief seiner Tochter, in dem sie daran erinnerte, dass ihr Vater für jenes Gesetz gestimmt hatte. Warum nur hatte er dem blöden Ding seine Stimme gegeben? War er so dumm gewesen, sich auf einen Kuhhandel mit Massachusetts einzulassen, oder hatte er einfach nur den falschen Knopf gedrückt? Wer konnte das nach all den Jahren noch sagen?

Oh, oben rührte sich was. Chandler stand auf und schob die Zeitung in ihre Hülle. Wohin damit? Am besten zurück auf die Zufahrt werfen, damit Williams nicht erfuhr, dass er nach draußen gegangen war und sie geholt hatte. Er trat nach draußen, blickte erneut zum Nachbarhaus und eilte zur Wendeschleife. Chandler musste ein Stück die Zufahrt hinunter, um die Zeitung so weit zu werfen, dass Williams sie an der üblichen Stelle fand. Gerade als er damit ausholte, bog eine Joggerin von der University Avenue auf die Straße. Und hier stand er, im Schlafanzug. Er wollte sich umdrehen und zum Haus zurücklaufen, doch ein fröhliches »Hallo!« ließ ihn innehalten. Die Joggerin näherte sich ihm ganz außer Atem.

»Sind Sie Chandler Hopkins?«

Der Senator drehte sich um und sah eine etwas pummelige Studentin mit Stirnband.

»Äh, ja. Der bin ich.«

»Prima, ich habe eine Mitteilung für Sie.« Die Studentin machte sich an einem ihrer Klettverschlüsse zu schaffen, um die Nachricht hervorzuholen. »Von Mr. Layton. Von dem schrulligen, Sie wissen schon.« Sie sah Chandler an und lächelte. Es wäre eine große Erleichterung für ihn gewesen zu wissen, dass sie ohne Brille seinen Schlafanzug nicht als solchen erkennen konnte. Doch selbst wenn die Studentin ohne Brille nicht besonders gut sah, dies war in jedem Fall ein besonderer Moment für sie. »Ich bin Marcie Phillips«, sagte sie und reichte ihm die Hand.

»Sehr erfreut.«

»Mr. Layton, Sie wissen schon, wen ich meine. Nicht der Physiker, sondern sein Bruder.«

»Ja.«

»Er scheint alle Jogger auf und beim Campus für Kuriere zu halten, die im Dienst der Stadt unterwegs sind. Also steht er fast jeden Morgen mit einem Umschlag in der Hand bei seinem Briefkasten an der Wyckoff Avenue. Dort hält er den ersten Jogger an, den er sieht, und gibt ihm den Brief. Eigentlich ist er ganz nett und niemand will ihm sagen, dass wir keine Kuriere sind. Wir nehmen also seine Umschläge entgegen und bringen sie dem Empfänger. Dies hier sollte ich Ihrer Zeitung hinzufügen.«

Chandler hob die Zeitung und Marcie Phillips schob den Brief hinein.

»Einen schönen Tag noch«, sagte Marcie und lief die Zufahrt hinunter.

Chandler warf die Zeitung in die Rhododendren und eilte zum Haus zurück.

*

Um Punkt 7.45 Uhr kam Williams mit dem Tablett. Der Senator setzte sich im Bett auf und gähnte.

»Morgen, Williams.«

»Gute Morgen, Sir. Ihr Frühstück und die Zeitung.«

»Oh, danke.«

Als Williams gegangen war, zog Chandler den hellblauen Umschlag aus der Zeitung und öffnete ihn. Er enthielt zwei Briefbögen aus blauem Papier. Jeder präsentierte eine Nachricht, die von einem übergroßen Gummistempel stammte. Die erste lautete:

DANKE FÜR DIE EINLADUNG

Herzlichen Dank dafür, dass wir am 4. April bei Ihnen sein durften.

Mit freundlichen Grüßen
C. und H. Layton

Das handschriftlich eingefügte Datum bezog sich auf die Dinnerparty des Senators am vergangenen Sonntag. Das zweite Blatt war eine gestempelte Einladung, mit Zeit und Datum per Hand hinzugefügt: der heutige Abend. Claymore hatte oben »Senator und Mrs. Chandler Hopkins und Miss Stacey Hopkins« geschrieben. Chandler seufzte. Er hasste so kurzfristige Einladungen; er hasste es, dass Leute glaubten, sie seien nicht über Monate im Voraus ausgebucht. Aber er wusste auch, dass der Abend dieses Tages tatsächlich frei war. Und die Einladung bot ihm Gelegenheit zu dem kleinen Gespräch mit Dr. Layton, das er geplant hatte. Er schrieb eine Notiz für Williams, damit er anrief und die Einladung annahm.

*

An jenem Morgen auf dem Weg nach Clark Hall nahm sich Homer zwei Dinge vor. Erstens wollte er sich mehr Schlaf gönnen, und zweitens hielt er es für besser, etwas mehr Zurückhaltung zu üben und Kontakte mit der Universitätsverwaltung oder Regierungsbehörden zu meiden. Es war kein Geheimnis, dass einige der Kriegssimulationen in Washington auf wenig Begeisterung stießen. Homer hatte das Gefühl, dass sich die dortigen Leute darauf vorbereiteten, ihn unter Druck zu setzen. Erst jetzt war ihm klargeworden, was das Pentagon in Bezug auf Simula-7 tatsächlich von ihm erwartete. Das Programm sollte nicht vorhersagen, was geschehen würde; es sollte vielmehr Entwicklungen beschreiben, die dem Establishment in Washington gefielen. Es dauerte bestimmt nicht mehr lange, bis er aufgefordert wurde, die Simulation zu verändern, damit sie nicht mehr die Realität simulierte, sondern eine Wunschwelt, und das ging Homer gegen den Strich. Rückzug war angesagt und während er sich bedeckt hielt, konnte er versäumten Schlaf nachholen. Deshalb gab es gleich zwei Gründe für ihn, ungehalten zu sein, als ihn sein Bruder am späten Nachmittag weckte und er erfuhr, dass die Hopkins zum Abendessen kommen würden. In einer Stunde sollten sie eintreffen. Homer schlurfte schläfrig ins Bad. Es Claymore zu überlassen, sich um sein gesellschaftliches Leben zu kümmern, führte zu zahlreichen Überraschungen, aber es war sinnlos, Widerstand zu leisten.

Um halb sieben war er angezogen und hatte den Tisch vorbereitet. Als es klingelte, ging er zur Tür und empfing die drei Gäste. Stacey, hübsch herausgeputzt und fest entschlossen, sich gut zu benehmen, trat vor und streckte die Hand aus.

»Doktor Layton … Vielen Dank für die Einladung.«

»Ah, Miss Hopkins.« Homer beugte sich tief über ihre Hand. »Das Vergnügen ist ganz auf unserer Seite.«

Das brachte Stacey zum Lachen. Die Vorstellung, mit Homer förmlich zu sein, fand sie komisch. Sie hatte die Segelschule besucht, die Sommer auf dem Lake Cayuga veranstaltete, und wie alle anderen Kinder und Jugendlichen war sie daran gewöhnt, ihn Homer zu nennen. Homer wiederum hielt Stacey für eine vernünftige junge Person von der Art, die alle kleinen Mädchen zur Damentoilette schickte und dafür sorgte, dass die Toilette auch benutzt wurde, bevor alle in die Boote kletterten.

»Und du hast deine geschätzten Eltern mitgebracht. Mrs. Hopkins, Senator Hopkins …« Er schüttelte ihnen die Hand und führte sie in die Bibliothek.

»Sehr freundlich von Ihnen, uns zu empfangen, Dr. Layton.«

»Es ist mir eine Ehre.«

Claymore schlenderte von der Küche herein und begrüßte die Gäste. Homer wusste nie, ob sein Bruder die Rolle des perfekten Gastgebers oder die der Küchenhilfe spielte – manchmal setzte er sich nicht einmal an den Tisch, um mit den Gästen zu speisen. An diesem Abend schien er sich entschlossen zu haben, der perfekte Gastgeber zu sein. Er begrüßte die Hopkins herzlich.

Mrs. Hopkins reichte ihm eine kleine Topfpflanze. »Das ist Estragon, Mr. Layton. Wenn sie ihn nach dem letzten Frost in den Garten setzen, haben Sie den ganzen Sommer frischen Estragon.«

Claymore blinzelte verwirrt. »Aber wir packen.«

»Wie bitte?«

»Ich meine, wir verlassen Florida.«

»Ja, für die Preisverleihung. Wir alle machen uns auf den Weg. Aber Sie können den Estragon pflanzen, wenn Sie zurück sind.«

Claymore zuckte die Schultern und nahm die Topfpflanze entgegen.

Stacey setzte sich steif auf die Couch und strich den Rock über ihren Knien glatt, als Homer Sherry für die Erwachsenen einschenkte. Das Zimmer war voller interessanter Dinge, die den Blick auf sich zogen, aber sie wollte nicht wie ein Kind wirken, das alles anstarrte. Stacey gab sich alle Mühe, ihrer Umgebung keine Beachtung zu schenken, während sie darüber nachdachte, was sie sagen sollte. Sie wollte vermeiden, dass die Gespräche mit einem Thema begannen, über das sie nicht viel wusste.

»Es ist eine außergewöhnliche Ehre, die Ihnen zuteil wird, Dr. Layton. Ich meine, von der Amerikanischen Akademie der Künste und Wissenschaften ausgezeichnet zu werden …«

»Dass du davon weißt, Miss Hopkins, macht die Ehre noch größer.«

»Und ich habe Ihr Buch gelesen, *Ein Leben in der Wissenschaft.*«

»Du hast *Ein Leben in der Wissenschaft* gelesen? Wirklich? Ohne Flachs?«

»Ja. Ich habe Ihnen einen Brief mit meinen Eindrücken geschrieben. Sie werden ihn bald per Post bekommen. Wissen Sie, Charles de Gaulle hat jeden Abend ein Buch gelesen und dem Autor einen Brief diktiert, bevor er zu Bett ging.«

»Das wusste ich nicht.«

Stacey errötete. »Allerdings habe ich Ihr Buch nicht an einem Abend gelesen. Weil ich früh zu Bett gehen muss. Ich habe eine Woche gebraucht.«

»Das ist schon in Ordnung. Soweit ich weiß, kommst du zur Preisverleihung nach Fort Lauderdale, Miss Hopkins. Was hältst du davon, mir auf der Rednerbühne Gesellschaft zu leisten? Du könntest auch deine Eltern mitbringen.«

»Oh, danke, Dr. Layton. Diese Einladung nehmen wir gern an.«

»Es wird mir ein großer Trost sein zu wissen, dass jemand zugegen ist, der das Buch tatsächlich gelesen hat. Eine echte Seltenheit.«

Stacey argwöhnte, dass ihre Eltern Homers Buch nicht gelesen hatten, und deshalb hielt sie es für besser, das Thema schnell zu wechseln. Aber vornehm und erwachsen bleiben, sagte sie sich. »Nun, Dr. Layton, was halten Sie von den stürmischen Zeiten, in denen wir leben?«

»Sie sind sehr stürmisch. Sehr.«

»Ja. Ich entnehme Ihrem Buch, dass Sie Sonderberater des Präsidenten sind.«

Chandler warf seiner Tochter einen warnenden Blick zu.

»Das bin ich, ja«, erwiderte Homer. »Was bedeutet, dass ich jemanden berate, der jemanden berät, der jemanden berät, dessen Rat den Präsidenten erreicht. Soll ich ihm irgendetwas ausrichten?«

»Nun, wenn Sie mich so fragen …«

»Stacey!«, knurrte Chandler. »Ich fürchte, meine Tochter beherrscht die Kunst des Smalltalks noch nicht ganz, Dr. Layton.« Er wandte sich an Stacey. »Lass dir etwas einfallen, das überhaupt nicht wichtig ist, und sag es. Etwas, dem jeder zustimmen kann. Und *nicht* das, was du gerade sagen wolltest.«

»Ach, Vater.«

»Das ist die Art der Erwachsenen und du musst es lernen. Fällt dir etwas ein, dem alle anderen nur zustimmen können?«

»Massenvernichtungswaffen sind abscheulich.«

»Ja. Wie wär's mit etwas Fröhlicherem?«

Stacey ging nicht darauf ein. »Stimmt es, Dr. Layton, dass es eine von Wissenschaftlern entwickelte besondere Uhr gibt, die anzeigt, wie weit wir von einem Atomkrieg entfernt sind?« Eigentlich hatte Stacey diese Frage nicht stellen wollen, aber sie ging ihr schon seit einer ganzen Weile durch den Kopf.

»Welch eine erwachsene Frage von einer so jungen Dame. Ja, es gibt eine solche Uhr, und zwar auf der Titelseite des *Bulletin of the Atomic Scientists*. Allerdings zeigt sie nur die Meinung der Atomwissenschaftler beziehungsweise die Meinung der Redaktion. Man spricht von der ›Weltuntergangsuhr‹, weil …« Homers Blick ging zu Senator Hopkins, der auf seine Schuhe starrte.

»Und die Anzahl der Minuten vor zwölf zeigt, wie nahe wir dem Atomkrieg sind?«

»Ja.« Homer ging zum Sideboard, um ein Glas für Stacey zu holen.

»Und stimmt es, dass der Minutenzeiger der zwölf gefährlich nahe gekommen ist? Das wir zwar glauben, in Friedenszeiten zu leben, aber trotzdem die große Gefahr eines Atomkriegs besteht?«

Homer verzog das Gesicht. Was hoffentlich niemand sah, da er mit dem Rücken zu den Gästen stand. Woher wusste Stacey von diesen Dingen? Es stimmte, dass die Weltuntergangsuhr fast zwölf anzeigte; es fehlten nur noch drei Minuten bis zur vollen Stunde. Die Redaktion glaubte, dass die Welt sehr instabil geworden war, da sich der Besitz von Atomwaffen nicht mehr allein auf die Supermächte beschränkte. Homer fragte sich, wie er das Mädchen beruhigen sollte.

Schließlich seufzte er und sagte: »Ja, das stimmt.«

Er gab etwas Saft aus einem Krug mit Maraschinokirschen in ein Glas mit Tonic und Eis und reichte es Stacey. Sie nahm ihren Pferdeschwanz in eine Hand und zog daran, sah ihn mit blauen, furchtlosen Augen an. Homer wusste nicht, ob er sie beruhigt hatte, aber zumindest fühlte er sich selbst ein wenig beruhigt.

»Meine Damen und Herren …« Claymore kam aus der Küche. Er hatte nie die Angewohnheit entwickelt, sich vor der Mahlzeit bei einem Drink zu entspannen. »Es ist aufgetischt.«

*

Nach dem Essen halfen Stacey und Mrs. Hopkins Claymore beim Aufräumen. Chandler nahm Homers Arm, als sie zum Wohnzimmer gingen.

»Dr. Layton, ich meine, Homer … Vielleicht könnten wir uns kurz in Ihrem Arbeitszimmer unterhalten.«

»In meinem Arbeitszimmer? Oh, hier entlang, denke ich.«

Homer führte den Senator in den Wintergarten, wo Claymore seine Sportsachen aufbewahrte. Er nahm auf dem Sitz eines Rudergeräts Platz und verwies Chandler auf eine Sitzbank bei den Hanteln.

»Äh, was hat Ihr Bruder gemeint, als er von ›packen‹ sprach?« Chandler fürchtete, seinen berühmten Wissenschaftler an Princeton oder Harvard zu verlieren.

»Keine Ahnung. Das ist Claymore. Er hat manchmal komische Ideen.«

»Aber Sie haben doch nicht vor …«

»O nein. Wie schon gesagt, typisch Claymore und seine seltsamen Ideen.«

»Aber er ist ein verdammt guter Koch. Ich meine, sein Schokoladensoufflé …«

»Ja.«

»Ein echtes Kunstwerk.«

»Mein Bruder ist mit seinem Schokoladensoufflé sehr zufrieden. Es gefällt ihm so sehr, dass er es manchmal als ersten Gang serviert. Es hat mich heute Abend ein bisschen Überredungskunst gekostet, ihn dazu zu bringen, sein Soufflé als Dessert auf den Tisch zu bringen.«

»Ich freue mich, dass wir hier unter vier Augen miteinander reden können. Ja, es freut mich sehr.«

»Freut mich, dass es Sie freut.«

»Wissen Sie, ich warte schon seit einer ganzen Weile auf die Gelegenheit, ein wenig mit Ihnen zu plaudern.«

»Ach?«

»Ja, um Ihnen von einigen Dingen zu erzählen, die ich vergangenes Wochenende von General Buxtehude gehört habe. Vielleicht ist Ihnen aufgefallen, dass wir zusammen mit Mr. Tomkis vom State Department für eine Weile verschwunden waren.«

»Ja.«

Chandler wählte seine Worte mit besonderer Sorgfalt. Aus dem Wohnzimmer kamen die Klänge südamerikanischer Musik. »Das Pentagon arbeitet bei diesem Projekt, bei diesen Projekten, gern mit Cornell zusammen. Dort ist man so zufrieden, dass wir noch mehr Geld bekommen. Oh, das habe ich Ihnen noch gar nicht gesagt, oder? Ja, wir bekommen mehr Geld. Der Scheck kam heute Morgen und ist bereits zur Bank gebracht. Eine sehr großzügige Summe.«

»Schön.«

»Sehr schön. Nun, der General bittet mich, Ihnen auszurichten, dass Sie sich mit Resultaten nicht zu beeilen brauchen. Er legt großen Wert darauf zu betonen, dass die Simulationsgruppe nicht dem geringsten Druck ausgesetzt ist. Wer unter Druck steht, kann kaum sein Bestes geben. Ich meine, Sie könnten sich sogar einige Jahre Zeit lassen, bevor Sie weitere Szenarien schicken. Was natürlich nicht heißen soll, dass niemand Interesse daran hätte.«

»Ich verstehe.«

»An Ihrer Stelle würde ich die Gunst der Stunde nutzen, Ressourcen von den Simulationen abziehen und sie der Erforschung der Pekuliarbewegung widmen. Darum geht es doch eigentlich. Die Pekuliarbewegung ist das eigentlich Wichtige. Ich meine, die Pekuliarbewegung ist extrem …« Der Senator suchte nach irgendeinem geeignetem Adjektiv für die Pekuliarbewegung. »Ich meine, sie ist extrem wichtig, könnte man sagen.«

»Oh, extrem, ja.«

»Na, ist dies nicht ein fruchtbares Gespräch gewesen?«

»Sehr.«

»Ich habe darauf gehofft, es mit Ihnen zu führen. Und wir haben es geführt.«

»Ja.«

»Ja.« Was zum Teufel hatte der Lärm im Wohnzimmer zu bedeuten? Kastagnetten, Trompeten und Trommeln. Klang nach einem Stierkampf. »Vielleicht sollten wir zu den Ehefrauen zurückkehren. Zu den anderen, meine ich.«

»Oh, ja.«

Sie erreichten das Wohnzimmer, als dort ein lauter, glutvoller Tango zu Ende ging. Stacey stand beim CD-Player und drehte die Lautstärke auf. Claymore und Mrs. Hopkins tanzten. Mit ausdrucksloser Miene hatten sie die Wangen aneinander gedrückt und bewegten sich mit wiegenden Hüften im Takt der lauten Musik. Drehung, vier Schritte, neue Drehung. Bei den letzten Klängen wirbelte Claymore seine Partnerin herum und sie sank voller Hingabe in seine Arme.

»Na so was«, sagte Chandler.

»Wow!«, rief Stacey.

»Olé«, verkündete Claymore.

7

Der Rubin-Maser

Wieder unterwegs nach Clark Hall wählte Loren den Weg unterhalb des Fachbereichs für Künste, um an diesem Nachmittag den Blick auf den See und die Berge jenseits davon zu genießen. Über dem Bibliothekshang, auf der Kuppe eines kleinen Hügels, setzte er sich für einen Moment. Vor dreihundert Jahren war dies ein heiliger Ort für die Seneca-Indianer gewesen; ein Schild aus Messing erinnerte daran. Vielleicht waren die jungen Leute des Stamms hierhergekommen, um zu überlegen, worauf es im Leben ankam. Wenn sein Seneca-Pendant von damals jetzt hier wäre, was würden sie sich sagen? Welche Gemeinsamkeiten fänden sie in ihren beiden so unterschiedlichen Leben? Loren hätte erklärt, dass die Hauptsorgen seines Lebens eine Simulation der Wechselwirkungen großer Mächte, die Suche nach der Erklärung für eine seltsame Bewegung von Elementarteilchen und eine Frau betrafen, die ihn liebte, sich aber davor fürchtete, was die Liebe bedeutete. Wie hätte er dies dem Seneca nahebringen sollen? Wie hätte er es ausdrücken müssen, damit der Krieger verstand? Allgemeine Begriffe boten sich an. Er hätte sagen können, dass seine Interessen Strategien im Krieg, der Suche nach Wissen und dem Konflikt von Liebe und … was galten?

An einem solchen Tag vor einem Jahr war er voller Enthusiasmus nach Ithaca gekommen. Heute fühlte er sich älter, sogar alt. Er dachte an seine drei Sorgen, unverständlich für den Seneca-Krieger und vielleicht auch für sich selbst. Warum spielten sie eine Rolle? Eine Laune des Schicksals hätte ihm drei ganz andere Leidenschaften geben können. Und wie wichtig konnten sie sein, wenn sie austauschbar waren? Würde das Universum davon Notiz nehmen, wenn es ihm gelang eins dieser Probleme, oder vielleicht alle drei, zu lösen? Interessierte es sich dafür, ob Sonia und er glücklich zusammenlebten oder einfach auseinandergingen? Kümmerte es das Universum, ob er eins seiner Geheimnisse entdeckte oder nicht? Ob sie einen kleinen Planeten davor bewahrten, sich selbst zu zerstören?

In einer abstrakten Weise spielte nichts davon eine Rolle; wichtig wurden die drei Angelegenheiten vor allem durch den persönlichen Bezug. Dieser spezielle Loren Martin – im Gegensatz zu anderen, die er hätte sein können –, dieser Loren Martin definierte sich in Bezug auf die drei genannten Leidenschaften. Jede von ihnen stellte eine Herausforderung dar, der er sich bereitwillig gestellt hatte. Jede von ihnen war ein Grund für das schwindelerregende Glücksgefühl, das sich im Lauf des vergangenen Jahres dann und wann eingestellt hatte. Derzeit mochte er müde sein, was aber nicht bedeutete, dass ihm einer der drei Punkte weniger bedeutete. Der Unterschied war: Zum ersten Mal sah er die Möglichkeit eines Scheiterns.

*

Homer war wie üblich spät dran. Loren ging durch die leeren Zimmer und suchte nach Lebenszeichen. Schließlich nahm er mit dem Protokoll im großen Sessel vor Homers Schreibtisch Platz. Vielleicht machte Homer irgendwo ein Nickerchen, möglicherweise bei Dekanin Sawyer. Er bekam ebenso wenig Schlaf wie Loren und Sonia, und aus denselben Gründen.

In Homers Zimmer herrschte ein interessantes, provokantes Durcheinander oder einfach nur schreckliche Unordnung – es hing vom Blickwinkel des Betrachters ab. Loren sah sich in dem Chaos um, das nicht nur aus Chaos bestand, sondern auch aus Schmutz. Homers Augen versagten, wenn es um das Erkennen von Schmutz ging, und das Putzpersonal hatte verkündet, dass es einen Bogen um diesen Ort machte, solange nicht einige Tonnen Müll fortgeschafft waren. Zwei krumme Wege durch das verwirrende Sammelsurium aus Dingen und Dreck boten praktisch die einzige Möglichkeit, den Boden zu erkennen. Überall sonst standen Kartons mit Papieren, elektronischen Geräten und Versuchsaufbauten aus den Physikräumen, in denen Homer unterrichtet hatte. Während der Rennsaison auf dem See fuhren Homer und Claymore ein altes Star-Boot und viele Dinge jenes Boots überwinterten in Homers Zimmer, darunter Leinen, Rettungswesten und eine demontierte Winde. Auf dem Schreibtisch stapelten sich Papiere. Wenn man den Raum mit einem Kaffeebecher betrat, fand man keine Stelle, wo man den Becher absetzen konnte.

Das Arbeitszimmer enthielt viele Schätze, aber angetan hatte es Loren vor allem ein großer Apparat, der fast zweieinhalb Meter lang war und ganz oben auf dem Bücherbord hinter dem Schreibtisch lag. In den fünfziger Jahren hatte dieser Gegenstand an Experimenten teilgenommen, bei denen es um die Erzeugung von kohärenten Lichtstrahlen gegangen war. Dort oben, von Homer halb oder ganz vergessen, ruhte ein Vorfahr des modernen Lasers. Allerdings lag diesem Apparat ein etwas anderes Funktionsprinzip zugrunde, weshalb man von »Maser« sprach. Maser hatten sich in der Wissenschaft zunächst großer Beliebtheit erfreut, dann aber den leistungsfähigeren Lasern weichen müssen. Dieses besondere Exemplar war ein Rubin-Maser und verdankte seinen Namen dem Umstand, dass sein Licht durch einen kleinen Rubinkristall geleitet wurde. Der Apparat funktionierte noch immer; man brauchte ihn nur einzuschalten.

Loren legte das Protokoll auf einen Listingstapel beim Schreibtisch und ging zum Maser. Er strich mit der Hand über das Gerät und die aus Hartholz bestehende Auflage, drehte den runden Knopf auf die Ein-Markierung. Der Maser summte für einen Moment und projizierte dann einen dünnen roten Strahl vom Emitter am einen Ende bis zum fast zwei Meter entfernten Empfänger am anderen. Loren wusste, dass die Seiten des Strahls exakt parallel zueinander verliefen, bis auf einige Ångström genau. Und wie immer war er von dem dünnen, klar abgegrenzten Strahl fasziniert.

»Aha!«, erklang eine Stimme. Homer.

»Ebenfalls aha.«

»Ich meine nicht Aha im Allgemeinen, sondern Aha im Besonderen. Ein Aha über kohärentes Licht. Über Kohärenz. Heute, mein junger Freund, setzen wir uns hier und sind sehr kohärent. Bist du bereit dafür, kohärent zu sein?«

»Hiermit erkläre ich meine Bereitschaft für Kohärenz.«

Homer fügte dem Chaos auf dem Schreibtisch einen Arm voller Bücher hinzu und bedeutete Loren mit einem Wink, in dem Sessel Platz zu nehmen. Dann setzte er sich selbst. Da er recht klein war, verschwand er hinter den vor ihm aufragenden Papierbergen.

»Ups.« Er erschien wieder. »Nun, mal sehen. Um der Kohärenz willen müssen wir einen Konstruktionsfehler dieses Stuhls korrigieren. Was hat man sich nur dabei gedacht, ihn so niedrig zu machen?« Er nahm einige der Bücher vom Schreibtisch, außerdem auch noch zwei oder drei vom Boden, und legte sie auf den Stuhl. Dann setzte er sich erneut. »Ausgezeichnet, ausgezeichnet, noch besser als ausgezeichnet. Also, wo waren wir?«

»Bisher noch nirgends.«

»Stimmt. Bisher noch nirgends. Stellen wir uns also vor, dass wir wo sind, an einem Ort, wo die Planck-Konstante einen Wert von eins hat.«

Loren musterte Homer im rötlichen Licht. Sein Gesicht verriet nichts.

»Also, die Planck-Konstante ist eins. Eins Komma null null. Was für ein Ort ergibt sich daraus?«

»Einer, an dem Quanteneffekte mit dem bloßen Auge sichtbar sind«, sagte Loren und hatte das Gefühl, es schon einmal gesagt zu haben.

»Genau.«

»Billardkugeln rollen nicht, sondern nehmen einzelne Positionen ein. Allerdings lassen sich diese Positionen nicht genau bestimmen, weshalb die Kugeln unscharf und verwischt erscheinen.«

»Ja. Sag mir, Loren, was hat uns an einen solchen Ort gebracht?«

»Das ist eine dumme Frage, Homer. Wir sind da, weil er unserer Vorstellung entspringt, weil er Teil unserer Hypothese ist.«

»Stimmt. Wir müssen dumme Fragen stellen, Loren. Wenn wir nur intelligente Fragen stellen und wenn wir nur intelligente Antworten für sie präsentieren … Dann beschreiten wir nur die intelligenten Wege, die all die anderen intelligenten Leute vor uns beschritten haben. Die dumme Frage lautet: Wie kommt es, dass wir an einem Ort sind, wo die Planck-Konstante einen Wert von eins hat?«

»Ich schätze, es ist ein alternatives Universum, wie das von Mr. Tompkins.«

»Angenommen, das ist nicht der Fall. Angenommen, der Ort befindet sich im gewöhnlichen Universum, in diesem. Angenommen, er ist hier, in Ithaca. Angenommen, Billardkugeln rollen plötzlich nicht mehr, sondern hüpfen von einer Position zur nächsten, ohne den Raum dazwischen zu passieren. Und sie bleiben verschwommen, weil man ihre genauen Positionen nicht bestimmen kann. Nun, wer würde in diesem Moment in Ithaca Billard spielen, wenn nicht Dr. Loren Martine von Salamanca, ein bekannter Physiker, der gern über die Rätsel der Welt nachdenkt. Er stößt die Kugel an und sie hüpft von einer Stelle zur nächsten und er denkt *Aha*. Aber *Aha* was?«

»Aha, die Planck-Konstante hat sich verändert.«

»Aha, richtig. Aber was bedeutet es, dass sie sich verändert hat? Sollte eine Konstante nicht konstant sein?«

»Worauf willst du hinaus, Homer? Natürlich ist die Planck-Konstante konstant.«

»Wenn sie wirklich konstant ist, wieso springt dann die Billardkugel? Wie kommt es, dass die Konstante plötzlich einen Wert von eins Komma null gewonnen hat? Wenn ich mich richtig erinnere, betrug sie sechs Komma sechs zwei sechs mal zehn hoch minus vierunddreißig. Habe ich recht?«

»Ich denke schon. Hör auf, dumme Fragen zu stellen, Homer. Stell einige intelligente.«

Homer wirkte enttäuscht. Aber dann lächelte er schief, wie so oft, und versuchte es erneut. »Na schön, na schön. Zwei Minuten für intelligenten Kram. Zwei Minuten Pause. Anschließend kehren wir zum veränderten Ithaca mit den hüpfenden Billardkugeln zurück und du erklärst mir, warum die Konstante nicht konstant ist. Für diese beiden Minuten unterhalte ich dich mit einem Rätsel. Es lautet: In meinem Zimmer gibt es kaum Platz genug, sich umzudrehen, aber trotzdem bewahre ich hier diese Monstrosität auf – warum nur?« Er deutete über die Schulter hinweg zum Maser. »Ich gebe dir einen kleinen Hinweis: Der Grund ist nicht das hübsche rote Licht.«

»Warum du den Maser aufbewahrst? Weil er dich an etwas erinnert, schätze ich. Oder an jemanden.« Loren wusste, dass Homer während eines Studienurlaubs mit dem Konstrukteur des Masers zusammengearbeitet hatte.

»Von emotionalem Wert spricht er da, der junge Mann. O ja, den hat der Maser durchaus. Ich verbinde viele angenehme Erinnerungen damit. Sie stammen aus dem Jahr 1968. Wie kann man nicht sentimental werden, wenn man an 1968 zurückdenkt? Zum Beispiel war ich damals jünger. Menschen in deinem Alter übersehen das oft: Bevor man älter ist, ist man jünger. Ich war damals an der Eidgenössischen Technischen Hochschule in Zürich, Einsteins alter Schule. O ja, eine sehr sentimentale Angelegenheit. Ob du recht hast mit deiner Vermutung? Nein, hast du nicht. Das ist nicht der Grund, warum der Maser noch da liegt. Ich würde ihn aus emotionalen Gründen behalten, wenn er fünfundzwanzig Zentimeter lang wäre, nicht fast zweieinhalb Meter. Nein, es gibt einen anderen Grund.«

»Hm. Weil er etwas veranschaulicht, etwas Interessantes.«

»Ja. Aber was?«

Loren erinnerte sich vage an etwas Seltsames in Hinsicht auf den Maser, an eine sonderbare Eigenschaft, die damals zwar bemerkt, doch nie richtig erklärt worden war. »Innerhalb des Strahls geschieht etwas. Etwas, das nicht dem entspricht, was man eigentlich erwartet.«

»Aha!«

»Lieber Himmel, ich habe seit Jahren nicht mehr daran gedacht. Es gab da einen Artikel in einer Fachzeitschrift.«

»Ja, geschrieben von Andronescu an der ETH. Von meinem alten Freund Andronescu.«

»Es ging dabei um Wärmetransport im Innern des Strahls. Dinge erwärmen sich nicht so schnell, wie es eigentlich der Fall sein sollte. War es das?«

»Bist nahe dran. Das Gesetz von Boyle-Mariotte, nach dem der Druck idealer Gase bei gleichbleibender Temperatur und gleichbleibender Stoffmenge umgekehrt proportional zum Volumen ist, scheint im Innern des Strahls nicht zu gelten. Das Gas dehnt sich weniger aus, als man erwarten sollte. Aber nur ein kleines bisschen weniger, um einige Teile pro tausend. Alle anderen hätten es für einen Messfehler gehalten, aber nicht so Andronescu. Ein hervorragender Mann im Laboratorium, legte immer großen Wert auf absolute Präzision. Ein großer Rumäne mit dichtem schwarzem Haar und außergewöhnlich großen Händen, die jedoch sehr geschickt sein konnten. Er maß beim Gasvolumen eine Abweichung von einem Zwanzigstel Prozent, und zwar immer, bei jedem Experiment. Außerhalb des Strahls ein bestimmtes Volumen, und darin ein Zwanzigstel Prozent weniger, bei gleichem Druck und gleicher Temperatur.«

»Andronescus Paradox.«

»Ein Paradox im Gefüge des Universums. Der Artikel war wundervoll geschrieben. Erschien auf Deutsch in der ETH-Physikserie 1971. Und für diese ausgezeichnete Arbeit bestand der Lohn aus …?«

»Keine Ahnung. Er starb. Niemand erinnert sich mehr daran.«

»Genau. Der übliche Lohn für großartige Arbeit.«

»Ich glaube, beim CERN in Genf hat jemand versucht, das Experiment mit Laserstrahlen zu wiederholen. Hat nicht geklappt.«

»Stimmt. Bei einem Laser bleibt das Phänomen aus.«

»Vielleicht auch bei einem Maser.«

»Nein, beim Maser ist es da. Ich kann es dir zeigen. Das mache ich gleich. Bis dahin geh einfach davon aus, dass es stimmt, Loren. Das Gesetz von Boyle-Mariotte ist eine Konstante, die im Innern des Strahls nicht mehr konstant ist.«

»Verstehe.«

»Boyles Konstante, die Planck-Konstante. Was bedeutet es, wenn eine Konstante nicht mehr konstant ist?«

Loren blickte in den roten Strahl. In der Geschichte der Wissenschaft gab es zahlreiche Beispiele für Konstanten, die schließlich zu Variablen geworden waren. So hatte man bis zu Kepler die Schwerkraft für eine Konstante gehalten. Wo und wann man es auch überprüfte, immer fielen Objekte mit derselben Beschleunigung zu Boden. Aber in Wirklichkeit ist die Schwerkraft keine Konstante, sondern eine Variable, die von der Masse des Planeten und der Entfernung von seinem Zentrum abhängt. Die Masse der Erde ändert sich nie und ein Mensch kann seine Entfernung von ihrem Mittelpunkt nur unwesentlich verändern. Deshalb hatte man die Gravitation immer für konstant gehalten. Bis zu Kepler, der das Gegenteil bewies.

Loren wählte seine Worte sorgfältig. »Wenn eine Konstante den Eindruck erweckt, sich zu verändern … Ich schätze, dann verbirgt sich irgendwo in ihr eine Variable.«

»Bravo.«

»Es gibt eine Variable, eine Quantität, die sich verändern kann, das aber nur selten tut.«

»Gut.«

»Bisher hat sich dieser Faktor nie verändert, denn sonst wären wir nicht von einer Konstante ausgegangen. Als er sich dann zum ersten Mal veränderte, sah es für uns so aus, als wäre ein Gesetz der Physik plötzlich nicht mehr gültig, oder nicht mehr ganz.«

»Gut.«

Was geschah in dem Strahl? Loren blickte ins Leere und stellte sich vor, im Innern des Strahls zu sein, Teil eines einfachen dünnen Gases. Um ihn herum schwebten Atome, angeregt von einer Wärmequelle.

Er war eins dieser Atome und bewegte sich, als er Wärme empfing, stieß gegen andere und erzeugte auf diese Weise Druck und Ausdehnung. Aber nicht ganz so viel wie sonst. Warum? Was passierte? Er wusste es nicht.

Lorens Blick kehrte ins Hier und Heute zurück und richtete sich auf Homer, der eingeschlafen war.

*

Die Bücherregale außerhalb des Computerraums enthielten zwei Kopien von Andronescus Aufsatz. Loren nahm einen, fügte ihm ein Deutsch-Englisch-Wörterbuch hinzu und zog sich in sein Arbeitszimmer zurück. Eine Stunde später hatte er sich durch den Artikel gearbeitet und glaubte, ihn wenigstens einigermaßen zu verstehen. Zumindest glaubte er, Antwort auf die Frage gefunden zu haben, ob die von Andronescu verwendete Druckkammer dunkel oder transparent gewesen war. Er hatte eine dunkle Kammer benutzt, eine geschlossene Aluminiumkapsel mit festem Volumen, ausgestattet mit einem Druckmesser. Mit solchen Kapseln wurde Studienanfängern in Physikräumen das Gesetz von Boyle-Mariotte demonstriert. Woher also wussten die Gasatome, dass sie sich in der Präsenz von Licht befanden, wenn kein Licht ins Innere der Kammer gelangen konnte? Vielleicht kam mit dem Licht noch etwas anderes, ein mit dem Lichtstrahl verbundener Effekt. Loren blätterte zu einer Passage zurück, die unterstrichen war und einen säuberlich an den Rand geschriebenen Kommentar aufwies, auf Deutsch und mit einer einzelnen Initiale versehen, einem C. Loren vermutete, dass das C für Constantin stand, Andronescus Vornamen. Im Wörterbuch schlug er das eine Wort nach, das er nicht kannte: Streichholz. In der Anmerkung hieß es, dass ein Streichholz im Innern des Strahls langsamer brannte, dass es sich langsamer entzündete und langsamer ausging.

Loren kehrte in Homers Arbeitszimmer zurück und fand eine Streichholzschachtel neben dem Maser. Dutzende von abgebrannten Streichhölzern lagen in der Nähe, wie ihm jetzt auffiel. Loren entzündete ein neues und wartete, bis es ruhig brannte, bevor er es in den Strahl hielt. Die Flamme wurde etwas niedriger. Er hielt das Streichholz noch etwas länger ins Licht, um zu sehen, ob es ausgehen würde, aber das war nicht der Fall. Es brannte nur mit einer etwas kleineren Flamme. Beim zweiten Streichholz stellte er fest, dass man den gleichen Effekt erzielten konnte, wenn man die Flamme in die Nähe des Strahls hielt und nicht direkt hinein. Der ganze Bereich im Verlauf des Strahls schien langsameres Brennen zu bewirken.

»Diese Sache mit der Liebe. Welch eine Verkomplizierung eines hübsch ordentlichen Lebens.« Homer war wieder wach.

»Hm?«

»Die weiblichen Vertreter der Spezies, oder vielleicht sollte ich besser sagen: die weibliche Spezies. Weißt du darüber Bescheid?«

»Natürlich, Homer. Alle wissen darüber Bescheid. Äh, Frage: Was glaubst du, warum lässt der Strahl das Streichholz komisch brennen?«

»Antwort: Andronescus Paradox. Frage: Warum sind Frauen so, wie sie sind? Ich meine, wie werden sie so?«

Loren blies das Streichholz aus und wandte sich Homer zu. »Dir geht etwas durch den Kopf.«

»Das will ich doch stark hoffen.« Homer blickte auf seine im Schoß gefalteten Hände. »Glaubst du, eine siebenundsechzig Jahre alte Frau könnte an ...« Er sah zu Loren auf. »... Sex interessiert sein?«

»Klar.«

»Ah. Nun, vielleicht ist es das. Wer hätte das gedacht? Ich meine, Maria ... Wer hätte gedacht, dass sie nach einem ganzen Leben ohne ...« Homer unterbrach sich und errötete ein wenig unter seinem weißen Haar. »Was hast du für einen großen Mund, Homer. Damit du besser Geheimnisse ausplaudern kannst.«

»Sie hat nie ...?«

Peinlich berührt von der eigenen Indiskretion verzog Homer das Gesicht. »Nein. Nie. Da bin ich sicher. Sprich nicht darüber. Ich habe zu viel gesagt.«

»Ich werde das Geheimnis hüten.«

»Natürlich gilt das auch für mich.«

»Für dich?«

»Meine diesbezüglichen Erfahrungen bisher: nicht vorhanden. Null.«

Es gab also nicht nur zwei junge Jungfrauen im einundzwanzigsten Jahrhundert, sondern auch noch zwei ältere. Loren sank in den Sessel vor dem Schreibtisch. »Es ist nicht zu spät, Homer. Du kannst lernen. Besorg dir ein Buch.«

»Ich habe ein Buch! Natürlich habe ich ein Buch. Der Teil ist einfach. Aber wie geht man bei solchen Dingen vor? Woher weiß man, dass es das ist, was sie will? Sie schickt mir Signale, aber ich glaube, nicht einmal sie selbst weiß, was sie bedeuten. Keine Ahnung. Ich rate nur. Was ist, wenn ich mich irre?«

Loren spürte eine starke emotionale Reaktion in seinem Innern. Er beugte sich vor, streckte die Hand über den Schreibtisch und legte sie auf Homers Arm. »Mach dich ran«, sagte er und versuchte, mit fester Stimme zu sprechen. »Warte nicht. Veranalysiere es nicht. Vertrau deinem Instinkt.«

»Ja, dem Instinkt vertrauen. Das dürfte die Antwort sein.«

»Sie ist es. Und wenn du dich irrst … Na und? Aber wenn du recht hast und wenn sie recht hat, dann könnte es …«

»Ja. Es könnte ein ganz neues Leben für zwei alte Ziegen sein. Und du hast recht: Ein Irrtum bedeutet nur ein bisschen Verlegenheit, mehr nicht. Sie würde sagen: ›Du hast doch nicht etwa geglaubt, dass ich …‹ Und ich antworte: ›Ups, tut mir leid.‹«

»Es wäre nicht so schlimm.«

»Nicht so schlimm, nein. Aber ich hab trotzdem, na ja, Schiss. Hier bin ich, fast siebzig Jahre alt, und nie in meinem Leben hab ich mich eine Position gebracht, in der mich eine Frau zurückweisen könnte. Und jetzt habe ich vor, mich in eine solche Position zu bringen.«

»Bravo.«

*

Kelly, Edward und Sonia waren eingetroffen und hatten mit der Arbeit begonnen. Loren und Homer blieben in Homers Zimmer und rätselten über den Strahl. Es war nicht nur ein Rätsel, glaubte Loren, sondern ein Hinweis auf etwas, das die ganze Zeit übersehen worden war. Es gab keine offensichtliche Verbindung zwischen der Anomalie im Strahl und der bisher erfolglosen Suche nach einer Erklärung für die Pekuliarbewegung, aber Loren gewann immer mehr den Eindruck, dass die Lösung des einen Rätsels auch das zweite Geheimnis lüften würde. Es war nur eine Ahnung, aber wie er selbst gesagt hatte: Manchmal lohnte es sich, dem Instinkt zu vertrauen.

Homer hatte die Richtung, die sie jetzt einschlugen, bereits erforscht. Es war durchaus möglich, dass er jenen Weg bis zum Ende beschritten und die Entdeckung gemacht hatte, die Loren erst noch machen musste.

Aber vielleicht wusste er auf eine intrinsische Art und Weise, was das Paradoxon verursachte, ohne in der Lage zu sein, eine Antwort zu formulieren und aufzuschreiben. Möglicherweise brauchte er die Hilfe eines Mechanikers. Oder Homer benötigte ihn überhaupt nicht; immerhin schien er ziemlich sicher zu sein, welche Richtung es einzuschlagen galt. Vielleicht hatte er das Rätsel längst gelöst und führte ihn nun durch die gleichen Schritte, um eine Bestätigung zu erhalten.

Sich von Homer den Weg zeigen zu lassen, bedeutete den einen oder anderen Stolperstein. Manchmal schlief er mitten in einem Satz ein. In ihren Gesprächen kam es immer wieder zu Unterbrechungen, verursacht vom einen oder anderen kleinen Nickerchen. Und nach jeder solchen Pause wechselte Homer das Thema. Wenn er erwachte, sprach er über alles Mögliche.

»In seinem Innern ist das menschliche Bewusstsein wie ein Computer«, sagte Homer nach einem seiner kleinen Schläfchen. »O ja. Eine sehr tröstliche Vorstellung, denn Computer verstehen wir. Den Teil des menschlichen Bewusstseins, der wie ein Computer ist, können wir einigermaßen ergründen. Früher sah das anders aus. Die Leute hatten überhaupt keine Ahnung von Computern. Es verhielt sich genau anders herum. Man erklärte Computer mit Begriffen, die sich auf Bewusstsein und Gehirn bezogen, denn das Gehirn schien vertrauter zu sein. Es wurden sogar direkte Parallelen gezogen, indem man den Computer ›Elektronengehirn‹ nannte. Das Gehirn ist wie ein Computer oder wie mehrere von ihnen. Das gilt zumindest für mein Gehirn. Aber vielleicht nicht für das meines Bruders.«

Loren sah vom Maser auf. »Claymores Gehirn hat keine Ähnlichkeit mit einem Computer?«

»Es ist anders. Zum Beispiel hat er ein komisches Gedächtnis. Was manche Dinge betrifft, ist er eine echte Kanone. Er erinnert sich praktisch an alles, das er liest; er braucht nie irgendein Detail nachzuschlagen. Aber an unsere Eltern erinnert er sich nicht. Er weiß nicht mehr, wo wir als Kinder gelebt haben. Manchmal glaube ich, dass seine Erinnerung nur einige Monate zurückreicht.« Für einige Sekunden ging Homers Blick durch Loren. »Kein gutes Gedächtnis für die Vergangenheit, aber vielleicht eins für die Zukunft. Ob das möglich ist? Vielleicht. Könnte sein. Oder auch nicht. Jemand, der sich kaum an Vergangenes erinnert … Ist es denkbar, dass er sein ganzes Gedächtnis für Dinge in der Zukunft braucht?«

»Da muss ich passen.«

»Oft scheint er sicher zu sein, was passieren wird. Als wäre es für ihn bereits geschehen. Als wir vor elf Jahren nach Ithaca kamen, stieg Claymore aus dem Wagen und ging schnurstracks zu dem Haus, das ich gemietet hatte. Der Wagen stand nicht vor dem Haus, denn dort parkten andere Fahrzeuge, und ich hatte es ihm nie beschrieben. Es befand sich die Straße hinunter, auf der anderen Straßenseite, aber er ging geradewegs darauf zu. Man hätte meinen können, er kehrte nach Hause zurück. Und es gibt andere Beispiele. Viele. Ich glaube, er weiß, was geschehen wird. Er spricht nur nicht darüber.«

»Der Mann, der sich an die Zukunft erinnert.«

»Ja. Und jetzt scheint er sich daran zu ›erinnern‹, dass wir fortgehen. Für mich ist das völlig neu, aber er scheint davon überzeugt zu sein. Er glaubt, dass wir bald fortgehen und nicht zurückkehren. Er kauft nur noch Lebensmittel für ein paar Tage, mehr nicht. Weil wir bald nicht mehr hier sind. Ich habe ihn darauf angesprochen, aber er will nicht darüber reden. Das Thema interessiert ihn nicht. Doch in seinem Verhalten gibt es viele kleine Hinweise.«

»Wir reisen nach Florida, vielleicht meint er das«, sagte Loren. Homer wollte Claymore und alle Projektmitarbeiter nach Fort Lauderdale zur Preisverleihung mitnehmen. Alles sollte ein großer Spaß werden, ein wohlverdienter Urlaub. »Wir reisen nach Florida und kehren nicht zurück? Es sind doch nur ein paar Tage. Wenn es für immer ist, sollte ich vielleicht mehr Sachen mitnehmen.«

»Ich werde daran denken, wenn ich packe. Außerdem sagt er, und das ist besonders seltsam, dass die Farbe anders sein wird.«

»Welche Farbe?«

»Ich glaube, er meint alles. Die Zukunft sei rosarot, sagt er.«

»Das sind ja rosige Aussichten.«

»Ja. Aber was bedeutet das? Die Zukunft ist noch nicht geschehen. Wie kann Claymore etwas davon gesehen haben? Die Zeit fließt nur in eine Richtung. Es ergibt keinen Sinn.« Homer schwieg gedankenverloren und nach einigen Sekunden glaubte Loren, er sei wieder eingeschlafen. Doch nach einer langen Pause fragte Homer: »Was ist die Zeit?«

Er schien keine Antwort zu erwarten. Loren wartete darauf, dass er fortfuhr, und nach mehr als einer Minute sagte Homer:

»Das Konzept der Zeit erschien mir immer sonderbar, irgendwie nicht richtig. Andere Dinge sind klarer. Studenten fällt es oft schwer zu verstehen, wie Licht sowohl aus Partikeln bestehen als auch eine Welle sein kann, aber damit hatte ich nie Probleme. Wenn ich draußen in der Sonne sitze, fühle ich sie auf mich herabfallen, all die Teilchen, die Photonen. Manchmal glaube ich fast, ihr Prasseln zu hören, wie von kleinen Regentropfen. Und ich spüre auch die Wellen, beinahe so, als richtete sie mir wie statische Elektrizität die Härchen an den Armen auf. Aber es ist nichts Elektrisches, es sind tatsächlich die Wellen des Lichts.

Ich fühle die Quantenbewegungen von Elektronen und ich fühle, dass die Geschwindigkeit des Lichts die Obergrenze für alle Geschwindigkeiten ist. Ich fühle alle Effekte der Relativität. Wie Mr. Tompkins auf seinem Fahrrad fühle ich die kleinen Veränderungen der Masse, wenn er fester in die Pedale tritt. Ich brauche kein anderes Universum aufzusuchen, in dem die Lichtgeschwindigkeit geringer ist. Ich fühle es in diesem Universum.

Aber die Zeit fühle ich nicht. Oder was ich fühle, ist nicht das, was man fühlen sollte. Ich habe sie nie verstanden. Das kleine ›t‹, das in Gleichungen die Zeit darstellt, ist für mich nichts weiter als ein Korrekturfaktor, den ich hinzufüge, damit die Gleichung richtig aufgeht. Ich komme mir immer wie ein großer Schwindler vor, wenn ich das kleine t schreibe, weil ich nicht fühle, was es bedeutet. Was ist die Zeit? Erklär mir, was die Zeit ist, Loren.«

»Die Zeit ist ein … Fluss.« Es war eine schwache Antwort, das wusste er.

»Ah, ein Fluss. Das ist eine große Hilfe. Die Zeit ist ein Fluss. Der Fluss t.« Homer wirkte müde. »Wir müssen über diesen Fluss nachdenken, Loren. Wir müssen darüber nachdenken und lernen, wie er sich anfühlt.«

*

Die Erkenntnis kam von ganz allein und schlich sich in sein Bewusstsein. Loren hätte sie nicht aufhalten, sich nicht gegen sie sträuben können. Seine Rolle bestand allein darin, sie in Empfang zu nehmen. Sie kam nicht mit einem Schlag, sondern entfaltete sich langsam, im Lauf einer Stunde. In dieser Zeit bewegte sich Loren nicht und Homer ebenso wenig. Schließlich wusste er, was er zuvor nicht einmal in Erwägung gezogen hatte: Die falsche Konstante verbarg sich in der allgemeinen Vorstellung von der Zeit. Sie tarnte sich als Teil des kleinen t. Etwas von diesem t konnte sich von der Zeit, wie man sie kannte, trennen. Dieser Teil hatte die Fähigkeit, sich zu verändern, was bisher aber nie geschehen war.

Bis zum ersten Mal der Maser aktiv wurde und einen roten Lichtstrahl schuf. Im Innern dieses Strahls wurde die Zeit um einen winzigen Bruchteil verlangsamt, vielleicht zum ersten Mal in der Geschichte. Der dünne rote Strahl bewirkte eine lokale Störung der Bedeutung von Zeit.

»Die Zeit im Strahl ist anders, nicht wahr, Homer?«

»Ja.«

»Sie ist langsamer.«

»Ja.«

»Die Flamme brennt mit derselben Geschwindigkeit, sowohl im Strahl als auch außerhalb davon. Es ist die veränderte Zeit, die für ein scheinbar langsameres Brennen sorgt.«

»Ja.«

»Das hast du gewusst.«

»Ja.«

Bei einem Durchbruch erwartet man ein Hochgefühl, aber Loren fühlte nichts. Vielleicht folgte das später. Derzeit gab es nur Verwirrung. Er kam sich vor wie ein Archäologe, der gerade einen Beweis dafür gefunden hatte, dass die Kultur, die er untersuchte, von einem Zauberer erschaffen war, mit einem Schwenk seines Zauberstabs. Was er bisher für vernünftig und klar gehalten hatte, war plötzlich vollkommen verrückt geworden, wie ein Kartenspiel, bei dem es nur Joker gab.

Homer zeigte mit einem langen Finger auf ihn. »Ich habe jetzt eine Aufgabe für dich, mein junger Freund. Ich möchte, dass du alles durcharbeitest und aufschreibst, was genau im Innern des Strahls geschieht.«

»Diese Arbeit hast du bereits geleistet, nehme ich an.«

»Ja.« Homer schien sehr zufrieden mit sich zu sein. »Aber ich möchte, dass du sie wiederholst. Arbeite alles aus und bring es in eine Form, die du mir und anderen vorlegen kannst. Sieh es als eine Art Hausaufgabe.«

Loren hatte Homers Aufträge immer mit Begeisterung entgegengenommen, doch diesmal ärgerte er sich. Warum zeigte ihm Homer nicht einfach, was er herausgefunden hatte? Warum sollte er sich die Mühe machen, es selbst zu entdecken? Er war kein Student im ersten Semester, der lernen musste, wie man forschte; er sollte eigentlich ein geschätzter Kollege sein. Loren versuchte, sich seinen Ärger nicht anmerken zu lassen, aber Homer hatte ihn bereits gesehen und grinste. Zum Teufel mit ihm.

Loren ging und schlug die Tür hinter sich zu.

8

T-prime

Es war ein Kinderspiel. Homer hatte ihm den Auftrag am Sonntag um acht Uhr abends gegeben und um zehn Uhr am Montagmorgen war Loren mit der Arbeit fertig. Wenn Homer ihn aufgefordert hätte, alles in vier Stunden zu erledigen, wäre das Ergebnis kaum anders gewesen. In vier Stunden hätte er die Gleichungen schreiben und einige empirische Tests skizzieren können, um ihre Stichhaltigkeit zu beweisen. Vier Stunden hätten ihm reichlich Zeit gegeben.

Für Loren war es eine Frage der Ehre gewesen, nicht sofort mit der Aufgabe zu beginnen. Bis zum Montagmorgen hatte er sogar vermieden, daran zu denken. Die letzten Stunden des Sonntags widmete er seinem Ärger darüber, wie Homer ihn behandelt hatte. Als sein Groll nachließ, machte er sich mit einem großen Bündel schmutziger Wäsche auf den Weg zur rund um die Uhr geöffneten Wäscherei an der College Avenue und füllte dort sechs Maschinen. Während sie arbeiteten, machte er einen Abstecher in die ebenfalls geöffnete Buchhandlung auf der anderen Straßenseite. Später, in seiner Küche, wusch er das ganze schmutzige Geschirr, das sich in der Spüle angesammelt hatte, und holte zwei Pfannen, eine Rührschüssel, ein Schneidbrett und ein Messer hervor.

Der Körper war wach und für den Geist gab es nicht mehr zu tun, als zuzusehen, wie die Hände Kartoffeln in perfekte, drei Millimeter dicke Scheiben schnitten. Zweimal hielt er inne und schärfte das Kochmesser. Das Gemüse kam mit Olivenöl in eine große Pfanne auf niedriger Flamme. Während es garte, reinigte er den Küchenboden. Anschließend verrührte er fünf Eier in der Schale, gab sie in die heiße Butter der anderen Pfanne und fügte die Zwiebel und Kartoffeln hinzu. Er säuberte die erste Pfanne, langte dabei gelegentlich nach der zweiten Pfanne und schüttelte sie. Als die *Tortilla de patata* auf einer Seite fertig war, schüttelte er sie erneut und drehte sie in der Luft, wie es Asunción machte, damit ihre andere Seite braten konnte. Er deckte den Tisch für eine Person, setzte sich und aß den größten Teil der Tortilla mit einem Baguette und einem Glas Wein. Danach räumte er die Küche auf, nahm ein langes Bad und schnitt sich die Nägel. Dummer Homer. Er zog sich langsam vor dem Spiegel an. Der junge Mann, der ihn dort verdrießlich ansah, würde Teil eines wichtigen Ereignisses in der Welt der Physik werden, daran bestand kein Zweifel. Homer hatte etwas Fundamentales entdeckt, das die Wissenschaft für immer verändern würde, und Loren gehörte zum Team. Er würde einige Lorbeeren für das kassieren, was er in einigen Stunden zu Papier bringen wollte. Wie hatten sich De Broglie oder Thomson in einem solchen Moment gefühlt? fragte sich Loren. In welcher Stimmung war Newton gewesen, bevor er sich hingesetzt und die *Prinzipien* geschrieben hatte? Diese Leute hatten bestimmt etwas empfunden. Er hingegen spürte nichts.

Seufzend kehrte er in die Küche zurück und schien sich dort erneut in einen Beobachter zu verwandeln, der zusah, wie die Hände arbeiteten. Sie schnitten eine braune Einkaufstüte auf und glätteten sie auf dem Tisch. Die rechte Hand schrieb Gleichungen mit einem schwarzen Kugelschreiber. Lorens Intellekt war vielleicht gar nicht daran beteiligt oder nur wenig. Es schien ihm ein mechanischer Vorgang zu sein, wie das Schneiden von Kartoffeln.

Am Morgen starrten ihn sechs Gleichungen an, die sechs Gleichungen, die die Wissenschaft der Quantenphysik neu definieren würden.

*

Homer, Sonia und Edward würden an diesem Abend gegen halb sieben oder sieben eintreffen und dann erwartete man vermutlich eine Präsentation von Loren. Für Homer hätte sie keine neuen Informationen, aber für Sonia und Edward musste die Sache umwerfend sein. Also hielt Loren es nur für angemessen, alles in die richtige Form zu bringen. Er kehrte nach Clark Hall zurück und entwickelte einige Bilder, die während der

Präsentation auf dem Plasmaschirm erscheinen sollten. Vor dem Computerraum begegnete er Curly Burlingame, der zum Mittagessen wollte.

»Oh, Loren. Sie sind hier. Ich hätte da eine Frage.«

»Klar.«

»Sie halten mich nur für eine Art Verwalter, aber ich kenne mich ebenfalls ein bisschen mit der Physik aus. Ich meine, ich kann lesen. Und ich habe zum Beispiel dies hier gelesen.« Er gab Loren einen Zeitungsausschnitt, der aus dem Syracuse Herald American vom vergangenen Tag stammte. Folgende Worte waren zweimal eingekringelt und unterstrichen:

»Wissenschaftler haben sehr genau gemessen, dass 99,97 Prozent der Masse eines Atoms im Atomkern steckt. Sie haben auch festgestellt, dass die Sonne 99,87 Prozent der Masse des ganzen Sonnensystems hat.«

»Was halten Sie davon?«, fragte Burlingame aufgeregt.

»Es ist interessant.«

»Oh, sehr interessant. Aber halten Sie es nur für einen Zufall?«

»Äh, ich denke schon. Ich meine, was sollte es sonst sein?«

»Ordnung. Es gibt phänomenale Ordnung im Universum.«

»Die gibt es tatsächlich, das stimmt.«

»Nicht nur eine Ordnung, wie Sie und ich sie auf unseren Schreibtischen schaffen, um nur ein Beispiel zu nennen, sondern eine Art übernatürliche Ordnung.«

»Hm. Woher kommt Ihrer Meinung der Unterschied von einem Zehntel Prozent?«

»Keine Ahnung. Das wollte ich Sie fragen.«

»Oh.« Loren sah ihn an und wusste nicht, was er sagen sollte.

»Es liegt Bedeutung in diesem Unterschied«, fuhr Burlingame fort. »Da bin ich ganz sicher. Viele Dinge haben Bedeutung, man muss sie nur finden. Es ist fast perfekt, aber nicht ganz, und darin verbirgt sich eine Botschaft. Es ist so, als hätte der Schöpfer etwas an den Himmel geschrieben.« Er hob die Hände, als wollte er auf die Schriftzeichen am Himmel zeigen. »Seine Worte lauten: DIES IST DIE WAHRHEIT … ODER VIELLEICHT AUCH NICHT. Er stellt uns vor ein Rätsel. Er fordert uns heraus. Ich weiß es. Ich hatte mir von Ihnen eine Erklärung erhofft.«

Loren suchte nach einer Antwort, die Burlingame zufriedenstellte. Er sollte mit dem Projekt zufrieden sein, das war wichtig. Loren überlegte, wie Senator Hopkins auf diese Frage reagieren würde, welche Reaktion er von ihm, Loren, erwartete. Ihm fiel nichts ein.

»Meine Erklärung lautet: Es ist wahrscheinlich Zufall. Oder, in diesem Fall, fast Zufall.«

Das war nicht die Antwort, nach der Burlingame gesucht hatte. Er wirkte enttäuscht und auch verärgert. »Zufall. Sagen Sie mir, Dr. Martin, wie viele Grad liegen zwischen gefrorenem und kochendem Wasser.«

»Hundert.«

»Ich meine in Amerika, verdammt.«

»Auf der Fahrenheit-Skala sind es hundertachtzig: zweihundertzwölf minus zweiunddreißig.«

»Genau. Und wie viel Grad liegen zwischen Norden und Süden?«

»Hundertachtzig.«

»Und das halten Sie wohl auch für einen Zufall, wie?« Burlingame drehte sich um und stürmte hinaus.

*

Die Vorbereitung der Präsentation nahm mehr Zeit in Anspruch als die Entdeckung der falschen Konstante, die sich in der Zeit verbarg. Loren programmierte Dutzende von Bildern, überlegte und fügte ihnen ein einfaches Diagramm hinzu, um das Konzept zu veranschaulichen. Schließlich führte er das einfachste der Bestätigungsexperimente durch, die er entwickelt hatte. Dabei ging es um die Messung der Phasenverschiebung eines weißen Lichtstrahls, der sich dem Maserstrahl näherte. Mit einer Digitalkamera machte er Aufnahmen vom Versuchsaufbau und den aufgezeichneten Ergebnissen und schickte die Bilder SHIELA, damit sie bei der Präsentation auf dem großen Schirm gezeigt werden konnten. Als die anderen kamen, war Loren bereit. Zwanzig Minuten später wussten sie, was er wusste.

Sonias Reaktion war fast rein emotional. »Es ist wunderschön, Loren. Es ist das Schönste, das ich je gesehen habe.« Sie sprang auf und umarmte ihn. Und dann, ganz langsam, küsste sie ihn vor allen anderen. Es geschah zum ersten Mal, dass sie ihn in Anwesenheit anderer Personen küsste.

Er bekam auch einen Kuss von Kelly. Loren hielt es für unwahrscheinlich, dass sie wirklich verstanden hatte, worum es ging, aber sie wusste: Etwas Wichtiges war geschehen. Und sie war ebenso aufgeregt wie die anderen. »Wir sind sehr stolz auf dich, Loren«, sagte sie.

»Es war brillant«, fügte Sonia hinzu. »Du bist brillant.«

»Wir verdanken es Homer.« Loren war nicht mehr verärgert, nur ein bisschen traurig, dass er so wenig damit zu tun hatte.

»Homer hatte die Ahnung«, erwiderte Sonia. »Wir alle wussten, dass er einem Phänomen auf der Spur war, das mit der Zeit in Verbindung steht. Aber du hast herausgefunden, was es damit auf sich hat.«

»Nein. Homer hat auch die Entdeckung gemacht. Ich sollte nur alles wiederholen und zu denselben Ergebnissen gelangen.«

Alle sahen Homer an, der lächelte. Er wirkte wie ein Kind, das eine ganz neue Art von Schalk erfunden hatte. »Nein, falsch. Ich habe versucht, der Sache auf den Grund zu gehen, aber es ist mir nie gelungen.«

»Aber du hast gesagt, du wüsstest über alles Bescheid.«

»Das war eine kleine, harmlose Lüge. Die gibt es hier bei uns in Amerika: kleine, harmlose Lügen.«

»Du hast gelogen!«

Homer schien es nicht zu bereuen. »Nur ein kleines bisschen. Ich hatte eine Ahnung, wie Sonia gesagt hat. Ich dachte, dass an der Idee vielleicht etwas dran ist. Aber als ich daranging, die Theorie auszuarbeiten, kam ich keinen Schritt weiter. Nicht einmal bis zu deiner ersten Gleichung bin ich gekommen. Sie erfordert einen Erkenntnissprung, eine neue Perspektive, eine neue Art des Verstehens. Den Rest hätte ich vielleicht geschafft, aber ohne die erste Gleichung war nichts zu machen. Was bin ich doch für ein Dummkopf gewesen. Jetzt, nachdem du es mir gezeigt hast, komme ich mir blöd vor. Und doch bin ich klug vorgegangen. Ich dachte mir: Wenn ich dir gegenüber behaupte, schon alles ausgearbeitet zu haben, bist du vielleicht zu dem Erkenntnissprung imstande. Ich konnte es nicht schaffen, weil mir der Glaube fehlte. Aber du hast geglaubt. Weil ich dich gefoppt habe.«

»Gefoppt? Was bedeutet das?«

»Ich habe dich getäuscht, hereingelegt, an der Nase herumgeführt, zum Narren gehalten.«

»Du alter Schwindler.«

»Ein alter Schwindler. Sehr alt und sehr verlogen. Aber noch nicht tot. Es steckt noch Leben in ihm! Er ist zu alt für anstrengendes Denken, aber nicht zu alt für die eine oder andere Fopperei. Und sieh dir nur das Ergebnis an! So hübsch wie die Relativitätstheorie oder die Quantenmechanik. »Dies ist …« Er deutete zum großen Bildschirm, auf die erste der Gleichungen. »Dies ist schrecklich, schrecklich … schön.«

Edward hatte bisher geschwiegen. »Lieber Himmel, Loren«, sagte er jetzt, und es klang zutiefst beeindruckt, »es ist unheimlich. Ich habe das Gefühl, am Rand eines Abgrunds zu stehen und in die Tiefe zu blicken. Ich komme mir irgendwie … nackt vor. Vor einer halben Stunde kannte ich noch tausend Wahrheiten, aber plötzlich ist alles infrage gestellt. Die Zeit war ein bekannter Faktor, der dabei half, alles andere zu verstehen. Als Siebenjähriger habe ich gelernt, dass Strecke gleich Geschwindigkeit mal Zeit ist. Und jetzt, mit einunddreißig Jahren, erfahre ich, dass dem nicht unbedingt so sein muss. Was zum Teufel bedeutet es, dass es zwei Variablen gibt und nicht nur eine? Was bedeutet es, dass das, was wir bisher für die Zeit gehalten haben, das Kreuzprodukt von t und dem neuen Faktor ›T-prime‹ ist?«

»Na ja, eigentlich bedeutet es gar nichts, solange T-prime unverändert bleibt. Was auch meistens der Fall ist. Die Strecke bleibt Geschwindigkeit mal Zeit. In den meisten Fällen.«

»›In den meisten Fällen‹«, wiederholte Edward. »Der Unterschied zwischen ›immer‹ und ›in den meisten Fällen‹ ist genau der Abgrund, in den ich blicke.«

Er stand auf und schüttelte Loren die Hand. »Aber es ist wunderschön, wie Sonia gesagt hat, Loren. Ich hätte nie gedacht, bei einem solchen Moment zugegen zu sein.« Er legte Loren den Arm um die Schulter.

Für einen Moment schien es, als sei es vorbei mit der Aufregung, als könnten sie einfach wieder an die Arbeit gehen und damit beginnen, die Konsequenzen der gerade erläuterten Entdeckung zu untersuchen. Dann sah Homer erneut die volle Bedeutung der Entdeckung, lehnte sich zurück und rief: »Huuuiiieeeh!« Der Stuhl kippte und Homer sprang auf, tanzte umher wie ein Apache. Es fiel schwer, *nicht* an dem Freudentanz teilzunehmen. Sie tanzten alle und klopften sich gegenseitig auf den Rücken.

So plötzlich Homer begonnen hatte, so plötzlich hörte er wieder auf.

»He, Leute, was soll das? Party auf Regierungskosten? Der Staat bezahlt euch einen Batzen Geld dafür, dass ihr arbeitet, und stattdessen tanzt ihr wie Irre. Also wirklich! Gegenseitiges Umarmen und Küssen während der Arbeitszeit. Was würde Curly Burlingame davon halten? Reißt euch zusammen. Schluss damit, setzt euch!« Er richtete einen anklagenden Zeigefinger auf Sonia und Loren. »Schluss damit, habe ich gesagt. Setzt euch, ihr alle.«

Sie setzten sich und grinsten noch immer. Homer zwang sich, ernst zu sein. Es wartete viel Arbeit auf sie. Vielleicht feierten sie, während Berkeley und Princeton den nächsten Schritt machten. Niemand von ihnen wusste, welche Fortschritte die Konkurrenz erzielt hatte. Vielleicht war sie schon viel weiter. Vielleicht ging sie vor ihnen an die Öffentlichkeit. Möglicherweise würden zukünftige Studenten T-prime »Princeton-Faktor« oder gar »die Armitage-Zahl« nennen. Ein schrecklicher Gedanke. Sie mussten die Arbeit fortsetzen, bevor Rivalen ihnen ihre große Entdeckung stahlen.

»T-prime. Was in aller Welt ist das? Wir wissen etwas. Aber mir geht es um das, was wir noch nicht wissen. Warum verändert sich T-prime in dem Strahl? Warum im Innern eines Maserstrahls und nicht in einem Laserstrahl? Wie kann die Zeit an einem Ort verzerrt sein und wenige Zentimeter entfernt völlig normal ablaufen? Warum ist die Veränderung von T-prime abrupt und nicht graduell, wenn man den Strahl verlässt? Warum findet die Veränderung etwa einen Zoll außerhalb des Strahls statt und nicht an seinem Rand? Warum ist die Flamme im Strahl viel niedriger, obwohl Kocinski beim Gasvolumen nur einen Unterschied von 0,04 Prozent festgestellt hat? Die Wirkung auf die Flamme ist viel größer, groß genug, um sichtbar zu sein. Was können wir mit dem Effekt anstellen? Wie kann man ihn verwenden? Was würde mit einem Menschen im Strahl passieren? Könnte er dort leben? Würde er Veränderungen wahrnehmen? Das sind zunächst genug Fragen. Ich erwarte zwei oder drei Antworten von jedem von euch, und zwar fix. Wer übernimmt was?«

Edward hob die Hand. »Ich glaube, ich weiß, warum die Flamme so und nicht anders brennt. Lass mich daran arbeiten. Wenn ich recht habe, kann ich in einer Stunde was zeigen.«

»Ed hat die Flamme. Sonia?«

»Ich möchte darüber nachdenken, was es bedeutet, Homer. Wir wissen, dass es zwei mögliche Werte für T-prime gibt, den normalen und den anderen, innerhalb des Strahls. Aber für die letzte Gleichung gibt es drei Lösungen, nicht zwei. Es existieren also drei stabile Werte für T-prime. Ich möchte überlegen, was es mit der dritten Lösung auf sich hat.«

»Dr. Duryea kümmert sich um den dritten stabilen Wert. Loren?«

»Ich möchte mich mit der Frage befassen, was die Veränderung bewirkt.«

»Loren übernimmt die Ursache. Kelly, wir beide führen die fünf anderen Bestätigungsversuche durch, die Loren vorgeschlagen hat, und zeichnen die Ergebnisse auf. Heute schreibt jeder etwas ins Protokoll. Kein coitus interruptus. An die Arbeit.«

*

Kelly kam in die Küche, als Loren Kaffee kochte. Es war zwei Uhr morgens.

»Ich habe alle Bilder ausgedruckt, die du bei der Präsentation benutzt hast, und sie dem Protokoll hinzugefügt. Und ich habe Homers diktierte Notizen in Schriftform gebracht. Sie sind noch nicht Teil des Protokolls, weil ich mir dachte, dass du den Text durchsehen und ihn korrigieren möchtest. Vielleicht habe ich das eine oder andere Wort falsch geschrieben.«

»Wieso tippst du, anstatt mit Homer zu arbeiten?«

»Er telefoniert seit einer Stunde mit Albert.«

»Tomkis?«

»Ja. Wer hätte gedacht, dass der alte Knabe um diese Zeit wach ist?«

»Ich schätze, im State Department ist irgendetwas los.« Loren zuckte mit den Schultern.

»Er klang besorgt. Aber so klingt er immer. Er ist sozusagen ein professioneller Pessimist. Ich finde ihn sehr nett, Loren. Er ist der einzige Mann der Projektaufsicht, bei dem ich glauben kann, dass er eine Mutter hatte und irgendwann einmal einen Liebesbrief geschrieben oder ein Baby gekitzelt hat.«

»Das macht ihn also besser. Wir sollten für Curly und Rupert Paule obligatorische Kurse in Babykitzeln fordern. Dann ginge es hier vielleicht vernünftiger zu.«

Kelly lächelte, war mit den Gedanken aber woanders. Sie dachte an T-prime, wie sie alle. »Was bedeutet es, dass dieser T-prime-Faktor der Zeit existiert, Loren? Wäre es damit zum Beispiel möglich, eine Zeitmaschine zu bauen? Oder könnten wir uns jünger machen?«

»Nein und nein. Ich fürchte, einen praktischen Nutzen hat es nicht. Es ist wie mit der Entdeckung der Fraktale oder der Goldbach'schen Vermutung in Hinsicht auf Primzahlen. Interessant ist so etwas nur für Leute wie uns, die von der realen Welt völlig abgekapselt sind.«

»Ich glaube nicht. Diese Sache ist zu fundamental, um keine konkreten Auswirkungen zu haben. Sie ähnelt der Entdeckung des Feuers und wird die Welt verändern, ich fühle es.«

»Die Welt der Physik wird sie zweifellos verändern, das steht fest«, sagte Loren.

»Auch die Welt der Menschen. Angenommen, man kann den Effekt vom Strahl trennen. Angenommen, man könnte eine Art T-prime-Taschenlampe entwickeln, deren Licht bei jedem, den es trifft, die Zeit verändert, sie langsamer ablaufen lässt. Wenn man die Taschenlampe auf einen zornigen Mann richtet, wäre er dann weniger geneigt, etwas Törichtes anzustellen?«

»Er wäre null Komma null vier Prozent weniger schnell. Keine große Hilfe, schätze ich.«

»Angenommen, wir richten die Taschenlampe auf die ganze Welt. Würde sie etwas ändern?«

»Ich weiß nicht, Kelly.«

Homers Tür stand wieder offen. Loren sah ihn im Sessel vor dem Schreibtisch sitzen und ins Leere starren.

*

»Hallo, ihr alle«, sagte Ed. »Wird Zeit, euch etwas zu zeigen.« Er deutete zum Computerraum und ging dann los, um Homer und Sonia holen, während Kelly und Loren Platz nahmen. Der Plasmaschirm zeigte eine kleine tanzende Flamme.

Als sie alle versammelt waren, begann Ed: »Wenn T-prime vom normalen ersten Wert zum stabilen zweiten wechselt, ergibt sich daraus eine nur sehr geringe Wirkung. Im Innern des Strahls vergeht die Zeit um 0,04 Prozent langsamer. Wenn man also eine Flamme in den Strahl hält, sollte man meinen, dass sie 0,04 Prozent weniger Wärme abgibt. Man sollte kaum einen Unterschied bemerken. Aber beim Experiment schrumpft die Flamme im Innern des Strahls auf etwa die Hälfte ihrer ursprünglichen Größe.«

Die anderen nickten.

»In der Flamme geschehen zwei Dinge, die ein wenig von dem abweichen, was man erwartet. Erstens: Die potenzielle Energie des Streichholzes ist geringer. Das Streichholz entstand unter dem Einfluss eines anderen T-prime. Der entsprechende Wert ist Teil seiner Struktur. Es gibt unter dem Einfluss von T-prime-zwei weniger Energie ab, weil es ein T-prime-Streichholz ist.«

»Keine große Sache«, kommentierte Homer. »Es brennt also 0,08 Prozent langsamer anstatt 0,04 Prozent. Man würde den Unterschied trotzdem nicht bemerken.«

»Nein, das würde man nicht«, pflichtete ihm Ed bei. »Es ist der andere Effekt, auf den es ankommt.« Er gab an seiner Konsole eine Anweisung ein und der Plasmaschirm zeigte eine einfache Differentialgleichung. »Der zweite Effekt verändert die ganze Art der Differentialrechnung. Bei jeder die Zeit betreffenden Ableitung muss man jetzt beide Faktoren berücksichtigen, sowohl T als auch T-prime.« Er legte eine kurze Pause ein, um seinen Zuhörern Gelegenheit zu geben, darüber nachzudenken. Homer, Sonia und Loren starrten mit offenem Mund auf die Gleichung.

»Hab Erbarmen, Edward«, sagte Kelly. »Was ist eine Ableitung? Ich bin nie bis zur Differentialrechnung gekommen.«

»Oh. Es geht dabei um die Art und Weise, wie sich Dinge verändern, Kelly. Etwas verlangsamt sich um 0,04 Prozent im Innern des Strahls, aber wenn es versucht zu beschleunigen, ist der Effekt viel größer als nur 0,04 Prozent. Man sieht eine Veränderung beim brennenden Streichholz. Die Temperatur des Gases müsste plötzlich zunehmen.«

»Mit anderen Worten ...« Kelly überlegte. »Wenn wir mit einem kleinen Wagen im Strahl unterwegs wären, würde er um 0,04 Prozent langsamer, was mir gar nicht auffiele. Aber wenn ich aufs Gaspedal trete, reagiert der Wagen träger als sonst?«

»In gewisser Weise. Zunächst einmal: Du würdest die Veränderung der Geschwindigkeit um 0,04 Prozent selbst dann nicht bemerken, wenn deine Sinne dazu imstande wären, denn die Uhr deines Körpers ginge ebenfalls um 0,04 Prozent langsamer. Auch wenn du präzise Instrumente für die Messung der Geschwindigkeit hättest, sie wären wie alles andere um 0,04 Prozent verlangsamt und könnten gar keine Veränderung messen.«

»Na schön. Und die Beschleunigung?«

»Auch bei der Beschleunigung würdest du keinen Unterschied bemerken, wohl aber ein Beobachter mit anderem T-prime. Wenn dein T-prime geringer ist, wird die Beschleunigung langsamer, aber mit ihr auch deine Wahrnehmung der Beschleunigung.«

»Würde mir nicht auffallen, dass die Flamme niedriger brennt?«

»Ja, was aber an der Kombination beider Effekte liegt. Das Streichholz besteht aus gewöhnlichem T-prime-Holz. Wenn du im Strahl wärst und der Baum, dessen Holz für das Streichholz verwendet wurde, im Innern des

Strahls gewachsen wäre, sähe für dich alles ganz normal aus. Für uns draußen wäre der Unterschied sehr gering. Aber wenn man die geringere Energie des Holzes mit dem erhöhten Widerstand Veränderungen gegenüber kombiniert, vergrößert sich der Unterschied so sehr, dass er in jedem Fall sichtbar wird, ganz gleich, von wo aus man das Geschehen beobachtet.«

Kelly blickte ins Leere. »Da das gesamte zur Verfügung stehende Holz und alle anderen Brennstoffe dem Einfluss von T-prime ausgesetzt waren ... Würde es bedeuten, dass der Strahl wie eine Art elektronischer Feuerlöscher funktioniert?«

»Ja. Allerdings ist er nicht stark genug, um zu löschen. Er reduziert nur.«

Sonia hob die Hand. »Er könnte aber ein Feuerlöscher für Explosionen sein.«

Alle schwiegen einige Sekunden lang.

Sonia fuhr fort: »Im Innern des Strahls ist vielleicht keine Explosion möglich, weil in einem Sprengstoff von T-prime-eins nicht genug Energie steckt, um in T-prime-zwei zu explodieren. Hat jemand versucht, ein Streichholz im Innern des Strahls zu entzünden?«

»Haben wir das am Sonntag gemacht, Homer?«

»Nein. Zumindest ich nicht. Ich habe die Streichhölzer immer außerhalb des Strahls entzündet und sie dann in den Strahl gehalten.«

Alle fünf standen auf und gingen in Homers Zimmer. Loren schaltete den Maser ein und nahm die Streichhölzer. Er hielt die Hände in den Lichtstrahl und versuchte, ein Streichholz anzuzünden. Es ging nicht.

»Oh, oh, oh«, sagte Homer. Er kletterte auf eine Instrumententruhe und suchte dahinter nach etwas. Eine Zeit lang war nur sein Hintern zu sehen; der Rest von ihm war nach unten gebeugt. Als er sich wieder aufrichtete, hielt er eine Leuchtpistole in der Hand. Bei den Segelbootrennen für die Kinder der Stadt hatte er sie als Startpistole verwendet.

Loren spürte, wie sein Herz schneller schlug, als sich Homer dem Strahl näherte, die Pistole in den Strahl hielt und dreimal abdrückte. Nichts geschah. Dann hielt er die Pistole hoch in die Luft und drückte erneut ab. Es knallte laut, begleitet von einem gelben Lichtblitz.

Es dauerte einige Sekunden, bis das Dröhnen aus ihren Ohren verschwand.

Kelly lächelte: »Es gibt einen Verwendungszweck für unsere T-prime-Taschenlampe, Loren. Wenn wir sie auf den zornigen Mann richten, kann er nicht mehr schießen.«

9

Die Herren des Po

Für Marine Captain Courtenay vom Sicherheitsstab des Weißen Hauses markierte diese Woche einen Neubeginn. Er hatte beschlossen, das Schicksal in die eigene Hand zu nehmen und das eine oder andere in seiner beruflichen Laufbahn zu bewegen. Für gewisse Außenstehende war er bereits ein wichtiger Mann. Die Nachbarn in seinem Alexandria-Apartmenthaus flüsterten aufgeregt, wenn er vorbeikam: »Flüster arbeitet im Weißen Haus, Flüster-flüster, kennt alle wichtigen Leute, Flüster, einer von ganz oben.« Wenn Menschen auf diese Weise flüsterten, so genoss man hohes Ansehen bei ihnen. In seiner Nachbarschaft war das zweifellos der Fall, aber nicht bei der Arbeit. Im Weißen Haus behandelte man ihn wie ein Stück des Hausrats. Je besser er seinen Pflichten nachkam, desto weniger bemerkte man ihn. Sein Job bestand darin, unsichtbar zu sein, je unsichtbarer, desto besser.

Natürlich gab es bei seiner Arbeit den einen oder anderen Bonus. Zum Beispiel nahm die farbige Wache immer Haltung an, wenn er eintraf, und es gab einen Zuschuss für frisch gebügelte Uniformen jeden Tag. Sein Schreibtisch beim Empfang des Weißen Hauses hatte einmal Präsident James Buchanan gehört, ebenso der Stuhl. Willard Courtenay saß auf einem Stuhl, der einst den Allerwertesten des Präsidenten von ganz Amerika empfangen hatte! Er strich mit den Fingern über das Leder von Buchanans Schreibtisch und die goldgravierten Kanten. Der Protokolloffizier des Weißen Hauses hatte Courtenay erzählt, dass diese hervorragende Arbeit von Louie Kanze stammte. Von Louie Kanze!

Mit dem Job war so weit alles in Ordnung, aber er hätte ein Sprungbrett zu etwas anderem sein sollen, nicht das Ende der Fahnenstange. Doch ein Sprungbrett wohin? In einem Gebäude, in dem Ehrgeiz und Ambition praktisch unter jeder Bürotür hervorquollen, stand er in dieser Hinsicht fast mit leeren Händen da. Es verlangte ihn nicht nach den Posten der Leute, die Tag für Tag an seinem Schreibtisch vorbeikamen. Politischem Ehrgeiz am nächsten kam er vielleicht mit dem Gedanken, dass es ganz nett wäre, ein Boxbeauftragter zu sein, möglicherweise ein Bundesboxbeauftragter, wenn es eine solche Stelle gab. Er beschloss, bei nächster Gelegenheit danach zu googeln.

Courtenay begriff, dass er mehr Ehrgeiz entwickeln musste, und zwar schnell. Wohin auch immer er unterwegs war, es wurde Zeit, sich auf den Weg dorthin zu machen. Immerhin wurde er nicht jünger. Es bedeutete, dass er aufhören musste, ein Stück Hausrat zu sein. Bemerkt zu werden, darauf kam es an.

Captain Courtenay hatte George Stephanopoulos' Memoiren über die Geschehnisse im Weißen Haus der Clintons gelesen und darüber gestaunt, an wie viele Details sich Stephanopoulos erinnerte. Verfügte er vielleicht über ein fotografisches Gedächtnis? Oder machte er sich die ganze Zeit über Notizen? Wahrscheinlich hatte er sich Dinge notiert, das musste die Antwort sein. Courtenay las Stephanopoulos nicht aus reiner Freude am Lesen. Vielmehr spielte er mit dem Gedanken, eines Tages selbst seine Memoiren zu schreiben. Welchen Sinn hatte es, sich im Zentrum welterschütternder Ereignisse zu befinden und nicht davon zu profitieren?

Er hatte schon einen Titel – oder einen Teil davon – für seine Memoiren. Er lautete: *Ich war dabei, als …* Er wusste noch nicht, was die leere Stelle füllen würde, aber bestimmt geschahen wichtige Dinge während seines Dienstes im Weißen Haus, daran zweifelte er nicht, und sein Buch würde detailliert auf sie eingehen. Es würde aktuell, informativ und scharfsinnig sein. Auf dem Cover stellte er sich ein Bild vor, das ihn mit dem Präsidenten zeigte, unter dem vollständigen Titel. Die Rückseite sollte Auszüge aus begeisterten Rezensionen bringen, unter ihnen die Worte »aktuell, informativ und scharfsinnig«. Diese Teile des Buchs, vorn und hinten, waren fertig; nur der Mittelteil erforderte noch etwas Arbeit.

Bedauerlicherweise konnte Courtenay nicht behaupten, ein besonders gutes Gedächtnis zu haben. Und er hatte nichts aufgeschrieben.

Schon seit drei Jahren arbeitete er im Weißen Haus, aber abgesehen von dem Gefühl, dass um ihn herum fantastische Dinge passierten, erinnerte er sich nicht an viel. Wenn er versuchte, ein oder zwei Kapitel seiner Memoiren zu schreiben, brachte er nicht mehr zustande als Sätze wie »Bei vielen Gelegenheiten sprachen der Präsident und ich über verschiedene Themen«, oder »Oft vertraute mir der Präsident seine geheimsten Gedanken über das an, was er dachte.«

Es nützte nichts, er musste ein Tagebuch kaufen und in dem verdammten Ding all das aufschreiben, was George Stephanopoulos darin aufgeschrieben hätte. Sein Tagebuch hatte einen gepolsterten blauen Umschlag und ein blaues Band, mit dem man eine bestimmte Stelle markieren konnte. Es sah blöd aus und es fühlte sich blöd an, darin zu schreiben, aber das zählte nicht. Jeden Tag notierte er, was geschehen und wer an seinem Schreibtisch vorbeigekommen war. Manchmal vergaß er die Notizen bis zum Abend und musste sich dann mit einem Eintrag wie dem vom vergangenen Tag begnügen: 19. April, großer Araber mit Kopfbedeckung; mehrere Botschafter mit Lakaien; viele andere (darunter Delegation von schwarzen Kongressabgeordneten, schienen wegen irgendetwas sauer zu sein); ein weiterer arbeitsreicher Tag.

Das war nicht unbedingt der Stoff, aus dem große Bücher gemacht wurden. An diesem Morgen hatte er beschlossen, anders vorzugehen. Ab sofort würde er den Eintrag ins Tagebuch sofort vornehmen, kaum hatten sich die Besucher angemeldet. Zuerst sein blaues Buch und dann die offizielle Liste. Die Namen konnte er den Unterschriften auf der Liste auch später hinzufügen. Auf diese Weise wären wenigstens seine persönlichen Aufzeichnungen vollständig. Der Eintrag für diesen Tag war schon recht lang:

09:00	Gen. U.S. Simpson (JCS) mit Adjutant
09:25	Gen. Gordon Buxtehude (JCS)
10:17	Senator Portentious Collier (Va.)
10:26	Ms. C. Roberts (Journalistin) ABGEWIESEN
11:16	Gen. Simpson, noch einmal
12:02	Pizza-Hut-Lieferung
13:22	Rev. Nolan Gallant

Hier ergaben sich Möglichkeiten. Solche Aufzeichnungen eigneten sich als Grundlage für aktuelle und scharfsinnige Kommentare. Courtenay nahm einen Block und schrieb: »Als Senator Collier an jenem schicksalhaften Morgen um 10.17 Uhr an meinem Schreibtisch erschien, lächelte er und sagte: »…« Ich glaubte, in seinem sorgenvollen Gesicht einen Hinweis auf … zu entdecken.« Was hatte Collier doch noch gesagt?

»Ähem.«

»Mhm?«

Jemand legte einen Aktenkoffer auf den Buchanan-Schreibtisch.

»Dr. Lamar Macmillan Armitage. Ich möchte zum Präsidenten.«

»Oh. Ja, Sir.« Courtenay reichte dem großen, geschniegelten Mann die Liste und merkte sich sein Erscheinungsbild für die Memoiren: rosarote Kopfhaut durchs schneeweiße Haar sichtbar, sonnenverbrannte Ohrenspitzen, Courtenay bekam normalerweise keinen besonders guten Blick auf die Besucher, da sie meistens gebeugt standen, wenn sie sich in die Liste eintrugen, wodurch ihm vor allem die Oberseite des Kopfs präsentiert war. Er warf einen Blick auf den Bildschirm des Computerterminals und stellte fest, dass Armitage erwartet wurde. Der Monitor zeigte ein Bild des Mannes und wies darauf hin, dass er von Johns Hopkins in Baltimore kam. Courtenay tippte den Namen auf dem berührungsempfindlichen Schirm an, damit Paule wusste, das Armitage unterwegs war. Dann schrieb er den vollständigen Namen, Lamar Macmillan Armitage, ins blaue Buch und kramte in seinem Gedächtnis nach Dingen, die er über Armitage gehört hatte. Leitete er nicht im Auftrag des Verteidigungsministeriums ein Projekt, bei dem es um Raketenverteidigung oder etwas in der Art ging? Vage erinnerte er sich daran, dass der Kongress die Zuschüsse für das Projekt gestrichen hatte.

Courtenay wandte sich wieder an den Besucher.

»Ja, Sir. Mr. Paules Sekretär kommt herunter und holt Sie ab.«

Armitage vermied es, die Nase zu rümpfen, als Paule erwähnt wurde, dem nicht unbedingt seine Sympathie galt. Rupert Paule war einer der unangenehmen Aspekte bei dem Bemühen, an staatliche Gelder zu kommen. Er versuchte, nicht an ihn zu denken, während er wartete.

»Professor Armitage?« Ein dürrer Assistent in einem braunen Anzug.

»Was? Oh, ja.«

»Bitte kommen Sie mit.«

Armitage folgte dem jungen Mann über die mit einem Teppich ausgelegte Treppe in den nächsten Stock und dort in den Flügel des Gebäudes, in dem sich auch das Oval Office des Präsidenten befand. Einen Moment später betrat er Rupert Paules Büro. Paule trat hinter seinem Schreibtisch hervor, um ihn zu begrüßen.

»Lamar. Es ist mir wie immer ein Vergnügen.«

»Rupert.«

Sie schüttelten sich die Hände. Rupert bedeutete dem Besucher, sich in den Sessel vor dem Schreibtisch zu setzen, und kehrte dann zu seinem Platz zurück. Armitage sank in den Sessel und musste überrascht feststellen, dass er mindestens zwanzig Zentimeter tiefer war als erwartet. Trotz seiner Größe sah er jetzt zum kleineren Paule auf.

»Wie ich schon sagte, es ist mir ein Vergnügen, wie immer.«

»Ja.«

»Ich komme sofort zur Sache. Der Präsident möchte heute Nachmittag mit Ihnen reden.«

»So wurde es mir mitgeteilt.«

»Wenn er mit Ihnen reden will, genügt es meistens, dass ich Sie empfange und Ihnen mitteile, worum es ihm geht. Aber heute möchte er aus irgendeinem Grund persönlich mit Ihnen sprechen.«

»Ja.«

»Ich dachte, dass wir vielleicht das eine oder andere klären sollten, bevor Sie zu ihm gehen.«

»Verstehe.«

»Natürlich geht es mir nicht darum, Ihnen zu sagen, was Sie dem Präsidenten sagen sollen.«

»Natürlich nicht.«

»Andererseits gibt es einige Dinge, die er falsch verstehen könnte. Ihnen ist doch klar, worauf ich hinauswill, Lamar, oder?«

»Nein, nicht ganz.«

»Wie Sie wissen, dauert die Amtszeit des Präsidenten noch zwei Jahre. Woraus folgt, dass auch ich noch zwei Jahre hier sein werde. Anschließend bekommt der Vizepräsident seine acht Jahre, es sei denn, die Wähler sind so dumm, sich gegen ihn zu entscheiden. Der Vizepräsident und ich, müssen Sie wissen, stehen uns sehr nahe. Er hat bereits darauf hingewiesen, dass ich während seiner Amtszeit dieselbe Tätigkeit ausüben soll wie jetzt. Sie sehen also: Ich kann ziemlich sicher sein, meinen gegenwärtigen

Posten die nächsten zehn Jahre zu bekleiden.« Er schenkte Armitage ein grimmiges Lächeln.

Der Professor unterdrückte ein Seufzen.

»Ich glaube, ich sollte Sie auf den gegenwärtigen Gemütszustand des Präsidenten hinweisen«, fuhr Paule fort. »Derzeit ist er nicht unbedingt gut drauf. Natürlich steht er als Präsident unter enormem Druck. Er trägt gewissermaßen die ganze Welt auf den Schultern und verbringt jeden Tag mit dem Wissen, dass die Geschichte streng über ihn urteilen wird. Ein geringerer Mann wäre unter einer solchen Last längst zerbrochen.«

»Ich verstehe.«

»Es wäre wahrhaft patriotisch, wenn Sie ihn ein bisschen aufmuntern könnten, Lamar. Noch dazu in einer Situation wie dieser. Ganz und gar unpatriotisch wäre es hingegen, ihn noch mehr zu deprimieren. Wir müssen ihm Mut machen und dafür sorgen, dass er nicht die Hoffnung verliert. Lassen Sie es mich so ausdrücken: Es geht darum, dass wir uns weniger die Einstellung der *New York Times* und mehr die von *U.S.A. Today* zu eigen machen. Verstehen Sie, was ich meine? Hören wir auf, über jede verdammte Sache zu jammern, die nicht absolut perfekt ist.«

»Hm.«

»Ich glaube, der Präsident wird Sie nach Shield fragen. Vielleicht möchte er etwas über den Status des Kontrollprogramms erfahren, Revelation-13. Sagen Sie mir, wie ist der Status von Revelation-13, Lamar?«

»Wie ich es Ihnen schon am Telefon erklärt habe: Das Programm ist so gut, wie es sein kann, wenn man bedenkt, dass die Software-Abteilung von hundertzwanzig Profi-Programmierern auf sechs geschrumpft wurde, plus einige Studenten, die Teilzeit arbeiten.«

»Sehen Sie, das ist genau die Art von Antwort, die den Präsidenten deprimieren würde.«

»Es ist tatsächlich sehr deprimierend, da stimme ich Ihnen zu.«

»Um alles in einem etwas besseren Licht erscheinen zu lassen, könnten Sie sagen, dass die Entwicklungsarbeit auf einer reduzierten Kostenbasis weitergeht, um Amerikas Interessen trotz der unüberlegten Entscheidung des Kongresses zu schützen.«

»Ja, das stimmt. Wir haben uns Mühe gegeben, die Kosten zu senken.«

»So ist's recht. Nun, es könnte angezweifelt werden, ob Revelation-13 wirklich das Programm ist, das es eigentlich sein sollte.«

»Natürlich ist es das nicht. Lieber Himmel, Revelation-13 ist nicht ShieldCom.«

»Das wissen wir. Und ich versichere Ihnen, der Präsident weiß es ebenfalls. Sie brauchen es ihm nicht extra unter die Nase zu reiben, Lamar. Er musste einen Rückschlag bei der Finanzierung hinnehmen und niemand kennt die Konsequenzen besser als er. Wir haben Sie gebeten, den Namen Revelation-13 beizubehalten, als Erinnerung daran, was es bedeutet, wenn es schließlich fertiggestellt ist. Ob wir es ShieldCom nennen oder nicht, läuft auf Wortklauberei hinaus. Vielleicht sollten wir von einer kleinen ShieldCom-Version oder etwas in der Art sprechen.«

»Es ist ein klitzekleines Demo-Programm.«

»Ja. Und das sind genau die Hinweise, die der Präsident nicht unbedingt hören muss. Lassen Sie mich betonen: Selbst mit einem klitzekleinen Kontrollprogramm ist Shield eine der wirkungsvollsten Waffen, die der Mensch je entwickelt hat. Sie kann alles und jeden verbrennen, überall und jederzeit, mit großer Vernichtungskraft und hoher Präzision.«

»Das stimmt. Die Lasersatelliten sind hervorragende Waffen. Aber das Kontrollprogramm ist einfach noch nicht fertig. Die Satelliten lassen sich nicht als Verteidigungswaffe einsetzen, weil sie blind sind. Sie können keine feindlichen Raketen erkennen, keine Flugbahnen berechnen und keine beweglichen Ziele treffen.«

»Natürlich können sie das nicht. Noch nicht. Aber sie werden dazu imstande sein, Lamar. Das versichere ich Ihnen. Das Geld, das nicht durch offizielle Kanäle fließen konnte, wird einen Weg durch inoffizielle Kanäle finden. Es erübrigt sich, Einzelheiten zu nennen. Allerdings kann ich sehr wohl genaue Angaben zum Umfang der Finanzierung machen. Nächste Woche Montag werde ich die Verpflichtung eingehen, genug Geld auf Ihr Konto zu überweisen, damit wenigstens die ursprünglich geplante Kerngruppe aus Programmierern für Shield gebildet werden kann. Kommenden Montag treffe ich die Entscheidung. Natürlich mit Zustimmung des Präsidenten. Jetzt verstehen Sie sicher, warum es so wichtig ist, ihm ein wenig Mut zu machen.«

»Ich kann ihm nicht sagen, dass der Raketenschild funktioniert. Das ginge eindeutig zu weit. Meine Güte, was könnte es bedeuten, den Präsidenten glauben zu lassen, dass unsere Städte vor Angriffen geschützt seien, obwohl das ganz und gar nicht der Fall ist. Er verließe sich vielleicht darauf und würde nicht versuchen, einen Konflikt auf dem Verhandlungsweg zu lösen, davon überzeugt, dass Armitage ihn aus der Patsche holt. Aber dazu ist Armitage nicht imstande.«

»Natürlich nicht. Ich versichere Ihnen, dass Armitage niemanden aus der Patsche holen muss. Die Aufgabe von Shield besteht nicht darin, auf irgendetwas zu schießen. Ebenso wenig sind Atomwaffen dazu bestimmt, Dinge oder Menschen in die Luft zu jagen. Ihr Zweck ist es vielmehr, den Krieg undenkbar zu machen. Shield wird uns beschützen, ob die Satelliten einsatzbereit sind oder nicht. Denn wir werden durchsickern lassen, dass ein Erstschlag gegen uns keinen Erfolg haben kann. Davor schützt Shield, vor einem Erstschlag. Unsere Gegner sollen von den Lasersatelliten erfahren und begreifen, dass sie nichts Dummes anstellen können. Der Raketenschild braucht gar nicht zu funktionieren, denn wir werden ihn nie benötigen. Und Sie werden damit beschäftigt sein, das Kontrollprogramm zu vervollständigen, um die volle Einsatzbereitschaft von Shield zu gewährleisten, für alle Fälle.«

»Ich kann den Präsidenten nicht belügen.«

»Natürlich nicht. Das müssen Sie auch nicht. Beantworten Sie einfach seine Fragen, Lamar, aufrichtig, aber auch voller Zuversicht. Fühlen Sie sich nicht verpflichtet, auf Dinge hinzuweisen, nach denen er nicht fragt. Sollte er schließlich etwas glauben, das nicht ganz der Wahrheit entspricht … Nun, ab nächste Woche Montag werden Sie mit Hochdruck daran arbeiten, *dass* es ganz wahr wird.« Paules raubvogelartiges Gesicht zeigte nichts als Ehrlichkeit. »Glauben Sie mir, Lamar, so bringt man hier die Dinge zum Laufen.«

*

Eine attraktive Frau in mittleren Jahren führte Armitage ins Oval Office. Der Bereich vor dem ovalen Büro war hell erleuchtet, angenehm kühl und voller reger Betriebsamkeit. Alles deutete auf Professionalität und Effizienz hin. Der Kontrast zum Innern des Präsidentenbüros hätte größer nicht sein können. Dort war es fünfzehn Grad wärmer, es brannten keine Lampen und die Vorhänge waren zugezogen. Die Frau nannte seinen Namen, ging und schloss die Tür hinter sich. Armitage blieb stehen und versuchte herauszufinden, wo sich der Präsident befand. Schließlich entdeckte er ihn: Er saß in einer Ecke, auf einer schmalen Couch, mit krummem Rücken und hängenden Schultern.

Der Präsident sah auf. »Oh, Dr. Armitage. Freut mich sehr, Sie wiederzusehen.«

»Mr. President.« Sie schüttelten sich die Hände.

»Ich meine, wir sehen uns doch wieder, nicht wahr? Wir sind uns schon einmal begegnet, stimmt's?«

»O ja.«

»Andernfalls hätte ich wohl besser ›Freut mich, Sie kennenzulernen‹ sagen sollen. Aber so heißt es ›Freut mich, Sie wiederzusehen‹.«

»Freut mich ebenfalls, Sie wiederzusehen, Sir.«

»Ja.«

Eine knappe Geste forderte Armitage auf, im Sessel vor der Couch Platz zu nehmen. Der Präsident wirkte klein, fast verloren in dem, was ihn hier umgab. Im schwachen Licht ließen sich kaum Einzelheiten erkennen, aber Armitage gewann den Eindruck, dass er einen Anzug trug, der ihm zu groß war, den Anzug eines anderen Mannes, oder als sei er darin geschrumpft. Seine bekannten Gesichtszüge blieben halb im Dunkeln verborgen. Er wirkte ein wenig traurig. Nach einem Moment sah er auf. »Haben Sie jemals eine der Richtungen bedauert, die Sie in Ihrem Leben eingeschlagen haben, Dr. Armitage?«

»Äh ... Ich schätze, ich bedauere die Dinge, die ich vernachlässigt habe.«

Der Präsident griff dies begierig auf. »Ja, man muss einen Preis für Leistung und Zielrealisierung bezahlen. In diesem Zusammenhang spricht man von ›Gelegenheitseinbuße‹. Die Dinge, zu denen man nie kam. Was sind das in Ihrem Fall für Dinge, Dr. Armitage?«

»Nun, zum Beispiel Familie. Ich habe nie geheiratet. Es wäre schön gewesen, Frau und Kinder zu haben.«

»Kinder. Frau und Kinder.« Der Präsident lächelte zum ersten Mal. Es war das Lächeln, das man aus dem Fernsehen kannte. »Die Familie ist der Grundstein unserer Nation. Es gibt nichts Amerikanischeres als die Familie. Ich schätze, ohne Familien könnte es Amerika gar nicht geben. Finden Sie nicht?«

»Nun, ja, ich schätze, da haben Sie recht.«

»Ohne Familien kein Amerika. Und wenn andere Nationen von uns lernen würden, wenn sie Familien hätten, wie wir sie haben, dann würden sie alle ein bisschen amerikanischer, wenn Sie verstehen, was ich meine.«

»Ich ...«

»Ja, das würden sie. Die Familie ist sehr wichtig für uns, und für mich. Sie ist, na ja, der Grundstein. So empfinde ich das. Wo wären wir ohne unsere Grundsteine? Deshalb ist es so wichtig. Wenn Sie Vorschläge haben, wie ich dem Wohlergehen der amerikanischen Familie helfen kann, so nehme ich sie gern entgegen.« Der Präsident richtete einen hoffnungsvollen Blick auf den Besucher.

»Äh, darüber muss ich genauer nachdenken.«

»Dafür wäre ich Ihnen sehr dankbar. Ich brauche alle Hilfe, die ich bekommen kann. Um das Wohlergehen der Familie zu gewährleisten, meine ich. Und ich muss Ihnen nicht sagen, wie wichtig das ist. Sie wissen es bereits. Wir weisen immer wieder darauf hin. Ich bin sicher, dass Sie in dieser Hinsicht ebenso empfinden wie ich, und auch bei anderen Dingen. Vor allem aber bei der Familie.« Der Präsident gestikulierte vage. »Wo Sie doch eine so nette Familie haben und so eine schöne Frau.«

»Mr. President, gibt es einen bestimmten Grund, warum Sie mich heute sprechen wollten?«

»Oh, ein bestimmter Grund, ja.« Er beugte sich zum niedrigen Couchtisch zwischen ihnen vor, langte nach einem Klebeband-Abroller aus Mahagoni und riss einen kurzen Streifen vom durchsichtigen Band ab. Er hielt ihn in der linken Hand und rieb den Daumen der rechten energisch an der klebrigen Seite. »Ja, es gibt einen Grund.« Es folgte eine lange Pause. Der Präsident sah zum Bereich vor dem Schreibtisch, wo er vor einer halben Stunde neben Reverend Nolan Gallant im Gebet gekniet hatte. Er fühlte weniger inneren Frieden, als es normalerweise nach einem Gebet der Fall war. Außerdem spürte er sehr deutlich den Unterschied zwischen seinen eigenen Gebeten und denen unter der geistlichen Führung von Gallant. Dennoch, ihre Gebete richteten sich an denselben Gott, dienten demselben Zweck und kamen aus demselben Glauben.

Dem Präsidenten war es gelungen, den Klebstoff vom kurzen Streifen Klebeband zu reiben. Er warf den Streifen in den Papierkorb und zog einen neuen aus dem Abroller.

»Sir? Was wollten Sie sagen?«

»Oh. Nun, in meinem Fall gibt es eigentlich keine Dinge, die ich bereue.« Er lächelte erneut. »Ich meine … Das stimmt nicht ganz. Ich habe immer gedacht, dass ich es unter anderen Umständen vielleicht zu einem guten Maler gebracht hätte. Churchill hat gemalt, wissen Sie.«

»Ja, ich weiß.«

»Er malte Landschaften. Ich habe Churchill immer bewundert und ihn für einen beispielhaften Regierungschef gehalten. Im Wahlkampf habe ich meinen Leuten immer wieder von meiner Bewunderung für Churchill erzählt. Ich habe ihnen gesagt, dass sich meine Wiederwahl am besten dadurch bewerkstelligen ließe, indem die Parallelen zwischen mir und Winston Churchill deutlich hervorgehoben werden. Ich spreche hier von dem, was ich bisher geleistet habe, und von meinen Plänen für die Nation.«

»Und wie sehen diese Pläne aus? Nehmen Sie sich dabei ein Beispiel an Churchill?«

»Ich denke schon. So spiele ich derzeit mit dem Gedanken, ein bisschen zu malen, wissen Sie.«

»Und Ihre Pläne für die Zukunft der Nation? Vielleicht wollten Sie darüber mit mir sprechen.«

»Ja, vielleicht. Aber da Sie auf Churchill zu sprechen gekommen sind, insbesondere auf seine Malerei ...«

»Ich bin nicht auf Churchill zu sprechen gekommen.«

»Nein?«

»Nein.«

»Nun, spielt keine Rolle. Irgendwie war mir so. Ich meine, es schien mir das Thema zu sein, über das wir gerade gesprochen haben. Wissen Sie, ich habe da diese Landschaften im Sinn, die geradezu danach schreien, gemalt zu werden.« Der Präsident nahm einen weiteren Klebestreifen. »Friedliche Felder, die sich vor uns erstrecken, mit der Andeutung von glitzerndem Wasser neben einer alten Mühle. Wie Constable. Sie kennen das Werk von Constable, nicht wahr?«

»Natürlich, Mr. President.«

»Solche Landschaften. Nicht unbedingt wie jene, die Churchill gemalt hat. Obwohl ich nicht möchte, dass man große Unterschiede zwischen Churchill und mir sieht. Es ist nur so, dass ich da die eine oder andere eigene Vorstellung habe ...«

»Sir, Sie denken deshalb an Churchill, weil es Ihnen wie Churchill ...«

»Weil es mir um die amerikanische Familie geht?«

»Äh, nein. Ich dachte eher an die Verteidigung der Nation.«

»Oh, es ist gut, dass Sie daran denken. Es kann keine Kompromisse geben, wenn es um die Verteidigung der Nation geht. Das habe ich oft betont. Immer wieder weise ich darauf hin, dass die Verteidigung sakrosankt ist und so weiter. Denn wie sollen wir die amerikanische Familie verteidigen, ohne die Nation zu verteidigen? Die Familie kann nicht existieren ohne … na ja, ohne die Landschaft darunter. Vielleicht sind wir deshalb auf Landschaften zu sprechen gekommen. Die Landschaft – und ich spreche hier von einer guten amerikanischen Landschaft – ist sehr wichtig. Deshalb ist es auch wichtig, die Landschaft zu verteidigen, es ist sozusagen sakrosankt. Es kommt darauf an, dass sie friedlich bleibt. Ich denke die ganze Zeit an Frieden, denn ohne Frieden wären die Landschaften, die wir wegen ihrer Friedlichkeit bewundern …«

»Im Krieg?«

»Nun, so weit würde ich vielleicht nicht gehen. Aber es wären nicht mehr die Landschaften, die ich vor dem inneren Auge sehe. Sie wären anders. Ich möchte keine anderen Landschaften malen. Ich möchte Landschaften malen, wie sie John Constable gemalt hat. Solche Landschaften. Und ich möchte sie so gut malen wie er.«

Dem Präsidenten war es gelungen, den Klebstoff von einem weiteren Streifen Klebeband zu reiben. Zwischen Daumen und Zeigefinger der einen Hand hatte sich ein recht großer Klumpen angesammelt, den er hin und her rollte, als er mit der anderen Hand einen weiteren Streifen nahm. Der Klebstoffklumpen hatte eine dunkle Tönung gewonnen. Armitage beobachtete fasziniert, wie der Präsident den wachsenden Popel aus weichem Gummi weiterhin zwischen den Fingern rollte.

»Wir alle tragen in uns ein Bild von der Welt, wie sie eigentlich sein sollte. Und es kann keine größere heilige Berufung geben als die, dieses Bild zum Ausdruck zu bringen, zum Beispiel in Form eines Gemäldes. Stellen Sie sich vor, wie es auf die Nation wirkt, wenn der Präsident sein Bild von Friedlichkeit auf diese Weise vermittelt. Ich glaube, so etwas entspräche sehr dem Interesse des Friedens. Wir könnten den Weltfrieden mithilfe von Friedlichkeit erreichen. Dann bräuchten wir keine Heere und Raketen mehr …«

»Raketen! Wollten Sie darüber mit mir sprechen, über Raketen?«

»Nein, eigentlich nicht. Ich wollte übers Malen sprechen.«

»Aber, Sir, Sie haben mich doch empfangen, damit wir über …«

»Ich habe Sie empfangen, um mit Ihnen über grundlegende amerikanische Werte zu reden.«

»Über die Verteidigung der amerikanischen Werte, wenn sie bedroht sind.«

»Und sie sind bedroht, kein Zweifel, Dr. Armitage. Unsere sakrosankten Werte sind bedroht. Man greift sie an und wenn ich in diesem Zusammenhang von Angriff spreche, so bin ich mir meiner ernsten Wortwahl bewusst. Die Bedrohung unserer fundamentalen Werte ist nie bedrohlicher gewesen als heute. Und woraus besteht sie?«

»Werden unsere Werte vielleicht von terroristischen Stellvertretergruppen bedroht, die über strategische Waffen verfügen?«

»Nun, ich habe dabei mehr an Drogen gedacht.«

»Drogen?«

»Ja. Die Drogenbosse und widerlichen Pusher, die die Schulen unserer Nation heimsuchen, sie greifen die amerikanische Familie an.«

»Aber Mr. President … Sie haben mich heute nicht hierher gebeten, um mit mir über Drogen zu sprechen.«

»Nein?«

»Nein, Sir. Ich glaube, Sie wollten über Shield reden, über unseren Raketenabwehrschirm. Das stimmt doch, oder? Sie wollten mir Fragen über Shield stellen, nicht wahr? Vielleicht über Revelation-13?«

Der Präsident rollte noch immer den Gummipopel zwischen Daumen und Zeigefinger und blickte nun darauf hinab. »Wie seltsam, dass Sie Revelation erwähnen, Dr. Armitage. Revelation, Offenbarung. Darf ich Sie etwas fragen?«

»Natürlich. Deshalb bin ich hier.«

»Haben Sie jemals die Beschreibung der Ereignisse gelesen, die zur Apokalypse führen, wie in der Offenbarung des Johannes dargelegt?«

»Nein, nie.«

»Ich finde es erstaunlich, wie sehr die Beschreibungen unserer Zeit ähneln. Ich meine, es ist gespenstisch. Solche Beschreibungen finden sich nicht nur in der Offenbarung, sondern auch im zweiten Brief des Petrus und in anderen Büchern. In anderen Büchern als der Bibel. Es gibt Bestätigungen aus anderen Quellen. Die Vision von der anderen Welt, die uns bevorsteht … Man findet sie bei Nostradamus, Jeane Dixon und weiteren visionären Autoren. Sie ahnen den kommenden Wandel. Sie haben Bilder davon im Kopf, so wie auch ich Bilder im Kopf habe. Aber ihre Bilder sind oft voller Schrecken, während meine friedlich sind. Deshalb kehre ich immer wieder zu meinen Bildern zurück.« Der Präsident sah auf und lächelte. »Wenn ich an meine Bilder denke, fühle ich mich besser. Ich denke oft: Wenn ich eine Möglichkeit fände, die Bilder aus meinem Kopf zu holen und sie Wirklichkeit werden zu lassen, dann würden sich alle besser fühlen. Und ist es nicht genau das, was ein Präsident tun sollte, woraus seine Pflicht besteht? Solle er nicht seine Vision von Frieden nehmen und sie für alle Menschen auf der Welt zugänglich machen? Dafür gibt es den Nobelpreis, obwohl es natürlich zu früh ist, über solche Auszeichnungen nachzudenken. Immerhin fange ich mit dem Malen gerade erst an. Ich meine, mein erstes Bild wartet noch darauf, auf Leinwand gebracht zu werden. Aber es wird auf Leinwand gebracht, das steht fest. Ich habe so viel zu tun. Es gibt immer viel zu tun und nur wenig Zeit.« Er sah auf die Uhr. »Oh, meine Güte. Nun, Dr. Armitage, ich kann Ihnen gar nicht sagen, wie sehr mich Ihr Besuch gefreut hat.« Der Präsident stand auf.

»Ich …«

»Solche offenen Gespräche sind außerordentlich hilfreich. Der Präsident der Vereinigten Staaten ist nur so gut wie die Berater, denen er vertraut. Und Ihnen vertraue ich, Dr. Armitage.« Er legte ihm die Hand auf den Rücken und führte ihn zur Tür. »Bitte vergessen Sie nicht, über die kleine Angelegenheit nachzudenken, bei der Sie mir Ihren Rat geben wollen.«

»Welche kleine Angelegenheit?«

»Was auch immer es war. Danke für Ihren Besuch, Dr. Armitage.«

Armitage blinzelte im plötzlichen Licht. Er stand draußen, im hell erleuchteten Vorzimmer, und hinter ihm schloss sich leise die Tür des Oval Office.

ZWEITER TEIL

DER LAYTON-EFFEKT

10

Ein dauerhafter Effektor

Das Rätsel der »besonderen Bewegung«, von ihnen Pekuliarbewegung genannt, war kein Rätsel mehr. Im Licht von Lorens Durchbruch in Hinsicht auf die Natur der Zeit und seiner sechs revolutionären Gleichungen schien das Muster der Elektronenbewegungen, das sie so lange verwirrt hatte, gar nicht mehr so besonders zu sein. Da die Zeit einen konstanten und einen variablen Aspekt hatte, wurde aus dem ungewöhnlichen Verhalten der Elektronen Normalität. Der »Layton-Effekt«, wie Loren die lokale Verlangsamung der T-prime-Zeit nannte, erklärte alles. Homer und sein Team richteten ihre Aufmerksamkeit auf die Untersuchung der vielen anderen Effekte einer Veränderung von T-prime. Es lief darauf hinaus, die Grundlagen einer ganz neuen Wissenschaft zu erarbeiten. Die existierende Wissenschaft beschrieb physikalische Phänomene mit einem festen Wert für T-prime. Die neue Wissenschaft erläuterte die Konsequenzen, die sich aus Veränderungen von T-prime (groß geschrieben) ergaben.

Sie holten die Laborgeräte aus den Kartons in Homers Zimmer und führten Versuche durch, zuerst im Innern des Strahls und dann außerhalb davon. Die Ergebnisse wurden sorgfältig im Protokoll festgehalten. Bei einem Raubzug durch den Chemiesaal von Baker Hall erbeuteten sie weiteres Versuchsgerät, das noch mehr Experimente ermöglichte. So gut sich Homer, Sonia, Loren und Edward auch mit den Gesetzen der Physik auskannten, bei der Chemie waren sie weniger versiert. Sie wechselten sich ab, in Sonias ramponiertem Chemie-Buch zu blättern und ihre Erinnerungen in Hinsicht auf Grammäquivalente und die Avogadro-

Konstante aufzufrischen. Kelly hatte einen Genetik-Kurs absolviert, bei dem es darum gegangen war, Generationen von Taufliegen zu züchten und Mutationen zu beobachten. Sie belegte einen Teil des Maserstrahls für eine kleine *Drosophilia*-Kolonie mit Beschlag, um herauszufinden, wie lange Taufliegen bei einem geringeren Wert von T-prime lebten.

Der vom Maserstrahl bewirkte Layton-Effekt bestand aus einer geringfügigen Verlangsamung der lokalen Zeit. Ein im Innern des Strahls durchgeführtes Experiment lief etwas langsamer ab als außerhalb davon. Wenn es bei dem Versuch um schnelle Veränderung von Zustand, Geschwindigkeit oder Temperatur ging (eigentlich betraf es alle schnellen Veränderungen), so erfolgten sie erheblich langsamer als außerhalb des Strahls. Der Layton-Effekt bewirkte größeren Widerstand Veränderungen gegenüber. Im Innern des Strahls explodierte nichts. Verbrennungsmotoren funktionierten nicht, wohl aber Elektromotoren. Die meisten Brennstoffe brannten, wenn auch langsamer.

Das Leben der Taufliegen unter dem Einfluss des Maserstrahls war im Durchschnitt 0,04 Prozent länger. Ihre innere Uhr ging 0,04 Prozent langsamer, also blieb ihnen die Lebensverlängerung verborgen. Sie pflanzten sich wie sonst fort und bei den folgenden Generationen schien alles normal zu sein, soweit Kelly das feststellen konnte. Ihr Geschlechtstrieb, gemessen in Paarungen pro Woche, war im Innern des Strahls nicht anders als außerhalb. Kelly trug ihre Beobachtungen ins Protokoll ein.

Edward las die Aufzeichnungen des Tages. »Die Paarungen pro Woche, Kelly … Ist damit die ganze Kolonie gemeint?«

»Nein. Es sind die Paarungen pro Woche für jedes einzelne Exemplar.«

»Lieber Himmel.«

*

Sonia und Kelly führten Experimente im Innern des Strahls durch, als Loren die hintere Verkleidung abnahm und am Generator des Masers zu basteln begann. »Keine Sorge, dies verändert nichts, glaube ich wenigstens.« Er löste einen kleinen Draht und der rote Strahl ging aus.«

»Dummkopf!«, sagte Kelly scharf. »Jetzt muss ich von vorn anfangen.«

»Nein, musst du nicht. Der Lichtstrahl ist weg, aber der Effekt wirkt noch immer.« Er deutete auf die kleine Differenzuhr, die sie aufgebaut hatte, ein Gerät, das die Veränderung von T-prime in der Mitte des Strahls bis zu einer Entfernung von einigen Zoll maß. Es zeigte noch immer einen Unterschied von 0,04 Prozent an.

Kelly wandte sich wieder ihrem Experiment zu, ohne sich zu fragen, wie der Effekt noch da sein konnte, obwohl der Lichtstrahl fehlte. Aber Sonia war verblüfft. »Wie hast du das angestellt?«, fragte sie. »Was erzeugt den Layton-Effekt, wenn nicht der Strahl?«

»Der Magnet. Es gibt eine hochfrequente magnetische Variation, die für die Initiierung des Strahls eingesetzt wird. Bei der Konstruktion des Masers hat niemand daran gedacht, den Magneten nach der Entstehung des Strahls abzuschalten. Es ist sein sich schnell veränderndes Magnetfeld, das den Effekt erzeugt. Und der Rubinsplitter. Der Rubinsplitter ist wichtig.« Ein wenig verlegen wandte Loren den Blick ab. »Der Rubinsplitter ist wichtig, aber ich weiß nicht warum.«

Kelly und Sonia setzten ihre Experimente fort und Loren dachte über den Splitter nach. Konnte es sein, dass der kleine Rubin das Magnetfeld ebenso fokussierte wie den Lichtstrahl? Wenn das stimmte … Was bedeutete es? Handelte es sich überhaupt um einen Rubin? Er sah in einem Mineralienhandbuch nach und las dort, dass Rubin ein hartes, farbiges Korund beziehungsweise Aluminiumoxid ist. Die Farbe ging auf geringfügige Verunreinigungen des Kristalls zurück. Das Buch erwähnte nicht, woraus die Verunreinigungen bestanden, aber wegen der roten Farbe war Eisen ein logischer Kandidat. Angenommen, es gab ferromagnetische Substanzen in der Struktur des Aluminiumoxids, wie wirkte sich das auf ein Magnetfeld aus? Die Feldgleichungen waren so kompliziert, dass Loren davor zurückschreckte, sie selbst auszuarbeiten, aber mit SHIELAs Hilfe konnte er ein Feld simulieren, das sich durch den Rubin erstreckte.

Er hatte seine SHIELA-Workstation gerade eingeschaltet, als Kelly sagte: »Du hast eine verstimmte Arbeitskollegin, Loren Martine. Die Abschaltung des hübschen roten Strahls wirkt sich auf die Arbeit aus.«

»Tatsächlich? Dann ist das Licht vielleicht doch wichtig.«

»Der Magnet mag für den Layton-Effekt ausreichen, aber der Strahl hält die Menschen bei Laune. Er ist ein Symbol für, ich weiß nicht, ein Symbol für Entdeckung und Innovation. Bitte schalte ihn wieder ein, schnell, pronto.«

»In Ordnung, Kelly.«

Loren kehrte in Homers Arbeitszimmer zurück und stellte die Verbindung mit dem kleinen Draht wieder her. Der Strahl leuchtete erneut und Loren musste Kelly recht geben: Mit ihm sah irgendwie alles besser aus.

Anstatt von seinem normalen Platz aus auf SHIELA zuzugreifen, nutzte er den Laptop mit seiner Wireless-Verbindung zum Hauptcomputer von Clark Hall. Es war der Laptop, den er nach Florida mitnehmen wollte, um dort die Arbeit fortzusetzen. Er konnte übers Internet mit den Computern von Clark Hall kommunizieren und von dort aus über den Mikrowellen-Link der Satellitenantenne auf dem Dach mit SHIELA. Wenn er von Fort Lauderdale aus mit SHIELA Verbindung aufnahm, würde es bei der Kommunikation in beiden Richtungen zu einem Umweg von mehr als dreitausend Kilometern kommen, per Internet hinauf nach Ithaca und wieder zurück, aber er rechnete nicht mit nennenswerten Verzögerungen. Der Laptop hatte den Vorteil, dass er die Arbeit in Homers Zimmer bringen konnte, wo die Experimente stattfanden, ohne etwas von der Aufregung zu verpassen.

Es dauerte fast eine Stunde, die Simulation vorzubereiten, und SHIELA brauchte nur einige Sekunden, um alles durchzurechnen und ihm das Ergebnis mitzuteilen. Loren sah es sich an und versuchte, daraus schlau zu werden. Er ging nicht mit voller Konzentration an das Problem heran und hörte mit halbem Ohr dem Gespräch der beiden jungen Frauen bei der Arbeit zu. Sonia und Kelly bereiteten sich darauf vor, den Sockel des Masergenerators zu drehen, damit sie den Strahl auf eine ziemlich wirr erscheinende Anordnung von Messgeräten richten konnten. Die Bewegung des Strahls war leichter als die der Messvorrichtung. Aber nicht viel leichter, denn der Maser war ziemlich schwer. Sonia und Kelly lachten, als sie ihn anhoben und mit aktiviertem Strahl drehten.

Loren betrachtete das Simulationsergebnis auf dem Monitor, lehnte sich zurück und dachte darüber nach. Der Layton-Effekt breitete sich an einem Magnetfeld aus. Das Ausbreitungsfeld dieses besonderen Strahls, den er dort sah, veränderte nun seine Position, als die beiden Frauen den Maser drehten. Dadurch richtete es sich neu aus und wie es der Zufall wollte …

Mit einem erstickten Schrei sprang Loren auf und stürzte Kelly und Sonia entgegen. Er langte nach dem oberen Teil des Emitters und zerrte ihn aus seiner Einfassung. Der Strahl ging aus. Ein blauer Funke tanzte, als eines der gelösten Kabel Masse berührte. Die beiden jungen Frauen starrten ihn mit großen Augen an und hielten noch immer den schweren

Generator. Die Sicherung im Flur hatte die Stromversorgung unterbrochen – das einzige Licht im Zimmer war ein wenig Sonnenschein, der blass und schwach durchs schmutzige Fenster filterte.

Homer eilte herein, gefolgt von Edward.

»Was ist passiert?« Homer sah sie an, einen nach dem anderen, hielt nach Verletzungen Ausschau und war ganz die Glucke.

»Loren hat mit bloßen Händen den Emitter losgerissen«, sagte Kelly immer noch verblüfft. Sie setzte ihren Teil des Masers ab.

Sonia näherte sich und legte ihm die Hand auf den Arm. »Alles in Ordnung, Loren?«

»Ich hab mir den Finger am Gehäuse aufgeschnitten. Das ist alles. Mehr ist nicht passiert.« Loren hob den Finger, damit die anderen ihn sehen konnten, leckte dann geistesabwesend einen Tropfen Blut ab. Er sank in Homers Sessel und die Anspannung fiel von ihm ab. Dann sprang er wieder auf, mit deutlicher Sorge in seinem Gesicht. »Himmel, ist der andere Magnet noch an?« In Edwards Zimmer hatten sie einen zweiten Layton-Effekt-Apparat konstruiert, für weitere Experimente.

»Er ging aus, als die Sicherung herausflog«, sagte Edward.

Das erleichterte Loren. Er setzte sich auf eine Kiste und versuchte, sich zu entspannen. »Gut«, sagte er. »Sie müssen zunächst beide aus bleiben. Das ist wichtig. Wir dürfen es nicht wagen, die beiden Strahlen einzuschalten, bevor wir herausgefunden haben, wie sich der Strahl an Magnetfeldern ausrichtet.« Er deutete zum Laptop, der seinen Strom vom Akku empfing und noch immer lief. Der Monitor zeigte nach wie vor die Ergebnisse der Simulation. In den vergangenen Jahren war Lorens spanischer Akzent immer leichter geworden, doch bei den letzten Worten hörte man ihn wieder so deutlich wie ganz zu Anfang. Er triefte praktisch aus jeder Silbe. Die anderen wussten, dass der Akzent zurückkehrte, wenn er müde oder sehr angespannt war. Jetzt war er beides. »Wir haben mit dem Feuer gespielt«, sagte er.

*

Beim ersten Erklärungsversuch brachte er nur wirres Zeug hervor. Lorens Gedanken wirbelten noch immer durcheinander und er versuchte, sie zu ordnen, während er sprach, was aber nicht funktionierte. Die anderen verstanden nur, dass es um etwas Wichtiges ging. Sie warteten geduldig.

Homer setzte sich auf die Armlehne des Sessels. Kelly, Sonia und Edward suchten nach geeigneten Sitzgelegenheiten.

Sonia sah Loren ernst an, als er mit den Worten rang. Sie spürte, dass er noch nicht bereit war, dass er noch einige Momente brauchte, bis alles klar wurde. Während sie wartete, fiel ihr erneut auf, wie hübsch er war: die hohen Wangenknochen, die zarten Gesichtszüge, die dunklen, freundlich blickenden Augen. In seiner gegenwärtigen Verwirrung wirkte er wieder wie der Junge, der er einst gewesen war, wie ein liebenswertes Kind. Sie lächelte sanft, als sie sich diesen undisziplinierten Gedanken erlaubte. Gleich, so wusste sie, musste sie wieder ganz Intellekt sein und sich auf die neue Wissenschaft besinnen, deren Grundlagen sie mit ihrer Arbeit entwickelten. Aber diese wenigen Sekunden waren allein von Begehren bestimmt. Dann richtete er den Blick direkt auf sie und neue Worte kamen, nur zu verständlich.

Die Farbe wich aus Homers Gesicht, als er zuhörte. Sonia starrte auf den Schreibtisch. Edward schloss die Augen. Loren wandte sich an Kelly, weil er glaubte, dass sie vielleicht noch nicht ganz verstanden hatte. Im schwachen Licht konnte er kaum ihren Gesichtsausdruck erkennen.

»Wir müssen an das Magnetfeld der Erde denken, Kelly.«

»Ja, ich glaube, mir ist klar, worum es geht. Wenn der Strahl genau nach dem Magnetfeld der Erde ausgerichtet ist, würde sich der Effekt auch außerhalb von ihm auswirken, nicht wahr?«

»Ja. Der Effekt wäre gewissermaßen ›ansteckend‹. Er würde sich ins Magnetfeld der Erde ausbreiten.«

»Und überall, wo sich ein Magnetfeld befindet – und das ist die ganze Welt, schätze ich –, gäbe es den Layton-Effekt.« Kelly versuchte sich auszumalen, was das bedeutete.

»Alle Motoren würden ausgehen«, sagte Edward. »Keine Autos mehr. Das wäre eine Verbesserung.«

»Flugzeuge würden vom Himmel fallen«, sagte Kelly. Sie riss die Augen auf. »Als wir den Strahl bewegt haben …«

»Ihr habt natürlich nichts davon gewusst. Aber ja, mit der Bewegung des Strahls hättet ihr ihn vielleicht entlang des Magnetfelds der Erde ausrichten können. Die Welt hätte zum Stillstand kommen können.«

Sonia sah aus dem Fenster. »Überall sonst brennt Licht«, sagte sie. »Es ist nur in dieser Etage aus.«

»Alles in Ordnung«, sagte Loren.

Kelly war noch immer bestürzt. »Aber wir hätten großes Unheil anrichten können. All die Menschen in plötzlich abstürzenden Flugzeugen ...«

»Patienten mit Beatmungsgeräten«, sagte Homer. »Überall fiele der Strom aus. Die Krankenhäuser würden versuchen, ihre Notstromgeneratoren anzuwerfen, aber die würden nicht funktionieren. Dieselgeneratoren ließen sich nicht starten.«

»Keine Lastwagen, die Lebensmittel liefern«, fuhr Kelly fort. »Menschen würden verhungern. Es gäbe Aufstände.«

Edward kehrte zu Lorens Erklärungen zurück, wie sich der Effekt außerhalb des Strahls ausbreitete. »Aber was hält den Effekt selbst dann aufrecht, wenn der Maser ausgeschaltet wird?«

»Es spielt keine Rolle, ob er ein- oder ausgeschaltet ist. Solange der Rubinsplitter am Magnetfeld der Erde ausgerichtet bleibt, speist er die Störung ins Feld, was zu einer Verlangsamung von T-prime führt. Der lokale Magnet dient nur dazu, den Effekt zu starten.«

»Der Effekt würde also aufhören, wenn man den Rubin anders ausrichtet?«

»Ich denke schon. Wir müssten es ausprobieren, um ganz sicher zu sein. Aber das machen wir natürlich nicht.«

»Hier stimmt was nicht, Loren«, sagte Kelly. »Maser gibt es seit Jahrzehnten. Wie kann es sein, dass bisher nicht einer von ihnen entlang des irdischen Magnetfelds ausgerichtet wurde? Der Layton-Effekt hätte sich schon vor Jahren bemerkbar machen müssen.«

»Maser gibt es tatsächlich schon seit Jahrzehnten«, bestätigte Homer. »Aber nicht viele. Sie sind nie sehr beliebt gewesen.«

»Und denk daran, wie schwer die verdammten Dinger sind«, fügte Sonia hinzu. »Vielleicht war außer uns beiden nie jemand dumm genug, einen eingeschalteten Maser bewegen zu wollen.«

Loren nickte. »Etwas anderes kommt hinzu. Das Magnetfeld der Erde ist nicht überall gleich beschaffen. In Ithaca neigt es sich zum Beispiel ein wenig nach unten. Es sähe nicht besonders gut aus, einen Maser aufzubauen, dessen Strahl schief verläuft, und deshalb ist so etwas nie geschehen. Es läuft auf Folgendes hinaus: Wer mit einem Maser gearbeitet hat, riskierte dabei, den Effekt auszubreiten, aber zum Glück kam es nie dazu. Weil die Kombination der einzelnen Faktoren recht unwahrscheinlich ist. Aber als ihr vorhin das Ding angehoben und gedreht habt ... Da hätte es passieren können.«

»Sonia und ich hätten den Effekt vielleicht auf die ganze Welt erweitert«, sagte Kelly. »Aber durch eine weitere Drehung, von Norden weg … Wo ist Norden überhaupt?«

Edward zeigte vom Fenster fort. Alle blickten zum Maser, der ziemlich nahe daran war, nach Norden gerichtet zu sein.

»Meine Güte. Aber als wir ihn wieder absetzten, war er eben ausgerichtet, nicht schief. Mit anderen Worten: Der Layton-Effekt hätte sich nur kurz ausbreiten können. Die Welt hätte eine Art Schluckauf bekommen und sich sofort wieder davon erholt. Kann ein Jet im Flug seine Triebwerke neu starten? Weiß das jemand von euch?«

»Ich denke schon«, sagte Loren. »Aber dies ist alles Spekulation. Angenommen, wir hätten einen Apparat, der den Layton-Effekt erzeugt – nennen wir ihn ›Effektor‹. Es müsste ein Hochfrequenzmagnet sein, mit einem Rubinsplitter, der das Magnetfeld fokussiert. Angenommen, wir drehen den Effektor, bis er den Effekt ins Magnetfeld der Erde übertragen kann. Das Ergebnis wäre eine Layton-Effekt-Welt …«

»Ein Ende der modernen Ära«, warf Edward ein.

»Ja, vorübergehend. Wir drehen den Effektor noch etwas mehr, sodass er nicht mehr nach dem irdischen Magnetfeld ausgerichtet ist. Ich denke, der Effekt würde aufhören. Allerdings stellt sich die Frage, wie groß die Abweichung vom Magnetfeld der Erde sein müsste. Wenn der Effekt einmal begonnen hat, bleibt er vielleicht stabil, selbst wenn der Effektor um einige Grad abweicht. Wer weiß?«

Homer blickte in die Ferne. »Wer weiß? Nun, eins wissen wir: Wenn der Effektor nach dem Magnetfeld der Erde ausgerichtet bleibt, dauert auch der Effekt an. Wir hätten einen ›Dauerhaften Effektor‹. Wie würdest du einen Dauerhaften Effektor bauen, Loren?«

Loren nahm die Herausforderung an und überlegte. »Eine Möglichkeit wäre, ihn an einer Kompassnadel anzubringen, damit er sich automatisch nach dem Magnetfeld der Erde ausrichtet.«

In einer Ecke des Arbeitszimmers stand ein Kompasshaus, Teil der Segelschiffausrüstung. Homer ging hinüber und zog das Objekt in die Mitte des Raums. Loren betrachtete es und setzte seine Überlegungen fort. »Wir könnten ein solches Kompassgehäuse nehmen und einen kleinen Effektor bauen, gespeist von einer Batterie, wie man sie für Quarzuhren verwendet. Wir installieren ihn dort, wo sich die Kompassrose befindet …« Er legte die Hand aufs Kompasshaus.

»Halt!«, entfuhr es Kelly erschrocken. »Wovon redest du da? Das ist doch verrückt. Warum sollten wir auch nur daran denken, einen Dauerhaften Effektor zu bauen? Es ist doch genau das, was es zu vermeiden gilt. Ein weltweiter Layton-Effekt wäre eine weltweite Katastrophe.«

Langes Schweigen folgte. Sie sahen sich stumm an. Schließlich sagte Sonia leise: »Denk an die Weltuntergangsuhr, Kelly. Denk daran, was es bedeutet, wenn sich der Zeiger der zwölf nähert. Denk daran, was es bedeutet, wenn er sie jemals erreicht: Die Welt würde explodieren und niemand könnte es verhindern – außer uns.«

11

Keinen Schaden anrichten

»Meine jungen Freunde …«, sagte Homer. Er sprach nicht weiter.

Sie hatten ihre Plätze in Homers Arbeitszimmer nicht verlassen. Niemand war aufgestanden und zum Sicherungsschalter im Flur gegangen. Es wurde immer dunkler im Zimmer. Aus dem nieseligen Nachmittag war ein nieseliger Abend geworden und sie hörten, wie draußen Autos über die nasse East Avenue rollten. Homer saß zusammengesackt im Sessel, seit inzwischen einer halben Stunde.

»Meine jungen Freunde«, begann er erneut, »wir haben in letzter Zeit einige Entdeckungen gemacht. O ja, das haben wir. Jeder von uns hat sich dies erhofft: eine Zeit überaus wichtiger Entdeckungen. Jetzt bekommen wir den Lohn für all unsere Bemühungen. Wir sollten glücklich sein.« Aber er sah nicht sehr glücklich aus.

»Dies gibt Anlass, darüber nachzudenken, was es bedeutet, Wissenschaftler zu sein. Auf der einen Seite die wichtige Entdeckung, auf der anderen das soziale Gewissen. Wie entscheidet der Wissenschaftler, ob er seine Entdeckung der Welt zeigen soll oder nicht? Man könnte sich dies als ein abstraktes Problem vorstellen. Ja, das könnte man. Aber ich möchte, dass ihr ganz konkret darüber nachdenkt. Denkt daran, dass ihr bis vor kurzer Zeit Teilzeit-Physiker gewesen seid. Während der übrigen Zeit habt ihr euch als Programmierer mit Simulationen strategischer Kriegführung beschäftigt. Das habt ihr doch nicht vergessen, oder? Ich rede von Simula-7. Oh, die Regierung hat das Interesse an dem Projekt verloren. Ihr könnt das Geld behalten, hat sie gesagt, aber schickt keine ernsten Szenarien mehr. Die Szenarien haben die Leute im Weißen Haus und im Pentagon beunruhigt. Wir haben ihnen ihren Wunsch erfüllt und Simula ruhen lassen, um uns ganz der Physik zu widmen. Es war für euch alle eine große Erleichterung, denn ihr wolltet Physiker sein, keine Programmierer. Also habt ihr die Arbeit an Simula eingestellt und euch ganz der Forschung gewidmet.« Homer sah sie der Reihe nach an. »Im Gegensatz zu mir.«

Geistesabwesend strich er mit dem Daumennagel über eine weiße Braue. »Während ihr euren Spaß dabei hattet, mit Effektoren zu spielen und eine ganz neue Wissenschaft zu erfinden, habe ich die Arbeit mit Simula-7 fortgesetzt. Nun, was könnte mich dazu veranlasst haben, anstatt an eurer aufregenden Arbeit teilzunehmen? Die Antwortet lautet: all die Anrufe, die ich bekommen habe, was eurer Aufmerksamkeit wohl kaum entgangen sein dürfte. Während der letzten Tage habe ich in Lorens Zimmer telefoniert, weil ihr hier so beschäftigt gewesen seid. Tag und Nacht bin ich angerufen worden, und zwar von Albert Tomkis.«

Homer lächelte schief.

»Armer Albert«, fuhr er fort. »Macht sich dauernd Sorgen, selbst dann, wenn es nichts gibt, weshalb man sich Sorgen machen müsste. Aber ich fürchte, diesmal sind die Sorgen gerechtfertigt. Alberts Besorgnis gilt einer neuen Idee, die recht alt ist für jemanden, der irgendwann einmal ein Geschichtsbuch gelesen hat. Es geht um einen Präventivschlag.«

Homer rutschte im Sessel zur Seite und blickte missmutig aus dem Fenster. Er schien den Faden verloren zu haben.

»Homer?«, fragte Kelly schließlich.

»Eine recht alte Idee …«, wiederholte er und schwieg erneut. Dann sah er auf und schien überrascht zu sein, dass noch alle da waren. Er schüttelte den Kopf und sagte: »Albert arbeitet natürlich nicht für das Pentagon, sondern für das Außenministerium. Was ihn für das Pentagon fast zu einem Feind macht. Also erfuhr er auf Umwegen von diesem Plan, von Informanten innerhalb des State Department. Wenn er etwas mehr herausfand, rief er mich sofort an und erzählte mir davon. Dann bat er mich, mithilfe von Simula-7 festzustellen, wie die Konsequenzen für das aussehen, was man im Verteidigungsministerium plant. Ich gab also die Aktionen ein, die man dort in Erwägung zieht, und ließ von SHIELA alles durchrechnen.« Homer stand auf. »Kommt, ich muss euch etwas zeigen.«

Sie folgten ihm in den Computerraum, wo noch Licht brannte; der Stromkreis war ein anderer. Homer setzte sich an Kellys Workstation und gab ein paar Befehle ein. Der große Plasmaschirm wurde aktiv und zeigte ein Input-Szenario von Simula-7. Homer hatte die Daten eingegeben, während Tomkis den geheimen Plan erklärte. In der gegenwärtigen Form wären die Darstellungen auf dem Bildschirm für Außenstehende völlig unverständlich gewesen. Der Input für Simula-7 bestand aus einzelnen Gruppen von insgesamt mehr als zehntausend Parametern. Jeder Parameter hatte einen Namen, der entweder auf seine Bedeutung hinwies oder abstrakt war. Die Werte bestanden aus Codes. Mit den meisten Parameternamen und Codes waren die Mitglieder von Homers Team längst vertraut. Es gab ein Wörterbuch, in dem man nachschlagen konnte, doch niemand von ihnen machte Anstalten, es zu Rate zu ziehen. Der oberste Eintrag für die erste Gruppe lautete: THEATER.OPS = KB. KB stand für Kuba. Die übrigen Einträge erzählten den Rest der Geschichte. Sie lasen schweigend und dachten etwa eine Minute lang über die Bedeutung nach.

Schließlich sagte Sonia: »Lieber Himmel, Homer, welcher Idiot hat sich das hier zusammenfantasiert?«

Homer verzog das Gesicht. »Die Besten der Besten, fürchte ich. Die hellsten aller hellen Köpfe. Eine spezielle Gruppe ist dafür zuständig, Leute vom Weißen Haus und der NSA, die mit dem Pentagon zusammenarbeiten.«

»Aber es ist dumm«, sagte Loren. »Es läuft auf Selbstmord hinaus. Man braucht keinen Milliarden Dollar teuren Computer, um zu wissen, wie die Kubaner darauf reagieren werden. Die Administration weiß, dass es mindestens eine von den Kubanern kontrollierte Gruppe gibt, die über strategische Waffen verfügt: Gloria Verde. Diese Gruppe wird aktiv werden.«

»Ja, das denke ich auch.«

»Ich kann nicht glauben, dass so etwas ernsthaft in Erwägung gezogen wird.«

»Oh, wir sind alle sehr bemüht, es nicht zu glauben«, sagte Homer. »Wir arbeiten die ganze Zeit daran. Es ist sehr harte Arbeit, aber wir versuchen es. Allerdings hält sich der Erfolg bei mir in Grenzen.«

Edward dachte noch etwas länger darüber nach und bot dann eine Erklärung an. »Sie halten Shield für voll funktionsfähig, Homer. Nur dann ergibt dies einen Sinn. Sie haben die Katze im Sack gekauft und sich davon überzeugt, dass der Raketenabwehrschild funktioniert. Jetzt wollen sie Gloria Verde provozieren, um ihn auszuprobieren.«

»Das ist eine von Alberts Theorien.« Homer starrte noch immer auf den großen Bildschirm. »Er hat drei Theorien. Die zweite lautet: Selbst wenn sie wüssten, dass Shield noch nicht einsatzbereit ist, es wäre ihnen egal. Gewisse Leute im Pentagon halten dies für einen geeigneten Zeitpunkt, die Muskeln spielen zu lassen, auch die nuklearen Muskeln. Sie wollen alte Rechnungen begleichen. Albert glaubt, dass sie eine ›Verschwörung‹ gegen uns ›entdecken‹ könnten, einen geheimen Angriff, von unseren alten Gegnern geplant. Genannt werden die üblichen Verdächtigen: Iran, Nordkorea, vielleicht auch Russland und China. Kurz vor der kubanischen Initiative wenden sie sich an die Öffentlichkeit. Wenn anschließend die Raketen von Gloria Verde kommen, haben sie den Vorwand, den sie brauchen, um einige der großen Krisenherde von der Weltkarte zu tilgen.«

»Die ersten beiden Theorien gefallen mir nicht«, sagte Edward. »Was ist mit der dritten?«

»Die dritte Theorie geht von einer kleinen Gruppe religiöser Fanatiker aus, die mehr oder weniger Kontrolle über den Plan hat. Diese Leute glauben, im Auftrag Gottes zu handeln. Sie sind davon überzeugt, die Wiederkunft Christi und ein tausendjähriges Reich des Friedens vorzubereiten.«

Edward rollte mit den Augen. »Ein tausendjähriges Reich hatten wir schon. War nicht annähernd so lange von Bestand.«

Homer stand auf und Kelly nahm seinen Platz ein. »Ich würde gern feststellen, was Simula-7 davon hält. Mit deiner Erlaubnis, Homer …«

»Natürlich.«

Kelly startete das Simulationsprogramm und gab Homers Input ein. Einige Sekunden verstrichen und dann wechselte das Bild auf dem großen Schirm, es zeigte eine Karte von Kuba. Eine kleine Markierung blinkte etwa dreißig Kilometer östlich von Guantánamo.

»Das ist die Fabrik«, sagte Homer. »Seit Jahren befindet sie sich dort, eine Art symbolische Drohung der Kubaner. Die Botschaft lautet: Seht her, wir könnten Nervengas herstellen und es vom Wind zu eurer Basis tragen lassen. Ein Symbol, aber …«

Ein Zoom holte den betreffenden Bereich heran, bis nicht mehr zu sehen war als etwa hundertsechzig Kilometer zu beiden Seiten. Dicht vor der Küste im Süden der Fabrik erschien plötzlich das Symbol eines

Unterseeboots mit amerikanischer Flagge. Bewegliche gepunktete Linien gingen von dem U-Boot aus und wiesen auf zwei Landegruppen hin, die sich der Fabrik näherten. Es kam zu einer Verzögerung von einigen Sekunden, die Stunden simulierter Zeit entsprachen. Dann flog die Fabrik in die Luft.

Eine braune Wolke entstand dort, wo sich die Fabrik befunden hatte, breitete sich aus und trieb nach Westen. »Gas«, sagte Homer, obwohl das alle sofort verstanden hatten. Die Darstellung zoomte heraus und zeigte, wie die Wolke nach links über die südliche Küste zog und sich dabei noch weiter ausbreitete, landeinwärts. »Wenn sie das richtige Wetter abwarten, bekommen sie einen Seewind, der das Gas landeinwärts bläst, bis hin zur anderen Küste.« Auf dem Bildschirm verschwand das östliche Drittel der Insel unter einer braunen Wolke.

Während sie ihren Weg nahm, wurde die grüne Landmasse grau. Als sie schließlich übers Meer trieb, hatte sich die Hälfte der Insel grau verfärbt. Ein Bildschirmfenster gab die berechneten Opferzahlen an. Als die Zahlen nicht mehr größer wurden, betrug der Wert um die vier Millionen. Auf dem großen Plasmaschirm hatte der ganze Vorgang nicht mehr als eine Minute gedauert, was dreizehn Stunden in realer Zeit entsprach, wie die Simulationsuhr anzeigte.

Eine kurze Pause folgte und dann erschien eine neue Karte auf dem Schirm, diesmal der Vereinigten Staaten. Der Zoom richtete sich auf die Stadt St. Louis. Die Simulationsuhr in der Ecke lief schneller und zeigte einen Zeitraum von sechsunddreißig Stunden. Die Bevölkerung verließ die Stadt, langsam zuerst, dann immer schneller. Bei Stunde sechsunddreißig erschien eine schwarze Markierung auf der rechten Seite des Schirms und näherte sich schnell der Stadt. Als die Rakete ihr Ziel erreichte, verschwand St. Louis in einem gelben Blitz. Das Bildschirmfenster gab den angerichteten Schaden in Dollar an und die Zahl der Toten mit einigen Hunderttausend.

Ein Laserdrucker summte und druckte das Ergebnis der Simulation aus.

»Zum Glück sind es keine tatsächlichen Ereignisse«, sagte Homer.

Edward sah sich die Zahlen im Bildschirmfenster an. »Eigentlich ist die Reaktion recht moderat«, sagte er. »Nur ein Ziel und die Zahl der Opfer bleibt überschaubar, weil Gloria Verde eine Vorwarnung gegeben hat. Außerdem wird nur das Zentrum dieser einen Stadt zerstört. Ich frage mich, was die Kubaner ausgerechnet gegen St. Louis haben.«

»Die Mitte des Landes«, sagte Homer. »Bei Los Angeles oder Atlanta hätten wir vielleicht vermutet, dass ihre Reichweite auf die Küsten beschränkt ist. Dies beweist, dass sie überall zuschlagen können.«

»Da hast du vermutlich recht. Trotzdem wundert mich die Zurückhaltung beim Vergeltungsschlag. Es ist kaum mehr als eine leichte Verwarnung im Vergleich zu dem, was wir mit ihnen gemacht haben. Es scheint, sie wollten ohne große Eskalation mit uns abrechnen.«

»Keine allzu große Sache«, sagte Loren. »Gloria Verde zieht nicht alle Register. Aber wir schon. Unsere Reaktion auf die Vernichtung von St. Louis ist alles andere als moderat. Wir schicken Raketen nach Havanna und zu anderen Zielen, die uns schon seit einer ganzen Weile ein Dorn im Auge sind. Woraufhin Gloria Verde die übrigen fünf Raketen in ihrem Besitz startet. Woraufhin wir …« Er versuchte sich vorzustellen, welches Inferno die Regierung nach insgesamt sechs zerstörten amerikanischen Städten entfesseln würde.

Alle blickten wieder auf den großen Bildschirm und schließlich sagte Sonia leise: »Bitte lass es verschwinden, Kelly.« Sie deutete auf die Karte mit den Anzeigen der Toten und der Schäden. Kelly gab einen Befehl ein und der Schirm wurde dunkel. Sonia betrachtete ihn noch etwas länger. Zwar war der Plasmaschirm jetzt leer, aber sie empfand seine Leere nicht als beruhigend. Sie schloss die Augen.

*

Edward klopfte mit einem Stift an den Rand der Konsole. »Gehirn wieder auf ›Ein‹, Leute. Dies ist nicht der geeignete Zeitpunkt, sich hängen zu lassen. Es wartet viel Denkarbeit auf uns.«

Er sah die anderen nacheinander an. Loren ahnte, was jetzt kam, und er fühlte einen Moment der Panik. »Wir wissen jetzt, warum uns Homer hierher brachte, damit wir das kubanische Szenario sehen«, fuhr Edward fort. »Bei dieser Sache sitzen wir in einem Boot.« Er deutete zum Bildschirm. »Wenn uns diese Vollidioten an den Rand des Kriegs bringen … was machen wir dann? Wir haben eine Möglichkeit, die zuvor nicht bestand. Wir können eingreifen. Wir müssen entscheiden, unter welchen Umständen wir eingreifen sollen. Wir müssen darüber reden, wann wir den Dauerhaften Effektor einschalten.«

Alle schnappten nach Luft.

Die Blicke richteten sich auf Homer. Seit langer Zeit sahen sie zu ihm als Chef auf und schlugen die Richtung ein, in die er wies. Er konnte diese scheußliche Angelegenheit mit dem Hinweis beenden, dass es nie dazu kommen würde, dass ein Einschalten des Effektors undenkbar war, für immer und ewig, wie auch immer die Umstände beschaffen sein mochten. Aber solche Worte sprach er nicht. Stattdessen sagte er: »Wenn wir ihn einmal eingeschaltet haben, können wir ihn nie wieder ausschalten. Nie. Das muss uns klar sein. Denn die Waffen wären noch immer da. Und sie könnten noch immer eingesetzt werden, sobald der Effekt aufhört.«

Kelly stöhnte leise.

»Bevor wir auch nur daran denken, eine Entscheidung zu treffen, müssen einige Details geklärt werden«, sagte Edward. »Die amerikanische Guantánamo-Basis, Homer. Die Wolke würde sie erreichen, über sie hinwegstreichen. Wollen die Planer dieses Irrsinns tatsächlich die Basis und das gesamte dortige Personal opfern?«

»Darauf läuft es hinaus, meint Albert. Die Basis ist unser Bauernopfer. Sie soll der ganzen Geschichte Glaubwürdigkeit verleihen. Wir können behaupten, dass die Sache mit dem Nervengas der kubanischen Fabrik ein Unfall war, dass wir ebenso Opfer sind wie die Kubaner. Aber wie Loren schon sagte: Die Kubaner durchschauen das natürlich. Das Timing, das perfekte Timing mit dem richtigen Wind, die verheerende Wirkung auf die ganze Insel … Niemand kann so etwas für einen Zufall halten. Aber die falsche Geschichte soll auch nur den Leuten daheim Sand in die Augen streuen.«

»Nicht so schnell, Homer. Hier kommt es auf die Verpackung an. Vielleicht gibt es eine Möglichkeit, die Geschichte so clever zu präsentieren, dass die Kubaner sie akzeptieren können, ohne das Gesicht zu verlieren. Angenommen, es gelänge tatsächlich, die Explosion der Fabrik einigermaßen glaubhaft als einen Unfall darzustellen, an dem die Kubaner selbst schuld sind. Dann könnte Gloria Verde nicht reagieren. Oder sie könnten auf eine Reaktion verzichten. Wir müssen annehmen, dass Washington einen Weg gefunden hat, ausreichend Zweifel zu säen. Dann wäre der Plan nicht so schrecklich, wie er zunächst erscheinen mag.«

»Vier Millionen Tote, Edward! Was könnte schrecklicher sein?«

»In ethischer Hinsicht bliebe es natürlich schrecklich, Kelly, aber nicht unbedingt in strategischer. Eine Vergeltung bliebe vielleicht aus. Es ist wichtig, dass wir das verstehen, denn unsere eigene Alternative sieht kaum besser aus.«

Kelly nickte kummervoll. Die Blicke richteten sich erneut auf Edward, der in diesem Moment die Regie übernommen hatte.

»Die Aktion der kubanischen Stellvertreter gegen St. Louis erscheint vertraut. Hatten wir nicht schon eine ähnliche Simulation? Im Winter?«

»Ja«, bestätigte Loren. »Im Februar. Die Ähnlichkeit der Ergebnisse ist mir ebenfalls aufgefallen. Bei jener Gelegenheit nannte Simula-7 kein genaues Ziel. Es war nur die Rede von einer Stadt im Mittelwesten.«

»Welcher Input hat ein solches Ergebnis hervorgerufen? Ich kann mir kaum vorstellen, dass wir etwas so Hirnrissiges eingegeben haben.«

»Unsere Hypothese ging davon aus, dass eine Gruppe Exilkubaner die Insel angreifen und es nach einer amerikanischen Aktion aussehen lassen könnte. Die Absicht der Angreifer: Sie wollen eine kubanische Reaktion provozieren, die die US-Regierung nicht ignorieren kann.«

»Wir sollten uns noch einmal die ganze entsprechende Simulationsserie ansehen. Bei manchen Szenarien kam es zu einem Patt, wenn ich mich richtig erinnere. Vielleicht geht aus den Simulationen hervor, in welchen Kontext man alles packen müsste, damit eine Eskalation ausbleibt. Da fällt mir ein: Hat das Pentagon Kopien der Februar-Serien bekommen?«

»Ja«, sagte Homer. »Wahrscheinlich sind sie direkt im Shredder gelandet, wie auch die anderen Szenarien.«

»Trotzdem sollten wir über Tomkis' Kontakte eine stille Nachfrage durchführen, um herauszufinden, wer im Pentagon die Februar-Ergebnisse gesehen hat und welche Wirkung sie hervorgerufen haben. Das hilft uns vielleicht dabei, die Denkweise dieser Leute besser zu verstehen. Wenn man in diesem Zusammenhang überhaupt von ›Denken‹ sprechen kann.

Homer, du musst mit dem Präsidenten reden, sobald er aus Wien zurück ist. Wenn du es schaffst, zu ihm zu gelangen … Sag ihm klipp und klar, dass Shield nicht einsatzbereit ist. Erkläre ihm, was geschehen wird, wenn er grünes Licht für diese kubanische Initiative gibt. Es bedeutet, dass du auf dem Rückweg von Fort Lauderdale in Washington Zwischenstation machst. Tomkis muss alle Strippen ziehen, die er ziehen kann, um dir ein Gespräch mit dem Präsidenten zu ermöglichen. Damit bleibt uns nur noch der heutige Abend, um das Material zusammenzustellen, das Homer braucht. Wir müssen uns überlegen, wie sie diese Geschichte verpacken wollen, und anschließend lassen wir Simulationen laufen, die zeigen, wie schlecht die Verpackung ist und welche katastrophalen Folgen sich ergeben werden. An Arbeit mangelt es uns gewiss nicht.«

Homer sah Edward an. »Sag uns, was wir tun sollen, Edward. Teil die Arbeit ein.«

*

Um drei Uhr nachts hatten sie bei den Simulationen verschiedene Variationen des Plans ausprobiert und alle führten zum gleichen Ergebnis. Sie zerbrachen sich den Kopf darüber, wie die Regierung den Angriff der internationalen Gemeinschaft präsentieren könnte, ohne dass man sofort den USA die Schuld gab. Doch Simula-7 fiel auf nichts davon herein. Und Simula-7 machte deutlich, dass auch die Kubaner nicht darauf hereinfielen. Die tiefer liegenden Fakten waren so drastisch, dass sie nicht einfach wegerklärt werden konnte. Bei vier Millionen Toten konnten keine noch so guten Public Relations eine Reaktion verhindern.

Beim Essen gegen Mitternacht fachte Edward die Diskussion neu an. »Ich schlage vor, dass wir für den Rest der Nacht in einen anderen Gang schalten. Lasst uns zwei Gruppen bilden, von denen eine mit Variationen des Szenarios weiterarbeitet. Homer, du solltest mit Loren und Albert daran arbeiten.« Tomkis war wach daheim in Georgetown und hatte per Telefon an ihren Strategiebesprechungen teilgenommen.

»Okay, Chef«, sagte Homer.

»Wir anderen …« Edward sah Sonia und Kelly an. »… öffnen die Büchse der Pandora oder denken zumindest daran.«

Die beiden jungen Frauen starrten auf ihre Teller.

»Sonia …« Er wartete, bis sie aufsah. »Programmiere eine Simulation, die von einem weltweiten Layton-Effekt ausgeht. Transport und Industrie werden zum Stillstand kommen, auf Dauer. Können die Menschen überleben? Wie viele? Mit wie vielen Opfern wäre zu rechnen? Wie kommen die einzelnen Teile der Bevölkerung zurecht? Kelly kann dir dabei helfen, an die notwendigen Informationen zu gelangen, wie zum Beispiel Bevölkerungsdichte, Lebensmittelkonsum, Getreidevorräte und so weiter. Der größte Teil dieser Daten müsste übers Internet zugänglich sein. Oder man kann sie in den Fachbüchern nachschlagen, die uns hier zur Verfügung stehen. Es muss nicht alles supergenau sein. Ich berechne unterdessen die Auswirkungen von zehn Atomexplosionen. Wenn diese Sache beginnt, gibt es kaum weniger, und bei viel mehr erübrigt sich die Rechnerei. Daraus sollte sich eine Basis ergeben, um die Frage zu beantworten, ob und wann wir eingreifen sollen. Überleben mehr Menschen auf einer Erde, die zehn nukleare Explosionen hinnehmen musste, oder auf einer, auf der es durch den Layton-Effekt zu keinen Explosionen kommen kann, die aber den größten Teil der Technologie des Industriezeitalters verloren hat?«

Die kleine Küche, in der sie sich befanden, war so normal und so voller normaler Objekte und Geräusche, als wollte sie die schreckliche Logik der vergangenen Stunden Lügen strafen. Dies war der Realität und der Rest nichts weiter als grässliche Spekulation. Das offene Mayonnaise-Glas auf dem Tisch war real, ebenso das Geschirr in der Spüle. Die grässliche Spekulation hingegen war vielleicht nur das, Spekulation. Es fühlte sich beruhigend an, hier zu sitzen, umgeben von der vertrauten, unveränderlichen Welt. Dann schaltete der Kühlschrank auf der anderen Seite der Küche plötzlich den Kompressor ab und eine seltsame Stille breitete sich aus. Loren unterdrückte ein Schaudern.

Homer räusperte sich und brach das Schweigen. Er sprach langsam, sah die anderen dabei der Reihe nach an. »Bisher haben wir uns darauf beschränkt, Rätsel zu lösen und Geheimnisse zu lüften«, sagte er. »Das war unsere Arbeit. Wir haben an die Decke gestarrt und uns gefragt, was mit Elektronen passierte oder warum ein Computerprogramm nicht richtig läuft. Es gab nie ein menschliches Problem, abgesehen vielleicht von der Frage, warum wir so gut miteinander zurechtkamen, oder auch nicht. Aber mit moralischen oder ethischen Problemen sind wir nie konfrontiert worden. Jetzt sieht die Sache anders aus. Was bisher gewesen ist, fühlt sich für mich leicht an, und schwer das, was uns bevorsteht. Physik ist leicht und Ethik schwer. Aber ich fühle auch: Ihr vier, die ich sehr zu schätzen gelernt habe, seid genau die vier Personen, die ich mir für diese harte Arbeit wünsche.« Er ergriff Edwards Hand auf der einen Seite des Tischs und Kellys auf der anderen. Sonia und Loren vervollständigten den Kreis. »Es ist möglich, dass wir heute oder an einem der kommenden Tage eine Entscheidung in Hinsicht auf den Effektor treffen müssen«, fuhr Homer fort. »Wenn das passiert, müssen wir gemeinsam entscheiden. Es gibt fünf Stimmen und die Entscheidung muss einstimmig sein. Wir handeln alle zusammen oder gar nicht.«

Niemand hatte dem etwas hinzuzufügen. Sie aßen den Rest ihrer Sandwiches, räumten auf und machten sich wieder an die Arbeit.

*

Kelly las für Sonia Zahlen ihres Browsers vor und Sonia gab sie über die Tastatur ein. Kellys Gesicht war aschfahl und Sonia schien wütend zu sein, als sie schrieb. Loren ging zu ihr.

»Ich bin Wissenschaftlerin, Loren, keine verdammte Leichenbestatterin.« Sie schrieb weiter. »Nichts hat mich jemals auf so etwas vorbereitet. Sieh dir dies an! Sieh es dir an!«

Der Schirm zeigte die Opferzahlen und sie wurden umso größer, je mehr Daten Sonia eingab.

»Ich stecke bis zu den Ellenbogen in Toten. Je länger wir darüber nachdenken, desto mehr Tote können wir voraussagen. Man nehme nur Menschen an Bord von Schiffen. Kelly schätzt, dass sich zu jedem beliebigen Zeitpunkt etwa fünfzigtausend Menschen an Bord von Schiffen befinden. Was geschieht mit ihnen? Sie treiben auf den Meeren und verdursten schließlich. Oder abgelegene Siedlungen, die von Lebensmittel- und Trinkwasserlieferungen abhängen. Oder Diabetiker, die Arzneien brauchen, die plötzlich nicht mehr vorrätig sind. Oder Leute, die …«

Edward hatte sich genähert, trat an Loren vorbei und legte Sonia die Hand auf die Schulter. »Wir müssen dies ganz nüchtern sehen, Sonia«, sagte er. »Wir müssen es so sehen wie eine mathematische Übung. Niemand von uns will den Effektor an einem hübschen Dienstag einschalten und die Welt ins Chaos stürzen. Wir schalten ihn nur ein, wenn bereits Raketen unterwegs sind. Wir schalten ihn ein, um Millionen von Menschen zu retten, vermutlich zig Millionen, deren Tod von den Schwachköpfen einkalkuliert wird, die für die Raketen verantwortlich sind. Rechne weiter, Sonia. Rechne alles sorgfältig aus, damit wir wissen, wie es zu handeln gilt, um jene Menschen zu retten.«

*

Homer schlief mit dem Kopf auf der Konsole. Lorens Gedanken kehrten zu dem kleinen Ort Alba de Tormes in der Nähe von Salamanca zurück, wo er aufgewachsen war. Damals hatte er sich praktisch ständig mit Fragen von Leben und Tod und der Ethik von persönlichen Entscheidungen beschäftigen müssen. Während andere in seinem Alter ihre freie Zeit Spiel und Sport gewidmet hatten, waren die Martine-Kinder, kaum den Kindesschuhen entwachsen, von ihrem Onkel Tómas zum örtlichen Sanitätsdienst verpflichtet worden. Das Sanitätskorps war Tómas' große Leidenschaft gewesen.

Als Zwölfjähriger hatte Loren gelernt, wie man eine Herz-Lungen-Wiederbelebung vornahm und Sauerstoff verabreichte. In seinem Zimmer hingen Poster, die die Behandlung unterschiedlicher Verletzungen zeigten, Erste Hilfe bei Brandwunden und das Anlegen von Schienen bei Knochenbrüchen. Im Alter von vierzehn Jahren machte er die erste Fahrt. Seine Schwester Sierpa saß am Steuer (Loren war zu jung für den Führerschein) und rief ihm aufmunternde Worte zu, während er bei einer alten Frau mit Herzstillstand Herzmassage und Beatmung praktizierte. Bei der Rückfahrt rief man sie zu einem Autounfall mit mehreren Opfern.

Tómas sorgte dafür, dass die acht Kinder seiner verstorbenen Schwester eine volle Notfallsanitäter-Ausbildung bekamen. Der Unterricht begann immer mit dem gleichen Satz: »Was auch geschieht, wendet euch nicht ab.« Ganz gleich, wie scheußlich die Verletzungen, sagte er, wendet nicht den Blick ab, denn es würde bedeuten, dass ihr nicht mehr helfen könnt. Er beschrieb die grausigsten Unfallopfer: abgeschrammte Gesichter, aus den Höhlen hängende Augen, spritzende Arterien ... Loren hatte sogar ein Buch mit schrecklichen Unfallfotos bekommen. Seine älteren Schwestern und Tómas saßen im Kreis um ihn, als er vor dem Buch kniete, seinem Unfallopfer. »Wende dich nicht ab«, sagte sie. »Wende dich nicht ab. Was machst du, Loren? Was kommt zuerst? Wie hilfst du dem Mann? Wende dich nicht ab!« Nach und nach war es ihm damals gelungen, Furcht und Abscheu zu überwinden. Nach dem ersten Einsatz mit Sierpa war er nach Hause zurückgekehrt, seine Kleidung voller Blut. Tómas hatte ihn an der Tür mit einer Umarmung in Empfang genommen und die anderen hatten ihm gratuliert.

Loren und seine jüngere Schwester Chlotide waren mit dem Bus nach Burgos gefahren, um dort die Notfallsanitäter-Prüfung abzulegen. Zuerst kam die schriftliche Prüfung und dann, als Team, die praktische. Maximal waren 400 Punkte zu erreichen. Am Ende der praktischen Prüfung hatten sie noch nicht einen Punkt verloren. Bei der schriftlichen Prüfung erreichten sie beide maximale Punktzahl und das galt auch für die sechs einzelnen Teile der praktischen Prüfung. Die mündliche Prüfung zum Abschluss konnte noch einmal hundert Punkte bringen. Loren und Chlotide beantworteten die Fragen, die ihnen zwei Prüfer stellten.

Schließlich, bei 398 Punkten, schüttelte der ältere Prüfer den Kopf und staunte über die beiden jungen Leute, die alles zu wissen schienen. Er lächelte und meinte, nie zuvor hätte jemand so gute Leistungen gezeigt. Die letzte Frage, sagte er, sei die einfachste von allen und gab den Prüflingen Gelegenheit zu einem guten Abschluss. »Bitte sagen Sie: Wie lautet das Motto der Notfallsanitäter?«

»Wende dich nie ab«, antworteten Loren und Chlotide.

»Wie bitte?« Der Prüfer wirkte verwirrt.

»Man wende nie den Blick ab«, sagte Loren. »Denn dann kann man nicht mehr helfen. Man muss auf alles gefasst sein …«

»Ja«, sagte der Prüfer. »Das stimmt natürlich. Aber es ist nicht unser Motto.«

»Nicht?«, fragte Chlotide überrascht.

»Nein. Ich kann kaum glauben, dass Sie die letzte und leichteste Frage dieser Prüfung falsch beantwortet haben. Obwohl sich die Antwort direkt vor Ihnen befindet.« Der Prüfer deutete auf das verzierte Emblem an der Wand hinter ihm. Es zeigte die vertraute Schlange, seit vielen Jahrhunderten das hippokratische Symbol aller Mediziner. Das Motto stand am Rand des Emblems. Loren und Chlotide lasen es zum ersten Mal. Es lautete: »Keinen Schaden anrichten.«

»Oh«, sagten sie.

Loren betrat Homers Arbeitszimmer und nahm neben Andronescus Maser-Generator Platz, dem ersten funktionierenden Effektor der Welt. Keinen Schaden anrichten, dachte er. Richte keinen Schaden an, aber wende dich nie von dem ab, was zu tun ist. Was bedeutete das jetzt für sie? Wäre es tapfer und verantwortungsvoll gewesen, den Effektor nicht einzuschalten? Oder wäre das auf ein Abwenden hinausgelaufen?

*

Am Vormittag hatte Edward seine Entdeckungen mit denen von Kelly und Sonia kombiniert. Sie kamen am großen Schirm zusammen, um sich seine Einschätzung der Situation anzuhören.

»Die anfänglichen Konsequenzen des Layton-Effekts auf die Welt wären schrecklich«, sagte Edward. »Aber nicht annähernd so schrecklich wie die Alternative. Wir müssen von einer sehr schlimmen Periode während der ersten Monate ausgehen. Besonders schwer betroffen sind die

Städte, da sie stark von der Transportinfrastruktur abhängen. Transport ist der Schlüssel. Die Möglichkeit einer Gesellschaft, ihre Ressourcen zu bewegen, wird ihre Überlebensfähigkeit bestimmen. Nun, dies klingt seltsam, wenn man es zum ersten Mal hört, aber wir sind davon überzeugt, dass es stimmt: Selbst ohne Flugzeuge, Lastwagen und Autos, und fast ohne Pferde in der entwickelten Welt, gibt es trotzdem noch reichlich Transportkapazität, mehr als genug, um die Bevölkerung zu versorgen. Die Kapazität liegt bei den Menschen. Sonia hat berechnet, wie viel Energie nötig ist, um Lebensmittel für einen Tag von ihrer Quelle zum durchschnittlichen Konsumenten zu bringen. Es ist viel, aber doch nur ein Bruchteil der Energie, die ein Mensch mit acht Stunden Arbeit pro Tag liefern kann.«

»Man muss sich die Gesellschaft als eine Art kontinentale Eimerkette vorstellen«, erklärte Sonia. »Wenn sich so etwas bewerkstelligen lässt, ist die Kapazität enorm. Die Verteilung von Lebensmitteln nimmt nur ein Zwölftel dieser Kapazität in Anspruch. Zu Anfang muss die ganze Sache also nicht unbedingt supereffizient sein. Das ist wichtig, denn zu Anfang wird es natürlich kaum Effizienz geben. Wenn es zu Beginn auch nur ein bisschen funktioniert, dürfte es die Menschen anspornen, daran mitzuwirken und es effizienter zu machen. Schließlich genügt ein Zwölftel der arbeitenden Bevölkerung für die Verteilung der Grundnahrungsmittel selbst bis in die abgelegenen Regionen der Vereinigten Staaten. Diese Annahme geht von einer nichttechnischen Lösung aus, von Menschen, die Karren mit der Kraft ihres Körpers ziehen. Aber es gibt Technik, die nach der Übergangsperiode helfen kann: Segel, von Dampfmaschinen angetriebene Züge und hydroelektrische Energie, wo entsprechende Quellen zur Verfügung stehen. Die unterentwickelte Welt hat es dabei viel leichter. Kelly kann euch die Zahlen für Afrika nennen.«

»Ja. In der Übergangsphase steht Afrika gar nicht so schlecht da. Ich meine, es wird dort schlimm sein, aber nicht viel schlimmer als jetzt, und das ist schon schlimm genug.« Kelly schüttelte den Kopf. »Für den durchschnittlichen Afrikaner sind die Aussichten, das Jahr zu überleben, bereits so schlecht, dass er oder sie den von uns bewirkten Unterschied kaum bemerkt.« Sie blätterte in ihren Unterlagen. »Wir haben uns auch Gedanken über einige andere Dinge gemacht. Für nichtmenschliche Spezies ist der Layton-Effekt ein Segen, insbesondere im Vergleich zu einem auch sehr begrenzten Einsatz von Atomwaffen. Aus einem Bericht der Physicians for Social Responsibility, der Ärzte für soziale Verantwortung, geht hervor, dass im ersten Jahr nach einem begrenzten atomaren Konflikt fünfundzwanzig Prozent aller Spezies aussterben. Durch den Layton-Effekt hingegen stirbt nicht eine einzige aus. Äh, was sonst noch? Insel-Ökonomien wie die Philippinen: Wir glauben ...«

Als es nichts mehr zu sagen gab, bat Homer um eine Abstimmung: »Wir müssen nun die erste schwere Entscheidung treffen, meine Freunde. Die Frage lautet: Sollen wir einen Dauerhaften Effektor bauen und ihn bereithalten?« Er hob die Hand. »Ich stimme mit Ja.«

Loren hob sofort die Hand – wende dich nie ab. Kelly und Edward hoben sie ebenfalls. Sonia sah die anderen an und nickte. Sie war blass. Homer bat Loren und Edward, den Apparat zu bauen und rechtzeitig für die Reise nach Florida fertigzustellen. Der Flug ging am Nachmittag. »Oh, und noch etwas: Probiert ihn nicht aus«, fügte Homer hinzu. Loren und Ed nickten ernst.

Homer stand auf. »Albert glaubt, dass sie innerhalb einer Woche loslegen wollen. Eine Woche von jetzt an. Ob wir entscheiden, den Effektor einzuschalten oder nicht – in einer guten Woche könnten wir alle tot sein.« Er zuckte die Schultern. »Wer an den Tod denkt, der denkt auch ans Leben. Diese Wirkung hat es zumindest auf mich. Wenn ich bald tot sein könnte, muss ich den Rest Leben, der mir noch bleibt, gut nutzen. Was bedeutet, dass ich noch heute Morgen etwas tun werde, mit dem ich zu lange gewartet habe.« Er nahm Regenmantel und Hut und ging nach draußen.

*

Loren und Sonia kehrten über die Brücke zum Cottage zurück. Sonia sprach nur einen Satz. Sie sagte: »Ich fühle mich wie ein Zombie.« Loren hatte nur eine vage Vorstellung davon, was dieses Wort bedeutete, aber Sonias Stimmung war klar genug. Sie bewegten sich fast wie in Trance, schlossen die Tür ab, stellten den Wecker und legten sich aufs Bett, um vor dem Flug nach Florida einige Stunden zu schlafen.

Loren nahm Sonia in die Arme. »Was hat Homer gemeint, als er sagte, er wolle den ›Rest des Lebens‹ gut nutzen? Weißt du von ihm und Dr. Sawyer?«

»Oh, bitte, sag nicht mehr.«

»Aber, Sonia, auch wir könnten bald tot sein …« Ihr Gesicht blieb ausdruckslos, doch Tränen zeigten sich in ihren Augen. Loren legte ihr den Finger auf die Wange, um die erste Träne abzufangen. »Du denkst an den Tod anderer Menschen, Sonia, aber nicht an den eigenen. Es ist das Gewicht all jener Leben, das du fühlst.«

»Nein«, erwiderte sie. »Das ist es nicht. Ich bin einfach nur schrecklich unglücklich.«

Sie schmiegte sich an ihn, mit dem Gesicht in seiner Halsbeuge, und in dieser Position weinte sie sich in den Schlaf.

12

Warten beim Nordwestwind

Eine lange Kolonne aus Taxis hielt unter der verzierten, aus Glas und Eisen bestehenden Markise von Fort Lauderdales Grand Marina Hotel. In den ersten beiden Taxis saßen die Mitglieder von Homers Gruppe und das dritte beförderte ihr Gepäck, hauptsächlich das von Claymore, bestehend aus einem halben Dutzend Koffern, zwei Reisetaschen und einem Überseekoffer. Für vier Tage schien es übertrieben zu sein, aber so war das eben mit Claymore.

Senator Hopkins, seine Familie und Williams kamen direkt dahinter und es folgten Taxis mit hohen Tieren der Cornell-Fakultät und von Day Hall. Die ganze Gruppe residierte im selben Stock. Der Senator hatte beschlossen, so viel Aufhebens wie möglich zu machen – je mehr gute Publicity für Cornell, desto besser, fand er. Zu diesem Zweck hatte er die Presse benachrichtigt. Es würde eine ausführliche Berichterstattung darüber geben, wie Homer den Applaus der »Serious Intellectual Community« entgegennahm, die überwiegend aus Cornellianern bestand.

Da er für viele hochrangige Repräsentanten von Fakultät und Verwaltung die Rechnung bezahlte, hatte Senator Hopkins entschieden, sie wenigstens einen Morgen arbeiten zu lassen. Sie würden sich alle versammeln und gemeinsam überlegen, wie Cornells Größe auch für die nächsten hundert Jahre bewahrt werden konnte. Historiker sollten die Zusammenkunft später für einen Meilenstein vorausschauender strategischer Planung halten: die Fort-Lauderdale-Vereinbarung, oder wie auch immer. Hopkins stellte sich vor, wie man sich an diesen denkwürdigen Tag erinnern würde: »Wenn es ein einzelnes Ereignis gibt, von dem man sagen kann, dass es maßgeblichen Einfluss auf den Verlauf des einundzwanzigsten Jahrhunderts genommen hat, so war es zweifellos das von Senator Hopkins einberufene Treffen der Serious Intellectual Community in Fort Lauderdale, Florida, das zur historischen Fort-Lauderdale-Vereinbarung führte.« Oder etwas in der Art. Woraus die Vereinbarung bestehen sollte, wusste er nicht; die Ausarbeitung blieb seinem Brain-Trust überlassen. Am nächsten Morgen würden alle da sein: der Universitätsrektor, der Provost, drei Dekane, der Proctor und vier Fachbereichsleiter. Hopkins plante, auch Homer und seine gescheiten Assistenten zu rekrutieren, denn immerhin standen sie alle auf Cornells Lohnliste. Mit solchen Köpfen sollte es ihm nicht weiter schwer fallen, dem einundzwanzigsten Jahrhundert seinen Stempel aufzudrücken.

*

Loren betrat die Lobby und folgte Kellys kleinem Bruder Curtis. Das Gebäude kam einem Palast gleich. Der große Eingangsbereich ragte mehrere Stockwerke weit auf, bis zu einer gläsernen Kuppel, unter der Bäume wuchsen und Springbrunnen plätscherten. Überall standen Vasen mit frischen Blumen. Loren merkte, dass er wie ein spanischer Bauerntölpel gaffte, *un paleto*. Teppiche und Wände präsentierten dezente Farben. Loren spürte bereits, wie der üppige Luxus des Hotels auf ihn zu wirken begann.

Als er den Blick senkte, stellte er fest, dass Albert Tomkis vor ihm stand.

Zur Abwechslung wirkte Albert einmal nicht besorgt. Er wirkte krank. Loren hatte gerade erst den Ausdruck »grün um die Nase« kennengelernt und fand, dass er recht gut auf Albert Tomkis passte.

»Ist Homer hier? Ich muss mit ihm reden.«

»Ja. Direkt hinter mir.« Loren deutete zum Eingang zurück, wo Homer von der Hotelmanagerin und ihren Mitarbeitern begrüßt wurde.

»Ich muss mit Ihnen allen reden. Lieber Himmel.«

Er hatte die Hand an Lorens Jacke, griff fast zu wie ein Ertrinkender, der sich an etwas festhalten wollte. »Lieber Himmel«, sagte er noch einmal.

Es kann nicht auf diese Weise geschehen, dachte Loren. So ist es zu offensichtlich. Dies kann es nicht sein. Albert verhielt sich, als wäre der Angriff auf die kubanische Nervengasfabrik bereits eine vollendete Tatsache. Loren wandte sich von Tomkis ab, richtete seine Aufmerksamkeit nach außen und versuchte, zu dem Wohlbefinden zurückzufinden, das ihm das Hotel gerade eben geschenkt hatte. Doch die angenehmen Farben der Lobby schienen sich plötzlich in ödes Grau zu verwandeln. Vorsichtig löste er Alberts Hand von seinem Jackenaufschlag.

Tomkis ging unruhig auf und ab, während die Leute vom Hotel großen Wirbel um den Ehrengast machten. Homer empfing einen Preis für sein Buch über jahrelange Forschung, die in den achtziger Jahren zur Entdeckung der Dunklen Materie geführt hatte. Es war fraglich, ob das Hotelpersonal den Unterschied zwischen gewöhnlicher leuchtender und der Dunklen Materie kannte und auch nur annähernd verstand. Dafür verstand es dies umso besser: 150 Zimmer gingen an Akademiker und ihre Gäste. Hinzu kamen gut 200 Abendessen zu jeweils 52,50 $ und eine offene Bar zum Preis von 1900 $ pro Stunde. Homer war per definitionem ein wichtiger Mann und wurde entsprechend behandelt.

Schließlich führte die Managerin ihren Gast und seine Gruppe zum Lift, der Homer zu seiner Suite im obersten Stock bringen sollte. Die anderen bekamen Zimmer in derselben Etage. Das Einchecken war bereits erledigt. Fast eine halbe Stunde verging, bevor die Leute vom Hotel Homer und die anderen endlich in Ruhe ließen. Tomkis verbrachte diese Zeit mit unruhigem Warten und schien dabei immer nervöser zu werden. Schließlich gelang es ihm, Homer, Edward, Sonia, Kelly und Loren im Wohnzimmer der Suite zusammenzubringen, abseits der anderen. Maria packte in einem der Schlafzimmer die Koffer aus und Claymore befand sich in einem anderen.

»Sie haben es getan«, sagte Tomkis. »Sie haben begonnen. In der vergangenen Nacht hat sich ein U-Boot der kubanischen Küste genähert und eine Landegruppe abgesetzt. Sie sind bereit, die Fabrik in die Luft zu jagen. Es gibt angebliches Beweismaterial für einen geplanten nordkoreanischen Raketenangriff auf Japan und einen Teil davon hat man bereits durchsickern lassen. Es geht los. Kuba, die Reaktion von Gloria Verde, anschließend unser Schlag gegen Kuba, Nordkorea und den Iran, und dann noch mehr.«

»Der Präsident ist noch nicht einmal aus Wien zurück«, sagte Homer.

»Sein Flugzeug ist vor einer Stunde gelandet. Ich habe eine Bestätigung über den StratCom-Kanal bekommen.« Tomkis hatte einen StratCom-Transceiver, der ihm Zugang zum sicheren militärischen Satellitennetzwerk gestattete. »Der Plan hat grünes Licht.«

»Sie wollten doch warten.«

»Ja, aber nicht lange.« Tomkis schien noch grüner um die Nase zu sein.

»Aber die Tatsache, dass sie warten, zeigt doch, dass noch nicht alles in die Wege geleitet ist. Warum sonst warten?« Homer ärgerte sich offenbar darüber, dass Tomkis nicht selbst daran gedacht hatte.

»Es wird nicht mehr gedroht, Homer. Dies ist der Angriff. Dies ist Pearl Harbor nach dem Start der Flugzeuge, aber vor ihrer Ankunft. Sie wollen einen Angriff provozieren, um der Welt zu zeigen, dass wir Shield haben, einen funktionierenden Raketenabwehrschild.«

»Aber warum warten sie dann? Dass sie warten, deutet darauf hin, dass die Sache noch nicht unwiderruflich ist.«

Albert heulte seine Antwort fast. »Sie warten auf den richtigen Wind, Homer. Derzeit weht der Wind wegen eines Wetterwechsels von Nordwesten und das passt nicht in den Plan. Sobald er aus der richtigen Richtung kommt, schlagen sie zu. Die Landegruppe hat nicht einmal Funkgeräte, mit denen sie einen Gegenbefehl empfangen könnte.«

Homer schien unter den vielen Worten zusammenzusacken. Er wandte sich ab und sah aus dem Fenster. Es gewährte Blick auf den Hafen mit all den Booten und Jachten und das Meer jenseits davon. Loren hatte, während Edward sprach, die ganze Zeit über nach draußen geschaut.

Auf der anderen Seite des Zimmers blickte Edward auf den verzierten Holzkasten, den sie von Ithaca mitgenommen hatten. Er hatte einmal einen einfachen Kompass enthalten; jetzt befand sich der erste dauerhafte Effektor der Welt darin. Die geschickte Hand eines unbekannten Künstlers hatte den Kasten mit Schnitzereien geschmückt. Drinnen … Kelly stand neben ihm – sie standen noch alle. Er legte den Arm um sie und Kelly lehnte den Kopf an seine Schulter.

Plötzlich drehte sich Homer um und gestikulierte. »Habt ihr das gewusst?«, fragte er. »Habt ihr gewusst, dass der Nordwestwind immer drei Tage weht? Das ist eine Tatsache. Es sind immer drei Tage. Oder fast immer. Im Ernst. Es gehört zum überlieferten Seefahrerwissen. Früher sind Seefahrer mit rahgetakelten Schiffen die Küste hinuntergesegelt und haben bei Hatteras auf den ersten Tag eines Nordwestwinds gewartet. Denn wenn er begann, wehte er immer für drei Tage und das genügte, um am Kap vorbeizukommen. Das ist wichtig, versteht ihr? Uns bleiben drei Tage, um diesen Wahnsinn zu verhindern. Wir könnten den Schaden in Ordnung bringen, bevor er angerichtet wird. Drei Tage genügen, um ein weiteres U-Boot zu schicken und die Landegruppe abzuholen. ›Nur eine Übung‹, könnten wir den Soldaten sagen. So, jetzt sind wir alle wieder ganz normal und vernünftig. Wir stellen nichts Dummes an. Ich habe das Gefühl, dass wir die Leute zur Vernunft bringen können, bevor der Wind dreht. Es muss uns gelingen, denn die andere Möglichkeit ist zu schrecklich. Wir müssen ihnen begreiflich machen, was auf dem Spiel steht.

Wir beide kehren nach Washington zurück, Albert. Wir sprechen mit dem Präsidenten. Sorgen Sie dafür, dass uns der Außenminister morgen früh zum Präsidenten begleitet. Wir fliegen noch heute Abend nach Washington. Morgen haben Vernunft, Logik, Überzeugungskraft und gesunder Menschenverstand noch eine Chance. Es sind mächtige Werkzeuge. Wir bringen den Präsidenten dazu, uns zuzuhören. Und er wird handeln. Ich glaube, wir werden in der Lage sein, ihn zu überzeugen. Anschließend bringen wir unseren kleinen Holzkasten mit dem schrecklichen Geheimnis darin nach Cornell zurück und verstauen ihn in meinem Arbeitszimmer unter irgendetwas, ohne ihn jemals zu benutzen. Ich glaube, das wird geschehen.«

»Wir wissen nicht einmal, wann der Nordwestwind zu wehen begonnen hat«, sagte Albert, wirkte aber etwas gefasster.

»Nein, das wissen wir nicht. Vielleicht vor zwei Komma neun Tagen. Aber selbst dann ist noch nicht alles verloren. Wir können dem Präsidenten von St. Louis erzählen. Wir können ihn darauf hinweisen, dass Shield nicht funktioniert. Wir können ihm erklären, dass es am besten ist, den Schlag gegen St. Louis hinzunehmen und nicht darauf zu reagieren. Kuba für St. Louis, mit nicht zu vielen Opfern. Wir können ihm klarmachen, dass es kein schlechter Tausch ist. Wir gewinnen Kuba, wenn man in diesem Zusammenhang von ›gewinnen‹ sprechen kann, und die anderen bekommen St. Louis und Texaco. Wir opfern einen Bauern und einen Springer für einen Läufer und eine gute Position. Wir müssen den Präsidenten nur davon überzeugen, auf eine weitere Eskalation zu verzichten.«

»Um neun Uhr heute Abend geht ein Flug zum Washington Reagan Airport«, sagte Kelly. Sie sah sich die Flugverbindungen auf ihrem Smartphone an. »Ich reserviere zwei Plätze für euch.«

Homer nickte. »Ausgezeichnet. Der erste Schritt, um dies in Ordnung zu bringen. Es wird alles gut, bestimmt.«

Er wandte sich wieder an Edward. »Ihr vier bleibt hier. Tut so, als wäre ich noch da. Chandler erwartet von uns, dass wir morgen bei der einen oder anderen Versammlung zugegen sind. Ihr geht hin und sagt, dass ich mich nicht wohl fühle. Verratet nicht, was los ist; zu niemandem ein Wort. Wenn ihr auch nur eine Person ins Vertrauen zieht, könntet ihr es genauso gut hinausposaunen. Niemand wäre imstande, ein solches Geheimnis für sich zu behalten.« Er lächelte sein schiefes Lächeln. »Meine Güte, was für ein Geheimnis!«

»Wir kümmern uns um alles, Homer. Und niemand erfährt etwas.«

»Ich versuche, rechtzeitig zum Dinner morgen Abend um acht zurück zu sein. Vielleicht verpasse ich den Empfang. Sagt Chandler, dass ich meine Rede aufpoliere. Wenn wir einen Flug um vier Uhr nachmittags bekommen, müsste ich es rechtzeitig schaffen. Dann haben wir den ganzen Morgen und einen Teil des Nachmittags in Washington. Wie lange dauert es, die Welt zu retten? Nicht so lange. Denkt daran, dass wir zu zweit sind, Albert und ich. Die Welt ist also ziemlich sicher. Glaube ich.«

»Klar, Homer.«

Homer legte eine Pause ein und blickte auf den Tisch. »Wie dem auch sei … Nimm das hier, Edward.« Er hob seine Aktentasche. »Hier drin sind einige Hinweise, für den Fall, dass wir keinen Erfolg haben.« Er gab Edward die Aktentasche. »Gib gut darauf acht und natürlich auf das dort.« Er deutete auf den Holzkasten. »Aber macht euch keine Sorgen.« Er sah die anderen an und stellte einen Blickkontakt mit jedem von ihnen her, abgesehen von Sonia, die sich halb umgedreht hatte. »Macht euch keine Sorgen«, wiederholte er.

Kurze Zeit später, in seinem Zimmer, legte Edward den Kompasskasten und die Brieftasche auf die Kommode. Er ging zum Fenster, blieb dort eine Weile stehen, kehrte dann zur Aktentasche zurück und öffnete sie. Oben lag ein Hefter, der mehrere Schriftstücke mit Homers klarer Handschrift enthielt. Als Edward ihn hob … Der Rest der Aktentasche war mit Zwanzig-Dollar-Scheinen gefüllt.

*

Kurz nach eins in der Nacht parkte Albert Tomkis seinen dunkelblauen Volvo vor seinem Haus an der P Street in Georgetown. Homer stieg mit einer Umhängetasche aus und sie gingen die Stufen zum schmalen Reihenhaus hoch. Schlüssel klirrten, als Albert nach dem richtigen suchte und ihn ins obere Schloss steckte. Homer wartete müde hinter ihm und freute sich darauf, im vertrauten Gästezimmer des zweiten Stocks unter die Bettdecke zu kriechen.

Albert drehte den Schlüssel halb um und hielt dann verwundert inne. Das oberste Schloss schien gar nicht verriegelt zu sein. Er zuckte die Schultern, schob den Schlüssel ins untere Schloss. Mit einem leisen Klicken öffnete sich die Tür. Albert zögerte, lauschte und spähte ins Haus. Er bemerkte schwaches Licht im Flur und einen huschenden Schatten. Homer hörte, wie er nach Luft schnappte.

»Verdammt, Homer. Laufen Sie!«

Er packte Homer am Arm, zog ihn die Treppe hinunter zum Bürgersteig und von dort aus in Richtung einer Gasse. »Laufen Sie!«

Homer schlief halb. Er wollte nicht laufen. Er wollte ins Bad. Sein einer Schuh war offen.

»Was? Was ist los? Moment mal ...«

»Laufen Sie, Homer!« Albert erreichte die Gasse und zerrte Homer hinter sich her. Vom Bürgersteig kam das Geräusch schneller Schritte. »Laufen Sie, verdammt!«

Durch die Gasse und übers eiserne Tor in den Garten hinter dem Haus. Zum Glück hatte das Tor eine Querstange, auf die Homer den Fuß setzen konnte. Sie wankten über den Rasen. Homer hatte beim Tor den rechten Schuh verloren und spürte deutlich den Boden unterm Strumpf. Der Verfolger hinter ihnen rief etwas, das er nicht verstand. In mehreren Fenstern von Alberts Haus brannte plötzlich Licht und im Garten ging ein Scheinwerfer an. Homer folgte Albert, der zum hinteren Zaun lief, einer fast zwei Meter hohen Konstruktion aus Holz. Dort angelangt beugte sich Albert und formte mit den Händen eine Art Steigbügel. »Hinauf«, sagte er. »Schnell.« Ein zweiter Mann kam über die Treppe hinter dem Haus und lief rufend auf sie zu. Homer setzte den Fuß auf Alberts Hände und fühlte sich nach oben katapultiert. Tomkis kletterte schnaufend über den Zaun, als Homer noch damit beschäftigt war, sich wieder aufzurichten. Ein plötzliches Pochen wies darauf hin, dass der erste Verfolger gegen den Zaun geprallt war, offenbar mit voller Geschwindigkeit. Eine schemenhafte Gestalt erschien oben, rollte über den Zaun und fiel Homer vor die Füße.

Der Mann sah zu ihm auf. »Seien Sie nicht dumm, Tomkis. Sie müssen mit uns kommen.«

»Ich bin Layton«, sagte Homer. Er überlegte nur kurz, bevor er dem Mann ins Gesicht trat. Der Fremde gab einen schmerzerfüllten Schrei von sich und hob die Hände zum Gesicht. Homer wich ein wenig zur Seite, an den Beinen des Mannes vorbei, und trat ihm in den Bauch. Er musste mit dem linken Fuß treten, weil der rechte Schuh fehlte.

Albert stand auf. Er hatte die Brille verloren und entdeckte sie unter seinem Fuß, zerbrochen. »Mist«, brummte er.

Der zweite Mann war plötzlich auf dem Zaun – blondes Haar zeigte sich kurz im Licht. Er sprang, landete neben Tomkis und schlang ihm einen Arm um den Hals. Albert riss überrascht die Augen auf.

Der Blonde drückte ihn an den Zaun. Er stemmte sich gegen ihn, kehrte Homer den Rücken zu. Ich bin ein Mann der Wissenschaft, dachte Homer. Ich bin weder Polizist noch Abenteurer. Fast siebzig Jahre hab ich auf dem Buckel und muss dringend pinkeln. Wer könnte mir einen Vorwurf machen, wenn ich einfach aufgebe? Diese Gedanken gingen ihm durch den Kopf, als er vortrat, von hinten zwischen die Beine des Blonden griff, seinen Hodensack packte, zudrückte und gleichzeitig zog. Der Mann schrie auf und krümmte sich zusammen, wobei sein blasses, verblüfftes Gesicht an Homers Brust vorbeikam. Homer hob das linke Knie und traf die Nase, die mit einem Knirschen brach. Mit einem Ächzen sank der Blonde auf den anderen Mann, der bäuchlings auf dem Boden lag. Homer nahm Alberts Arm und führte ihn durch eine Laube, über einen niedrigen Eisenzaun und auf die Wisconsin Avenue.

13

Den Hals retten

Von ihrem Zimmer im Four Seasons Hotel in Georgetown riefen Homer und Albert das State Department an. Alberts Plan bestand darin, dem Außenminister eine Nachricht zu übermitteln, die ihn zu einem Rückruf veranlasste. Dann wollte er mit ihm ein Treffen im Weißen Haus vereinbaren. Der Minister konnte ihnen Zugang zum Präsidenten verschaffen. Der beste Weg, ihm eine Nachricht zukommen zu lassen, erklärte Albert, führte über Tracy Laxalt, eine junge Frau, die sich im State Department um den Bereich Karibik kümmerte. Da man seine Stimme vermutlich erkannt hätte, hielt Albert es für besser, wenn Homer den Anruf übernahm.

»State Department, Telefonzentrale. Guten Morgen.«

»Ja, guten Morgen. Ms. Laxalt bitte, die Sekretärin des Staatssekretärs für karibische Angelegenheiten.«

»Ja, Sir.« Es klickte.

»State Department, Telefonzentrale. Guten Morgen.«

»Äh, ja. Ich … guten Morgen. Ms. Laxalt bitte.«

»Ja, Sir.« Klick, klick.«

»Hallo?«

»Ms. Laxalt?«

»Nein, hier ist die Telefonzentrale. Habe ich nicht gerade mit Ihnen gesprochen?«

»Ich denke schon. Ich versuche, Ms. Laxalt zu erreichen.«

»Wahrscheinlich hat sie gerade viel zu tun. Man kann wohl kaum von ihr erwarten, dass sie selbst an ihr Telefon geht. Ich verbinde sie mit ihrer Sekretärin.«

»Oh, danke.«

Klick. Klick.

»Hier Anschluss Miss Laxalt.«

»Ja, ich würde gern mit Miss Laxalt sprechen.«

»Tut mir leid, Sir. Miss Laxalt ist derzeit nicht an ihrem Platz. Hier spricht ihre Sekretärin.«

»Sie sind die Sekretärin der Sekretärin des Staatssekretärs?«

»Ja, Sir.«

»Wann kann ich Miss Laxalt erreichen? Es geht um eine wichtige Angelegenheit.«

»Sie ist nicht an ihrem Platz. Das sagen wir, wenn jemand nicht an seinem Platz ist. Damit wir nicht sagen müssen, ob jemand gerade zur Toilette gegangen ist oder so. Ich glaube, sie nimmt an einer Besprechung teil. Oder was auch immer. Ja, ich glaube, sie ist in einer Besprechung, aber ganz sicher bin ich mir nicht. Es finden ständig irgendwelche Besprechungen statt und deshalb kann man davon ausgehen …«

»Könnten Sie ihr etwas ausrichten? Kann sie zurückrufen?«

»… Es finden so viele Besprechungen statt, dass sie vermutlich an der einen oder anderen teilnimmt, das gehört zu ihren Pflichten. Ich meine, es ist Teil der Arbeit. Aber ja, ich kann Ihnen etwas ausrichten. Mal sehen, ob ich hier eine Nachricht für Sie habe.«

»Nein, ich möchte Ihnen eine Nachricht für Miss Laxalt geben.«

»Und sie ruft zurück, ja. Meistens. Ich meine, wenn sie längere Zeit weg ist, meldet sie sich meistens bei mir. Wenn sie zurückruft, könnte ich sie fragen, ob sie irgendwelche Mitteilungen für Sie hat.«

»Ich möchte bei Ihnen eine Nachricht für Miss Laxalt hinterlassen und sie bitten – damit meine ich Miss Laxalt –, mich anzurufen. Die Nachricht lautet: Homer Layton im Four Seasons Hotel. 524-6900. Layton. Es ist dringend.«

»Oh, ich nehme jetzt Ihre Mitteilung entgegen und gebe sie weiter, wenn Miss Laxalt anruft. Bestimmt ruft sie an, früher oder später. Ich schreibe Ihre Nachricht auf diesen kleinen Block …«

»Layton. 524-6900, Zimmer 228.«

»Ich schreibe es auf einen rosaroten Merkzettel.«

»Danke.«

»Schon aufgeschrieben. Und die Nachricht ist für …?«

»Miss Laxalt.«

»Oh, natürlich. Nun, ich richte es ihr aus, wenn sie wiederkommt. Und wenn sie anruft …«

»Danke.«

»Wenn sie anruft, lese ich ihr den Zettel vor.«

»Danke.«

»Und dann wird sie Sie anrufen.«

»Danke.«

»Wahrscheinlich morgen. Oder Freitag. Ich wünsche Ihnen einen schönen Tag, Sir.«

*

Senator Hopkins hatte das Konferenzzimmer »Flamingo« für seine Zukunftsplanung gemietet. Sechzehn Personen fanden sich dort ein, unter ihnen Sonia, Edward, Maria und Loren. Die vier genannten Personen waren allerdings nur körperlich anwesend. Sie hatten fast die ganze Nacht damit verbracht, Homers Listen durchzugehen und die darin genannten Aufgaben zu verteilen, Dinge, die erledigt werden mussten, wenn er das Zeichen gab. Kelly und Claymore hielten sich im Wohnzimmer der Suite bereit, für den Fall, dass Homer anrief. Claymore hatte Modellierton mitgebracht und formte daraus ein Abbild von Kellys Kopf und Schultern. Er ging ganz in seiner Arbeit auf, schien mit sich und der Welt zufrieden zu sein. Kelly hingegen wirkte recht angespannt, was sich auch auf ihre Darstellung in Ton übertrug. Sie sah sich die Morgennachrichten im Fernsehen an und wollte den anderen sofort Bescheid geben, wenn sich etwas tat.

Loren nahm am Konferenztisch Platz. Dass sie hier waren, gehörte zu Homers Plan. Der Schein musste gewahrt bleiben. Diesem Teil des Plans kam ebenso große Bedeutung zu wie den anderen. Senator Hopkins und die übrigen Versammlungsteilnehmer sollten nicht erfahren, was sich anbahnte. Wahrscheinlich ging alles vorbei, ohne dass irgendetwas passierte, und dann hätten sie ziemlich dumm dagestanden, wenn durch ihre Schuld etwas bekannt geworden wäre. Loren nickte dem Senator und Professor Porter zu, die einzigen ihm bekannten Personen vom Rest der Gruppe. Er gab sich normal und versuchte sich daran zu erinnern, was normal war. Sei normal, normal, normal.

Vor ihm lag ein Hefter mit Unterlagen, ebenso wie vor allen anderen. Loren öffnete ihn, fand eine Tagesordnung und einige Positionspapiere. In einem davon ging es um Lehrpläne und Studiengebühren bis zum Jahr 2099. Unter dem Hefter fand Loren einen gelben Block und schreib drei Dinge auf, die ihm im Lift eingefallen waren. Homers Notfallplan sah offenbar eine Art Expedition vor. Es war die Rede von Proviant für zweihundert Personen, aber Loren hatte keine Ahnung, wer diese zweihundert sein sollten. Wenn sie sich mit so vielen Leuten auf den Weg machten, mussten auch noch andere Dinge berücksichtigt werden. Er begann damit, eine Liste von Erste-Hilfe-Vorräten zusammenzustellen. Oder hatte Homer bereits daran gedacht? Egal, Loren wusste besser, was nützlich sein konnte.

Am oberen Ende des Tischs legte Chandler eine Kunstpause ein. Es war eine ziemlich lange Pause. Er mochte es, wenn ihn die Blicke der Zuhörer fast anflehten weiterzusprechen. Ted Pinkham, Proctor der Universität, und Rektor Lawrence Bill hingen ihm praktisch an den Lippen, stellte er fest. Das waren wirklich zwei engagierte und loyale Gefolgsleute! Im Lauf des letzten Jahres hatte er ein wahrhaft beeindruckendes Team für Cornell zusammengestellt, obwohl noch der eine oder andere Zauderer aussortiert werden musste. Und die kleine Arbeitsgruppe, die er an diesem Morgen hier versammelt hatte, wäre zweifellos für jede Universität eine Ehre gewesen. Er musterte die Mitglieder seines Brain-Trusts. Sehr bedauerlich, dass sich Layton entschuldigt hatte, aber wenigstens waren seine drei Assistenten da, bereit dazu, für ihn zu arbeiten. Chandler vermutete, dass sie mehr als die Hälfte der reinen Denkkraft in diesem Raum repräsentierten. Er sah Dr. Duryea an, die links von ihm saß und die ganze Zeit auf ihrem Block schrieb. Wahrscheinlich notierte sie Ideen, die ihr bei der Lektüre von Tagesordnung und Positionspapieren im Hefter gekommen waren. Barodin und Martine schrieben ebenfalls. Dekan Sawyer blickte ins Leere, nein, auch sie notierte etwas auf ihrem Block. Chandler gratulierte sich selbst. Seine Leute steckten so voller Eifer, dass sie bereits mit der Arbeit begonnen hatten. Es wurde Zeit, dass er sich einschaltete und klare Führung zeigte.

»Ähm. Guten Morgen, meine Damen und Herren. Wie ich sehe, können wir beginnen. Lassen Sie mich mit einer Frage anfangen. Sie lautet:

Was ist wichtig?« Chandler blickte am Tisch entlang und gab seinen Zuhörern Gelegenheit, darüber nachzudenken. »Damit meine ich: Was bringt eine Universität – oder menschliche Anstrengungen irgendeiner Art – zu echter Größe? Doktor Barodin, vielleicht könnten wir mit Ihnen beginnen.«

»Wie bitte?«

»Was ist wichtig? Was sind die mit wahrer Größe einhergehenden Eigenschaften?«

»Ich habe keine blasse Ahnung.«

»Äh. Genau. Wir wissen nicht, welche Eigenschaften damit einhergehen, nicht wahr? Deshalb haben wir uns hier eingefunden und diesen ›Brain-Trust‹ gebildet, wie ich ihn nennen möchte, um dieser Frage auf den Grund zu gehen und völlig neue Antworten zu finden, die uns den Weg durchs ganze Jahrhundert weisen.« Chandlers Blick kehrte zu Barodin zurück, der wieder über seinen Block gebeugt war und schrieb. Er wandte sich an Sonia. »Dr. Duryea, woraus könnten diese Eigenschaften Ihrer Meinung nach bestehen?«

»Eigenschaften?«

»Ja. Wie sind sie beschaffen?«

Sonia hatte überlegt, einer von Homers Listen mehrere Dutzend Rucksäcke hinzuzufügen; er schien nicht daran gedacht zu haben, wie sie all die zu kaufenden Dinge tragen sollten. Chandler wartete auf ihre Antwort und Sonia versuchte, sich auf seine Frage zu konzentrieren. »Äh … Wie sehen die Eigenschaften aus? Die Eigenschaften von … Ich meine, die wichtigsten Eigenschaften.« Ihr fiel nichts ein. »Nun, das ist eine gute Frage.«

»In der Tat. Aber wenn Sie eine der Eigenschaften nennen müssten, Dr. Duryea, damit die Diskussion beginnen kann, wie würde sie lauten? Was ist das Wichtigste für uns, damit wir Größe erreichen?«

»Äh … Überleben?«

»Ja. Das ist zweifellos notwendig. Aber lassen Sie uns etwas positiver sein und nicht nur ans Überleben denken. Was sind die wichtigsten Eigenschaften, die in direktem Zusammenhang mit Größe stehen? Nun? Ich bitte Sie … wer bricht das Eis? Die wichtigste Eigenschaft ist …? Rektor Brill?«

»Exzellenz, Herr Präsident.«

»Aha. Exzellenz. Und hier beginnen wir. Dekanin Sawyer, darf ich Sie bitten, Notizen anzufertigen? Schreiben Sie ›Exzellenz‹ als ersten Punkt auf die Eigenschaftenliste. Nun, Rektor Brill, gehen wir von diesem Punkt aus. Bitte nennen Sie uns die Maßnahmen, die Ihrer Ansicht nach nötig sind, um Exzellenz zu erreichen.«

Brill schob seinen Stuhl zurück und stand auf. Die anderen sahen ihn an. Die Nummer Zwei in der Universitätshierarchie war nur etwas mehr als eins fünfzig groß. Maria Sawyer fiel es schwer, einen würdevollen Gesichtsausdruck zu wahren. Wenn Lawrence Brill stand, spürte sie das fast unwiderstehliche Verlangen, »Bitte stehen Sie auf!« zu rufen. Das war gemein. Reiß dich zusammen, Maria. Der Mann kann nichts dafür, dass er so klein ist. Er kann auch nichts dafür, ein schmieriger Speichellecker zu sein. Nur Rektor Brill nannte Senator Hopkins »Herr Präsident«. Vielleicht war er deshalb Rektor geworden.

»Exzellenz«, wiederholte Brill und sprach mit tieferer Stimme. »Unser Präsident hat mit einer Frage begonnen und ich möchte seinem Beispiel folgen. Wo könnte ein kritischer Mangel an Exzellenz zu einer ernsten Gefahr für unsere geliebte Universität werden?«

Es war eine rhetorische Frage. Brill hatte eine Antwort und wollte sie den anderen präsentieren, aber Senator Hopkins kam ihm zuvor. »In der Fakultät.«

»Genau. Ganz genau!« Brill schien sich über den Einwurf des Senators zu freuen, obwohl seine eigene Antwort ganz anders beschaffen gewesen war. Er hatte darauf hinweisen wollen, dass die Gefahr bei den Studenten lag. Aber zum Teufel auch. Er war anpassungsfähig. »In der Fakultät. Dort müssen wir unsere Aufmerksamkeit konzentrieren. Danke dafür, Chandler.«

»Gern geschehen.«

Brill fuhr aus dem Stegreif fort: »Unsere Fakultät mangelt es an Exzellenz, Anwesende natürlich ausgenommen. Und was müssen wir unternehmen, um Exzellenz in der Fakultät zu gewährleisten?«

»Mehr Geld«, sagte Professor Porter. »Viel mehr Geld für Gehälter. Viel, viel mehr Geld.«

»Hm. Das ist ein Vorschlag. Natürlich nicht der einzige, aber ein Vorschlag.« Er wirkte verwirrt. »Äh, Herr Präsident?«

Senator Hopkins ergriff wieder das Wort. Er trug eine ernste Miene – den Anfang der Diskussion hatte er sich etwas anders vorgestellt. Er richtete einen strafenden Blick auf Porter, ohne dass es zu offensichtlich wurde, wie er hoffte. »Ja, das war ein Vorschlag, in gewisser Weise.

Und bestimmt hören wir noch andere.« Er dachte an Porters Namen. In seinen Gedanken und Notizen verband er die Fachbereichsleiter immer mit ihren jeweiligen Zuständigkeiten. Porter war also »Englisch«, der große Bursche neben ihm »Naturwissenschaft« und die Frau auf der anderen Seite »Ökonomie«. Natürlich hatten sie alle auch Namen, aber es war eine zu große Mühe, sie im Gedächtnis zu behalten. Zum Glück hatte Candace Notizen für ihn geschrieben, aus denen hervorging, welche Namen zu welchen Fachbereichen gehörten. Das Problem war nur, dass er es verabscheute, die Lesebrille zu tragen, wenn er zu den anderen sprach, und ohne die Brille konnte er die Hinweise nicht lesen. Im Senat genügte es, vom »ehrenwerten Herrn aus Louisiana« zu sprechen, ohne den Namen nennen zu müssen – ein viel besseres System.

»Der ehrenwerte Herr vom Fachbereich Englisch hat mehr Geld vorgeschlagen. Ich habe keinen Zweifel daran, nicht den geringsten Zweifel, dass es in Zukunft mehr Geld für die Fakultätsmitglieder geben wird. Daher können wir diesen Punkt abhaken, denke ich. Aber was derzeit wichtiger ist, meiner Meinung nach, sind die Schritte, die wir unternehmen müssen, um eine wahre Vorstellung von Professionalität zu vermitteln.«

»Professionalität ist das richtige Wort, genau das richtige Wort, Herr Präsident«, sagte Rektor Brill.

»Ja, das denke ich auch.«

»Die hier Versammelten sind natürlich ausnahmslos Profis«, fuhr Brill fort, »und eigentlich möchten wir nur, dass auch die anderen echte Profis werden. Anstatt dauernd rumzujammern und mit Protestkomitees und dergleichen Ärger zu machen. Das ist kein Professionalismus.«

»Wie wahr«, pflichtete ihm Proctor Pinkham bei. »Mit Studenten zu demonstrieren und Protestlieder zu singen, das ist nicht professionell. Es ist auch nicht ethisch oder moralisch und sollte nicht einmal erlaubt sein. Von Professionalität keine Spur.«

»In der Tat.« Chandler hatte kurz die Brille aufgesetzt, um einen schnellen Blick auf Candaces Notizen zu werfen. »Und das passt gut zu Professor Potters Forderung nach mehr Geld ...«

»Porter.«

»Ja. Wie Sie vorhin gesagt haben, äh, William ...«

»Walter.«

»Ja. Wachsende Professionalität bedeutet auch, dass früher oder später mehr Geld fließt, um sie zu belohnen, und natürlich auch die sie begleitende Exzellenz. Und wenn ich hier von mehr Geld spreche, so meine ich die kommenden Jahrzehnte.«

»Mehr Geld für das nächste Semester, das wäre gut und nötig. Eine ordentliche Erhöhung. Sonst werden uns zwei geschätzte Kollegen verlassen. Und Claudia hier hat ein ähnliches Problem.« Englisch zeigte auf Ökonomie. »Im Fachbereich Wissenschaft ist die Lage kaum anders.«

Chandler stürzte sich auf das Wort. »Die Wissenschaft! Bei diesem Treffen ist die Wissenschaft zum Glück gut vertreten, und zwar in Gestalt von Dr. Laytons drei Assistenten.« Er wandte sich an Loren. »Wir haben noch nichts von Ihnen gehört, Dr. Martine.«

»Hm?«

»Oder haben wir das?«

»Sie haben was?«

»Haben wir schon etwas von Ihnen gehört?«

»Von mir? Was?«

»Was Sie zu sagen haben. Ich glaube, wir haben noch nichts von Ihnen gehört.«

»Kein Wunder. Ich habe noch gar nichts gesagt.«

»Ich würde gern Ihre Meinung darüber hören, wie wir im Lauf des einundzwanzigsten Jahrhunderts ein höheres Maß an Professionalität in unserem wissenschaftlichen Fachbereich sicherstellen könnten.«

»Im einundzwanzigsten Jahrhundert.«

»Ja.«

»Nun … Was kann ich über das einundzwanzigste Jahrhundert sagen? Irgendetwas sollte mir einfallen.«

»Wären Sie nicht bereit, Rektor Brill zustimmen, insofern dass mehr Professionalität nötig ist, um unsere wissenschaftlichen Arbeit zu motivieren und zu inspirieren? Ich denke hier nicht nur an die Zukunft einer einzelnen Universität, sondern an die ganze amerikanische Kultur. Meiner Ansicht nach gibt es derzeit nichts Wichtigeres, als die bereits erwähnte wahre Vorstellung von wahrer Professionalität zu vermitteln, finden Sie nicht auch?«

»Äh, ja. Wie Sie meinen.«

»Wahre Professionalität bedeutet, dass das Individuum der Institution dient, zum Wohle aller. Um dieses Thema geht es hier und heute, Dr. Martine. Wie man am besten die Bereitschaft schafft zu dienen.«

»Dienen?«

»Ja. Wie können wir die besten Forscher zu uns holen und dazu bringen, dass sie unserer Universität dienen und mit uns allen Exzellenz anstreben? Was meinen Sie?«

»Ich denke, dies wäre ein guter Zeitpunkt für eine Kaffeepause.«

Chandler sah ihn verständnislos an. »Wir haben doch gerade erst begonnen. Eine Tasse Kaffee steht direkt vor Ihnen.«

Loren blickte auf die dampfende Tasse Kaffee hinab. »Oh.«

Maria hatte die Augen geschlossen und den Kopf gesenkt. Sonia öffnete den Hefter und sah sich die Tagesordnung an. Die dort genannten Themen sollten von 9 bis 12.30 Uhr besprochen werden, und dann folgte ein Arbeitsessen. Sie sah auf die Wanduhr hinter Chandler, die 9.09 Uhr anzeigte.

*

Im Wohnzimmer der Suite sprang Kelly von ihrem Stuhl vor dem Schreibtisch auf, wo sie Adressen aus dem Telefonbuch notiert hatte – sie stellte eine Liste von Geschäften zusammen, wo sie alle notwendigen Dinge kaufen konnten. Sie trat zum Fernseher und hörte sich besorgt eine Meldung an, die am Ende der internationalen Nachrichten von CNN kam. Rasch schrieb sie eine kurze Mitteilung in Blockschrift und eilte zur Tür.

»Bitte pass auf Curtis auf, Claymore, damit er nichts kaputtmacht. Ich bin gleich wieder da.«

»In Ordnung, Kelly.«

»Und achte auf das Telefon. Du weißt schon.«

»In Ordnung, Kelly.«

Claymore war noch immer mit dem Modellierton beschäftigt und versuchte, ihn zu einem Abbild von Kelly zu formen. Als sie gegangen war, betrachtete er das bisherige Ergebnis seiner Bemühungen. Das Haar schien heute dichter an ihrem Kopf zu sein, als es sonst der Fall war. Vielleicht hatte sie keine Gelegenheit gefunden, es zu waschen. Clay veränderte das Erinnerungsbild vor seinem inneren Auge so, dass es Kelly mit dem sonst für sie typischen flauschigen sauberen Haar zeigte. Dann ersetzte er ihr T-Shirt mit der weißen Bluse, die sie manchmal trug, die mit dem hohen Kragen. Er bemühte sich, die Anspannung aus Stirn und Mundwinkeln zu entfernen, wobei er ein bisschen experimentieren musste, denn er wusste noch nicht genau, wie sich Anspannung auf das menschliche Gesicht auswirkte. Anschließend formte er die Lippen zu dem kleinen Lächeln, das fast immer auf ihnen lag, abgesehen von den letzten Tagen. Ja, viel besser. Claymore beugte sich vor, um die Änderungen am mentalen Bild auf das in Ton zu übertragen.

Kelly eilte durch den Flur zu den Aufzügen. Fast am Ende des langen Korridors befand sich ein Salon, der Gästen der VIP-Etage Tee, Kaffee, Obst und Gebäck anbot. Als sie an der Tür vorbeikam, hörte sie das leise Summen eines Druckers. Sie drehte sich um, folgte dem Geräusch und erreichte ein kleines Arbeitszimmer hinter dem Gästesalon. Nicht nur ein Drucker stand dort für die Gäste bereit, sondern auch ein Kopierer. Kelly fertigte einige Fotokopien an, kehrte in die Suite zurück und beauftragte Curtis, die Kopien den anderen im Flamingo-Konferenzzimmer zu bringen.

*

Am Tor vor dem Blair House zeigte Albert Tomkis seinen Ausweis und der Wächter winkte das Taxi durch. Vielleicht war der Minister hier. Albert hoffte, ihn zwischen den Besprechungen abzufangen und ihn davon zu überzeugen, dass ein Gespräch mit dem Präsidenten nötig war, um Unheil zu verhindern. Wenn er tatsächlich im Blair House war, konnten sie über die Pennsylvania Avenue gehen und das Oval Office in wenigen Minuten erreichen. Als sie sich dem Eingang näherten, lächelte Albert und deutete auf eine lange graue Limousine mit dem Nummernschild STATE-1.

Homer stieg aus dem Taxi, während Albert den Fahrer bezahlte. Er zögerte vor der Treppe und kam sich komisch vor wegen des fehlenden rechten Schuhs. Er schickte sich an, erst mit dem Außenminister und dann auch mit dem Präsidenten der Vereinigten Staaten zu reden, um eine Aktion zu verhindern, die den Weltuntergang bedeuten konnte, und dabei trug er nur einen Schuh.

Er versteifte sich, als ein attraktiver junger Mann in dunklem Anzug und mit Krawatte auf ihn zutrat. »Dr. Layton … Sie sind in guten Händen, Sir. Ich arbeite für Mr. Tomkis.« Homer nahm die Worte mit einem erleichterten Seufzen entgegen. »Der Minister wartet drinnen auf Sie.«

»Oh, gut. Also hat Tracy Laxalt ihn wohl erreicht.« Homer ließ sich von dem jungen Mann ins Gebäude führen. »Das stimmt doch, oder? Wie hat der Minister erfahren, dass wir kommen?«

»Es ist, wie Sie vermuten. Er hat die Nachricht erhalten, von Mr. Laxalt.«

»Gut«, sagte Homer. Dann stutzte er. »Mr.?«

»Hier entlang, Sir.«

»Moment.« Homer drehte den Kopf und hielt nach Albert Ausschau, aber er war nirgends zu sehen. Das Taxi rollte über die Zufahrt, mit mehreren Personen darin.

Der junge Mann ergriff Homers Arm und zog ihn mit sich. Auf der anderen Seite erschien ein weiterer Mann und nahm den linken Arm. Homer hob den Blick, sah blondes Haar, missmutig starrende blaue Augen und einen Verband an der Nase.

»Oh, oh.«

*

So leise wie möglich öffnete Curtis die Tür des Flamingo-Raums und schlich auf Zehenspitzen hinein. Er hielt den Kopf gesenkt, weil er glaubte, dadurch unauffälliger zu wirken. Ein dicklicher alter Mann mit weißem Haar und rötlichen Augenbrauen schwang am oberen Ende des Tischs eine Rede. Curtis ging auf leisen Sohlen zu Sonia und fühlte dabei mehrere Blicke auf sich ruhen. Er richtete sich ganz auf, wölbte die Hand an ihrem Ohr und flüsterte: »Hallo, Sonia.« Sie zerzauste ihm das Haar. Er gab ihr eine der Fotokopien, die er von Kelly erhalten hatte, und Sonia schob sie in den Hefter, ohne einen Blick darauf zu werfen. Chandler sah sie direkt an.

»Nur eine Mitteilung von Kelly. Über …« Für einen Moment fiel ihr nichts an. »Über … Vorbereitungen. Aber Sie sagten gerade, Senator …?«

»Ich habe gerade gesagt, dass das Programm ›Großartige Bücher‹ genau die richtige Maßnahme sein könnte, um in der amerikanischen Bildung das Blatt zu wenden und die allgemeine Aufmerksamkeit auf, nun, großartige Bücher zu richten.«

»Ja«, erwiderte Sonia und versuchte, überzeugt zu wirken. Sie brannte darauf, sich die Nachricht anzusehen, die Curtis gerade gebracht hatte, aber Senator Hopkins schien beschlossen zu haben, diesen Teil seiner Präsentation explizit an sie zu richten.

»Ich frage mich, warum wir nicht schon eher daran gedacht haben. Können Sie sich vorstellen, welche Auswirkungen es hätte, wenn jeder

Studienanfänger verpflichtet wäre, zum Beispiel *Leben und Meinungen des Herrn Tristram Shandy* zu lesen? Stellen Sie sich das vor!«

»Ja, ich stelle es mir vor.« Sonia nickte ernst.

Curtis hatte inzwischen Loren erreicht, flüsterte ihm »Hallo, Loren« zu und gab ihm ebenfalls eine Kopie. Loren legte sich das Blatt auf den Schoß und las die großgeschriebenen Worte:

PINAR DEL RIO, KUBA: 8.40 UHR. LOKALE RADIO-NACHRICHTEN BERICHTEN VON CHEMIE-/GASUNFALL ÖSTLICH VON PINAR. MÖGLICHE OPFER. KEINE EINZELHEITEN. RADIO HAVANNA SCHWEIGT SEIT 5.00 UHR. URSACHE FÜR GASUNFALL UNBEKANNT.

Senator Hopkins spürte, wie die Aufmerksamkeit der Anwesenden nachließ. Barodin und Dekanin Sawyer starrten mit großen Augen den kleinen Jungen an, der sich ihnen näherte. Und Dr. Martine las einen Zettel auf seinem Schoß. Die anderen am Tisch fragten sich, was los war. Chandler hatte über viele Jahre hinweg Erfahrungen als Lehrer gesammelt und wusste, wie man wieder die Aufmerksamkeit auf sich zog. Er schob seinen Stuhl zurück, stand auf, beugte sich vor und sah den Männern und Frauen in die Augen. Er dachte dabei an Jimmy Stewart in *Mr. Smith geht nach Washington*. Oder vielleicht stammte die Szene aus *Anatomie eines Mordes*. Jedenfalls war es Jimmy Stewart auf diese Weise gelungen, die volle Aufmerksamkeit vieler Leute an einem Tisch zu bekommen.

»Großartige Bücher!«, sagte er, hob dabei die Stimme und klopfte auf den Tisch, um seinen Worten Nachdruck zu verleihen. »Darauf kommt es an.« Er richtete den Blick auf Loren. »Großartige Bücher, angefangen mit *Leben und Meinungen des Herrn Tristram Shandy*. Glauben Sie nicht, dass wir damit die gewünschte Wirkung erzielen, Dr. Martine?«

Loren sah den Senator mit offenem Mund an. »Und welche Wirkung wollen wir erzielen?«

»Es geht um nichts weniger als die Heilung einer nationalen Krankheit.« Chandler deutete durchs Zimmer, als stünde es für das ganze Land. Es war eine Geste voller Dramatik, die sein Publikum fesseln sollte. »Lassen Sie mich betonen, dass ich dies nicht für eine Nebensache halte. Wir reden hier von der Krankheit, die die Jugend unserer großen Nation zerrüttet hat und sie von Größe abhält. Diese Krankheit zu erkennen und auszumerzen, Amerika wieder auf den richtigen Weg zu bringen … Das steht an erster Stelle. Deshalb sind wir heute hier. Wir haben uns heute Morgen an diesem Ort versammelt, weil wir versuchen wollen, unserer ganzen Kultur den Hals zu retten.« Bei den letzten Worten sah er Sonia an.

»Oh, den Hals retten«, sagte sie. »Ja, ich schätze, da ist *Leben und Meinungen des Herrn Tristram Shandy* ein guter Anfang.«

Eigentlich hatte sie *Leben und Meinungen des Herrn Tristram Shandy* gar nicht gelesen. Niemand im Flamingo-Raum kannte das Buch, nicht einmal Chandler. Er hatte es als ein Beispiel für großartige Bücher genannt, die niemand las (ohne zuzugeben, dass er es selbst nicht gelesen hatte), was zur nationalen Krankheit beitrug, die er so beklagte. Allerdings war es ein bisschen unangenehm, jetzt über ein Buch zu reden, bei dem er nicht wusste, wovon es handelte und das in einem vergessenen Jahrhundert geschrieben war, von einem Autor, an dessen Namen er sich nicht erinnerte. Chandler beschloss, das Thema zu wechseln.

»Oder wir könnten den Studienanfängern *Verfall und Untergang des römischen Reiches* von Gibbon zu lesen geben. Genau das richtige Mittel gegen den nationalen Bildungsnotstand. Es ist wie geschaffen dafür.« Er hatte *Verfall und Untergang* als Student an der Hill School gelesen, weil das Buch dort zur Pflichtlektüre gehört hatte. Zufrieden erinnerte er sich daran, dass es todlangweilig gewesen war. »Welches Buch nehmen wir, Dekanin Sawyer, *Verfall und Untergang* oder *Tristram Shandy*?«

»Wie wäre es mit *Das verlorene Paradies* von Milton und anschließend *Child Harolds Pilgerfahrt* von Lord Byron?«, sagte Maria. »Danach könnten sich die Studenten die *Odyssee* vornehmen, und zwar im griechischen Original. Erst dann würde ich ihnen die Lektüre von *Verfall und Untergang* nahelegen, weil sie sonst überhaupt nichts davon verstünden.«

Chandler beobachtete sie und suchte in ihrem Gesicht nach Hinweisen darauf, dass sie sich über ihn lustig machte. Aber sie las den Zettel, den ihr der kleine Junge gebracht hatte.

*

Zwei Türen führten aus dem üppig eingerichteten Salon von Blair House, beide verschlossen. Homer war eingesperrt. Seit einer halben Stunde starrte er kummervoll aus dem Fenster. Draußen führte ein breiter Sims am Fenster vorbei und um die Ecke des Hauses, wer weiß wohin.

Er fragte sich, ob er aus dem Fenster klettern und Leib und Leben bei einem Fluchtversuch riskieren sollte. Schließlich entschied er sich dagegen, weil es sehr dumm gewesen wäre. Er litt an Höhenangst und fürchtete, ins Rosenbeet weiter unten zu fallen und dort von den Wächtern »gerettet« zu werden. Zweifellos würden sie ihn in diesen Raum zurückbringen und dann hatte er nichts weiter erreicht, als sich einen Haufen Dornen einzufangen. Außerdem stand ein Bewaffneter unten auf dem Rasen. Beim ersten Blick aus dem Fenster hatte ihm der Mann zugewinkt.

Er hörte Schritte im Flur und einen Moment später wurde die Tür von einer jungen Frau in Hosenanzug geöffnet. Sie wich zur Seite und ließ Rupert Paule eintreten. Nachdem sie seinen kleinen Aktenkoffer neben den Sessel gestellt hatte, in dem Paule Platz nahm, ging sie wieder hinaus. Homer fragte sich, welche Sicherheitseinstufung attraktive Frauen bekamen, die Türen öffneten und die Aktentaschen von Präsidentenberatern trugen.

In Hinsicht auf das bevorstehende Gespräch gab er sich keinen Illusionen hin. Paule würde sich alles anhören und ihn nicht zum Präsidenten lassen. Er würde ihn mit dem Rat wegschicken, das Regieren den Profis zu überlassen. Und mit den Profis waren Leute wie Rupert Paule gemeint.

Homer hielt ein Seufzen zurück. Wie auch immer die Situation beschaffen war, er musste irgendwie das Beste daraus machen. »Hallo, Rupe.«

»Dr. Layton … Es ist mir wie immer eine Ehre.«

»Oh, gleichfalls. Gleichfalls.«

»Wie ich hörte, haben Sie Geheimagent gespielt.«

»Eigentlich nicht. Eine kleine Geschäftsreise, sozusagen. Geplant war ein Arbeitsbesuch beim Präsidenten. Es ist sehr wichtig, dass ich mit ihm rede, und es dauert nur ein paar Minuten. Er will sich bestimmt anhören, was ich ihm zu sagen habe.«

»Er hört es bereits. Was Sie mir sagen, sagen Sie praktisch ins Ohr des Präsidenten.«

»Oh, da bin ich sicher. Sie ahnen gar nicht, wie sicher ich da bin. Allerdings möchte ich dieses eine Mal selbst mit ihm reden.«

»Leider macht er gerade sein Nickerchen. Er leidet noch am Jetlag, wegen der Reise nach Europa.«

»Ich glaube, unter diesen besonderen Umständen ist es angebracht, ihn zu wecken. Er könnte dabei helfen, einen Atomkrieg zu verhindern.«

Paule lehnte sich in seinem Sessel zurück und schmunzelte. Er schlug die Beine übereinander. Homer fühlte sich an eine literarische Figur erinnert und schließlich fiel sie ihm ein: Ichabod Crane. Die langen, dünnen Handgelenke ragten fast fünfzehn Zentimeter weit aus den Ärmeln der glänzenden schwarzen Anzugjacke. Auch die Fußknöchel waren zu sehen, ein ganzes Stück weit über den schwarzen Socken. Das Gesicht hatte etwas Raubvogelartiges und passte zusammen mit dem kurzen Haar und dem seitlich weit zurückliegenden Haaransatz ebenfalls zu Homers Vorstellungen von Ichabod Crane. Doch Crane hätte verängstigt wirken sollen und Paule schien nur gelangweilt zu sein. Er gähnte und wartete darauf, dass Homer sprach. Homer wartete ebenfalls und nahm mit einer gewissen Genugtuung zur Kenntnis, dass der schwarze Anzug aussah, als hätte Paule darin geschlafen. Dadurch fühlte Homer weniger Verlegenheit darüber, nur einen Schuh zu tragen.

»Es ist gut und schön, Konflikte zu vermeiden«, sagte Paule schließlich. »Solange man nicht davon besessen ist.«

»Oh, ich bin davon besessen. Was halten Sie davon, wenn wir beide über die Straße zum Weißen Haus gehen und dem Präsidenten erzählen, was in Kuba geschehen wird, wenn der Wind wechselt?«

Der dürre Mann schmunzelte erneut. »Der Wind hat bereits gewechselt, Dr. Layton.«

Homer stöhnte innerlich.

»Unsere Meteo-Leute hielten es für möglich, dass der falsche Wind vier Tage anhält«, fuhr Paule fort. »Aber das war nicht der Fall. Er wechselte genau zum richtigen Zeitpunkt. Als hätte ihn jemand für uns gedreht.« Es klang nicht überrascht. »Wir haben Freunde an hohen Orten.«

»Sie haben es also getan«, sagte Homer. »Die Insel ist tot. Zum größten Teil.«

»Sie ist befreit. Ja. Mehr als die Hälfte von Kuba ist zum ersten Mal seit vielen Jahren frei von Kommunisten.«

»Frei von Leben.«

»Frei von menschlichem Leben. In der Fabrik wurde ein ausgesprochen selektives Produkt hergestellt.« Ein Produkt. Es klang nach Zahnpasta oder etwas in der Art. »Das Rezept hatten die Kubaner von den Russen. Auf Tiere wirkt sich das Gas nicht aus. Wahrscheinlich starb nicht eine einzige Kuh. Wie gesagt, selektiv.«

»Womit sie meinen, dass Tausende oder gar Millionen von Menschen starben. Sind Sie jetzt unter die Massenmörder gegangen?«

»Wir kämpfen mit harten Bandagen. Die Kubaner mussten mit so etwas rechnen. Sie sind selbst schuld. Wir haben uns durch und durch verantwortungsvoll verhalten und nehmen nur zurück, was uns gehört.«

»Und der Guantánamo-Stützpunkt?«

»Ein bedauerlicher Verlust. Einige hohe Offiziere haben wir abgezogen; die anderen starben den Heldentod. Es ließ sich nicht vermeiden. Eine Massenevakuierung hätte unsere Pläne verraten.«

»Hat es irgendwelche Mitteilungen von gewissen Terroristengruppen gegeben?«

»Nur eine gereizte kleine Mitteilung, die uns heute Morgen erreichte. Die Gruppe, auf die Sie ansprechen, weist unsere Version der Ereignisse zurück. Sie geht sogar so weit, einen Vergeltungsschlag anzudrohen.«

»St. Louis.«

Das überraschte Paule. »Woher, zum Teufel, wissen Sie das?«

»Hab nur richtig geraten. Ich nehme an, Gloria Verde hat angekündigt, St. Louis mit einer mittelgroßen Rakete von der Landkarte zu pusten. Heute Abend oder morgen. Wir sollen die Zeit, die uns noch bleibt, für eine Evakuierung nutzen.«

»Ich habe keine blasse Ahnung, woher Sie das wissen, aber darauf läuft es hinaus, ja. Natürlich evakuieren wir nicht. Es ist nicht nötig.«

»Na ja, das Leben einiger Millionen Amerikaner fällt wohl nicht sehr ins Gewicht.«

»Nicht ein einziges Leben geht verloren, Dr. Layton. Wir haben geheime Waffen.«

»O ja. Revelation-13.«

»Meine Güte, Sie haben Ihre Quellen, wie? Aber ja, da Sie es schon erwähnen: Revelation-13 ist eine unserer Geheimwaffen. Sie wird die lächerliche Rakete abschießen, bevor sie St. Louis erreicht. Falls sie es überhaupt wagen, eine Rakete abzufeuern. Sie wären gut beraten, darauf zu verzichten und den erlittenen Verlust einfach hinzunehmen. Denn wenn sie St. Louis angreifen, wird Revelation-13 die Stadt schützen und anschließend wären wir gezwungen, Gegenmaßnahmen zu ergreifen. Natürlich sehr ungern.«

»Wenn der Raketenschild hält, greifen Sie Havanna an.«

»Sehr ungern, wie schon gesagt. Und wenn wir schon einmal dabei sind … Über weitere Ziele wird derzeit diskutiert. Nichts Unverdientes dabei, möchte ich betonen.«

»Und wenn der Schild nicht hält?«

»Oh, er wird halten, Dr. Layton. Das versichere ich Ihnen. Wir haben einige Wochen sehr intensiver Arbeit in Revelation-13 investiert.«

»Wochen? Es würde Jahre dauern, das Programm fertigzustellen.«

»Nicht mit dem Team aus Software-Spezialisten, das wir unter der Leitung von Dr. Armitage zusammengestellt haben. Ein Dutzend Leute, die Besten der Besten. Ihre Produktivität ist mindestens zehnmal so groß wie die des besten anderen Softwareteams auf der Erde.«

»Oh, gut zu wissen. Allerdings müssten sie ein paar Tausend Mal so produktiv sein, um so viel Arbeit in so kurzer Zeit zu schaffen.«

Paule richtete einen verdrießlichen Blick auf Homer. »Vielleicht sind unsere Spezialisten tatsächlich ein paar Tausend Mal produktiver gewesen, zumindest während der vergangenen Wochen.«

»Ausgezeichnet. So gut müssten sie auch sein, um fünfzig Millionen Zeilen Code zu schreiben.«

»Man kann Erstaunliches leisten, wenn man unter Druck steht.«

»Ja, wie zum Beispiel zehntausend Wörter pro Sekunde schreiben. So schnell müssen Ihre Programmierer gewesen sein, um das Programm zu vervollständigen.«

»Sie sehen das alles zu negativ, Dr. Layton. Wir alle wissen, dass nur kleine Teile eines Computerprogramms aktiv sind, wenn es läuft. Der Rest besteht aus Code für Situationen, die sich vielleicht nie ergeben. Unsere Leute schreiben nur die Teile des Programms, die wirklich benötigt werden.«

»Ich bewundere Sie für Ihre weise Voraussicht.«

»Der Schild wird halten, glauben Sie mir.«

»Und wenn nicht?«

»Er wird halten.«

Homer hatte die ganze Zeit gestanden. Sein rechter Fuß, der ohne Schuh, war eingeschlafen. Er setzte sich, um ihn zu entlasten. Dann schüttelte er den Kopf. »Rupert, Rupert, denken Sie nur daran, was Sie zu verlieren haben. Sie sind ein junger Mann. Ich bin alt; ich habe nichts zu verlieren. Ein schneller Tod ist dem vorzuziehen, was das Schicksal vielleicht für mich bereithält. Ich bin siebenundsiebzig. Alte Leute wie ich haben keine Illusionen. Eine Bombe könnte besser für mich sein als das Warten auf was weiß ich, Herzkrebs oder letale Hodenstriktur. Für Sie sieht die Sache anders auf. Sie haben sogar Kinder, glaube ich.«

Paule nickte und sah vor dem inneren Auge drei vage kleine Gesichter. Er war seit Wochen nicht mehr zu Hause gewesen. »Ich tue dies für sie, Homer. Für alle amerikanischen Kinder.«

»Für alle amerikanischen Kinder sollten Sie an die Möglichkeit denken, dass der Raketenabwehrschild nicht funktioniert.«

Paule zuckte die Schultern. »Nehmen wir das Schlimmste an, wenn Sie darauf bestehen. Das Schlimmste ist: Sechs unserer Städte werden vernichtet. Ein schrecklicher Schlag gegen uns, aber nicht tödlich. Unsere industrielle Kapazität bleibt intakt. Ebenso unsere Landwirtschaft. Aber denken Sie an unsere Feinde. Die ganze Welt wird volles Verständnis zeigen, wenn wir mit gerechtem Zorn all jene auslöschen, die uns immer ein Dorn im Auge waren. Gleichzeitig beweisen wir damit unsere Bereitschaft, strategische Waffen einzusetzen, wann immer wir es für nötig halten. Die Öffentlichkeit wird der Meinung sein, dass wir schwer angeschlagen sind, aber ist das wirklich der Fall?«

»Um Himmels willen, ein Achtel der Bevölkerung wird tot sein!«

»Ja, aber welches Achtel?«

Homer starrte ihn verständnislos an. Paule winkte ab. »Sechs große Städte. Der größte Teil der städtischen Bevölkerung ausgelöscht. Mehr als fünfzig Prozent aller Schwarzen im Land existieren nicht mehr und das ist ein Verlust, ja. Doch denken Sie mal an die Auswirkungen für unsere Sozialhilfe. In einem Tag streichen wir mehr Leute von den Listen der Sozialhilfeempfänger als je eine Regierung vor uns.« Paule lächelte. »Oh, ich glaube, die Nation wird immer noch auf den Beinen sein. Mit der Zeit wird sich herausstellen, dass die Vernichtung von sechs Städten kein tödlicher Schlag war, sondern eine Art … Läuterung.«

»Jesus. Ich kann nicht glauben, was ich da von Ihnen höre. Ich kann nicht glauben, dass Sie die Zerstörung von St. Louis einkalkulieren und …«

»Wenn der Raketenschild nicht hält, schlagen wir trotzdem zu. Dann wird die ganze Sache nur etwas schmutziger.«

»Oh, das macht es einfacher. Sie schlagen in jedem Fall los, ob der Schild hält oder nicht. Dann müssen Sie nicht einmal das Ergebnis abwarten. Warum sich mit der Frage quälen, ob es besser gewesen wäre,

St. Louis zu evakuieren? Sie können Ihre Raketen sofort starten, sobald Sie wissen, dass eine zu uns unterwegs ist.« Die Logik war korrekt, aber Homer bedauerte sofort, die Worte ausgesprochen zu haben.

»Hm. Vielleicht haben Sie recht. Ich muss mit Hodge darüber reden. Und natürlich mit dem Präsidenten. Nun, Dr. Layton …« Paule stand auf. »So angenehm diese kleine Plauderei auch ist … Ich muss mich wieder um den Laden kümmern, wie Ihnen klar sein dürfte. Seien Sie gewiss, dass ich Ihre Bedenken dem Präsidenten vortragen werde, und der wird sich alles sehr sorgfältig durch den Kopf gehen lassen. Sehr sorgfältig. Übrigens … Soweit ich weiß, sprechen Sie heute Abend in der Akademie der Künste und Wissenschaften in Fort Lauderdale. Auch ich habe gute Quellen.«

Homer nickte; ihm schienen die Worte zu fehlen.

»Ich rate Ihnen also, den Delta-Flug heute Mittag nach Fort Lauderdale zu nehmen«, fuhr Paule fort. »Kurze Zeit später müssen wir den Reagan Airport schließen. Der Delta-Flug ist der letzte nach Florida. Ich habe mir erlaubt, zwei Plätze für Sie zu buchen.«

Homer unternahm noch einen letzten Versuch. »Der Präsident sollte in Erwägung ziehen, den Schlag gegen St. Louis hinzunehmen. Evakuieren Sie die Stadt und finden Sie sich mit ihrer Zerstörung ab. Schlagen Sie nicht zurück. Es ist kein schlechter Tausch. St. Louis gegen Kuba. Ein Springer gegen einen Läufer. Sagen Sie ihm, dass er es dabei belassen soll. Mit weiteren Risiken würde er zu viel aufs Spiel setzen.«

»Ich richte es ihm aus.« Paule deutete zur Tür. »Machen Sie sich jetzt besser auf den Weg, Dr. Layton. Ihnen bleibt nicht viel Zeit.« Paule streckte die Hand nach dem Telefon aus, als Homer aufstand. Bei der Tür angelangt blickte Homer noch einmal zurück zur Gestalt von Ichabod Crane, nun übers Telefon gebeugt. Vielleicht rief Paule die junge Frau, damit sie kam und wieder den Aktenkoffer für ihn trug.

14

Mousse

Albert wartete draußen auf der Treppe vor dem Blair House. Homer nahm seinen Ellenbogen. »Gehen wir«, sagte er. »Wir haben getan, was wir konnten.«

Sie nahmen ein Taxi zum Reagan Airport. Für den Mittagsflug nach Fort Lauderdale waren zwei Plätze in der ersten Klasse für sie reserviert. Rupert Paule war ein irrer Fanatiker, aber er war auch ein tüchtiger irrer Fanatiker. Im Boardingbereich rief Homer Kelly an.

*

Kelly legte auf und betrachtete sich im Spiegel hinter dem Schreibtisch. Sie sah nicht wie eine Frau aus, die gerade Nachricht vom drohenden Weltuntergang erhalten hatte. Sie sah normal aus, oder fast normal. Der Stress der vergangenen Tage hatte gewisse Spuren hinterlassen und hinzu kam Homers Anruf, aber das Gesicht im Spiegel zeigte nichts Dramatisches, nur etwas Anspannung. Es war ein Gesicht, wie man es vielleicht bei einer schlechten Note für eine Semesterarbeit erwarten konnte. Glaubte sie nicht, dass geschehen würde, was sie befürchteten, dass ein Teil davon bereits geschehen war? Doch, sie glaubte es; sie konnte sich nicht gegen die Erkenntnis wehren, dass alles Realität wurde. Die nächsten Ereignisse schienen festzustehen, wie das Ende eines Films, den sie bereits gesehen hatte. Wenn sie nicht stärker darauf reagierte, so lag es daran, dass sich Fatalismus in ihr ausbreitete. Sie strich sich mit der einen Hand durchs

Haar. Hinter ihr summte Claymore fröhlich vor sich hin, während er an seiner Skulptur arbeitete. Curtis spielte Räuber und Gendarm, wobei er in beide Rollen seines kleinen Dramas schlüpfte: »Bleib stehen, Freundchen« mit einer Stimme und »Waffe weg« mit einer anderen.

»Ich muss runter und die anderen aus der Konferenz holen, Curtis.«

»Ich glaube, da tust du ihnen einen Gefallen. Bestimmt freuen sie sich. Sie sahen nicht aus, als hätten sie da drin viel Spaß.«

Im Erdgeschoss angelangt blieb Kelly vor dem Flamingo-Raum stehen und suchte nach einer Entschuldigung. Was sie schließlich fand, war nicht perfekt, aber es sollte funktionieren, wenn die anderen richtig darauf reagierten. Sie betrat den Konferenzraum und ging direkt zu Chandler, der gerade die Pflichten und Verantwortlichkeiten zusammenfasste, die Studenten als Gegenleistung für ihre Freiheit akzeptieren mussten. Er unterbrach sich mitten im Satz, als Kelly neben ihm erschien.

»Es tut mir leid, dass ich einfach so hereinplatze und Sie bei Ihrer Arbeit störe, Senator.« Sie legte ihm die Hand auf den Arm. »Es ist nur … In den Nachrichten kam gerade eine außergewöhnliche Meldung.« Kelly wandte sich an Loren und Ed, die nebeneinander saßen. »Die NASA hat die Entdeckung eines Antisterns im Krebsnebel bekanntgegeben.« Sie hielt den Atem an und wartete auf eine Reaktion.

Edward war mit einem Satz auf den Beinen. »Meine Güte, das ist enorm! Ein Antistern! Im Krebsnebel. Eine außergewöhnliche Nachricht.«

Loren stand ebenfalls auf. »Wir haben immer gehofft, dass früher oder später einer entdeckt wird. Wir haben gesucht und gesucht …«

»Ihre Entdeckung ist so schwierig, weil sie kaum zu sehen sind«, warf Sonia ein. »Weil nur Antilicht von ihnen ausgeht.«

»Ja, Antilicht, und das ist fast unsichtbar«, sagte Loren und sammelte seine Unterlagen ein. »Wenn Sie uns bitte entschuldigen würden, Senator … Wir müssen eine Meldung für die Presse vorbereiten. Bestimmt kommt es in den Abendnachrichten und Homer möchte zweifellos etwas präsentieren, das Hand und Fuß hat.«

»Ja, die Journalisten sind schon da«, sagte Kelly. »Wolf Blitzer. Sie bitten um eine Stellungnahme.«

»Wolf Blitzer? Donnerwetter«, erwiderte Chandler beeindruckt.

»Ja. Und ein Team von der *Washington Post*.«

»Dann sollten Sie besser gehen. Wir werden uns alle Mühe geben, ohne Sie zurechtzukommen und die Diskussion über Freiheit und Verantwortung fortzusetzen. Ja, gehen Sie, nur zu. Wolf Blitzer sollten Sie besser nicht warten lassen.«

»Wir wären Ihnen sehr dankbar, wenn Sie auch Dekanin Sawyer entbehren könnten, Senator. Sie ist unverzichtbar für …« Kelly wusste nicht weiter.

»Für das Make-up«, sagte Dekanin Sawyer.

»Ja, natürlich. Gehen Sie nur, Maria. Begleiten Sie die anderen.«

Draußen im Flur kicherte Kelly plötzlich. Edward nahm ihren Arm und zog sie weg von der Tür, aus der Hörweite des Senators. »Lieber Himmel, Kelly. Ein Antistern? Was zum Teufel ist ein Antistern?«

»Keine Ahnung. Auf die Schnelle fiel mir nichts anderes ein. Ich hoffte, dass ihr es irgendwie plausibel klingen lasst.

»Und Antilicht, Sonia? Fast hätte ich laut gelacht.«

Sonia zuckte die Schultern. Alle grinsten. Doch sie wurden schnell wieder ernst, als sie begriffen, warum Kelly sie aus der Besprechung geholt hatte. Auf dem Weg zum Lift brachte Kelly sie auf den neuesten Stand.

Ein großer Teil der Vorbereitungen, die es zu treffen galt, bestand darin, Dinge zu kaufen. Loren klemmte sich ans Telefon und mietete zwei Transporter. Edward öffnete Homers Aktenkoffer und verteilte das Bargeld sowie die Einkaufs- und Aufgabenlisten.

*

Delta-Flug 117 wurde in Atlanta aufgehalten, weil sich ein Triebwerk der DC-9 nicht starten ließ. Albert und Homer warteten eine geschlagene Stunde, während die Mechaniker nach dem Defekt suchten. Schließlich gab der Flugcaptain bekannt, dass sie die Maschine wechseln mussten. Eine Delta-Mitarbeiterin nahm sie in Empfang, als sie das Flugzeug verließen. Sie teilte den Passagieren mit, dass noch keine Ersatzmaschine bereit stünde; sie versprach, ihnen sofort Bescheid zu geben, wenn sie den neuen Abflugtermin erfuhr. Es war kurz nach sechzehn Uhr.

Homer blickte zur Ankunftstafel und stellte fest, dass der Vierzehn-Uhr-Flug von Reagan National mit »verspätet« gekennzeichnet war. Wenn sie den Flughafen bereits geschlossen hatten, folgte Atlanta International vielleicht kurze Zeit später. Er bemerkte, dass um 16.30 Uhr ein Flug nach Tampa ging. In Tampa konnten sie einen Wagen mieten und am Abend Fort Lauderdale erreichen. Homer fing Albert ab, als er von der

Toilette kam, und eilte mit ihm zum Gate. Als ihre Maschine kurze Zeit später über die Startbahn rollte, sah er aus dem Fenster und beobachtete, wie Air-Force-Piloten zu ihren Kampfjets vor den Hangars liefen.

*

Jared Williams hatte die meisten Punkte auf seiner Checkliste abgehakt, bevor nach achtzehn Uhr die ersten Gäste in der Eckerd Suite eintrafen. Das Hotel hatte einen Barkeeper und zwei Kellner für die Cocktailhäppchen geschickt. Williams beobachtete sie. Die Leute schienen tüchtig und freundlich zu sein. Er mixte einen Shaker mit Martinis für die Hopkins und überließ die Bar dann dem Mann vom Hotel.

Es war die Idee des Senators gewesen, eine Gesangsgruppe von Cornell mitzubringen, die »Halls of Ivy«, die bei der Rezeption für Unterhaltung sorgen sollte. Eine von Williams' Sorgen bestand darin, dass die Gruppe den ganzen Tag an der Pool-Bar verbracht und einiges intus hatte. Er hatte sie schon bei anderen Gelegenheiten in einem ähnlichen Zustand singen gehört und wusste, dass ihre Auswahl unter solchen Umständen unberechenbar sein konnte. Hoffentlich kamen sie an diesem Abend nicht auf die Idee, *Das Fräulein von Delhi* oder eins ihrer anderen gewagten Lieder zu singen. Der Senator wäre bestimmt nicht amüsiert gewesen. Ah, da kamen Corliss Taft, Direktor der Akademie der Künste und Wissenschaften, und seine Frau Dr. Melinda Taft. Williams eilte zu ihnen und dirigierte sie in Richtung von Senator und Mrs. Hopkins, auf dass sie einen angemessenen Empfang bekamen.

Einen Moment später trat Stacey auf ihn zu. »Irgendein Zeichen von Homer?«, fragte sie. Williams wusste: Wenn Stacey in der Nähe war, brauchte er sich keine Sorgen mehr zu machen, denn ihre Besorgnis reichte für sie beide.

»Noch nicht.« Er zwinkerte ihr zu. »Er trifft bestimmt bald ein.«

»Natürlich. Dr. Layton ist sehr zuverlässig. Ich meine, man kann sich immer auf ihn verlassen, nicht wahr?«

»Selbstverständlich.« Erstaunlicherweise war noch niemand von Homers Gruppe da.

»Gut. Ich rufe ihn trotzdem in seiner Suite an und teile ihm mit, dass er und seine Assistenten jetzt ruhig kommen können. Manchmal fürchten die Leute, zu früh dran zu sein.«

»Das beruhigt sie sicher.«

»Mr. Claymore Layton wird beim Empfang nicht zugegen sein. Ich habe heute Nachmittag mit ihm gesprochen. Er wollte im Meer schwimmen. Aber er wird zum Essen kommen. Darauf freut er sich sehr, weil es Schokoladenmousse gibt.«

Williams lächelte. Typisch für Claymore Layton, den ganzen Mist zu überspringen und gleich zum Wesentlichen zu kommen, dachte er. Selbst wenn die Schokoladenmousse alles andere als perfekt war, so würde sie doch das Ende des Essens, der Tischreden und des ganzen Krams markieren. Anschließend konnten sie alle zu Bett gehen. Williams hoffte, am kommenden Morgen lange genug in Ruhe gelassen zu werden, um selbst ein bisschen im Meer zu baden.

Kurz nach sieben kam Dekanin Sawyer, wenig später gefolgt von den vier jungen Mitgliedern von Homers Gruppe. Kelly nahm Williams beiseite. »Kein Grund zu Sorge«, sagte sie. »Dr. Layton kommt ein wenig später. Er fährt von Tampa hierher und dürfte rechtzeitig genug da sein, um seine Rede zu halten. Sonia übernimmt die Präsentation, bevor Homer an die Reihe kommt. Sie wird dem Publikum von seiner Arbeit während der vergangenen Jahre erzählen. Dadurch gewinnen wir etwas Zeit für den Fall, dass Homer in einen Stau gerät oder dergleichen. Seien Sie unbesorgt.«

»Tampa?«

»Eine lange Geschichte. Aber es ist alles in Ordnung.«

»Ist es das?«

»Vielleicht nicht ganz, aber es nützt niemandem etwas, wenn sich die Leute Sorgen machen. Kann ich mich darauf verlassen, dass Sie den Senator beruhigen, Williams? Edward wird Mr. Taft den geänderten Ablauf erklären. Vielleicht wäre es besser, Tampa nicht zu erwähnen. Sollen die anderen glauben, dass Homer die zusätzliche Zeit nutzt, um an seiner Dankesrede zu arbeiten. Es ist nicht nötig, darauf hinzuweisen, dass diese Arbeit in einem Auto stattfindet.«

Um zwanzig Uhr nahmen alle ihre Plätze an den Esstischen ein. Corliss Taft ging zum Mikrofon. Der sportliche, gut sechzig Jahre alte Mann mit dem dichten grauen Haar richtete einige Grußworte an die Versammelten und stellte Sonia Duryea und Professor Laytons Assistenten vor. Er kündigte an, dass Dr. Duryea von Dr. Layton und seiner Arbeit erzählen würde. Applaus erklang und Sonia trat zum Rednerpult.

Sie blickte vom Podium herunter und versuchte, einen Eindruck vom Publikum zu gewinnen. Mehrere Hundert Personen waren anwesend, zum größten Teil Akademiemitglieder, unter ihnen Physiker, die sie von vergangenen Treffen der Teilchenphysik-Arbeitsgruppe kannte. Überraschend viele Ehegatten waren zugegen – Florida übte offenbar großen Reiz aus. Alle Tische waren voll besetzt, bis auf den der Redner. Dort sah sie die Tafts, Senator und Mrs. Hopkins, Stacey, Dekanin Sawyer und sechs leere Plätze. Loren und Edward, so wusste Sonia, standen hinten im Saal bei der Doppeltür und warteten auf Homer. Sie schaltete die kleine Lampe des Pults ein und legte ihre Unterlagen zurecht.

In den vergangenen Jahren hatte sie viele Vorträge bei Konferenzen gehalten und dabei nie auf Notizen zurückgreifen müssen. Wenn sie erst einmal entschieden hatte, worüber sie sprechen wollte und was es hervorzuheben galt, stand alles in ihrem Gedächtnis geschrieben. Allerdings hatte ihr Vater sie einmal darauf hingewiesen, dass sie dazu neigte, bei ihren Vorlesungen schrecklich ernst zu werden. Von ihm stammte der Rat, lockerer zu sein und zu lächeln, über welches Thema sie auch sprach. Auf den Unterlagen, die nun im Licht der Pultlampe vor ihr lagen, stand nur ein Wort. Es lautete: LÄCHELN. Daneben hatte Sonia ein lächelndes rundes Gesicht gemalt.

Sonia lächelte, sah zu ihrem Publikum und begann: »Die Geschichte der Entdeckung von leuchtender und dunkler Materie, der beiden Grundbausteine des Universums, ist sehr aufregend. Bis Anfang der achtziger Jahre des zwanzigsten Jahrhunderts wusste niemand von der Existenz der Dunklen Materie. Unser Sonnensystem, die ganze Galaxis und alle anderen Galaxien bestehen aus leuchtender Materie, aber heute wissen wir, dass auch eine ganze andere Art von Materie existiert, die wir ›dunkel‹ nennen. Inzwischen gibt es keinen Zweifel mehr daran, dass der weitaus größte Teil der Materie im Universum dunkel ist. Das Größenverhältnis von dunkler und leuchtender Materie lässt sich mit dem von Erde und Raureif vergleichen.« Sonia legte eine kurze Pause ein, damit ihre Zuhörer über diesen Vergleich nachdenken konnten. »Die uns vertraute leuchtende Materie bildet nur einen kleinen Teil der Gesamtmaterie des Universums. Es gibt weitaus mehr Dunkle Materie, von der wir bis vor einigen Jahren noch gar nichts wussten, und nur ein Mann ahnte ihre Existenz ...«

Hinten im Saal wurde Loren unruhig und begriff gleichzeitig, wie hirnverbrannt seine Nervosität war. Ein Atomkrieg drohte, aber er machte sich Sorgen über ein Publikum, das enttäuscht sein würde, wenn der Ehrengast nicht rechtzeitig eintraf. All diese Leute liefen Gefahr, noch an diesem Abend oder in der Nacht in einem fünfzehntausend Grad heißen Feuerball zu sterben. Welche Rolle spielte es da, ob sie enttäuscht waren oder nicht? Er öffnete die Tür, blickte in den Flur und hielt nach Homer Ausschau, sah aber nur Claymore, der neben zwei großen Farnen in einem Sessel saß und ins Leere starrte. Er hatte sich festlich gekleidet, trug einen Smoking. Loren schloss die Tür wieder und versuchte, sich auf Sonias Vortrag zu konzentrieren.

Wie üblich gelang es ihr, die Zuhörer zu fesseln. Sie hatte die Gabe, selbst komplizierte Zusammenhänge so zu erklären, dass alle sie verstanden. Und bei ihr klang alles interessant. Die versammelten Honoratioren erfuhren an diesem Abend von der Dunklen Materie und ihrer Entdeckung durch Homer. Sie würden imstande sein, es später ihren Kindern und Freunden zu erklären, weil ihnen Sonias Worte im Gedächtnis blieben. Wenn sie zum Nachthimmel aufsahen, würden sie staunen und wissen, dass das, was sie sahen, allein die leuchtende Materie war, und dass sie von viel mehr dunkler Materie umgeben waren, die ihren Blicken verborgen blieb, obwohl sie sich überall befand und die Galaxien zusammenhielt, auch die Milchstraße. Sie würden Homer bewundern und sich fragen, wie er in der Lage gewesen war, ein solches Phänomen, das man gar nicht sehen konnte, zu entdecken.

Gegen halb zehn deuteten gewisse Anzeichen darauf hin, dass Sonia allmählich der Redestoff ausging. Loren wandte sich an den Oberkellner und gab ihm zu verstehen, dass das Essen aufgetragen werden sollte. Er schickte dem Redner eine entsprechende Nachricht und wies darauf hin, dass das Essen vor und nicht wie ursprünglich geplant nach Homers Dankesrede serviert wurde. Senator Hopkins und Mr. Taft steckten die Köpfe zusammen und berieten sich besorgt. Schließlich gab Mr. Taft die Mitteilung an Sonia weiter, die daraufhin ihren Vortrag beendete und vom Podium heruntertrat. Die Kellner begannen damit, die ersten Speisen zu bringen. Loren war auf halbem Wege zu seinem Platz, als ihm Claymore einfiel. Rasch kehrte er zur Tür zurück, und als er sie erreichte, kamen Claymore und Edward herein. Loren begleitete sie zu ihren Plätzen ganz vorn.

Was dann geschah, war so offensichtlich, dass sie im Rückblick eigentlich damit hätten rechnen müssen. Das Publikum sah den kleinen grauhaarigen Mann, der einen Smoking trug und zum ersten Tisch geführt wurde. Claymore ähnelte seinem Bruder kaum, aber die meisten Anwesenden kannten weder den einen noch den anderen. Die Ähnlichkeit mit dem Foto auf dem Umschlag von Homers Buch genügte ihnen. Außerdem, wer sonst trug beim Dinner einen Smoking? Die Leute standen auf und applaudierten. Corliss Taft, der Homer nie gesehen hatte, eilte aufs Podium. Er klatschte laut, mehr aus Erleichterung, und trat vors Mikrofon. »Meine Damen und Herren, hier ist ein Mann, den ich Ihnen nicht vorstellen muss!«

Chandler winkte und versuchte, Tafts Aufmerksamkeit einzufangen, und als ihm das nicht gelang, ging er ihm entgegen. Taft stand am Rand des Podiums, schüttelte Claymore die Hand und führte ihn die Treppe hoch. Loren wollte ihn zurückhalten und legte ihm die Hand auf den Arm, aber Taft schüttelte sie ab. Der Applaus war ohrenbetäubend laut. Taft brachte Claymore aufs Podium, drückte ihm eine verzierte Tafel in die Hand, die vermutlich der Preis war, wich zurück und klatschte erneut. Clay wusste nicht, warum ihm alle applaudierten, aber es schien ihm zu gefallen. Ein kindliches Lächeln erhellte seine Miene. Er trat vor das Publikum und verbeugte sich tief, woraufhin der Applaus noch lauter wurde.

Als er nachließ, erklomm Chandler, mit gerötetem Gesicht und ein wenig unsicher auf den Beinen, die Treppe zum Podium, um den angerichteten Schaden zu beheben. Genau in diesem Augenblick kamen die »Halls of Ivy« durch einen Nebeneingang herein. Der am zweiten Tisch sitzende Williams kreuzte die Finger. Bitte nicht *Das Fräulein von Delhi*, dachte er. Die Sorge hätte er sich sparen können. Die Sänger waren viel zu blau, um an Änderungen des Programms zu denken. Sie sangen »Cornell Victorious«, wie er es ihnen aufgetragen hatte, und wie es dem Wunsch des Senators entsprach. Wenn sie bei dem Lied ein wenig schwankten, so sah es für das Publikum nach musikalischem Überschwang aus. Chandler verließ das Podium, setzte sich neben Candace und schlug die Hände vors Gesicht.

Das Lied führte zu noch mehr Applaus. Die Sänger gingen wieder und Claymore blieb allein auf dem Podium zurück, mit dem Preis in seinen Händen. Er lächelte noch immer sein glückseliges Lächeln. Claymore hatte immer etwas schrecklich Liebenswertes gehabt und das spürten die Leute im Saal jetzt. Sie brachten dem älteren Mann mit dem unschuldigen Lächeln nicht nur Respekt und Bewunderung entgegen, sondern auch jede Menge Zuneigung. Claymore machte eine weitere tiefe Verbeugung.

Als der Applaus verklang, trat Clay zum Mikrofon. Versuchsweise klopfte er darauf. Sein Lächeln verschwand nicht, wirkte aber verwirrt.

»Was soll ich sagen?«, fragte er und sah zum ersten Tisch hinab. »Was soll ich all diesen Leuten sagen, Loren?«

Loren zuckte die Schultern. »Was du willst, Clay. Es liegt ganz bei dir.«

»Nun ...« Claymore überlegte kurz. »Dann möchte ich über Schokoladenmousse reden.«

Das entzückte Publikum applaudierte erneut, davon überzeugt, dass der kluge Mann auf dem Podium nichts falsch machen konnte.

Als wieder Ruhe einkehrte, wurde Claymore ernst. »Die *mousse au chocolat* geht auf das siebzehnte Jahrhundert zurück. Im Jahre 1664 traf ein dänischer Koch am Hof von Versailles ein und begann damit, für den Sonnenkönig zu kochen, für Ludwig XIV. Die große Sensation seiner Küche war eine Art Sorbet, ›granite‹ genannt. Doch das Problem war: Wie sollte man in den warmen Sommermonaten, wenn es kein Eis gab, Sorbet machen? Der Koch wies Ludwig auf das Problem hin, und der Sonnenkönig antwortete, er solle das Problem besser lösen, wenn ihm nichts daran läge, den Sommer in der Bastille zu verbringen.« Gelächter klang durch den Saal. »Also begann der Koch mit geschlagenem Eiweiß und Schokolade zu experimentieren ...«

Loren sah sich um. Das Publikum schien von Claymores Erzählungen hingerissen zu sein. Offenbar zweifelte niemand daran, dass früher oder später klar wurde, was Schokoladenmousse mit der Physik des einundzwanzigsten Jahrhunderts, der Akademie und dem Preis zu tun hatte. Nur am ersten Tisch ließen sich Anzeichen von Sorge erkennen. Loren ertrug es nicht länger, verließ seinen Platz und kehrte zur Tür zurück, um auf Homer zu warten. Von dort aus beobachtete er das Publikum, das Claymore auch weiterhin mit gespannter Aufmerksamkeit zuhörte. Direkt vor ihm beugte sich ein Mann zu seiner Frau und flüsterte laut: »Falls es dir entgangen sein solle, das Eiweiß ist die leuchtende Materie und die Schokolade die dunkle.« Sie antwortete mit einem verärgerten »Pscht!« und fügte hinzu: »Natürlich ist es mir *nicht* entgangen. Ich bin nicht dumm.« Überall im Saal nickten Zuhörer, die Zusammenhänge zu erkennen glaubten.

Schließlich ertönte donnernder Applaus und Claymore lud sein Publikum ein, Fragen zu stellen. Vorn stand ein Mann auf und fragte: »Ich bin ein wenig verwirrt, was die relativen Anteile von Schokolade und Eiweiß betrifft. Ist das Verhältnis ähnlich beschaffen wie zwischen Erde und Raureif?«

»Ist das Ihre Frage?«

»Ja.«

»Die Antwort lautet: nein.«

»Das verwirrt mich etwas.«

Claymore überlegte kurz. »Ihre Verwirrung ist durchaus verständlich.« Was so viel bedeutete wie: Claymore hielt den Mann für dumm.

»Hat es Sie jemals verwirrt?«

»Nie.«

Die Zuhörer klatschten erneut. Gewöhnliche Menschen mochten verwirrt sein, aber nicht so ihr Ehrengast.

Ein weiterer Fragesteller stand auf. »Gibt es eine Verbindung zwischen der Mousse und dem Phänomen der Pekuliarbewegung?«

»Bewegung?«

»Ja, die besondere Bewegung. Weshalb man sie ›Pekuliarbewegung‹ nennt.«

Claymore runzelte die Stirn. »Von der Bindung, meinen Sie?«

»Ich denke schon. Was bedeutet das für die Mousse?«

»Na ja, ich schätze, sie wird zu steif. Man könnte sie lockerer machen oder zum Beispiel Pflaumen hinzufügen. Vorausgesetzt, Sie mögen Pflaumen.«

Der Fragesteller starrte Claymore verständnislos an. Unruhe breitete sich unter dem Publikum aus, als sich Leute umdrehten. Loren kam durch den Mittelgang, gefolgt von Homer und Albert.

Homer ging direkt zur Treppe und trat aufs Podium. Die Versammelten starrten den alten Mann an, der einen zerknitterten Anzug trug und dem ein Schuh fehlte. Die linke Socke war zerrissen, und Blut zeigte sich am Fuß.

»Hallo, Homer.«

»'n Abend, Clay. Bist du fertig?«

»Vielleicht sollte ich noch eine Zusammenfassung hinzufügen.«

»In Ordnung.«

»Es ist eine komplizierte Zusammenfassung. Sie besteht aus drei Teilen.«

»Gut.«

Clay wandte sich wieder ans Publikum. »Schokoladenmousse ist einfach zu machen. Sie ist köstlich, macht aber dick. Ich danke Ihnen.«

Er verließ das Podium. Das Publikum verabschiedete ihn mit einem neuerlichen Applaus, der diesmal aber nervös klang.

Homer näherte sich dem Mikrofon. »Meine Damen und Herren … Ich bin Homer Layton. Ich danke Ihnen für die Ehre. Soweit ich weiß, wird die Bar nach dem Essen geöffnet. Guten Abend.«

Homer trat vom Podium herunter, ging zum ersten Tisch und nahm dort seinen Platz ein. Er war halb verhungert, stopfte sich eine Serviette in den Kragen und machte sich über das Essen her. Im Saal herrschte Stille. Kellner begannen damit, Geschirr abzuräumen und die Schokoladenmousse zu servieren.

15

Der Mann, der eingriff

Homer hatte sie alle zu Bett geschickt. Während der vergangenen Nacht waren sie auf den Beinen gewesen, sagte er, und sie mussten frisch sein für das, was geschehen würde. Doch zumindest für Loren und Edward war an Schlaf nicht zu denken. Sie saßen am Fenster von Edwards Zimmer und blickten über die Stadt. Ed hatte das Licht ausgeschaltet, dann wieder ein und noch einmal aus. Eine ganz einfache Sache, über die man gar nicht nachdachte, aber würde sie am kommenden Tag noch möglich sein? Er durchquerte das dunkle Zimmer und setzte sich auf den leeren Stuhl Loren gegenüber.

»Ich glaube, ich weiß, was passieren wird«, sagte er. »Kelly ergeht es ebenso. Es scheint vorherbestimmt zu sein.«

Loren nickte betrübt.

»Die Offshore-Kubaner werden sich genau so verhalten, wie es Simula-7 vorhergesagt hat. Sie sind vollkommen berechenbar. Sie werden St. Louis angreifen, wie in der Simulation. Sie werden es sich nicht anders überlegen. Bestimmt gehen sie davon aus, dass unsere Behörden eine Evakuierung der Stadt veranlassen. Und bestimmt reden sie sich ein, dass wir eine Eskalation vermeiden wollen. Es wäre dumm von uns, alles auf die Spitze zu treiben – nach dem, was wir auf Kuba angerichtet haben, ist die Zerstörung einer leeren Stadt durch eine einzelne Rakete nicht mehr als eine kleine Verwarnung.«

Loren nickte erneut. »Dumm«, wiederholte er.

»Sie werden glauben, dass wir nicht zurückschlagen, aber da irren sie sich. Wir wissen es besser. Stell dir vor, was passiert, wenn sie ihre eine Rakete auf St. Louis abfeuern. Das modifizierte Revelation-13 erledigt sie vielleicht, oder auch nicht. Möglicherweise ist das System nicht in der Lage, eine einzelne Rakete abzufangen. Angenommen, es ist dazu imstande. Was machen wir dann?«

Loren dachte darüber nach. »Die logische Sache wäre, nichts weiter zu tun. Die Welt könnte glauben, dass Amerikas Raketenabwehrschild funktioniert, dass wir unangreifbar sind. Es wäre eine sehr starke Position für uns.«

»Aber wir gehen nicht logisch vor. Wir sind Fanatiker.«

»Ja. Also regen wir uns mächtig auf. Man hat uns angegriffen; wir müssen es den Angreifern zeigen. Es ist eine Frage verletzten Männerstolzes.«

»Also schicken wir unsere Raketen los. Wir radieren Iran, Nordkorea, Pakistan und alle anderen Länder aus, die uns ein Dorn im Auge sind. Genau das passiert, wenn der Schild hält. Wenn nicht … Dann sitzen wir in den Trümmern von St. Louis. Es wird viele Opfer geben, weil wir die Stadt nicht evakuiert haben. Was machen wir?«

»Vergeltung. Wir suchen einen Sündenbock und starten unsere Raketen.«

»Wir starten sie auf jeden Fall.«

»Ja, auf jeden Fall.«

Sie schauten in die Nacht hinaus und beobachteten die Lichter der Stadt. Nach einer Weile fuhr Edward fort: »In der griechischen Tragödie gibt es einen Moment des Übergangs, direkt nach dem Höhepunkt. Vorher haben Menschen die Ereignisse kontrolliert und nachher kontrollieren die Ereignisse die Menschen. Ich habe den Eindruck, dass dieser Moment heute Morgen verstrichen ist. Jetzt erwartet uns das düstere Ende der griechischen Tragödie; die Akteure werden zu Zuschauern.«

»Das gilt nicht für uns«, sagte Loren. »Bei uns sieht es anders aus. Wir können eingreifen. Wir können handeln, den Effektor einschalten.«

»Aber können wir frei entscheiden? Haben wir eine Wahl? Eigentlich nicht. Wir *müssen* den Effektor einschalten. Die Zahlen diktieren es, denn selbst ein begrenzter nuklearer Schlagabtausch würde weitaus mehr Opfer fordern. Wir müssten selbst dann eingreifen, wenn wir wüssten, dass weitere Eskalationen ausbleiben. Das ist der zweite Teil von dem, was meinem Gefühl nach heute Nacht geschehen wird: Wir schalten den Effektor ein. Wodurch die Welt zum Stillstand kommt. Die Menschen, die von den Atomraketen getötet worden wären, leben noch – wir haben sie gerettet. Aber jetzt funktioniert nichts mehr. Die abgefeuerten Raketen fallen zu Boden, ohne zu explodieren, doch das ist nur der Anfang. Motoren lassen sich nicht mehr starten, es gibt keinen elektrischen Strom, Flugzeuge stürzen ab … Der wahre Albtraum beginnt.«

»Vielleicht können wir den Effektor später abschalten. Wenn die Krise überstanden ist.«

»Nein, nie. Es wird immer mehr Waffen geben, die auf ihre Chance warten.«

»Wir können den Effektor nach Belieben ein- und ausschalten.«

»Loren. Denk gründlich darüber nach. Wenn wir uns einen Spaß daraus machen, den Permanenten Effektor zu aktivieren und zu deaktivieren … Wie lange dauert es dann wohl, bis die Leute merken, dass wir dahinterstecken?«

»Ich verstehe nicht ganz …«

»Rupert Paule wendet sich an Armitage, einen Physiker von Weltklasse, und sagt: ›Was zum Teufel ist hier los? Welche Kraft neutralisiert unsere Raketen, Motoren und Generatoren?‹ Armitage nimmt einige Untersuchungen vor, während der Effekt wirkt. Was kann er herausfinden?«

Loren überlegte. »Die potenzielle Energie in jeder brennbaren Substanz erscheint reduziert, wenn sich der Effekt auswirkt, und kehrt ohne den Effekt auf das normale Niveau zurück. Das böte einen Hinweis auf die ganze Theorie von T-prime. Wozu wir Jahre gebraucht haben, um es zu verstehen …«

»Armitage könnte viel schneller die richtigen Schlüsse ziehen, vielleicht in Wochen.«

»In Tagen«, sagte Loren.

»Wahrscheinlich. Und dann würde Paule fragen: ›Wer tut uns dies an, Dr. Armitage?‹ Und für Lamar wäre es schon nach einer Sekunde klar: Homer Layton und sein Team. Homers Artikel in *Science* über die Pekuliarbewegung bietet einen klaren Hinweis.«

»Sie würden über uns herfallen, uns den Effektor wegnehmen und ihn ausschalten.«

»Und manchmal würden sie ihn wieder einschalten.«

Loren begriff, was Edward meinte. »Oh.«

»Ja. Sie schalten ihn ein, wenn sie gegen sie gerichtete strategische Aktionen entdecken. Und sie schalten ihn aus, wenn sie selbst zuschlagen wollen. Einen besseren Abwehrschild gibt es nicht.«

»Vielleicht wäre es gar nicht so schlecht.«

»Es wäre furchtbar. Denn ihnen müsste klar sein, dass auch andere Länder Physiker haben. Mit dem Hinweis, den wir ihnen gegeben haben, kommen sie schnell hinter das Geheimnis von T-prime. Was bedeutet, dass sie nach einigen Wochen ihren eigenen Effektor bauen können. Doch das würde den Eiferern und Fanatikern ganz und gar nicht gefallen. Sie müssten damit rechnen, dass ihr Vorteil nach wenigen Wochen dahin ist. Was würden sie tun?«

»Sie müssten handeln, um ihren Vorteil abzusichern. Sie würden vielleicht …«

»Genau. Sie würden angreifen, solange sie die Gewissheit haben, dass sich der Gegner nicht wirkungsvoll zur Wehr setzen kann. Davon müssen wir ausgehen.«

Es dauerte eine Weile, bis sich die Erkenntnis festsetzte. Die Entscheidung, den Effektor einzuschalten, war auch die Entscheidung, ihn für immer anzulassen. »Vielleicht funktioniert der Effektor gar nicht«, sagte Loren.

»Das ist unsere optimistischste Hoffnung.« Edward lächelte bitter. »Es würde bedeuten, dass wir zusammen mit dem Rest der Welt in nuklearer Glut gebraten oder vom Fallout vergiftet werden. Wir wären tot, was wir eines Tages ohnehin sein werden. Aber zumindest müssten wir uns nicht vorwerfen, dass alles unsere Schuld ist.«

*

Oswald Burlingame blieb in jener Nacht wach. Er war inzwischen zum technischen Verbindungsmann des neu wiederbelebten Shield-Projekts geworden, das in der Johns-Hopkins-Universität Gestalt annahm. Zentraler Sitz des Projekts war ein Außengebäude, das dem Sportprogramm der Universität zur Verfügung gestanden hatte. In gewisser Weise erinnerte das Setting ans Football-Stadion, in dem während der vierziger Jahre des zwanzigsten Jahrhunderts das Manhattan-Projekt untergebracht gewesen war. Burlingame wusste um diese Parallele, weil er einen Film über das Manhattan-Projekt gesehen hatte. Er zeigte dem bewaffneten Wächter seinen Ausweis und trug sich in die Liste ein. Es war eine Minute vor Mitternacht.

Um Punkt zwölf traf er für die Besprechung mit Dr. Armitage ein. Der Professor wartete auf ihn, zusammen mit zwei Mitarbeitern. Burlingame lächelte und schüttelte ihnen die Hand. Die herzliche Begrüßung und seine allgemeine Freundlichkeit waren neu für Burlingame. Er hatte gründlich über die unglückliche Beziehung nachgedacht, durch die es so schwer gewesen war, ein produktiver Teil des Cornell-Teams zu werden. Das sollte sich nicht wiederholen. Er wollte zu einem echten Förderer dieses Projekts werden. Alle Beteiligten sollten wissen, dass er dazugehörte. Und sie sollten eifrig darauf bedacht sein, ihn über ihre Fortschritte auf dem Laufenden zu halten. Dieser Eifer hatte in Cornell zweifellos gefehlt und inzwischen war Burlingame voller Demut bereit, die Verantwortung dafür zu übernehmen. Er war zu sehr Widersacher und Opponent gewesen. Kein Wunder, dass die Cornell-Gruppe keine Bereitschaft gezeigt hatte, irgendwelche guten Nachrichten an ihn weiterzugeben. Das sollte hier nicht noch einmal geschehen.

Manchmal war es die Art und Weise, wie man eine Frage stellte, die es dem Gegenüber ermöglichte, die beste aller Antworten zu geben. Burlingame begann mit: »Nun, ich nehme an, alles läuft gut?«

»Oh, sehr gut. Sehr gut.« Armitage wirkte bedrückt.

»Jede Menge Fortschritte?«

»Äh, ja.«

»Ich wette, Sie sind ein gutes Stück vorangekommen.«

»Ja.«

»Also ist alles bestens, nicht wahr?«

»Mhm.«

Burlingame schrieb »gutes Stück vorangekommen« und »alles bestens« in sein Protokoll. Eigentlich wollte er fragen: Ist das verdammte Ding endlich einsatzbereit? Aber eine solche Frage durfte der neue Burlingame nicht stellen; sie hätte ein Nein herausgefordert.

»Bitte gestatten Sie mir eine Frage, Dr. Armitage. Welche von den erzielten Fortschritten können Sie mir heute Abend zeigen? Womit ich Sie natürlich nicht unter Druck setzen möchte. Ich würde nur gern wissen, wie weit Sie sind und was funktioniert.«

»Wir können einen Strahl auf ein Ziel richten, für eine Sekunde. Wir geben die Koordinaten ein, das Programm wählt den nächsten

Satelliten und gibt ihm die Anweisung zu feuern. Alles ist präzise und stabil.«

»Oh, das ist ausgezeichnet. Ja, wirklich ausgezeichnet. Natürlich habe ich mir, offen gestanden, unter ›Fortschritte‹ etwas anderes vorgestellt, denn dazu sind wir schon seit einer ganzen Weile imstande. Trotzdem, es ist ausgezeichnet. Ich kann den Herren nur gratulieren.«

Keiner der Herren sah übermäßig glücklich aus. Nach einem Moment sagte Armitage: »Ich schätze, die Fortschritte liegen bei der Stabilität. Die Software enthielt einige große Fehler, die dazu führten, dass der Satellit manchmal gar nicht feuerte oder auf einen anderen Ort als das angegebene Ziel. Diese Fehler sind jetzt korrigiert.«

Burlingame gab sich Mühe, freundlich zu bleiben. Unter Fortschritt verstand er etwas anderes als die Korrektur von Fehlern, von deren Existenz er bisher gar nichts gewusst hatte. »Das ist gut. Nun, abgesehen von diesen Fortschritten sind Sie bestimmt auch in anderen Bereichen vorangekommen oder sehe ich das zu optimistisch?« Sie alle wussten, was mit den »anderen Bereichen« gemeint war: das Sammeln und die Auswertung von Sensordaten, mit denen das System Raketen im Anflug identifizierte. Armitage und seine Leute sprachen in diesem Zusammenhang von »Sicht«.

»Wir konnten den Satelliten etwas mehr Sicht geben.«

»Das sind hervorragende Neuigkeiten, ja, wirklich hervorragende Neuigkeiten. Das System ist also imstande, Ziele zu erkennen.«

»Nicht ganz. Zuerst einmal: Es kann nur ein einzelnes Objekt erkennen. Es sind einige Hundert Sensoren im Einsatz, aber bisher lassen sie sich nur einzeln steuern. Mit anderen Worten: Wenn sie alle auf dasselbe Objekt gerichtet sind, können wir davon sprechen, dass SHIELA ein Objekt ›sieht‹.«

»Oh. Aber das sind doch Fortschritte, oder?« Ein Teil der Anspannung wich aus Burlingames Nacken. Langfristig gesehen würde es kaum genügen, wenn das System in der Lage war, nur ein Ziel zu erkennen, aber dieses eine Mal – für diese ganz besondere Nacht – sollte es ausreichen.

»Ja. Es ist ein Fortschritt, weil wir vorher nicht dazu imstande waren. Es hat uns erhebliche Mühe gekostet, diesen Fortschritt zu erzielen.«

»Was ich sehr zu schätzen weiß, wie ich Ihnen versichern möchte, Lamar. Mir ist durchaus klar, dass Sie und Ihre Leute schwere und großartige Arbeit leisten. Ich würde sagen, niemand weiß es mehr zu schätzen als ich, aber da gibt es natürlich noch den Präsidenten, der es sicher noch mehr zu schätzen weiß.«

»Mhm.«

»Er weiß es sehr zu schätzen, möchte ich betonen. Nun, jetzt da wir ›Sicht‹ haben, ist es doch praktisch geschafft, oder?«

Diese Worte waren der sprichwörtliche Tropfen, der das Fass zum Überlaufen brachte.

»Nein, verdammt, wir haben es nicht praktisch geschafft!«, explodierte Armitage. »Wir stehen noch immer am Anfang!«

»Äh, das meine ich ja«, sagte Burlingame lahm. »Es wartet noch immer viel Arbeit auf uns.«

»Unglaublich viel. Sechshundert Personen sollten an diesem Projekt arbeiten. Uns fehlen fünfhundertachtzig von ihnen. Stellen Sie sich das einmal vor. Wir reißen uns den verdammten Arsch auf, indem wir versuchen, die Arbeit von weiteren fünfhundertachtzig Spezialisten zu erledigen.«

Burlingame versuchte, beeindruckt zu wirken. »Eine unglaubliche Anstrengung, meine Herren. Niemand sonst auf der Erde, und ich meine die ganze Erde, wäre dazu in der Lage. Ich wollte nur sagen: Innerhalb gewisser Grenzen können wir gewisse Dinge tun. Es gibt natürlich Grenzen. Aber innerhalb davon können wir das eine oder andere tun. Das wollte ich nur sagen.«

»Ja, wir können Folgendes tun: Wir können einen Strahl für eine Sekunde auf einen bestimmten Ort richten und wir können jeweils ein Objekt sehen.«

»Wunderbar. Wir können also ein Objekt erkennen und dann darauf feuern, für eine Sekunde, nicht wahr?«

Armitage sah einfach nur müde aus. »Zeigen Sie ihm die Demo, Lawrence.«

Lawrence Perkins drehte sich um und schaltete den Bildschirm ein. Burlingame lächelte freundlich, dazu bereit, sich beeindrucken zu lassen. Er fühlte sich schon viel besser. Die Demo würde ihm zeigen, dass das System zumindest den Anforderungen dieser Nacht genügte. Es brauchte nur ein einzelnes Ziel zu erkennen, eine Rakete im Anflug, und den Laserstrahl darauf zu richten. Nicht zu viel verlangt nach all den Wochen harter Arbeit.

Der Bildschirm zeigte Sterne, die von links nach rechts glitten. »Der Sensor rotiert und sucht nach etwas«, kommentierte Perkins. »Wir sehen Sterne auf dem Schirm, aber der Sensor erkennt sie nicht. Sie sollen uns einen Eindruck von der Bewegung des Sensors vermitteln. Wichtig ist, dass Sie verstehen: Der Sensor erkennt die Sterne nicht.«

»Oh, schon gut«, sagte Burlingame. »Dagegen gibt es nichts einzuwenden. Ich verlange keine Perfektion.« Wen kümmerte es, ob das verdammte Ding die Sterne sehen konnte oder nicht?

»Ich wollte nur ganz sicher sein, dass Sie verstehen. Die Sterne sind simuliert.«

»In Ordnung.«

»Nun, jetzt hat der Scanner ein Objekt gewählt.« Ein Kreis mit einem X darin geriet von links kommend in Sicht. »Wie Sie sehen, hat das System die Zielerfassung darauf gerichtet.« Die Sterne glitten nicht mehr so schnell von einer Seite zur anderen, offenbar deshalb, weil die Rotation des Sensors langsamer wurde. In der Mitte des Bildschirms hielt der Kreis mit dem X an. »Alles klar, Ziel erfasst. SHIELA folgt dem Objekt. Die Koordinaten werden hier unten in der Ecke angezeigt, nach dem kartesischen Koordinatensystem. SHIELA ›sieht‹ das Objekt und kann ihm folgen.«

»Und das Objekt bewegt sich, nicht wahr?«

»Äh, ja, ich denke schon.« Die Frage schien Perkins zu überraschen.

»Wie schnell ist es?«

»Siebzig Meter pro Sekunde.«

»Aha. Wir haben also ein sich schnell bewegendes Ziel erfasst.«

»Wenn Sie es so ausdrücken wollen.«

»Zerstören Sie es.«

»Wie bitte?«

»Zerstören Sie das Ziel. Richten Sie den Sekundenstrahl darauf. Es ist mir gleich, um was es sich handelt. Privat oder Militär. Ein Passagierflugzeug kann es nicht sein, denn heute Nacht fliegen keine, das weiß ich zufälligerweise. Holen Sie das Objekt vom Himmel. Wir sind bereit, den Kopf dafür hinzuhalten. Wir müssen unbedingt wissen, ob wir in der Lage sind, ein bewegliches Ziel zu erfassen und abzuschießen. Das ist überaus wichtig. Ich bitte Sie also, das Objekt abzuschießen, das dort erfasst ist. Es soll vom Schirm verschwinden. So lauten meine Anweisungen. Und es sind Anweisungen, die direkt vom Weißen Haus kommen.«

»Lieber Himmel.« Perkins war bleich. »Sie glauben, wir hätten irgendeinen armen Kerl erfasst, der eine Runde mit seiner Cessna dreht und der Freundin die Lichter der Stadt zeigt. Und wir sollen ihn abschießen, damit Sie sehen, ob das System funktioniert.«

»Genau das möchte ich von Ihnen und genau das wird geschehen. Niemand bedauert den Tod der armen Menschen in dem Flugzeug mehr als ich, aber ich muss darauf bestehen. Heute Nacht steht zu viel auf dem Spiel. Wir müssen wissen, wozu das System imstande ist. Ich übernehme die volle Verantwortung.« Burlingame wandte sich an Armitage. »Sie verstehen, was getan werden muss.«

Armitage lächelte geheimnisvoll. »O ja. Ich verstehe, was Sie von mir verlangen. Übrigens ist das erfasste Ziel keine Cessna.«

»Nein?«

»Nein. Cessnas sind klein, viel zu klein, um vom System in seinem derzeitigen Zustand erfasst zu werden. Wenn das Programm fertiggestellt ist, sollten wir in der Lage sein, die Zielerfassung selbst auf einen Dartpfeil zu richten, aber derzeit müssen wir uns mit größeren Objekten begnügen.«

Burlingame sah wieder auf den Bildschirm mit dem umkreisten X in der Mitte. Ein Verdacht stieg in ihm auf. »Welches Objekt ist dort als Ziel erfasst worden?«

»Die Erde, Mr. Burlingame.«

»Die *Erde*?«

»Ja. Wie ich schon sagte: Unsere derzeitige Sicht ist begrenzt. Das einzige Objekt, das wir sehen können, ist die Erde.«

»Meine Güte.«

»Damit haben wir übrigens einen wichtigen Schritt nach vorn getan.«

»Lieber Himmel.« Burlingame konnte es kaum fassen. »Sie können die Erde sehen.«

»Ja.«

»Nur die Erde.«

»Genau.«

»Das ist wundervoll. Sie ›sehen‹ ein Objekt, das ein Viertel des ganzen verdammten Himmels einnimmt.«

»Sie sagen es.«

»Ich bin überwältigt.«

»So ist das Leben.«

Burlingame spürte, wie er rot anlief. »Sie müssen mehr leisten, Dr. Armitage, viel mehr. Sie müssen in der Lage sein, eine sehr schnell fliegende Rakete zu sehen, die es auf eine amerikanische Stadt abgesehen hat.«

»Das ist uns klar.«

»Wie lange dauert es, bis Sie dazu imstande sind? Noch eine Stunde, zwei oder drei? Vielleicht morgen früh?«

»Sie wollen wissen, wie lange es dauert, bis wir eine fliegende Rakete als Ziel erfassen können?«

»Ja. Wie lange?«

»Eine einzelne Rakete?«

»Ja!«

»Von Land gestartet? U-Boot-Raketen fliegen tiefer und sind schwerer zu entdecken.«

»Ja. Eine einzelne von Land gestartete Rakete. Wie lange dauert es, bis Sie die Zielerfassung darauf richten können?«

Armitage lehnte sich zurück und blickte zur Decke hoch. »Mal überlegen. Wenn sich an unserer derzeitigen Mitarbeiterzahl nichts ändert und wenn wir weiterhin so gut vorankommen wie bisher ... Ich schätze, Weihnachten übernächstes Jahr sollten wir in der Lage sein, eine einzelne Rakete als Ziel zu erfassen.«

»Jesus!«

»Aber nageln Sie mich nicht darauf fest. Vielleicht bin ich zu optimistisch.«

»Ich glaube das nicht! Ich meine ... Sind Sie verrückt? Sind Sie total übergeschnappt? Halten Sie dies für eine verdammte Teeparty? Lieber Himmel!«

Burlingame stand, das Gesicht puterrot. Er stopfte das Protokoll in seinen Aktenkoffer, marschierte zornig davon und warf die Tür hinter sich zu. Den Wächter würdigte er keines Blickes. Lieber Himmel. Und er war auch noch so freundlich zu diesen Idioten gewesen. Mit diesem Ergebnis. Er hatte sie gelobt, sie angelächelt und versucht, zuvorkommend zu sein. Dies hatte er nun davon. Nichts. *Das* hatte er davon. Wenn er aus diesem Abend eine Lehre ziehen konnte, so lautete sie: Es war vollkommen sinnlos, freundlich und entgegenkommend zu sein. Jetzt ist Schluss mit lustig, dachte Burlingame, setzte sich in seinen Wagen und fuhr mit quietschenden Reifen los.

*

Zwanzig Minuten nachdem Burlingame den Campus von Johns Hopkins verlassen hatte, startete eine Atomrakete vom Typ SS-24 von einer Insel vor der Küste Ecuadors. Ihr Ziel: St. Louis, Missouri. Der Startzeitpunkt war so gewählt, damit die Rakete ihr Ziel genau um Mitternacht St. Louis-Zeit erreichte. Ein zweihundert Meilen westlich von San Diego stationierter Zerstörer der amerikanischen Marine ortete die Rakete und einige Sekunden später wurde ein Alarm ausgelöst. Da der Zerstörer auf eine solche Sichtung vorbereitet gewesen war, ging man gleich auf Alarmstufe Rot und schickte eine Nachricht ins StratCom-Netzwerk.

Albert döste mit dem Ohr am Empfänger. Die Mitteilung hätte Teil seines Traums sein können, denn in letzter Zeit träumte er oft von solchen Dingen. Er hob den Kopf und starrte auf das Gerät in seiner Hand, das den Alarm wiederholte. Er blickte zu Homer, der wach im Sessel neben ihm saß. Homer hatte alles gehört. Die Worte der Ankündigung schienen keine nennenswerte Wirkung auf ihn zu haben; sie waren mehr wie ein morgens klingelnder Wecker. In diesem Fall lautete die Botschaft des Klingelns: Es ging los.

Albert hielt das kleine Gerät wieder ans Ohr und sein Blick kehrte zu Homer zurück. »Neunzehn Minuten, glauben sie«, sagte er und sah auf die Uhr. »Um ein Uhr unserer Zeit.«

Homer stand mühsam auf. Alte Leute sollten nicht in tiefen Sesseln sitzen, dachte er. Loren, der auf dem Boden neben ihm geschlafen hatte, war schon auf den Beinen. »Ich hole die anderen«, sagte er.

Edward hatte seine Tür einen Spaltbreit offen gelassen. Loren sah ins Zimmer und sagte: »Es ist so weit, Ed.« Es hätte das frühe Wecken für den Beginn eines Campingausflugs sein können. Er hörte Edwards Antwort aus dem dunklen Zimmer und ging weiter, zu Sonia gleich nebenan.

Loren klopfte an und wartete. Er hörte Bewegung im Zimmer, die Tür öffnete sich, und Sonia blinzelte im Licht des Flurs. »Sonia.« Er wollte sie in die Arme nehmen, sie trösten, doch sie behielt die Tür zwischen ihnen.

»Ich bin im Schlafanzug«, sagte sie.

»Komm so schnell du kannst zu Homer.«

»Gib mir ein paar Minuten fürs Anziehen.« Sie schloss die Tür.

Weiter zu Kellys Zimmer. Loren klopfte an und hörte Geräusche, bevor sich die Tür öffnete. Kelly war hellwach. Sie trug ein weißes

Nachthemd mit Rüschen an den Ärmeln. Hinter ihr brannte eine kleine Lampe.

»Es ist geschehen«, sagte Loren.

Kelly zog ihn herein. »Sieh nach Curtis«, sagte sie. »Ich ziehe mir schnell was über.«

Loren ging ins Nebenzimmer und spähte in die Dunkelheit. Er hörte das gleichmäßige Atmen des Kinds. Die Gestalt im Bett wirkte friedlich im Schlaf. Er kehrte in Kellys Raum zurück. Sie stand vor der Kommode, mit dem Rücken zu ihm, und zog eine Jeans unter ihrem Nachthemd hoch. Ihr Hintern zeigte sich kurz, als sie die Hose zurechtrückte. Das Nachthemd warf sie achtlos beiseite. Loren sah ihren langen, schmalen Rücken. Sie war größer als seine Schwestern, dachte er, ein bisschen größer. Kelly zog sich ein T-Shirt über den Kopf und drehte sich zu ihm um. »Fertig«, sagte sie und stand barfuß vor ihm. Keine Schuhe, keine Unterwäsche. Sie trafen noch vor Edward in Homers Suite ein.

Homer hatte Maria geweckt. Sie trat aus dem Schlafzimmer und zog den Gürtel eines Morgenmantels zu. Claymore kam von der anderen Seite herein. Sonia und Edward erschienen gleichzeitig. Noch elf Minuten bis zum Einschlag. Homer schloss die Tür, verriegelte sie und drehte sich ernst zu ihnen um.

»Gloria Verde hat eine Rakete auf St. Louis abgefeuert. Albert hat den Alarm vor einigen Minuten mit seinem StratCom-Apparat gehört. Die Rakete wird ihr Ziel um ein Uhr unserer Zeit erreichen. Uns bleiben nur wenige Minuten, um genau zu überlegen. Darauf kommt es jetzt an, dass wir genau überlegen.

Es gibt einige Dinge, die wir Albert, Maria und Claymore erklären müssen, über unsere Vereinbarung in Bezug auf den Effektor, falls wir entscheiden, ihn einzuschalten. Hörst du zu, Clay?«

»Oh, klar.« Claymore hatte als Einziger Platz genommen. Er saß auf der Couch, in einem pfirsichfarbenen Schlafanzug. Auf dem Tisch lag eine Hochglanzbroschüre über das Nachtleben von Fort Lauderdale. Er schlug sie auf. »Klar«, sagte er.

Homer wandte sich an Albert und Maria. »Ihr wisst, was es mit dem Effektor auf sich hat. Ich habe es euch erklärt. Ihr wisst auch, was wir heute Nacht tun könnten, was wir in Erwägung ziehen. Aber was auch immer hier geschieht, ihr seid dafür nicht verantwortlich. Das ist wichtig.

Die Verantwortung tragen wir fünf.« Er sah die Mitglieder der Gruppe an. »Ich selbst, Edward, Sonia, Loren und Kelly. Nur wir fünf. Wir stimmen ab, bevor wir etwas unternehmen. Zuvor sind wir übereingekommen, dass die Entscheidung, den Effektor einzuschalten, die Zustimmung von uns allen verlangt. Eine Nein-Stimme läuft auf ein Veto hinaus. Offenbar müssen wir heute Nacht abstimmen. Bald.

Noch hat eine Abstimmung darüber, ob wir den Effektor verwenden sollen, keinen Sinn, denn ich würde mit Nein stimmen. Wir können nicht einschreiten, um St. Louis zu retten. Es gibt noch immer die Möglichkeit, dass damit alles vorbei ist. Wenn Washington entscheidet, den Angriff auf St. Louis ohne Vergeltungsmaßnahmen hinzunehmen, brauchen wir den Effektor nicht einzuschalten. Das wäre eine große Erleichterung für uns alle. Auf diese Weise müssen wir es sehen. Wir warten bis nach der Explosion der Rakete. Wir warten und warten. Wenn Amerika protestiert, ohne einen Gegenangriff zu starten, brauchen wir nicht abzustimmen. In dem Fall muss niemand sagen, wie er oder sie gestimmt hätte. Dann können wir den Rest unseres Lebens mit ruhigem Gewissen verbringen, weil wir die Macht, die in unsere Hände fiel, unangetastet ließen, eine Macht, die die Welt in Dunkelheit stürzen kann. Dann werden wir uns immer fragen, was geschehen wäre, wenn wir ein paar Leben in einer Stadt des Mittelwestens gerettet, dafür aber die ganze Welt grundlegend verändert hätten. Wir könnten bei einem Bier in Cornell darüber reden.«

Ihm gingen die Worte aus. Er hätte überhaupt nichts sagen müssen, das wussten sie alle.

Für einen langen Moment herrschte Stille und dann raschelte es, als Claymore umblätterte.

Homer fiel noch etwas ein. »Wenn wir abstimmen müssen, und ich hoffe, das ist nicht der Fall, aber wenn uns die Umstände zu einer Abstimmung zwingen, so möchte ich fragen …«

Albert hob die Hand. Er hatte das Ohr am Empfänger und sein Blick ging ins Leere. »Sie starten«, sagte er.

»Was?«, fragte Loren fassungslos. »Wer startet? Wir?«

»Der Präsident hat den Befehl gegeben. Amerika schlägt zu.«

»Aber das kann doch nicht sein! Sie müssen warten, bis die Rakete St. Louis trifft. Vielleicht hält der Abwehrschild. Oder die Kubaner überlegen es sich im letzten Moment anders und lassen die Rakete ins Meer stürzen. Oder sie explodiert überhaupt nicht. Es ist zu früh für eine Reaktion.«

Albert zuckte die Schultern.

Homer sah auf die Uhr. »Wir stimmen jetzt ab«, sagte er. »Es bleiben noch neun Minuten. Wenn wir alle mit Ja stimmen, können wir handeln, noch bevor die Rakete St. Louis erreicht. Dann retten wir auch das Leben der dortigen Menschen, was alles leichter macht.«

»Es wird gestartet«, sagte Albert. »StratCom bestätigt, dass sich die erste Rakete auf den Weg macht ... und jetzt die zweite, von einem U-Boot aus. Es hat begonnen. Weitere Starts werden gemeldet ...«

»Wir stimmen ab.« Homer und seine Gruppe wichen beiseite, weg von Albert und Maria. Eine symbolische Trennung. »Ja bedeutet, dass wir den Effektor einschalten. Nein bedeutet, dass wir nichts unternehmen. Ich stimme ...«

»Warte!«, sagte Loren. Er erinnerte sich an die letzte Abstimmung. Alle hatten sofort ihre Stimme abgegeben, mit Ausnahme von Sonia; letztendlich war es also ihre Stimme gewesen, die den Ausschlag gegeben hatte. Loren wollte nicht, dass sich so etwas wiederholte. »Kleine Zettel«, sagte er. »Wir schreiben unsere Stimme auf. Damit niemand der Letzte ist und den ganzen Druck fühlen muss.«

Auf dem Tisch lag ein Block mit gelben Haftzetteln. Loren riss einen für jeden von ihnen ab. Es gab Stifte und jeder nahm einen. Sonia holte einen aus ihrer Handtasche. Loren schrieb »Ja« auf seinen Zettel und sammelte dann die anderen ein. Er klebte sie an seinen Ärmel, in einer Reihe: alles Ja-Stimmen. Sonias Ja war so klein geschrieben, dass man genau hinsehen musste, um es zu erkennen: zwei winzige Buchstaben, kaum einen halben Zentimeter groß.

»Alle haben mit Ja gestimmt«, sagte er.

Homer nickte. »Ich schalte den Effektor selbst ein.«

»Noch sieben Minuten«, sagte Albert.

Edward hatte den verzierten Eichenholzkasten mitgebracht. Er stellte ihn auf den Tisch, öffnete ihn und trat zurück. Stille herrschte. Homer ging allein zu dem Kasten und blickte darauf hinab.

»Es befindet sich ein Schiebeschalter an der Seite«, sagte Loren.

»Ich weiß, ich weiß.«

Alberts Stimme kam wie aus weiter Ferne. »Noch sechs Minuten«, sagte er. »Was nicht heißt, dass ich drängen möchte.«

»Ich weiß«, erwiderte Homer.

Es wäre Loren lieber gewesen, wenn Maria jetzt neben Homer gestanden hätte; er sollte jetzt nicht so allein sein. Doch Maria war tief in den weißen Sessel gesunken und hatte den Kopf zur Seite gedreht.

Kelly trat vor, griff mit beiden Händen nach Homers linker Hand und drückte ihre Wange an seine. Loren glaubte zu sehen, dass sie ihm etwas zuflüsterte, aber er hörte nichts. Homer nickte und streckte die rechte Hand nach dem Schalter aus. Loren reckte den Hals. Hatte er den Effektor eingeschaltet? Homer wirkte wie erstarrt.

»Wie viele Menschen leben in St. Louis?«, fragte Edward. »Drei Millionen? Homer, in den nächsten Minuten rettest du genug Menschen, um die Entscheidung zu rechtfertigen. Innerhalb der nächsten Stunde wirst du Dutzende von Millionen Leben gerettet haben, weitaus mehr, als durch den Effekt verlorengehen.«

»Ich weiß«, sagte Homer. »Also tue ich es.« Er betätigte den Schiebeschalter und trat zurück. Die anderen beugten sich vor. Der Schalter leitete Strom in den kleinen, einem Maser ähnelnden Generator und löste die mechanische Arretierung, die das freie Schweben der Karte verhinderte. In der Mitte des Apparats glühte es rosarot. Die Karte begann sich zu drehen und suchte nach dem magnetischen Nordpol. Sie drehte sich über den Norden hinaus, kehrte dann quälend langsam zu ihm zurück und verharrte schließlich. Loren blickte aus dem Fenster. Nichts war geschehen.

»Vielleicht ist der Magnet …«, begann er.

Das Licht im Zimmer wurde schwächer. Es ging nicht einfach aus, wie bei einem plötzlichen Stromausfall; es sah eher aus, als würde jemand einen Dimmer drehen. Als es im Zimmer ganz dunkel geworden war, sahen sie aus dem Fenster. Auch in der Stadt breitete sich Dunkelheit aus – nach einigen Sekunden waren überhaupt keine elektrischen Lichter mehr zu sehen. Eine Zeit lang blieb es still, bis Albert das Schweigen brach. »Drei Minuten bis zum Einschlag der Rakete in St. Louis.« Er hielt sich noch immer den StratCom-Apparat ans Ohr. Das Gerät lief mit Batterie, war also nicht vom Effektor betroffen. Der StratCom-Sender befand sich in einem Satelliten, außerhalb des irdischen Magnetfelds.

Sie wandten sich alle dem Fenster zu. Claymore stand auf und kam näher. »Sieh nur«, sagte er und winkte Homer nach vorn. »Ich hab's dir ja gesagt. Es ist eine andere Farbe.«

Der Nachthimmel hatte einen Hauch von Rosarot. Es sah nach den Nordlichtern aus, nach der Aurora Borealis, aber das schwache Leuchten zeigte sich im Süden.

»Es ist eine andere Farbe«, wiederholte Claymore. »Pink.«

»Ja, stimmt«, sagte Homer.

Loren holte tief Luft. »Es ist ein Uhr. Wird etwas durchgegeben?«

Alle Blicke richteten sich auf Albert. Er drückte sich den Empfänger noch etwas fester ans Ohr und schüttelte den Kopf. Dann starrte er wieder ins Nichts. »Moment … Es heißt, der Schild habe gehalten. Ja, der Schild habe gehalten und St. Louis sei nicht zerstört. Es gibt Beobachter unweit der Stadt und sie melden keine Explosion.« Albert sah die anderen an. »Sie glauben, es liegt am Raketenabwehrschild.«

»Oh«, sagte Homer. »Ihnen dürfte bald klarwerden, was geschehen ist.« Er setzte sich auf die Armlehne von Marias Sessel. Sie sah noch immer zur Seite.

»Es werden die Namen der Personen genannt, die angeblich St. Louis gerettet haben«, sagte Albert. »Armitage und seine Leute … und Curly Burlingame. Curly Burlingame?«

»Ein wahrer amerikanischer Held«, sagte Edward.

»Jetzt werden einige Stromausfälle in den Vereinigten Staaten gemeldet«, fuhr Albert fort. »Keine große Sache, heißt es. Die Rede ist von mutmaßlicher Sabotage, aber nur Einzelfälle.«

Homer lächelte grimmig. »Sabotage, ja. Einzelfälle, nein.«

»Stromausfälle auch in Europa. Sie wissen noch nicht, was sie davon halten sollen.«

Homer winkte geistesabwesend. »Schalt aus, Albert. Worauf es jetzt ankommt, passiert nicht dort draußen, sondern hier drinnen.«

Albert legte den StratCom-Empfänger auf den Couchtisch und sah wieder aus dem Fenster. Es gab überhaupt kein künstliches Licht mehr, nur Sterne und das fahle rosarote Leuchten, wie das schwache Licht etwa eine Stunde vor Sonnenaufgang. Aber es ließ sich in allen Richtungen beobachten und war am südlichen Horizont ein wenig stärker.

»Meine Güte«, sagte Albert. »Was haben wir getan?«

Homer saß in der Dunkelheit. »Was haben wir getan? Was habe ich getan? Wir haben etwa acht Millionen Menschen zum Tod verurteilt – sie werden im Lauf der nächsten Monate sterben. Acht Millionen.«

Er sprach leise, schwieg einige Sekunden und fügte dann noch leiser hinzu: »Im Vergleich mit uns war Hitler ein Dilettant.«

Loren hielt den Atem an. Kelly beugte sich zu Homer hinab, streckte die Hände nach seinen Seiten aus und … kitzelte ihn. Homer war unglaublich kitzlig. Er zuckte heftig zusammen. »Dummer alter Kerl«, sagte Kelly. »Du hast gerade St. Louis gerettet und sechzig Millionen Menschen überall auf der Welt. Das geht aus unseren Berechnungen hervor. Du hast die Atmosphäre der Erde vor radioaktiver Verseuchung bewahrt. Vielleicht hast du sogar das ganze Leben auf diesem Planeten gerettet.«

»Es stimmt, Homer«, sagte Loren. »Du bist der größte Held aller Zeiten.«

»Aber all das Sterben, das jetzt beginnt …«, wandte er ein.

»Daran ist jemand anderer schuld.« Edward legte Homer den Arm um die Schulter. »Rupert Paule. Er und General Simpson und all die anderen. Es ist ihre Schuld, Homer.«

Homer nickte, wirkte aber nicht sonderlich überzeugt.

Loren löste die Batterie vom Effektor und sah seine Annahmen bestätigt, als das winzige rosarote Licht in der Kartenmitte blieb – es bezog seine Energie vom irdischen Magnetfeld. Der kleine Apparat auf der Karte war nötig für die Übertragung der Störung, die den Effekt erhielt. Solange er aktiv und ausgerichtet blieb, dauerte der Effekt an. Loren entfernte auch die Arretierung, damit sie nicht unabsichtlich ausgelöst werden konnte, schloss den Kasten und schloss ihn ab.

Edward verteilte Taschenlampen aus einer Box mit Vorräten, die sie Stunden zuvor hochgetragen hatten. Außerdem gab er jedem eine Liste mit detaillierten Anweisungen für die nächsten Schritte.

»Es wartet viel Arbeit auf uns, Leute, und wir haben nur ein paar Stunden Zeit, alles zu erledigen. Packen wir's an.«

16

Homers Plan enthüllt

Homers Plan war einfach und das war auch gut so, denn während der nächsten Stunden musste er wieder und immer wieder erklärt werden. Er ging davon aus, dass die Mächte in Washington ein oder zwei Tage brauchen würden, um das von ihren Kommunikationsverbindungen wiederherzustellen, was sich wiederherstellen ließ. Einige der satellitengestützten Netzwerke funktionierten noch. Albert wies darauf hin, dass es etwa viertausend StratCom-Geräte wie seins gab. Ein großer Teil der Streitkräfte und zivilen Behörden blieb damit oder mithilfe von ähnlichen Geräten wie zum Beispiel gewöhnlichen Satellitentelefonen in Kontakt. Sie konnten kommunizieren, waren aber praktisch handlungsunfähig.

Wenn sich die Leute in Washington mit Armitage in Verbindung setzten (was nach Homers Schätzung einen Tag dauern würde), war es nur noch eine Frage der Zeit, bis sie den wahren Feind erkannten. Dann ging die kurze Gnadenfrist zu Ende. Nur etwa dreißig Kilometer vom Grand Marina Hotel entfernt gab es einen Militärstützpunkt und eine Nachricht vom Weißen Haus würde die dortigen Soldaten in Bewegung setzen. Vermutlich mussten sie den ganzen Weg bis nach Fort Lauderdale zu Fuß gehen, aber das hielt sie sicher nicht davon ab, sich auf den Weg zu machen. Wenn Homer und die anderen im obersten Stock des Hotels blieben, mussten sie damit rechnen, innerhalb von zweiundsiebzig Stunden gefasst zu werden. Die Soldaten würden den Effektor finden und ihn zerstören. Also mussten sie das Hotel verlassen.

Und damit nicht genug. Sie mussten in Bewegung bleiben und zwar für eine ganze Weile. Homer betonte, wie wichtig es sei, das Chaos der nächsten Monate zu überleben, denn ihr Leben war die einzige Garantie für die Sicherheit des Effektors. Um zu überleben, mussten sie Bevölkerungszentren meiden, wo Aufstände und Anarchie drohten. Homer hielt es für angeraten, einen unbewohnten Ort aufzusuchen, und er hatte bereits einen ausgewählt: den östlichen Teil von Kuba.

»Wir gewinnen Zeit, indem wir uns nach Kuba zurückziehen. Dort sind wir vorerst sicher. Der Osten von Kuba ist der einzige Ort auf der Erde, wo es kurzfristig genug Lebensmittel für Millionen von Menschen gibt und kaum mehr jemanden, der sie braucht.

Aber wir können nicht allein aufbrechen. Das versteht ihr sicher, oder? Wir benötigen eine Art kritische Masse von Menschen, die uns begleiten, genug für eine kleine Gemeinschaft. Genug, um die Bürde der Verantwortung für den Effektor zu teilen. Es geht also nicht nur um die Personen in diesem Zimmer. Es müssen genug sein, damit wir uns verteidigen können, wenn das notwendig werden sollte. Und es wird notwendig sein. Sie werden uns folgen, die Mächte der Reaktion; sie werden es auf uns abgesehen haben.« Homer sprach ruhig, aber sein Blick ging ins Leere.

»Wie viele brauchen wir? Ich denke an etwa zweihundert. Hier spricht Homer Layton, Planer von Kulturen. Zweihundert Personen für die Gründung einer unabhängigen Gesellschaft. Wenn die Gruppe kleiner ist, riskieren wir, überwältigt zu werden. Wenn sie größer ist, laufen wir Gefahr, sie nicht zusammenhalten zu können.«

Die zweihundert von Homer ausgewählten Personen waren Teilnehmer an den beiden akademischen Treffen im Marina Hotel. Er hatte eine Liste der Leute zusammengestellt, die sich im Hotel aufhielten. Einige von ihnen gehörten zur Akademie der Künste und Wissenschaften und ihren Gästen, andere zum Arbeitskreis der American Society of Physics, der amerikanischen Gesellschaft für Physik. Homer hatte in jedem Fall versucht, nur Personen auszuwählen, von denen er wusste, dass sie entweder ungebunden oder mit ihren Familien zugegen waren. Sie durften sich an niemanden wenden, der vor der Wahl gestanden hätte, jemanden zurückzulassen. Den größten Teil der nächsten Stunde verbrachten sie damit, durch die Hotelflure von Zimmer zu Zimmer zu gehen, Personen zu wecken und ihnen zu erklären, was geschehen war.

Erstaunlicherweise schienen die Leute bereit zu sein zu glauben, was man ihnen erzählte. In den Abendnachrichten war von Gerüchten über Geschehnisse auf Kuba, über verdächtige Vorgänge im Senat und natürlichen eventuellen Raketen die Rede gewesen. Hinzu kam der sehr sonderbare Ausfall aller wichtigen Telefon- und Telekommunikationsverbindungen mit Europa. Etwas bahnte sich an, etwas Gefährliches. Hotelgäste verließen ihre Zimmer, viele von ihnen in Morgenmänteln und Pantoffeln, und begaben sich über die Feuertreppe in den Festsaal. Kelly hakte sie dort beim Eintreffen von ihrer Hauptliste ab.

Homer stand auf dem Podium. Die anderen hatten batteriebetriebene Lampen aufgestellt, die den großen Raum mehr schlecht als recht erhellten. Homer stand im Lichtschein einer solchen Lampe, damit ihn die anderen sahen. Er hielt ein kleines Megafon in der Hand. Seine Assistenten hatten den größten Teil des Tages damit verbracht, all die Geräte zu kaufen, die hier zu sehen waren, und noch viel mehr – der Rest befand sich in zwei gemieteten Transportern, die draußen bereitstanden.

Kelly gab Homer das Zeichen zu beginnen. Es fehlten noch immer einige Leute, aber die meisten waren anwesend. Die anderen hatten sich vermutlich wieder schlafen gelegt, weil sie alles für einen makabren Scherz hielten.

»Hallo. Hallo. Können Sie mich hören?« Homer wirkte klein und alt auf dem Podium. Er trug noch immer seinen zerknitterten Anzug. Der linke Fuß war so sehr angeschwollen, dass er nicht in einen Schuh passte, und deshalb trug er Schaffell-Pantoffeln. Sein Haar war zerzaust. »Hallo?«

»Wir hören dich!«, rief Loren von hinten.

»Meine Damen und Herren ... Danke, dass Sie Ihre Betten verlassen haben und hierhergekommen sind. Ich weiß, es klingt verrückt, was geschieht. Es *ist* verrückt. Und in nächster Zeit wird alles noch viel verrückter. Aber danke dafür, dass Sie hier sind und mich anhören.«

Homer blickte in den Saal. Die nahe Lampe blendete ihn und er konnte kaum erkennen, wer dort unten saß. Stille herrschte. Er lauschte einen langen Moment. »Ist jemand da?«, fragte er, woraufhin einige Stimmen erklangen. »Oh, gut.« Er drehte sich halb um, als Kelly die Treppe hochkam.

»Mehr als hundertneunzig Personen deiner Liste sind hier«, flüsterte sie. »Auch die Hotelmanagerin und ihre Familie, wie du vorgeschlagen hast. Und einige der jungen Leute, die im Hotel arbeiten. Insgesamt fast zweihundert.«

»Oh. Gut.« Kelly blieb neben ihm stehen, als er sich wieder dem Publikum zuwandte. »Nun, Folgendes ist geschehen. Vor einer Weile haben wir etwas erfunden, das Explosionen verhindert. Ich nenne hier keine Einzelheiten, weil sie zu kompliziert sind. Als wir es erfanden, fragten wir uns, wozu es gut sein könnte. Nur eine Möglichkeit fiel uns ein. Wir dachten, die Erfindung könnte nützlich werden, wenn ein Krieg ausbricht. In dieser Nacht ist ein Krieg ausgebrochen.«

Homer hob die Hand, schirmte sich die Augen ab und blickte erneut zum Publikum im Saal. Hinter ihm flüsterte Kelly, dass er seine Sache gut machte. Edward, Loren und Sonia kamen ebenfalls aufs Podium, um ihm Beistand zu leisten. Edward lächelte ermutigend und Homer sprach erneut ins Megafon.

»Wir haben dieses Ding erfunden, den Explosionsverhinderer. Wir fünf. Na ja, streng genommen habe ich ihn erfunden.« Bei diesen Worten warf er Loren einen Blick zu.

Loren war für einen Moment überrascht und dann verstand er. Homer übernahm die ganze Verantwortung für etwas, das vielleicht nicht als großer Beitrag für die Menschheit gelten würde. Loren zuckte die Schultern.

»Ich habe den Apparat erfunden. Und in dieser Nacht habe ich ihn eingeschaltet. Dies sind meine Assistenten. Sie haben mir mit Rat und Tat zur Seite gestanden. Aber ich bin verantwortlich für das, was geschehen ist. Übrigens, ich heiße Homer Layton.«

Es blieb still im Saal. Homer atmete tief durch und fuhr fort. Er erzählte vom binären Nervengas, das beim Angriff auf die kubanische Fabrik freigesetzt worden war, vom Vergeltungsschlag gegen St. Louis und den Start der amerikanischen Atomraketen kurz vor ein Uhr. Als einige Dutzend Raketen unterwegs gewesen waren, erklärte Homer, hatte er den Effektor eingeschaltet. Das Ergebnis bestand darin, dass die Raketen nicht explodiert waren.

Die ganze Zeit herrschte absolute Stille im Saal.

»Das sind die guten Nachrichten«, sagte Homer. »Leider gibt es auch schlechte. Der Explosionsverhinderer ist nicht selektiv, das heißt, er wirkt sich nicht nur gegen den Antrieb und die Explosion von Raketen aus. Wenn uns noch einige Jahre Zeit geblieben wäre, hätten wir den Apparat vielleicht verbessern können. Oder auch nicht. Jedenfalls, als es Zeit wurde, etwas zu unternehmen, hatten wir etwas, das Explosionen verhindern kann, überall. Und wir machten davon Gebrauch. Ich habe davon Gebrauch gemacht. Und jetzt, da der Apparat eingeschaltet ist, wage ich nicht, ihn wieder auszuschalten. Weil es auf allen Seiten noch Hunderte, Tausende Raketen gibt. Und wenn ich den Effektor ausschalten würde, könnten sie gestartet werden. Ich gebe nicht vor zu verstehen, warum jemand die Absicht haben sollte, Atomraketen auf ihre tödliche Reise zu schicken. Ich weiß nur, dass es so ist. Jetzt sind wir hier, in einer Welt, in der plötzlich keine Explosionen mehr möglich sind. Abgesehen davon ist es die vertraute alte Welt. Aber eben ohne Explosionen. Ohne Verbrennungsmotoren, ohne Generatoren, ohne Autos oder Flugzeuge, eine Welt ohne Elektrizität. Und so wird es bleiben, fürchte ich.«

Homer schwieg. Er sah keinen Sinn darin, noch mehr zu erklären, solange die Leute im Saal keine Gelegenheit gehabt hatten, das gerade Gehörte zu verdauen. Er ließ die eigenen Worte Revue passieren und fragte sich, wie er auf so etwas reagiert hätte, nachdem man ihn mitten in der Nacht aus dem Bett geholt hatte. Das brachte ihn zu der Frage, wie lange er schon auf den Beinen war. Er fühlte sich ein wenig benommen.

Schließlich kamen erste Reaktionen aus dem Saal, nur ein Murmeln. Dann rief weiter hinten jemand etwas. Loren nahm eine der Batterielampen und richtete sie auf die stehenden Zuhörer. Ganz hinten hob jemand die Hand. Homer zeigte auf ihn.

»Was hat es mit dem Inhibitor auf sich, mit dem Effektor, wie Sie ihn nennen?« Es war einer der Physiker. Loren erinnerte sich nicht an den Namen.

»Dr. Cardenas, nicht wahr?«, fragte Homer. »Sind Sie das, Vincent?«

»Ja!«, rief der Mann.

»Eine falsche Konstante in der Zeit!«, rief Homer zurück, ohne das Megafon zu verwenden. »Andronescus Paradox. Erinnern Sie sich an Andronescu?«

Cardenas wirkte überrascht, schien aber zu glauben, was er hörte. »Mein Gott«, sagte er schließlich. »Ist es ein allgemeiner Effekt? Betrifft er die ganze Welt?«

»Ja, wo immer ein Magnetfeld existiert«, erwiderte Homer. »Ich glaube, der Effekt breitet sich in Magnetfeldern aus.«

Cardenas schüttelte den Kopf. »Mein Gott«, sagte er noch einmal.

Weitere Hände kamen nach oben. Homer wählte aufs Geratewohl jemanden aus. Wie sich herausstellte, war es eine Reporterin, die für

Newsweek von der Preisverleihung berichten sollte, eine junge Frau mit einem kleinen Kind an ihrer Seite.

»Ja?«, fragte Homer.

»Keine Explosionen? Keine Motoren? Keine Lastwagen, die Lebensmittel transportieren? Keine Pumpen für die Bewässerung? Keine Flugzeuge, die uns nach Hause bringen? Was haben Sie getan?«

»Keine Gewehre, keine Bomben, keine nuklearen Sprengköpfe. Kurzfristig habe ich dafür gesorgt, dass Atomwaffen nutzlos und obsolet geworden sind. Sehr nutzlos und sehr obsolet. Was ich langfristig getan habe, weiß ich noch nicht. Aber was auch geschehen mag, ich glaube, es ist besser als das, was geschehen wäre, wenn ich nicht gehandelt hätte: sechzig Millionen Tote und für die Überlebenden jede Menge radioaktiver Fallout.«

Ein Mann in der ersten Reihe hob die Hand und bekam Homers Aufmerksamkeit. Er griff in seine Jackentasche und suchte etwas. »Das alles ist ein ziemlicher Schock«, sagte der Mann. »Ich meine, gestartete Atomraketen und der ganze Rest.« Ein wenig verlegen fügte er hinzu: »Dürfen wir rauchen?«

Homer zuckte die Achseln. »Meinetwegen.«

Der Mann wollte eine Zigarette anzünden, aber das Feuerzeug funktionierte nicht. Er versuchte es mehrmals, sah dann verwundert auf. Homer bemerkte die Blicke seiner Assistenten. Kelly beugte sich zu ihm. »Der Retter von St. Louis hat die Welt auch von ihrer gefährlichsten Sucht befreit«, flüsterte sie. »Keine schlechte Arbeit für eine Nacht.«

Es wurden noch einige weitere Fragen gestellt, aber die meisten Anwesenden waren noch immer so überwältigt, dass sie keinen Ton hervorbrachten. Homer hob das Megafon wieder und begann mit dem heiklen Teil.

»In dieser Nacht wäre es fast zu einem Atomkrieg gekommen. Es wurden Atomraketen gestartet, aber zum Glück ist keine von ihnen explodiert. Verantwortlich für die Beinahe-Katastrophe sind Wahnsinnige in der Regierung. Das dürfte Ihnen nicht unbedingt neu sein. In der Vergangenheit hat es immer wieder Anzeichen von Wahnsinn gegeben. In der menschlichen Gesellschaft ist irgendwann etwas aus dem Ruder gelaufen. Wir haben Größenwahnsinnigen und Fanatikern gestattet, nach der Macht zu streben. Nicht nur in unserem Land, sondern überall. Es gab keine geeignete Möglichkeit, die Sache in Ordnung zu bringen, und deshalb wurde es immer schlimmer. Die Wahnsinnigen wurden noch wahnsinniger, die Fanatiker noch fanatischer und es wurden immer mehr. Wir hätten fast den Weltuntergang erlebt, weil einige Irre glauben, im Namen Gottes zu handeln. Sie hielten den Krieg für unvermeidlich und waren davon überzeugt, dass unser Land einen vorübergehenden Vorteil hat, den es zu nutzen gilt. Einige von ihnen gingen davon aus, dass wir einen Atomkrieg gewinnen könnten, mithilfe von geheimen Waffen, die uns vor der Vernichtung bewahren würden. Andere waren davon überzeugt, Gottes Anweisungen auszuführen.

Hier kommt ein wichtiger Punkt, den Sie unbedingt verstehen müssen. Die Irren, von denen ich spreche, die Wahnsinnigen und Fanatiker … Sie raufen sich derzeit die Haare und schwören Rache. Für sie ist die Person, die ihnen einen Strich durch die Rechnung machte, der größte Schurke aller Zeiten. Es wird nicht lange dauern, bis sie begreifen, dass ich dieser Schurke bin. Und wenn sie das herausgefunden haben, machen sie sich auf den Weg hierher. Sie werden versuchen, mich zu fassen und den Apparat zu bekommen, den Effektor, die eine Sache, die den Weltuntergang verhindert hat. Wenn sie den Apparat bekommen, werden sie ihn zerstören und anschließend zu Ende bringen, was sie für diese Nacht geplant hatten.«

Diese Nacht steckte voller möglicher Wendepunkte und dies war ein weiterer. Die im Saal Versammelten konnten protestieren, zum Podium eilen und den Mann ergreifen, der sich ihrer Regierung in den Weg gestellt hatte. Sie konnten handeln wie die Soldaten, die bald hier eintreffen würden. Homer dachte: Wenn es mir gelingt, ihnen für die nächsten Stunden meinen Willen aufzuzwingen, so geraten sie in den Sog der Entwicklung. Und wenn sie dann über alles nachdenken, können sie nur zu dem Schluss gelangen, dass es richtig ist, uns zu unterstützen. Doch jetzt, in diesem Moment, war alles in der Schwebe. Homer beobachtete das Publikum und rechnete halb damit, dass die Leute plötzlich losliefen, um ihn zu packen und für das zu bestrafen, was er getan hatte. Aber nichts dergleichen geschah. Einmal mehr hob er das Megafon und sprach erneut, über dieselben Dinge wie zuvor. Fürchte dich nicht vor Wiederholungen, hatte er sich oft genug in Lehrsälen gesagt. Wenn Menschen etwas verstehen sollen, ist es besser, sie hören es zwei- oder dreimal.

Der Rest war nicht weiter schwer. Menschen widersetzen sich nicht, wenn sie verblüfft und bestürzt genug sind. Die Leute im Saal hörten sich an, was Homer ihnen zu sagen hatte. Als er fertig war, nahm Sonia das Megafon und erklärte, was es zu tun galt. Wieder hörten die Leute zu und dann taten sie, wozu Sonia sie aufforderte. Sie kehrten über die Treppen in ihre Zimmer zurück, zogen sich an, packten zusammen, was sie tragen konnten, und begaben sich ins Erdgeschoss.

17

»Alles ladet zur Fahrt ...«

Der Stromausfall störte den am Jachthafen diensttuenden Wachmann von United Services nicht weiter. Dwight David »D.D.« Pease war daran gewöhnt, während der stillen Stunden nach zwei Uhr nachts zu lesen, und zu diesem Zweck hatte er eine kleine batteriebetriebene Leselampe dabei. Für gewöhnlich trug er seine Tasche mit den Büchern und der kleinen Lampe zum Ende des Piers, wo er hoffen durfte, dass der warme Nachtwind die Mücken fernhielt. In den meisten Fällen konnte er damit rechnen, dort vier Stunden ungestört zu bleiben. In dieser Nacht wollte er über einige Anführer der Französischen Revolution lesen. Das entsprechende Buch hatte er sich auf dem Weg zur Arbeit aus der Bibliothek ausgeliehen. Der dicke Band war vielversprechend: Es ging hauptsächlich um Louis-Antoine Saint-Just und Maximilien Robespierre und die seltsame Beziehung zwischen ihnen. Sie hatte Pease immer fasziniert und er rechnet damit, das Buch bis zum Morgen durchgelesen zu haben. Der Stromausfall spielte dabei überhaupt keine Rolle.

Der leichte Hexenschuss war ein kleines Ärgernis, das ihn schon seit Jahren begleitete. Auch seine Füße schmerzten, weil er in seinem anderen Job die ganze Zeit auf den Beinen war. Abgesehen davon konnte er nicht klagen. Manchmal störte ein leises Geräusch seine Konzentration, doch solche Störungen waren kein Grund zu Klage. Die United Services Company bezahlte ihn dafür, gestört zu werden. D.D. Pease hob jetzt den Kopf, als jemand auf dem Parkplatz versuchte, den Motor eines Wagens anzulassen. Er wollte einfach nicht anspringen und deutlich war zu hören, dass sich der Anlasser immer langsamer drehte, als die Batterie schwächer und schwächer wurde.

Die Sterne leuchteten klar in einer Dunkelheit, die man in der modernen Welt nur bei Stromausfall bekommt. Pease schaltete seine kleine Leselampe aus. Am Horizont bemerkte er ein schwaches Rosarot, fast wie ein Nordlicht. Er lehnte sich auf seinem Stuhl zurück. Ohne den Strom in der Stadt war alles still und friedlich, vor allem jetzt, als sich der Anlasser nicht mehr rührte. Die Klimaanlagen des nahen Hotels brummten nicht und auch die Insektenlampen blieben still. Erstaunlicherweise gab es auch keinen Verkehr. Pease seufzte und wünschte sich einen Stromausfall in jeder Nacht.

Hinter ihm näherten sich zwei Lichter. Es schienen die Scheinwerfer eines Wagens zu sein, doch er hörte keinen Motor. Dafür vernahm er Geräusche wie von vielen Füßen auf dem Pflaster. Er lauschte mit geschlossenen Augen und versuchte, eine Vorstellung davon zu gewinnen, was in der Dunkelheit geschah. Der Wagen, dessen Scheinwerfer durch die Nacht leuchteten, wurde von Leuten geschoben; das erklärte die Füße auf dem Pflaster. Wenn sie das Fahrzeug schoben, sollte ein gelegentliches Stöhnen zu hören sein. Leute stöhnten immer, wenn sie etwas Schweres schoben. Er horchte und da war es. Offenbar waren es vier. Jetzt hörte er auch gedämpfte Stimmen und mindestens eine davon gehörte einer Frau. Die Scheinwerfer des Fahrzeugs waren ziemlich hell; es konnte wohl kaum der Wagen sein, dessen Anlasser er eben gehört hatte. Was für ein sonderbarer Zufall, dachte er. Zwei Fahrzeuge, die nicht ansprangen, in derselben Nacht. Aber warum wurde ein Wagen geschoben, mit dessen Batterie alles in Ordnung zu sein schien? Pease verstaute Buch, Notizblock und Leselampe in der Tasche und stand auf.

Seit vier Jahren bewachte er den Jachthafen, sechs Nächte die Woche. Es geschah nie viel. Während der Frühjahrsferien kam es vor, dass Gruppen betrunkener Schüler und Studenten kamen und auf die Boote wollten. Es war Pease nie sehr schwer gefallen, sie wegzuschicken. Es gab noch einen Hafen in der Nähe, ohne Wächter und nur eine halbe Meile die Straße hinunter. Dieser Hinweis genügte meistens. Wenn nicht ... Dann zeigte er seinen Schlagstock oder die Pistole mit dem Perlmuttgriff. Nur eine Jacht war jemals gestohlen worden, wenn er sich richtig erinnerte, von ihrem Eigentümer, wie sich später herausgestellt hatte, wegen der Versicherung.

Pease näherte sich dem Scheinwerferlicht. Es schien ein kleiner Transporter zu sein, eine Art Lieferwagen. Die Personen, die ihn geschoben hatten, blieben hinter dem Lichtschein verborgen. Das Fahrzeug stand am Straßenrand und das Licht der Scheinwerfer erreichte die nahen Jachten. Die Stimme einer Frau erklang. »Der rote Stoffbeutel, wie eine große Einkaufstasche.« Aus dem Innern des Transporters kam eine gedämpfte Antwort.

»'n Abend, Leute«, sagte Pease.

Weitere Stimmen ertönten, hinter dem Van. Dann näherte sich ein großer, kahlköpfiger Mann in mittleren Jahren von der einen Seite. Er hielt die eine Hand auf dem Rücken und schien ein wenig verlegen zu sein. Er blieb stehen und rückte mit der rechten Hand seine Brille zurecht, während die linke auf dem Rücken blieb. Pease entspannte sich. Seine achtzehnjährige Erfahrung erst als Stadtpolizist und dann als bewaffneter Wächter teilte ihm mit, dass dieser Mann keine große Gefahr darstellte. Eine junger, dunkelhäutiger Bursche, vielleicht ein Hispano, näherte sich von der anderen Seite des Fahrzeugs. Er wirkte noch weniger gefährlich. Für Peases alte Augen sah er aus wie ein harmloses Muttersöhnchen. Er hatte eine Hand in einem Beutel.

»'n Abend«, grüßte Pease erneut.

»Äh, dies ist mir sehr peinlich«, sagte der große Mann. »Aber uns bleibt leider nichts anderes übrig, als einige dieser Jachten zu stehlen. Zwanzig, um ganz genau zu sein.«

»Ach, tatsächlich?«

»Ja. Ich versichere Ihnen, dass Sie alles verstehen würden, wenn Ihnen die Hintergründe bekannt wären. Wir brauchen die Boote. Darauf läuft es hinaus. Übrigens, ich arbeite für das State Department. Falls das eine Rolle spielt.«

»Die Regierung beschlagnahmt also zwanzig Jachten.«

»Äh, nicht in dem Sinne. Wir stehlen sie, um ganz ehrlich zu sein.«

»Oh.«

»Ja. Ich hoffe, Sie stellen sich uns nicht in den Weg. Wir sind bewaffnet, wissen Sie.« Die linke Hand des großen Mannes kam hinter dem Rücken hervor, mit einer Pistole. »Zeig ihm deine Waffe, Loren.«

Der dunkelhäutige junge Mann zog etwas aus dem Beutel, das eine Halbautomatik zu sein schien. Er richtete sie auf Pease.

»Waffen und Diebstahl. Eine gewagte Kombination. Waffen, Diebstahl und wahrscheinlich ein paar Drinks zu viel.«

»Wir haben nichts getrunken«, erwiderte der Kahlköpfige empört. »Dazu hatten wir gar keine Zeit.«

Zwei junge Frauen traten aus der Nacht, gefolgt von einem dritten Mann, schmächtig und um die Dreißig, mit rötlichem Bart und das lange Haar zu einem Pferdeschwanz zusammengebunden. Sie sahen aus wie einige Studenten, die von einem ihrer Väter begleitet unterwegs waren. Pease lächelte amüsiert. »Fünf Personen, die hierhergekommen sind, um zwanzig Jachten zu stehlen. Was wollen Sie denn mit so vielen Booten anfangen, wenn ich fragen darf?«

»Nun, das geht Sie eigentlich nichts an«, sagte der kahlköpfige Mann. »Ich meine, wir könnten es Ihnen erklären, aber es würde zu lange dauern. Wichtig ist, dass wir diese Waffen haben. Versuchen Sie also nicht, uns aufzuhalten.«

»Ich bitte Sie.« Pease hob beide Hände und näherte sich langsam.

»Bleiben Sie stehen, D.D. Pease! Dies ist kein Scherz.«

Pease blieb stehen, überrascht davon, dass der Mann seinen Namen kannte. »Sie sind mir gegenüber im Vorteil, Sir. Sie kennen meinen Namen, aber Ihren haben Sie noch nicht genannt.«

»Ich bin Albert Tomkis.«

»Nun, Albert, lassen Sie uns in aller Ruhe darüber reden. Es kann doch nicht schaden, darüber zu reden und ein bisschen nachzudenken. Vielleicht vermeiden wir dadurch, dass Sie sich selbst und diese jungen Leute in große Schwierigkeiten bringen.«

»Treten Sie zurück oder ich schieße. Ich meine es ernst. Dies ist eine ernste Angelegenheit.«

»Ich werde nicht zulassen, dass Sie diese Jachten stehlen. Das ist Ihnen doch klar, oder? Ich bin hier der Nachtwächter. Meine Aufgabe ist es, Diebstähle zu verhindern. Ich kann Sie also nicht in die Nähe der Boote lassen. Die United Services Company bezahlt mich seit Jahren und bisher habe ich nicht viel für all das Geld tun müssen. Dies ist meine Chance. Wenn ich diese Jachten jetzt nicht beschütze, dauert es vielleicht ein ganzes Jahrzehnt, bis ich erneut Gelegenheit dazu erhalte. Sie sehen also: Es ist nicht möglich, dass Sie hier irgendwelche Boote stehlen. So sieht die Sache aus.«

»Aber wir sind bewaffnet!« Albert schien der Verzweiflung nahe zu sein.

»Da Sie gerade über Waffen sprechen, Albert … Ich habe ebenfalls eine.« Ganz langsam zog Pease seine Pistole aus dem Halfter und richtete sie auf den Kahlköpfigen. »Sehen Sie?«

Einige Sekunden blieb es still. Niemand bewegte sich – die Szene hatte fast etwas Komisches. Dann sagte Albert: »Dies ist lächerlich. Ihre Waffe nützt Ihnen überhaupt nichts.«

»Glauben Sie? Ich bin vom Gegenteil überzeugt. Ich denke, diese Waffe nützt mir viel, denn sie befindet sich in der Hand eines Mannes, der damit umzugehen weiß, in der Hand eines Profis. Wissen Sie, ich habe schon vor langer Zeit Frieden geschlossen mit der Vorstellung, von einer Waffe Gebrauch zu machen. Ich glaube, Sie können es nicht über sich bringen, auf einen armen alten Mann wie mich zu schießen, aber bei mir sieht das anders aus. Ich könnte auf Sie schießen, weil Sie bewaffnet sind und es auf mir anvertrautes Eigentum abgesehen haben. Das ist ein großer Unterschied.«

»Sie setzen ziemlich viel aufs Spiel.« Albert winkte nervös mit der Waffe, hielt sie noch weiter von seinem Körper weg und richtete sie auf den Kopf des Wächters.

Pease sah ihn an, während seine eigene Pistole auf Tomkis' Taille zielte. »Wissen Sie, Albert, Sie schießen nicht. Wenn Sie dazu bereit gewesen wären, hätten Sie geschossen, als ich meine Waffe zog. Damit ist diese dumme Sache vorbei. Ihr seid einfach nicht die Art von Menschen, die auf andere Menschen schießen.«

Der junge Bursche namens Loren steckte seine Waffe in den Beutel zurück. »Er hat uns durchschaut, Albert.« Er kramte im Beutel, auf der Suche nach etwas. »Wir müssen die Viehstöcke benutzen. Sie sind unsere einzige echte Waffe.« Er holte zwei lange schwarze Stäbe hervor und reichte einen dem bärtigen jungen Mann an seiner Seite.

Die beiden jungen Frauen hatten bisher nicht gesprochen. Eine von ihnen, die mit dem dunklen Haar, trat vor und hielt den jungen Mann zurück, der einen Schritt in Richtung Pease gemacht hatte. »Nein, Loren. Diese Stäbe können sehr schmerzhaft sein. Vielleicht gibt es eine andere Möglichkeit.«

Pease musterte sie im Scheinwerferlicht des Transporters. Sie schien Mitte zwanzig zu sein, eine exotische dunkle Schönheit mit schwarzem Haar und dunklen Augen. Er beobachtete, wie sie sich bückte und ein langes Seil aufhob, die Festmacherleine eines kleineren Segelboots. Sie band das eine Ende zu einer kleinen Schlinge und das andere zu einer größeren. Dann trat sie auf ihn zu und begann damit, die größere Schlinge über ihrem Kopf kreisen zu lassen – ein Lasso. Pease behielt sie voller Unbehagen im Auge und stellte fest, dass die Schlinge einen perfekten Kreis in der Horizontalen bildete. Sie stieg auf und sein Blick folgte ihr. Vorsichtshalber wich er einen Schritt zurück und sah die Frau an, die ihn nicht aus den Augen ließ. Er blickte wieder zur Schlinge, bereit dazu, zur Seite zur springen, wenn sie ihm entgegenfallen sollte. Als er wieder zur Frau sah, war sie zur Seite getreten. Pease sprang so, wie er es geplant hatte, reagierte aber zu langsam. Die Frau zog an der Leine und die Schlinge folgte seiner Bewegung, legte sich ihm um die Schultern. Einen Moment später war sie fest zusammengezogen und Pease verlor das Gleichgewicht. Er fiel und bevor er wieder aufstehen konnte, war die Frau da, mit einem Knie auf seiner Brust. Sie schlang ihm das Seil auch um die Füße. Er wollte sich dagegen wehren und zappelte, vergeblich – er war gefesselt.

Die anderen hatten sich nicht von der Stelle gerührt und starrten mit offenem Mund auf ihn herab. Die Frau saß jetzt rittlings auf ihm, hob ihr Haar im Nacken und band das Halstuch los, das vorn in der Bluse steckte. Pease begriff zu spät, was sich anbahnte. Er holte tief Luft, mit der Absicht, um Hilfe zu rufen, aber plötzlich stürzte sich der dunkelhäutige junge Mann auf ihn und hielt ihm mit beiden Händen den Mund zu. Pease drehte den Kopf von einer Seite zur anderen und versuchte, sich zu befreien. Die Frau hielt jetzt die Enden des Halstuchs in ihren Händen, wartete einen Moment und beugte sich vor, als der junge Mann zurückwich. Pease bekam das Halstuch zwischen die Zähne und bis fest zu, damit die Frau es nicht straffen konnte. Sie band es hinter seinem Kopf zusammen, hielt ihn dabei mit dem Gewicht ihres Oberkörpers fest. Er fühlte ihre warme Brust an der Wange und leistete keinen Widerstand mehr.

Die fünf Personen beobachteten ihn, wie er hilflos dalag. Es kamen noch mehr Leute, Dutzende, sie erschienen im Scheinwerferlicht. D.D. Pease brummte verärgert.

*

Die nächsten beiden Stunden waren für Pease wie ein Albtraum oder ein unverständlicher Horrorfilm. Fremde umgaben ihn, zweihundert oder mehr. Sie sahen wie gewöhnliche Leute aus: Männer und Frauen, jung und alt, sogar Kinder, aber sie alle waren Diebe, die aus irgendeinem rätselhaften Grund zwanzig Jachten stehlen wollten. Welchen Sinn hatte das? Wie konnten so viele so normal aussehende Leute es für sinnvoll halten, mitten in der Nacht zwanzig Jachten zu stehlen? Pease rechnete jeden Augenblick damit, dass die Stadtpolizei eintraf und dem Spuk ein Ende bereitete. Sie würde die Rädelsführer verhaften und die anderen mit einer strengen Verwarnung nach Hause schicken. Was sollte dieser Unfug? Selbst wenn es ihnen gelang, mit den zwanzig Jachten aufzubrechen … Wie wollten sie den Schnellbooten der Küstenwache entkommen, die kurze Zeit später mit der Suche nach ihnen beginnen würden? Mehr als ein oder zwei Stunden Vorsprung konnten sie sich nicht erhoffen. Was nützte das, wenn man mit einem Segelboot unterwegs war?

Der Rücken schmerzte. Pease hasste es, flach zu liegen; selbst im Bett stützte er sich mit Kissen ab. Er versuchte, sich auf die Seite zu drehen, um das Kreuz zu entlasten. Die große, blonde junge Frau sah auf ihn herab. Vielleicht glaubte sie, dass er fortkriechen wollte, obwohl das in gefesseltem Zustand kaum Sinn hatte. Einige Sekunden lang beobachtete sie ihn in seiner geänderten Position, legte dann ihr Klemmbrett beiseite und kletterte in die Plicht der *Irena*, der nächsten großen Jacht. Dort zog sie eins der blauen Kissen hinter dem Steuerrad hervor und stellte es vor den Verteilerkasten neben Pease. Anschließend half sie ihm in eine sitzende Position, mit dem Kissen im Rücken.

»Besser?«, fragte sie. Er nickte.

Von seinem neuen Aussichtspunkt beobachtete er das Treiben der Fremden. Was auch immer sie planten, sie schienen gut organisiert zu sein. Die fünf Personen, die Pease zuerst gesehen hatte, waren offenbar die Anführer: Sie hatten Listen und erteilten den anderen Anweisungen. Nach einer Weile gewann Pease den Eindruck, dass der attraktive junge Mann, den sie Loren nannten, das Oberhaupt war, denn seine Gefährten baten ihn mehrmals um Rat und er wirkte sehr selbstsicher. Als zwei ältere Männer und eine erstaunlich schöne ältere Frau eintrafen, änderte Pease seine Meinung. Alle begegnete dem älteren der beiden Männer mit großem Respekt, jemandem, der T-Shirt, Khakihose und aus irgendeinem Grund Pantoffeln trug. Er gab keine Befehle, doch es bestand kaum Zweifel daran, dass er der Anführer war. Er schien sehr erschöpft zu sein, setzte sich auf Peases Gartenstuhl und schloss die Augen.

Die meisten Leute wirkten benommen und fast wie in Trance, als sie die Anweisungen befolgten. Inzwischen war ein zweiter Transporter eingetroffen und stand direkt an der Rampe. Dutzende von Männern und Frauen schritten zwischen den beiden Fahrzeugen und den Jachten hin und her, trugen Kisten mit Proviant und Ausrüstungsmaterial aller Art, darunter elektrische Geräte, Autobatterien und Monozellen in allen Größen. Pease prägte sich alles gut ein, damit er später bei den polizeilichen Ermittlungen genaue Angaben machen konnte. Die zwanzig Boote waren inzwischen ausgewählt und markiert. Es handelte sich ausnahmslos um Segelschiffe mit einer minimalen Länge von fünfzehn Metern. Die Kisten wurden an Bord gebracht und unter Deck verstaut. Die Leute hatten zwei Bolzenschneider mitgebracht, um sich Zugang zu den Jachten zu verschaffen. Damit durchtrennten sie das Sicherheitskabel des Surfbrettständers und anschließend wurden die Surfbretter zu den Booten gebracht und auf Deck festgebunden. Das erschien Pease noch seltsamer als alles andere. Warum stahlen diese Diebe nicht nur Segelboote, sondern auch Surfbretter?

Ein Mädchen war zu Loren gekommen, der nur wenige Meter von Pease entfernt stand. Es wirkte recht ernst und hatte die Stirn gerunzelt.

»Was ist los, Stacey?«

»Ich nehme an, Sie stellen die Mannschaften für die einzelnen Boote zusammen.«

»Ja. Ich habe dich und deine Eltern der *Kiruna* zugeteilt. Das hübsche rote Boot dort, das zweite in der Reihe. Ich gehe mit Kelly an Bord der *Irena*, die den Abschluss bildet. Claymore kommt an Bord der ersten Jacht; er ist vermutlich unser bester Seemann. Findet das alles deine Zustimmung?«

»Ja.« Das Mädchen lächelte automatisch. »Zum Glück gibt es mehrere gute Seeleute in unserer Gruppe. Weil wir alle aus überprivilegierten Verhältnissen kommen.«

Loren blickte auf Stacey hinab und unterdrückte ein Schmunzeln. »Ich schätze, da hast du recht.«

»Man sollte meinen, dass der Senator, der ebenfalls einen überprivilegierten Background hat und sich als guten Jachtfahrer bezeichnet … Man sollte meinen, dass er die logische Wahl wäre, um Captain eines der Boote zu werden.«

»Stimmt. Deshalb gebe ich ihm die *Kiruna*.«

»Dachte ich mir. Nun, Sie sollten wissen, dass der Senator schnell seekrank wird. Ich plaudere nicht gern aus dem Nähkästchen, aber so ist das nun einmal. Er kann nur etwa eine Stunde lang ein guter Captain sein. Anschließend ist ihm so speiübel, dass er sich nicht mehr um das Boot kümmern kann. Ich sage das mit allem gebührenden Respekt. Immerhin ist er mein Vater und ein sehr anständiger Mann. Ich hoffe, Sie glauben nicht, dass ich mich schlecht benehme.«

»Ganz und gar nicht, Stacey. Danke für den Hinweis. Ich schicke den Senator auf Homers Boot. Das wird seinem Ego schmeicheln und auch erklären, warum er kein eigenes Kommando bekommt. Als Homers Stellvertreter kann er sich wohl kaum zurückgesetzt fühlen.«

»Das halte ich für eine ausgezeichnete Lösung des Problems. Übrigens ist meine Mutter der bessere Seemann in der Familie, aber sie wird so sehr mit dem Senator beschäftigt sein, dass sie kein Kommando führen kann. Nun, eine Person, die nicht aus überprivilegierten Verhältnissen stammt, ist Mr. Williams. Zufälligerweise kennt er sich gut mit der Seefahrt aus. Er war Captain des Segelteams von Ann Arbor, bevor er es verlassen musste. Das wissen Sie vielleicht nicht.«

»Das wusste ich tatsächlich nicht. Noch einmal besten Dank, Stacey. Ich gebe Mr. Williams das Kommando über die *Kiruna*.«

»Wunderbar. Ich kümmere mich übrigens um Curtis. Diesen Auftrag hat Kelly mir gegeben. Es ist eine sehr anstrengende Aufgabe, denn typisch für einen Jungen steckt Curtis voller Schalk und Teufeleien. Ich habe ihn für einige Minuten meiner Mutter überlassen, damit wir dieses wichtige Gespräch führen konnten.«

»Gut gemacht. Ich habe eine Aufgabe für euch beide. Wir halten Curtis unter deiner Aufsicht beschäftigt, damit er keine ›Teufeleien‹ anstellt und dir helfen kann.«

»Klingt gut.«

»Lass dir von Sonia Dramamine-Tabletten und Pappbecher geben. Geh herum und sorg dafür, dass jede Person eine Tablette nimmt, Kinder eine halbe. Lass dir von niemandem sagen, dass er oder sie keine braucht, Stacey. Jeder, *jeder* muss eine Tablette Dramamine nehmen. Du musst darauf bestehen. Curtis kann die Becher mit dem Wasser tragen, wenn er möchte.«

»In Ordnung, Loren.«

Das Mädchen lief zu einem der Boote, wo sich eine gut gekleidete Frau um einen kleinen Jungen kümmerte. Der Mann, den Stacey »Senator«

genannt hatte, konnte nur Chandler Hopkins sein. Er war Pease gleich bekannt vorgekommen. Und die attraktive Frau in seiner Begleitung musste Candace Hopkins sein, geborene Fournier. Ihr Foto war oft in der Zeitung und in Zeitschriften gewesen, als sie Chandler Hopkins geheiratet hatte. Ein US-Senator (jetzt Präsident einer Universität, wenn sich Pease richtig erinnerte) war also an dem Diebstahl der zwanzig Jachten beteiligt. Die ganze Angelegenheit wurde immer rätselhafter. Er drehte den Kopf und beobachtete, wie sich Stacey mit einem kleinen Jungen im Schlepptau der dunklen Frau näherte, die ihn mit einem Lasso überwältigt hatte. Die Frau öffnete einen Rucksack bei den Gepäckstücken, die neben ihr einen Haufen bildeten, und reichte Stacey einen großen Krug und eine Packung Pappbecher. Sie musste »Sonia« sein. Pease versuchte, den Personen die richtigen Namen zuzuordnen, damit die Polizei später Bescheid wusste.

Der bärtige junge Mann hieß Edward und machte sich mit einer Gruppe daran, eins der Boote zu wenden. Sie gaben ein Seil weiter und benutzten eine Winde, um den Bug zu drehen. Anschließend zogen sie die Jacht an der Rampe entlang und um die Ecke, damit der Bug zum Kanal wies. Die blonde junge Frau (Pease wusste noch nicht, wie sie hieß) las Namen von einer Liste, woraufhin einzelne Personen und Familien über die Rampe traten und an Bord gingen. Schließlich verkündete sie, dass jemand namens Claymore Layton ihr Captain sein würde. Der kleine Mann mit dem kurzen grauen Haar nahm seinen Platz am Ruder ein. Zwei Männer hielten sich am Hauptmast bereit, das Segel zu setzen. Als der Captain ihnen zunickte, begannen sie damit, die Genua hochzuziehen. Offenbar wollten sie vom Pier ablegen, aber erstaunlicherweise versuchten sie nicht einmal, den Motor zu starten; wenn das Boot ihr Eigentum gewesen wäre, hätten sie bestimmt nicht im Traum daran gedacht, unter Segeln abzulegen. Pease bemerkte, dass es sich bei der betreffenden Jacht um die Slup *Columbia* handelte, mehr als zwanzig Meter lang und mindestens eine Dreiviertelmillion Dollar wert.

Der Wind war sanft und kam genau aus der richtigen Richtung, um ganz durch den Kanal bis zum offenen Meer zu segeln. Captain Claymore gab den Befehl, die Fockschot einzuholen. Als das Boot schneller wurde, nickte er den beiden Frauen an den Bug- und Achterleinen zu. Allein mit der Genua nahm die Jacht Fahrt auf, segelte fast parallel zum Kai und hielt direkt auf eine Pfahlkonstruktion zu. Claymore blieb gelassen auf Kurs und ließ das Boot schneller werden. Dann drehte er den Bug in den Wind, lenkte die *Columbia* an der Pfahlkonstruktion vorbei und brachte sie anschließend wieder auf den ursprünglichen Kurs durch den Kanal. Nicht schlecht, dachte Pease. Die beiden Männer, die die Genua hochgezogen hatten, traten nun zum Mast, um das Hauptsegel zu setzen. Loren eilte über den Pier und rief den Leuten auf dem Boot letzte Anweisungen zu. Pease hörte die meisten seiner Worte. »Bleibt für zwei Stunden auf null neun null und wartet dann auf den Rest von uns. Geht vor Anker, wenn ihr müsst. Bis dahin solltet ihr etwa zehn Meter Wasser unter dem Kiel haben.«

Unterdessen wurde ein zweites Schiff auf die Fahrt durch den Kanal vorbereitet. Die blonde junge Frau nannte erneut die Namen der Crew und Pease erkannte das zweite Boot als die Ketsch *Kiruna*. Ein Schwarzer ging an Bord und nahm seinen Platz am Steuerrad ein. Das musste der Mann namens Williams sein. Einige Momente später war auch die *Kiruna* unterwegs, wich der Pfahlkonstruktion aus und segelte durch den Kanal.

Nicht genug, dass ein Senator und ein Universitätspräsident an diesem Massendiebstahl von Jachten teilnahmen – Pease stellte verblüfft fest, dass auch die Managerin des Grand Marina Hotels, Gina McCree, mit von der Partie war. Sie stand neben einem Haufen aus Tornistern, Rucksäcken und Reisetaschen, hielt die Hände ihrer beiden Töchter und schien darauf zu warten, dass man sie an Bord einer der Jachten rief. Warum unternahm sie nichts, um diesen Unfug zu beenden? Immer wieder blickte sie zur Straße und Pease wollte glauben, dass sie wie er selbst auf die Ankunft der Polizei wartete. Er beobachtete, wie sie die Hand eines der beiden kleinen Mädchen losließ und winkte. Als er daraufhin zur Straße sah, bemerkte er etwa fünfzehn Fahrräder, auf ihnen eine bunt gemischte Gruppe von Teenagern, die meisten Schwarze oder Hispanos. Ganz vorn auf dem ersten Fahrrad saß ein Erwachsener, den Pease als Ehemann der Hotelmanagerin erkannte, Danny McCree. Die Teenager wirkten alle sehr aufgeregt, als stünde ihnen ein großes Abenteuer bevor.

Die Blondine mit den Listen lief den Neuankömmlingen entgegen. McCree trat zu ihr, gefolgt von seiner Frau und den beiden Töchtern. Sie waren so nahe, dass Pease sie hörte.

»Das sind die jungen Leute meines Siedlungsprojekts. Ich konnte sie nicht zurücklassen und glaube, dass sie uns gute Dienste leisten werden. Alle stecken voller Elan. Sie können sie bestimmt gut gebrauchen. Und sie brauchen es, gebraucht zu werden.«

»Natürlich«, erwiderte die blonde junge Frau. »Wir sind ohnehin ein bisschen knapp dran. Ich schreibe nur schnell die Namen auf.«

»Vielleicht sollten wir auch die Fahrräder mitnehmen, Sie könnten von Nutzen sein.«

»Wir haben entschieden, auf Fahrräder zu verzichten, weil es am Ziel genug davon geben dürfte. Aber vielleicht wäre es ganz gut, zwei mitzunehmen, für den Anfang. Wählt zwei hübsche aus und bringt sie an Bord einer der markierten Jachten. Sagt den Leuten, dass sie auf Deck festgebunden werden sollen.« Die Blondine trat in die Gruppe der Neuankömmlinge, notierte Namen und wies die Jugendlichen verschiedenen Booten zu. Stacey und Curtis verteilten Dramamine-Tabletten und Pappbecher mit Wasser.

Pease versuchte, sich die Namen der Jachten zu merken, als sie ablegten und durch den Kanal segelten. In Gedanken wiederholte er sie immer wieder, um sie nicht zu vergessen. Als er aufsah, stand die Blondine vor ihm, mit dem jungen Mann namens Loren an ihrer Seite.

»Mr. Pease ...«, sagte sie. »Ich bin Kelly Corsayer und würde gern mit Ihnen sprechen. Dazu werde ich Ihnen den Knebel abnehmen und Sie müssen mir versprechen, nicht zu schreien. Einverstanden?«

Er überlegte einen Moment. Nichts zu verlieren. Er nickte.

Kelly ging in die Hocke und löste den Knoten des zum Knebel umfunktionierten Halstuchs. Pease bewegte Mund und Kiefer, als sich die blonde Frau neben ihn setzte. »Sind Sie verheiratet, Mr. Pease?«, fragte sie.

»Verwitwet«, sagte er.

»Tut mir leid. Haben Sie Kinder?«

»Niemand würde Lösegeld für mich bezahlen, wenn Sie das meinen.«

Kelly lächelte schief. »Nein, das meine ich nicht. Leben Ihre Kinder hier in der Nähe? Hängen sie von Ihnen ab?«

»Ich habe eine Tochter in Kalifornien. Sie ist ein spätes Blumenkind. Wenn Sie Lösegeld von ihr verlangen, schickt sie Ihnen Narzissen, Rosinen und Tomaten aus ihrem Garten. Viel Glück. Sie hat nicht einmal Telefon.«

»Es ist also niemand hier. Sie sind alleinstehend?«

»Ja.«

»Haben Sie nicht einmal einen Hund oder eine Katze?«

Pease schnitt eine Grimasse. »Tot«, sagte er. »Meine alte Katze starb vor ein paar Wochen.«

Kelly wandte sich an den jungen Mann neben ihr. »Wir sollten ihn mitnehmen, Loren. Er hat hier überhaupt keine Bindungen. Und er ist nett. Ich möchte, dass er mitkommt. Homer meinte, dass wir zweihundert sein sollten, und derzeit sind wir hundertneunundneunzig. Er ist unsere Nummer zweihundert.«

»Was?«, fragte Pease entgeistert.

Loren nickte. »Wie du willst, Kelly. Hab nichts dagegen.«

»Wir bieten Ihnen ein großes Abenteuer, Mr. Pease. Erst segeln wir übers Meer und dann gründen wir eine ganz neue Gesellschaft.«

»Ich werde auf keinen Fall ...«

Die dunkle Frau näherte sich. »Was ist los?«

»Mr. Pease hat gerade beschlossen, sich uns anzuschließen.«

»Von wegen!«

»Bringen wir ihn an Bord der *Irena*«, sagte Sonia. »Die Sonne geht bald auf.«

»Warten Sie!«, platzte es aus Pease heraus.

Sonia bückte sich, griff nach den Stricken an seiner Brust und hob ihn mühelos an. Kelly nahm die Beine. Sie trugen ihn über die Rampe und an Bord der *Irena*. Sonia kehrte zurück, holte das Kissen und legte es ihm unter den Rücken.

»Ich werde seekrank«, jammerte Pease. Das Mädchen namens Stacey näherte sich ihm.

»Eine ganze Tablette Dramamine für Mr. Pease«, sagte es und legte ihm die Tablette in den Mund. Er wollte sie ausspucken, aber Stacey hielt ihm den Mund zu. »Ich bitte Sie, Mr. Pease. Seien Sie brav und schlucken Sie Ihre Medizin. Wenn nicht, haben Sie gleich einen bitteren Geschmack im Mund.« Stacey hob sein Kinn und Pease fühlte, wie ihm die Tablette nach hinten rutschte. Das Mädchen nahm einen Pappbecher mit Wasser von Curtis und setzte ihn Pease an die Lippen. »War doch gar nicht schlimm, oder?«

Das Boot vor der *Irena* wurde nun in den Kanal gezogen. Edward und Sonia sprangen an Bord. Auf dem Kai befanden jetzt nur noch Kelly, Loren und der alte Mann, der mit offenem Mund auf Peases Stuhl schlief. Kelly weckte ihn sanft.

Stacey und Curtis setzten sich in der Plicht neben Pease und beobachteten, wie der alte Mann erwachte und nach seinem Nickerchen benommen war.

»Das ist Dr. Homer Layton«, sagte Stacey. »Er hat dies alles geplant und ist unser Anführer. In ganz Amerika gibt es keinen gescheiteren Mann.«

»Das will nicht viel heißen«, erwiderte Pease.

Kelly führte den Alten zur *Palomar* und half ihm an Bord. Sie warf die Achterleine, als das Boot mit der Lasso-Frau am Ruder Fahrt aufnahm. Neben Pease winkte Stacey ihren Eltern an Bord der *Palomar* zu. Kelly lief zur Bugleine der *Irena* und begann damit, die zwanzigste und letzte Jacht zum Kanal zu ziehen. Pease hörte, wie das Segel gesetzt wurde.

Einige Momente später war die *Irena* unterwegs und Kelly sprang im letzten Augenblick an Bord. Loren hatte das Ruder übernommen, hielt das Gesicht in den Wind und wirkte wie jemand, der sein ganzes Leben auf dem Meer verbracht hatte. Pease hörte, wie der Rumpf durchs Wasser glitt, ein leises Zischen und Gurgeln. Er lauschte konzentriert, weil er sich alles für die Polizei merken wollte, und auch aus persönlichem Interesse, denn er war zum ersten Mal mit einem Segelschiff unterwegs.

Loren steuerte die Jacht geschickt an dem Pfahlwerk vorbei und anschließend wurden die Schratsegel gesetzt. Ein halbes Dutzend oder mehr Personen befanden sich an Deck und unter Deck noch einmal so viele, unter ihnen auch Kinder. Als sie am öffentlichen Landungssteg vorbeisegelten, sah Pease ein junges Paar, das ihnen zuwinkte – es schienen zwei Liebende zu sein, die den Sonnenaufgang bewundern wollten. Er blickte zum Bug und stellte fest, dass der obere Rand der Sonne über den östlichen Horizont ragte.

*

Als sich die Jachten sammelten, war die Küste von Florida nur noch eine dünne Linie am Horizont. Die Boote lagen mit eingeholten Segeln vor Anker, hintereinander, mit der *Columbia* ganz vorn. Ihr Fock und Großsegel waren auf gegenüberliegenden Seiten backgehalten, ein Manöver, über das Pease einmal gelesen hatte und das man »Beidrehen« nannte, wenn er sich richtig erinnerte. Jedenfalls, sie ritt friedlich vor Anker, obwohl der Wind auffrischte. Diese Leute schienen sich recht gut mit dem Segeln auszukennen.

Loren halste die *Irena*, lief übers Deck und rief den anderen Booten den neuen Kurs zu. Pease hörte die Anweisung neunzehnmal. Von hier aus sollte die Reise mit Kurs eins acht null nach Süden weitergehen.

Man verbrachte nicht viele Jahre in Florida, ohne zu erfahren, welche Landmasse im Süden lag – diese Leute wollten nach Kuba.

Der neue Kurs schien die anderen Captains nicht zu überraschen. Sie hatten schriftliche Anweisungen bekommen und manche von ihnen winkten als Bestätigung damit. Außerdem standen die Boote mithilfe kleiner Walkie-Talkies in Verbindung. Loren ging am Ende der Jachtenreihe in Position und wartete darauf, dass die anderen Anker lichteten, Segel setzten und Fahrt aufnahmen. Zehn Minuten später waren sie alle unterwegs nach Süden.

Unter Deck wurde Schinken gebraten. Es hatte Probleme damit gegeben, den Herd in Gang zu bringen; Loren und Kelly hatten es sogar für nötig gehalten, die anderen Boote darauf hinzuweisen. Für Pease ergab das ebenso wenig Sinn wie alles andere. Aus irgendeinem Grund verwendeten diese Leute keine Streichhölzer für den Herd. Nein, sie benutzten Vergrößerungsgläser und Zeitungspapier, um Feuer zu entzünden, und als es ihnen gelungen war, das Papier mit konzentriertem Sonnenlicht in Brand zu setzen, trugen sie das Feuer vorsichtig nach unten zum Herd. Wie dumm. Bei allen anderen Dingen schien sie gut vorausgedacht zu haben. Konnte es sein, dass sie ausgerechnet Streichhölzer vergessen hatten? Jemand anderer an D.D. Peases Stelle hätte vielleicht längst mit dem Versuch aufgehört, in dem rätselhaften Geschehen um ihn herum einen Sinn zu erkennen, aber D.D. Pease fühlte sich von dem Rätsel herausgefordert. Warum die Sache mit den Vergrößerungsgläsern und dem Zeitungspapier? Warum hatten sie nicht versucht, die Motoren der Segelboote zu starten? Warum hatten sie keine Motorjachten gestohlen, mit denen sie wesentlich schneller vorangekommen wären? Was bewegte so viele offenbar anständige Leute, Boote zu stehlen und mit ihnen nach Kuba zu fahren? Pease dachte die ganze Zeit darüber nach und spekulierte, dass er es vielleicht mit den Anhängern eines bizarren religiösen Kults zu tun hatte, der Motorboote, Streichhölzer und Kapitalismus ablehnte.

Kelly kam von unten und nahm neben ihm Platz. »Ich glaube, wir müssen über das eine oder andere reden, Mr. Pease. Es gibt vieles, das Sie nicht wissen.« Sie hatte klare graue Augen, die gern zu lächeln schienen, obwohl sie derzeit recht ernst blickten.

Pease brummte.

»Ja, es gibt viele Dinge, von denen Sie nichts wissen. Leider habe ich bisher keine Zeit gefunden, denn sonst hätte ich Ihnen das eine oder andere erklärt. Wenn Sie von mir die Hintergründe erfahren und wenn Sie alles verstanden haben … Dann können wir Ihnen diese dummen Fesseln abnehmen. Weil Sie uns dann helfen wollen.«

»Das bezweifle ich.«

Kelly lächelte. »Haben Sie einen Vierteldollar in der Tasche?«, fragte sie.

Pease nickte. »Ich denke schon.«

»Ich bin mir meiner Sache so sicher, dass ich bereit bin, um einen Vierteldollar mit Ihnen zu wetten. Normalerweise wette ich nicht, aber diesmal gibt es für mich nicht den geringsten Zweifel. Wenn ich Ihnen alles erklärt habe, sind Sie einer von uns. Dann nehme ich Ihnen die Fesseln ab und Sie geben mir einen Vierteldollar. Abgemacht?« Sie holte eine Münze aus der Tasche ihrer Shorts und legte sie auf das Kissen neben Pease. Er zuckte die Schultern.

»Sie hätten mit Ihrer Pistole gar nichts gegen uns ausrichten können, selbst wenn Sie bereit gewesen wären, damit zu schießen. Wussten Sie das?«

»Sie war nicht geladen.«

»Oh.«

»Ich hatte immer Angst, mir in den Fuß zu schießen oder gar irgendwelche College-Studenten zu töten. Man bekommt keine Medaillen, wenn man in Fort Lauderdale College-Studenten erschießt.«

Kelly lächelte erneut. »Auch unsere Waffen waren nicht geladen. Und von jetzt an nützen solche Waffen überhaupt nichts mehr. Ich erkläre Ihnen, warum das so ist.«

Sie war noch nicht ganz mit ihren Erklärungen fertig, als Pease sie unterbrach. Wer ihn kannte, wusste von seiner Angewohnheit, bei jeder Gelegenheit aus irgendwelchen Gedichten zu zitieren. Als er zu verstehen begann, warum sie segelten und auf die Motoren verzichteten, sprach er Worte, die er in einem Buch über alte griechische Legenden gelesen hatte:

»Alles ladet zur Fahrt … Windet den Anker heraus, entstrickt, o Schiffer, das Tauwerk. Richtet die Masten empor, gebet die Segel dem Wind. Also ermahnt vom Gestad Priàpos euch, Pflüger des Meeres, dass ihr zu frohem Gewinn lenkt die glückliche Fahrt.«

»Bei unserer Fahrt geht es nicht um frohen Gewinn, sondern ums Überleben«, sagte Kelly und erklärte auch den Rest.

Am Ende der Stunde löste sie die Fesseln und bekam ihren Vierteldollar. Pease sah sich noch einmal die Beweise an, die Kelly präsentiert hatte, um ihm den Effekt zu zeigen und zu veranschaulichen, was während der Nacht geschehen war. Er fragte sich, ob man ihn täuschte, ob er auf besonders ausgefallene Taschenspielertricks hereinfiel. Aber nein, das erschien ihm unwahrscheinlich. Er glaubte Kelly und stellte fest, dass er sie und auch die anderen Leute auf der *Irena* mochte. Als er keine Fesseln mehr trug, kamen sie nacheinander, um ihm die Hand zu schütteln, und sie sagten ihm, dass sie sich freuten, ihn jetzt auf ihrer Seite zu wissen. Anschließend setzte sich Pease wieder neben Kelly, blickte nach Süden und fragte sich wie alle anderen, was als Nächstes geschehen würde.

DRITTER TEIL

BARACOA

18

Dschihad

Über lange Zeit hinweg war das Regieren der Nation eine Art Teilzeitangelegenheit. Die Arbeitsmoral der Abgeordneten litt unter den Hundstagen im Mai. Anfang der 1920er-Jahre kam es zu einer Erfindung, die zunächst niemand für besonders wichtig hielt: eine elektrisch betriebene Klimaanlage. Eine Anzeige im Washington Star vom 6. Juni 1926 wies darauf hin, wie angenehm und gesund kühle Luft im Sommer sei, noch dazu für günstige 22 $. Das Produkt erfreute sich bald großer Beliebtheit, nicht nur im privaten Sektor. Am Ende der Amtszeit von Präsident Coolidge waren die meisten Kongressbüros und das Weiße Haus klimatisiert. Die Menge der 1928 verabschiedeten Gesetze übertraf die von 1918 fast um einen Faktor drei.

Die allgegenwärtigen Klimaanlagen des Washingtoner Stadtviertels Foggy Bottom waren per Kabel mit den Stromverteilerkästen in den betreffenden Gebäuden verbunden. Die Kästen wiederum standen über Trafos mit den 600-Volt-Leitungen unter den Straßen der Stadt in Verbindung. Diese Leitungen empfingen den Strom aus dem 1800-Volt-Netz auf der Südseite des Potomac River, das wiederum von einem Kraftwerk knapp zwanzig Kilometer entfernt in Engleside, Virginia, gespeist wurde. Das Engleside-Kraftwerk bestand aus einem Generator, der fossile Brennstoffe verbrannte, in diesem Fall Diesel. Diese fossilen Materialien sind (wie wir alle in der Schule gelernt haben) organischen Ursprungs und bestehen zum Beispiel aus den Resten von Dinosauriern, die im Mesozoikum lebten, als T-prime den ersten stabilen Wert hatte.

Das alles spielte keine Rolle, bis in den frühen Stunden des 16. Mai der Welt das Licht ausging. Woraufhin es sehr wohl eine Rolle spielte. Als ein kleiner Apparat zweitausend Meilen südöstlichen von Washington dafür sorgte, dass sich im irdischen Magnetfeld der Layton-Effekt ausbreitete, änderten sich die Eigenschaften aller fossilen Brennstoffe, auch die von Diesel. Sie konnten dazu gebracht werden, langsam zu brennen, indem man ihre Temperatur auf über 1250 Grad erhöhte, aber entsprechende Flüssigkeiten explodierten nicht mehr unter Druck in der Verbrennungskammer eines Motors. Der Generator des Engleside-Kraftwerks generierte keine Elektrizität mehr. Das 1800-Volt-Stromnetz wurde zu einem 0-Volt-Stromnetz. Es kam keine Energie mehr vom Kraftwerk nördlich des Flusses. Es floss keine Energie durch die Transformatoren in die Verteilerkästen von Foggy Bottom und ohne Energie kam keine kühle Luft aus den Klimaanlagen. Das Ergebnis: Es war heiß. Verdammt heiß.

Nolan Gallant blickte bedrückt aus dem Fenster der Kantine des Watergate Office Building. Er hörte, wie die anderen am Besprechungstisch Platz nahmen, schenkte ihnen aber keine Beachtung. Welch ein Niedergang, dachte er, dass die Versammlung unter solchen Umständen stattfand, bei offenem Fenster und natürlichem Licht. Dieses Treffen hätte in einem fensterlosen Kellerraum stattfinden sollen, hinter einer schalldichten Tür, vor der ein Soldat Wache hielt. Natürlich gab es Wachen hier in der Kantine – sie sorgten dafür, dass niemand hereinkam, der hier derzeit nichts zu suchen hatte. Aber offene Fenster! Wie konnte man sich bei offenen Fenstern sicher fühlen? Er fragte sich, wie Regierungen in der prämodernen Welt zurechtgekommen waren und wie sie in der verkorksten Gegenwart jemals wieder zurechtkommen sollten. Verkorkst war sie zweifellos. Sie konnten nicht einmal einen Schredder laufen lassen. Wie sollte eine Regierung ohne einen gottverdammten Schredder zurechtkommen?

Die leisen Stimmen am Tisch verklangen – man wartete darauf, dass er die Besprechung offiziell eröffnete. Sollten sie noch etwas länger warten. Im Augenblick war Gallant viel zu sehr damit beschäftigt, sauer zu sein. Warum versuchte er überhaupt, dieses feige Land auf Vordermann zu bringen, ein Land, das sich von einem alten Professor und seinen Assistenten, die noch feucht hinter den Ohren waren, Fesseln hatte anlegen lassen? Gallant konnte noch immer nicht fassen, was geschehen war. Keine Limousinen mehr, keine Kommandozentralen, keine Waffen, keine Helikopter, keine Düsenjägerstaffeln, bei deren Donnern ängstlichen Abweichlern und Andersdenkenden die Zähne klapperten. Was ihm so sehr an die Nieren ging, war nicht nur die Tatsache, dass nichts mehr funktionierte. Noch schwerer wog, dass die Ausübung der Macht ohne Lohn und Genugtuung blieb. Welchen Spaß machte es noch, an der Spitze zu sein? Welchen Sinn hatte es, Befehle zu erteilen, die nicht mehr ausgeführt wurden? Er konnte einen Adjutanten mit Anweisungen hinausschicken, aber sobald der Mann den Raum verließ, bekam er es mit der neuen Realität zu tun. Der Adjutant war nicht imstande, die Anweisungen telefonisch an Untergebene weiterzugeben, weil die Telefone nicht mehr funktionierten und es keine Untergebenen gab. Nolan Gallant sah sich außerstande, seine Ziele mit Gewalt oder der Androhung von Gewalt zu erreichen. Oft vergaß der Adjutant die Anweisungen einfach und ging fort, um irgendwo Zuflucht vor der Hitze zu suchen.

Die Hitze bekam mehr Respekt als die Regierung des Landes. Während einer anderen Besprechung hatte Gallant Soldaten auf dem Rasen vor dem Gebäude postiert, damit sich niemand unters Fenster stellte und lauschte. Nach einer Weile hatte er festgestellt, dass die Soldaten zum Fluss gegangen waren, um ein Bad zu nehmen. Von wegen Disziplin.

Er drehte sich zu den Versammelten um, den zehn mächtigsten Männern von Amerika – ein Witz. Besser gesagt: ein schlechter Scherz. Dass die zehn mächtigsten Männer von Amerika schweißgebadet waren, konnte nicht witzig sein, nur traurig. Selbst der braungebrannte General Simpson schien sich allmählich aufzulösen. Gallant trug einen grauen Seidenanzug, ein makelloses weißes Hemd und eine rote Paisleykrawatte. Er schwitzte nicht. Er ignorierte die Hitze und sein Körper gehorchte Gehirn und Geist. Er hatte jahrelang in den drückend heißen Kirchen von Virginia und North Carolina gepredigt und sich dabei ein kühles Erscheinungsbild zugelegt, ungeachtet der Temperatur. Die anderen sahen einfach nur feucht und elend aus.

Der lange, ans Fenster geschobene Kantinentisch bot mehr als zehn Personen Platz. Die Lücken am Tisch, dachte Gallant bitter, wiesen auf die vier Männer hin, die bei diesem Treffen fehlten: der Präsident, Minister Murdoch, General Buxtehude und Lamar Armitage. Jede dieser vier Abwesenheiten war ihm ein Dorn im Auge. Insbesondere der Präsident hätte an jeder von Gallant einberufenen Versammlung teilnehmen sollen. Es wurde nicht viel von ihm verlangt; er musste einfach nur dasitzen und gelegentlich nicken. Es war nicht erforderlich, dass er dachte oder dergleichen. Der Mann war ein Schwachkopf, aber auch ein Symbol für legitime Autorität. Seine Präsenz hätte die Kritiker zum Schweigen gebracht, die Anstoß daran nahmen, dass Gallant die Macht für sich beanspruchte. Doch der Präsident sah die Dinge anders. Seit den verwirrenden Ereignissen des sechzehnten Mai weigerte er sich, das Weiße Haus zu verlassen und an irgendwelchen Arbeiten der Regierung teilzunehmen. Er widmete seine Zeit ausschließlich der Malerei. Zweifellos stand er in diesem Moment am Erkerfenster des Oval Office vor seiner Staffelei und malte mit freiem Oberkörper irgendeine konfuse Vision von Bäumen, Blumen und Schmetterlingen.

Wenigstens war der Präsident bereit, die Dokumente zu unterschreiben, die ihm Gallant vor die Nase hielt. Er las nie, was er da unterschrieb. Und er hatte gehorsam per Radio zur Nation gesprochen, mithilfe eines batteriebetriebenen Senders, von der Fernmeldetruppe im Weißen Haus installiert. Er hatte den Amerikanern erklärt, dass die Zündungsprobleme, mit denen sie sich konfrontiert sahen, auf atmosphärische Störungen zurückgingen, deren Ursache Sonnenflecken waren. Es würde nicht lange dauern, bis alles wieder normal sei, hatte er versprochen, und bis dahin sollten die Bürger des Landes mit den lokalen Behörden zusammenarbeiten. Der Präsident wünschte den Amerikanern einen angenehmen Urlaub und meinte, sie könnten die unerwartete Muße nutzen, ein Buch zu lesen oder ein bisschen zu malen.

Gallant nickte nun Taylor Hodge zu, der über Fortschritte beim Lebensmitteltransport und bei der Reorganisation der Polizei berichtete. Außerdem wies er auf Bemühungen hin, eine alte Dampflokomotive wieder einsatzbereit zu machen. Hodge sprach mit monotoner Stimme und während Gallant ihm zuhörte, dachte er erneut an all die Probleme. Bill Murdoch war tot. Kaum zu glauben, dass er ihn vermisste, aber Gallant musste zugeben: Die Unterstützung des Ministers wäre durchaus hilfreich gewesen. Murdoch hatte sich im Pentagon aufgehalten, als der Startbefehl herausgegeben worden war. Nach den Erzählungen der anderen zu urteilen, war er sehr aufgeregt und voller Freude gewesen. Als die Raketen losflogen, war er aufgesprungen, hatte wie ein schwarzer Militant die Faust nach oben gereckt und »Hurra!« gerufen. Für einen Moment verharrte er in dieser Haltung und blickte dann verblüfft auf seine Hose hinab, an der sich vorn ein deutlicher Fleck zeigte. Sein letztes

Wort, bevor er zusammenbrach, lautete: »Ups.« Der Arzt meinte, er sei sofort tot gewesen.

Gordon Buxtehude war desertiert. Man konnte es nicht anders nennen. Er hatte kalte Füße bekommen bei dem Gedanken, dass ihre Pläne durchkreuzt worden waren, nachdem sie sich für einen globalen Atomschlag entschieden hatten. Er hatte keine Ahnung gehabt, was den Ausfall der Waffensysteme verursachte, und es war ihm auch egal gewesen. Er hatte General Simpson gesagt, dass es für jeden Mann genügte, *den Knopf* einmal in seinem Leben zu drücken. Er wolle sich in den Ruhestand zurückziehen, hatte er hinzugefügt, und auf seiner Farm in West Virginia Zeit mit den Enkeln verbringen. Seitdem hatten sie ihn nicht mehr gesehen und nichts mehr von ihm gehört.

Und dann war da noch Professor Lamar Armitage. Nach dem allgemeinen Ausfall der Energieversorgung hatte das Telefonnetz noch etwa einen Tag mit Batteriestrom funktioniert. Rupert Paule hatte Armitage am nächsten Morgen angerufen und ihn aufgefordert, unverzüglich nach Washington zu kommen. Der alte Trottel hatte sich mit dem Fahrrad auf den Weg gemacht und war rechtzeitig genug eingetroffen, um an der abendlichen Besprechung in Senator Colliers Büro teilzunehmen. Gallant war dabei gewesen, hatte Armitage aufgefordert, sich den Unsinn mit der »sorgfältigen Überprüfung der grundlegenden physikalischen Prinzipien« zu sparen und zu sagen, wer dahintersteckte. Wer trug die Verantwortung dafür, dass die Raketen vom Himmel gefallen waren, ohne ihren Zielen Vernichtung zu bringen? Warum gab es auf der ganzen Welt keinen Strom mehr? Armitage hatte eine Antwort und wies auf einen Artikel hin, der ein Jahr zuvor in *Science* erschienen war. Der Autor dieses Artikels, betonte er, schien auf etwas gestoßen zu sein, das vielleicht erklärte, was geschehen war. Armitage hielt den Autor für die einzige Person, die den hemmenden, Explosionen verhindernden Effekt entdecken und einen Apparat für die Anwendung bauen konnte. Offenbar veränderte der Apparat die Zündungseigenschaften aller Brennstoffe. Armitage hatte zu erklären begonnen, dass die Veränderung nicht den Brennstoff betraf, sondern vielmehr den Fluss der Zeit, aber Gallant hatte ihn erneut unterbrochen. »Wer hat den Artikel verfasst?«, hatte er gefragt. Und Armitages Antwort lautete: »Homer Layton.«

Gallant verzog das Gesicht, als er an den verhassten Namen dachte. Er hatte Layton immer für einen Gegner gehalten und jetzt war er *der Feind*.

Es waren Layton und seine teuflische Wissenschaft, die die Zivilisation (und die zivilisierte Kriegführung) in den gegenwärtigen hilflosen Zustand versetzt hatten. Wissenschaft hatte das Problem geschaffen; Wissenschaft konnte es lösen. Armitage war ihr Wissenschaftler, was bedeutete: Es lag bei ihm, die Wirkung von Laytons Höllenapparat aufzuheben. Armitage hätte sich sofort an die Arbeit machen und versuchen sollen, einen eigenen Apparat zu erfinden, etwas, das dafür sorgte, dass Klimaanlagen wieder funktionierten und Raketen flogen. Aber stattdessen hatte sich Armitage aus dem Staub gemacht. Nach der Besprechung bei Senator Collier hatte er sich geistesabwesend Gallants Anweisungen angehört und mit den Schultern gezuckt. Dann war er hinausgeschlendert. Der Wächter vor dem Gebäude hatte beobachtet, wie Armitage mit seinem Fahrrad über die Theodore-Roosevelt-Brücke geradelt war. Seitdem hatte man ihn nicht mehr gesehen.

Wenigstens wussten sie jetzt, wem dies alles zu verdanken war. Selbst jetzt noch, einundzwanzig Tage nach Beginn des weltweiten Blackouts, staunte Gallant über die Intensität seines Hasses auf Layton. Er begann innerlich zu brodeln, wenn er auch nur an ihn dachte. Die Liste seiner Sünden war fast endlos: Radikale und Kommunisten, die längst tot sein sollte, lebten noch, was sie dem Eingreifen von Homer Layton verdankten. Die Nation Gottes, die vor Wochen hätte ausgerufen werden sollen, beschränkte sich auf die schwitzenden Pfuscher hier an diesem Tisch. Die größte Streitmacht, die die Welt je gesehen hatte, war nicht mehr als ein nutzloser Haufen Schrott. Ein einzelner Mann hatte all ihre Pläne vereitelt. Diesem einen Mann waren all der Frust und die Hilflosigkeit zuzuschreiben, einem hässlichen, schmierigen alten Mann, der vermutlich nicht einmal von sich behaupten konnte, Amerikaner zu sein (waren nicht alle Physiker Ausländer von der einen oder anderen Sorte?): Homer Layton. Vor Gallants innerem Auge entstand das inzwischen vertraut gewordene Gesicht seines Peinigers. Ihm wurde speiübel. Wie sehr er dieses Gesicht verabscheute. Ein leises Ächzen entrang sich seiner Kehle.

Taylor Hodge unterbrach sich mitten im Satz und starrte Gallant mit offenem Mund an. »Was?«

Gallant schlug mit der Faust auf den Tisch. »Worüber in drei Teufels Namen nuscheln Sie da? Und warum sollte es in irgendeinem Zusammenhang wichtig sein?«

»Äh, ich habe über das Stromaggregat genuschelt, ich meine gesprochen. Das von Wasser angetriebene Stromaggregat, das die Pioniere im Fluss bauen.« Hodge deutete aus dem Fenster.

Unten am Flussufer bemerkte Gallant eine traurige kleine Gruppe von Soldaten in kleinen Booten. Sie hatten damit begonnen, im Potomac ein Sperrwerk aus Holz zu konstruieren, wobei sie die Balken offenbar mit Leinen zusammenbanden. Eine Plattform ragte über das Ende der Sperre hinweg und darauf war etwas angebracht, das wie ein Generator aussah. Kabel reichten von dem Apparat zum Ufer.

»Und wie viel Strom, wenn ich fragen darf, erzeugt das lächerlich kleine Aggregat?«

»Äh.« Hodge sah in seinen Unterlagen nach. »Sechzig Watt, glaube ich.«

»Oh, sechzig Watt«, erwiderte Gallant. »Das ist wundervoll! Stellen Sie sich vor, was wir mit sechzig Watt machen können, Gentlemen. Es reicht für eine Glühbirne. Jawohl, für eine Glühbirne. Vielleicht könnten wir damit unsere elektrischen Zahnbürsten betreiben oder einen alten Plattenspieler. Oh, nein, entschuldigen Sie bitte, ein Plattenspieler wäre zu viel verlangt. Vielleicht nächstes Jahr.« Er konnte sich kaum mehr beherrschen,

»Na ja, sechzig Watt bringt nur der erste Generator. Die Pioniere glauben, bis zu zehn auf dem Fluss installieren zu können. Dann hätten wir sechshundert ...«

»Sechshundert Watt! Wie sollen wir mit sechshundert Watt regieren? Das reicht gerade für ... für ...«

»Für eine elektrische Gitarre«, schlug Hodge vor.

»Wir stöpseln keine gottlosen elektrischen Gitarren in unseren Generator!« Gallants Gesicht glühte rot.

»Nein, natürlich nicht«, sagte Hodge schnell.

Es kostete Gallant erhebliche Mühe, zumindest einen Teil seiner Fassung zurückzugewinnen. Mit einigermaßen ruhiger, aber keineswegs emotionsloser Stimme fuhr er fort: »Meine Herren, ich will nichts mehr über Generatoren hören. Auch nicht über Arbeitsgruppen, die Getreidelaster über die I-95 schieben. Mir liegt auch nichts an weiteren Berichten über die Kanalisation und dergleichen. Ich möchte, dass all diese Probleme gelöst und aus der Welt geschafft werden, ohne dass sie noch einmal in diesem Raum Erwähnung finden. Habe ich mich klar genug ausgedrückt?« Gallant sah sich am Tisch um. Niemand wagte es, ihm zu widersprechen.

Gustafson, Tolliver, Paule, Courtenay und die anderen – jeder von ihnen hielt kurz seinem Blick stand und starrte dann nach unten. Gallant gab ihnen allen Gelegenheit, etwas zu sagen, doch sie schwiegen.

»Gut. Und jetzt möchte ich mehr über das eine Thema hören, über das hier gesprochen werden soll. Ich meine … KRIEG.«

Neuerliches Schweigen folgte seinen Worten.

»Ich möchte Pläne hören, die den Einsatz von Gewalt, von tödlicher Gewalt, vorsehen, mit dem Ziel, Homer Layton zu fassen und für seine Verbrechen zur Rechenschaft zu ziehen. Oder ihn zu töten.« Bei dem Wort *töten* zitterte Gallants Stimme ein wenig, aller Entschlossenheit zum Trotz. Er legte eine kleine Pause ein und trank einen Schluck Wasser. Seine Augen brannten, als sie über den Becher hinweg bei den anderen Männern nach Anzeichen von Schwäche suchten.

Als er den Becher auf den Tisch setzte, hatte er sich wieder unter Kontrolle. Er zwang die Anspannung aus seinem Gesicht und schuf Platz für das übliche Lächeln. Als er weitersprach, senkte er die Stimme, als wollte er den anderen ein Geheimnis anvertrauen. Sie beugten sich vor und spitzten die Ohren.

»Meine Freunde … Die Sabotage unserer modernen technischen Welt ist nicht nur ein persönlicher Rückschlag für mich. Wie Sie wissen, habe ich mehrere persönliche Rückschläge erlebt und sie immer hingenommen. Wenn der Herr es für angemessen hält, diesen seinen Diener zu züchtigen und zu demütigen, so ist dieser Diener gern bereit, sich zu verneigen und zu fügen, um anschließend zu versuchen, den rechten Weg zu finden. Gott weiß, dass ich das wieder und immer wieder getan habe. Nein, was am sechzehnten Mai geschah, war kein persönlicher Rückschlag für Nolan Gallant, sondern für unseren Herrn, für Jesus Christus.« Er gab seinen Zuhörern kurz Gelegenheit, über die schreckliche Bedeutung dieser Worte nachzudenken. »In der Vergangenheit haben wir uns mit dem Gedanken getröstet: Was auch immer geschieht, es ist Gottes Wille. Und das entsprach immer der Wahrheit. Aber was vor drei Wochen geschah, ist ganz und gar nicht Gottes Wille. Es ist vielmehr das genaue Gegenteil davon.

Das Geschenk des Feuers wurde der Menschheit gestohlen. Aber was ist Feuer? Tief in Ihrem Herzen wissen Sie, dass es sich um Gottes Essenz handelt, um ein Symbol Seiner Macht auf Erden. Die Bibel enthält nicht weniger als zweitausendeinhundertelf Hinweise auf Feuer. Mehr als neunhundertmal werden Flammen erwähnt. Und jetzt sind uns Feuer und

Flammen genommen. Lässt das irgendeinen Zweifel an der Bedeutung dessen, was geschehen ist? Kann selbst der zynischste Ungläubige unter Ihnen sich weigern zu verstehen? ›Denn der Herr, dein Gott, ist ein verzehrendes Feuer.‹ Fünftes Buch Mose 4,24. ›Und der Engel des Herrn erschien ihm in einer feurigen Flamme.‹ Zweites Buch Mose 3,2. ›Und seine Augen wie eine Feuerflamme.‹ Die Offenbarung des Johannes 3,1. Der Herr IST Feuer. Die Abwesenheit von Feuer bedeutete die Abwesenheit Gottes. So lautet die Wahrheit, das wissen Sie. Für jene von uns, die in dieser elenden feuerlosen und gottlosen Welt leben, findet sich die schrecklichste Botschaft beim Propheten Hesekiel, Kapitel einundzwanzig, Vers drei und vier: ›Siehe, ich will in dir ein Feuer anzünden … dass man seine Flamme nicht wird löschen können. Und alles Fleisch soll sehen, dass ich, der Herr, es angezündet habe und niemand es löschen kann.‹ Jetzt aber ist das Feuer gelöscht worden.« Bei den letzten Worten war Gallants Stimme nur noch ein Flüstern.

»Wir können kein Feuer anzünden, nicht einmal ein Streichholz. Unsere Waffen funktionieren nicht mehr. Wir sind nicht einmal imstande, Gottes Präsenz in den Verbrennungskammern unserer Motoren erscheinen zu lassen, auf das Er Sein gutes Werk für uns vollbringe. Nichts ist mehr so, wie es sein sollte!«

Traurig teilte Gallant seinen Zuhörern die bittere Wahrheit mit und sprach wie zu einfältigen Kindern, die etwas übersehen hatten, das offensichtlich sein sollte. »Jener, der sich Gottes Plan entgegengestellt hat, ist nicht einfach nur ein älterer Professor der Wissenschaft. Das ist nur Tarnung. Er präsentiert sich uns als alter Mann, als harmloser schlurfender Gelehrter. Aber wir wissen es besser. Wir haben ihn durchschaut. ›Wer Verstand hat, der überlege die Zahl des Tieres‹, heißt es in der Offenbarung. Das ist er: das Tier, der Antichrist.« Gallant bemerkte, dass der rechts von ihm sitzende Courtenay zusammenzuckte. »Homer Layton ist der Antichrist.« Courtenay zuckte erneut zusammen.

»Und jetzt, da wir die Wahrheit kennen, dürfte Ihnen auch klar sein, was man von Ihnen erwartet. Wir sind im Krieg, Gentlemen. Aber es ist nicht einfach nur ein Krieg, nicht einfach nur die Konfrontation zwischen verschiedenen Streitmächten des Menschen. Dies ist der *letzte Krieg*, wie ihn Johannes in seiner Offenbarung beschreibt. Es ist der Krieg des Heiligen gegen das Unheilige, des Menschen gegen das Tier. Dies ist unser Dschihad.«

Gallants durchdringender Blick wanderte über die rechte Seite des Tischs und richtete sich schließlich auf Rupert Paule, den Mann, der Layton vor wenigen kurzen Wochen von Angesicht zu Angesicht gegenüber gesessen hatte. Paule unterdrückte ein Schaudern. Sein Versagen war allen klar. Er hatte mit dem Antichristen verhandelt, ihm sogar zur Flucht verholfen. Für ihn gab es eine ganze Menge wiedergutzumachen.

Gallant richtete die Frage an ihn. »Wo ist Homer Layton?«

»Nun, äh, er ist nicht mehr dort, wo er zuvor gewesen ist.«

»Das wissen wir.«

»Wir haben Burlingame in Fort Lauderdale. Wie Sie wissen, ist er mit einem der Boote der Marineakademie hinuntergesegelt. Und er hält per StratCom-Funk Kontakt mit uns. Er berichtet, dass Layton weg ist.«

»Das wissen wir.«

»Er hat uns mitgeteilt, dass Layton und seine Begleiter dutzendweise Segeljachten gestohlen haben und damit nach Osten gesegelt sind. Es gibt Zeugen. Sie haben Burlingame gesagt, dass Layton eine ziemlich große Gruppe um sich geschart hat, vielleicht Hunderte. Allesamt … Verräter.«

»Ja. Wohin sind sie gesegelt?«

»Nach Osten.«

»Wohin im Osten?«

»Äh, vielleicht zu den Bahamas?«

»Nein.«

»Oh.«

»Das würde es uns zu einfach machen. Bei den Bahamas gibt es nur ein paar Dutzend kleine Inseln mit Süßwasser. Wir hätten sie schon bald am Wickel und das wissen sie. Sie wissen, dass wir uns auf die Suche nach ihnen machen werden. Also sind sie zu einem Ort gesegelt, wo es für sie mehr Platz gibt, sich zu verstecken. Zu einem Ort, der ihnen reichlich Ressourcen bietet, Nahrungsmittel und so weiter, ohne dass ihnen jemand die Ressourcen streitig macht. Weil dort alle anderen Leute tot sind.«

»Kuba.«

»Ja.«

»Dachte ich mir.«

Gallant brachte es fertig, nicht höhnisch zu grinsen. Diese Dumpfbacken hatten nicht genug Grips im Kopf, um zu verstehen, was geschehen war und was unternommen werden musste. Er seufzte und erklärte geduldig:

»Kuba ist mehr als tausendzweihundert Kilometer lang und hat eine Gesamtfläche von gut hundertzehntausend Quadratkilometern. Layton und seine Leute glauben, dort sicher zu sein, weil es eine gewaltige Aufgabe für uns wäre, in einem so großen Gebiet eine so kleine Kolonie zu lokalisieren. Außerdem wissen sie, dass ihr teuflischer Apparat uns alle technischen Hilfsmittel nimmt – wir sind ohne Waffen, ohne Flugzeuge und ohne gepanzerte Schiffe. Aber auch wenn sich Layton und die anderen Verräter in Sicherheit wähnen – sie sind es nicht.«

Gallant lächelte. Erst war es nur ein Lächeln und dann wurde ein Grinsen daraus.

»Ich habe einen Plan«, sagte er langsam.

19

Weg zum Paradies

Loren überprüfte den sechsten Dauerhaften Effektor, indem er seinen Elektromagneten mit der Batterie verband. Die kleine Vorrichtung drehte sich an ihrer Achse und suchte den magnetischen Norden. Als sie sich darauf ausgerichtet hatte, entstand in ihrer Mitte ein schwaches Glühen, so wie bei den anderen. Loren löste die Verbindung mit der Batterie, doch das Glühen blieb. Er hob den Kopf und sah in ein Dutzend Gesichter, die das Geschehen aufmerksam beobachteten. Mrs. Hopkins war blass.

»Zusätzliche Wirkungen ergeben sich dadurch nicht«, sagte Loren. »Diese Apparate sind nur als Backup gedacht. Wenn jemand den ersten zerstört oder auch nur versehentlich gegen ihn stößt ... Für den Fall brauchen wir Reserveeinheiten, die dafür sorgen, dass der Effekt von Bestand bleibt. Wir würden es vielleicht gar nicht merken, wenn er aufhört, aber die anderen schon. Wir brauchen also zusätzliche Apparate, zur Sicherheit. Der Effekt wird dadurch nicht stärker.« Die letzten Worte richtete er direkt an Mrs. Hopkins.

»Ja«, sagte sie. »Das haben Sie uns allen erklärt. Es ist nur, dass der erste Apparat eine solche Überraschung war. Sie können es uns kaum verdenken, dass uns die anderen Unbehagen bereiten.«

Loren stellten den fertigen neuen Effektor zu den anderen. Noch lagen alle ihre Eier in einem Korb, aber das würde sich bald ändern. Er blickte zum Strand hinab, zum wackligen hölzernen Pier, wo zwei Slups vorbereitet wurden. Jede von ihnen sollte zwei Effektoren befördern. Jared Williams und Kelly würden das dritte Paar in die Berge bringen.

D.D. Pease begann damit, die Kästen zu schließen und legte jeden von ihnen in einen gepolsterten Beutel. Die Gehäuse der sechs neuen Effektoren stammten von ihm und waren ebenso hübsch wie das erste. Im Dorf hatte er einen Hobel, eine Handsäge und einen Bohrer gefunden, zusammen mit dem benötigten Material. Nur einen Tag hatte er gebraucht und noch etwas zusätzliche Zeit, damit der Lack trocknete. Loren nahm die ersten beiden Rucksäcke und reichte sie Candace und Edward. Ehrfürchtige Stille herrschte.

»Ihr wisst, was ihr zu tun habt. Segelt mindestens einen Tag an der Küste entlang nach Westen. Anschließend liegt es bei euch. Außer euch beiden wird niemand erfahren, wo ihr an Land geht. Trennt euch und nehmt verschiedene Wege ins Landesinnere. Wandert einen ganzen Tag lang, versteckt den Apparat und kehrt dann zurück. Erzählt niemandem, wo ihr die Effektoren zurückgelassen habt. Ihr anderen …« Loren wandte sich an den Rest der Gruppe. »Ihr müsst vergessen, wer die Apparate fortgebracht hat. Vergesst, wer die Personen waren und wohin sie sich auf den Weg gemacht haben.«

Die Leute nickten.

Candace und Edward sahen sich kurz an und gingen dann an Bord der *Celestine*. Candace übernahm das Ruder und Claymore Layton löste die Leine. Nach dem Stand der Sonne zu urteilen war es halb sieben Uhr morgens.

Loren nahm das zweite Paar, gab einen Rucksack Jared und den anderen Kelly. Beide trugen Wanderstiefel, eine lange Hose und ein Hemd mit langen Ärmeln. Zu ihrer Ausrüstung gehörten auch Schlafsäcke. »Die ersten Tage könnte ihr zusammenbleiben, wenn ihr nicht allein unterwegs sein wollt«, sagte Loren. »Anschließend geht ihr getrennte Wege. Versucht in einer Woche wieder hier zu sein.«

Sie nickten. Kelly trat hinter Jared, öffnete seinen Rucksack und legte den gepolsterten Beutel mit dem Apparat vorsichtig hinein. Dann drehte sie sich um, damit Jared den Vorgang bei ihr wiederholen konnte. Mit der Sonne im Rücken brachen sie auf und gingen über die unbefestigte Straße in der Mitte des Dorfs in Richtung Berge.

Loren nahm den ersten, ursprünglichen Effektor und gab ihn Homer, der nur stumm nickte und ihn in ein dafür ausgehobenes Loch im Boden der Hütte legte, die sein neues Zuhause war.

Die beiden letzten Apparate trug Loren zum Ende des Piers, wo Sonia an Bord der *Columbia* wartete. Das Hauptsegel war bereits gesetzt und flatterte im Wind. Loren kletterte an Bord und brachte die beiden Effektoren unter Deck. Als er nach oben zurückkehrte, waren sie bereits unterwegs. Er ging nach vorn und setzte die Fock und Sonia übernahm die Trimmung von der Plicht aus. Sie schien keine Hilfe zu brauchen und so setzte sich Loren auf den Bug und beobachtete die vorbeiziehende Küste. Derzeit war ihm nicht nach reden zumute. Sonia blieb der Küste nahe, um den Landwind auszunutzen, eben jenen Wind, der das Giftgas über diesen Teil der Insel geweht hatte. Sie hatten sich zuvor die Karten angesehen und festgestellt, dass es so nahe am Strand keine Riffe oder anderen Hindernisse gab, nur die eine oder andere Sandbank.

Nach einer Meile lag der Ort Baracoa auf ihrer Backbordseite. Noch vor einem Monat hatten dort zwanzigtausend Menschen gelebt. Jetzt gab es dort nur noch eine Handvoll lebende Einwohner. Alle anderen waren gestorben, die meisten im Schlaf, Opfer des Nervengases, eines Wunderwerks biochemischer Waffentechnik. Es war so gut auf den Menschen zugeschnitten, dass es für Vögel, Vieh, Pflanzen und Insekten harmlos blieb. Ein selektives Gift und vielleicht noch selektiver als von den Entwicklern geplant, denn es brachte nicht alle Menschen um. Die Personen, deren Metabolismus sich ein wenig von der Zielgruppe unterschied, waren am Leben geblieben und in den meisten Fällen handelte es sich dabei um Chinesen. Wenn alle Chinesen und andere Menschen asiatischer Abstammung in Ostkuba überlebt hatten, sollte es bis zu einer Entfernung von gut sechshundert Kilometern etwa sechzigtausend Überlebende geben. Bisher waren sie nur einigen Dutzend begegnet, in den meisten Fällen verwirrte Gruppen von Chinesen, die in Baracoa in Restaurants und Wäschereien gearbeitet hatten, außerdem auch noch Arbeiter von den Kaffeeplantagen im Landesinnern.

Sonia drehte die Segel, als ihr Kurs immer mehr nach Osten führte. Zwei Stunden nach Beginn der Reise kam der Wind direkt von vorn. Sie kreuzten, um weiterhin voranzukommen, entfernten sich dabei von der Küste. Nach Mittag, gegen eins, befanden sie sich auf einer Höhe mit Maisi ganz im Osten von Kuba. Direkt luvwärts sahen sie die Landspitzen von Haiti unter dunklen Wolken aufragen. Sie wendeten für die lange Fahrt nach Süden entlang der Küste, getragen von einem Wind, der mit achtzehn Knoten blies. Der Wellengang wurde ziemlich stark, verursacht von der Strömung, die das Wasser in der *Paso de los Vientos*, der Windward-Passage, gegen den Wind bewegte. Bald würde die Kraft der Passatwinde direkt hinter ihnen sein und dann ging die Fahrt nach Westen. Für jeden Tag nach Westen brauchten sie später bei der Rückkehr zwei Tage, weil sie dann gegen den Wind segeln mussten. Loren hatte kurz daran gedacht, etwas weiter als geplant zu fahren, bis nach Caimanera, von wo aus sie einen Blick auf den Guantánamo-Stützpunkt werfen konnten. Früher oder später sollte das jemand tun. Sie hatten bereits eine lange Einkaufsliste von Gegenständen zusammengestellt, die sie in dem Stützpunkt zu finden hofften, darunter Radar-Teile. Doch bei dieser Reise wollte Loren auf einen Abstecher nach Guantánamo verzichten, denn er hätte mindestens acht Tage gedauert. So lange wollte er nicht unterwegs sein.

Am frühen Abend hatten sie Punta Negra und Punta Caleta hinter sich gebracht. Punta Caleta war ein steiler Felsvorsprung, der Schutz vor den Passatwinden gewährte. Sie steuerten die *Columbia* durch eine Lücke im Riff hinter der Klippe und ankerten in einem kleinen natürlichen Hafen. Die Bucht verfügte über einen hübschen Sandstrand, oben begrenzt von einer Palmenreihe. Mit dem Beiboot ruderten Loren und Sonia an Land. Über einem Teil des Riffs hielten sie kurz inne und Sonia zeigte auf glitzernde Fische. Sie hatte zuvor ein Netz ins Boot geworfen und damit gelang es ihnen, vier bunte Fische zu fangen. Niemand von ihnen wusste, wie sie hießen, aber sie hatten trotzdem einen Namen für sie. Er lautete: Abendessen.

Nach der Mahlzeit ruderten sie zurück, um die Nacht an Bord der *Columbia* zu verbringen. Dies war der erste Abend seit fast einem Monat, den sie gemeinsam verbrachten. Sonia kam im Pyjama aus der Toilette und Loren saß am Kartentisch, als sie an ihm vorbeiging. Wortlos strich sie ihm mit der Hand über die Wange und kletterte dann auf ihre Koje, wo Loren ein Laken ausgebreitet hatte – seine eigene Koje befand sich direkt gegenüber. Seufzend legte sie sich hin und benutzte das Laken als Decke. Loren schaltete das Licht aus, trat an Sonias Koje heran und beugte sich vor, um ihr einen Kuss zu geben. Den ganzen Tag hatten sie kaum miteinander gesprochen. Sie küsste ihn sanft, drückte ihre Wange an seine und hielt ihn für einen Moment. Dann richtete er sich auf.

Etwas nagte an ihr, eine Anspannung, die sie auf Distanz gehalten hatte. Er hatte es den ganzen Tag gespürt und auch vorher. Sie brauchte nur einen stillen Moment, um es herauszulassen. Loren stand still neben der Koje und hielt ihre Hand. Sag nichts, dachte er, warte einfach. Warte, warte und warte. Das letzte Licht der Abenddämmerung und der Schein des Mondes fielen durch den Niedergang. Ein Mann und eine Frau, die auf eine Brücke des Verstehens zwischen ihnen warteten, ohne Eile.

Sonia sah zu ihm auf.

»Ich kann sie fühlen, die beiden Apparate«, sagte sie schließlich und bewegte den Kopf in Richtung der beiden Effektoren auf dem Regal über Lorens Koje. »Mir ist, als fühlte ich den Effekt, den sie auf der Welt ausbreiten, in meinem Fleisch. Ich versuche, nicht daran zu denken.«

Loren wartete darauf, dass sie weitersprach. Nach einer Weile fuhr Sonia fort: »Ich versuche, nicht zu oft über die verlorenen und geretteten Leben nachzudenken. Es sind mehr Menschen am Leben geblieben als gestorben, ich weiß, aber das ist mir kein Trost.« Er sah den Beginn einer Träne in ihrem Augenwinkel. »Es tröstet mich nicht, denn die geretteten Leben bleiben Theorie und die verlorenen sind meine Schuld.«

»Sonia.«

Sie wandte sich ein wenig von ihm ab und sah zum Bücherregal über der Koje. »Aber ich denke auch, dass dies das Ende meiner persönlichen Verantwortung ist. Wenn ich meinen Apparat irgendwo in den Bergen versteckt habe … Dann ist Schluss für mich und ich kann damit beginnen, es wiedergutzumachen. Was auch immer ich dann mit meinem Leben anfange, es muss all die schrecklichen Dinge ausgleichen, die bis dahin geschehen sind.«

»Du musst nichts wiedergutmachen.«

»O doch.«

»Nein, nichts.«

Sonia ließ sich Zeit mit der Antwort. Als sie erneut sprach, war ihre Stimme kaum mehr als ein Flüstern. »Es gibt da eine sehr einfache alte Regel«, sagte sie. »Sie lautet: Du sollst nicht töten. Über Jahrtausende hinweg war diese Regel den Menschen ein wichtiger Leitfaden. Sie verbietet das Töten. In der Regel heißt es nicht: Es ist in Ordnung, einige Menschen zu töten, wenn andere dadurch gerettet werden. Sie fordert nicht dazu auf, Zahlen gegeneinander abzuwägen. Sie lautet schlicht und einfach: Du sollst nicht töten. Gegen diese Regel haben wir verstoßen. Durch unsere Schuld sind viele Menschen gestorben. Und damit noch nicht genug. Die Entscheidung, den Effekt dauerhaft zu machen, opfert weitere Menschen dem Winter und dem Hunger.«

»Wir bewahren Leben!«

»Mag sein. Aber es sterben auch Menschen und ihr Tod geht mehr oder weniger direkt auf den Layton-Effekt zurück.«

»Dich beunruhigt, was wir morgen tun müssen. Mir und den anderen ergeht es nicht anders. Auch ich fühle die Effektoren. Sie sind eine Last. Einige wenige Männer und Frauen unternehmen etwas, das sich auf die ganze Welt auswirkt. Es wäre verrückt, nicht beunruhigt zu sein. Ich weiß, was du meinst. Es wird eine große Erleichterung sein, wenn dieser Teil vorbei ist, wenn wir alle getan haben, was getan werden muss. Auch die anderen empfinden es als Belastung, da bin ich sicher. Es ist wie eine Mission, mit der wir beauftragt sind, wie die Suche nach dem Gral. Mit dem großen Unterschied, dass wir den Gral finden und dann wieder verlieren sollen. Wir sollen ihn verlieren, damit niemand anderer ihn findet. Wir müssen die Effektoren verlieren – sie verstecken –, damit niemand sie findet und zerstört.«

Sonia hatte nichts mehr zu sagen. Ihr Gesicht war abgewandt und Loren gab ihr einen Kuss auf die Wange. Die Nacht war still geworden; selbst die Grillen und Laubfrösche hinter der Baumlinie oberhalb des Strands schwiegen. Loren legte sich auf seine Koje und war wenige Minuten später eingeschlafen.

*

Sie brachen mit dem ersten Licht des neuen Tages auf, was bedeutete, dass sie zu Beginn ihres Wegs mit einigen Stunden relativer Kühle rechnen durften. Loren wanderte nach Norden, in die Vorberge. Er vermutete, dass Sonia über den Strand nach Osten ging. Beim Klettern geriet er schnell außer Atem und bedauerte, nicht den leichteren Weg gewählt zu haben. Sonia war nicht nur in besserer Form, als er es jemals sein würde, sondern auch trittsicherer.

Als er höher kam, wurde die Aussicht immer spektakulärer. Er sah Haiti im Osten und im Süden den Mount Denham auf Jamaika, ungefähr hundertfünfzig Kilometer entfernt. Regenwolken hingen an seinen Flanken, von den Passatwinden an den Küsten entlang getragen. Nach einigen Stunden wurde der Weg flacher und kurze Zeit später erreichte Loren einen offenen Bereich mit einigen Olivenbäumen. Eine kleine Straße führte durch den Spalt zwischen zwei Bergen fast genau nach

Norden. Er folgte ihr eine Weile, bis zu einer zweiten Lichtung, auf der eine Hütte stand. In ihr fand Loren zwei Tote, einen Mann und eine Frau, im Bett umarmt. Ihre Leichen waren in der trockenen Hitze mumifiziert, wie auch die anderen, die sie hier und dort gefunden hatten. Diese beiden jungen Leben hatte jemand anderer auf dem Gewissen, nicht er. Aber Schuldgefühle waren ansteckend, was vielleicht Sonias Leid erklärte. Diese Toten waren unschuldige Opfer, Teil der unterentwickelten Welt. All jene, die zur anderen Welt gehört hatten, der Welt der Wissenschaft und Technik, trugen einen Teil der Schuld. Bedrückt verließ Loren die Hütte und folgte dem Verlauf eines Ziegenpfads, der höher in die Berge führte.

Gegen zehn Uhr war er seit vier Stunden unterwegs, was genügen sollte. Die Landschaft um ihn herum bestand schon seit einer ganzen Weile aus vulkanischem Gestein, voller Risse und Lavablasen, die tief in den Boden reichten. Jede dieser Öffnungen eignete sich für den hölzernen Kasten in Lorens Rucksack. Er kroch in einen Riss, der ihm genug Platz bot, und leuchtete mit seiner Taschenlampe. Alles war trocken; nichts deutete auf Sickerwasser hin. Am Ende fand Loren ein altes Nest, das den Eindruck erweckte, schon seit einer ganzen Weile nicht mehr bewohnt zu sein. Er öffnete seinen Rucksack, holte den Effektor hervor und klappte ihn auf. In der Mitte der Vorrichtung zeigte sich ein beruhigendes rosarotes Glühen. Loren schloss den Kasten, legte ihn vorsichtig in eine natürliche Nische neben dem Nest und bedeckte ihn mit Steinen, die er vom Boden aufsammelte.

Um kurz nach drei kehrte Loren als erster zum Strand zurück. Sie hatten vereinbart, sich dort um vier zu treffen. Während er auf Sonia wartete, ging er am Strand entlang und sah sich angeschwemmte Dinge an. Ein Knäuel fiel ihm auf und wie sich herausstellte, bestand es aus einer Plastikschnur, die mit einem herrenlosen Floß verbunden war. Loren holte sein Klappmesser hervor und schnitt etwas davon ab. An der Flutlinie fand er zahlreiche Holzteile, unter ihnen einige gerade Stücke, die gut einen Meter achtzig lang waren und als Pfosten verwendet werden konnten. Er stellte sie am Strand auf, formte zusammen mit anderen Holzstücken und mithilfe der Schnur ein Gerüst und machte sich dann daran, geeignete Palmwedel zu sammeln. Aus ihnen konstruierte er ein Dach für die Strandhütte und war fast fertig, als Sonia eintraf. Im Schatten der Palmwedel breitete er die Picknickdecke für sie aus.

»Uff«, sagte sie und setzte sich erschöpft. »Nicht schlecht.« Sie ließ einen anerkennenden Blick über das Ergebnis seiner Bemühungen streichen.

»Damit Madame nach ihrer langen Wanderung ausruhen kann.«

»Madame hat einen Sonnenbrand an der Nase und wunde Füße.« Sonia legte sich auf die Decke.

»Madame scheint jetzt in besserer Stimmung zu sein.«

»Es ist tatsächlich eine Erleichterung, wie du gesagt hast. Diesen Teil haben wir hinter uns. Den Apparat loszuwerden … Mir ist ein großer Stein vom Herzen gefallen.« Sonia lächelte. Eine andere Sonia lag dort auf der Decke, aus einer weniger sorgenvollen Zeit. Loren bückte sich und nahm ihr das Kopftuch ab. Darunter kamen Blumen im Haar zum Vorschein, wilde weiße Blumen und außerdem ein Lavendelzweig. Loren betrachtete eine der weißen Blumen. Sonia nahm sie ihm aus der Hand und schnupperte daran. »Riech nur«, sagte sie und gab die Blume zurück. »Sonnenwende, eine Pflanzengattung der Unterfamilie Heliotropioideae innerhalb der Familie der Raublattgewächse. Riecht wundervoll, nicht wahr?«

Loren hielt sie unter die Nase und nahm einen intensiven, moschusartigen Geruch wahr. Erneut zog Sonia ihm die Blume aus der Hand, schnupperte noch einmal daran, drehte sie zwischen den Fingern und blickte über die Lagune. Das seichte Wasser glitzerte und schimmerte, an manchen Stellen in einem blauen Ton, an anderen mit einem sanften Grün. Sie lächelte verträumt.

Nach einer Weile setzte sie sich auf und zog die Stiefel aus. Loren folgte ihr über den Strand und beobachtete, wie sie ins Wasser trat und die Zehen in den Sand grub. »Ohhh.« Er trat zu ihr und sie setzten sich, mit den Füßen im warmen Wasser der Lagune.

»Ein wundervoller Tag, um ein wenig zu schwimmen«, sagte Sonia.

»Warum nicht?«

»Wir haben keine Badesachen dabei. Wir müssten rudern, um sie zu holen.«

»Na ja, stattdessen könnten wir …«

»Werd nicht frech!« Aber Sonia wirkte nicht verärgert, sondern amüsiert.

»Fräulein zimperlich.« Loren spürte, wie sein Herz schneller schlug. Er erinnerte sich an einen Zwischenfall vor einem Jahr, bei Kelly. Der fünf Jahre alte Curtis war nach dem Essen zu Sonia gegangen und hatte sie gefragt, ob sie ihm beim Ausziehen helfen und ihn zu Bett bringen könnte. Sie war überrascht, aber auch erfreut und geschmeichelt gewesen und hatte ihm die Hand gegeben, damit er sie zu seinem Zimmer führte. »Sag mir, was du tun würdest, wenn du mit Curtis hier wärst und eine so gute Gelegenheit für ein erfrischendes Bad im Meer hättest, mit dem einzigen Problem, dass er keine Badehose dabei hat.«

Sonia lachte. »Ich würde ihn ausziehen und ins Wasser werfen.«

»Genau.«

Es folgte eine lange Pause.

»Wag es bloß nicht.«

»Käme mir nicht in den Sinn. Nicht ohne ein bisschen Ermutigung.«

Sie blickte in den Sand. »Ich bin schüchtern.«

»Verstehe.« Loren strich mit dem Finger über die Schulter ihrer Bluse, dann über den Ärmel bis zum Handgelenk. Er beobachtete den Finger, bis hinab zur Hand, drehte den Kopf und sah Sonia in die Augen. Sie erwiderte seinen Blick mit einem kleinen Lächeln. Loren hob beide Hände und begann damit, die Bluse aufzuknöpfen. Sonia sagte kein Wort. Als die blaue Bluse ganz auf war, zog er sie ihr von Schultern und Armen.

Loren stand neben ihr auf und streckte die Hand aus. Sonia ergriff sie und erhob sich ebenfalls, woraufhin Loren ihren Gürtel löste und die Jeans öffnete. Sie ergriff erneut seine Hand, als er die Jeans über die Hüften nach unten schob.

»Verdammt, ich erröte«, sagte sie.

Loren zog sich selbst aus. Er wollte etwas sagen, etwas Romantisches, aber es wurde nur ein undeutliches Brummen daraus.

»Du wirst ebenfalls rot«, sagte Sonia.

Er langte unter ihren Armen hinweg, um den Verschluss des dummen Dings zu öffnen, dessen englischen Namen er einfach nicht behalten konnte. Er ließ es auf ihre Bluse fallen und führte sie ins Meer. Als ihr das Wasser bis zur Taille reichte, zog er ihr den Slip aus und warf ihn zu den anderen Kleidungsstücken.

Beim Schwimmen hielt Sonia seine Hand. Das Wasser war so klar, dass er ihren nackten Körper deutlich sehen konnte. Sie fühlte seinen Blick, lächelte und spritzte ihm Wasser ins Gesicht. Nach dem langen, anstrengenden Tag war es herrlich, sich vom Meer tragen zu lassen. Dieser Nachmittag war für die Liebe bestimmt, aber der Ozean schien anderer Meinung zu sein und zu glauben, es ginge nur um ihn. Sonia rollte auf den Rücken, dann wieder auf den Bauch, hielt seine Hand dabei über dem Kopf. Sie drehte Pirouetten wie beim Tanz, damit er sie von allen Seiten betrachten konnte.

»Du bist perfekt«, sagte Loren.

»Ich will eine perfekte Frau für dich sein«, erwiderte sie ernst und ergriff auch seine andere Hand. »Du bist so schön, Loren.« Sie tauchte, schwamm um ihn herum, beobachtete und ließ sich beobachten.

Nach dem Schwimmen gingen sie Hand in Hand zur Hütte und legten sich auf die Decke. Über ihre Schulter hinweg blickte er zur eleganten Wölbung ihres Gesäßes.

»Ich bin sehr glücklich«, sagte Sonia.

Loren beugte sich für den ersten Kuss zu ihr, für einen ruhigen kleinen Kuss, der ohne Eile blieb und nicht verriet, was jetzt kommen musste. Dann nahm er sie in die Arme und küsste sie mit mehr Leidenschaft. Er hatte oft daran gedacht, was als Nächstes geschehen würde. In allen Einzelheiten hatte er sich die einzelnen Schritte vorgestellt, die Vervollständigung des Tanzes. Aber mitten drin hörte Sonia plötzlich auf.

»Noch nicht«, sagte sie und setzte sich auf.

*

Am nächsten Morgen ruderten sie erneut zum Strand, um in der Hütte zu frühstücken. Sonia hatte grüne Kokosnüsse – Fallobst – zwischen den Palmen oben am Strand entdeckt und Loren öffnete sie mit einer mitgebrachten Machete. Nach der Mahlzeit nahm Sonia seine Hand und zog ihn auf die Beine. »Jetzt bin ich dran«, sagte sie und begann damit, ihn langsam zu entkleiden. Sie war neugierig auf seinen Körper, betrachtete ihn nun von hinten und strich ihm mit der Rückseite eines Fingernagels über die Schultern. Loren, nackt und plötzlich verlegen, Sonia noch bekleidet. Scheu deutete er auf Brust und Schultern. »Zu flach, zu schmal.«

»Aber du hast einen hübschen Hintern.«

Schließlich streifte sie die Kleidung ab und führte ihn zur Lagune, wo sie erneut schwammen.

Wieder auf der Decke hielten sie sich an den Händen, während der sanfte Wind sie trocknete. Was gestern geschehen war, würde sich heute mit ziemlicher Sicherheit nicht wiederholen.

»Erklär mir noch einmal, warum wir warten, Sonia. Erzähl mir von unserer Jungfräulichkeit. Ich habe sie für eine vorübergehende Phase in unserem Leben gehalten. Inzwischen befürchte ich, dass sie ein lebenslanger Fluch und vielleicht fatal sein könnte.«

Sonia nahm Lorens Worte mit einem Lächeln entgegen. »Männer und Jungs«, erwiderte sie nach einem Moment, »scheinen es immer eilig zu haben. Als Mädchen habe ich ein Buch über Jungs bekommen. So wurden sie darin beschrieben: Jungs haben es immer eilig. Mädchen hingegen lassen sich mehr Zeit. Sie müssen lernen, Jungs mit ihrer Bedachtsamkeit im Zaum zu halten. Ich lerne.«

»Himmel.«

Sie lag auf dem Rücken, stützte sich auf die Ellenbogen und betrachtete den eigenen Körper. Ein kleines Stück unter dem Nabel begann eine schmale dunkle Linie, die zum Schamhaar hinabführte. Sie nahm seine Hand und strich mit einem Finger über diese kleine Linie. »Weißt du, wie man das hier nennt, Loren?«

»Nein.«

»Meine Mutter hat es mir einmal gesagt. Ich war im Bad, schon ein ziemlich großes kleines Mädchen. Und diese kleine Haarlinie hatte gerade begonnen, sich zu zeigen. Meine Mutter saß auf dem Rand der Wanne. Ich zeigte ihr die Linie und war den Tränen nahe, weil ich sie für hässlich hielt. Ich wollte, dass sie verschwindet. Aber sie lachte ihr wundervolles Lachen und sagte: ›Das, junge Dame, ist der Weg zum Paradies.‹«

»Der Weg zum Paradies«, wiederholte Loren.

Sonia nickte. »Eines Tages. Aber jetzt noch nicht.«

Sie verbrachten den ganzen Morgen am Strand und schwammen gelegentlich. Ein halber Tag zusammen mit der schönen, nackten Sonia. Nie zuvor hatte Loren sie so fröhlich und lebhaft gesehen. Vielleicht lag es daran, unbekleidet zu sein. Auf dieser fast leeren Insel konnte sie den Rest ihres Lebens damit verbringen, nackt zu sein, warum nicht? Nur die letztendliche Erfüllung ihrer Liebe, die körperliche Vereinigung, blieb ihnen aus irgendeinem Grund verwehrt. Es gab Dinge, die erlaubt waren, und andere, die verboten blieben. Wenn er über Heirat oder körperliche Liebe zu sprechen begann, lächelte sie jedes Mal ihr geheimnisvolles Lächeln und wechselte das Thema. Wenn er dann verletzt war, neckte sie ihn:

»Mein junger Mann schmollt. Weil er an das denkt, was er nicht bekommt, anstatt dankbar für das zu sein, was er empfangen hat.« Sonia saß im Schneidersitz unter dem Palmwedeldach der Hütte. Sie hob die Arme und wölbte den Oberkörper, zog damit seinen Blick auf sich.

»Dies hat mein lieber Loren heute bekommen. Er hat mich gesehen.« Sie lachte über die eigenen Worte und sank auf die Decke zurück.

Gegen Mittag wurde es Zeit, wieder in See zu stechen. Jenseits des Windschattens von Punta Caleta trugen die Wellen Schaumkronen, was auf einen Wind von vierzehn oder mehr Knoten hinwies. Sie mussten damit rechnen, dass er ihnen den ganzen Tag entgegenwehte, und deshalb würden sie nur langsam vorankommen. Loren schätzte, dass sie Baracoa am späten Nachmittag des folgenden Tages erreichten, wenn sie die ganze Nacht segelten. Es gab ohnehin keinen geeigneten Ort, wo sie vor Anker gehen konnten: Die Küste im Osten bestand bis nach Point Maisi fast nur aus steilen Felsen. Ihr Plan sah vor, erst ein ganzes Stück nach Süden zu segeln, sechzig Kilometer oder noch mehr, und dann auf Nordostkurs zu gehen, was sie am Morgen in die Windward-Passage bringen sollte. Sonia saß neben Loren in der Plicht, als er das Ruder übernahm. Mit einem Lächeln in den Augen blickte sie zu ihrer geheimen Lagune zurück.

*

Loren schlief unter Deck, als am folgenden Morgen die Stadt Maisi in Sicht geriet. Er erwachte durch Sonias Schritte auf dem Deck der Plicht direkt über ihm.

»Loren, bitte komm hoch und bring einen Feldstecher mit.«

Er rollte aus der Koje und eilte nur in Unterhose die Kajütentreppe hinauf.

»Keine Sorge, es ist keine feindliche Flotte oder was in der Art. Komm, von hier aus kann man es besser sehen.« Sonia winkte ihn am Ruder vorbei und hinter das Hauptsegel. Als er sie erreichte, zog sie am Gummiband seiner Unterhose. »Hübsch.« Dann deutete sie nach steuerbord. »Dort, unter dem Wind. Da ist etwas, das nicht da war, als wir hier vorbeigekommen sind.«

Mit dem bloßen Auge konnte Loren nichts erkennen. Er stützte ein Knie auf das Kissen der Plicht und lehnte sich gegen Sonia, um den Feldstecher ruhig zu halten. Als er die Küste zum zweiten Mal absuchte, entdeckte er einen dunklen Fleck ungefähr in der Richtung, in die Sonia gedeutet hatte.

»Sieht nach einem Felsen aus«, sagte er. »Nach einem großen Felsen.«

»Das glaube ich nicht. Das Wasser ist dort bis zu siebzig Meter tief und es ist ein wichtiger Seeweg. Ich kann mir kaum vorstellen, dass dort ein auf den Karten nicht verzeichneter Felsen aufragt. Außerdem hat das Objekt vor ein paar Minuten den Sonnenschein reflektiert.«

Loren blickte zur Sonne und schätzte die Zeit. Wenn sie so weiterkamen wie bisher, konnten sie bis um drei zurück sein, vielleicht sogar noch früher. Wenn sie einen Umweg machten, um sich das Objekt aus der Nähe anzusehen, das sich unglücklicherweise direkt luvwärts befand, würden sie es kaum bis zum Einbruch der Nacht schaffen. Es gab viel zu tun in ihrem Dorf und Loren wäre gern dort gewesen, um dabei zu helfen, alles zu organisieren. Er erinnerte sich an Homers Worte, die er am letzten Abend im Grand Marina Hotel an die Versammelten gerichtet hatte: »Die Irren, von denen ich spreche, die Wahnsinnigen und Fanatiker … Sie raufen sich derzeit die Haare und schwören Rache.« Nachdem sie den ganzen Morgen in der Lagune verbracht und einfach nur den Moment genossen hatten, fühlte sich Loren plötzlich schuldig, denn er wusste: Es mussten dringend Vorbereitungen getroffen werden, um den Angriff abzuwehren, zu dem es früher oder später kommen würde.

»Es ist nichts weiter, Sonia.«

»Ach, nichts. Das ist eine Möglichkeit, an die ich bisher nicht gedacht habe.« Sonia die Imitatorin – sie ahmte Homers Stimme nach. »Denn für ›nichts‹ sieht es mir sehr nach ›etwas‹ aus.«

»Ich meine, es ist nichts Wichtiges.«

»Bisher wissen wir nur, dass es kein Felsen sein kann. Es erstaunt mich, wie du daraus schließen kannst, dass es nichts Wichtiges ist.«

»Du möchtest dir die Sache aus der Nähe ansehen, nicht wahr?«

»Ja. Wenn es ein Schiff ist, treibt es seit zwanzig Tagen. Es könnten noch Überlebende an Bord sein. In einigen Stunden zerschellt das Schiff vielleicht an der felsigen Küste. Wenn wir die Möglichkeit haben, auch nur ein Leben zu retten, Loren …«

»Dann trüge Sonia nicht mehr die Bürde vieler Tode, sondern nur noch die von vielen Toten minus einem.«

»Etwas in der Art.«

Loren kümmerte sich um die Fockschoten, als Sonia den Kurs der *Columbia* änderte. Mit Baracoa fast direkt hinter ihnen kreuzten sie in Richtung des Flecks am Horizont. Nach einer Stunde sahen sie, um was es sich handelte: ein Kreuzfahrtschiff, das seitlich durch die Windward-

Passage trieb, den schwarzen Klippen von Punta Negra entgegen. Loren ging unter Deck, um sich anzuziehen.

Das Schiff hatte Signalflaggen gesetzt. Loren holte ein Codebuch vom Kartentisch, sah im Flaggen-Anhang nach und stellte fest, dass die gesetzten Fahnen »Jungfernreise« bedeuteten. Allerdings sah das Schiff alles andere als jungfräulich aus, eher wie ein Überbleibsel aus den sechziger Jahren, das jemand übernommen und neu ausgerüstet hatte. Die beiden hohen Masten waren nach hinten geneigt und dienten allein der Dekoration – einen praktischen Zweck erfüllten sie nicht. Mittschiffs gab es einen verglasten Bereich, wahrscheinlich ein kleiner Pool. Der Name des Schiffs lautete »Stella Linda«. Aufgrund der Form des Schornsteins vermutete Loren, dass die *Stella Linda* über einen Dieselmotor verfügte. Eine amerikanische Flagge hing am Masttop und auf den Decks standen zahlreiche winkende Gestalten.

Loren übernahm das Ruder, als sie sich dem Kreuzfahrtschiff näherten, und ging mit der *Columbia* längsseits. Er bemerkte Offiziere in weißen Uniformen, die übers Deck liefen, als die Segeljacht an der *Stella Linda* vorbeiglitt. Fast alle anderen Personen an Bord waren ein ganzes Stück kleiner als die Offiziere und plötzlich begriff Loren, dass es Kinder waren, offenbar Hunderte. Sie alle trugen gelbe Rettungswesten.

Er lenkte die *Columbia* geschickt auf die Leeseite des Schiffs und das restliche Bewegungsmoment brachte sie genug heran, dass Sonia den beiden Seeleuten auf dem Achterdeck die Bugleine zuwerfen konnte. Einer von ihnen beugte sich über die Reling und rief:

»Ich bin Van Hooten! Captain Van Hooten.« Er erkannte Sonia als Frau und schien überrascht zu sein. Dann bemerkte er Loren am Ruder und rief erneut: »Ich bin Van Hooten! Captain Van Hooten.«

Sonia beugte sich zur Seite, damit sie Lorens Blick einfangen konnte. »Bitte fall ein bisschen ab, damit sich die Leine spannt.«

Loren holte das Hauptsegel ein und brachte den Bug zur Seite, fort von *Stella Linda*, woraufhin sich die Leine spannte. Sonia kletterte in den verchromten Bugkorb und bedeutete ihm, die Position zu halten. Sie wartete einen Moment und als eine Welle den Bug hob, sprang sie in die Lücke zwischen Schiff und Segeljacht, bekam die Bugleine zu fassen und zog sich fast zehn Meter weit Hand über Hand, bis sie die Reling des Achterdecks der *Stella Linda* erreichte. Applaus ertönte vom Promenadendeck. Loren sah nach oben, zu den vielen jungen Gesichtern, die sich bei den beiden Offizieren zusammendrängten. Sonia stand auf dem niedrigeren Achterdeck und Van Hooten rief: »Bleiben Sie dort, junge Dame. Wir kommen zu Ihnen.« Dann beobachtete der Captain verblüfft, wie Sonia von der Reling zum Tau des Fahnenmasts im Heck der *Stella Linda* sprang. Dort zog sie sich zur horizontalen Stange hoch, richtete sich auf, griff mit beiden Händen nach dem oberen Tau und zog sich daran entlang, bis sie die Reling des Promenadendecks erreichte, wo sie vor dem Captain aufs Deck sprang. Die Kinder applaudierten begeistert.

»Nun«, sagte Van Hooten, »äh, herzlich willkommen. Willkommen an Bord der *Stella Linda*, junge Dame. Ist alles in Ordnung mit Ihnen?« Er stellte fest, dass Sonia nicht einmal schneller atmete, obwohl ihn der Lauf übers Deck in Atemnot gebracht hatte.

»Alles bestens, danke.« Über ihre Schulter hinweg richtete Sonia den Blick auf Punta Negra und fragte sich, wie viel Zeit ihnen noch blieb. »Sie sind in Schwierigkeiten«, sagte sie.

»Ja. Die Maschine ist hin, obwohl sie gerade überholt wurde. Lässt sich nicht mehr starten. Wir treiben schon seit drei Wochen. Niemand auf den Inseln wollte Hilfe schicken. Das stelle man sich einmal vor. An Bord funktioniert nichts, was wir vermutlich der Umrüstung verdanken. Eine schöne Bescherung. Miss Keesha, bitte bringen Sie die Kinder fort! Zurück mit euch, Kinder.« Verlegen blickte er auf ein kleines Mädchen hinab, das es geschafft hatte, ihm die Hand zu geben. »Das gilt auch für dich, kleines Fräulein.«

»Ja, Captain Van, aye, aye, Sir«, antwortete das Mädchen. Die anderen Kinder riefen gemeinsam: »Aye, aye, Captain Van.«

Er schüttelte den Kopf. »Was verstehe ich als alter Junggeselle von Kindern? Sie sind Miss …?«

»Duryea, Sonia Duryea.«

»Danke, dass Sie gekommen sind. Ich weiß nicht, wie Sie uns helfen können, aber Hilfe brauchen wir zweifellos.« Er führte Sonia an der Reling entlang, außer Hörweite der anderen.

»Es ist alles meine Schuld, verstehen Sie? Ich habe das Kommando übernommen, ohne das Schiff zu überprüfen. Das war ein großer Fehler. Immerhin bin ich für all diese Kinder verantwortlich.«

»Warum sind es so viele?«

»Der National Council of Student Councils hat die *Stella Linda* gechartert. Die Kinder kommen aus allen fünfzig Bundesstaaten. Es sind die Gewinner eines Aufsatzwettbewerbs oder etwas in der Art. Der Preis war eine sechstägige Kreuzfahrt mit diesem Schiff, von Savanna aus. Hundertsechzig Kinder im Alter von zehn bis sechzehn. Und eine Handvoll Lehrer und Betreuer. Seit drei Wochen treiben wir schon.« Captain Van Hooten schüttelte seinen Kopf mit der Löwenmähne. Die Brauen über seinen blauen Augen waren schneeweiß. Er schien Ende fünfzig zu sein.

»Hätten Sie nicht die Rettungsboote zu Wasser lassen können? Sie müssen bis auf weniger als zwanzig Kilometer an Haiti herangekommen sein.«

»Das meinte ich eben. Es ist alles meine Schuld, weil ich die *Stella Linda* nach der Umrüstung übernahm, ohne alles gründlich zu überprüfen. Die Zeit war knapp. Die Inventarliste war ein Meisterwerk an Vollständigkeit. Sie enthielt alles, was man sich wünschen konnte. Doch ein großer Teil davon schaffte es nie an Bord. Wir haben weder einen Flaschenzug noch einen Greifzug. Es befinden sich überhaupt keine nennenswerten Werkzeuge an Bord, nicht einmal ein Engländer. Beide Motoren sind ausgefallen und uns fehlt Tauwerk. Wir haben nicht einen halben Meter zusätzliche Leine.«

»Was ist mit den Rettungsbooten?«

»Die Bootskräne sind mit Elektromotoren ausgestattet. Ohne elektrischen Strom von den Hauptgeneratoren lässt sich nichts mit ihnen anfangen. Jeder Kran verfügt über ein Backup-System, für den Fall, dass die Stromversorgung ausfällt. Es besteht aus einem kleinen Dieselmotor, doch diese Motoren lassen sich ebenso wenig starten wie die der Schiffsmaschine. Manuell können die Boote nicht hinabgelassen werden. Wie dumm, wie dumm, wie dumm! Wir konnten nur versuchen, Taue und Leinen zu kappen und die Boote ins Meer fallen zu lassen. Aber wie Sie hier sehen, bestehen sie aus dünner Glasfaser. Wir haben zwei aus ihren Halterungen gelöst, doch sie wurden beschädigt, als sie fielen, und sanken sofort.« Der Captain rang die Hände. »Es klingt alles vollkommen hirnrissig und das ist es auch.«

Sonia bemerkte über dem Pool eine schräg angebrachte Plane. »Haben Sie versucht, Meerwasser in der Sonne zu destillieren?«

»Ja. Uns blieb keine Wahl. Andernfalls wären wir verdurstet.«

»Clever. War das Ihre Idee?«

»Ja. Wie sonst hätten wir Trinkwasser bekommen können?«

»Also verdanken es hundertfünfzig Kinder sowie Besatzung und Lehrer Ihrem Einfallsreichtum, dass sie noch am Leben sind. Nicht schlecht.«

»Sie könnten bald tot sein«, sagte der Captain und deutete zu den Klippen.

»Ja. Ich muss Ihnen etwas sagen, das nicht viel Sinn ergibt. Sie sind ein tapferer Mann, Van Hooten. Sie müssen eine tapfere Entscheidung treffen, und zwar schnell. Ob sie klug ist oder nicht, können wir später diskutieren. Es besteht die Gefahr, dass dieses Schiff in wenigen Stunden an den Felsen dort zerschellt.«

»Ich bin ganz Ohr.«

»Die Schiffsmotoren können nicht repariert werden. Stellen Sie sich eine Art atmosphärische Störung vor, die verhindert, dass sich der Brennstoff in ihnen entzündet. Deshalb funktionieren auch Streichhölzer nicht mehr.«

»Ja …«

»Jeder Versuch, die Motoren in Gang zu bringen, ist reine Zeitverschwendung. Ich möchte, dass Sie die *Stella Linda* versenken.«

»Was?«

»Öffnen Sie die Seeventile. Bringen Sie die Kinder in die Rettungsboote und schneiden Sie die Boote los, wenn das Schiff sinkt.«

Der Captain antwortete nicht. Er drehte den Kopf und sah übers Meer.

»Es ist unsere einzige Chance, Captain. Bitte.«

»Ja, ja. Wir machen es so, wie Sie sagen. Ich überlege, wie wir das Schiff auf ebenem Kiel halten, während es sinkt.«

Sonia lockerte ihren Griff um die Reling und spürte ein Prickeln, als das Blut in die Finger zurückkehrte.

»Mein Erster Offizier, Klipstein, ist ein sehr guter Mann für solche Dinge. Ich muss sofort mit ihm reden. Bitte erklären Sie es den anderen, Miss Sonia. Es wird mehr als eine Stunde dauern, bis das Schiff Wasser aufnimmt, und vielleicht ist noch mehr Zeit nötig, um Vorkehrungen gegen Schlagseite zu treffen.« Van Hooten wandte sich einigen Lehrern zu, die bei den Kindern standen. »Mr. Garner, Miss Blake, bitte kommen Sie und hören Sie sich an, was diese junge Dame zu sagen hat. Ich möchte, dass Sie Ihre Anweisungen direkt von ihr entgegennehmen.«

Sonia erklärte schnell, was als Nächstes passieren musste.

Die Frau, die der Captain »Miss Blake« genannt hatte – etwa fünfunddreißig und offenbar recht nett – sagte: »Wir haben nur drei Erwachsene pro Boot, selbst wenn wir einige der älteren Kinder als Erwachsene mitrechnen. Die meisten Jungen und Mädchen sind so klein, dass sie nicht rudern können. Während der vergangenen Wochen haben wir immer wieder Rettungsbootübungen veranstaltet.« Sie lächelte bei diesen Worten. »Praktisch eine nach der anderen. Wenn Sie dreißig Kinder an Bord der Segeljacht nehmen könnten, haben wir jeweils vier Erwachsende für die Boote.«

»Gut, erledigen wir das zuerst. Wir lassen sie über die Leine zu Loren flitzen.« Sonia sprang die Treppe zum unteren Deck hinunter und erklärte Loren den Stand der Dinge. Als sie von der Reling aufsah, kam eine Schar aufgeregter Kinder über die Treppe, unter der Aufsicht von zwei Lehrern. Ein Moment des Zweifels suchte Sonia heim. Vielleicht würde sich später herausstellen, dass sie mit etwas mehr Nachdenken eine bessere Möglichkeit gefunden hätten. Aber die Klippen kamen näher und näher. Wenn die Seeventile zu klein waren, wenn das Schiff zu langsam sank … In dem Fall konnte es schon zu spät sein.

»Wo ist das tapferste Kind an Bord des ganzen Schiffs?«, fragte Sonia.

»Hier, hier, hier, hierhierher, hierhierher!«, riefen die Kinder. Für sie war alles ein Riesenspaß. Sonia wählte einen kleinen Jungen aus, den mit der piepsigsten Stimme.

»Wie heißt du?«

»Tiger!«

»Nun, Tiger, ich weiß nicht, ob du der Tapferste oder nur der Lauteste bist, aber du wirst der Erste sein, der über die Leine saust.«

»JA!« Tiger hielt wie ein Meisterkämpfer die Hände über den Kopf und ließ sich von den anderen bejubeln.

Sonia wandte sich an den neben ihr stehenden Matrosen. »Ich brauche viele Servietten, schmutzig oder nicht. Aus Stoff, nicht aus Papier. Und kleine Handtücher. Was immer Sie finden können.«

Der Mann nickte.

Sonia hob den kleinen Jungen auf die Reling. »Sieh nicht nach unten.« Sie kitzelte ihn. »Nicht nach unten sehen. Das gehört dazu.« Der Junge sah gen Himmel und lachte nervös. Sonia behielt eine Hand unter seinem Kinn, nahm ein weißes Geschirrtuch vom zurückkehrenden Matrosen entgegen und drehte es zu einem kurzen Stoffseil. Das eine Ende band sie zu einer Schlinge für die rechte Hand des Knaben und das andere für die linke. Der Mittelteil reichte über die Bugleine der *Columbia*, die sie an einem Tau über der Reling befestigt hatte.

»Halt gut fest und was auch immer geschieht, lass auf keinen Fall los. Ich möchte, dass du die Augen schließt und dich gut festhältst.« Der Junge nickte, seine Augen groß. »Und noch etwas. Wenn ich dich von der Reling schubse, sollst du so laut du kannst Huuuiii rufen. Lass mich dein Huuuiii hören.«

»Huuuiii.«

»Lauter, viel lauter.«

»HUUUUUUUIIII.«

»Das war ein tolles Huuuiii. Okay, jetzt halt gut fest, schließ die Augen und los geht's ...« Sonia sah nach unten und vergewisserte sich, dass Loren auf dem Bug der *Columbia* bereit war. Ein kleiner Schubs ...

»HUUUUUUUUUUUIIII.«

Loren nahm den Jungen am Ende der Bugleine in Empfang.«

»Oh ...«

Tiger setzte sich benommen und schüttelte den Kopf. »Wow«, sagte er. »Darf ich noch einmal?«

»Steh auf«, flüsterte Loren. »Lass die anderen sehen, dass du keine Angst hattest.«

Tiger sprang auf, sah zu den Dutzenden von Gesichtern auf dem Achterdeck des Schiffs und rief: »Es IST WUNDERVOLL! Kommt, ihr Memmen!«

Sonia sah sich nach dem nächsten Kandidaten um und wählte ein kleines Mädchen mit aufgeschürften Knien. »Lass mich dein Huuuiii hören.«

»HUUUUUUUUUUUUUIIIIIIIII.«

»Donnerwetter. Ihr anderen müsst euch mächtig anstrengen, um ein besseres Huuuiii hinzukriegen.« Sonia steckte die Hände des Mädchens in die Schlingen eines zweiten Handtuchs. »Halt dich gut fest, kneif die Augen zu und lass mich dein Huuuiii hören ...«

»HUUUU ... UUUUUUUUUUUUUUUUUIIIIIII.«

Loren fing das Mädchen und hob es triumphierend. Es winkte und rief.

Es dauerte nicht lange, bis die Decks der *Columbia* voller Kinder waren. Loren blickte immer wieder über die Schulter, um zu sehen, was zu Bruch ging. Wie sich herausstellte, gingen vor allem Kekse und Cracker zu Bruch.

Sonia hielt nach einem Erwachsenen Ausschau, der sich um die Kinder auf der Segeljacht kümmern konnte. Mr. Garner war ein bisschen zu dick für die Tour am Seil entlang.

»Ich brauche jemanden, der Loren mit den Kindern hilft«, sagte sie.

»Nehmen Sie mich«, sagte die nett wirkende Frau und trat vor, wobei ihr Lächeln noch ein wenig größer wurde.

»Melissa rutscht, Melissa rutscht!«, riefen die übrigen Kinder begeistert.

»Ich bin Melissa, falls Sie es noch nicht erraten haben. Melissa Blake.« Sie streckte die Hand aus.

»Sonia.«

Melissa blickte zu den Kindern auf der *Columbia* hinab. »Ihr seid jetzt ganz schön in der Klemme, denn seht nur, wer zu euch kommt, um für Ordnung zu sorgen.« Leise fügte sie hinzu: »Meine Güte, es ist ziemlich weit.«

»Sehen Sie nicht nach unten.« Sonia half ihr dabei, sich auf der Reling in eine sitzende Position zu bringen. Sie legte Melissa die Hand unters Kinn, damit sie nach oben sah. »Vielleicht sollten wir außer Ihnen noch jemanden schicken, um all die Kinder unter Kontrolle zu halten.«

»Oh, hören Sie, ich esse die Schar dort unten zum Frühstück. Um mit sechzig oder siebzig Kindern fertigzuwerden, brauche ich nur eine Hand.«

Die Kinder an Bord des Schiffs johlten.

»Wie bei all den anderen. Augen schließen, gut festhalten und ...«

»HUUUUUUUUIIIIII.«

Loren fragte sich, wie er die Frau fangen sollte, als sie über die Bugleine der *Columbia* zu rutschen begann. Ihr Rock flog nach oben und deutlich war der Schlüpfer mit dem Blümchenmuster zu sehen. Melissa schlang bei ihrer Ankunft einen Arm um das Vorstag, aber der Aufprall warf Loren dennoch aufs Deck.

»Sie müssen Loren sein.«

»Umpf.«

»Melissa.«

Die *Columbia* nahm alle Zehn-, Elf- und Zwölfjährigen auf, insgesamt fast sechzig. Sonia blieb an Bord des Schiffs, um in einem der verbliebenen Rettungsboote auszuhelfen. Gegen fünf Uhr nachmittags war die *Stella Linda* so weit gesunken, dass die Boote losgeschnitten werden konnten, und anschließend ging es mit dem Wind nach Baracoa. Sie trafen im späten Zwielicht ein, die *Columbia* und zwölf kleine Boote unter Segeln. Der Gesang von Kindern, hundertsechzig Stimmen, lockte die Bewohner ans Ufer. Zusammen mit Lehrern, Betreuern und Besatzungsmitgliedern verdoppelten sie die Einwohnerzahl des Dorfs.

20

Der Rat von Hatuey

Ein kleiner Raum in einer Hütte, umgeben von einer heißen tropischen Nacht. Ein Mann und eine Frau liegen auf dem Bett; sie schläft friedlich und er dreht sich hin und her. Die Laken sind feucht von Schweiß. Dies ist wie Schlafen (oder der Versuch zu schlafen) in einem Treibhaus, mittags bei strahlendem Sonnenschein. Drückende Hitze dringt durchs offene Fenster. Den ganzen langen Tag brannte die Sonne auf die dichte, feuchte Vegetation herunter. Die Lichtung neben der kleinen weißgrünen Hütte hatte praktisch gedampft. Durch das Fenster sind Dunstschwaden zu sehen. Heißer Nebel hat sich draußen gebildet. Armer Chandler. Sein Nachthemd ist nass vom Schweiß. Immer wieder rollt er sich von einer Seite auf die andere. Er wird bis zum Morgen nicht schlafen, und das weiß er auch, und dann wird er nur für einige Minuten Ruhe finden, bevor all die lauten Kinder erwachen, und anschließend folgt der übliche Trubel. Er ist zu alt für so viel Aktivität um ihn herum, für die Nähe so vieler Kinder, Hunderte von ihnen, wie hat er so etwas jemals ertragen? Wie ist er ohne ein bisschen Frieden und Stille zurechtgekommen? Frieden und Stille darf er sich hier nicht erhoffen, denn dies ist kein friedlicher Ort. Dies ist keiner der Orte, wo »Frieden tropft ganz langsam vom Morgenschleier …« Was ist das für ein Ort, wo der Frieden langsam tropft, und wieso tropft er dort, langsam noch dazu? Die Worte … Er hat sie einmal auswendig gelernt, in Hill School. Jetzt fällt es ihm wieder ein. Auf einer Insel, dort tropfte der Frieden langsam. Ja, auf einer Insel, aber nicht auf dieser. Eine Insel aus einem Gedicht. Oder vielleicht ein Gedicht von einer Insel.

Welch ein Durcheinander. Mit all diesen Gedanken im Kopf hat es keinen Sinn, auf dem Bett nach Ruhe zu suchen. Steh auf, geh nach draußen. Lass Candace schlafen. In der Stille erklingt das leise, normale Brummen eines würdevollen Mannes, als er die Beine vom Bett schwingt, die Füße auf den Boden setzt und aufsteht. Die offene Tür befindet sich direkt vor ihm. Dort stützt er sich mit den Händen rechts und links am Türrahmen ab und atmet die heiße, feuchte Luft der Nacht. Es ist völlig windstill. Mond und Sterne leuchten am Himmel, so hell, dass ihr Licht Schatten wirft. Er verlässt die Hütte und geht in die Mitte des Dorfs. Um den zentralen Platz scharen sich zwei Dutzend Hütten, mit weiß getünchten Wänden und grünen Fensterläden. Palmwedel reichen herab, strecken sich durch den heißen Nebel.

Die kleinen Schweißtropfen auf der Oberlippe … Er fühlt, wie sie verdunsten und kühlen. Nur die Verdunstung von Schweiß bringt ein wenig Kühle. Alles andere funktioniert nicht mehr. Warum? überlegt er und versucht, sich an den Grund dafür zu erinnern. Es ist immer wieder erklärt worden, warum sich keine Motoren mehr starten lassen und dergleichen, aber aus irgendeinem Grund kann er sich nicht daran erinnern. Warum auch immer, es gibt keine Möglichkeit mehr, etwas kühl zu halten. Man muss schwitzen, wenn man Kühle will. An seinem Körper gibt es Poren, die seit fast einem halben Jahrhundert keinen Schweiß mehr abgesondert haben; es grenzt an ein Wunder, dass sie sich noch an das Wie erinnern. Immerhin: Die moderne Zivilisation hat das Schwitzen in die Vergangenheit verbannt. Und jetzt ist es das Schwitzen, das die Zivilisation verbannt. Schweiß rinnt ihm über den Nacken und zwischen die Schulterblätter.

Seufzend wandert er durch eine Nacht, die hell genug ist, um fast alles zu sehen. Er folgt dem Pfad, der vom Wasser wegführt. Weiter hinten hört er das Geräusch der an den Strand laufenden Wellen. Links ragt ein dunkelgrünes Gebäude aus Holz auf, ein Pumpenhaus oder etwas in der Art, von üppiger Vegetation umgeben. Der Boden des Wegs unter Chandlers Füßen besteht aus lockerer Erde. Er geht an den Schulhütten und dem Sportplatz vorbei.

Jenseits des Dorfs wird der Weg schmaler. Palmen wachsen in Gruppen, Palmen sind praktisch überall. Irgendwie wirken sie unheilvoll. Alles andere ist nur da, weil sie es dulden, weil der Dschungel es duldet. Alles andere existiert, weil der Dschungel derzeit geduldig ist und es existieren lässt. Aber wenn er will, kann er sich alles zurücknehmen, indem er es einfach überwuchert, all die jämmerlichen Werke des Menschen, die Hütten, Wege und Lichtungen. Die Palmen rücken dichter an ihn heran. Am liebsten möchten sie durch ihn wachsen, aber er ist schnell und sie sind langsam. Er bemerkt eine Bewegung zwischen den dicken Stämmen der Palmen. Einige von ihnen wiegen sich verträumt, der ganzen Länge nach, von unten bis oben. Ein wellenförmiges Schwingen. Moment mal, dies sind gar keine Palmen, sondern Schlangen: dicke, lange Schlangen, die auf ihren Schwänzen stehen. Sie schwingen hin und her, in einem gemeinsamen Rhythmus. Deutlich erkennt Chandler die Gesichter der Schlangen. Es scheinen eher die Gesichter von Menschen als die von Reptilien zu sein, die sanften braunen Augen mit Wimpern. Während er sie noch beobachtet, beginnen die Schlangen zu singen, mit hohen Frauenstimmen. Lieber Himmel, es sind die Andrews Sisters, wie viele auch immer es waren. Sie alle singen über die Probleme, einen launischen, wankelmütigen Mann zu lieben. Lieber Himmel, wer hätte eine solche Show ausgerechnet hier erwartet?

Er wäre gern stehen geblieben, um dem Gesang zuzuhören, aber das geht nicht. Dies ist nicht der geeignete Zeitpunkt für Unterhaltung, wer auch immer die Schlangen sind. Chandler senkt den Kopf und geht weiter. Hinter ihm wiederholen die Andrews-Schlangen ihren Refrain und rufen ihm nach. Doch er muss schnell weiter, denn es gibt einen anderen Ruf, dem er folgen muss, den *Ruf*.

Der Mond scheint noch heller zu leuchten. Offenbar führt ihn der Weg ins Hochland, denn auch der Dunst bleibt hinter ihm zurück. Allerdings bleibt es drückend heiß. Wenn er den Kopf schüttelt, fliegen Schweißtropfen und glitzern im Mondschein. Unter den Geräuschen des Dschungels erkennt er das Quaken von Laubfröschen und das Zirpen von Grillen, aber vielleicht ist es Teil des Lieds der singenden Schlangen, vielleicht können sie auch andere Stimmen nachahmen. Ein Geräusch ist beharrlicher als die anderen, eine Art Piepen oder piependes Summen, das sich mehrmals wiederholt.

Direkt voraus erstreckt sich eine Lichtung. Wie ein Scheinwerfer leuchtet der Mond darauf hinab und sein Licht fällt auf eine Art Podium in der Mitte der Lichtung. Als Chandler näher kommt, sieht er ein Telefon auf dem Podium, ein taubenblaues Telefon. Das Piepen, versteht er nun, ist ein Läuten und es kommt von diesem Telefon.

Es ist erstaunlich groß, das Telefon. Richtig groß. Zehnmal so groß wie ein normales Telefon. Chandler greift mit beiden Händen nach dem Hörer. Warum ist das Telefon blau? fragt er sich. Das Telefon des »heißen Drahts« in der Fiske-Villa ist rot gewesen. Kann man daraus schließen, dass dies ein »kühler Draht« ist? O ja, ein kühler Draht, denkt Chandler und muss sich den Mund zuhalten, um nicht laut zu kichern.

Schließlich gelingt es ihm, den großen Hörer so in Position zu bringen, dass sich die Hörmuschel an seinem Ohr befindet. Die Sprechmuschel ruht auf dem Dschungelboden zu seinen Füßen. Er muss in sie hinein rufen, um sich verständlich zu machen.

»Hallo?«

Eine tiefe Stimme erklingt, sie tönt aus der Hörmuschel und von den Bäumen am Rand der Lichtung. »Chandler, hier spricht die Aufsicht des dritten Stocks.«

»Meine Güte.« Er sieht nun, dass die Telefonschnur nach oben führt und in der Dunkelheit über den Palmen verschwindet. »Ja. Ich bin hier. Ich meine, hier spricht Chandler Hopkins.«

»Wir haben hier oben im dritten Stock über Sie gesprochen.«

»Oh.« Es kann Gutes oder Schreckliches bedeuten, wenn man im dritten Stock über ihn spricht. Chandler hält die Hörmuschel dicht an seinem Ohr und hofft das Beste.

»Wir glauben, dass Sie eine *Mission* brauchen. Eine Aufgabe, die Ihrem Leben einen neuen Sinn gibt.«

»Oh.«

»Also geben wir Ihnen eine Mission. Einen Auftrag. Mit Benotung.«

»Lieber Himmel, mit Benotung.«

»Ihr Abschneiden bei der Mission wird über Ihren Rang bei den anderen bestimmen. Haben Sie verstanden?«

»Äh, ja.«

»Die Mission ist so wichtig, dass sie nicht am Telefon besprochen werden sollte. Sie können also nicht einmal fragen, um was es sich handelt. Nicht eine Frage ist Ihnen gestattet. Möchten Sie eine Frage stellen?«

»Äh, nein.«

»Na schön, das wär's dann. Damit wäre alles klar.«

»Ja. So viel ist klar. Darf ich mit den anderen über diesen *Ruf* reden, der offenbar zu einer neuen Berufung werden soll?«

»Natürlich. Erzählen Sie ihnen alles.«

»Danke. Was ›alles‹ kann ich ihnen sagen?«

Ein beängstigende Pause. »Sagen Sie ihnen, dass ihre schlimmsten Befürchtungen bestätigt sind: Es gibt keinen Gott. Überhaupt keinen. Sie können mich beim Wort nehmen.«

»Kann ich das?«

»Ja.«

»Ist das die ganze Botschaft?«

»Ja.«

»Oh. Nun, besten Dank für den Ruf und alles. Für den Anruf, meine ich.«

»Da wäre noch eine Sache, Chandler.«

»Ja?«

Wieder folgt eine Pause, lang und bedeutungsvoll. Dann ertönt erneut die Stimme, noch tiefer und unheilvoller als zuvor. »Vorsicht vor dem Schlitz.«

»Was?« Chandler wartet auf mehr, eine Erklärung. Stattdessen hört er ein Klicken – die Verbindung ist unterbrochen. Es ist kein gewöhnliches Klicken. Nein, dieses Klicken ist schrecklich laut, so laut, dass es schmerzt und ihm in den Ohren widerhallt und fast das Trommelfell zerreißt.

Er schwankt, benommen von dem grässlich lauten Klicken. Den Hörer hat er zu Boden fallen lassen. Verdammt, das Ding ist schwer. Aber es kann nicht auf dem Boden liegen bleiben, auf keinen Fall, wer weiß, welche schrecklichen Folgen das hätte. Mühsam hebt er den Hörer hoch, legt ihn auf die Gabel und gönnt sich danach einen Moment Ruhe, um seine Gedanken zu ordnen. Er überlegt, ob er jemanden anrufen soll. Immerhin ist dies vielleicht das einzige noch funktionierende Telefon auf der ganzen Welt. Wen könnte er anrufen? Nein, er darf nicht an irgendwelche Anrufe denken, sondern an seine Mission. Er darf sie nicht vergessen, die Mission. Panik steigt in ihm auf, als er daran denkt, dass er die Botschaft vergessen könnte, die er der Menschheit überbringen soll. Ein schwerer Schlag für Chandler Hopkins, zweifellos. Im dritten Stock wäre man alles andere als begeistert gewesen. Mit einer guten Benotung hätte er dann bestimmt nicht rechnen dürfen. Besorgt sucht Chandler nach einem Stift. Er braucht einen Stift oder einen Kugelschreiber, um die Botschaft aufzuschreiben. In der Brusttasche seines Nachthemds steckt ein Bleistift, aber die Spitze ist abgebrochen und er hat nichts, worauf er schreiben könnte. Vielleicht enthält die Schublade des Podiums einen

Bleistiftanspitzer. Er öffnet sie, doch anstelle eines Anspitzers findet er Schlangen, hin und her kriechende Schlangen, und Kondome. Schnell die Schublade schließen, bevor jemand kommt. Ihm bleibt nichts anderes übrig, als den Stift mithilfe eines scharfkantigen Steins anzuspitzen. Er kann auf sein langes weißes Nachthemd schreiben, das frisch gebügelt ist. Schnell, bevor er die Botschaft vergisst. Sie lautet … Wie lautet die Botschaft? Er weiß es nicht mehr. Eben war noch alles klar, die Worte lagen ihm auf der Zunge. Jetzt ist sie leer, die Zunge, abgesehen von der Spitze des Bleistifts, den er an ihre Spitze hält.

Zum Glück ist dies nur ein Traum, der wie eine Aufzeichnung zurückgespult und wiederholt werden kann. Wieder hält er den Hörer in den Armen, dazu bereit, erneut der Stimme zu lauschen, mit noch größerer Aufmerksamkeit. Er hört das Summen des Zurückspulens. So, bis hier, das sollte genügen. Halt. Jetzt die Play-Taste und … »Könnten Sie die Botschaft bitte wiederholen?«

»Hier kommt die Botschaft, Chandler. Sind Sie bereit?«

»Ja.«

»Vorsicht vor dem Schlitz.«

*

Baracoa war ursprünglich die Hauptstadt von Kuba gewesen. Christoph Kolumbus erreichte die Bucht von Baracoa im Jahr 1502, angelockt vielleicht vom Tafelberg »El Yunque«. Zehn Jahre später kehrte einer seiner Offiziere, ein gewisser Diego de Velazquez, mit einer aus dreihundert Mann bestehenden Streitmacht in die Bucht zurück, um die Taino-Indianer zu unterwerfen. Der Häuptling der Taino, Hatuey, wollte sich niemandem unterwerfen, weder den Spaniern noch sonst jemandem. Er stellte sich den Invasoren entgegen und brachte ihnen überraschend große Verluste bei. Spanische Aufzeichnungen berichten von einem besonders »feigen« (d. h. erfolgreichen) Angriff mit Kanus in finsterer Nacht. Als es Velazquez schließlich gelang, den Indianerhäuptling gefangen zu nehmen, stellte er ihn vor die übliche Wahl: zum christlichen Glauben übertreten oder auf dem Scheiterhaufen verbrennen. Hatuey nahm den christlichen Glauben an, aber die Spanier verbrannten ihn trotzdem bei lebendigem Leib, wodurch er zum ersten revolutionären Märtyrer Kubas wurde.

Mehr als vierhundert Jahre später errichtete eine revolutionäre Regierung am Stadtrand von Baracoa eine Hatuey gewidmete Schule. In dieser Schule richtete sich die Layton-Gruppe ein.

Die Kinder von der *Stella Linda* wurden in den Schlafsälen für Mädchen und Jungen untergebracht. Nicht weit entfernt befand sich ein Schuldorf, bestehend aus vierundzwanzig kleinen, weiß getünchten Häusern, um einen zentralen, mit Gras bewachsenen Platz gruppiert. Die »Escuela Hatuey« stellte Unterkünfte, Schulzimmer, einen Sportplatz, einen überdachten Esssaal, Küchen, Versammlungsräume und alles andere zur Verfügung. Die Bucht lag geschützt und das Wasser war tief genug für die Segeljachten. In den Bergen, etwa sechzig Kilometer landeinwärts, befand sich das Wasserkraftwerk »Matires de Giron«, eins von nur zwei auf der ganzen Insel Kuba. Mr. Pease, der nicht nur ein bisschen was von allem verstand, sondern auch viel über eine erstaunliche Anzahl von Dingen wusste, machte sich mit einigen von Danny McCrees Technikern auf den Weg dorthin. Er glaubte, dass einige Änderungen am Übertragungsnetz genügten, um die Schule in wenigen Wochen dauerhaft mit elektrischem Strom zu versorgen.

Praktisch alles an der Schule war spartanisch, doch im Verwaltungsgebäude gab es ein gut eingerichtetes Büro. Senator Hopkins beanspruchte es ohne zu zögern für sich selbst. Das Stockwerk darüber enthielt einen großen Sitzungsraum, der von allen vier Seiten eine frische Brise empfangen konnte, und dort versammelte er den Führungsrat.

Chandler stand am Kopfende des langen Tischs, an dem die zwanzig Erwachsenen saßen, deren Namen er am Morgen in seinem Notizbuch notiert hatte, unter der Überschrift »Ressourcen«. Zusammen mit ihm selbst würde diese Gruppe in die Geschichte eingehen – das hoffte er wenigstens –, und zwar als »Rat der Einundzwanzig«. Er nahm sich vor, diesen Namen in seinen Memoiren vorzuschlagen. Die Geschichte brauchte ausdrucksstarke Namen, damit bestimmte Dinge in Erinnerung blieben.

»Ähm. Guten Morgen, meine Damen und Herren. Wie ich sehe, sind alle bereit; wir können also beginnen. Lassen Sie mich den Anfang mit einer Frage machen. Sie lautet: Welche grundsätzliche Richtung sollen wir bei der Führung unserer neuen Gesellschaft einschlagen? Denn dieser Aufgabe stehen wir gegenüber: Wir müssen eine neue Gesellschaft schaffen. Wir sind die Hüter der friedlichen Vorstellung von Zivilisation. Ohne uns, ich meine, ohne das Eingreifen von Dr. Layton …« Chandler lächelte und nickte Homer zu. »... ohne dieses Eingreifen hätte die Zivilisation auf diesem Planeten vermutlich ein Ende gefunden. Also sind wir, in gewisser Weise, die Hüter der Zivilisation. Ich wage zu behaupten, dass niemals zuvor in der Geschichte der Menschheit eine so kleine Gruppe von Männern, ich meine, von Männern und Frauen, denn Frauen wirken natürlich beim Aufbau der neuen Gesellschaft mit, ja, ich gehe sogar noch weiter und möchte betonen, dass sie eine zentrale Rolle spielen bei, nun, lassen Sie mich sagen, dass sie eine zentrale Rolle spielen. Abgesehen davon, dass wir die Hüter ganz allgemein der ganzen Welt sind, kommt uns auch noch die Aufgabe zu, Hüter der jungen Menschen zu sein, die letzte Woche gerettet wurden. Woraus folgt: Meine Mission, ich meine, unsere Mission besteht aus Führung.

Die Verantwortung liegt schwer auf unseren Schultern, aber ich zweifle nicht daran, nicht für einen Augenblick, dass wir der Aufgabe gewachsen sind. Wenn ich mir diese Gruppe ansehe, komme ich zu dem Schluss, dass ich für das, was vor uns liegt, keine besser geeigneten Personen hätte auswählen können. Um mit den Führungserfordernissen fertigzuwerden, steht uns praktisch die ganze Verwaltung einer wichtigen Universität zur Verfügung, und was die technischen Probleme betrifft, können wir auf die Hilfe hervorragender Wissenschaftler zurückgreifen. Für die Bildung der Kinder und Jugendlichen haben wir Lehrer und Gelehrte. Wir können von Glück sagen, die Essenz von drei stolzen Organisationen bei uns zu haben: der amerikanischen Gesellschaft für Physik, der Akademie der Künste und Wissenschaften – der größte Teil ihres sehr ehrenwerten und respektierten Auswahlkomitees befindet sich hier bei uns – und natürlich der Universität Cornell. Wenn Sie sich umsehen, erkennen Sie sofort, welches Glück wir haben.«

Mit ausladenden Gesten forderte Chandler die Anwesenden auf, sich im Sitzungssaal umzusehen. »Zu meiner Rechten, Dr. Layton und seine vier tüchtigen Assistenten. Links von mir Rektor Brill. Mr. Tomkis aus dem Büro meines guten Freunds, des Außenministers. Dr. Corliss Taft, Direktor nicht nur der Akademie der Künste und Wissenschaften, sondern auch, und das möchte ich betonen, der Arbeitsgruppe des Präsidenten für Literatur und Bildung. Links von Dr. Corliss Cornells Proctor, Mr. Theodore Pinkham. Neben ihm Dekanin Dr. Maria Sawyer und so weiter, und so fort.« Die letzte Geste galt Jared Williams, seinem Butler aus der Fiske-Villa. Verlegen wandte der Senator den Blick ab.

»Ich frage Sie, meine Damen und Herren: Wen könnten wir uns sonst noch wünschen, abgesehen von denen, die hier versammelt sind?«

»Vielleicht einen Zahnarzt?«, fragte Williams.

»Wir könnten einen Schmied gebrauchen«, sagte Loren. »Und auch einen Seetaktiker. Einige Hundert Straßenkämpfer für unsere Verteidigung wären nicht schlecht. Oder jemand, der eine Dampfmaschine bauen kann. Außerdem weilt nicht ein einziger Bauer unter uns. Wir sind ein Haufen Dummköpfe, wenn es um den Anbau von Reis und Bohnen geht. Kurzfristig ist so weit alles in Ordnung, aber langfristig müssen wir Lebensmittel anbauen. Außerdem haben wir keinen professionellen Fischer, jemanden, bei dem sich das Netz nicht sofort verheddern würde. Vor allem aber brauchen wir für unsere Verteidigung …«

»Natürlich, natürlich.« Chandler erweckte fast den Eindruck, sich über all die Einwände zu freuen. »Wir stehen vor einer großen Herausforderung, worauf Sie in aller Deutlichkeit hingewiesen haben, Loren. Und wir werden uns ihr stellen. Weil wir Intellektuelle sind, meine Damen und Herren. Das ist unsere große Stärke.« Er ließ diesen Worten eine bedeutungsvolle Pause folgen. Nur Chandler stand und er strahlte Zuversicht auf die anderen aus, gab ihnen eine Lektion in Führung. Seiner Ansicht nach war es unmöglich, die Parallelen zwischen seiner lächelnden Bereitschaft, eine Herausforderung zu akzeptieren, und der von zum Beispiel Jack Kennedy zu übersehen. Der Stab war übergeben und Chandler hatte ihn genommen. Beziehungsweise ergriffen. Er dachte darüber nach, während die Versammelten warteten.

»Wir haben den Stab ergriffen, der an uns weitergegeben wurde. Den Stab der … der … Führung. Jedenfalls, wir haben ihn genommen. Und die Aufgabe, die jetzt auf uns wartet, besteht darin, das Schiff der Zivilisation auf den richtigen Kurs zu bringen und zu verhindern, dass es von der Richtung abweicht, die wir heute hier beschließen. Was uns natürlich nach vorn führen wird, immer weiter nach vorn. Und zum Horizont. Nichts Geringeres als der Horizont muss unser Ziel sein. Ich glaube, ich habe mich klar genug ausgedrückt.« Chandler lächelte wohlwollend und hob beide Hände zu einer Geste des Friedens und des Optimismus. »Und jetzt liegt es an uns zu bestimmen, wo genau sich dieser Horizont erstreckt.«

Homer deutete aus dem Fenster, auf den Atlantik. »Er befand sich dort drüben, als ich das letzte Mal hingesehen habe.«

»Ja. Dr. Layton weist uns in die Richtung des Sonnenaufgangs. Was ich für durchaus angemessen halte: Wir gehen nach vorn, der Morgendämmerung einer neuen Ära entgegen.«

»Eigentlich habe ich mehr nach Norden gesehen als nach Osten.«

»Ja. Zweifellos führt unser Weg durch Kälte und Bitterkeit, bevor wir die Sonne erreichen. Unterwegs werden wir auf allerlei Widrigkeiten stoßen. Wer könnte das leugnen? Widrigkeiten und Herausforderungen erwarten uns. Aber irgendwann, und zwar noch zu Lebzeiten der hier versammelten Personen, erreichen wir den Horizont, den wir uns heute vorstellen. Und wenn wir den Horizont erreichen, wo genau sind wir dann?«

»Nirgends«, sagte Sonia. »Den Horizont kann man nie erreichen.«

Chandler wirkte verletzt. »Zuerst werden wir nirgends sein und dann irgendwo. Verstehen Sie, was ich meine? Dies ist sehr wichtig. Um das Irgendwo zu erreichen, müssen wir wissen, welche Richtung es einzuschlagen gilt. Und deshalb habe ich heute Morgen diese Versammlung einberufen. Um uns eine Richtung zu geben. Mir geht es nicht nur darum zu entscheiden, wer sich um den Abwasch kümmert, wer Topfreiniger besorgt oder wer in der sechsten Klasse Latein unterrichtet. Das alles ist wichtig. Aber heute geht es um die grundsätzlichen Prinzipien unserer neuen Gesellschaft, um nichts weniger als die Gestaltung einer ganz neuen Kultur.

Ich weiß, dass es nicht einfach wird. Wir müssen all die kleinen Fragen beiseiteschieben und uns den großen widmen. Wir müssen alles neu durchdenken. An diesem Morgen geht es um die Neugestaltung der Kultur. Dekanin Sawyer, wir werden heute Morgen viele Ideen zusammentragen. Darf ich Sie bitten, sie an der Tafel für uns zu notieren, damit wir nicht den Überblick verlieren? Nun, was fällt Ihnen als Erstes ein, wenn ich Sie frage, welche neue Richtung es nun einzuschlagen gilt?«

Chandler sah sich am Tisch um und achtete ganz bewusst nicht darauf, dass Edward Barodin zur Decke sah und mit den Augen rollte.

Claymore hob die Hand. Chandler runzelte die Stirn, aber Claymore ließ sich nicht davon abhalten, das Wort zu ergreifen. »Wir gestalten alles neu, meinen Sie?«

»Äh, ja. Genau das meine ich, Mr. Layton.«

»Na gut. Die Laken müssen neu gestaltet werden.« Claymore hielt es für so offensichtlich, dass er dem nichts mehr hinzufügte. Er lehnte sich zurück und wartete darauf, dass jemand anderer einen ähnlich nützlichen Vorschlag machte.

»Laken?«, wiederholte Chandler verblüfft.

»Ja. Sie müssen lang genug sein, damit man sie unten unter die Matratze stopfen kann. Ich meine, es ist lächerlich, wie sie heute sind. Einfach lächerlich. Sie sind viel zu kurz.«

Stille folgte. Maria Sawyer ging zur Tafel. »Der Anfang ist gemacht«, sagte sie. »Dies wird bestimmt nicht schwer.« Sie schrieb 1. LÄNGERE LAKEN auf die Tafel. »Was sonst noch?«

Chandler knirschte mit den Zähnen.

»Ich sehe eine Sache am Horizont und sie verheißt nichts Gutes«, sagte Loren. »Wir müssen damit rechnen, dass man uns angreift. Eine Flotte aus Segelschiffen wird zu uns kommen, mit Leuten an Bord, die bis an die Zähne bewaffnet sind, mit welchen Waffen auch immer. Sie werden sich an uns rächen wollen. Wir haben dem großen, mächtigen Establishment eine lange Nase gemacht und es daran gehindert, seinen Willen durchzusetzen. Bisher sind wir ungeschoren geblieben. Gut dreißig Tage sind vergangen, seit wir den ersten Effektor eingeschaltet haben, und es ist noch keine Reaktion erfolgt. Aber dabei wird es nicht bleiben. Die Mächtigen, deren Pläne wir vereitelt haben, sie werden herausfinden, wo wir sind, und dann kommen sie hierher. Und wenn sie hierherkommen, wollen sie wohl kaum mit uns über die Neugestaltung von Kultur und Gesellschaft reden. Dies ist nicht komisch. Mit jenen Leuten ist nicht zu spaßen und es hat auch keinen Sinn, mit ihnen reden zu wollen. Sie kommen, um gegen uns zu kämpfen. Jeder Moment, den wir erübrigen können, muss der Planung unserer Verteidigung gewidmet werden.

Wir sind im Krieg. Wir sind in der Unterzahl. Wir haben fast keine Waffen. Am letzten Freitag in Lauderdale hat Homer uns mit dem Auftrag losgeschickt, Armbrüste zu kaufen. Wir haben in fünf Geschäften mit Sportartikeln und dergleichen nachgefragt. Wissen Sie, wie viele Armbrüste wir fanden? Eine. Wir haben zwei Sets fürs Bogenschießen gekauft, was bedeutet, dass wir über zwölf Bögen und sechsunddreißig Pfeile verfügen. Sechsunddreißig Pfeile! Schon bald werden wir uns einer Angriffsflotte aus Dutzenden von Segelschiffen mit Hunderten von Bewaffneten an Bord gegenübersehen. Wenn sie uns finden, ist alles vorbei. Es sei denn, wir sind vorbereitet.«

Senator Hopkins winkte ab. »Das sind die kleinen Dinge, die ich eben erwähnte …«

»Die *kleinen* Dinge?«, fragte Loren und konnte es kaum fassen.

»Ja, all diese kleinen Dinge wie Verteidigung, die Länge der Bettlaken und hundert ähnliche Details. Natürlich müssen wir uns mit ihnen allen beschäftigten, mit jedem zu seiner Zeit. Doch heute Morgen geht es um die fundamentalen Prinzipien der Philosophie, die uns fortan ein Leitfaden sein soll. Um Fragen wie: Sollen wir uns für eine Demokratie entscheiden oder vielleicht eine gütige Diktatur … oder vielleicht eine Monarchie?« Die Monarchie hatte immer einen gewissen Reiz auf Chandler ausgeübt. Warum kein monarchistisches System? Warum keine Herzöge, Ritter und eines Tages vielleicht einen König? Chandler der Erste, das klang gar nicht schlecht. »Das sind die wichtigen Dinge, die unsere Aufmerksamkeit erfordern. Welche Regierungsform, welches philosophische Fundament, welche Prinzipien für das Bildungssystem? Vielleicht sollten wir mit dem Entwurf einer Verfassung beginnen. Oder zumindest mit einer Unabhängigkeitserklärung, die wir alle unterschreiben und …«

»Um ein philosophisches Fundament geht es Ihnen?« Eine gewisse Schärfe lag in Lorens Stimme. »Lassen Sie mich Ihnen etwas über philosophische Fundamente erzählen. Mein philosophisches Fundament besteht darin, am Leben zu bleiben. Wenn eine Flotte von Angreifern in die Bucht gesegelt kommt, verlangt mein philosophisches Fundament, dass ich mich zur Wehr setze, um am Leben zu bleiben. Es fordert mich auf, meine ganze Kraft in den Überlebenskampf zu investieren. Vielleicht sollten wir zwei Gruppen bilden. Sie und die anderen, die daran interessiert sind, können an Ihrer Erklärung arbeiten, während wir anderen uns überlegen, wie wir vermeiden können, von den Angreifern niedergemetzelt zu werden.«

»Und wenn die Geschichte auf Ihre kleine Gruppe zurückblickt, die sich allein den kurzfristigen Dingen widmet … Wie mag sie dann darüber urteilen im Vergleich mit unserem Kreis aus illustren Denkern, die der Philosophie Vorrang geben und sorgfältig die einzuschlagende Richtung erwägen, damit alle Ziele auf eine möglichst konsistente und effiziente Art und Weise erreicht werden?«

»Die Geschichte wird uns als Überlebende sehen. Und an Ihren Kreis aus ›illustren Denkern‹ wird sie sich erinnern als … als …«

»Als einen Haufen Deppen«, beendete Edward den Satz.

Homer sah auf. »Vielleicht sollten wir uns wirklich ein bisschen Zeit dafür nehmen, über die neue Richtung nachzudenken, wie Chandler vorschlägt.«

»Jesus, Homer, Zeit ist genau das, was wir nicht haben. Die Angreifer könnten jeden Moment da sein.« Loren wandte sich an die anderen. »Sie glauben, dass es eine Ewigkeit dauert, bis man uns findet, weil Kuba so groß ist. Sie glauben, es sei wie die Suche nach der Nadel im Heuhaufen. Aber die Angreifer brauchen gar nicht lange nach uns zu suchen. Wir sind aus drei Gründen hierhergekommen: weil Ostkuba leer ist, weil Baracoa sich in relativer Nähe des Wasserkraftwerks befindet und weil wir hier möglichst weit luvwärts sind, was bei einem Kampf auf See bedeutet, dass wir den Wind auf unserer Seite haben. Der Gegner kann unsere Logik nachvollziehen und dann weiß er, wo wir sind. Es ist wie bei einem Schachspiel. Man denkt nicht dauernd an die eigene Strategie, sondern auch daran, was der andere Spieler tun wird und warum. Unser Gegner kann den Gedanken folgen, die uns hierher brachten, und vielleicht ist seine Flotte bereits unterwegs.«

Homer legte Loren die Hand auf den Ärmel. »Ja. Das stimmt alles. Wir haben keine Zeit. Aber obwohl es viel zu tun gibt, sollten wir uns diese eine Stunde nehmen, um uns zu organisieren. Wir hätten es schon längst tun sollen. Ich hätte daran denken sollen. Aber ich habe nicht daran gedacht.« Homer wirkte müde. Er war hohlwangig und seinen Augen fehlte der Glanz. »Chandler *hat* daran gedacht. Er schlägt vor, uns zu organisieren. Geben wir ihm Gelegenheit dazu.«

»Aber, Homer …«

»Überlassen wir es ihm, denn ich weiß nicht, wie man so was macht. Ich weiß nicht, worauf es bei guter Verwaltung ankommt. Er kennt sich damit aus. Wenn wir überleben wollen, muss jeder von uns effizient eingesetzt werden, nach seinen oder ihren jeweiligen Fähigkeiten. Wie Chandler eben gesagt hat: Wir haben hier die fast vollständige Administration einer Universität. Wir sind eine kleine Gemeinschaft, die als eine Art Universität verwaltet werden kann, nicht wahr? Gute Verwaltung wird uns anderen bei unseren Aufgaben helfen.«

Homer sah den immer noch stehenden Chandler an und sein Gesicht wirkte plötzlich streng und hart. »Ich gebe Ihnen diese Möglichkeit, Chandler«, sagte er. »Ich lasse Sie den Boss spielen. Diese Entscheidung treffe ich, Homer Layton. Denn dies ist meine Show. Dies ist keine Demokratie, sondern eine Tyrannei und ich bin der Tyrann. Nur ich habe hier Autorität, sonst niemand. Ich habe den Schalter betätigt. Ich sitze am Steuer; alle anderen sind Passagiere. Ich gebe Ihnen einen Teil meiner Autorität. Sie können unser Oberhaupt sein. Ich gebe Ihnen diese Position, wenn Sie sie wollen, und wahrscheinlich kommen Sie damit ebenso gut klar wie sonst jemand. Ich gebe Ihnen diesen Posten, aber ich kann ihn zurücknehmen. Das muss Ihnen klar sein. Sie bekommen ihn nur vorübergehend. Wenn ich ihn zurücknehme, so nicht für mich selbst, sondern für die Führungspersönlichkeit, die schließlich unter uns wachsen wird. Vielleicht dauert es eine Weile und es könnte die eine oder andere Feuerprobe notwendig werden. Aber irgendwann wird sich eine solche Persönlichkeit herauskristallisieren. Wenn sie zwischen uns wächst und das Kommando übernimmt, braucht sie dazu weder Ihre Erlaubnis noch meine. Sie treten dann zurück. Haben Sie mich verstanden?«

Chandler war erblasst und nickte. Homer blickte auf seine Hände hinab und schwieg während der restlichen Besprechung.

»Nun«, sagte Chandler. »Nun. Was ich eben ›wichtig‹ genannt habe …« Er schluckte und fuhr fort: »Ich glaube, wir – beziehungsweise Sie, Homer – sollten darüber entscheiden, wie wir unsere kleine Gemeinschaft regieren. Und ich glaube, Ihre Entscheidung, die ich voll und ganz unterstütze, ist die richtige. Ja. Wir können uns nach dem Vorbild einer Universität organisieren, mit Präsident, Rektor, Quästor, Dekanen und so weiter, die alle ihre gewohnten Aufgaben wahrnehmen. Unsere beiden Dekane fungieren als Gouverneure für ihre jeweiligen Teile der Gemeinschaft. Wir haben drei Professoren der Humanwissenschaften, die das Bildungssystem für die Kinder und Jugendlichen organisieren können. Fast vierzig Lehrer sind bei uns und unterstehen den drei Professoren. Ich werde ein hierarchisches Diagramm zeichnen und es offiziell bekannt geben. Was Lebensmittel und Logistik betrifft … Das fällt in den Zuständigkeitsbereich von Rektor Brill. Proctor Pinkham kümmert sich um die Disziplin. Da unsere Verteidigung aus den von Dr. Martine genannten Gründen sehr wichtig ist und die Verteidigung der Insel als eine Art Disziplinproblem gesehen werden kann, sollte Proctor Pinkham sie ebenfalls in seine Hände nehmen. Dr. Martine hat deutlich gezeigt, wie gut er sich mit dem Verteidigungsproblem auskennt, und deshalb schlage ich vor, dass er mit dem Proctor zusammenarbeitet.

Vielleicht wäre es angebracht, wenn auch Ihre anderen Assistenten an dieser Sache arbeiten, Homer.«

Loren stöhnte leise.

Chandler achtete nicht darauf. »Ebenso die übrigen Wissenschaftler. Sie helfen Proctor Pinkham dabei, eine wahrhaft wissenschaftliche Verteidigung unserer Gemeinschaft zu entwickeln. Nun, was die Aufgaben des Quästors betrifft … Ja, möchten Sie etwas fragen? Dr. Suzikaya?«

»Ja, Chandler, danke«, sagte Francis Suzikaya, früherer Präsident der Akademie. »Sie haben eben von Präsident, Rektor, Proctor und Quästor gesprochen. Was ist mit dem recht wichtigen Amt des Provost?« Er richtete einen bedeutungsvollen Blick auf Chandler. Suzikaya war Provost der Universität von Kalifornien gewesen. »Wie Sie wissen, ist der Provost ein wichtiger Verwaltungsbeamter an Hochschulen oder in einer Gemeinschaft. Seine Aufgabe besteht darin, die Gemeinschaft in allen wichtigen Angelegenheiten zu führen.« Ein frostiges Lächeln. »Eigentlich ist der Rest der Universitätshierarchie nur dazu da, die Entscheidungen des Provost zu unterstützen und seine Anweisungen auszuführen.«

Es bestand kein Zweifel daran, dass diese Worte auf einen unverhohlenen Griff nach der Macht hinausliefen. Chandler brachte sich für einen Gegenangriff in Stellung. Dann fiel es ihm plötzlich ein. *Vorsicht vor dem Schlitz*. Suzikaya war ein Schlitzauge. *Das* war damit gemeint gewesen, in seinem Traum. Ein Japaner. Nicht Vorsicht vor dem Schlitz, sondern Vorsicht vor dem Schlitzauge. Na so was. Eine direkte Herausforderung seiner Autorität, die er gerade erst bekommen hatte.

Chandler wandte sich hilfesuchend an Homer, aber der nickte gerade ein.

»Es ist der Provost, der die Regeln für die ganze Gemeinschaft bestimmt«, fuhr Suzikaya fort. »Seine Tätigkeit ist hier ebenso wichtig wie an irgendeiner beliebigen Universität. Die Bescheidenheit verbietet mir, darauf hinzuweisen, wer bereits an einer wichtigen Universität gezeigt hat, wie gut er die Aufgaben eines Provost wahrnehmen kann. Gestatten Sie mir den Hinweis, dass ich bereit bin, erneut die Verantwortung des Provost zu tragen, sollte dies gewünscht werden.« Er richtete einen bedeutungsvollen Blick auf Chandler.

»Ich nehme an, der Posten des Provost wäre rein akademischer Natur?«

»Nein, natürlich nicht.«

»Nein, natürlich nicht.« Bitterkeit erklang in der Stimme des Senators. Sein eigener Provost in Cornell war eine echte Nervensäge gewesen, der immer von »Integrität« und dem »Diktat der Wahrheit« gefaselt hatte. Und jener alte Vollidiot (Chandler erinnerte sich nicht mehr an den Namen) war ihm nicht einmal in einem Traum erschienen, nie das Objekt einer Warnung vom dritten Stock gewesen. Es wurde Zeit für Schadensbegrenzung. Er ließ seinen Blick am Tisch entlangwandern, an Suzikaya vorbei. Dann sagte er in einem gelangweilten Ton, ohne den Japaner dabei anzusehen: »Nur interessehalber, Francis … Welche Position sollte der Provost – vorausgesetzt, wir bekommen einen – dem Präsidenten gegenüber einnehmen?«

Suzikaya verbeugte sich aus der Taille heraus. »Er wäre ihm ein zuverlässiger, loyaler Untergebener.«

Ein durchtriebener, gefährlicher Bursche. Vielleicht war es besser, ihn in der Nähe zu haben, um ihn besser zu kontrollieren, anstatt ihm zu erlauben, in freier Wildbahn zu einer tickenden Zeitbombe zu werden.

Chandler verbeugte sich ebenfalls. »Nun, in dem Fall, und wenn niemand in diese Gruppe etwas dagegen hat, bitten wir den ehrenwerten Herrn aus Kalifornien, Dr. Suzikaya, unser Provost zu sein.«

»Mit Vergnügen, Präsident.« Suzikaya verbeugte sich noch einmal, durch und durch ein zuverlässiger, loyaler Untergebener.

21

Ein Schachspiel

»Loren …« Kelly schritt über den Kai, gefolgt von einem kleinen, lächelnden Chinesen. »Ich möchte dir Peter Chan vorstellen.«

Loren stand auf und streckte die Hand aus. Er erinnerte sich an den Namen Dr. Chan auf der Hauptliste, die Stacey zusammenstellte, aber bisher war er ihm noch nicht begegnet. Er hoffte, dass der Mann eine nützliche Spezialisierung vorzuweisen hatte, zum Beispiel innere Medizin oder Pädiatrie.

»Dr. Martine, es ist mir eine Ehre. Ich habe Ihren Artikel gelesen: ›Eine Diskrete Algebra der Partikel-Wechselwirkung.‹«

»Tatsächlich?«

Kelly trat Loren auf den Fuß. »Wir können von Glück sagen, dass Dr. Chan von Princeton am Dinner von Homers Preisverleihung zugegen war. Er kam den ganzen weiten Weg von Princeton. *Princeton.*« Der Druck auf Lorens Fuß nahm zu.

»Oh. Dr. Peter Chan von Princeton. Sir, es ist mir eine doppelte Ehre, Ihre Bekanntschaft zu machen. Natürlich kenne ich Ihre Arbeit. In Cornell haben wir Ihre Lehrbücher benutzt. Die mathematische Fakultät hat damit Studenten der Wissenschaft auf Differentialrechnung und Prädikatenlogik vorbereitet.«

Das schien den kleinen Mann zu freuen. Als er lächelte, verschwanden seine Augen fast zwischen den Falten. »Gut für die Tantiemen«, sagte er. »Falls ich jemals Tantiemen bekomme. Sehr gut.« Er schüttelte Lorens Hand. »Wir müssen irgendwann einmal über Diskrete Algebra sprechen.

Das wäre schön. Eines Tages. Nicht heute. Sie sind sehr beschäftigt. Das sehe ich.«

»Ja. Wir bereiten drei Boote vor, die nach Guantánamo segeln sollen. Jetzt, da wir elektrischen Strom haben, möchten wir Radar auf den Höhen installieren, um eine Angriffsflotte rechtzeitig zu erkennen. Es wird eine kommen, wissen Sie.« Loren wies bei jeder sich bietenden Gelegenheit darauf hin, wie wichtig Wachsamkeit war.

»O ja. Damit müssen wir rechnen. Ich habe die Wahrscheinlichkeit berechnet. Sie ist sehr hoch.«

»Das Radar auf dem Tafelberg El Yunque stammt von einer der Jachten und so weit oben arbeitet es nicht sehr zuverlässig. Wir hoffen, in dem Militärstützpunkt leistungsfähigere Radargeräte zu finden.«

»Ja. Ja, ich verstehe. Sie müssen sich Ihrer wichtigen Arbeit widmen. Ihrer sehr wichtigen Arbeit. Denn herrlich abstrakte Gedanken über Mathematik kann man nur denken, wenn man nicht von bösen Leuten mit Pfeil und Bogen bedroht wird.« Dr. Peter Chan schüttelte Loren ein drittes Mal die Hand. »Ich muss jetzt zurück. Auch ich nehme an den Verteidigungsbemühungen teil. Unter Anleitung von Mr. D.D. Pease baue ich eine Armbrust. Es wird nicht lange dauern, bis wir eine für jedes Schiff haben.«

Kelly sah ihm nach, als er fortging. »Er ist ein lieber Kerl.«

»Und ein ausgezeichneter Mathematiker. Aber in gewisser Weise ist es schade. Als ich erfuhr, dass sich unter den Akademie-Leuten ein weiterer Doktor befindet, hatte ich mir einen Arzt erhofft. Ich frage mich, wie viele Leute auf dieser Insel in der Lage sind, einen Blinddarm zu entfernen. Wenn ich mir vorstelle, dass der berühmte Peter Chan Armbrüste baut …« Loren schüttelte den Kopf.

»Ja. Ich dachte, wir könnten ihn vielleicht zum Commodore ernennen.«

»Zum Commodore?«

»Ja. Für die Expedition nach Guantánamo.«

»Warum benötigen wir dabei einen Commodore? Wir brauchen vor allem starke Rücken, um demontiertes Gerät auf die Boote zu tragen.«

»Ich denke, ihr braucht einen tüchtigen Commodore, jemanden, den die chinesischen Seeleute respektieren, die am Ufer auf euch warten werden, wenn ihr in die Bucht segelt.«

»Wieso glaubst du …«

»Fast fünf Prozent der amerikanischen Bevölkerung sind Chinesen, woraus folgt: Fast fünf Prozent der Menschen im Stützpunkt sind Chinesen, auf die das Nervengas aus irgendeinem Grund nicht wirkt. Wir dürfen also damit rechnen, dass etwa dreißig chinesische Seeleute unsere Expedition begrüßen werden.«

»Dreißig. Meine Güte, daran habe ich nicht gedacht.«

»Sie könnten eine wertvolle Erweiterung unserer Gemeinschaft sein, Loren. Sie sind jung und gesund und kennen sich mit genau den Dingen aus, von denen wir kaum etwas wissen: Kampf, Logistik, Segeln, Navigation und die Ausrüstung von Booten und Schiffen.«

»Aber sie sind der Feind. Sie stehen auf der anderen Seite.«

»Niemand kann ein Feind sein, ohne es zu wollen. Diese Seeleute werden ganz aus dem Häuschen sein, wenn sie erfahren, was im Mai geschehen ist. Ihre eigene Regierung hat entschieden, sie zusammen mit allen ihren Kameraden zu opfern. Sie haben nur überlebt, weil ihre Gene ein wenig anders sind. Wenn es uns gelingt, ihnen das begreiflich zu machen, haben wir sie auf unserer Seite.«

»Gut gebrauchen könnten wir sie zweifellos. Du liegst wie immer genau richtig, Kelly. Wir bitten Dr. Chan, als Commodore an der Expedition teilzunehmen. Dass er Chinese ist, dürfte von Vorteil sein. Und er ist ein liebenswerter Kerl, wie du gesagt hast. Er wird die anderen Chinesen für uns gewinnen, noch bevor wir mit den Erklärungen begonnen haben. Könntest du mit ihm reden?«

Kelly nickte.

»Sag ihm, was er sagen soll«, fügte Loren hinzu. »Ich rede mit den anderen, damit sie wissen, dass Peter Chan die Leitung bekommen. Und warum.«

»Gut. Jetzt möchte ich, dass du dir dies ansiehst.« Kelly nahm ein zusammengefaltetes Kleidungsstück aus ihrem Beutel, einen hellblauen Trainingsanzug mit silbernen Seidenstreifen an den Seiten. »Wir haben sie auf dem Dachboden des Sportzentrums gefunden. Hunderte, in allen Größen. Hübsch, nicht wahr? Vielleicht waren sie für die Olympiamannschaften bestimmt, die während des Sommers hier trainierten. Fühl den Stoff.«

Loren berührte weiche Baumwolle. »Du denkst an Uniformen.«

»Ja. Ein schick gekleidetes Expeditionskorps macht bestimmt einen besseren Eindruck auf die Seeleute von Guantánamo. Und ich denke nicht nur daran. Wenn wir kämpfen müssen, wann auch immer das passiert … Dann sollten wir uns wie eine Kampfgruppe fühlen. Uniformen helfen dabei.«

»Du hast recht, Kelly, gute Idee.« Loren sah auf seine Liste der Besatzungsmitglieder für die drei Segelboote. »Ich schicke sie alle zum Sportzentrum.« Kelly hatte immer recht. Er kam sich langsam überflüssig vor.

»Ich werde dort sein. Wir legen die Trainingsanzüge nach Größen sortiert bereit.«

*

»Ich verstehe nicht, warum wir all die Mühe aufwenden müssen, um unsere Funkgeräte zu verändern«, nörgelte Proctor Pinkham. »Es ist doch alles in Ordnung damit. Wir können damit den Kontakt unter den Booten halten. Warum lassen wir sie nicht einfach, wie sie sind?« Der Kern der Verteidigungsgruppe saß im Kreis auf dem Grasplatz des Schuldorfs.

»Wenn wir sie unverändert lassen und den Funk des Gegners stören, ist auch unser eigener gestört«, erklärte Edward geduldig.

»Ich verstehe nicht, warum wir den Funk der anderen stören sollten. Vielleicht ist es am besten, mit ihnen zu reden, sie zur Vernunft zu bringen. Dafür brauchen wir funktionierende Funkgeräte.«

»Sie kommen bestimmt nicht hierher, weil sie mit uns reden wollen, Ted.«

»Wenn sie überhaupt kommen.«

»Oh, sie kommen, sie kommen. Und wenn es so weit ist, müssen wir ihren Funkverkehr stören. Deshalb sollen unsere eigenen Funkgeräte mit Licht funktionieren. Wir verändern sie so, dass sie eine Stimme in Lichtsignale modulieren. Wir installieren Transceiver an den Mastspitzen. Auf diese Weise können wir auch bei gestörtem Funkverkehr in Verbindung bleiben.«

»Ich verstehe das alles nicht. Wie sollen Stimmen in Lichtsignale modelliert werden? Wie kann ich über etwas entscheiden, das ich nicht verstehe?«

»Moduliert.«

»Und ich will es nicht einmal verstehen. Versuchen Sie erst gar nicht, es mir zu erklären.«

»Sie müssen es nicht verstehen. Man muss nicht verstehen, wie ein Fernseher funktioniert, um sich ein Programm anzusehen.«

»Es gibt kein Fernsehen mehr!«, jammerte Pinkham. »Überhaupt kein Fernsehen. Ich habe einige Serien verfolgt und werde nie erfahren, wie sie ausgehen.«

»Das Stören des Funks ist Lorens Idee und ich halte sie für gut«, warf D.D.Pease ein. »Ohne eine Abstimmung per Funk können die Angreifer nicht koordiniert handeln. Das gibt uns einen Vorteil. Und es dürfte leicht sein, weil sich ein von der kubanischen Regierung eingerichteter Störsender in den Bergen befindet. Wir brauchen ihn nur in Betrieb zu nehmen, wenn der Kampf beginnt. Die Umrüstung unserer Funkgeräte ist keine große Sache. Dr. Barodin hat bereits zwei auf Lichtsignale umgestellt. Das eigentliche Problem besteht darin, die StratCom-Frequenzen zu stören. Zum Glück haben wir einen Transceiver, den wir auseinandernehmen können. Mr. Tomkis hat uns sein Gerät gegeben. Seine ID ist blockiert und deshalb hat er keinen Zugang mehr zu dem Netz. Aber die Schaltungen des Geräts geben uns einen Hinweis darauf, wie wir die StratCom-Sendungen stören können.«

»Warum machen wir uns überhaupt Gedanken über StratCom? Sie haben selbst gesagt, dass die Angreifer nur ein Gerät bei sich haben werden, das allein für die Kommunikation mit Amerika taugt. Und Amerika ist anderthalbtausend Kilometer entfernt.«

»Die Störung von StratCom gehört zum Plan«, erwiderte Pease. »Wegen des psychologischen Effekts. Wenn wir die Angreifer schlagen und ihnen erlauben, nach Hause zu melden, auf welche Weise wir den Sieg errangen … Dann kommen sie wieder, besser vorbereitet mit dem Wissen, wie wir sie beim ersten Mal geschlagen haben. Dann geht es immer so weiter. Aber wenn die Angreifer einfach spurlos verschwinden, ohne dass man in Amerika etwas von ihnen hört … Dann sieht die Sache anders aus. So etwas wirkt abschreckend und genau darauf zielt Lorens Plan ab.«

Proctor Pinkham war gereizt. All das Gerede über einen bevorstehenden Kampf ging ihm auf die Nerven. Seine Aufgabe bestand darin, bei Schülern und Studenten für Disziplin zu sorgen. Kriege zu führen, gehörte nicht in seinen Zuständigkeitsbereich. Was in seiner Erlebniswelt einem Krieg am nächsten kam, war eine Höschenjagd.* Während seiner

* Panty Raid, Höschenjagd: In den 1950er-Jahren ein Scherz an amerikanischen Colleges. Männliche Studenten schlichen sich in die Schlafquartiere ihrer weiblichen Kollegen und stahlen ihnen die »panties«, die Unterwäsche als Trophäe.

Zeit in Cornell war es zu zahlreichen Höschenjagden gekommen und er hatte schließlich eine gute Strategie dagegen entwickelt, bei der es darauf ankam, den Studenten einen Schritt voraus zu sein. Als er jetzt über den bevorstehenden Angriff einer feindlichen Flotte nachdachte, kehrten seine Gedanken zu der alten Strategie zurück. Ein wichtiger Punkt hatte aus den Waffen der Campuspolizei bestanden und aus der Möglichkeit ihrer Anwendung.

»Warum können wir nicht eine Waffe erfinden, die die Angreifer abschreckt?«, fragte Pinkham. »Warum lassen sich all die Wissenschaftler nicht etwas einfallen? Wenn wir gute Waffen hätten und der Gegner nicht … Das würde alles ändern. Verstehen Sie? Wir könnten unsere Waffen heben und damit drohen und der Gegner würde es mit der Angst zu tun bekommen und die Flucht ergreifen.«

»Wir versuchen, etwas zu entwickeln«, sagte Edward. »Vielleicht erzielen wir einen Durchbruch, vielleicht auch nicht. Eine Sache, die wir in Erwägung ziehen, ist ein großer Reflektor, der das Sonnenlicht auf einen fernen Punkt konzentriert. Wir könnten ihn verwenden, um die Segel der Angreifer zu verbrennen.«

»Nicht schlecht, wenn die Sonne scheint«, sagte Mr. Pease. »Der Apparat ließe sich wohl kaum auf einem Segelboot montieren, da er recht groß wäre. Aber wir könnten ihn auf der Insel Little Inagua aufbauen, da wir wissen, dass die Angreifer von dort kommen.«

»Und woher wissen wir das?«, stöhnte Proctor Pinkham. »Ich weiß es nicht. Warum gehen alle davon aus, dass die Angreifer von Norden kommen und nicht an der Küste entlang segeln? Warum segeln sie nicht einfach von den Florida Keys hierher? Vielleicht suchen sie die Küste ab. Dann dauert es ein Jahr, bis sie hierherkommen. Ich glaube, dass sie so vorgehen. Wir haben ein Jahr Zeit und in einem Jahr können wir irgendeine Waffe erfinden und bauen.«

Loren schüttelte den Kopf. »Genau aus diesem Grund werden sie nicht die Küste absuchen: weil es ein Jahr dauert. So viel Zeit wollen Sie sich nicht nehmen. In einem Jahr sind sie alle einem Schlaganfall erlegen. Sie werden also einen Plan verfolgen, der sich in wesentlich kürzerer Zeit realisieren lässt.« Die anderen nickten zustimmend, alle bis auf Proctor Pinkham.

»Sie werden hierher segeln, vermutlich mit Booten der Marineakademie«, fuhr Loren fort. »Sie werden sich von der Küste fernhalten und durch den Bahama Channel kommen, was sie an Litte Inagua vorbeibringt, wo sie sich nach Süden wenden werden, in Richtung der Windward-Passage. Dann beziehen sie Position im Süden und Osten der Insel. Weil ihr Plan darin besteht, erneut Gas einzusetzen. Eine Neuauflage der Sache im Mai. Sie wollen Kanister öffnen, den Wind ausnutzen und die Insel mit Gas angreifen. Sie wollen uns gar nicht finden. Sie wollen uns töten.«

Ted Pinkham schnitt eine Grimasse. »Das kann ich nicht glauben. Wie sollten sie dazu fähig sein? Sie würden nicht einfach Menschen umbringen, denen sie nie ins Gesicht gesehen haben. Das wäre nicht fair.« Fast verzweifelt sah er die anderen an. »Oder?«

»Wir haben alle dabei geholfen, Leichen aus Baracoa zu tragen«, sagte Mr. Pease nach einem Moment. »All die Toten … Niemand hat ihnen ins Gesicht gesehen.«

»Aber woher wollen wir wissen, dass sie so etwas planen? Wie können wir sicher sein?«

»Wir wissen es nicht mit absoluter Gewissheit«, räumte Loren ein. »Aber es ist sehr wahrscheinlich. Stellen Sie sich dies wie ein Schachspiel vor, Ted. Wir denken an die möglichen Züge unseres Gegners. Und dies ist einer, der aus seiner Sicht gesehen Sinn ergibt. Es ist ein guter Plan, aus seinem Blickwinkel. Er hat schon einmal funktioniert. Die Details sind ausgearbeitet. Besondere Vorbereitungen sind nicht erforderlich. Von Albert wissen wir, dass es im Aberdeen-Arsenal in Maryland einen Vorrat des Nervengases gibt, der in wenigen Tagen nach Annapolis transportiert werden kann. Von dort aus dauert es weniger als Woche, um die Positionen für den Einsatz des Gases zu erreichen.«

»Aber es würde ihnen doch gar nichts nützen, uns alle umzubringen. Die Effektoren bleiben aktiv, selbst wenn wir tot sind. Und sie sind gut versteckt.«

»Das wissen die Angreifer nicht.«

»Dann müssen wir es ihnen sagen. Wir könnten die Funkgeräte benutzen, um Kontakt mit ihnen aufzunehmen und ihnen mitzuteilen, dass ihnen das Gas überhaupt nichts nützt.«

»Sie würden sich irgendetwas anderes einfallen lassen.«

»Aber nicht das Gas. Wir hätten kein Nervengas mehr zu befürchten.«

»So ist das im Krieg, Ted. Die andere Seite setzt genau die Mittel ein, die einem am wenigsten gefallen.«

»Trotzdem«, sagte Edward. »Ted hat da nicht ganz unrecht. Wenn sie an uns vorbeikommen und die Windward-Passage erreichen, könnten wir uns mit ihnen in Verbindung setzen und versuchen, ihnen die Situation zu erklären. Vielleicht überlegen sie sich dann die Sache mit dem Gas.«

»Sie würden bestimmt nicht einfach umkehren«, sagte Van Hooten.

»Nein.«

»Das eigentliche Problem besteht darin, sie aufzuhalten«, sagte Loren. »Wir wissen, wie wir ihre Position feststellen und ihren Funkverkehr stören können. In dieser Hinsicht sind wir im Vorteil. Und wir haben den Wind auf unserer Seite. Aber früher oder später kommt es zum Kampf und wenn wir dabei mit unseren mittelalterlichen Waffen gegen ihre mittelalterlichen Waffen antreten müssen, droht uns eine Niederlage. Weil die Angreifer besser kämpfen können als wir. Wenn es nur um Pfeile, Schwerter und dergleichen geht, setzt sich der erfahrene, professionelle Kämpfer immer durch. Wir brauchen etwas, das uns in dieser Hinsicht eine gewisse Überlegenheit gibt.«

Geballte Denkkraft war zugegen: Barodin, Cardenas und seine beiden Assistenten, auch Loren selbst. Wenn es möglich war, eine wirkungsvolle Waffe für die Welt des Layton-Effekts zu erfinden, und in der wenigen Zeit, die ihnen noch blieb, so sollte diese Gruppe dazu imstande sein. Es war ein Gedanke, der zumindest ein wenig Trost spendete. Zwei der besten Köpfe auf der Insel, Homer und Sonia, hatten dieser Angelegenheit den Rücken gekehrt. Sonia wollte nichts mit den Verteidigungsbemühungen zu tun haben. Sie war in die Rolle der Beraterin und Lehrerin geschlüpft, unterrichtete Wissenschaft für die größeren Kinder. Was Homer betraf … Er war zu müde und zu entmutigt, um an dieser Runde teilzunehmen. Die fünf Wissenschaftler, die jetzt auf dem Grasplatz saßen: Ihnen musste es gelingen, eine neue Waffe zu entwickeln, zusammen mit der von Edward zusammengestellten Arbeitsgruppe. Wenn ihnen das nicht gelang … Dann blieb ihnen nichts anderes übrig, als mit Macheten und Pfeil und Bogen auf schwankenden Schiffsdecks um ihr Leben zu kämpfen. Loren schauderte, als er daran dachte.

*

Kelly und Curtis fanden ihn kurz vor Mittag in dem kleinen Kommandozentrum, das Proctor Pinkham unweit der Anlegestellen eingerichtet hatte.

»Zeit fürs Schwimmen«, sagte Kelly.

»Geht nicht, Kelly. Es gibt zu viel zu tun.«

»Immer nur Arbeit und kein Schwimmen macht Loren zu einem unglücklichen Jungen. Ich bin bei dir zu Hause gewesen und habe deine Badehose mitgebracht.« Kelly winkte damit. »Du kannst dich hinter den Sträuchern dort umziehen.« Sie ergriff seine Hand und zog. »Komm, Loren, du brauchst eine Pause.«

Er ließ sich zum Strand führen und dachte daran, dass er seit der Rückkehr von Punta Caleta nicht mehr gebadet hatte. Es fühlte sich gut an.

Nach dem Schwimmen saßen Loren und Kelly auf der Felszunge an der Seite des Strands und behielten Curtis im Auge, der im seichten Wasser spielte.

Kelly sprach Loren auf das einzige Thema an, das ihn derzeit interessierte. »Das ›Schachspiel‹, das dich die ganze Zeit beschäftigt, Loren … Ich glaube, es läuft auf eine geistige Simulation der Logik des Gegners hinaus.«

»Ja, das stimmt.«

»Du verhältst dich wie Simula-7.«

»Nenn mich Simula-8. Ein bisschen langsamer als die computerisierte Version.«

»Ja.« Kelly betrachtete einige kleine Muscheln an den Felsen. »Eine langsamere Simulation, mit weniger Verarbeitungskapazität.« Sie kratzte an einer der Muscheln, um zu sehen, ob sie sich vom Felsen löste. »Wäre mehr Kapazität nützlich?«

»Du meinst eine computerisierte Simulation? Oh, ich weiß nicht. Simula-7 wäre Overkill für unsere Situation. Und es hat sich viel verändert. Es würde eine Ewigkeit dauern, die neuen Parameter einzugeben.«

»Zweifellos. Vorausgesetzt, SHIELA ist noch einsatzbereit …« Kelly sprach nicht weiter und hielt den Blick auf die Muscheln gerichtet.

»Das sollte sie eigentlich. Sie bezieht ihre Energie aus Solarzellen, und die müssten noch immer funktionieren.« Loren war mit den Gedanken woanders. Eine gute Entscheidung des Proctors hatte darin bestanden, drei mit Radar ausgestattete Segelboote nach Norden und Osten zu schicken, damit eine Angriffsflotte frühzeitig entdeckt werden konnte. Loren musste einen Zeitplan entwickeln, der dafür sorgte, dass die Mannschaften regelmäßig ausgewechselt wurden. Sie konnten nur noch einige Tage draußen bleiben, bevor die Batterien gewechselt werden mussten.

Die nächsten Boote, dachte Loren, sollten mit genug Ersatzbatterien für eine ganze Woche aufbrechen, aber eine Woche war vielleicht zu lang für die Besatzungen. Wie konnten sie wachsam bleiben?

»Und SHIELA befindet sich außerhalb des irdischen Magnetfelds«, fuhr Kelly fort. »Also auch außerhalb des Effekts. Stell es dir vor: ein 850 Petaflops starker Computer, der dort auf etwas wartet, dass er berechnen kann.«

»Mhm.« Lorens Gedanken kehrten zu den drei Radarbooten zurück. Wie lange konnte eine Crew wachsam bleiben? Nichts war langweiliger, als Tag und Nacht auf einen Radarschirm zu starren. Vielleicht war Mr. Pease in der Lage, einen Detektor zu bauen, der ein akustisches Signal auslöste, wenn das Radar etwas erfasste.

»So viel Computerkapazität …«

»Ja.«

»Und sie liegt brach.«

»Mhm.« Wenn es für Pease zu viel war, konnte Edward vermutlich helfen. Niemand kam mit Elektronik besser klar als er. Aber Edward arbeitete schon an vielen anderen Dingen.

»Zuvor habe ich Computer immer rein akademisch betrachtet. Man benutzte sie, um die Kreiszahl Pi auf eine Milliarde Stellen hinter dem Komma zu berechnen, und andere dumme Dinge dieser Art.«

»Ja, dumme Dinge.«

»Aber dann stellte sich heraus, dass sie wesentlich mehr leisten konnten. Kluge Dinge.«

»Ja.«

»Das war eine Art Offenbarung für mich.« Kelly warf eine der Muscheln ins Wasser. »Eine echte … Offenbarung.«

Loren schwieg. Und plötzlich dachte er nicht mehr an die Radarboote, sondern an etwas, das Homer vor einigen Monaten »winziges Demo-Programm« genannt hatte. Offenbarung, Revelation. Revelation-13.

»Mein Gott, Kelly, wieso habe ich nicht längst daran gedacht? Wir können Revelation benutzen. Revelation-13. Wir können es benutzen, um uns zu verteidigen.«

»Können wir das?«, fragte sie erstaunt.

»Ja, natürlich.« Lorens Kopf war voller Details. »Das Programm steuert die Lasersatelliten. Wir richten den Mac-Laptop so her, dass er mit SHIELA kommunizieren kann, und lassen Revelation von einem Boot aus laufen. Wir fegen die angreifenden Schiffe vom Wasser. Beobachter auf weit voneinander entfernten Booten triangulieren ihre Positionen, wir übermitteln SHIELA die Koordinaten, und die Lasersatelliten schießen einen Ein-Sekunden-Strahl vom Himmel. Dürfte wie ein Blitz aussehen.« Loren war plötzlich auf den Beinen und tanzte fast vor Aufregung.

»Oh, Loren, das ist wundervoll. Ich fühle mich schon besser.«

»Ich muss sofort mit Edward reden. Es gibt jede Menge zu tun.« Er eilte über den Strand und ließ seine Kleidung liegen. Kelly faltete sie zusammen und legte sie in ihren Beutel, um sie Loren später zu bringen.

*

Loren schlief im am Strand gelegenen Kommandozentrum des Proctors und wurde von einem Mädchen geweckt, das zu Dan McCrees Gruppe gehörte und ein Kabel in der kleinen Hütte verlegte. Das ganze Schuldorf hatte inzwischen elektrischen Strom, der von dem Wasserkraftwerk stammte. Loren starrte das Mädchen an und versuchte, sich an seinen Namen zu erinnern. Auf dem Rücken des blauen Trainingsanzugs stand »McCrees Freiwillige« geschrieben. Schließlich fiel es ihm ein: Die junge Kabelverlegerin hieß »Chiqui« und war eine der beiden jungen Hispanos, die geholfen hatten, die Erste-Hilfe-Handbücher der Schule für alle anderen zu übersetzen. Sie nickte ihm zu, setzte dann ihre Arbeit fort. Es war noch sehr früh am Morgen; fast alle anderen schliefen noch.

Plötzlich knisterte es und eine Stimme kam aus dem Lautsprecher des Funkgeräts. »Hallo, Kommandozentrum. Hier ist El Yunque.«

Loren sprang zum Mikrofon.

»Hier Loren. Was gibt's?«

»Wir haben einen Punkt auf dem Radar. Etwas kommt von Westen, dicht an der Küste entlang. Wir schätzen die Entfernung auf gut dreißig Kilometer. Was immer es auch ist, es scheint ziemlich schnell zu sein.«

»Wie viele Schiffe?«

»Woher zum Teufel soll ich das wissen? Ich sehe nur einen Punkt auf dem Schirm.«

Abgesehen von dem Mädchen war niemand da. Loren streckte die Hand nach ihrer Schulter aus. »Zieh dir Badesachen an, schnell. Ich möchte, dass du mit einem Windsurfer aufbrichst und die Küste hinunter segelst.«

»Kein Problem, Loren. Ich hab schon Badesachen an.« Chiqui zog den Trainingsanzug aus.

Loren entleerte seinen Rucksack, nahm einen Feldstecher und steckte ihn hinein. Er fügte ihm eins der lichtmodulierten, mit einer Richtantenne ausgestatteten Funkgeräte hinzu. In einer Schublade fand er zwei Müsliriegel und einen Apfel – das kam ebenfalls in den Rucksack.

»Komm her und sieh dir die Karte an, Chiqui. Wir sind hier. Ich möchte, dass du dich ein ganzes Stück von der Küste entfernst, bis du besseren Wind erreichst, und dann hier herunter segelst.« Loren deutete auf eine bestimmte Stelle der Karte. »Hier gibt es eine kleine Klippe, die über den Strand ragt und oben flach ist. Man kann sie leicht erklettern.«

»Da bin ich schon einmal gewesen«, sagte Chiqui. McCrees Jugendliche waren ganz wild aufs Windsurfen und nutzten praktisch jeden Gelegenheit, allein oder in Gruppen an der Küste auf und ab zu segeln.

»Nimm einen von den anderen mit, wenn du sofort jemanden finden kannst. Segelt so schnell wie möglich, das ist wichtig. Versteckt die Windsurfer, wenn ihr die Klippe erreicht. Klettert hoch und beobachtet die Küste mit dem Feldstecher im Rucksack. Gebt per Funk Bescheid, wenn ihr jemanden kommen seht. Richtet die Antenne auf El Yunque.« Loren zeigte es ihr. »Sprich hier hinein und sag uns, was du siehst. Zähl die Schiffe und beschreib ihr Aussehen. Verlasst die Klippe nicht, bevor ich es euch sage. Lasst die Schiffe an euch vorbeisegeln und erstattet Bericht. Keine Sorge, sie können euch nicht hören. Aber passt auf, dass sie euch nicht sehen.«

»Verstanden, Loren. Ich nehme Kendra mit. Sie ist draußen.«

»Also los.« Loren drückte ihr den Rucksack in die Hände und gab ihr einen Klaps auf den Rücken. Dann kehrte er zum Funkgerät zurück. »*Celestine*, bitte kommen, *Celestine*, hier ist Loren am Strand.«

»Hier *Celestine*, Loren. Jared spricht.«

»Jared, etwas nähert sich von Westen an der Küste entlang.«

»Ich hab's gehört.«

»Zwei Windsurfer sind unterwegs. Sie können mit vierzehn und mehr Knoten segeln und sollte die Klippen bei Maguana erreichen, bevor in Sicht gerät, was auch immer zu uns unterwegs ist. Bitte segeln Sie von Ihrer gegenwärtigen Position aus eine Stunde nach Westen. Halten Sie sich zurück, wenn etwas auf Ihrem Radar erscheint. Zeigen Sie sich nicht.

Bleiben Sie luvwärts. Achten Sie darauf, dass die Unbekannten hinter dem Horizont außer Sicht bleiben.«

»Alles klar.«

Wenn dies der Angriff war, hatte sich Loren die ganze Zeit geirrt. Dann kamen die Angreifer die Küste entlang, nicht von Norden mit dem Wind. Wenn er in Hinsicht auf seine Theorie, die sich jetzt vielleicht als falsch herausstellte, weniger sicher gewesen wäre, hätte er Wächter irgendwo über Maguana postiert; dann wäre es nicht nötig gewesen, zwei Mädchen mit Windsurfern die Küste hinunterzuschicken.

Er ging nach draußen und läutete die Messingglocke neben der Hütte, eine ganze Minute lang. Es bedeutete, dass gleich vierzehn weitere Segelboote unterwegs sein würden.

Dies darf nicht der Angriff sein, dachte Loren. Nicht der richtige Angriff. Weil die Verbindung mit SHIELA noch nicht richtig funktionierte. Weil zahlreiche Details noch auf Klärung warteten.

Erste Bewohner des Dorfs kamen herbeigelaufen, alle in blauen Trainingsanzügen. Loren beobachtete eine schlanke junge Frau, die einen Beutel voller Macheten zu den Anlegestellen schleppte. Bitte lass es nicht dazu kommen, dachte er.

Wieder in der Hütte zog Loren seine Shorts aus, ohne auf die vielen Leute zu achten, die an der offenen Tür vorbeihasteten. Er zog ebenfalls einen blauen Trainingsanzug an und einen Moment später war er auf dem Kai neben der *Columbia*. Kelly war vor ihm eingetroffen und löste die Bugleine. Loren zählte die Besatzungsmitglieder; alle siebzehn befanden sich wie geplant an Bord. Er kümmerte sich selbst um Achterleine und Spring und dachte dabei: Lass dies eine Übung sein, nur eine Übung.

Mit Loren am Ruder legte die *Columbia* ab und fünfzehn Minuten später segelten sie mit acht Knoten die Küste entlang. Loren sah auf die Uhr. Bei dieser Geschwindigkeit erfolgte der Kontakt in siebzig Minuten. Aber es würde nur eine Übung sein. Bestimmt näherten sie sich keiner Angriffsflotte, sondern nur einem chinesischen Fischer oder vielleicht einem Wrack.

Hinter ihm erstreckte sich die Flotte der Verteidiger. Es sah wie nach einer der Regatten aus, an denen er zusammen mit Homer teilgenommen hatte: Jachten und Segler, unterwegs an einem schönen Tag, mit viel Sonne und gutem Wind. Nur die Macheten auf dem Deck und die fest montierten Armbrüste wiesen auf etwas anderes hin. Einige der anderen

Boote hatten Spinnaker gesetzt. Wozu die Eile? Loren überlegte, ob es besser wäre, den Kampf weiter unten an der Küste zu führen. Oder hatten es die anderen so eilig, um es schnell hinter sich zu bringen? Er dachte erneut an die Zahlen: Sechs Boote segelten nach Norden, für den Fall, dass dies nur ein Ablenkungsmanöver war. Er rechnete noch immer damit, dass der Angriff von Norden kam, nicht aus dem Westen. Sechs nach Norden, acht nach Westen, plus die *Celestine*, die von ihrer Position dreißig Kilometer vor der Küste kam. Drei weitere Boote waren für die Guantánamo-Expedition eingesetzt. Es blieben zwei in Reserve, für die Fahrt nach Norden oder nach Westen, wie es die Umstände verlangten. Sie hielten sich auf der Höhe von Baracoa bereit. Loren versuchte sich zu erinnern, wer das Kommando führte. Er sah Captain Van Hooten am Ruder der *Irena*, nur zwanzig Meter backbords. Direkt hinter ihm kam die *Kiruna* mit Candace Hopkins als Captain. Der Wind wehte mit zwanzig Knoten und frischte weiter auf. Lorens Crew machte sich daran, ebenfalls einen Spinnaker zu setzen. Sie sahen ihn an, warteten auf sein Zeichen. Er winkte zustimmend; schließlich galt es zu vermeiden, dass er zu seinem eigenen Kampf zu spät kam.

Das Segel fing den Wind und Loren spürte, wie die *Columbia* schneller wurde. Er dachte an Sonia, die er kurz am Strand gesehen hatte, als sie aufgebrochen waren. Sie hatte nicht gewunken.

»Hallo, Loren. Ich bin's, Chiqui.« Die Stimme kam aus dem Funkgerät in der Plicht. Kelly reichte ihm den Hörer.

»Ich bin ganz Ohr, Chiqui.«

»Wir haben ihn in Sicht. Einen alten Mann mit einem Katamaran. Nur ein Mann. Kommt wie ein Bandit die Küste herauf. Hat weißes Haar. Hinter ihm ist nichts zu sehen. Nichts. Aber ich beobachte noch immer.«

»Gut. Bleib an Ort und Stelle, Chiqui. Hallo, *Celestine*. Habt ihr gehört?«

»Ja, Loren. Wir haben ihn auf dem Radar.«

»Nähert euch. Vorsichtig.«

»Geht klar.«

Loren übermittelte den anderen Booten Anweisungen und sie drehten nacheinander ab, beginnend mit den letzten. Sie wandten sich nach Osten und hielten die Position, für den Fall, dass etwas aus der Richtung der Insel Little Inagua kam. Erneut sah er auf die Uhr. Innerhalb einer Stunde konnten sie wieder vor der Bucht von Baracoa in Position sein.

Es lief tatsächlich auf eine Übung hinaus. Loren beschloss, die beiden Mädchen noch einige Stunden an ihrem Beobachtungsposten auf der Klippe zu lassen, nur für den Fall, aber es schien wirklich keine Gefahr zu drohen. Mit etwas Glück hatten sie bald einen weiteren Rekruten und ein zusätzliches Boot.

Proctor Pinkham kam nach oben, mit zahlreichen Zetteln in den Händen. Der blaue Trainingsanzug spannte sich über seinem Bauch.

»Falscher Alarm, Ted. Nur eine Übung. Irgendein alter Knabe auf einem Segeltörn. Jared holt ihn zu uns.«

Der Proctor nickte. »Ich hab's gehört. Wir sollten die *Palomar* auffordern, die Position der *Celestine* einzunehmen.« Kelly nickte und gab die Anweisung per Funk weiter. »Ich habe auch überlegt, Loren, dass es besser wäre, die Wachstationen weiter nach draußen zu verlegen. Die Boote können jetzt länger draußen bleiben, drei Tage und mehr. Sie sind also in der Lage, im Bahama Channel Position zu beziehen, ungefähr hundertdreißig Kilometer weit draußen. Das gäbe uns zwölf Stunden Vorwarnung. So viel Zeit ermöglicht es uns, den Feind auf See zu stellen. Wenn er dann Gas einsetzt, besteht für die Insel keine Gefahr. Was meinen Sie?«

»Gute Idee.«

»Wir sind sechzehn Minuten nach dem Alarm aufgebrochen, was nicht unbedingt großartig ist. Von jetzt an bleiben alle Boote an den Anlegestellen. Nur bei einem Unwetter bringen wir sie weiter draußen vor Anker. Und jeweils zwei Personen sollen jederzeit an Bord sein, auch in der Nacht. Wenn Alarm gegeben wird, können sie die Segel vorbereiten. Heute Morgen lagen wir alle in den Betten. Sechzehn Minuten sind zu viel.« Pinkham drehte den Kopf und blickte zur Flotte. »Wir waren langsam, aber sonst lief alles glatt. Der erste Alarm, ohne Pannen. Ich danke Ihnen allen. Gute Arbeit, Loren. Die beiden Mädchen mit den Windsurfern loszuschicken, war ein guter Einfall. Ich frage mich, ob ich daran gedacht hätte.« Er kehrte unter Deck zurück und schüttelte dabei den Kopf. Kelly sah Loren und lächelte.

*

Der alte Mann im Katamaran erwies sich als Lamar Armitage. Er war mit dem Fahrrad von Washington nach den Florida Keys gefahren, hatte dort ein kleines Boot gestohlen und war damit etwa hundertfünfzig Kilometer weit nach Kuba gesegelt, um anschließend über etwa neunhundert Kilometer hinweg der Küste nach Osten zu folgen. Die ganze Reise hatte dreizehn Tage gedauert. Loren fand ihn bei seiner Rückkehr in der Plicht der *Celestine*. Armitage sah schrecklich aus, von der Sonne verbrannt und erschöpft. Edward beugte sich über ihn.

»Himmel, Lamar, rund tausend Kilometer mit einem Katamaran. Hätten Sie nichts Komfortableres stehlen können?«

»Es musste schnell gehen«, erwiderte Armitage heiser. Seine Lippen, stellte Loren fest, waren rissig und salzverkrustet. »Katamarane sind schnell. Schnell, aber nicht bequem. Die knapp hundertfünfzig Kilometer der Überfahrt nach Kuba habe ich in einem Tag geschafft. An der Küste entlang habe ich versucht, jeden Tag möglichst weit zu kommen. Ich musste Ihnen etwas bringen und hatte es sehr eilig.«

Ed übernahm die Vorstellung. »Das ist Loren Martine. Lamar Armitage.«

Armitage sah Loren an und lächelte schwach. »Diskrete Algebra, um Partikelfelder zu erklären«, sagte er. »Ich habe Ihren Artikel gelesen.«

Loren schüttelte ihm die Hand. Proctor Pinkham stand direkt hinter ihm und Loren stellte ihn vor. »Dr. Armitage, das ist Proctor Pinkham, der Admiral unserer kleinen Flotte. Dr. Armitage ist ein Wissenschaftler von der Johns-Hopkins-Universität. Edward hat oft von ihm erzählt. Wir hoffen, dass er unserer Sache eine große Hilfe sein wird.«

»Ich bringe Ihnen dies.« Armitage hob den Plastikrucksack, den er gehütet hatte. Loren nahm ihn entgegen und stellte fest, dass er überraschend schwer war. Er enthielt einen schwarzen Inovo-Laptop. »Damit können Sie SHIELA erreichen«, sagte Armitage. »Und das Revelation-Programm. Das Ding wiegt eine Tonne. Ich habe mehrmals mit dem Gedanken gespielt, es über Bord zu werfen. Aber Revelation-13 könnte eine Hilfe sein.«

»Ja, das dachten wir auch. Wir sind damit beschäftigt, unseren eigenen Computer einzurichten. Aber dieses zweite Gerät ist sicher sehr nützlich.«

»Sie werden mit Gas kommen, wissen Sie. Mit Nervengas. Sie werden den Cuba-Libre-Plan wiederholen. Mit dem einen Unterschied, dass sie diesmal ihr eigenes Gas verwenden.«

»Ja, das ist uns klar.«

»Ah, Sie haben daran gedacht. Dann hätte ich mir unterwegs die eine oder andere Pause gönnen können. Mir hätte klar sein sollen, dass Sie daran denken. *Les grands esprits se retrouvent*, wie die Franzosen sagen. Große Geister denken in ähnlichen Bahnen.«

Kelly brachte Homer zur *Celestine*. Als er an Bord kam, sprang Armitage auf. Er und Homer waren sich nie direkt begegnet, kannten sich aber seit Jahrzehnten.

»Doktor Layton.« Armitage ergriff Homers Hand. Seine eigene zitterte. Dann machte er etwas, das alle anderen verblüffte: Er sank vor Homer auf ein Knie.

»Ich bitte Sie, was soll dieser Unfug? Doktor Armitage, mein Freund ... Stehen Sie auf.«

»Doktor Layton ...« Tränen glänzten in Armitages Augen und rollten über die Wangen, auf denen Meersalz eine dünne weiße Schicht gebildet hatte. »Ich glaube, Sie haben meine Seele gerettet, Doktor Layton, und das ist keine kleine Sache. Wissen Sie, ich hätte das ganze Fiasko verhindern können, wenn ich bereit gewesen wäre, zur rechten Zeit die Stimme zu erheben. All die Tode, die Sie verhindert haben, sind meine Seele.«

»Jetzt sind Sie hier. Wir alle sind hier. Und deshalb ... Stehen Sie auf, Lamar. Kommen Sie.« Homer zog ihn auf die Beine. »So, jetzt können wir richtig miteinander reden. Aber nicht über Seelen. Seelen sind problematisch. Manchmal hat man eine, und manchmal lässt sie einen im Regen stehen. Nein, wir reden über Physik, wir beide. Wir haben viel zu besprechen. Wir könnten auch über ein Bad für Sie reden. Und über Essen. Wir haben hier genug zu essen, zum Glück. Dieser Mann könnte ein Bier vertragen, denke ich. Und er braucht Ruhe, Gelegenheit zu schlafen. In meinem Häuschen steht ein zusätzliches Bett; Sie können also bei mir unterkommen. Dann haben wir die Möglichkeit, auch noch spät in der Nacht zu reden, wenn außer uns alten Knaben alle anderen schlafen. Loren, hast du gesehen, wen wir hier haben? Lamar Armitage. *Den* Lamar Armitage. Den Armitage des Besonderen Attraktors. Er ist der Mann, der die ganze Theorie der Besonderen Attraktoren entwickelt hat.«

Armitage legte Homer die Hand auf den Arm. »Es ist Andronescus Paradox, nicht wahr? Andronescus Paradox hat die Welt angehalten, habe ich recht?«

»Oh, ja. Andronescu. Andronescu von der ETH, der Eidgenössischen Technischen Hochschule in Zürich. Ein Freund von mir, wissen Sie. Ich kannte ihn damals. Als er noch lebte. Ja, es war Andronescus Idee, die uns zur Lösung des Rätsels der Pekuliarbewegung brachte. Und von dort aus war es nur ein kleiner Sprung bis zur Möglichkeit, die Welt auszuknipsen. Ich hielt es für das Beste, den Schalter zu betätigen, als klar wurde, welches Ende der Welt bevorstand.«

»Und damit haben Sie meine Seele gerettet. Ich meine, damit haben Sie mich gerettet. Sie haben mich davor bewahrt, all die vielen Toten auf dem Gewissen zu haben.«

»Mag sein. Dafür lasten jetzt etliche auf meinem.«

Proctor Pinkham war zur Reling getreten, hin und weg von den Worten »Admiral unserer kleinen Flotte«. Jetzt kehrte er zurück und wandte sich an Armitage. »Woher wussten Sie, dass wir hier sind, Sir? Woher wussten Sie, wo Sie uns finden können?«

»Ein Schachspiel, mein Freund. Mit dem Brett, das Ihnen zur Verfügung stand … Wohin hätten Sie sich sonst wenden können? Luvwärts, um im Vorteil zu sein und die Passage zu schützen. Dorthin werden sie kommen. Sie werden von Norden zur Windward-Passage segeln. Also mussten Sie hier sein, um sie aufzuhalten.« Armitage nickte in Richtung der Berge. »Vermutlich befindet sich ein Wasserkraftwerk in der Nähe.«

»Ja«, sagte der Proctor. »So in etwa haben wir es uns überlegt.«

»*Les grands esprits*«, wiederholte Armitage.

22

Keesha und Adjouan

Die Angelegenheit von Keesha und Adjouan lag nach Proctor Pinkhams Meinung genau an der Grenze zwischen seinen beiden Zuständigkeiten: Campus-Disziplin und nationale Verteidigung. Sie stellten ein Problem der Disziplin dar und deshalb hatte er beschlossen, sie auf eine Verteidigungsmission zu schicken. Was ihm gleichzeitig Gelegenheit bot, ihnen eine Lektion zu erteilen. Junge Leute, dachte er, konnten immer eine gute Lektion in Hinsicht auf Freiheit und Verantwortung gebrauchen.

»Freiheit und Verantwortung sind von Natur aus verbunden, könnte man sagen.« Nachdenklich blickte er aus dem Fenster zum Strand neben den Anlegestellen und erweckte den Anschein, seine Worte mit großer Sorgfalt zu wählen. Seine Stirn war gefurcht. Es sah aus, als hätte er diesen belehrenden Vortrag nie zuvor gehalten, aber in Wirklichkeit hatte er die Worte Hunderte von Malen gesprochen. »Uns ist ein großes Maß an Freiheit gegeben, die Freiheit, unser Verhalten als Erwachsene selbst zu bestimmen. Und mit dieser Freiheit einher geht Verantwortung, verstehen Sie? Es gehört zum Übergang von Jugend zum Erwachsenenalter. Als Erwachsener hat man nicht nur gewisse Vorteile, man bekommt auch neue Pflichten. Auf die Vorteile freuen wir uns natürlich, aus gutem Grund. Sie sind alles andere als unerheblich. Denken Sie nur an das uns zuteil gewordene Privileg, alle Vorzüge dieser Schule, dieser neuen Universität, zu genießen, und auch dieser Insel. Unsere Vorfahren hätten einer solcher Freiheit mit Ehrfurcht gegenübergestanden: der Freiheit, zu kommen und zu gehen, wie es uns beliebt, mit Flugzeugen und Autos zu reisen, obwohl diese besondere Freiheit derzeit gewissen Einschränkungen unterliegt. Aber Sie verstehen sicher, was ich meine.«

Und natürlich grinsten die beiden Missetäter, wie praktisch alle anderen, mit denen es Proctor Pinkham in all den Jahren zu tun bekommen hatte. Was war bloß los mit diesen jungen Leuten? Warum hielten sie alles für einen Scherz? »Was Ihren besonderen Fall betrifft ...« Er blickte auf den Block, der vor ihm auf dem Schreibtisch lag. Zuvor hatte er alle Einzelheiten notiert, und natürlich in seinem speziellen Code – bei der Polizeiarbeit konnte man nicht vorsichtig genug sein. In diesem Fall enthielt die Liste der Vergehen den Eintrag »Verd. a. b.«, Verdacht auf b., wobei mit »b.« unerlaubter Geschlechtsverkehr gemeint war beziehungsweise bumsen.

»Chandler, ich meine Senator Hopkins, hat mich darauf aufmerksam gemacht, wie wichtig es ist, einen gewissen Anstand zu wahren. Immerhin gehören viele Kinder zu unserer Gemeinschaft – mehr als vierzig Prozent unserer Bevölkerung sind unter sechzehn Jahre alt. Nun, der Senator ist davon überzeugt, dass anständigem Verhalten erhebliche Bedeutung zukommt. Das gilt insbesondere für eine Lehrerin, Miss Keesha ...«

»Eigentlich bin ich nur Hilfslehrerin. Ich bin erst neunzehn.« Keesha war ein Modell dafür, was es bedeutete, neunzehn zu sein: wache Augen, hübsch, schlank, gesund. Ein Band hielt ihr langes schwarzes Haar im Nacken zusammen, von wo aus es sich über den Rücken ihres blauen Trainingsanzugs ausbreitete. Ihr Akzent stammte von den Inseln, vermutete Proctor Pinkham, vielleicht von Trinidad. Er war ziemlich stark, aber dennoch gelang es ihr, jedes Wort perfekt zu formulieren.

»Na ja, trotzdem, wenn man Kindern ein gutes Beispiel geben muss, Miss ... Äh, ist Keesha Ihr Vor- oder Nachname?«

»Ich bin einfach nur Keesha.«

»Oh. Und was Sie betrifft, Mr. Elijah ... Sie sind beide ein Vorbild für die jungen Mitglieder von Mr. McCrees Gruppe. Was der Senator angesichts unserer Aufgabe, den Kindern ein gutes Beispiel zu geben, erreichen möchte, ist eine Art Viktorianismus. Was uns dazu verpflichtet, unsere Leidenschaften unter Kontrolle zu halten. Uns alle. Nun, ich weiß nicht, wobei der Senator Sie beide beobachtet hat, und ich will es auch gar nicht wissen. Aber allem Anschein nach war es nicht sehr anständig, nicht sehr viktorianisch.«

Ein Lachen stieg in Adjouan auf. »Es ist ganz und gar die Schuld dieser jungen Dame, Sir«, sagte er mit melodischer Stimme. »Ich bin ein anständiger Junge aus gutem, religiösem Hause. Der Viktorianismus liegt mir im Blut.«

»Na so was.« Keesha gab sich empört. »Ich bin viktorianischer, als es dieser junge Delinquent jemals sein kann. Allein die Erwähnung solcher Dinge genügt, um mich erröten zu lassen, was man allerdings nicht sieht, weil ich eine so dunkle Haut habe.« Während sie sprach, lehnte sie sich an Adjouan und rieb sich an seiner Seite.

Proctor Pinkham seufzte. In einigen wenigen Jahren konnte in Baracoa Village das Chaos ausbrechen, wenn sich die Kinder ein Beispiel an jungen Leuten wie Keesha und Adjouan nahmen. Ihm schauderte bei der Vorstellung, dass eine Menge Sexualität regelrecht explodieren konnte, wenn die Jugendlichen in die Pubertät kamen, vermutlich alle am selben Tag.

»Wie Sie sich bestimmt denken können, dürfen wir nicht zulassen, dass unsere Kinder in ihren prägenden Jahren Ausschweifungen ausgesetzt sind, die …«

Keesha unterbrach den Proctor. »Was sollen die Kinder lernen, Mr. Pinkham? Wollen Sie nicht, dass sie die Liebe verstehen? Ich bin eine gesunde junge Frau und Adjouan ist ein Prachtkerl. Deshalb … Sie verstehen doch, was ich mit ›Prachtkerl‹ meine, oder?«

»Ich denke schon.«

»Tja, so ist das Leben nun einmal.«

»In der Tat. Der Senator schlägt vor, dass ich Sie beide auf verschiedene Missionen schicke, damit Sie voneinander getrennt sind und den Verlockungen des Lebens besser widerstehen können. Und was noch wichtiger ist: damit Sie außer Sicht der Kinder sind, die eine anständige Vorstellung von Anstand gewinnen sollen.« Der Proctor liebte das Wort »Anstand« in allen seinen Formen. »Zufälligerweise haben wir Aufgaben, die beides ermöglichen: Sie vom Dorf fortzubringen und Sie voneinander zu trennen.«

Das vertrieb das Grinsen aus ihren Gesichtern. Pinkham legte eine Pause ein und genoss die Wirkung seiner Worte. Zu schade, dass er ihnen jetzt einen Grund geben musste, erneut zu grinsen. »Eigentlich wollte ich einen von Ihnen mit der *Kiruna* fortschicken und als Ausguck einsetzen, während der andere in der Radar- und Kommunikationsstation von El Yunque arbeiten sollte. Ja, das war meine Absicht.« Er sah zu Loren, der am Kartentisch auf einem hohen Stuhl saß. Loren gab sich alle Mühe, keine Miene zu verziehen, aber es gelang ihm nicht ganz. »Ja. Allerdings hat sich Miss Kelly Corsayer mit einem ungewöhnlichen Vorschlag für

Sie eingesetzt. Mit einem Vorschlag, den wir, das heißt, den ich akzeptiert habe. Loren, würden Sie bitte Kellys Idee erklären?«

»Gern, Mr. Proctor.« Er winkte Keesha und Adjouan zum Kartentisch. Keesha nahm auf dem zweiten Stuhl Platz und Adjouan setzte sich neben Loren auf die Fensterbank. »Ihr wisst sicher, was in naher Zukunft geschehen wird. Euch ist klar, dass wir mit einem Angriff rechnen müssen – das geht aus den Einzelgesprächen hervor, die ich mit euch geführt habe.«

Keesha und Adjouan nickten ernst.

Loren deutete auf die Karte, auf eine Stelle nördlich der Inagua-Inseln. »Wir sind ziemlich sicher, dass die Angreifer von dort kommen werden, durch den Bahama Channel. Bei Little Inagua werden sie nach Süden drehen und zur Windward-Passage segeln. Drei von unseren Booten halten an diesem Ende des Channel Ausschau, etwa hundertneunzig Kilometer von Baracoa entfernt. Ihr Radar reicht fast vierzig Kilometer weit. Wenn sie eine feindliche Flotte orten, haben wir eine Vorwarnzeit von dreißig Stunden, denn die Flotte würde dreißig Stunden brauchen, um uns zu erreichen. Aber wir möchten sie nicht in der Nähe von Baracoa empfangen. Mit dem aus Osten kommenden Wind wäre es uns lieber, sie hier abzufangen.« Loren zeigte auf eine Stelle östlich der Insel Great Inagua. »Wenn wir uns dort positionieren können, direkt vor den Caicos-Inseln, sind wir auf der Windseite der Gegners und es ginge keine Gefahr von Gas aus, das vielleicht beim Kampf freigesetzt wird, weder für uns noch für Baracoa. Nun, Sie erkennen das Problem sicher. Um diese Position zu erreichen, müssen wir die ganze Strecke gegen den Wind segeln. Es sind ungefähr hundertsechzig Kilometer und ich schätze, dass wir dazu sechzehn Stunden brauchen.

Wir benötigen also mehr Vorwarnzeit. Und das bedeutet, dass wir den Entdeckungspunkt weiter nach Norden verschieben müssen … hierher.« Lorens Finger strich über die Karte und verharrte bei Crooked Island, fast auf halbem Weg durch den Channel. »Wir können einen dortigen Beobachtungsposten mit allem Notwendigen versorgen. Der Einsatz wird Wochen dauern, was bedeutet, dass eine einzelne Person nicht infrage kommt, denn sie wäre zu lange allein. Besser sind zwei, die gut miteinander auskommen. Kelly hat euch beide vorgeschlagen.«

Keesha hatte es kommen sehen, doch als Loren die Worte aussprach, konnte sie ein lautes Lachen kaum zurückhalten. »Das ist die Strafe dafür, dass wir ein schlechtes Beispiel geben? Es klingt eher nach Flitterwochen.«

Loren ging nicht darauf ein. »Wir haben einen kleinen Generator, den Mr. Pease mit einem Fahrrad verbunden hat. Eine Stunde Radeln am Tag genügt, um die Batterien zu laden. Und das Radar ist mit einem akustischen Signal ausgestattet, damit ihr nicht dauernd auf den Schirm starren müsst. Ihr könnt einen der Katamarane nehmen, die Dr. Chan von Guantánamo mitgebracht hat. Er ist klein genug, um am Strand versteckt zu werden, und groß genug für den Transport von Ausrüstung und Proviant. Die Reise nach Crooked Island solltet ihr in einem knappen Tag schaffen. Weitere Beobachter positionieren wir hier und hier.« Loren zeigte auf eine Stelle südlich des Channel und eine weitere unterhalb der Dominikanischen Republik. »Für den Fall, dass die Angriffsflotte aus dem Osten kommt. Aber eure Position ist der primäre Entdeckungspunkt.«

Adjouan stand auf und wandte sich recht förmlich an Proctor Pinkham. »Mr. Proctor, ich bin bereit, meinen Beitrag für die Verteidigung zu leisten. Und wie bekannt sein dürfte, mag ich Miss Keesha sehr. Aber mit Ihrer Erlaubnis möchte vorschlagen, dass wir ihr Gelegenheit geben, darüber nachzudenken, ob sie sich wirklich auf so etwas einlassen will. Ich meine, zu einer einsamen tropischen Insel aufzubrechen, in der Begleitung eines solchen Delinquenten …«

Proctor Pinkham und Loren nickten ernst. Keesha lächelte nur vergnügt.

*

Trotz gewisser Verdachtsmomente, die es bis auf den Zettel des Proctors schafften, hatte es zwischen Keesha und Adjouan noch kein »b.« gegeben. Aber es würde bald dazu kommen, und zwar auf der »Flitterwochen-Insel«, kurz nach ihrer Ankunft. Sie hatten kein Wort darüber gesprochen, aber beide wussten, dass es passieren würde. Während der Fahrt nach Norden mit ihrem kleinen Katamaran dachten sie voller Wonne daran. Sie sprachen über alles im Verlauf dieser Reise, aber sie dachten nur an eins.

Sie gingen auf der Nordseite von Crooked Island an Land. An der südlichen Küste gab es einen Ort, vermutlich bewohnt; das wussten sie von der Karte. Aber hier im Norden waren sie ganz allein. Adjouan zog das kleine Boot durchs seichte Wasser und auf den Sand, half dann Keesha von Bord. Sie war eine große junge Frau und hatte den muskulösen Körper einer Athletin, aber für Adjouan war sie federleicht. Er hob sie mühelos, streckte die Arme und sah zu ihr hoch. Sie lachte fast ebenso laut wie er. Es war kein mädchenhaftes Kichern, sondern ein richtiges Lachen und sie neigte dabei den Kopf nach hinten. Ihr Hals war lang und majestätisch. Adjouan trug sie zum Strand.

Nachdem er den kleinen Katamaran ins nahe Gebüsch geschoben hatte, wandte er sich wieder Keesha zu, die ihm ein großes Lächeln schenkte. Erneut ertönte ihr lautes, herzliches Lachen, als er die Träger ihres Badeanzugs von den Schultern strich. Behutsam schob er das Oberteil nach unten, wich zurück und betrachtete sie. Keesha legte die Hände an die Hüften und beobachtete ihn, wie er zum ersten Mal ihre unbedeckten Brüste sah. Adjouan ließ sich Zeit. Sie drehte den Oberkörper, ließ ihn ihr Profil sehen. Als sie merkte, wie sehr ihm das gefiel, drehte sie sich erneut, damit er auch ihre andere Seite sehen konnte. Ihre Hände blieben an den Hüften und sie lächelte noch immer. Er kam näher, blieb dicht vor ihr stehen und schaute ihr in die Augen. Seine Hände strichen über ihre Seiten, zogen den Badeanzug ganz nach unten. Sie trat ihn fort und war nackt, bis auf zwei große Ohrringe und das Haarband. Wieder wich Adjouan zurück und sein Blick glitt wie ein Strom warmen Wassers über sie. Dann nahm er sie in die Arme. Oben am Strand wuchs dichtes, weiches Gras zwischen den Palmen. Dorthin trug er sie.

»Erinnerst du dich an Antibabypillen, Adjouan?« Keesha lächelte noch immer.

»O ja«, sagte er glücklich. »Sie sind das Symbol unserer Freiheit.«

»Vergiss sie.«

Er blieb stehen. »Ich soll die Antibabypillen vergessen?«

»Ja. Es gibt keine mehr. Wir haben nicht genug mitgebracht, als wir zu der Kreuzfahrt aufbrachen. Keine der Frauen an Bord der *Stella Linda* hat es für möglich gehalten, dass die Reise so lange dauern würde. Also haben wir keine Antibabypillen mehr. Nicht eine einzige. In Baracoa gab es keine. Wir haben gesucht.«

»Oh.« Das Grinsen verschwand aus Adjouans Gesicht,

»Also, mein lieber Adjouan, solltest du Folgendes wissen: Mit der Entscheidung, eine junge Frau in dieser neuen Welt zu lieben, entscheidest du auch, sie zu schwängern.«

»Oh, darf ich?« Das Grinsen kehrte zurück.

»Darfst du was?«

»Dich schwängern. Darf ich das, bitte?«

»Nun, ich muss sagen: Das hat mich noch niemand gefragt.«

»Ich frage dich.«

Sie schlang ihm die Arme um den Hals und schmiegte sich an ihn. Ihre Lippen berührten seine Brust. Auf dem Sand erwartete er ihre Antwort, nur wenige Schritte vom Gras des Brautbetts entfernt. »Ich bitte um deine Hand in Schwangerschaft. Ich bitte erst deinen Geist um Einwilligung und dann deinen Körper. Ich bitte um die Erlaubnis, eine kleine Keesha oder einen kleinen Adjouan in deinen Bauch zu setzen.«

»Erlaubnis erteilt.«

»Du machst mich zu einem sehr glücklichen Mann.«

*

Im warmen Glühen des Danach sang Keesha für ihn. Sie lag neben ihm auf dem Rücken. Ihr Gesang war wortlos, sehr sanft und hoch. Als sie ihn beendete, hob er mit seiner Hand ihre Beine dicht unter den Knien. Vorsichtig drückte er sie nach oben, beugte damit die Knie. Auf diese Weise machte er weiter, bis ihre Knie ganz nach oben gekommen waren und die Schultern berührten.

»Was bedeutet das?«

»Dies hilft den kleinen Schwimmern, die ich in dir zurückgelassen habe. Es ist die Schwangerschaftsposition, von der ich in einem Buch gelesen habe. Sie hilft den kleinen Schwimmern, ihr Ziel zu erreichen, die Eizelle. Gefällt es dir?«

»Du hast meinen Hintern in die Luft gehoben, Schatz. Damit sind bei mir Anstand und Sittsamkeit ernsthaft infrage gestellt.«

Adjouan brachte seine Schultern unter Keeshas Knie, um sie in der Position zu halten. Dadurch bekam er die rechte Hand frei und legte sie ihr auf den Hintern.

»Besser?«

»O ja.« Sie bewegte ihren Po unter seiner Hand. »Viel besser.«

*

Sie stellten das Radar auf den Gipfel des Colonel Hill, von wo aus man einen guten Blick nach Norden hatte. Die kleine Radarantenne konnte schnell demontiert werden, damit herankommende Schiffe den

Beobachtungsposten nicht bemerkten. Sie bauten das Zelt und den Fahrrad-Generator auf, legten eine Feuerstelle an und überprüften den von Edward entwickelten Apparat, der für ein akustisches Signal sorgte, wenn das Radar etwas erfasste. In der ersten Woche bemerkten sie mehrmals Fischerboote im Channel, aber die meiste Zeit blieb das Meer leer.

Ein Boot, das den Alarm auslöste, konnte bis zu sechzig Kilometer entfernt sein, was bedeutete, dass fünf oder mehr Stunden vergingen, bis es in Sicht geriet. Unter solchen Umständen war es nicht nötig, dass sie ständig in der Nähe blieben; es genügte, wenn sie alle paar Stunden nach dem Rechten sahen. Sie hatten also genug Zeit, zu schwimmen oder am Strand zu wandern. Der Norden und der Osten der Insel waren unbewohnt; sie begegneten niemandem. Ihr Essen fingen sie mit einer Fischfalle, die Keesha mithilfe eines am Strand gefundenen Netzes zusammenbastelte. Sie fanden oft Gelegenheit, sich zu lieben.

»Heute, junger Mann, gibt es keine sexuellen Gefälligkeiten für dich, überhaupt keine, solange du mir nicht stundenlang gehorcht hast.«

»Ja, Keesha. Wie du willst.«

»Ich werde brav und keusch angezogen bleiben, aber du wirst nackt sein.« Sie öffnete seine Shorts und schob sie nach unten. »Völlig nackt.«

Adjouan unterwarf sich ihrem Willen.

»Du wirst heute all das erledigen, was erledigt werden muss, und ich werde gar nichts tun. Ich beobachte dich einfach nur. Ich betrachte deinen Körper und richte meinen Blick dorthin, wohin ich ihn richten möchte.«

»Ja, Keesha.«

Ihre Willenskraft war Adjouans Freude. Er liebte es, wenn sie das Kommando übernahm; er liebte es, ihr zu Willen zu sein. Umso schöner war es bei anderen Gelegenheiten, wenn er zu ihrem Gebieter wurde, wenn sie das Sklavenmädchen für ihn gab. Es war kein Spiel in dem Sinne; sie schlüpften einfach in verschiedene Rollen, die ihnen Spaß machten. Manchmal wurde Adjouan zu ihrem Herrn und dann fühlte er, dass er es tatsächlich war, ohne irgendwelche Einschränkungen. Wenn das geschah, existierte kein Zurück, keine Umkehr der Rollen: Er war ein Halbgott, der sich an einer schönen jungen Frau erfreute, die sich seinen Launen nicht einmal ansatzweise widersetzen konnte. Es kam vor, dass diese Launen schockierend für sie waren, und dann errötete sie, was man sehr wohl sah, trotz ihrer dunklen Haut. Und wenn sie die eigensinnige

Göttin war und er der hilflose, gehorsame Mensch, lebte sie ihre eigenen Launen aus, die ihn verblüfften.

Adjouan hatte nie zuvor daran gedacht, dass er vielleicht beides wollte: sich unterwerfen und auch herrschen. Es war ihm nie zuvor in den Sinn gekommen, wie angenehm beide Rollen sein konnten. Auch jetzt vergeudeten sie kaum einen bewussten Gedanken daran. Doch während ihrer Zeit auf Crooked Island senkte sich auch durch den häufigen Rollentausch ein Frieden auf sie herab, den sie bis dahin nicht für möglich gehalten hätten. Jeder von ihnen war bisher voller Unruhe gewesen, weil sie sich etwas wünschten, weil sie etwas brauchten, ohne genau zu wissen, was es war. Und jetzt hatten sie es gefunden. Sie spürten, wie sich eine tiefe sexuelle Befriedigung in ihnen ausbreitete, nicht nur im Körper, sondern auch in der Seele.

Am liebsten liebten sie sich am frühen Abend, bevor sie ihre Mahlzeit zubereiteten. Bei anderen Gelegenheiten tagsüber waren sie flüchtig und schnell und brachten manchmal nicht zu Ende, was sie begannen, doch am Abend nahmen sie sich Zeit.

»Weißt du, was ich jetzt denke?« fragte Adjouan. Sie hatten gerade den Höhepunkt hinter sich. Er war noch in ihr und fühlte ihren festen inneren Griff.

»Nein. Was denkst du?«

»Ich denke an all das, was ich über den Krieg gelesen und gehört habe. Kriegsgeschichten.«

»Warum denkst du daran?«

»Weil wir im Krieg sind. Deshalb befinden wir uns an diesem Ort, hier auf diesem Berg mit unserem Radar. Wegen des Kriegs.«

»Dies ist also Krieg.«

*

Eines Morgens, als sie vom Schwimmen zurückkehrten, erklang das akustische Signal und somit mussten sie die nächsten Stunden vor dem Schirm bleiben, um zu sehen, was sich da näherte. Sie vermuteten, dass es sich wieder um ein Fischerboot handelte, das durch den Channel kam, um einen weiteren falschen Alarm.

Aber sie irrten sich.

Diesmal kam kein Fischerboot, sondern die Angriffsflotte.

23

Alternative Universen

Je mehr Zeit ohne Sichtung des Feinds verging, desto mehr zweifelte Loren daran, dass der Angriff wirklich aus der Richtung erfolgen würde, die er für am wahrscheinlichsten hielt. Immer wieder hatte er voller Gewissheit darauf hingewiesen, dass der Feind an der Insel Little Inagua vorbeisegeln würde; das war für ihn zu einem Glaubensgrundsatz geworden. Doch jetzt kamen ihm immer mehr Zweifel. Bisher hatte er sie nur Kelly anvertraut. Sie war am vergangenen Abend zur Strandhütte gekommen und hatte ihm, welch eine Überraschung, Eis gebracht. Eiscreme, so betonte sie, sei das Symbol der wiederauferstandenen Zivilisation. Nachdem sie die Köstlichkeit genossen hatten, sprach Loren von seinen Sorgen.

»Angenommen, sie kommen von Süden, Kelly.«

»Ist das wirklich möglich?« Kelly beugte sich über die Karte. »Sie müssten um die ganze Dominikanische Republik segeln und das würde ihre Reise um rund dreitausendzweihundert Kilometer verlängern.«

»Ja. Etwa fünfzehn zusätzliche Segeltage.«

»Warum sollten sie sich solche Mühe machen?«

»Ganz zu Anfang habe ich gefürchtet, wir müssten uns der Angriffsflotte ohne einen Vorteil zum Kampf stellen, nur mit Messern und Pfeil und Bogen. Das war, bevor SHIELA ins Spiel kam. Meine Gedanken kehrten immer wieder zu diesem Punkt zurück: dass wir etwas brauchen, das uns einen Vorteil gibt. Diesen Vorteil gibt uns SHIELA. Wir sind inzwischen ziemlich sicher, dass wir einen Kontakt mit dem Supercomputer im Orbit hergestellt haben und er auf uns allein hört. Das Interface ist neu programmiert, was alle anderen ausschließt, selbst wenn es jemandem gelingen sollte, eine Datenverbindung herzustellen.«

»Umso besser für uns.«

»Ja. Aber jemand auf der anderen Seite betrachtet dasselbe Schachbrett wie wir und vermutlich gehen ihm ähnliche Gedanken durch den Kopf. Vielleicht ist auch er auf der Suche nach einem Vorteil.« Loren sprach von »er«, obwohl er dieser Person, dem Planer auf der anderen Seite, einen Namen geben konnte. Rupert Paule. Oder vielleicht Paule und der geheimnisvolle Mann, den Armitage beim letzten Treffen in Washington bemerkt hatte, Reverend Nolan Gallant.

»Welche Alternativen hat er?«

»Er könnte an der Dominikanischen Republik heruntersegeln und sich uns von Südosten nähern, mit dem Wind im Rücken.«

»Ein winziger Vorteil im Vergleich mit dem, was wir haben.«

»So winzig ist er nicht. Wenn die Angreifer den Wind im Rücken haben, können sie den einen technologischen Vorteil einsetzen, den sie uns gegenüber haben: das Nervengas. Sie können es uns entgegenströmen lassen.«

»Igitt.«

»Ja, igitt.«

»Aber du hast Vorsorge getroffen, nicht wahr?« Kelly sah ihn zuversichtlich an.

»Ja. Allerdings ist es alles andere als perfekt. Wir haben einen Ausguck auf Saona Island, wo die Flotte den Kurs ändern muss, um östlich an Hispaniola vorbeizusegeln. Und wir haben unsere Slup *Dejah Thoris* südlich von Santo Domingo. Eine Warnung von den beiden Wachtposten gäbe uns Zeit genug, in den Golf von Haiti zu segeln. Dort können wir uns verstecken und die Angreifer nach Süden segeln lassen. Wir wären dann hinter ihnen.« Loren deutete auf die Karte und zeigte die Positionen der beiden Flotten.

»Wir wären also wieder im Vorteil, weil sie das Nervengas nicht gegen uns einsetzen könnten. Und wir haben SHIELA.«

»Ja. Aber es ist nicht der klare Vorteil, den wir im Norden hätten, denn wir wären nicht mehr zwischen den Angreifern und ihrem Ziel. Wenn wir unser Versteck ein bisschen zu spät verlassen, segeln sie vielleicht einfach weiter, bis sie die Positionen für den Einsatz des Nervengases erreichen. Wir könnten sie nicht einholen. Was SHIELA betrifft …

Die Lasersatelliten nützen uns nur dann etwas, wenn wir nahe genug an den Gegner herankommen, um seine Position mit der nötigen Genauigkeit zu berechnen. Woraus folgt: Wenn die Angreifer fortsegeln, verlieren wir unseren Vorteil. Und wenn wir zu früh aufbrechen, könnten es einige von ihnen schaffen, sich uns gegenüber vor den Wind zu bringen.«

Lorens Zweifel schienen Kelly zu langweilen. »Mach dir nicht zu viele Sorgen, Loren. Du hast an alles gedacht und alle notwendigen Maßnahmen ergriffen. Jeder deiner Pläne ist gut. Du bist ein ausgezeichneter General.«

»Ich bin Physiker!«

»Du bist schon seit einer ganzen Weile kein Physiker mehr, sondern ein General, und ein sehr guter noch dazu. Wenn dies vorbei ist, wissen wir alle, dass du uns das Leben gerettet hast. Du wirst mein Leben gerettet haben und das von Curtis. Auch das von Sonia, Edward, Homer, Maria und Claymore. Und dein eigenes. Du wirst das Leben aller Personen gerettet haben, die mir etwas bedeuten.«

Es war leicht zu sagen, dass er an alles gedacht und einen Gegenplan für jede Angriffsmöglichkeit des Gegners hatte. Doch sein Gegenplan für einen Angriff aus dem Süden war eher schwach und er wusste nun: Wenn er für die Strategie der anderen Seite verantwortlich gewesen wäre, hätte er einen Angriff aus dem Süden geplant. Die richtige Gegenmaßnahme hätte darin bestanden, einen Teil seiner Streitmacht nach Osten von Hispaniola zu verlegen, um den Feind zu stellen, wenn er durch die Mona-Passage kam. Er konnte die Flotte teilen, die eine Hälfte bei Baracoa, vor den Caicos-Inseln, falls die Angreifer aus dem Norden kamen, und die andere Hälfte in der Mona-Passage, östlich von Hispaniola. Mit Armitages Laptop standen ihnen zwei SHIELA-Terminals zur Verfügung. Warum nicht eins zur Mona-Passage schicken, falls es dort gebraucht wurde? Aber sein Instinkt protestierte gegen ein Teilen der Flotte. Wie viele Schiffe hatte Rupert Paule losgeschickt? Seine eigene Flotte, dachte Loren, war auch ungeteilt lächerlich klein im Vergleich mit der Streitmacht, die ein so großes und mächtiges Land wie Amerika gegen sie in den Kampf sandte.

Er blickte aus dem Fenster der Hütte und beobachtete die Kinder beim Spiel am Strand. Er sah Sonia in ihrem schwarzen Badeanzug, wie immer in letzter Zeit umgeben von verehrungsvollen Fünft- und Sechstklässlern. Danny McCree und Homer sprachen bei den Anlegestellen miteinander, keine hundert Meter entfernt. Alle anderen auf der Insel schienen so vernünftig zu sein, draußen den schönen, tropischen Tag zu genießen.

Ein Knistern und Knacken aus dem Lautsprecher ließ Loren zusammenzucken. Die Licht-Funkgeräte funktionierten ohne Statik; es konnte also nur eine der Außenstationen sein, außerhalb der Lichtsignal-Reichweite. Sie benutzten eine Frequenz, von der sie hofften, dass der Feind sie nicht abhörte, und zur Sicherheit wurden die Signale auch noch verschlüsselt. Normalerweise meldeten sich die Außenstationen kurz nach Sonnenuntergang. Um diese Zeit hatten sie noch nie Bericht erstattet.

Das Knistern und Knacken ließ nach und es folgte eine lange Stille. Dann kam erneut Statik, begleitet diesmal von einer Stimme, die Loren sofort mit dem Wachtposten auf Crooked Island in Verbindung brachte.

»Hallo, Baracoa. Hier spricht Keesha.«

Loren griff nach Kopfhörer und Mikrofon. Er hielt sich eine Hörmuschel ans Ohr. »Hier Loren. Ich höre, Keesha.«

»Wir haben inzwischen sieben weiße Segelboote gesehen. Sind bis an die Zähne bewaffnet.«

»Und weiter?« Loren beugte sich aus dem Fenster, während er zuhörte. Er fing Dan McCrees Blick ein, deutete zur Alarmglocke und gab ihm zu verstehen, dass er sie läuten sollte. Dan lief los.

»Sie sind wirklich schwer bewaffnet, Loren«, sagte Keesha. »Sie haben Plattformen an den Masten angebracht, direkt über den Vorsegeln, und auf diesen Plattformen sind große Armbrüste montiert. Jede Armbrust wird von einem Mann bedient, der einen Köcher mit Pfeilen oder Bolzen hat.

»Scheußlich.« Loren war so erleichtert darüber, dass der Feind durch den Channel kam und nicht aus dem Süden, dass ihn die Armbrüste kaum erschreckten. Draußen läutete die Alarmglocke. »Was sonst noch?«

»Viele Männer auf jedem Boot. Adjouan versucht, sie zu zählen. Sie segeln dicht am Strand vorbei. Adjouan meint, die Männer hielten nach badenden Frauen Ausschau. Wir können sie also recht deutlich sehen, sie uns aber nicht.«

»Gut.«

»Die Männer haben Seitenwaffen. Könnten es Schusswaffen sein, Loren? Wir erkennen schwarze Pistolen in weißen Halftern.«

»Vermutlich sind es Druckluftwaffen. Ich wünschte, wir hätten daran gedacht. Aber ihre Reichweite ist nicht besonders groß. Und sonst?«

Edward war hereingekommen. Während Loren weiterhin Keesha zuhörte, schrieb er »7 weiße B, bewaffnet« auf einen Zettel und reichte ihn Edward.

»Sie soll die Boote beschreiben, Loren.«

Loren schaltete auf die Lautsprecher um, sodass Edward mithören konnte. »Sag mir, wie die Boote aussehen, Keesha.«

»Sie sind so lang wie die *Irena*. Und jedes hat zwei Masten. Ketsche oder Jollen, ich weiß nicht genau. Sie ähneln sich sehr.«

Edward nickte. »Die McMillan-Jollen. Alte Rennboote von Annapolis. Typisch Navy: Sie schicken etwas, das nach einer richtigen Flotte aussieht. Unsere Boote sind schneller als die alten Badewannen.«

»In Ordnung, Keesha, das reicht.« Loren wollte, dass sie den Sender ausschaltete, bevor die Signale entdeckt werden konnten. »Ihr wisst, was ihr zu tun habt, nicht wahr?«

»Wir warten, bis die Boote vorbei sind, und segeln dann so schnell wie möglich nach Norden und Osten, für den Fall, dass beim Kampf Gas freigesetzt wird. Wir warten auf einer anderen Flitterwocheninsel ab, bis wir wieder nach Hause kommen können.«

»Ja. Mach jetzt Schluss. Viel Glück.«

»Das wünschen wir euch ebenfalls.« Es klickte und das statische Knistern hörte auf. Loren dachte daran, dass Keesha *nach Hause* gesagt hatte. Er schnappte sich seinen Rucksack, lief los und folgte Edward zu den Anlegestellen.

*

Homer Layton löste die Leinen der *Columbia* und beobachtete, wie sie sich in Bewegung setzte. Dann, im letzten Moment, sprang er an Bord. Loren bemerkte es nicht, weil er viel zu sehr damit beschäftigt war, das Boot zwischen all den anderen Seglern zu steuern, die ebenfalls aufbrachen. Ein frischer Ostwind wehte. Neben ihm maß Proctor Pinkham die Zeit mit einer alten mechanischen Stoppuhr. Ein Klecks aus weißem Zinkoxid zierte seine Nase. Als Kelly das SHIELA-Terminal unter Deck verstaut hatte und zurückkehrte, blieb sie kurz vor ihm stehen und verteilte die weiße Creme etwas besser. Pinkham bemerkte es kaum.

»Unter zwölf Minuten«, sagte er und klang dabei ein wenig atemlos. Er drehte sich um und sah nach vorn, die Uhr noch immer in der rechten Hand, schien nach etwas anderem zu suchen, das er messen konnte.

Die Anlegestellen blieben hinter ihnen zurück und Loren ließ das Stagsegel setzen. Kurze Zeit später, als das große Segel die *Columbia* beschleunigte, blickte er auf den Geschwindigkeitsmesser und stellte fest, dass sie mit fast neun Knoten unterwegs waren, mit direktem Kurs auf den Kontaktpunkt, den sie bei diesem Wind kurz nach Sonnenuntergang erreichen würden. Der Rest der Flotte folgte der *Columbia*, insgesamt sechzehn Boote. Drei blieben in der Nähe der Baracoa-Bucht und ein weiteres hielt nach Süden Ausschau. Loren sah zu Kelly, die neben ihm in der Plicht saß und ganz ruhig ihre Fingernägel betrachtete. Lorens Blick galt ihr, aber seine Gedanken waren ganz woanders. Er dachte daran, dass es wesentlich mehr Wind gab, als er erwartet hatte. Er wehte auch für die Angriffsflotte und deshalb blieben ihre relativen Positionen unverändert. Aber wenn er anhielt, betraf das eigentliche Aufeinandertreffen der beiden Flotten einen kürzeren Zeitraum als zunächst vermutet. Vom ersten visuellen Kontakt bis zum Ende des Kampfs verging vielleicht weniger als eine Stunde. Wenn sich die Flotten trafen, wäre eine sanfte Brise weitaus besser für sie gewesen. Dann hätten sie die einzelnen Angriffsziele in aller Ruhe auswählen können, während der Gegner hilflos vor ihnen luvte.

Was gab es sonst noch, worüber er sich Sorgen machen musste? Loren dachte erneut an den Einsatz der einzelnen Boote im Moment des Kontakts. Die *Columbia* und *Palomar*, beide mit SHIELA-Terminals ausgestattet, würden an den beiden Enden ihrer Linie stationiert sein. Jede von ihnen hatte zwei Aufklärer in einer Entfernung von zweihundert Metern, einen backbords und den anderen steuerbords. Diese sechs Einheiten führten das Feld an. Die übrigen zehn Schiffe würden sich zurückhalten, bereit dazu, Lücken zu füllen oder den Feind abzufangen, wenn ihm ein Durchbruch gelang. Loren hoffte, dass es nicht dazu kam.

Sie hatten wochenlang geübt, Ziele ausgewählt, ihre Position berechnet und sie mit blauen Strahlen zerstört, die plötzlich vom Himmel herabzuckten. Allein der psychologische Effekt sollte verheerend sein. Doch darauf durften sie sich nicht verlassen. Psychologische Effekte hingen davon ab, dass der Feind lange genug überlebte, um zu begreifen, was geschah, und so etwas sah der Plan nicht vor. Sie beabsichtigten, jeden einzelnen Mann auf den Booten der Angriffsflotte zu töten, und zwar so schnell, dass sie *nicht* begriffen, was geschah. Gefangene zu machen, kam nicht infrage. Selbst einige wenige Gefangene wären für ihre Gemeinschaft eine viel zu große Bürde gewesen. Sie konnten ihnen nicht trauen und es gab keine Möglichkeit, sie auf Dauer einzusperren.

Nach dem letzten Testkampf hatte Kelly Loren für eine Manöverkritik beiseite genommen. Er hatte aufmerksam zugehört und sich Notizen gemacht. Manchmal ärgerte es ihn, dass sie sich für kompetent genug hielt, seine Entscheidungen infrage zu stellen und Änderungsvorschläge zu machen, aber er hatte gelernt, auf sie zu hören. Ihre Vorschläge waren immer fundiert. Sie wies darauf hin, dass es ein Fehler sei, getrennt von der zweiten SHIELA-Einheit zu üben. Ihrer Meinung nach bestand das eigentliche Problem aus der Koordination zwischen beiden Einheiten. Wenn in der Hitze des Gefechts Koordinaten gerufen wurden, wie sollte man dann wissen, ob sie für die *Columbia* oder die *Palomar* bestimmt waren? Wenn ein Laserstrahl vom Himmel kam … Woher sollten sie wissen, welches der beiden Boote ihn gerufen hatte? Es gab noch immer ungelöste Probleme. Kelly hatte auch vorgeschlagen, dass Loren seine Hände freihalten sollte. Er sollte sich nicht um Leinen, Segel, Ruder das SHIELA-Terminal kümmern, dann das würde ihn nur vom größeren Ganzen ablenken. Loren blickte jetzt schuldbewusst auf seine Hände am Steuerrad, winkte Homer zu und bat ihn, das Ruder zu übernehmen.

Homer war in vielerlei Hinsicht der beste Steuermann an Bord. Er hatte eine ruhige Hand am Rad und eine instinktive Vorstellung von der geraden Linie ihres Kurses übers Meer, das überall gleich aussah. Nun gut, er hatte seine Lesebrille aufgesetzt, um die Kompassanzeige zu erkennen, aber mit dem beständigen Ostwind spielte es kaum eine Rolle. Der größte Nachteil eines Homer am Ruder bestand darin, dass er dadurch ungewöhnlich geschwätzig wurde. Wenn er die Hände am Steuerrad hatte, sprach er alle Gedanken, die ihm durch den Kopf gingen, laut aus.

»Was ist der Mensch doch für ein seltsames Wesen. Na ja, ich habe den Menschen immer für sehr rätselhaft gehalten, aber vielleicht ist er das gar nicht. Man stelle sich jeden Menschen mit einem Fenster im Kopf vor, durch das man die Aktivität des Gehirns beobachten kann, so wie bei einem offenen Ameisenhaufen. Vielleicht entspricht es einem überlegenen Design der menschlichen Natur. An öffentlichen Orten legen Damen und Herren immer ihre Hüte ab, damit sie nicht in Verdacht geraten, heimliche Gedanken zu denken.«

Kelly blickte auf und suchte in Homers Gesicht nach einem Hinweis darauf, wohin das alles führen sollte, aber das Gesicht blieb völlig ausdruckslos. Die Augen beobachteten den Horizont. »Nun, wenn man durch den Bus der Linie Nummer Vier ins Stadtzentrum von Ithaca geht, dies ist nur ein Beispiel, so kann man nach rechts und links sehen, durch die Kopffenster der dort sitzenden Fahrgäste. Hier ist ein junger Bursche, zwanzig Jahre alt, und was geht im Gehirn eines zwanzig Jahre alten Burschen vor? Sieben Mal in der Minute denkt er an Sex. Sieben Mal! Das ist eine Tatsache. So ist das, wenn man zwanzig ist. Dann kommt man an einem Buchhalter vorbei, der an eine Steuerprüfung denkt. In seinem Kopf sieht man ein Steuerformular mit mehreren rot markierten Stellen. Und neben dem Buchhalter sitzt jemand, der sein Haus renovieren und ihm ein Bad für seine Töchter im Teenager-Alter hinzufügen möchte. Also sieht man durch das Fenster im Kopf einen Bauplan. Jemand anderer will einkaufen, weshalb sein Gehirn eine Einkaufsliste zeigt: Bockwürstchen, Mayonnaise, Aufschnitt, Orangen, Brot. Und schließlich gelangt man zu einem Physiker. Man blickt in seinen Kopf und sieht ein alternatives Universum.

Unser eigenes Universum ist nicht kompliziert genug für den Physiker und deshalb erdenkt er sich ein anderes. Wer außer einem Physiker könnte sich ein Universum ausdenken, in dem die Köpfe von Menschen oben ein Fenster haben? Oder wo die Lichtgeschwindigkeit nur etwa dreiundzwanzig Stundenkilometer beträgt? Oder was auch immer. Unser vertrautes Universum ist für diese Physiker einfach nicht kompliziert genug. Obwohl es ihm gewiss nicht an Kompliziertheit mangelt.

Ich sage euch, wie kompliziert es ist. Mit einigen wundervollen Mutmaßungen und Spekulationen hat Horstman die Anzahl der Partikel im Universum begrenzt. Wenn man sie alle zählen könnte und die Zahl aufschreiben würde, so hätte sie zehn hoch neunzehn Stellen. Das ist eine Zahl mit mehr als einer Milliarde Billionen Dezimalstellen. Es sind also ziemlich viele Partikel, da sind wir uns sicher einig. Und jedes einzelne von ihnen kann eine unendliche Anzahl von Zuständen haben, zum Beispiel in Hinsicht auf die Position. Die totale Komplexität des Universums ist eine Funktion der Partikelanzahl und der Anzahl von Zuständen jedes einzelnen Partikels. Man könnte es sich als einen Vektor in n Dimensionen vorstellen, wobei n größer als groß ist. So was nennt man komplex. Aber dem Physiker genügt das nicht. Was will er?«

Homer richtete einen fragenden Blick auf Loren, der nur an dieses Universum dachte.

»Doch der Physiker kann auch sehr einfache Gedanken denken. Ich selbst habe einige erstaunlich einfache Gedanken gedacht. Der einfachste Gedanke, der mir jemals durch den Kopf gegangen ist, betraf ein alternatives Universum mit nur einem Partikel. Nein, Moment, ich habe auch an ein Universum gedacht, in dem es überhaupt keine Partikel gibt. Das ist wirklich einfach. Aber auch langweilig. Im Vergleich dazu ist selbst die langweiligste Idee auf diesem Planeten überaus faszinierend. Wie dem auch sei, ein Universum mit nur einem Teilchen ist einfach und gleichzeitig interessant. Nehmen wir an, das einsame Teilchen ist ein Quark. Es kann vier verschiedene Zustände beziehungsweise Flavours haben: Up, Down, Strange und Charmed. Nehmen wir an, derzeit befindet es sich im Up-Zustand. Und dann, durch die Magie der Quantenphysik, verändert es sich und wird charmed. Oder es beschließt, zu Muonen zu zerfallen. Warum es das tut? Niemand weiß es. Das Teilchen verwandelt sich einfach und dadurch erhöht sich die Gesamtkomplexität des Universums. Unser Freund Feynman hat die Vermutung angestellt, dass sich immer dann, wenn so etwas geschieht, unser Universum teilt. Jedes Mal, wenn es eine Wahl gibt, steigt die Anzahl der Universen: In einem Universum verändert sich das Quark und im anderen nicht.«

»Homer, um Himmels willen«, ächzte Loren. »Wir ziehen in die Schlacht. Uns steht ein Kampf um Leben und Tod bevor.«

»Das ist in diesem Universum der Fall. In einem anderen sind wir alle in der Universität Cornell und bereiten uns auf ein Bad im Bebe Lake vor. Weil dort, in dem anderen Universum, der Kuba-Plan nie ausgeführt wurde. Oder wir sonnen uns noch am Strand von Baracoa, weil unsere Gegner sich nicht zu einem Angriff zusammenraufen konnten. Oder sich dagegen entschieden haben.«

»Aber wir sind hier in diesem Universum.«

»Ja, aber die anderen Universen existieren und sind nicht weniger real. Nach Feynmans Theorie von den Wahrscheinlichkeitssummen sind all die alternativen Universen ebenso wichtig wie unseres. Derzeit denke ich an eins davon, an eins, in dem ich nicht den Effektor eingeschaltet habe.«

»Ach, Homer.« Kelly rollte mit den Augen.

»Ja, daran denke ich. Das Universum ist genauso beschaffen wie unseres, mit dem einen Unterschied, dass ich dort nicht eingegriffen habe.

Ich frage mich, wie es dort jetzt aussieht. Ich würde gern eine Nachricht hinüberschicken: He, Leute, wie ist bei euch die Lage? Und ich hätte gern eine Antwort. Ich frage mich, ob die Situation nicht vielleicht viel besser ist, als wir dachten. Vielleicht ging nur eine Atombombe hoch oder es kam zu einem begrenzten Schlagabtausch, worauf vernünftige Menschen auf allen Seiten die Stimme erhoben und sagten: ›He, hört auf mit dem Unfug, dies ist wirklich dumm.‹ Vielleicht wurde alles geregelt, ohne dass Millionen von Menschen starben und die Errungenschaften der letzten zweihundert Jahre vernichtet wurden. Vielleicht kam es in dem anderen Universum nicht zu Hungeraufständen. Vielleicht mussten dort keine alten Leute erfrieren, weil es an Energie und Transportmitteln mangelt. Ein Physiker in jenem Universum könnte in unseres schauen und denken: Meine Güte, was ist das doch für ein blödes Universum, in dem so viele Menschen sterben mussten, weil ein alter Mann der Welt unbedingt seinen Willen aufzwingen wollte.«

»Homer, langsam werde ich richtig sauer auf dich«, sagte Kelly. »Das ist dummes Gerede. Du hast getan, was getan werden musste. Es hat ohnehin keinen Sinn, Tränen darüber zu vergießen, denn jetzt lässt sich nichts mehr ändern.«

»Ich vergieße keine Tränen. Eine Verkäuferin oder ein Busfahrer würden vielleicht Tränen darüber vergießen, aber ein Physiker denkt nur an alternative Universen.«

»Warum belastest du dich mit solchen Gedanken? Findest du das nicht dumm? Ich glaube allmählich, dass du ein dummer alter Mann bist.«

»O ja, das glaube ich auch. Das gilt für fast alle Universen, über die ich nachgedacht habe. Hier wie dort ist Layton ein dummer alter Mann. Es ist eine Konstante.«

»Du fühlst deine Sterblichkeit. Ist es das? Du denkst an den Tod. Und du machst dir Sorgen, weil du nicht weißt, was du sagen sollst, wenn du vor deinen Schöpfer trittst.«

»O nein.« Homer lächelte zum ersten Mal. »Das ist die eine Sache, über die ich mir keine Sorgen mache. Ich mache mir über Tausende von Dingen Sorgen, aber nicht darüber. Zwar gibt eine hundertprozentige Wahrscheinlichkeit dafür, dass mich ein solcher Termin in naher Zukunft erwartet, aber ich bin ziemlich sicher, dass bei dieser Verabredung kein Schöpfer erscheinen wird. Ich würde mir in dieser Hinsicht auch dann keine großen Sorgen machen, wenn doch einer erschiene. Er würde sagen:

Homer, du hast zahlreiche Menschen getötet und viel Leid über die anderen gebracht. Und ich würde antworten: Das musst du gerade sagen.«

»Na schön, dann lass uns über was anderes reden.« Kelly war noch immer verärgert.

»Oder schweigen«, schlug Loren vor.

»Es ist die unterschiedliche Anzahl von Toden in den beiden Universen, die mich besorgt, die Zwei-Universen-Todesdifferenz beziehungsweise ZUTD. Die liegt mir schwer im Magen. In meinem ganzen Leben habe ich nie etwas getötet. Ich habe nie einen Vogel geschossen oder ein Wildschwein, oder was auch immer. In meinem ganzen Leben habe ich nicht eine einzige Mausefalle aufgestellt. Und plötzlich gibt es eine ZUTD.«

»Homer!« Kelly packte ihn an den Schultern und schüttelte ihn. »Hör sofort auf damit!«

»Ich soll aufhören zu denken?«

»Du sollst aufhören, dich selbst zu quälen.«

»Und mich«, fügte Loren hinzu. Er ließ den Feldstecher sinken und ging unter Deck, um in Ruhe über den bevorstehenden Kampf nachzudenken.

*

Als der Morgen dämmerte, gingen die Verteidiger westlich von Little Inagua in Position. Die weißen Jollen der Angreifer waren weder in Sicht- noch in Radarreichweite. Loren signalisierte den anderen Booten, im Windschatten der Insel zu ankern. Zusammen mit Proctor Pinkham ruderte er zur *Palomar*, wo eine Besprechung der sechs Captains jener Boote stattfinden sollte, die die vorderste Linie bildeten. Der Wind hatte inzwischen ein wenig nachgelassen.

Als Loren über die Reling der *Palomar* kletterte, stolperte er über eine Sicherheitsleine, stieß gegen eine junge Chinesin, eine der Guantánamo-Überlebenden, und fiel mit ihr aufs Deck. Sie kam sofort wieder auf die Beine und half ihm hoch.

»Nichts passiert, Käpt'n«, sagte sie, aber Loren fühlte sich auf schmerzliche Weise in seiner Würde verletzt. Er schien die Situation kaum unter Kontrolle zu haben. De facto war er Kommandeur von Baracoas Flotte, aber worauf basierte seine Autorität? Mit seinen achtundzwanzig Jahren war er der jüngste Captain, doch alle anderen empfingen ihre Anweisungen von ihm. Es war sogar seine Entscheidung gewesen, die die anderen zu Captains ihrer jeweiligen Boote gemacht hatte. Es war sein Plan, nach dem sie vorgingen, und es war allein seine Stimme, die den Plan verändern konnte. Aber warum? Loren wusste eigentlich gar nicht, wer oder was ihm das Kommando gegeben hatte, und deshalb fiel es ihm leicht, sich vorzustellen, dass jeden Augenblick jemand mit echter Autorität erscheinen und ihn des Kommandos entheben konnte.

Er ging nach unten, unter Deck, kam sich dabei dumm und schwach vor. Von den sieben Personen, die im Salon der *Palomar* zusammenkamen, schien er derjenige zu sein, der am wenigsten zum Anführer taugte. Edward war wortgewandter und ein ebenso guter Analytiker. Captain Van Hooten musste fast doppelt so alt sein wie Loren und verfügte somit über weitaus mehr Erfahrung; er hatte den größten Teil seines Lebens auf See verbracht. Klipstein, Erster Offizier der *Stella Linda*, war ein geborener Manager. Candace Hopkins, Captain der Slup *Rondolet*, hatte sich als kompetente Seglerin herausgestellt, die von ihrer Crew regelrecht verehrt wurde. Und Commander Clarence Wu, mit Dr. Chan von der Guantánamo-Expedition zurückgekehrt, war der einzige echte militärische Offizier. Loren hielt sie alle für fähige Stellvertreter und als er jetzt darüber nachdachte … Er hätte auf niemanden von ihnen verzichten wollen. Sie standen auf, als er die Kajütentreppe herunterkam. Er nickte zuerst Candace zu, die mit ihren gut fünfzig Jahren noch immer sehr attraktiv war. Sie hatte lavendelblaue Augen, war schlank und groß. Sogar sehr groß, größer als Loren; das fiel ihm jetzt zum ersten Mal auf. Als er die anderen begrüßte, stellte er bedrückt fest, der kleinste von ihnen allen zu sein.

Loren holte tief Luft. »Mit Ihrer Erlaubnis, Mr. Proctor.« Er nickte Proctor Pinkham zu und fuhr fort: »Wir warten nicht darauf, dass die Jollen zu uns kommen. Wir segeln ihnen entgegen, so schnell wir können. Es spielt keine Rolle, wo wir ihnen begegnen. Wichtig ist, dass unsere Besatzungen nicht stundenlang darüber nachgrübeln sollen, wann der Feind eintrifft. Diese Besprechung wird nur zehn Minuten dauern, nicht länger. In zwanzig Minuten segeln wir mit dem Wind in den Kampf. In einigen Stunden ist alles vorbei.«

Loren hatte Spielsteine vom Damespiel an Bord der *Columbia* mitgebracht und ordnete sechs von ihnen zu einer Reihe an, drei auf der einen und drei auf der anderen Seite, mit einem kleinen Zwischenraum. »Dies ist die vorderste Linie, mit dem Wind direkt hinter uns. Wir richten uns an der Mitte der feindlichen Flotte aus, mit der *Columbia* und der *Palomar* hier und hier.« Er zeigte auf den mittleren Damestein jeweils der linken und der rechten Gruppe. »Die *Rondolet* und die *Kiruna* wählen meine Ziele links von mir aus, die *Rondolet* mit Candace an der Außenseite und die *Kiruna* mit Commander Wu an der Innenseite.« Loren deutete auf die betreffenden Damesteine. »Rechts haben wir Edward mit der *Palomar*. Zielauswahl und Koordinatenbestimmung übernehmen Captain Van mit der *Zanzibar* auf der rechten Seite und Elgar Klipstein mit der Slup *Sorel* auf der linken Seite, hier und hier. Die Boote der zweiten Reihe befinden sich in einem Abstand von fünfundsiebzig Metern hinter uns. Sie greifen nur dann in den Kampf ein, wenn dem Feind der Durchbruch gelingt.

Die *Palomar* feuert auf die rechte Seite der Angriffsflotte, und damit meine ich ganz rechts. Die *Columbia* feuert auf die linke Seite, auf die weißen Jollen ganz links. Auf diese Weise sollten wir den Überblick darüber behalten, welche Laserblitze von wem ausgelöst werden. Kelly hat vorgeschlagen, dass die Schussbeobachter der linken Seite Frauenstimmen verwenden und die auf der rechten Seite Männerstimmen, aber denkt daran, dass meine Männerstimme von der linken Seite kommt. Candace, Sie und Clarence bemannen den Sprechkanal allein mit Frauen, wenn man das so sagen kann.«

Beide nickten, ohne zu lächeln.

»Jetzt kommt die wichtigste Sache, auf die ich schon einmal hingewiesen habe. Während des ganzen Kampfs sind wir vom Feind abgewandt. Es wird sich bestimmt sehr seltsam anfühlen und alles in uns wird danach drängen, uns dem Feind zuzuwenden, aber es kommt darauf an, dass wir uns dem Gegner nicht weiter nähern, sobald er in Reichweite gekommen ist. Es bedeutet, dass wir von ihm wegsegeln müssen, während wir ihn unter Beschuss nehmen. Es geht darum, den Feind auf einer gewissen Distanz zu halten, denn wenn er mitten unter uns ist, können wir SHIELA nicht gegen ihn einsetzen, aus Furcht, unsere eigenen Leute zu treffen. Die Captains der zweiten Reihe verstehen das und werden alle noch einmal daran erinnern, wenn der Kampf unmittelbar bevorsteht.

Wenn wir die feindliche Flotte mit dem Radar erfassen, drehen wir bei und warten. Wir schalten unsere Störsender ein, um dafür zu sorgen, dass sich die Boote des Gegners nicht mehr untereinander verständigen oder mit der Heimatbasis Kontakt aufnehmen können. Ich gebe das Signal für die Aktivierung der Störsender, und zwar erst dann, wenn ich sieben klare Signale auf dem Radarschirm habe. Wenn der Gegner in Sicht ist, weise ich unsere Flotte an, von ihm fortzusegeln. Dann beginnen wir damit, gemeinsam gegen den Wind zu kreuzen. Wenn es für Edward notwendig wird, den Kurs zu wechseln, folgen die *Zanzibar* und *Sorel* seinen Anweisungen und nicht meinen, es sei denn, ich gebe anders lautende Befehle. Die Hälfte der zweiten Reihe deckt Edward und empfängt die Einsatzorder von ihm. In dem Fall nennen wir Edward und die Boote unter seinem Kommando ›*Palomar*-Geschwader‹. Die anderen sind das ›*Columbia*-Geschwader‹. Die Captains der zweiten Reihe wissen über all das Bescheid. Müssen wir sonst noch etwas klären?« Loren sah die fünf Captains und Proctor Pinkham an. Niemand hatte seinen Ausführungen etwas hinzuzufügen und niemand erhob Einwände. Sie alle waren ungeduldig und wollten, dass es losging.

»Machen wir uns auf den Weg«, sagte Loren.

Er ging die Kajütentreppe hoch, dichtauf gefolgt von den anderen. Oben angelangt kletterte er über die Reling, würdevoller als beim ersten Mal, und ergriff die Ruder. Pinkham ließ sich vorsichtig ins Boot hinab.

Als Loren von der *Palomar* zur *Columbia* zurückruderte, hörte er eine leise Melodie. Er erkannte sie aus dem viele Jahre zurückliegenden Englischunterricht wieder: My Darlin' Clementine. Die Melodie wurde lauter, als sie sich der *Columbia* näherten. Kelly saß dort am Mast, mit einer Mundharmonika. Sie schien ihn nicht zu bemerken, als er vorbeiruderte.

Homer saß auf dem Hecküberhang und blickte nach Osten, dem Sonnenaufgang entgegen. Er murmelte noch immer von der Zwei-Universen-Todesdifferenz. »Im schlimmsten der anderen Universen gibt es überhaupt kein Leben mehr auf der Erde«, hörte Loren ihn sagen. »Dort sind alle Menschen tot, auch Homer Layton. Aber dort ist er ohne Schuld gestorben.«

24

Pax Shiela

Es war nicht nur der Kampf allein, der die großen Seeschlachten des zwanzigsten Jahrhunderts charakterisierte, sondern auch jede Menge Frust. Die Skagerrakschlacht Ende Mai 1916 bietet dafür ein klassisches Beispiel. Mehr als zweihundert Großkampfschiffe der deutschen und britischen Flotte trafen in Nebel und Dunkelheit vor der dänischen Küste aufeinander und bekamen kaum ein Ziel zu sehen, auf das sie schießen konnten. Als sich die Deutschen zurückzogen, gab es auf der anderen Seite nur wenige Kämpfer, die den Feind überhaupt gesehen hatten. Sechsundzwanzig Jahre später trafen bei Midway die japanische und amerikanische Flotte aufeinander, aber zahlreiche Schiffe beider Flotten fanden den Kampf überhaupt nicht. Admiral Yamamoto, der japanische Befehlshaber, wurde nicht einmal Augenzeuge der Kampfhandlungen. Sein Schlachtschiff *Yamato* und das Gros der japanischen Ersten Flotte hätten genauso gut im Hafen bleiben können. Am Ende der Schlacht fragte sich Yamamoto noch immer, wo genau der Kampf stattfand.

Bei den Seeschlachten des neunzehnten Jahrhunderts sah die Sache ganz anders aus. Die gegnerischen Flotten formierten sich in einem Abstand von nur etwa hundert Metern und feuerten mit ihren Kanonen aufeinander, bis eine Seite vollkommen zerstört war. In der Moderne hatte sich vor allem die Reichweite der Waffen erhöht, und zwar so sehr, dass man auf den Gegner schießen konnte, ohne ihn zu sehen. Die Seeschlachten des zwanzigsten Jahrhunderts fanden am Rand des Feuerbereichs statt – nur das Donnern der Geschütze oder die Richtung, aus der die Flugzeuge eines Flugzeugträgers kamen, deutete auf die Position des jeweiligen Gegners hin.

Der Kampf im Bahama Channel, die erste Seeschlacht des Effektor-Zeitalters, kehrte zum Modell der Seeschlachten im neunzehnten Jahrhundert zurück. Die Verwendung von SHIELA gab einer der beiden Seiten einen großen Vorteil, doch SHIELAs Laserwaffen waren alles andere als breit gestreut. Wenn die Laserstrahlen ihr Ziel auch nur um wenige Meter verfehlten, richteten sie überhaupt keinen Schaden an. Diese Waffe konnte also nur dann sinnvoll verwendet werden, wenn das Ziel nahe genug war, um seine Position genau zu bestimmen. Der Gegner musste in Sichtweite sein, fast zum Greifen nah.

Um kurz nach halb neun morgens sah Loren auf dem Radarschirm der *Columbia* sieben Punkte, die sich von Nordwesten näherten. Sofort gab er seiner Flotte ein Signal, damit sie beidrehte und ihre relative Position wahrte. Er wusste, dass der Feind sie ebenfalls auf dem Radar sah. Die Störsender befanden sich in der zweiten Verteidigungslinie, an Bord der *Sirrus* und *Celestine*, und waren inzwischen eingeschaltet. Loren vergewisserte sich, indem er mit dem Funkgerät verschiedene Frequenzen überprüfte. Anschließend trat er wieder zum Radarschirm neben dem Kartentisch und beobachtete, wie die Angriffsflotte näher kam. Kendra Browne saß an den Kontrollen des Radars und Kelly befand sich in der Kombüse hinter ihnen. Alle anderen waren an Deck.

»Wir können nur hoffen, dass der Gegner seine Flotte nicht teilt«, wandte sich Loren an Kendra. »Halte gut Ausschau und gib mir sofort Bescheid, wenn sich die Formation der Flotte ändert.«

»Okay. Ich meine: ja, Sir, Loren.« Kendra sah zu ihm auf. Sie war ein Teenager und Loren dachte: Ich ziehe mit Jugendlichen in den Krieg.

Kelly erhitzte Wasser auf dem Herd. »Dies ist dumm, ich weiß«, sagte sie. »Ein Kampf steht bevor, aber ich bin schläfrig und deshalb koche ich Kaffee. Mein Ruf würde schweren Schaden nehmen, wenn ich mitten in der Schlacht einschlafe.«

»Jeder reagiert anders auf die Anspannung. Mach dir keine Sorgen.« Als Loren zusammen mit Proctor Pinkham in dem kleinen Ruderboot zur *Palomar* übergesetzt hatte, war er froh gewesen, dass das Boot für eine dritte Person nicht genug Platz bot. Aber inzwischen bedauerte er, dass nicht auch Kelly an der Besprechung teilgenommen hatte. »Kelly, ich möchte dir genau sagen, was ich plane. Ich erwarte deine Kritik.

Sag mir, was wir besser machen können. Die anderen haben sich einfach mit meinen Vorschlägen abgefunden. Sie hatten es so eilig, alles in Gang zu bringen, dass sie nicht weiter über den Schlachtplan nachgedacht haben. Oder vielleicht habe ich ihn mit solcher Zuversicht vorgetragen, dass niemand von ihnen auf den Gedanken kam, Teile davon infrage zu stellen. Nimm den Plan für mich auseinander.«

»Die kritische Kelly. Bekannt dafür, alles auseinanderzurupfen. Also gut.«

Loren legte die Damesteine auf den Kartentisch und wiederholte den Vortrag, den er den Captains der ersten Verteidigungslinie gehalten hatte. Kelly hörte zu, ohne ihn zu unterbrechen, und als er fertig war, blickte sie eine Zeit lang auf die Damesteine hinab. Schließlich sagte sie: »Loren, der Wind ist ziemlich stark. Ich wollte auch deshalb Kaffee kochen, damit die Leute an Deck etwas Warmes zu trinken haben, denn der Wind bläst ihnen bis auf die Knochen. Mir war kalt. Mit so viel Wind wird alles viel schneller ablaufen, als wir geplant haben.«

»Ich weiß. Daran habe ich ebenfalls gedacht. Der Wind weht mit achtzehn Knoten.«

Kelly goss heißes Wasser in einen kegelförmigen Kaffeefilter über einer gläsernen Kanne. »Die größte Gefahr besteht darin, dass wir die andere Flotte zu nahe herankommen lassen. Wir müssen ein Stück vor ihr bleiben, das weißt du. Wenn auch nur eins unserer beiden Geschwader dreht, geraten wir in Schwierigkeiten. Ich glaube, du solltest bereit sein, SHIELA auch dann einzusetzen, wenn sich die Ziele inmitten unserer Flotte befinden. Eins unserer Boote zu treffen, ist weniger schlimm, als den Feind passieren zu lassen. Aber du musst dich innerlich darauf vorbereiten, bevor es passiert. Sonst bringst du es nicht über dich, wenn es so weit ist.«

Loren nickte.

Kelly sah ihn ruhig an und lächelte. »Welche Rolle willst du spielen, wenn ich fragen darf?«

»Ich habe vor, das SHIELA-Terminal bei den ersten Schüssen zu übernehmen, um ein Gefühl dafür zu bekommen.« Es war nur zur Hälfte ein Scherz.

»Oh, ausgezeichnet. Gib dem Gegner eine faire Chance, indem du die Tastatur den ungeschicktesten Fingern überlässt.«

»Ich kann tippen.«

»Oh, ich habe dich tippen sehen. Ein schrecklicher Anblick. Außerdem müsstest du sitzen, um mit der Tastatur zu arbeiten. Du wärst nicht nur mit den Händen und Gedanken allein bei SHIELA, du könntest auch nichts sehen. Ich glaube, diese Idee sollten wir über Bord werfen, Loren.«

»Na schön, na schön, du übernimmst die Tastatur. Sie und SHIELA gehören dir.«

»Es wäre am besten, wenn du dich auch aus der Schussbeobachterei heraushältst. Danny kann das übernehmen, er hat genug Übung. Vermeide es, seine Angaben infrage zu stellen oder zu kritisieren, Loren. Jemand muss das große Ganze der Schlacht im Auge behalten, und das solltest du sein. Andernfalls wäre jeder Captain auf sich allein gestellt. Kümmere dich um die Flotte, damit unsere Position immer optimal ist. Wenn wir Risiken meiden und vor den Angreifern bleiben, können wir nicht verlieren. Es sei denn, der Gegner hat für uns eine ebenso große Überraschung wie wir für ihn mit SHIELA.«

»Ja.«

»Wenn du den Proctor am Steuerrad durch Homer ersetzt, haben wir einen etwas besseren Seemann am Ruder der *Columbia* und dann hätte auch Ted Gelegenheit, das große Ganze zu sehen. Er hat mich beeindruckt. Ich gestehe, dass ich zu Anfang ein falsches Bild von ihm hatte.«

»Nicht nur du. Ich erkläre Homer und Ted die Neuigkeiten.«

»Und noch etwas, Loren. Hast du daran gedacht, wie wir vorgehen sollen, wenn es beim Gegner keine rechte oder linke Seite gibt?«

»Wie meinst du das?«

»Angenommen, die sieben Jollen kommen, von uns aus gesehen, direkt hintereinander.« Kelly deutete auf die Punkte, die der Radarschirm zeigte.

»Himmel, Kelly, daran habe ich nicht gedacht. Ich muss Edward mitteilen, dass wir mit dem Beschuss warten, bis wir die gegnerische Formation auseinandergezogen haben.«

»Das ergibt einen Sinn.«

»Oder wir könnten die *Palomar* auf das letzte Boot schießen lassen.«

»Noch besser.«

»Und dann soll sie die rechte Seite unter Beschuss nehmen, wenn der Feind ausfächert.« Loren brannte darauf, Edward Bescheid zu geben, ihn auf dieses neue Problem hinzuweisen. Er eilte zur Plicht, wo sich das Lichtsignal-Funkgerät befand.

Kelly ergriff ihn am Arm, als er an ihr vorbeikam. »Viel Glück, Loren. Du wirst einen wundervollen Sieg erringen.« Ihre Lippen berührten ihn an der Wange.

*

Homer saß am Steuerrad, mit dem Rücken zum näher kommenden Feind, der inzwischen deutlich zu sehen war. Die Präsenz der anderen Flotte schien ihn nicht zu interessieren; er hatte sich nicht einmal umgedreht. »Nun, die niederen Tiere …«, sagte er. »Die niederen Tiere sehen das, was geschehen ist, natürlich völlig anders. Sie konnten nie viel anfangen mit Verbrennungsmotoren und anderen Luxusgütern, die nutzlos geworden sind, seit ich begonnen habe, mit Effektoren und so weiter herumzuspielen. Nein, für die Tiere muss die neue Ordnung prima sein. Ihnen dürfte es umso besser gehen, je schlechter es den Menschen geht. Wenn es für die Menschheit bergab geht, geht es für sie bergauf. So wird der Namen Layton bei Waschbären mit großem Respekt genannt, aber nicht bei Menschen.«

»Homer«, sagte Kelly sanft. »Du solltest jetzt besser still sein und Loren nachdenken lassen. Gib allen anderen Gelegenheit, sich auf das zu konzentrieren, was jetzt getan werden muss.«

»Oh, ja. Es wird Zeit für mich, still zu sein. Es wird Zeit, dass ich leise nachdenke und die anderen ihre Arbeit tun lasse. Nun gut, also werde ich wortlos darüber nachdenken, wie Waschbären die neue Welt sehen.«

»Bitte.«

Loren stand mit dem Feldstecher am Heck. Danny McCree rief die Entfernung zum ersten gegnerischen Schiff, die immer geringer wurde. Kelly behielt recht: Die Jollen kamen tatsächlich direkt hintereinander; die anderen sechs Boote waren hinter den Segeln des ersten kaum zu sehen. Die Präzision dieser Formation war bewundernswert. Loren bedauerte, sich nicht für einen größeren Abstand zwischen den beiden Gruppen der vordersten Linie entschieden zu haben. Es hätte ihnen einen besseren Winkel gegeben, um den Feind unter Beschuss zu nehmen.

»Zweihundertfünfzig Meter«, sagte Danny.

Loren ließ den Feldstecher sinken und staunte darüber, wie nahe die erste Jolle zu sein schien und wie schnell sie herankam. Er blickte zum Windmesser unter dem Plichtsüll.

»Windgeschwindigkeit zwanzig Knoten«, sagte Kelly.

»Danke.« Loren sprach ins Lichtsignal-Funkgerät. »Alle Schiffe lavieren nach Backbord und entfernen sich vom Feind. Die Boote der ersten Reihe kreuzen, bis der Feind auf optimale Reichweite heran ist.« Er drehte sich um und beobachtete, wie die Flotte das Manöver perfekt durchführte. Als die *Columbia* schneller wurde, staunte Loren darüber, wie laut die Geräusche des Winds waren. Selbst mit angeluvter Fock neigte sich das Schiff ein ganzes Stück nach Steuerbord. Aus irgendeinem Grund hatte er sich vorgestellt, dass der ganze Kampf mit ebenem Deck stattfinden würde. Das Meer um sie herum zeigte überall Wellen mit weißen Schaumkronen.

Dannys Stimme erklang erneut vom Heck. »Zweihundert Meter, Loren.«

»Die *Columbia* eröffnet das Feuer auf die erste Jolle. *Palomar*, mit dem Beschuss warten.« Loren wollte Kelly einige Male feuern lassen, bevor die *Palomar* beim Feind für zusätzliche Verwirrung sorgte. Er hörte in seinem Kopfhörer, wie die *Kiruna* und *Rondolet* Kelly Koordinaten durchgaben. Die Stimme von der *Kiruna* schien Melissa Blake zu gehören.

Der erste blaue Blitz zuckte auf die herankommenden Jollen herab. Loren blickte durch den Feldstecher und sah ihn nicht einmal, hörte aber ein Donnern. Die beiden Schussbeobachter nannten Korrekturen.

»Neunzig Meter nach links«, sagte Melissa.

»Nein, nach rechts«, widersprach jemand anderer.

»Rechts neunzig Meter«, sagte Danny.

Kelly sah verärgert auf und hob eine Hörmuschel ihres Kopfhörers. »Was zum Teufel soll das heißen, Danny? War ich um neunzig Meter zu weit rechts oder soll ich um neunzig Meter nach rechts korrigieren?«

»Entschuldigung. Nach rechts korrigieren. Sie kommen weiter näher, Loren. Wir sind jetzt bei hundertsechzig Metern.«

»Alle Boote, für Geschwindigkeit trimmen«, sagte Loren ins Lichtsignal-Funkgerät. Er wiederholte die Anweisung für die Crew der *Columbia,* die daraufhin das Genua-Segel dichtholte. Die *Columbia* neigte sich noch etwas mehr zur Seite und gewann an Geschwindigkeit.

»Es wird gefeuert«, sagte Kelly.

Loren beobachtete, wie der blaue Strahl vom Himmel kam, etwas hinter dem Ziel und noch immer zu weit links. Wieder wurden Korrekturen durchgegeben und Kelly änderte ihre eigenen Anweisungen für Richtungsangaben. Trotz der vielen Übungen gab es noch jede Menge Platz für Verwirrung. Der dritte Strahl war noch näher, aber ebenfalls daneben.

»Entfernung jetzt weniger als hundert Meter«, sagte Dan.

»*Palomar*, Feuer auf das letzte gegnerische Schiff eröffnen.«

Sieben Stimmen kamen jetzt aus dem Funkgerät, unter ihnen die von Loren. Er versuchte, nur die Frauenstimmen zu hören.«

»*Columbia* schießt erneut«, sagte Kelly.

Homer beugte sich leewärts, sah zum Hauptsegel hoch und schätzte die Trimmung ein. Die Geschwindigkeit über Wasser betrug mehr als neun Knoten und die Neigung des Boots war so stark, dass die Lee-Reling ins Wasser tauchte. Das Geräusch von Wind und aufgewühltem Wasser wurde so laut, dass Homer rufen musste, um sich verständlich zu machen. »Für die abhängigen, unfreien Tiere hat der Effektor natürlich nichts Gutes gebracht. Solche Tiere müssen von Menschen Futter und Trinkwasser bekommen, was die knapp gewordenen Ressourcen belastet. Oder sie müssen gemolken werden und die Melkmaschinen funktionieren nicht mehr. Oder die Tiere werden schneller geschlachtet, weil das Fleisch fast sofort verdirbt.«

»Nach rechts korrigieren, zehn Meter, und zehn Meter nach hinten.«

»*Columbia* feuert.«

Loren blickte zurück, um sich zu vergewissern, dass die zweite Reihe ihre Formation bewahrte. »Segel für Geschwindigkeit!«, rief er ins Funkgerät. »Fock in den Wind. Nicht weiter zurückfallen.«

Als sich Loren wieder den Jollen zuwandte, änderten sie gerade den Kurs. Damit hatte er gerechnet und beschlossen, den eigenen Kurs nicht anzupassen. Mit der zweiten Schussgruppe auf der Steuerbordseite bot der Feind ein besseres Ziel. »*Palomar*, weiter auf das Ende der Reihe schießen, jetzt auf eurer rechten Seite.«

»*Palomar* bestätigt.«

»*Columbia* feuert.«

Die Beobachter mittschiffs jubelten, als die zweite Jolle getroffen wurde – sie schien in die Luft zu springen, als der Laserstrahl sie in der Mitte entzweischnitt. Einen Sekundenbruchteil später ertönte das Donnern des Treffers.

»Noch einmal, Kelly. Und noch einmal.«

Kelly betätigte die Wiederholen-Taste zweimal schnell hintereinander, was zwei weitere Laserstrahlen in das Wrack brachte. Die dritte weiße

Jolle wich aus und geriet dadurch in den Wind. Loren hörte, wie ruhige Stimmen von der *Rondolet* und *Kiruna* die Koordinaten dieses neuen Ziels nannten.

»Flottenmanöver, klar zum Wenden. Nach Backbordbug.«

Loren drehte sich um und beobachtete das Manöver. Der Abstand zur zweiten Reihe hatte sich weiter verringert und betrug nur noch fünfundzwanzig Meter. Plötzlich tönte weiterer Jubel durch das Fauchen des Winds und Loren sah zurück. Die *Palomar* hatte das letzte gegnerische Schiff getroffen, seine Vorsegel und einen Teil des Bugs zerstört. Die Jolle wendete und versuchte, Fahrt aufzunehmen. Edward richtete drei weitere Schüsse auf sie, verfehlte das Ziel aber. Schuss vier und fünf waren Volltreffer. Nummer vier schüttelte das Boot und Nummer fünf ließ es auseinanderbrechen. Loren sah, wie Menschen und Trümmer ins Meer fielen.

»Die Fische sind natürlich viel besser dran«, sagte Homer. »Für Fische war das Einschalten des Effektors einfach prächtig. Bei den Fischen bin ich ein Held. Bei Fischen und Walen. Man denke nur an die Wale. Ich habe zahlreiche Wale gerettet. Wer kann heute noch einen Wal erlegen? Ich erwarte den Greenpeace-Preis für die Rettung der Wale.«

Bei der Flotte der weißen Jollen herrschte jetzt völliges Durcheinander. Zwei segelten zur einen Seite und zwei zur anderen; die fünfte blieb zurück, wahrscheinlich mit der Absicht, Überlebende an Bord zu nehmen. Loren hörte ein dumpfes Pochen und etwas fiel aufs Deck, streifte dabei seine Schulter. Er senkte den Blick und erkannte einen kurzen silbernen Pfeil mit einer Spitze aus Metall und bunten Federn am Schaft – das Ding sah hässlich aus. Der Pfeil hatte, als er die *Columbia* erreichte, so viel an Durchschlagskraft verloren, dass er vom Hauptsegel abgeprallt und aufs Deck gefallen war. Danny betrachtete ihn und maß rasch die Entfernung zur ersten Jolle.

»Fünfundsechzig Meter«, sagte er.

»Beschuss auf das stationäre Boot fortsetzen. Wir sind nicht in Gefahr.«

Eine der anderen Jollen hatte in den Wind gedreht. Loren richtete seinen Feldstecher auf sie und sah junge Männer in Uniform an der Reling. Offenbar setzten sie ein Rettungsboot oder etwas in der Art aus. An der Reling auf der anderen Seite fanden ähnliche Aktivitäten statt.

Homer sprach noch immer seine Gedanken aus. »Aber Herr Walheld ist nur eine Ziege unter Ziegen. Ziegen waren angebunden, überall. Ziegen und Esel. Als ihre menschlichen Herren starben, bekamen sie kein Wasser mehr. Sie verdursteten, welch ein schreckliches Ende. Ich habe in einigen Dörfern gesehen, was aus ihnen geworden ist: die Bäuche angeschwollen, die Zungen aus dem Maul hängend. Ich glaube, sie starben voller Hass auf Homer Layton.«

»Homer«, sagte Kelly zornig, während sie durch den Kopfhörer Richtungsangaben empfing und ihre Finger weiter über die Tasten huschten, »dies ist wirklich, wirklich dumm. Dich trifft keine Schuld daran, was mit den verdammten Ziegen geschah. Und mit ihren menschlichen Herren. Sie starben durch das Gas.«

»Kelly, pass auf, um Himmels willen!«, rief Loren durch das Heulen des Winds.

»Ich passe auf«, erwiderte sie scharf und drückte die Enter-Taste. Ein Laserstrahl schnitt durch die stationäre Jolle.

»Noch einmal, Kelly, schnell.«

Sie wiederholte den Feuerbefehl für SHIELA und zwei weitere Strahlen trafen das feindliche Boot. »Die Toten auf Kuba gehen nicht auf dein Konto, Homer. Du bist nicht schuld daran.«

»Ich bin nicht schuld?«

Kellys Finger tanzten wieder auf der Tastatur. »Nein. Die Schuld hat Rupert Paule.«

»Oh. Das habe ich vergessen. Bei den vielen Toten überall ist es schwer, die Übersicht zu behalten, wer wo die Schuld hat.«

»Die Toten von Kuba hat allein Rupert Paule auf dem Gewissen.«

»Armer Rupert. Fühlt sich bestimmt ziemlich mies. Homer Layton und Rupert Paule, die beiden meistgehassten Personen auf der Erde. Von den Menschen gehasst, meine ich. Bei Waschbären sind wir recht beliebt.«

»Steuermann, Kurs halten. Mittschiffs, Fock nachgeben. Wir lassen uns ein bisschen zurückfallen.« Loren sah nun, was die Jolle zu Wasser gelassen hatte: zwei kleine Katamarane, jeweils mit zwei Mann an Bord. Sie würden erheblich schneller sein als die Jollen, auch gegen den Wind. »Flottenmanöver, klar zum Wenden. Weiter auf Backbordbug.«

»Loren, hier ist Edward. Hast du die Katamarane gesehen?«

»Ja. Sie sind dein Ziel, Edward. Wir feuern weiter auf die Jollen.«

Loren hatte diese Worte gerade gesprochen, als weiter hinten eine Jolle zerbrach, nachdem sie von vier Laserstrahlen getroffen worden war. Der Wind wurde noch stärker und die Entfernung zur ersten Jolle schrumpfte weiter. Sie passte ihre Manöver der *Columbia* an. Ihre Crew wusste, dass sie jederzeit von einem Strahl getroffen werden konnte; dass sie dennoch einen kühlen Kopf bewahrte, nötigte Loren einigen Respekt ab.

Wieder hörte er ein Pochen und ein Armbrustbolzen bohrte sich in die Kunststoffkonsole vor Homers Arm. Homer richtete einen gleichgültigen Blick darauf und setzte seinen Monolog fort. »Oder vielleicht denkt Rupert Paule nie über solche Dinge nach. Das gehört zu den Vorteilen, ein wahrer Gläubiger zu sein. Beweise sind irrelevant. Es kann keine Schuld geben, wenn man im Auftrag Gottes handelt. Zu schade, dass ich nie eine göttliche Botschaft empfangen habe. Andererseits hatte auch ich ihm nie viel zu sagen. Ich habe seine Nichtexistenz immer für einen schweren Charakterfehler gehalten.«

»Mittschiffs! Fock dichtholen. Segel für Geschwindigkeit. *Columbia*, Feuer auf die erste Jolle. Sie ist zu nahe herangekommen.«

Ein blauer Blitz erfasste einen der beiden Katamarane. Der zweite änderte abrupt den Kurs, um den Trümmern auszuweichen. Loren beugte sich vor und versuchte, Einzelheiten zu erkennen. Plötzlich glitt etwas vorbei.

»Himmel, Loren!«, rief Danny. »Die *Antigone* ist in Schwierigkeiten.«

Loren ließ den Feldstecher sinken. Die *Antigone* war zwischen die *Columbia* und die feindliche Flotte geraten, ihre Segel zerrissen.

»*Antigone*, abdrehen. Nach steuerbord segeln, weg vom Kampfgebiet.« Loren beobachtete, wie sie sich entfernte, langsam ohne das Hauptsegel. Die weiße Jolle nahm die Verfolgung auf. »Weiter feuern, Kelly. Bitte erledige die Jolle.«

»Nein, Rupert schläft gut des Nachts, während ich mich hin und her wälze und über andere Universen nachdenke. Nein, für den alten Rupe gibt es keine Gewissensbisse, keine quälenden Gedanken. Für Homer hingegen gibt es jede Menge davon. Es ist der Fluch des Ungläubigen: die Gewissheit, dass man für jede Entscheidung, die man trifft, selbst verantwortlich ist. Und das härteste Urteil, mit dem man leben muss, fällt das eigene Gewissen.«

»Beeilt euch, mittschiffs! Wendemanöver, bringt uns zwischen die Angreifer und die *Antigone*. Wenden, Homer.«

»Wenden, aye, aye, Sir.« Homer drehte das Steuerrad.

»*Palomar*, ihr seid auf euch allein gestellt. Das *Palomar*-Geschwader empfängt seine Anweisungen jetzt von Edward. *Columbia*-Geschwader, klar zum Wenden. Und los. Homer, den Kurs halten.«

»Oh, klar. Keine Veränderungen mehr. Es ist entschieden. In einem anderen Universum sieht die Sache anders aus, aber hier sind die Würfel gefallen.«

»*Antigone*, Kurs halten. Wir setzen uns vor euch.« Loren beobachtete, wie die Leute auf dem Vordeck der *Antigone* eine Sturmfock durch die Bugluke zogen. Als sich der Bug des Boots senkte, schlug grünes Wasser auf das Segel und strömte zur Unterdeck-Crew. Es war zu hören, wie in der Plicht der *Antigone* Befehle gerufen wurden, und dann, einen Moment später, war die *Columbia* vorbei und man hörte nur noch das Fauchen des Winds.

»Anluven, Homer«, sagte Loren. »Segel mittschiffs dichtholen. Kelly, schieß weiter.«

Danny rief ihr Richtungsdaten zu. Ein weiterer blauer Blitz zuckte vom Himmel herab und ging auf der anderen Seite der Jolle nieder, ohne dass klar wurde, um wie viele Meter er das Ziel verfehlte.

»Etwa fünfzig Meter weiter vorn, Kelly.«

Noch ein Blitz gleißte, keine drei Meter entfernt, so hell, dass er Loren blendete. Dampf zischte ihm entgegen. »Feuer einstellen, *Columbia*, lieber Himmel!« Kelly hatte gesagt, dass er darauf vorbereitet sein sollte, während des Gefechts eins der eigenen Schiffe zu treffen, aber er war nicht bereit, die *Columbia* aufs Spiel zu setzen. Es gab keinen Schutz vor den Laserstrahlen und bei dieser geringen Entfernung konnten sie sich selbst treffen, wenn sie auf die Jolle schossen.

Loren warf den Feldstecher in die Plicht und sah, wie Proctor Pinkham seine Brille mit dem Stoff des Trainingsanzugs säuberte. Das weiße Boot näherte sich der *Columbia* von der anderen Seite und stellte die Segel so sehr in den Wind, wie es möglich war. »Drehen, Homer. Bring uns vor ihn. Zwingen wir ihn zu einem Ausweichmanöver.«

»Drehen, in Ordnung.«

Loren spürte, wie sich die Nase der *Columbia* etwas mehr in den Wind hob. Die Entfernung betrug etwa vierzig Meter. Deutlich sah er die Besatzungsmitglieder der Jolle, die mittschiffs an der Winsch arbeiteten und versuchten, die Fock noch mehr dichtzuholen. Bei der Plicht glänzte etwas im Sonnenschein, zwei Zylinder aus Metall, vermutlich mit verschiedenen Gasen gefüllt, die zusammen das tödliche Nervengas ergaben. Wenn noch Zweifel existierten, so verschwanden sie, als die Leute an Bord der Jolle schwarze Gasmasken aufsetzten.

Jemand zog an Lorens Ärmel. »Weg von dem Boot, Loren!«, rief Kelly. »Wir müssen die Entfernung vergrößern, damit wir wieder feuern können.«

Loren sah zum Gegner zurück. Abgesehen von der Jolle, die sie querab hatten, war nur noch eine weitere übrig und die befand sich im Wind. Es war nur eine Frage der Zeit, bis Edward sie erledigt hatte. Der zweite Katamaran schien ebenfalls getroffen worden zu sein.

»Den Kurs halten, Homer.« Jetzt abzudrehen hätte bedeutet, die *Antigone* der Jolle zu überlassen, denn ohne Hauptsegel konnte sie nicht entkommen. Und wenn sie vor ihr in den Wind kreuzte, konnte sie Opfer eines Giftgasangriffs werden. Loren wollte keins seiner Boote opfern, zumal der Kampf fast gewonnen war.

Plötzlich fühlte er einen stechenden Schmerz, senkte den Blick und sah Blut am linken Schienbein. Ein Pfeil hatte das Hosenbein durchschlagen und dabei das Schienbein gestreift.

»Kelly, an die Armbrust.« Loren schob sie mit beiden Händen der fest montierten Waffe entgegen; hinter der Plexiglashaube beim Spiegel am Heck würde sie sicher sein. »Kendra, gib mir den Schild, schnell.« Sie reichte eine flache Plexiglasplatte mit daran festgeschraubten Griffen nach oben und Dan McCree ergriff sie, lief damit nach achtern und hielt den Schild vor Homer und Loren. Proctor Pinkham half ihm dabei. Loren richtete seine Aufmerksamkeit wieder auf das andere Boot. Der Wind heulte noch immer und die Entfernung zwischen den beiden Booten schmolz schnell dahin. Man konnte die Anweisungen hören, die auf dem Deck der Jolle gerufen wurden.

Kelly schoss auf den Armbrustschützen hoch oben im Mastkorb des gegnerischen Boots.

»Verdammt!«, sagte sie, als sie feststellte, dass sich die Waffe nicht weit genug nach oben richten ließ. Sie zerrte die Armbrust aus ihrem Sockel und lief damit nach vorn.

Neben Loren zuckte Danny plötzlich zusammen und sank auf den Boden der Plicht. Ein Pfeil steckte zwischen den Schulterblättern, und zwar so, dass er auf Lunge und Herz zeigte. Blut trat aus der Wunde. Loren sprang zu ihm und griff nach dem Schaft. »Kendra. Erste Hilfe! Den Pfeil stabilisieren. An die Arbeit.«

Kendras Gesicht war weiß, als sie zögernd die Hand nach dem Pfeil ausstreckte.

»Ich hab ihn, Loren.« Proctor Pinkham hockte neben ihm. Loren zog die Hand und der Proctor legte seine dort um den Schacht, wo er zwischen den Schulterblättern aus dem Körper ragte. Loren stand auf und hielt den Schild. Pinkham beugte sich über Dan, schirmte ihn mit seinem Körper ab.

Kelly hatte den Mast erreicht und schoss von dort aus mit der Armbrust. Beim zweiten Schuss hörte Loren einen Schrei und beobachtete, wie jemand aus dem Mastkorb der Jolle aufs Deck fiel. Kelly jubelte und Loren rief: »Kurs halten, Homer. Zwing den Gegner zum Abdrehen.«

Plötzlich kam ein lauter Ruf von Homer. Er wölbte eine Hand am Mund und richtete seine Worte an die Jolle: »STEUERBORD! Wir haben Vorfahrt, du Idiot. Du bist ein Backbordbug-Schiff. Gib den Weg frei!«

Das Hauptsegel der Jolle flatterte, als der Steuermann zögerte. »Wir sind auf der Steuerbordseite«, erwiderte er dann. »*Wir* haben Vorfahrt.«

»Du drängst herein!«, rief Homer. »Regel 39. Gib den Weg frei. Die *Columbia* hält den Kurs.«

Erneut flatterte das große Hauptsegel der Jolle. Flüche erklangen in ihrer Plicht und dann drehte sie plötzlich in den Wind. Loren hörte das Rasseln der Winschen, als das Segel dichtgeholt wurde, und dann neigte sich die Jolle zur Seite, präsentierte der *Columbia* ihre Breitseite.

»Los, Homer!«, schrie Loren. »Ramm den Mistkerl.«

»Oh, ja, zu Befehl. Den Mistkerl rammen, aye, aye, Sir.« Homer bewegte das Steuerrad und blieb so ruhig wie bei einem sonntäglichen Segelausflug mit der Familie. Die *Columbia* krängte, als ihre Segel den Wind einfingen, und wurde schneller. Mit fast zehn Knoten pflügte sie durchs Meer.

»Achtung, alle gut festhalten!« Lorens Stimme überschlug sich fast. Schreie ertönten bei der Besatzung der Jolle. Loren blickte nach vorn zu Kelly und stellte fest, dass sie einen Arm um den Mast geschlungen hatte. Er klammerte sich an der Kajütenluke fest und dann erfolgte auch schon der Aufprall. Mit einem donnernden Krachen schmetterte der Bug der *Columbia* gegen den Rumpf der Jolle, stieg ein wenig auf und bohrte sich mittschiffs. Homer gab im Moment des Kontakts ein »Uffff« von sich. Wenige Sekunden später krachte es erneut, als der Hauptmast der Jolle brach; Segel, Taue und Leinen fielen aufs Deck.

Kelly war auf den Beinen, schnappte sich eine der vier Macheten, die direkt hinter dem Mast bereitlagen, und lief nach vorn.

»Nein, Kelly …« Loren eilte los, um sie zurückzuhalten, aber Kelly setzte bereits über die Reling hinweg und sprang auf die Jolle. Loren folgte ihr und hielt nur kurz inne, um selbst eine Machete zu nehmen. Holz und Metall gaben nach, als der Bug der *Columbia* über die Seite der Jolle kratzte. Loren sprang ebenfalls von der Reling und landete in einem Durcheinander aus Segelplanen und Leinen auf dem Deck der Jolle. Gestalten bewegten sich unter dem weißen Stoff. Die *Columbia* schwamm jetzt wieder frei und drehte sich schnell luvwärts.

Loren rollte herum und befreite sich von einem Tau. Hinter ihm schlug Kelly nach einem Mann neben den silbernen Gaszylindern. Einer der Zylinder war geöffnet und gelbliches Gas strömte heraus. Der Mann – er trug eine Gasmaske – versuchte, den zweiten Zylinder zu erreichen. Loren wusste: Beide Gase waren für sich genommen harmlos, aber zusammen wirkten sie tödlich. Kelly holte aus und brachte die Machete auf den Rücken des Mannes herab. Überall war Blut. Der Verwundete warf sich Kelly entgegen und ging mit ihr zu Boden.

Loren setzte über Segel und Leinen hinweg und wollte ihr zu Hilfe kommen, doch plötzlich erschien ein anderer Mann vor ihm. Er trug ebenfalls eine Gasmaske und hielt eine Luftpistole in der Hand, richtete sie auf Lorens Gesicht und schoss. Ein kleiner Pfeil traf seine Wange, durchdrang sie und schlug gegen die Zähne. Er spuckte ihn zusammen mit Blut aus, lief weiter und wusste, dass es der Mann auf seine Augen abgesehen hatte. Er schwang die Machete von der Hüfte aus nach oben, legte seine ganze Kraft dahinter. Ein Schrei erklang, gedämpft von der Gasmaske. Die Hand mit der Luftpistole fiel aufs Deck und das Gesicht des Mannes, was davon zu sehen war, verwandelte sich in eine Fratze aus Schmerz und Zorn. Loren begriff, dass er diesen Mann töten musste. Er *wollte* ihn töten, hob die Machete mit beiden Händen über die Schulter, schlug erneut zu und schnitt seinem Gegner den Bauch auf. Blut spritzte und Eingeweide quollen hervor. Loren wollte zurückspringen, rutschte aber aus und fiel.

Wo zum Teufel war Kelly? Loren hatte die Orientierung verloren und wusste nicht einmal mehr Bug und Heck voneinander zu unterschieden. Als er auf die Knie rollte, bemerkte er etwas Blaues. Dort war sie und versuchte, den geöffneten Gaszylinder über Bord zu werfen. Sie hatte ihn bereits halb auf der Reling und in einer Art Zeitlupe beobachtete Loren, wie der Behälter kippte und aufs Deck zurückzurutschen drohte, sich dann zur anderen Seite neigte und fiel.

Loren kam auf die Beine und wankte nach achtern, Kelly entgegen. Ein weiterer Mann mit Gasmaske, gerade unter dem Segel hervorgekrochen, versperrte ihm den Weg. Loren hatte seine Machete verloren, stürzte sich auf den Mann und riss ihn von den Beinen. Der Mann stemmte sich hoch, kehrte ihm auf Händen und Knien den Rücken zu. Loren warf sich nach vorn, prallte gegen das Hinterteil des Mannes und schickte ihn über die Reling. Als er neben Kelly auf den Rücken rollte, näherte sich ein weiterer Gegner, ebenfalls mit Gasmaske. Er hielt einen Säbel in der Hand, dessen Klinge im Sonnenlicht scheußlich glänzte.

Auf der anderen Seite des Boots krachte es, als ein zweiter Segler mit der Jolle kollidierte. Kampfschreie erklangen; Männer und Frauen sprangen über die Reling. Der Mann mit dem Säbel drehte überrascht den Kopf und Loren sah ein böses Blitzen in seinen Augen. Kelly schlug zu, zog ihm die Machete über die Brust und hinterließ einen roten Streifen. Dann hob sie die schwarze Klinge über den Kopf und brachte sie auf das Schlüsselbein herab. Rotes Arterienblut strömte aus dem Hals, spritzte Kelly ins Gesicht, in ihr Haar und auf den Trainingsanzug. Sie taumelte zurück.

Jared Williams war plötzlich an ihrer Seite, ergriff sie und trug sie halb zur gegenüberliegenden Reling.

»Hierher, Loren!« Vier Gestalten in blauen Trainingsanzügen eilten ihm zu Hilfe, alle mit Macheten bewaffnet. Loren schaffte es endlich, wieder aufzustehen, hörte dabei, wie Holz brach und Metall riss, als sich die beiden Boote voneinander trennten.

»Zur *Celestine*!«, rief Williams. Seine Stimme übertönte das Getöse. »Alle zurück zur *Celestine*!« Er hob Kelly hoch, setzte sie auf die Reling und gab ihr einen Stoß, der sie zum anderen Boot brachte. Dann drehte er sich zu den anderen um, winkte mit beiden Armen und versuchte ihnen begreiflich zu machen, dass sie die Jolle verlassen sollten. Loren wankte übers Deck und trat dabei auf eine Gestalt, die noch unter dem Segeltuch lag.

Die Männer und Frauen in Trainingsanzügen sprangen nacheinander zur Celestine, aber Williams wartete noch.

»Springen Sie, Jared!«, rief Loren und beobachtete, wie schließlich auch William die *Celestine* erreichte. Loren nahm zwei Schritte Anlauf und sprang, mit Kopf und Armen voran, dem hellblauen Heckbalken der *Celestine* entgegen. Er landete auf Holz und Kunststoff, drohte abzurutschen und ins Meer zu fallen, langte nach dem Achterstag und schnitt sich dabei die Hand auf. Sein eigenes Blut tropfte auf das Stag und in sein Gesicht; die Füße waren im Wasser.

Eine starke Hand ergriff seinen Arm. Als er aufsah, erkannte er Claymore, der ihn mit solcher Kraft nach oben zog, dass er regelrecht in die Höhe flog und in die Plicht fiel, wo er gegen das Süll stieß. Mit tanzenden Funken vor den Augen setzte er sich auf.

»Kelly …«, sagte er.

Der Steuermann erschien in seinem Blickfeld. War es ein Mann oder eine Frau? Er konnte es nicht erkennen, sah nur zwei Hände am Steuerrad der *Celestine*, nicht aber den Körper, zu dem sie gehörten. Nur die Hände. Die Fingernägel waren rosarot lackiert und Loren bemerkte einen Ehering. Er beugte sich über die Reling und kotzte.

Plötzlich herrschte Stille, als der Wind von einem Augenblick zum anderen aufhörte. Es folgten ein jähes Fauchen und Donnern, das sich zweimal wiederholte – Laserstrahlen trafen ein Boot. Erneut breitete sich Stille aus, aber nur kurz – lauter Jubel verscheuchte sie. Er erklang erst auf dem Vordeck der *Celestine* und dann auch auf den anderen Booten. Loren hob den Kopf. Es schwammen jede Menge Trümmer im Wasser und nicht ein einziges feindliches Boot war intakt. Er blickte an der Reling entlang nach vorn und da war Kelly, voller Blut. Sie schien sich ebenfalls erbrochen zu haben, winkte ihm schwach zu und setzte sich auf. Jemand schlug immer wieder voller Begeisterung mit einer Winschkurbel gegen die Spinnakerglocke.

Die *Celestine* glitt ruhig durchs Wasser. Noch immer ertönte Jubel von allen Seiten und Loren fühlte, wie er sich entspannte. Es gab nichts mehr zu tun; er konnte einfach nur dasitzen.

Kelly hatte etwas nicht weit vom Bug der *Celestine* entfernt gesehen: ein furchterfülltes Gesicht, gerade so über dem Wasser.

»Einer von uns«, sagte sie und sprang über die Reling. Der Steuermann sah es offenbar, denn Loren fühlte, wie die *Celestine* plötzlich in den Wind drehte. Er kroch unter der Reling hindurch und ließ sich ins Wasser hinab. Die grüne See schloss sich für einen Moment über seinem Kopf. Er konnte den Himmel durch das Wasser sehen und als er wieder auftauchte, folgte er Kelly. Sie hatte den Mann erreicht und stützte ihn von hinten, mit einer Hand unterm Kinn. Es war ein junger Asiat, kaum mehr als ein Knabe. Loren hatte ihn noch nie gesehen. Als er Kelly erreichte, sauste eine Leine über ihn hinweg. Loren griff danach und schlang sie Kelly unter den Armen hindurch um den Oberkörper. Mit einer Hand hielt sie noch immer das Kinn des Jungen hoch und mit der anderen fuhr sie sich immer wieder durchs Gesicht. Loren brauchte einen Moment, um zu begreifen, dass sie versuchte, sich das Blut aus dem Gesicht zu waschen, wobei sie kaum den eigenen Kopf über Wasser halten konnte. Das Meer um sie herum war voll von dem Blut, das sie im Haar und an der Kleidung gehabt hatte. Loren fand das Ende der Leine und knöpfte es zu einer Schlinge, die Kelly und den nach Luft schnappenden Jungen umgab. William hielt das andere Ende der Leine. Als er Kelly und den Asiaten zur *Celestine* zog, schwamm Loren neben ihnen.

Claymore bückte sich tief, zog den Jungen hoch und aufs Deck. Als er aus dem Wasser kam, wurde klar, dass er keinen blauen Trainingsanzug trug, sondern eine weiße Uniform.

»Er ist keiner von uns, Kelly.«

»Er ist Chinese. Also dachte ich …«

»Die andere Seite hat auch Chinesen.«

»Er ist nur ein Junge, Loren.«

»Wir haben vereinbart, keine Gefangenen zu machen.«

»Er ist mein Gefangener. Du kannst ihn nicht ins Meer zurückwerfen. Wenn du jemanden ins Meer werfen willst, musst du dir selbst einen Gefangenen besorgen.« Kelly reichte Claymore die Hand und er zog sie mühelos aus dem Wasser.

Als er selbst an die Reihe kam, staunte Loren über die Kraft des kleinen Mannes – in Claymores festem Griff schoss er aus dem Wasser. Wenige Sekunden später saß er und neben ihm rollte sich Kelly halb auf den Jungen, um ihn zu schützen. Er hustete Wasser.

»Er soll weiter husten«, sagte Loren automatisch und sah zu Jared Williams hoch. »Wenn er sich übergibt, muss der Kopf zur Seite gedreht werden, damit er nicht erstickt.«

»Wir kennen uns damit aus, Loren.«

»Bringen Sie Dr. Bolen zur *Columbia*, Jared. Danny ist verwundet.«

»Er ist schon drüben. Ted hat ihn gerufen. Mit Danny ist so weit alles in Ordnung. Sie haben seinen Zustand stabilisiert.«

Loren richtete den Blick wieder auf Kelly und verstand nicht sofort, was geschah. Sie lag noch immer halb auf dem Jungen und … schluchzte.

»Kelly …«, ertönte oben Jareds Stimme. »Komm schon, Kelly.«

Der Junge, beziehungsweise der junge Mann, starrte sie an. Kellys Tränen fielen ihm ins Gesicht. Loren beugte sich über sie und fühlte ihren Hals. Kalt. Sie zitterte.

Loren stand auf und zog auch Kelly auf die Beine. »Jemand soll sie nach unten bringen und ihr die nassen Sachen ausziehen.« Er sah sich um. Eine Frau stand am Steuerrad und alle anderen waren Männer. Loren legte Kelly den Arm um die Taille und führte sie selbst die Kajütentreppe hinunter.

Unten zog er ihr den Trainingsanzug aus. Kellys Zähne klapperten. Ihre Haut hatte einen bläulichen Ton angenommen und sie zitterte noch immer und schluchzte. Loren legte sie auf eine Koje, nahm die dicke Baumwolldecke vom Fußende und deckte Kelly damit zu. Sie wand sich unter der Decke und ein paar Sekunden später reichte sie ihm ihre nasse Unterwäsche. »Ich bin in Ordnung«, brachte sie undeutlich zwischen den klappernden Zähnen hervor. Loren hörte, wie Claymore in der Kombüse Wasser für sie erhitzte.

Er stand neben der Koje und fragte sich, was noch getan werden musste. Für Kelly, für die Flotte, für Baracoa oder für sonst jemanden. Der Gedanke an Baracoa ließ die Starre von ihm abfallen. Rasch trat er zur Kommunikationskonsole neben dem Kartentisch, nahm das mit »Flotte Lichtsignal« gekennzeichnete Mikrofon und rief die *Rondolet.* Fast sofort meldete sich Melissa Blake. »Hier ist Loren. Ich möchte mit Candace reden.«

Ein Klicken, eine kurze Pause und dann: »Hier Candace.«

»Ich schalte jetzt die Störsender aus. Bitte setzen Sie sich mit Baracoa in Verbindung und geben Sie die Neuigkeiten durch.«

»Mache ich sofort. Danke, Loren.«

Er legte das Mikrofon zurück, fand einen mit »AM normal« gekennzeichneten Schalter und betätigte ihn. Jared betupfte seine Wange mit einem Wattebausch, aber er bemerkte es kaum. Das Knacken und Quietschen der Störsignale kam aus dem Lautsprecher des Funkgeräts und dann war plötzlich nur noch das leise Rauschen normaler Statik zu hören. Nach einem Moment hörte Loren Candaces Stimme.

»*Celestine* an Baracoa.«

»Ist alles in Ordnung, Candy? Ist bei euch alles in Ordnung?« Das war Chandler.

»Alles bestens bei uns. Es gibt einige Verletzte, aber nichts Schlimmes.«

»Dem Himmel sei Dank.«

»Wir sind alle gerettet, Chandler«, sagte Loren.

»Ja, das sind wir«, erwiderte er. »Wir alle. Was wir Ihnen verdanken, euch allen. Sie haben Ihre Sache gut gemacht. Richtig gut. Wundervoll. Bitte geben Sie das an die anderen weiter.«

»Mache ich.«

Loren sank auf die Bank unter Kellys Koje. Es gab ein Loch in seiner Wange und Jared war wieder in der Kombüse und bereitete einen Verband vor. Oben raschelte die Decke. Kellys Hand kam heran und fuhr ihm durchs Haar, glitt nach links und zog an seinem Ohrläppchen. Er fühlte, dass die Hand noch immer zitterte.

25

Gezielter Schlag

Rupert Paule hatte immer fest daran geglaubt, dass sich aus Rückschlägen neue Gelegenheiten ergeben. Lincolns Erfolg als Präsident, so sein Credo, war eine direkte Folge seines Misserfolgs als Anwalt. Pattons größter Sieg ließ sich seiner Meinung nach auf frühere Blamagen zurückführen und Phil Donahue hatte allein deshalb ein Vermögen im Showgeschäft verdient, weil er zuvor als Banker gescheitert war. Das beste Beispiel von allen bot Nixon. Ganz gleich, was im Leben auch schiefging: In den bewegenden Worten von Nixons »Six Crises« konnte man immer Trost finden. Paule hatte das Buch ein Dutzend Mal gelesen. Wenn unerwartete Schwierigkeiten auftraten, nahm er sich immer wieder das eine oder andere Kapitel vor. Als klar geworden war, dass die im Oktober entsandte Kuba-Flotte nicht zurückkehren würde, hatte er sich hingesetzt und Six Crises noch einmal gelesen, von der ersten bis zur letzten Seite. Es war ein echter Tiefpunkt gewesen. Schließlich hatte er sich erholt. Er würde überleben und weitermachen. Er wollte nicht mehr auf all die Katastrophen des letzten halben Jahres zurückblicken. Doch in einem entfernten Winkel seines Kopfes gab es den kleinen bitteren Gedanken, dass er, wenn er eines Tages seine Memoiren schrieb, sie nicht »Six Crises«, sechs Krisen, nennen konnte, sondern »Sixty Crises«, sechzig Krisen.

Wenn er zu den Menschen gehört hätte, die sich beim Lesen Notizen machten, wären seinem Notizblock vielleicht folgende Nixon'sche Prinzipien anvertraut worden: Fühle dich nie schuldig; greife an, anstatt zu verteidigen; lass dich nicht von Loyalität aufhalten. Wohin konnten solche Prinzipien nach dem Oktober-Fiasko führen? Paule dachte immer wieder an den Plan und sein verheerendes Ergebnis. Sieben alte Segelschiffe waren in den Krieg geschickt worden, bewaffnet womit? Mit Armbrüsten, Pfeil und Bogen und Messern. Jemand hatte dieser lächerlichen Bewaffnung Nervengas hinzugefügt, das durchaus nützlich gewesen wäre, wenn die Angreifer es geschafft hätten, mit dem Wind gegen den Feind zu segeln. Aber die blöden Passatwinde machten ihnen einen Strich durch die Rechnung. Um sich vor dem Gas zu schützen, brauchte Layton die Flotte nur auf offener See abzufangen. Er konnte mit eigenem Gas gegen sie vorgehen oder sie allein mit seiner Übermacht überwältigen. Wer wusste schon, wie viele Leute die elenden Verräter inzwischen rekrutiert hatten?

Insgeheim befürchtete Paule, dass das Verschwinden der Jollen auf technologische Überlegenheit des Feinds zurückzuführen war. Vielleicht, so sein Alptraum, standen Layton Maschinengewehre, Raketen, Kanonen, Jets und Napalmbomben zur Verfügung. Immerhin kontrollierte er den teuflischen Apparat, der Explosionen verhinderte. Er konnte ihn ausschalten, wenn es ihm in den Kram passte, moderne Waffen einsetzen und den verdammten Apparat anschließend wieder einschalten. Paule zweifelte kaum daran, dass genau das geschehen war. Natürlich hatte er an diese Möglichkeit gedacht und Vorbereitungen getroffen. Im Keller des Watergate-Komplexes waren einige Marinesoldaten damit beschäftigt gewesen, einmal pro Minute zu versuchen, Streichhölzer anzuzünden. Auf diese Weise sollten sie herausfinden, wann der Inhibitor nicht mehr funktionierte. Viel Zeit wäre ihnen vermutlich nicht geblieben, aber Paule hätte jede wertvolle Sekunde gut zu nutzen gewusst. Er war bereit gewesen, zwölf Cruise Missiles mit Atomsprengköpfen loszuschicken und ganz Kuba in Schutt und Asche zu legen. Er hatte die Abschusssilos in Gaithersburg besucht und mit einem Filzstift »FÜR KUBA« auf die Nase eines Atomsprengkopfs geschrieben.

Aber so sorgfältig die Vorbereitungen auch gewesen waren, sie brachten ihm nur eine weitere Enttäuschung. Den verdammten Marinesoldaten mit den Streichhölzern war langweilig geworden und sie hatten sich einfach auf und davon gemacht. Wenn der Inhibitor tatsächlich für kurze Zeit ausgeschaltet worden war, hatte in Washington niemand etwas davon bemerkt. Und es kam noch schlimmer: Der Fehlschlag war nicht unbemerkt geblieben. Colonel Gustafson hatte bei einer Besprechung über das Desertieren von »Rupert Paules Kampftruppe« gespottet. Diese dummen Worte würde Gustafson irgendwann bereuen.

Layton hätte nur wenig Zeit gebraucht, um die Angreifer zu erledigen. Nach dem Ausschalten des dreimal verfluchten Inhibitors wären ein oder zwei Minuten genug gewesen, um ein paar Sidewinder oder was auch immer zu starten und die hilflosen Segelboote zu vernichten. Anschließend brauchte er den verdammten Apparat nur wieder einzuschalten, um zu verhindern, dass ihm Amerikas Patrioten eine angemessene Antwort gaben. Paule war davon überzeugt, dass Layton auf diese Weise vorgegangen war, denn er selbst hätte nicht anders gehandelt. Tapfere amerikanische Jungs waren also von feindlichen Sidewindern getötet worden. Er hätte kotzen können. Nicht dass ihm viel an den Seeleuten lag. Sie waren nur die Eier, die er für sein Omelette hatte aufschlagen wollen. Was ihm so schwer im Magen lag, war der Frust darüber, sich nicht an Homer Layton rächen zu können. Alles in ihm schrie nach Vergeltung. Paule hasste Homer Layton. Er hasste ihn mehr, als er Hitler, Stalin, Senator Feinstein oder den Sierra Club hasste.

Zurück zum Thema der neuen Gelegenheiten, die sich aus Rückschlägen ergaben. Was hätte Nixon unternommen, um das Oktober-Desaster in einen Vorteil für sich zu verwandeln? In Paules Gedanken nahm allmählich ein Plan Gestalt an. Er drehte sich um eine schlichte Tatsache: Die Katastrophe war nicht Rupert Paules Schuld. Gallant trug dafür die Verantwortung. Er allein war schuld daran. Also sollte auch er allein dafür büßen. Dieser Gedanke entlockte ihm ein Lächeln. Der in Paules Watergate-Büro auf der anderen Seite des Schreibtischs sitzende Willard Courtenay sah dieses Lächeln und spürte, wie sich seine Afterschließmuskeln verkrampften.

»Ich glaube, Captain Courtenay, ich habe Sie schon einmal darauf hingewiesen, dass ich gegen die Oktober-Aktion gewesen bin. Ich war von Anfang an dagegen.«

»Tatsächlich, Sir? Ich meine, ja, Sir.«

»Sie erinnern sich bestimmt daran.« Paule richtete einen bedeutungsvollen Blick auf den Captain.

»Dass Sie von Anfang an dagegen waren …«

»Sie erinnern sich also. Aber Reverend Nolan Galant musste unbedingt mit dem Kopf durch die Wand. Und ich hab's erlaubt. Man könnte sagen, wir haben ihm freie Hand gelassen, damit er scheitert.«

»Freie Hand, Sir?«

»Ja.«

»Damit er scheitert?«

»Ja, genau. Sehr aufmerksam von Ihnen, Captain. Ich habe mich gefragt, ob Sie bei jener Gelegenheit nicht in ähnlichen Bahnen dachten wie ich. Jetzt weiß ich, dass das tatsächlich der Fall war. Sie haben in diesen schwierigen Zeiten immer wieder viel Grips gezeigt. Inzwischen bin ich sicher, dass Sie in Hinsicht auf Reverend Gallant ebenfalls Ihre Zweifel hatten, nicht wahr?«

»Nun, ich …« Courtenay wusste nicht, was er sagen sollte.

»Genau. Dachte ich mir's doch. Einen klugen Kopf haben Sie da. Steckt voller Einsichten und Erkenntnisse.«

»Manchmal mache ich mir so meine Gedanken. Über dies und das.«

»Ja, und das sieht man Ihnen an. Ich glaube, es war Ihre gesunde Skepsis in Bezug auf Gallant, die mich dazu brachte, in diesen Bahnen zu denken. Was nicht heißen soll, dass Sie eine Art offenes Buch oder so was wären. Nein, Captain Courtenay ist undurchschaubar für alle, die es nicht verstehen, richtig hinzusehen.«

»Äh. Ich bin ein guter Kartenspieler.«

»Na bitte.«

»Bei Doppelkopf gewinne ich oft. Und beim Quartett schlage ich meine Kinder. Mein kleiner Junge weint deshalb, aber es ist eine Lektion für ihn; er soll etwas lernen.«

»Natürlich.«

»Wobei es nicht um Quartettspielen geht, sondern ums Leben.«

»Kann von Glück sagen, einen solchen Vater zu haben, Ihr kleiner Junge. Nun, wann haben Sie zum ersten Mal gedacht, dass Gallants Tage als unser De-facto-Anführer gezählt sind?«

»Wann habe ich das zum ersten Mal gedacht?« Es war eine Frage, die Courtenay nicht Paule stellte, sondern sich selbst. Jemand hatte zur Kenntnis genommen, dass er eigene Gedanken dachte. Das empfand Courtenay als so schmeichelhaft, dass er die richtige Antwort geben wollte. »Oh, schon vor einer ganzen Weile.«

»Dachte ich mir! Vermutlich haben Sie das schon gedacht, noch bevor mir der Gedanke kam.«

»Vielleicht. Oder ein bisschen später. Sir.«

»Captain, ich verneige mich vor Ihrer diesbezüglichen Erfahrung.« Paule gab sich achtungsvoll. »Wir haben es hier mit einer Situation zu tun, in der das ausgebildete militärische Gehirn uns Zivilisten gegenüber im Vorteil ist. Ich werde mir ein Beispiel an Ihnen nehmen und Ihren Rat beherzigen, was die Maßnahmen betrifft, die es nun zu ergreifen gilt.«

»Ja?«

»Ja. Nun, Sie denken wahrscheinlich – und da bin ich ganz Ihrer Meinung –, dass das Verschwinden der Jollen Gallant anzulasten ist, aber keineswegs einem Todesstoß gleichkommt.«

»Kein Todesstoß, nein.«

»Ganz richtig. Aber der Todesstoß könnte beim nächsten Mal kommen, bei der nächsten Sache, die schiefgeht. Wir müssen darauf vorbereitet sein. Wir müssen jetzt die notwendige Vorarbeit leisten, damit ein glatter Übergang zu einer neuen Führung möglich wird, wenn es so weit ist.« Paule senkte die Stimme und beugte sich vor. Sie saßen allein und bei geschlossener Tür in einem privaten Büro, aber Courtenay warf trotzdem einen Blick über die Schulter, als er sich ebenfalls vorbeugte. Die Falten in seiner Stirn wiesen darauf hin, wie sehr er sich konzentrierte. »Wir gehen folgendermaßen vor …«, sagte Paule.

*

D.D. Pease dachte fast nie an Amerika. Für ihn war es so, als hätte Amerika aufgehört zu existieren. Er rechnete damit, den Rest seines Lebens zu verbringen, ohne jemals wieder die Namen Texas oder Tennessee zu hören, ohne dass Republikaner, Demokraten, Red Sox, Facebook oder Seinfeld erwähnt wurden. Er fragte sich nicht einmal, wie es inzwischen um das Leben in dem Land stand, das er für seine Heimat gehalten hatte. Es war nicht mehr sein Zuhause. Seine Welt beschränkte sich auf den Strand von Baracoa und das Drumherum.

Pease und Ed Barodin hatten eine Werkstatt eingerichtet und sich auf die Reparatur von Dingen spezialisiert. Sie reparierten alles. Wenn etwas defekt war und ein neues Teil brauchte, das vielleicht extra erfunden werden musste, oder wenn es darum ging, etwas zu verändern, damit etwas wieder funktionierte, so war man bei ihnen genau richtig. In einer Woche reparierten sie Waschmaschinen, verbesserten eine neue Verbindung mit SHIELA, schlossen einige Telefone an und begannen mit einem Dutzend anderen Projekten. Wem blieb da Zeit, an die alte, zurückgelassene Welt zu denken?

Die selige Sorglosigkeit in Hinsicht auf Amerika hatte vor drei Wochen aufgehört und seitdem dachte Pease kaum an etwas anderes. Die Veränderung ging auf David Lee zurück, den jungen Seekadetten, den Kelly und Loren aus dem Meer des Bahama Channel gefischt hatten. Pease hatte kurz nach seiner Ankunft in Baracoa mit ihm gesprochen. Auch Proctor Pinkham hatte sich mit ihm unterhalten, bei einem Spaziergang am Strand. Anschließend hatten Pease und der Proctor ihre Eindrücke verglichen. Beide fanden, dass von Lee keine Gefahr ausging. Er war der einzige Überlebende der Angriffsflotte und überaus dankbar für seine Rettung. Sein verständlicher Respekt vor Kelly und Loren und die Achtung einer Kultur gegenüber, die blaue Blitze der Zerstörung vom Himmel holen konnte, garantierten seine Loyalität. Diese neue Loyalität ging so weit, dass er Loren und Kelly beunruhigende Mitteilungen über die Aktivitäten in Washington machte.

Loren trug die Geschichte zum Proctor und fügte ihr einen Plan hinzu, wie man der Gefahr begegnen konnte. Bei der nächsten Sitzung des Rats setzte sich Proctor Pinkham dafür ein. Er betonte, dass ein gezielter Schlag notwendig sei, und zwar gegen Fort Belvoir südlich von Washington D.C, am Potomac. Dort befand sich die Gefahr. Das von Barodin und Pease entwickelte neue SHIELA-Terminal war dafür die perfekte Waffe. Es konnte in einem kleinen Rucksack oder in einem Aktenkoffer verstaut werden und erforderte keine genaue Positionsbestimmung mehr. Am besten war, dass es von dem Computer getrennt werden konnte, der die eigentliche Kommunikation mit SHIELA übernahm. Wenn das Gerät in feindliche Hände geriet, ließ es sich vom Computer aus deaktivieren. Der Computer selbst musste nicht mitgenommen werden. Es genügte, wenn eine kleine Angriffsgruppe an der Küste von Maryland abgesetzt wurde. Loren schlug vor, die Leitung der Gruppe zu übernehmen, und er bat D.D. Pease, ihn zu begleiten.

Die neue SHIELA-Waffe war wundervoll. Wenn sie ihnen im Bahama Channel zur Verfügung gestanden hätte, wäre der Kampf nach fünf Minuten vorbei gewesen. Sie bestand aus zwei kleinen Teleskopen, jedes mit einem Sender über dem Okular ausgestattet. Die Signale der Sender hatten verschiedene Frequenzen und gingen in unterschiedliche Richtungen. Ein kleiner Transceiver empfing sie und errechnete aus ihnen die Position der beiden Teleskope und die Richtung, in die sie zeigten. An der Seite eines jeden Teleskops gab es einen Knopf. Betätigte man ihn, berechnete der Transceiver den Schnittpunkt der beiden Teleskop-Sichtlinien und schickte die Koordinaten zum Computer, der sie sofort an Revelation-13 weitergab. Um die Laserwaffe zu verwenden, brauchte man nur noch das Ziel anzuvisieren und den Knopf zu drücken.

Während der zweiten Novemberwoche machte sich die achtzehn Meter lange Slup *Dejah Thoris* mit einer zwölfköpfigen Besatzung auf den Weg. Im Schutz der Dunkelheit segelte sie in die Chesapeake Bay und setzte die Fahrt nach Norden fort, zu einer kleinen, unter Naturschutz stehenden Insel. Dort gab es eine bewaldete Bucht, in der man sich tagsüber gut verbergen konnte. In der nächsten Nacht segelte die *Dejah Thoris* weiter, bis zur Mündung des Pautuxent River. Der Fluss war während der ersten knapp fünfzig Kilometer schiffbar und günstiger Wind brachte die Slup und ihre Landegruppe bis nach Eagle Harbor, Maryland. Als der Abend dämmerte, hatte die *Dejah Thoris* wieder ihr sicheres Versteck in der Bucht erreicht.

Eine breite Halbinsel erstreckte sich zwischen den Flüssen Pautuxent und Potomac, die fast parallel zueinander der Chesapeake Bay entgegenströmten. Von Eagle Harbor aus mussten Loren und D.D. Pease nur die Halbinsel überqueren, um direkt vor Fort Belvoir zu gelangen; die Entfernung belief sich auf knapp fünfzig Kilometer. Anschließend galt es, den Potomac zu überqueren, damit sie dem Ziel nahe genug kamen. Sie beschlossen, nachts zu marschieren. Am Nachmittag des ersten Tages wollte sich Loren den nahen Ort Waldorf ansehen. Pease blieb zurück und hütete ihre Ausrüstung.

Die Überraschung an dem Ort bestand darin, wie normal er aussah. Läden hatten geöffnet und Leute waren unterwegs. Kinder spielten auf dem Schulhof. Es gab keine Autos oder Lastwagen auf den Straßen. Offenbar waren alle Fahrzeuge von Menschen oder mithilfe von Pferden weggezogen worden. Loren betrat ein kleines Lebensmittelgeschäft und sah sich die ziemlich knapp bestückten Regale an.

»Sie sind fremd hier, oder?«, fragte der Ladeninhaber, ein gut sechzig Jahre alter Mann, der eine schmutzige weiße Schürze trug.

»Ja. Das heißt, eigentlich nicht. Ich bin hier geboren«, log Loren. »Bin zurückgekehrt, um mir noch einmal alles anzusehen.«

»Komischer Akzent.«

»Ja. Ich bin spanischer Herkunft. Mein Vater war Diplomat.«

»Komischer Grund für die Rückkehr. Die meisten Leute haben heutzutage nicht viel Zeit für Nostalgie.«

»Na ja, ich bin auf der Durchreise.«

»Und Sie sind auf dem Weg nach?«

»Washington. Wegen meiner Arbeit.«

»Ach? Ich nehme an, Sie haben keine Arbeitspapiere, oder?«

»Oh, ich habe sie derzeit nicht dabei.«

»Verstehe. Ein Deserteur, nehme ich an.«

Der Mann wirkte nicht bedrohlich. Loren schwieg und hoffte, etwas zu erfahren.

»Sie kommen jeden Morgen hierher und suchen nach Deserteuren. Am Morgen sollten Sie in diesem Ort aufpassen, mein Sohn. An Ihrer Stelle würde ich mich hier am Morgen nicht blicken lassen.«

»Nein, Sir.«

»Am Morgen sollten Sie besser ein ganzes Stück weiter westlich von hier sein. Das heißt, wenn Sie nicht geschnappt und zu den Straßentrupps zurückgeschickt werden wollen.«

»Danke, Sir.«

»Haben Sie Hunger, junger Mann?«

»Nein, danke. Es ist alles in Ordnung. Ich habe etwas Proviant dabei.«

Der Mann strich sich nachdenklich über den grauen Stoppelbart. »Angenommen, nur einmal angenommen, Sie suchen nach einem Platz, wo Sie länger bleiben können, wo Sie für Essen und vielleicht auch ziemlich echt aussehende Arbeitspapiere zum Beispiel mit Holzhacken bezahlen könnten.«

»Ja, nur einmal angenommen.«

»Nun, dann hätten Sie die Möglichkeit, hierher zurückzukehren und mit mir zu reden. Ich könnte Ihnen vielleicht helfen.«

»Ich werde daran denken.«

»Tun Sie das.«

Eine Pause. Loren versuchte, dem Gespräch einen neuen Anstoß zu geben. »Natürlich würde es kaum helfen, wenn man mich schnappt, bevor ich Gelegenheit erhalte, zu Ihnen zurückzukehren.«

»Nein, das wäre eher ungünstig.«

»Um mir den Rücken freizuhalten für den von Ihnen erwähnten Platz, an dem ich länger bleiben könnte, sollte ich vielleicht wissen, welcher Ort morgen Sicherheit bietet. Irgendwo im Westen, sagen Sie?«

»Mhm. Ich nehme an, Sie sind klug genug, die Interstates zu meiden. An Ihrer Stelle würde ich von hier aus nach Norden und Westen gehen, am Highway 228 entlang. Wo er sich nach Süden wendet, sollten Sie den Weg über Land fortsetzen, nach Westen. Über Accokeek erstreckt sich Busch- und Waldland, das ziemlich weit reicht. Soweit ich weiß, wird dort nicht groß gesucht, wegen der Sümpfe. Das ist natürlich nur ein Gerücht. Was weiß ich schon von solchen Dingen?«

»Danke für Ihre Hilfe, Sir.«

»Viel Glück, junger Mann. Denken Sie dran, dies ist Amerika. Sie sind noch immer frei, auch wenn gewisse Leute versuchen, Ihnen diesen Gedanken auszutreiben. Halten Sie ihn gut fest in Ihrem Kopf, diesen Gedanken. Wenn ich dreißig Jahre jünger wäre, würde ich Sie begleiten, mit der Freiheit in meinen Füßen, und den Trupps aus dem Weg gehen. Es gibt reichlich Gelegenheiten für Leute, die unabhängig sind und hart arbeiten können.«

»Noch einmal vielen Dank.«

Loren verließ den Ort. Es war ein klarer Altweibersommertag. Die Blätter an den Bäumen hatten sich bereits verfärbt. Er fühlte sich an den frühen Herbst in Ithaca erinnert. Dort stand nun der Winter bevor, der erste schwierige Winter einer neuen Ära. Plötzlich dachte er an Matthew und Margaret Duryea und fragte sich, wie sie zurechtkamen. Wenigstens waren beide gesund. Es war mehr nötig als ein Ithaca-Winter, um sie zur Strecke zu bringen. Doch bekamen sie alles, was sie brauchten? Er wusste, dass Tompkins County jedes Jahr eine gute Getreideernte einbrachte. Wenn dort ebenso fleißig geerntet wurde wie hier, war alles in Ordnung. Zu beiden Seiten der Straße befanden sich Arbeiter auf den Feldern, mähten Heu und banden es zu großen Bündeln zusammen, als Winterfutter für das Vieh. Loren war bereits an einigen Karren mit Stahlbehältern vorbeigekommen, die vermutlich Milch enthielten. Gezogen wurden sie von langsamen, friedlichen Ochsen. Die Leute, denen er auf der Straße begegnete, lächelten freundlich, wirkten aber auch wachsam. Offenbar hatten sie in den vergangenen Monaten gelernt, Fremden gegenüber vorsichtig zu sein. Schließlich ließ Loren die Straße hinter sich zurück und wanderte durch den kleinen Wald, den sie als Treffpunkt vereinbart hatten. Dort fand er D.D. Pease, der auf einem Gasbrenner Kaffee kochte.

*

Am zweiten Tag lagerten sie in den sumpfigen Wäldern, die der Ladeninhaber vorgeschlagen hatte. In der folgenden Nacht stahlen sie am Ufer des Potomac ein Ruderboot. Die Ruder fehlten und so benutzten sie zwei Bretter von einem verlassenen Bauplatz als Paddel. Die Strömung war erstaunlich stark an der Stelle, wo sie den Fluss überqueren wollten. Sie begannen die Reise über den Potomac etwa sechs Kilometer stromaufwärts vom Fort und als sie die Virginia-Seite des Flusses erreichten, schätzte Loren, dass ihr Ziel nur noch anderthalb Kilometer entfernt war. Vorsichtig stakten sie am Ufer entlang. Sie durften sich nicht von der Strömung am Fort vorbeitreiben lassen, das bestimmt bewacht war. Loren kletterte aus dem Boot und sondierte die Lage, als der Fluss einen weiten Bogen machte. Er bemerkte elektrisches Licht an einem Kai, etwa tausend Meter hinter der Biegung. Der Mond schien nicht, aber er glaubte, eine dunkle Linie zu erkennen, die von oberhalb des Kais in den Fluss reichte, vielleicht Wasserturbinen. Die andere Seite des Flusses und praktisch alle Bereiche, die sie passiert hatten, waren ohne elektrisches Licht gewesen.

Pease schob das Boot mit den improvisierten Paddeln ins Schilf, wo es hoffentlich nicht entdeckt wurde. Dann suchten sie sich einen Weg durch den Wald, fort vom Ufer. Jeder von ihnen verfügte über eine Taschenlampe, aber sie wagten nicht, Gebrauch davon zu machen. Nach einer halben Stunde erreichten sie den Memorial Parkway, der sich leer vor ihnen erstreckte. Geduckt schlichen sie durchs hohe Gras am Rand der Straße.

Ihr Ziel war nicht das Fort selbst, sondern die Anlegestellen davor. Früher waren sie von der Navy für Schiffe benutzt worden, die geringen Tiefgang hatten und in die Nähe von Washington gebracht werden mussten. Sie boten sogar Platz genug für einen oder zwei Zerstörer. Das Licht der wenigen Lampen am Dock reichte nicht aus, um zu erkennen, was dort lag. Deshalb mussten sie Tageslicht abwarten, um einen genauen Eindruck von den Zielen zu gewinnen. Pease deutete auf eine lange Reihe von Zedern über dem Dock. Zwischen ihnen und der Straße, die an den Anlegestellen vorbeiführte, gab es einen schmalen Exerzierplatz. Vorsichtig näherten sich Loren und Pease den Bäumen und beobachteten uniformierte Seeleute im matten Licht. Sie schienen zu patrouillieren.

Zwanzig Minuten später hatten sie die Zedern erreicht. Hinter ihnen lag ein kleiner Wald, der bis hinunter zum Fluss reichte. Am kommenden Morgen würden sie vom Schutz der Zedern aus beobachten können, welche Schiffe am Dock lagen. Bis dahin konnten sie nur warten.

Am nächsten Tag beobachteten sie mit ihren Feldstechern die Aktivitäten bei und im Fort. Nach einigen Stunden wussten sie genug, um zu entscheiden, was getan werden musste. Aber da sie erst am Abend zuschlagen wollten, setzten sie die Beobachtungen fort.

In dem großen Backsteingebäude hinter den Anlegestellen war das Gas untergebracht, beziehungsweise eine Komponente des Nervengases – darauf hatte David Lee hingewiesen. Die andere befand sich in unterirdischen Räumen, zu erreichen durch gesicherte Zugänge in der Hügelflanke hinter dem Maschendrahtzaun. Die Machthaber hatten beschlossen, die beiden Bestandteile des Gases getrennt voneinander zu lagern, für den Fall, dass es zu einem Feuer kam oder etwas aus einem Behälter entwich. Nach Davids Aussagen handelte es sich bei dem Gas von Fort Belvoir um den gesamten vorhandenen Giftgasvorrat – man hatte ihn der Einfachheit halber vom Aberdeen-Arsenal hierher gebracht. Die einzigen anderen Gaswaffen, von denen der junge Kadett wusste, befanden sich in Redstone oder an der Westküste, in jedem Fall weit, weit entfernt. Loren wollte die Gasbehälter im Backsteingebäude zerstören, den Gasvorrat unter dem Hügel hingegen unangetastet lassen; damit ließ sich nichts mehr anfangen, wenn die andere Komponente fehlte. Vorsicht war geboten, denn es durfte nicht ein Kanister des zweiten Gases beschädigt werden. Der leichte Nordwestwind hätte die tödliche Gasmischung von ihnen fortgetragen, aber Loren wollte all den Toten, die er bereits auf dem Gewissen hatte, nicht die Leute hinzufügen, die in Windrichtung wohnten.

Die beiden Zerstörer am Dock waren ein weiteres Ziel. Alles deutete darauf hin, dass sie mit Dampfmaschinen ausgerüstet worden waren, einer Technik, die auch unter dem Einfluss des Layton-Effekts perfekt funktionierte. Dunkler Rauch stieg aus den beiden Schornsteinen. Loren und Pease hörten das Summen und Jaulen von Elektrowerkzeugen an Bord der Schiffe – ihren Strom bezogen sie vermutlich von der Dampfturbine und nicht den schwachen Wasserturbinen im Fluss. Es war nicht klar, wie viel Triebkraft die Dampfmaschinen den großen, schwerfälligen Metallschiffen geben würden, aber Loren zweifelte nicht an ihrer großen Durchschlagskraft bei einem Gefecht auf See.

Die sonst üblichen Geschütze waren entfernt worden und dafür präsentierten die Decks der beiden Zerstörer neue Waffen. Sie schienen noch nicht besonders gut zu funktionieren, aber das war nur eine Frage der Zeit.

Die Schiffe mussten hier und jetzt zerstört werden, bevor sie Gelegenheit bekamen, nach Süden aufzubrechen. Das lange Rohr auf dem einen Deck schien eine Dampfkanone zu sein, die dann und wann weißen Rauch ausspuckte. Bei den Tests im Verlauf des Tages baute die Dampfkanone mehrmals Druck auf und schleuderte dann kleine Projektile in den Fluss. Seeleute in Stechkähnen maßen jedes Mal die erreichte Entfernung, die allerdings über hundert Meter nicht hinausging.

Der zweite Apparat war ein langer Linearmotor, eine Art elektromagnetische Abschussrampe. Ein ziemlich scheußlich aussehender Stahlpfeil ruhte hinten auf der Rampe. Neben der Vorrichtung stand ein Matrose und sprach in ein kabelgebundenes Wechselsprechgerät – Loren sah, dass das Kabel ins Innere des Schiffs führte. Als der Stahlpfeil für den Abschuss bereit war, wurden die Dampfturbinen hochgefahren und erzeugten mehr elektrischen Strom. Der Matrose betätigte einen Messerschalter und Elektrizität knisterte, so laut, dass Loren und Pease es in ihrem Versteck bei den Zedern hörten. Ein elektrischer Impuls ging durch den Linearmotor und riss den Pfeil mit. Vom Prinzip her schön und gut, aber die neue Waffe ließ noch zu wünschen übrig, denn die Beschleunigung reichte nicht einmal aus, den Pfeil von der Rampe zu bringen. Während des Nachmittags stellte Loren im Kopf einige Berechnungen an und versuchte herauszufinden, wie viel Beschleunigung ein solcher Apparat erzeugen konnte. Es gab keinen Grund, warum die neue Waffe – genug Elektrizität vorausgesetzt, und die sollte von den Dampfmaschinen zur Verfügung gestellt werden können – nicht in der Lage sein sollte, ein ein Kilogramm schweres Projektil fünf Kilometer weit oder gar weiter zu schießen. Wenn anstelle des Pfeils eine Gaskapsel als Geschoss eingesetzt wurde, konnte man sich dem Feind gegen den Wind nähern und trotzdem Giftgas gegen ihn einsetzen. Durch die große Reichweite wäre diese Waffe SHIELA bei einer offenen Seeschlacht überlegen gewesen.

*

Die Verwendung der SHIELA-Teleskope für die Positionsbestimmung des Ziels erforderte, dass sie mindestens sechs Meter voneinander entfernt waren. Pease bezog Posten am Ende der Zedernallee und Loren blieb auf der Anhöhe, wo sie zuvor in Wartestellung gegangen waren. Ein ausgelegtes Kabel verband ihre beiden Wechselsprechgeräte, die Edward zusammengebastelt hatte, damit sie in Verbindung bleiben konnten. Jedes Gerät verfügte über einen Kopfhörer und ein Mikrofon, das sich nach vorn bog, direkt vor den Mund. Die Einzelteile stammten aus dem Kontrollraum des Guantánamo-Stützpunkts.

Loren sprach mit leiser Stimme in sein Mikrofon. »Hören Sie mich, D.D?«

»Laut und deutlich.«

»Ebenfalls.«

Es war dunkel genug und noch wichtiger: Die Arbeiter hatten Feierabend gemacht. Es waren nur noch die patrouillierenden Wachen zu sehen, die Loren und Pease auch am vergangenen Abend bemerkt hatten. Es sollte nicht weiter schwer sein zu vermeiden, sie in Mitleidenschaft zu ziehen. Bestimmt liefen sie davon, wenn die ersten Laserstrahlen vom Himmel kamen.

»Wir beginnen mit dem Backsteingebäude«, sagte Loren. »Richten Sie das Teleskop auf die linke Ecke. Von dort aus geht es nach rechts weiter, jeweils um zehn Meter. Das dürfte mehr oder weniger der Breite jeder Fenstergruppe entsprechen. Warten Sie auf mein Zeichen.«

»Verstanden«, bestätigte Pease.

Loren visierte eine Stelle an, die sich ein wenig weiter rechts von der befand, die er Pease genannt hatte – der Strahl sollte das Innere des Gebäudes erreichen.

»Feuer«, sagte er und drückte den kleinen Knopf an der Seite des Apparats. Es knackte laut und ein Strahl zuckte durch die Nacht, traf das Dach des Gebäudes. Rufe erklangen am Dock. »Zehn nach rechts … Feuer.« Auf diese Weise arbeitete er sich methodisch über das Ziel. Anschließend gab er Pease neue Richtungshinweise und sie begannen noch einmal von vorn, wieder auf der linken Seite, diesmal aber weiter im Innern des Gebäudes. Der ganze Vorgang hatte einen einfachen Rhythmus. Ein Schuss nach dem anderen … Loren verglich es mit Nähen, stellte sich den Strahl als die Nadel einer gewaltigen Nähmaschine vor, die sich in regelmäßigen Abständen in den Stoff bohrte, das Gebäude mit den Gasbehältern. Mehrere »Nähte« entstanden, immer von links nach rechts, und jedes Mal zwei Meter weiter innen. Es gab keinen Grund zu Eile. Loren und Pease blieben in der Nacht verborgen und es blickte ohnehin niemand in ihre Richtung. Die Soldaten hatten sich auf den Hügel über dem Dock zurückgezogen und beobachteten das Spektakel von dort aus.

Während der Planungen in Baracoa hatte jemand die Vermutung geäußert, das Gas könne entflammbar sein. Bei den ersten beiden Durchgängen war deutlich entweichendes gelbes Gas zu sehen, aber kein Feuer. In der Mitte des dritten Durchgangs leckten plötzlich orangerote Flammen aus dem Gebäude. Ab und zu donnerte es, auch dann, wenn kein Strahl vom Himmel kam; Loren vermutete, dass das Donnern von in der Hitze explodierenden Gasbehältern stammte. Als es Zeit wurde, sich das nächste Ziel vorzunehmen, brannten die Reste des Backsteingebäudes lichterloh und das große Feuer ließ sich nur dadurch erklären, dass auch das Gas brannte. Durch das SHIELA-Teleskop beobachtete Loren glühende Stahlträger. Die Temperatur musste sehr hoch sein und er bezweifelte, dass unter solchen Umständen Gasbehälter intakt bleiben konnten.

Nach dem Gebäude nahmen sie sich den Bug des ersten Zerstörers vor. Loren ließ einen laut knackenden und knisternden Strahl aufs Vordeck herabzucken und visierte anschließend das Vordeck des zweiten Schiffs an. Es sollte eine Warnung sein, für den Fall, dass sich Wachen unter Deck befanden. Er wartete und gab eventuellen Personen an Bord Gelegenheit, die Schiffe zu verlassen, doch niemand zeigte sich. Daraufhin schickten Loren und Pease weitere Laserstrahlen auf den ersten Zerstörer herab, wobei erneut die Nadelstichmethode Anwendung fand. Sie hatten gerade erst die halbe Länge des Schiffs hinter sich gebracht, als der Zerstörer zu sinken begann. Der Bug neigte sich nach unten und schon nach kurzer Zeit gab es kaum mehr als anderthalb Meter Freibord. Tiefer sank er nicht; offenbar lag der Kiel bereits auf Grund. Als die Strahlen den Mittelteil trafen, hörten sie, wie die Kessel explodierten. Loren lenkte die »Nadelstiche« bis zum Heck, trennte damit die eine Hälfte des Schiffs von der anderen, die sich zur Seite neigte, halb ins Wasser.

Das zweite Schiff kam an die Reihe und als es ebenfalls zerstört war, richtete Loren seinen Blick auf die vielen uniformierten Zuschauer, die sich auf dem Hügel rechts von ihm drängten. Er zielte einen Strahl direkt vor sie, woraufhin sie erschrocken auseinanderstoben. Loren ließ weitere Strahlen folgen und trieb die Leute damit ins Fort zurück.

Das letzte Ziel waren die Wasserturbinen im Fluss. Damit hatten sie bis zum Schluss gewartet, damit die Lampen beim Dock an blieben und die primären Ziele erhellten. Drei Laserstrahlen auf die Reihe der Wasserturbinen genügten, um die Lampen dunkel werden zu lassen. Beim Zielen ließen Loren und Pease besondere Vorsicht walten, denn direkt neben den Turbinen befand sich eine Anlegestelle mit Dingis und eins davon brauchten sie, um über den Fluss zu entkommen. Loren feuerte einige letzte Strahlen vor die Mauern des Forts, damit die Soldaten drinnen blieben.

»Verschwinden wir von hier«, sagte er.

»Ja.«

Loren nahm den Kopfhörer ab und hörte ein Rascheln im Gras, als Pease das Wechselsprechgerät am Kabel zu sich zog. Alles in ihm drängte danach, die Ausrüstung einfach liegen zu lassen und sofort zu den Booten zu laufen. Aber Pease verstaute alles ruhig in seinem Rucksack – die beiden Geräte, die Kopfhörer mit den Mikrofonen und den Rest – und erst dann machten sie sich auf den Weg zum Flussufer. Es herrschte fast völlige Finsternis; das einzige Licht kam von den glühenden Resten des Backsteingebäudes. Als sie sich den Anlegestellen näherten, sah Loren die weißen Dingis und neben ihnen ein kleines weißes Wachhaus, nicht größer als eine Telefonzelle. Sie kamen dicht daran vorbei.

»Halt! Wer da?«

Ein Matrose in weißer Uniform erschien vor ihnen. Seine Stimme zitterte vor Furcht. Loren fand es unglaublich, dass jemand auf seinem Posten geblieben war, obwohl die blauen Laserstrahlen in unmittelbarer Nähe Chaos angerichtet hatten. Aber dort stand er, ein junger Mann, der zu stur gewesen war, um die Flucht zu ergreifen. Jetzt fürchtete er sich und schien nicht recht zu wissen, was er tun sollte. Er hielt ein weißes Gewehr in den Händen, mit einem am Lauf befestigten Bajonett. Das Gewehr zitterte, doch es stellte trotzdem eine Gefahr dar.

»Wer sind Sie?« Er kreischte fast. »Identifizieren Sie sich!«

»Ich bin Captain Connell«, sagte Pease. »Immer mit der Ruhe, Junge.«

»Ja, das ist Captain Connell«, fügte Loren hinzu. »Und ich bin … sein Adjutant.« Loren fragte sich, welchen Rang der Adjutant eines Captains hatte.

»Mein Adjutant Lieutenant Smith«, sagte Pease. »Wir sind hier, um uns ein Bild vom angerichteten Schaden zu machen.«

Der junge Mann hätte ihnen gern geglaubt, aber es klang zu unglaubwürdig. Zwei Männer in Zivil, mit Rucksack, bei einem ein spanischer Akzent. Es war genau die Art von Eindringlingen, nach der er Ausschau halten sollte. Und nachdem er die blauen Strahlen minutenlang ertragen hatte, wollte er sich jetzt nicht von seiner Furcht überwältigen lassen.

»Die Parole, schnell!«, rief er.

»Ja, die Parole.« Peases Stimme blieb ruhig und wies darauf hin, dass er einen Moment brauchte, um sich an die Parole zu erinnern. Sie war ihm nur entfallen.

Pease hob beide Hände zu einer beschwichtigenden Geste. »Nennen Sie ihm die Parole, Lieutenant Smith.« Er trat nach rechts, zeigte dabei seine Hände und ließ keinen Zweifel daran, dass er unbewaffnet war.

»Die Parole lautet … he, nein, das war die von gestern. Die heutige Parole lautet …« Lorens Akzent war unüberhörbar. Er kam sich vor wie einer der Schurken in einem Pancho-Villa-Western.

Es war zu viel. Der junge Soldat stürmte Loren entgegen, das Bajonett nach vorn gerichtet. Pease trat nach seinen Beinen, als er an ihm vorbeikam. Loren warf sich nach links, um der Klinge auszuweichen, doch sie traf ihn an der rechten Wade. Einen Moment später war Pease auf dem Soldaten, schlug mit der Faust zu und traf ihn hinter dem Ohr. Der junge Mann rührte sich nicht mehr. Loren rollte herum, tastete nach der Schnittwunde und fühlte Blut an der Jeans.

Pease schlang den Arm um ihn und Loren kam so plötzlich nach oben wie bei der Seeschlacht, als Claymore ihn aus dem Wasser gezogen hatte. D.D. Pease brachte eine Schulter unter ihn und trug ihn die letzten Schritte bis zum ersten Dingi. Er trat ins Boot, aber zu schnell und zu schwer beladen. Das Dingi glitt unter seinem Gewicht zurück, bis es das Ende der Leine erreichte und mit einem Ruck verharrte, wodurch Pease das Gleichgewicht verlor und fiel. Lorens Kopf stieß gegen das lackierte Holz einer Ruderbank und als er benommen aufsah, stellte er fest, dass Pease in den Fluss gestürzt war. Das Dingi hatte viel Wasser aufgenommen, schwamm aber noch. Pease richte sich auf, stand mit den Füßen im Schlamm am Grund. Er zog sich an der Anlegestelle hoch, löste die Leine des Boots und trat erneut hinein, diesmal aber ein ganzes Stück vorsichtiger. Es war so finster, dass man nicht erkennen konnte, wie das Segel gesetzt werden musste, doch alle Dingis ähneln sich. Pease tastete am Mast nach dem Fall. Zum Glück war das Segel an Mast und Baum gebunden und steckte nicht in seiner Hülle. Es kam halb nach oben, aber nicht weiter. Pease strich mit der Hand über den Baum, auf der Suche nach weiteren Stellen, wo das Segel festgebunden war. Innerhalb weniger Sekunden fand er sie, löste die Plane und zog das Segel ganz hoch. Der Wind wehte aus dem Westen und das kleine Boot neigte sich zur Seite und nahm Fahrt auf. Pease langte nach der Pinne, kletterte über den immer noch liegenden Loren hinweg, setzte sich ins Heck und steuerte das Boot weiter auf den dunklen Fluss. Als sie seine Mitte erreicht hatten, mehr oder weniger, fierte Pease das Segel. Ihr Kurs führte fast genau in Windrichtung.

Pease holte Messer und Taschenlampe hervor und leuchtete damit auf Lorens Bein. Die Bilge war rot von Blut. Er schnitt das Hosenbein auf und sah eine Wunde, aus der das Blut ungehindert herausströmte.

»Lieber Himmel«, brachte er hervor. »Sag mir, was ich tun soll, Loren.«

»Druck«, ächzte Loren. Er konnte sich kaum konzentrieren. »Druckverband. Con tela.«

»Mit was?«

»Con algadon. Con tela. Fester Verband. Starker Druck.«

»Was zum Teufel ist ›Algadon‹?« Pease versuchte, sich an den Spanischunterricht vor einigen Jahren zu erinnern. »Baumwolle?«

»Si. O tela. Non importa qual tela.«

»Stoff.« Pease griff in seinen Rucksack, suchte darin nach etwas Trockenem und fand ein Flanellhemd. Mit dem Messer zerschnitt er es in Quadrate und lange Streifen.

»Druckverband. Wenn er, Sie wissen schon, nass wird …« Loren wusste nicht mehr, was er sagen wollte.

»Wenn er nass wird, lege ich darauf einen weiteren Verband an. Meinen Sie das?«

»Si.«

Lorens Bein tat nicht weh, dafür aber sein Kopf. Pease saß im Heck, mit einem Arm über der Pinne, den Blick auf den Horizont gerichtet. Lorens untere Beinhälfte fühlte sich steif und wund an und außerdem hatte er Kopfschmerzen, aber im Großen und Ganzen ging es ihm nicht schlecht. Später musste er mit Fieber und einer Infektion rechnen, doch dann befanden sie sich wieder an Bord der *Dejah Thoris*, wo es Antibiotika und einen Sanitätskasten gab.

Er stemmte sich auf den Ellenbogen hoch und blickte über die Ruderbank. Direkt ihm gegenüber, im Süden, erstreckte sich ein flaches grünes Ufer. Sie waren in der Nähe der Virginia-Seite des Flusses unterwegs, denn dort gab es zwischen all den Naturparks und Schutzgebieten kaum Siedlungen. Das Maryland-Ufer lag acht Kilometer weiter im Norden.

»Sind wir unter der Mautbrücke hindurch?«, fragte Loren.

»Ja. Gegen halb zwei. Das dort vorn ist Coles Point.« Pease deutete auf eine flache Landzunge vor ihnen. Während der Nacht waren sie viel besser vorangekommen, als Loren gehofft hatte. Der Wind wehte noch immer aus Westen.

»Haben Sie die *Dejah Thoris* erreicht?«

»Alles erledigt. Sie wartet bei der St. George Island auf uns. Wenn der Wind hält, sind wir in einer Stunde da.«

Loren hielt die Nase in den Wind. »Er wird halten. Wenn er nachlässt, dann erst gegen Abend. Er wird den ganzen Tag wehen. Ich brauche mehr Verbandsmaterial.«

Pease half ihm auf die Knie und schob ihm den offenen Rucksack entgegen. Einige der aus dem Hemd geschnittenen Quadrate und Streifen lagen darauf. »Kann ich helfen?«

»Nein, überlassen Sie es mir. Aber wenn ich das Bewusstsein verliere ... Bitte verbinden Sie die Wunde dann so wie eben.«

Loren zog den blutgetränkten Stoff vom Schnitt in der Wade, eine Schicht nach der anderen. Das Blut war dunkel und geronnen. Als er die letzte Stofflage entfernte, strömte es wieder rot aus der Wunde.

»Ufff«, ächzte Pease leise und sank auf den Boden des Dingis. Sein Gesicht war weiß.

»Wende dich nie ab«, sagte Loren sanft. »Man sollte den Blick nicht abwenden, wenn es eben möglich ist. Man muss ihn auf die Wunde gerichtet halten und lernen, seine Gefühle zu beherrschen. Beim nächsten Mal wird es etwas einfacher und beim übernächsten Mal noch einfacher.«

Pease wirkte skeptisch.

»Warum lächeln Sie, Martine?«

»Wegen des tapferen D.D. Pease. Er ist einer der tapfersten Männer, die ich kenne. Er kann tun, was getan werden muss, wenn andere Menschen allein damit beschäftigt sind, um ihr Leben zu fürchten. Aber an einem ruhigen Morgen nach dem Abenteuer fällt er fast in Ohnmacht, als er ein bisschen Blut sieht.«

Pease zwang sich zu beobachten, wie Loren einen neuen Verband anlegte. Als das geschafft war, befanden sie sich auf einer Höhe mit Coles Point. Kurz darauf geriet St. George Island in Sicht. Auf der Leeseite der Insel zeigte sich die hohe Pyramide eines Segels: die *Dejah Thoris*. Sie beobachteten, wie das Schiff den Kurs änderte und auf sie zukam und dreißig Minuten später waren sie an Bord.

26

Zuwendung

Senator Hopkins hatte seinen Traum vom ominösen Anruf aus dem dritten Stock und der Warnung vor dem Schlitz fast vergessen. An die Details erinnerte er sich nicht mehr, aber es blieb der allgemeine Eindruck, dass Suzikaya eine Gefahr war. Oder vielleicht nicht unbedingt eine Gefahr in dem Sinne, sondern vor allem eine Nervensäge. Immer klebte er an Chandler und behinderte ihn nicht nur an der Ausübung seiner Pflicht, sondern auch an der Wahrnehmung seiner Rechte, die ihm von Amts wegen zustanden. Fast jede Entscheidung, die er traf, brachte den neuen Provost in sein Büro, mit schüttelndem Kopf und lauter Stimme, die einen belehrenden Vortrag hielt. Eine echte Nervensäge!

Chandlers Ansicht nach hätte sich die Rolle des Provost auf akademische Angelegenheiten beschränken müssen. Ob die Schüler genug Unterricht in Latein oder Mathematik bekamen, so etwas fiel eindeutig in den Zuständigkeitsbereich eines Provost. Ganz im Gegensatz zu Regierung und Verwaltung der Insel. Aber da Chandler seine eigene Autorität (und die des Proctors, des Rektors, des Quästors und der Dekane) auf Dinge außerhalb von Schule und Universität erweitert hatte, glaubte Suzikaya offenbar, diesem Beispiel folgen zu müssen. Er hielt sich für einen Provost, der immer und überall zuständig war und darauf achten musste, dass die Grundprinzipien ethischen Verhaltens bei allen Aspekten der sich entwickelnden neuen Gesellschaft Anwendung fanden. Er dachte sogar an eine Verfassung für Baracoa, an ein Parlament, Gerichte, Gewaltenteilung und Begrenzung von Autorität.

Begrenzung von Autorität! Das konnte Chandler gewiss nicht gebrauchen, erst recht nicht in dieser kritischen Phase. Welche Rechtfertigung konnte es dafür geben, ihm Autorität zu entziehen, nachdem er gerade so gute Arbeit geleistet hatte? Er hatte Baracoa durch einen waschechten Krieg gesteuert, mit einer Seeschlacht und einem wagemutigen Gegenangriff auf Fort Belvoir. Niemand hätte besser mit der Situation fertigwerden können als er. Auf nahezu perfekte Weise war es ihm gelungen, die Richtung zu weisen und allen Beteiligten das Gefühl zu geben, dass sie ihre Entscheidungen selbst trafen. Vermutlich gab es auf der ganzen Welt sonst niemanden, der dazu imstande gewesen wäre. Er hätte seinen Triumph jetzt in vollen Zügen genießen sollen, aber stattdessen musste er sich Suzikayas dauerndes Gemeckere anhören.

Schließlich war er so sehr genervt, dass er Candace um Rat fragte. Er präsentierte ihr das Problem in der Hoffnung, dass sie ihm einen Ausweg zeigte. Doch ihre Reaktion sah anders aus, als er erwartet hatte.

»Um ganz ehrlich zu sein, Chandler … Du hast es dir selbst zuzuschreiben.«

»Ich bitte dich, Schatz …«

»Wie oft hast du mir gesagt, dass du tief in deinem Herzen nur ein einfacher Geschichtslehrer bist und es wieder sein möchtest?«

»Nun ja, das war immer mein Wunsch …«

»Und jetzt hast du Gelegenheit dazu. Wir leben hier in einer hübschen kleinen Gemeinschaft mit Hunderten von Kindern und zu wenigen Lehrern. Und was machst du? Du kehrst dem Unterricht und dem einfachen Leben, das du immer herbeigesehnt hast, den Rücken und stürzt dich wieder in die Politik. Glaubst du vielleicht, niemand könnte deinen Platz bei der Verwaltung der Insel einnehmen? Es gibt zahlreiche Personen, die dafür infrage kämen, und keiner von ihnen mangelt es an Befähigung. Aber du konntest nicht widerstehen. Du konntest dich nicht zurückhalten. Du willst kein einfacher Geschichtslehrer sein. Du willst ganz an der Spitze stehen und das Sagen haben. Beklage dich bei mir nicht über Politik. Du hast sie gewollt und bekommen.«

Candace war in letzter Zeit seltsam geworden. Sicher, sie hatte sich gefunden, oder vielleicht auch neu *er*funden, und war in eine Rolle geschlüpft, die ganz neu für sie war und in der sie sich offenbar wohl fühlte: die des Captains. Man sagte ihr nach, dass sie ihr Boot besonders gut im Griff hatte, besser als die anderen Captains. Aber war das etwa ein

Grund, warum sie keine liebende Ehefrau mehr sein konnte, die einen Teil der schrecklich schweren Bürde ihres Mannes trug oder wenigstens Anteilnahme zeigte? Mehr verlangte er gar nicht, nur ein wenig Anteilnahme, und vielleicht eine gute Idee, wie er sich von einem Teil der Bürde befreien konnte. Aber nein, sie war zu sehr mit ihren eigenen Pflichten beschäftigt. Sie hatte so viel zu tun, dass sie sich nicht mehr richtig um ihren Ehemann kümmern konnte!

Voller Selbstmitleid ging er zum Strand. Dort gab es einige Felszungen aus Schiefer, wo er manchmal saß, übers Meer blickte und an seine Probleme dachte. Als er über die Felsen kletterte, fühlten sich seine Füße wie Blei an. Er zog Schuhe und Socken aus, steckte die Füße ins kühle Wasser.

Als er ein Kratzen auf dem Felsgestein hörte, drehte er den Kopf und sah Stacey, die zu ihm kletterte. Ihre von Melissa Blake unterrichtete achte Klasse machte gerade Pause am Strand.

»Hallo, Paps.«

»Guten Morgen, Schatz.« Chandler rang sich ein tapferes kleines Lächeln ab.

Stacey setzte sich neben ihn und griff nach seiner Hand. »Warum so niedergeschlagen, Senator?«

»Ich fürchte, das würdest du nicht verstehen, meine Liebe.«

»Erwachsenenkram, nehme ich an.«

»Ja.« Chandler seufzte.

Stacey schwieg und wartete.

»Ich habe sie um Hilfe gebeten und zumindest ein bisschen Aufmunterung erwartet, von deiner Mutter, meine ich. Tut mir leid, das zu sagen, aber sie hat keine Zeit für mich, weil sie zu sehr mit anderen Dingen beschäftigt ist. Hat mir gesagt, ich sollte mich mit meinen Sorgen an jemand anderen wenden.« Chandlers Stimme klang tragisch.

»Hmm«, sagte Stacey. »Das klingt gar nicht nach unserer Candace. Wenn sie meint, dass ich ein Problem allein lösen muss, heißt das nie, dass sie zu beschäftigt oder nicht daran interessiert ist. Es heißt vielmehr, dass sie glaubt, ich könnte das Problem allein lösen.«

»Ja, das will sie vielleicht damit sagen. Trotzdem …« Chandler dachte über seine nächsten Worte nach, bei denen es um die schreckliche Last der Verantwortung ging.

»Die Last der Verantwortung setzt dir zu, nicht wahr, Paps?«

»Ja! Ich meine, ja. Na ja, manchmal.«

»Dachte ich mir.«

»Tja, und weißt du, wenn man ganz oben steht, Schatz, dann gibt es niemanden mehr, dem man sich anvertrauen kann. Absolut niemanden. Dann ist man ziemlich … einsam.«

»Ich verstehe.« Stacey dachte eine Weile darüber nach. »Natürlich könntest du tun, was alle anderen in Baracoa machen, wenn sie Probleme haben und jemanden brauchen, mit dem sie darüber reden können.«

»Was machen denn alle anderen?«

»Sie reden mit Kelly.«

»Kelly?«

»Ja. Als sich Keesha und Adjouan einen Tag vor ihrer Hochzeit stritten, gingen sie beide zu Kelly, jeder für sich allein. Und wie du selbst gesehen hast, haben sie sich am nächsten Tag wieder so sehr geliebt, dass sie bei ihrem Ehegelöbnis in Tränen ausbrachen. Auch Proctor Pinkham geht zu Kelly, wenn er ein Problem hat, ebenso Loren, Maria, Mama und ich selbst. Die Art des Problems spielt keine Rolle.«

»Tja, danke für den Tipp.«

Weiter hinten am Strand läutete eine Glocke.

»Ich muss los«.« Stacey sprang auf und lief zu ihrer Klasse zurück.

Die anderen neigten dazu, Kelly um Rat und Hilfe zu bitten, aber Chandler hatte diese Möglichkeit nie für sich in Betracht gezogen. Er dachte noch immer so von Kelly wie bei ihrer ersten Begegnung, als er sie für eine einfache Schreibkraft in der Universität gehalten hatte. Sie war die Vertraute aller anderen, dachte er traurig, aber nicht für ihn. Kein Friede für den Müden, keine Unterstützung, kein Bestand für den erschöpften Mann an der Spitze. Chandler beschloss, sich dennoch auf den Weg zu Kelly zu machen.

Sie mähte den Rasen auf dem Platz in der Mitte des Schuldorfs, trug ein T-Shirt und Laufshorts, beides feucht von Schweiß. Für das Schieben des alten Rasenmähers brauchte sie ihre ganze Kraft und beugte sich dabei so weit vor, dass ihr Oberkörper fast parallel zum Boden war.

»Guten Morgen, Kelly.«

»Hallo, Senator.« Sie stellte den Rasenmäher beiseite und nahm eine große Schere, die sich während eines Gesprächs besser für die Arbeit eignete als der Mäher. »Was liegt an?«

»Ach, eigentlich gar nichts. Ich komme nur so vorbei. Aber wenn Sie einen Moment Zeit haben …«

Und so schüttete er ihr sein Herz aus, was die Sache mit Suzikaya betraf. Natürlich stellte er alles so dar, als sei es gar kein richtiges Problem, nur etwas, über das er zufälligerweise nachgedacht hatte, und er beendete seine Schilderungen, ohne direkt um Rat zu fragen. Kelly dachte über alles nach, während sie das Gras am Rand des Gehwegs schnitt.

»Niemand weiß genau, was ein Provost eigentlich ist«, sagte sie. »Außerdem kann auch niemand genau sagen, wofür der Rektor zuständig ist. Ich nehme an, niemand würde Einwände erheben, wenn Sie erklären, dass der Provost dem Rektor unterstellt ist und nicht direkt dem Präsidenten. Diese kleine Veränderung würde dafür sorgen, dass Rektor Brill in den Genuss von Dr. Suzikayas Beschwerden kommt. Er wäre kein Ärgernis mehr für Sie – nicht dass Sie ihn als ein Ärgernis bezeichnet hätten –, sondern für den Rektor. Suzikaya würde weitaus weniger von Ihrer Zeit in Anspruch nehmen und das gilt auch für Rektor Brill, weil er mehr mit dem Provost zu tun hätte. Was nicht heißen soll, dass auch der Rektor ein Ärgernis für Sie wäre …«

»Nein, aber er kann manchmal sehr langatmig sein …«

»Die neue Regelung würde bedeuten, dass seine Langatmigkeit mehr Provost Suzikaya gilt als Ihnen. Und Provost Suzikaya wäre mit Rektor Brill langatmig, nicht mit Ihnen. Die Zeit, die die beiden miteinander verbringen, wäre Zeit, die Sie nicht mit ihnen verbringen müssen.«

Wundervoll. Chandler fragte sich, warum er nicht selbst daran gedacht hatte. »Ich verstehe. Nun, natürlich muss ich gründlich darüber nachdenken, über das Für und Wider und die möglichen Konsequenzen. Aber, nun ja, alles in allem gesehen, scheint es eine durchaus passable Lösung zu sein. Obwohl, ›Lösung‹ ist vielleicht das falsche Wort, da ja gar kein echtes Problem existiert. Aber wenn es ein Problem wäre, so könnte dies eine geeignete Lösung sein. Sogar eine vortreffliche. Wie gesagt, ich werde darüber nachdenken. Vielen Dank, meine Liebe.«

»Gern geschehen, Senator.«

*

Sonia suchte keinen Rat bei Kelly. Sie waren befreundet, aber der Abstand zwischen ihnen wuchs. Ihre Gespräche beschränkten sich auf Dinge, die keine große Rolle spielten, oder besser gesagt: auf Dinge, die für Sonia keine große Rolle spielten. Die düsteren Gedanken, die sie seit Ithaca immer öfter heimsuchten, hätten für Kelly und die meisten anderen überhaupt keinen Sinn ergeben. Ihr fiel nur eine Person ein, die vielleicht helfen konnte, jemand, der keine Erklärungen in Hinsicht auf den Kontext ihres Kummers verlangen würde. Als die Last dieses Kummers schließlich zu schwer wurde, ging sie zu ihm.

»Hallo, ist jemand da?« Sonia blickte ins dunkle Haus. Draußen schien die Sonne und dadurch wirkte das Innere des kleinen Hauses noch finsterer. Als sich ihre Augen anpassten, bemerkte sie eine Gestalt, die unbewegt am Tisch stand, eine Hand darauf gestützt, und zur Decke sah.

»Claymore?« Er erweckte den Eindruck, schon seit einer ganzen Weile am Tisch zu stehen und nach oben zu sehen.

»Hallo.«

»Ich bin's, Sonia.«

»Hallo, Sonia.«

»Darf ich reinkommen?«

»Ich glaube, Sie sind schon hereingekommen.«

»Bin ich, ja. Ich bin hier, weil ich Ihre Hilfe brauche.«

»Tatsächlich?«

»Etwas frisst in mir, etwas nagt an meinem Herzen.«

»Meine Güte.«

»Es hört nie auf, Claymore. Es frisst und nagt die ganze Zeit.«

»Ein Tier? Ein Wurm?«

»Wie ein großer Wurm. Aber er besteht aus Kummer.«

»Ein Kummerwurm.«

»Ja. Ich träume oft.«

Das schien Claymore zu erleichtern. Offenbar sprach er lieber über Träume als über Würmer. »Oh, ich habe ebenfalls Träume«, sagte er. »Aber keine Würmer.«

»Bei mir ist es eigentlich nur ein Traum. Er wiederholt sich dauernd, immer wieder derselbe Traum.«

»Macht sicher keinen Spaß.«

»Ich fühle mich elend, Claymore. Oh …« Plötzlich rollten ihr Tränen über die Wangen. Claymore starrte sie sprachlos an. Sonia trat nicht auf ihn zu, stand mit den Händen an den Seiten und weinte lautlos. Schließlich streckte er langsam und wie mechanisch einen Arm aus und zog sie näher. Sie drückte ihr Gesicht an seine Wange und in sein Haar, schluchzte dabei so sehr, dass sie am ganzen Leib bebte. Claymore blickte wieder nach oben zur Decke.

Nach einer Weile beruhigte sich Sonia und sagte: »In meinem Traum erscheint mir ein Engel. Er weint. Ich weiß nicht genau warum …«

»Ein weiblicher Engel?«

»Ich denke schon. Glauben Sie an so etwas, Claymore? Das muss ich unbedingt wissen, bevor ich entscheide, wie es weitergehen soll. Glauben Sie an Gott?«

»Oh, nein.«

»Sie glauben nicht an Gott?«

»Nein. Aber ich glaube an Engel.«

»Sie glauben an Engel?«

»Oh, absolut. An Engel mit Flügeln.«

»Auch an einen weinenden Engel?«

»Klar. Ich könnte an einen weinenden Engel glauben.«

»Mein Engel weint, aber den genauen Grund dafür kenne ich nicht. Ich fühle nur, dass es etwas mit mir zu tun hat. Dass ich den Engel irgendwie enttäuscht habe. Er weint um mich.«

»Manchmal weine ich um Sie.«

»Wirklich?« Sonia wich zurück und musterte Claymore. Er schien sie gar nicht zu sehen; sein Blick war wie der eines Blinden.

»Ich weine um Sie, weil Sie leiden. Ich spüre es. Das Leiden umgibt Sie, wie die Farbe Blau, Dunkelblau, oder Indigo, wo immer Sie sind.«

»Es ist kein Indigo, sondern Schwarz.«

»Nein, Indigo.«

»Claymore, es ist schwärzestes Schwarz, oder bestenfalls ein sehr, sehr dunkles Grau. Und ich denke, deshalb weint der Engel, oder die Engelin. Sie hat an mich geglaubt. Sie hat geglaubt, dass ich zu neuer Reinheit finde, dass ich das Böse hinter mir lasse, aber es ist mir nicht gelungen. Es hat mich gepackt, das Böse, mithilfe der Sündhaftigkeit, die immer in mir steckte. Und von dort kommt die Schwärze, aus meiner Sündhaftigkeit.«

Von draußen kam das Geräusch des Rasenmähers, der über den Rasen rasselte. Claymore hatte Sonia wieder in den Armen und fühlte ihre Tränen an der Wange. Er wusste, dass es einige Zeit dauern würde, bis sie zu weinen aufhörte. Ihm blieb nichts anderes übrig als zu warten, und so dachte er über Sündhaftigkeit nach, da Sonia dieses Thema zur Sprache gebracht hatte. Bisher war ihm in seinem Leben nichts begegnet, das die

Bezeichnung Sündhaftigkeit verdiente. Es mangelte nicht an Dummheit, Torheit und Eigensinn, aber Sündhaftigkeit … nein. Das Wort blieb inhaltsleer für ihn und er beschloss, es durch ein anderes zu ersetzen, dem durchaus eine gewisse Bedeutung zukam: Schmerz. Vielleicht hatte Sonia das gemeint. Er fügte das Wort in ihre Sätze ein und wiederholte sie, um festzustellen, ob sie dadurch mehr Sinn ergaben: »… mithilfe des Schmerzes, der immer in mir steckte. Und von dort kommt die Schwärze, aus meinem Schmerz.«

Im Gegensatz zu Sündhaftigkeit konnte der Schmerz in einen klaren, genau definierten Zusammenhang gestellt werden. Er verfügte über bekannte Merkmale. Als Sonia wieder für Worte empfänglich schien, teilte er ihr seine Schlussfolgerungen mit. »Ich kann diese wahre Feststellung über Kummer treffen«, sagte er. »Kurzfristig könnte es schlimmer werden. Langfristig wird es besser. Und wenn man noch weiter in die Zukunft blickt, existiert er nicht mehr. Dann verschwindet er, zusammen mit uns allen.«

Er war nicht ganz zufrieden mit dieser Formulierung, obwohl sie tatsächlich der Wahrheit entsprach. Es schien kein Loch in der Logik zu geben; also musste alles wahr sein und hätte Sonia trösten sollen. Aber sie weinte weiter.

*

Stacey las den jüdischen Philosophen Martin Buber. Das Buch war ein bisschen zu schwierig für sie – einen Hinweis darauf bot der Umstand, dass sie manchmal beim Lesen einschlief. Jetzt, an ihrem freien Nachmittag, saß sie damit unter einer Palme am Strand, auf einer ausgebreiteten Decke. In einem Abschnitt fand sie Sätze, die ihr besonders gut gefielen, weil sie glaubte, ihren tieferen Sinn zu erkennen. Sie betrafen Bubers Konzept der »Zuwendung«. Wenn sie es richtig verstand, lief diese Zuwendung auf so etwas wie Erleuchtung oder eine Offenbarung hinaus. (Stacey liebte Erleuchtungen und Offenbarungen; sie hatte auch Joyce gelesen.) Doch bei Buber ging es dabei immer um die Zuwendung zu einer anderen Person, oder besser: um die gleichzeitige Zuwendung zweier Personen zueinander. Je mehr sie darüber nachdachte, desto mehr rückte ihre ursprüngliche romantische Vorstellung von der Bedeutung der Sätze in den Hintergrund und desto mehr wurde Bubers Konzept zu ihrem eigenen. Sie dachte daran, ihm gegenüber zu sitzen und die Zuwendung mit ihm zu diskutieren. »Glauben Sie nicht, Dr. B.«, hörte sie sich sagen, »dass dies die Essenz des menschlichen Wesens ist, die Zuwendung zum Nächsten, die Bereitschaft, sie oder ihn um Rat zu bitten oder einfach nur mit ihr oder ihm zu sprechen? Es ist ein Moment großer Erleuchtung, wenn man dieses Bedürfnis anerkennt, die Notwendigkeit der offenbarenden Verschmelzung von Geistern und Seelen.« »Sehr aufmerksam für ein vierzehnjähriges Mädchen, Miss Hopkins. Ja, genau das ist meine Meinung.« »Dachte ich mir. Und diese Art der Zuwendung ist zugleich die Bedeutung des Lebens als auch sein größter Lohn.« »Oh, beides, ohne jeden Zweifel. Es muss beides sein.«

In diesem Moment lief Curtis Corsayer juchzend vorbei und warf Sand auf die Decke. Dann machte er kehrt, lief an der anderen Seite vorbei und trat auch dort Sand auf die Decke. Stacey langte nach ihm und bekam einen Fuß zu fassen. Curtis fiel.

»Du böser, böser Junge. Dafür wirst du büßen.«

»O nein.«

»Weißt du, auf welche Weise du büßen wirst?«

»Nein, nein, nein, nein, nicht das.« Curtis quiekte, als Stacey ihn kitzelte und zu sich zog. »Nein, nein, nein. Keine Küsse.«

»Doch, Küsse.« Sie gab ihm einen großen Schmatzer auf jede Wange, auf die Stirn und die kitzlige Stelle des Halses. Als Stacey damit fertig war, hielt sie ihn weiterhin fest. »So«, sagte sie. »Das war deine Strafe, ein paar ordentliche Küsse. Und du kriegst mehr davon, wenn ich keinen absoluten Respekt von dir bekomme. Ich werde dich immer wieder küssen, bis du alt genug wirst, Gefallen daran zu finden. Und dann küsse ich dich nie wieder, ganz gleich, wie sehr du mich darum bittest.«

»Oh …«

Er wirkte so niedergeschlagen, dass Stacey ihm noch einen Kuss gab, sanft und liebevoll. Curtis schloss die Augen. Dann ließ sie ihn laufen, legte sich auf die Decke – und den Sand – und dachte an Zuwendung.

*

In der amerikanischen Psyche gab es etwas, das die Zuwendung anderen Menschen gegenüber erschwerte, besonders dann, wenn das Bedürfnis danach größer wurde. Loren hingegen hatte in dieser Hinsicht aufgrund seiner spanischen Abstammung weniger Probleme. Für ihn war es völlig normal gewesen, seine Schwestern, die Tante und den Onkel um Rat zu bitten und sie zu umarmen. Er hatte es immer als selbstverständlich hingenommen, Rat und Zuwendung zu bekommen, und mit derselben Selbstverständlichkeit war er bereit, beides zu geben. In Baracoa Village gab es ein Dutzend Personen, bei denen er sein Herz ausschütten und Ratschläge einholen konnte, zum Beispiel Homer und Edward bei technischen Dingen, D.D. Pease bei fast allem, Maria und neuerdings auch Proctor Pinkham, wenn es um personenbezogene Probleme ging. Und bei wirklich wichtigen Angelegenheiten gab es immer Kelly.

Als Loren sie in ihrem weißen Badeanzug vom Strand kommen sah, lief er ihr nach. Sie hörte seine Schritte, drehte sich um und wartete. »Es ist wundervoll, im Meer zu baden, Loren. Dabei vergesse ich all die komplizierten Dinge, die uns hierher gebracht haben. Dann denke ich: Wir sind wegen des Schwimmens hier; das ist der einzige Grund.«

»Ich muss mir dir reden, Kelly. Darf ich dich begleiten?«

»Natürlich.« Die vergangenen Monate am Strand, immer im Freien, immer an der Sonne, hatten ihre Haut gebräunt. Das Haar hatte seine Farbe behalten, die von reifem, gelbem Getreide, wirkte aber irgendwie leichter. All dies ging Loren flüchtig durch den Kopf. Auf eine entsprechende Frage hätte er antworten können, dass Kelly hübsch war, aber derzeit dachte er nur an Sonia.

Er wählte seine Worte sorgfältig. »Kelly, manchmal kommt jemand zu dem Schluss, dass er, oder auch sie, etwas unternehmen muss, das für sich allein genommen falsch zu sein scheint. So etwas kommt vor. Wenn es geschieht, muss man gründlich darüber nachdenken und das Falsche dieses besonderen Handels gegen das Gute abwägen, das sich daraus ergibt. Wenn sich Gutes daraus ergeben könnte, meine ich. Verstehst du, was ich meine?«

»Nicht unbedingt.«

»Nehmen wir das persönliche Verhalten. Ich meine, wie sich die Person in Bezug auf die anderen in ihrer Nähe verhält. Wie soll sich dieser Jemand verhalten? Es gibt Regeln. Er befolgt sie, wie er es gelernt hat. Meine Schwester Asunción hat mich die Regeln gelehrt. Es sind gute Regeln, nicht zu viele und nicht zu streng. Ich habe mir immer Mühe gegeben, sie zu achten.«

»Mhm.«

»Allerdings … Lass uns einen hypothetischen Mann nehmen, der glaubt, dass die Regeln zu einer gewissen Blockade geführt haben und dass er gegen sie verstoßen muss, um die Blockade zu durchbrechen und das Gute hinter ihr zu erreichen.«

»Das Gute.«

»Ja. Auf normalem Weg lässt es sich nicht erreichen, weil die Regeln im Weg sind …«

Sie erreichten Kellys Haus. Sie trat auf die Veranda, und Loren folgte ihr. Sie schien hineingehen zu wollen und deshalb ging er ebenfalls zum Eingang. Doch Kelly hob die Hand. »Ich muss mich umziehen, Loren.«

»Oh, Entschuldigung.«

Sie drehte ihn um und drückte auf seine Schultern, damit er sich setzte. Eine Tür gab es nicht. »Augen geradeaus, Captain. Beobachte die Bäume dort.«

»Ja, Ma'am.«

Er hörte mit halbem Ohr, wie sie sich umzog, legte sich dabei Worte für das zurecht, was er sagen wollte. Kelly kehrte in einem weißen Sommerkleid auf die Veranda zurück, was eine Überraschung war, denn normalerweise trug sie immer ihren blauen Trainingsanzug. Offenbar hatte sie etwas Lippenstift aufgetragen. Sie setzte sich auf das kleine Sofa neben Loren, in der einen Hand einen Spiegel mit langem Griff und in der anderen einen Kamm, mit dem sie ihr nasses Haar kämmte. Als sie damit fertig war, legte sie beide Gegenstände auf den Boden und klopfe auf den Platz an ihrer Seite. Loren stand auf und nahm neben ihr Platz.

»Erzähl mir von persönlichem Verhalten und Regeln, die den Weg zum Guten versperren«, sagte sie.

»Es geht um Sonia.«

Kelly versteifte sich ein wenig oder bildete er sich das nur ein? »Ich muss mit jemandem darüber reden, was zwischen uns passiert oder was *nicht* passiert.«

»Nur zu.«

»Du glaubst vermutlich, dass wir ins Bett gehen und Sex haben. Das glauben alle. Aber das stimmt nicht. Wir hatten nie Sex, nicht ein einziges Mal.«

Kelly hörte zu und wartete.

»Ich dachte zuerst, dass es nur ein bisschen dauern würde. Ich dachte, wir würden heiraten und dann wäre alles in Ordnung. Oder wir würden eine Zeitlang ein Liebespaar sein und dann heiraten. Ich habe auch in Erwägung gezogen, einfach nur mit ihr zusammen zu sein, ohne Heirat. Aber es klappt nicht, weder das eine noch das andere. Keine Heirat, kein Sex. Ich glaube, sie kann nicht. Sie ist nicht frigide oder was in der Art. Ihr Körper ist durchaus bereit …«

»Ich glaube, über die Details muss ich nicht Bescheid wissen.«

»Nein. Sie ist sehr sinnlich, sehr erotisch. Aber sie kann sich einfach nicht gehen lassen, nicht über einen bestimmten Punkt, ein bestimmtes Detail hinaus.«

»Und?«

»Und ich dachte, du könntest bei dieser Sache vielleicht helfen. Weil wir befreundet sind. In gewisser Weise bist du mein bester Freund.«

»Oh, bitte.«

»Ich dachte, du könntest mir vielleicht einen Rat geben, was ich machen soll.«

»Ich soll dir helfen, damit du Sex mit ihr haben kannst?«

»Nein, Kelly. Ich bitte dich um Hilfe, damit ich für sie sein kann, was sie braucht.«

»Loren, das kannst du nicht von mir verlangen. Alles andere, aber nicht dies.«

»Ich brauche einen Rat, Kelly. Etwas läuft schrecklich schief zwischen uns, etwas, das verhindert, dass sich unsere Liebe ganz entfaltet. Darin besteht mein Problem«, sagte Loren kläglich. »Und ich hoffe, du kannst mir helfen.«

»Ach, Loren, du verstehst überhaupt nichts.«

»Ich verstehe nicht, was geschieht. Ich verstehe Sonia nicht. Ich dachte mir, dass sie dir vielleicht Dinge anvertraut hat, die mir helfen könnten, wenn ich von ihnen wüsste. Frauen sprechen untereinander über Dinge, über die sie nie mit Männern reden würden.«

Kelly wandte sich halb ab und antwortete nicht.

»Hat sie sich dir anvertraut?«

»Nein.«

»Sie hat dir nicht gesagt, wie sie mir gegenüber empfindet und was sie von der Liebe hält?«

»Es liegt an der Art unserer Freundschaft. Ich weihe sie in alle meine Geheimnisse ein, oder in fast alle, aber sie sagt mir nichts. Ich kenne ihre

Gefühle nicht. Manchmal weiß ich, wie sie über bestimmte Dinge denkt, aber ihre Empfindungen bleiben mir verborgen.«

»Es ist nicht normal, was zwischen Sonia und mir passiert. Das Zeitalter der sexuellen Unterdrückung ist längst vorbei. Heutzutage kann man sich über die Liebe freuen, weil alles erlaubt ist. Überall um uns herum gibt es Keeshas und Adjouans, trunken von Liebe, gesunde Menschen mit einer gesunden Einstellung dem Sexuellen gegenüber. Warum kann das nicht auch bei Sonia und mir so sein? Warum bleiben wir davon ausgeklammert?«

Kelly saß stocksteif. »Was erwartest du von mir?«

»Manchmal glaube ich, Sonia hofft, dass ich ihr ein wenig helfe. Ich habe nie gedrängt, wegen der Regeln und weil ich so etwas nicht für richtig halte. Ich dachte, wir sollten Hand in Hand gehen. Mit ›gehen‹ meine ich ...«

»Ja, ich kann es mir denken.«

»Also habe ich nie gedrängt. Einmal hat sie mir gesagt: ›Loren, zieh mich so fest an dich wie du kannst.‹ Ich dachte, dass sie umarmt werden wollte, aber vielleicht meinte sie etwas anderes. Vielleicht meinte sie, dass ich sie von ihrem Widerstand fortziehen sollte, zu mir hin, zur Liebe und zu ihrer Erfüllung. Ich muss wissen, ob es das ist, was sie meinte, ob sich ein Mann so verhalten sollte.«

»Meine Güte.« Kelly lehnte den Kopf zurück und blickte in die Ferne.

»Manchmal errege ich sie so sehr, dass sie ganz nahe daran ist«, sagte Loren. »Dann kostet es sie große Mühe, sich mir zu verweigern. Und wenn das passiert, frage ich mich, ob ich ...«

Kelly beugte sich vor. Ihre Lippen waren zusammengepresst, wodurch sie älter wirkte. »Du solltest mir von einer dieser Gelegenheiten erzählen, Loren. Aber bitte geh dabei nicht zu sehr in die Einzelheiten.«

»Ja.«

Er erzählte von den Ereignissen am Strand von Punta Caleta und auch von einer Begebenheit, die erst wenige Tage zurücklag: Sie waren am Abend geschwommen und fast wäre es so weit gewesen. Als er seine Schilderungen beendete, lehnte sich Kelly erneut zurück. Ihr Gesicht verriet nicht, was sie dachte.

»Himmel«, sagte sie schließlich. »Wie habe ich mir das eingebrockt?« Sie sah Loren an. »Weißt du, wann sie ihre Periode hat?«

»Wie bitte?«

»Ihre Periode, verdammt. Frauen haben Perioden. Wusstest du das nicht?«

»Doch, im Allgemeinen.«

»Aber nicht im Besonderen?«

»Nein.«

»Wie blind Männer sind. Blind, ignorant, gleichgültig und unaufmerksam. Wie kannst du so etwas nicht wissen?«

»Ich dachte, ich sollte es nicht bemerken. Macht es einen so großen Unterschied? Wäre es für Sonia zu einem bestimmten Zeitpunkt leichter?«

»Für die meisten Frauen sicher nicht, aber Sonia kann launisch und sprunghaft sein. Vielleicht macht es für sie tatsächlich einen Unterschied.«

»Ich weiß nicht, wann sie ihre Periode hat.«

»In Ithaca waren Sonia und ich koinzident, wie es die Soziologen nennen. Weil wir so oft zusammen waren. Es bedeutet eine Synchronisierung unserer Zyklen. Vermutlich sind sie noch immer synchron.« Kelly hatte einen leicht gequälten Gesichtsausdruck, als widerstrebte es ihr, diese vertrauliche Information weiterzugeben.

Sie stand auf und betrat ihr kleines Haus. Als sie zurückkehrte, hielt sie einen kleinen Kalender in der Hand und warf ihn auf den freien Platz neben Loren. Er zeigte den aktuellen Monat, mit einem Kreis um einen Tag an seinem Ende. Kelly zeigte darauf. »Das ist der Tag, an dem du zu zählen beginnst.« Sie zählte rückwärts, bis ihr Finger den 21. erreichte; bis dahin waren es noch zwei Wochen. »Versuch es am 21., Loren. Vielleicht hast du dann mehr Glück.«

»Danke, Kelly.«

»Schon gut.«

»Kelly …«

Sie richtete sich auf und stand gerade. »Es wird jetzt Zeit, dass du gehst, Loren. Ich habe tausend Dinge zu erledigen.« Sie trat in den Eingang und blieb dort stehen, mit dem Rücken zu ihm – sie wartete demonstrativ darauf, dass er sich auf den Weg machte. Für einen Moment starrte Loren auf ihren Rücken, drehte sich dann um und ging. Kelly hörte seine Schritte, erst auf der Veranda und dann auf dem steinernen Gehweg. Anschließend lauschte sie eine Zeitlang der Stille. Sie lauschte der Stille und nahm dabei die Haltung des Abwendens ein.

27

Münzen der Zeit

Dass Candace Fournier Hopkins ihre wahre Berufung als Marineoffizier gefunden hatte, war für die Gemeinschaft von Baracoa Village eine ebenso große Überraschung wie die seltsame Veränderung in Lorens beruflicher Laufbahn. Vor gut einem Jahr hatte er in seinem Geburtstagsbrief davon geschrieben, dass er jetzt den Weg einschlug, dem er für den Rest seines Lebens folgen würde, und dabei hatte er an ein Leben als theoretischer Physiker gedacht. Inzwischen vergingen manchmal Monate, ohne dass er einziges Mal an Physik dachte. Eine größere Leidenschaft hielt ihn in ihrem Bann, die des Kriegs.

Die Schlacht im Bahama Channel war nie weit von Lorens Gedanken entfernt. Immer wieder fühlte er, wie sich der Bug der *Columbia* in den Rumpf der hilflosen weißen Jolle bohrte und er hörte das Bersten von Holz, als Mast und Takelage fielen. Er spürte das Hämmern seines Herzens, als er mit einer Machete in der Hand aufs Deck des feindlichen Boots sprang, vernahm dabei den heiseren Klang seiner Stimme. Manchmal erwachte er mitten in der Nacht aus einem Traum, in dem es jede Menge blaue Blitze, Gasmasken tragende Schurken und Blut gegeben hatte. Dann war sein Mund trocken von Furcht, und sein Puls raste. Die eine Hälfte von ihm hoffte, dass so etwas nie wieder geschah, doch die andere wünschte sich, dass es nie aufhörte. Loren war auf den Geschmack gekommen. Er hatte für sein Leben und sein Land gekämpft und gewonnen; im Vergleich damit verblasste alles andere.

Der Rest seines Lebens, so wusste er, würde dem Kampf gewidmet sein. Das Abenteuer von Fort Belvoir bestätigte das, wenn eine Bestätigung notwendig gewesen war. Der neue Weg lag klar vor ihm: Er würde diese Insel und die Gemeinschaft von Baracoa Village verteidigen, solange er lebte.

Loren vermutete, dass Rupert Paule und der geheimnisvolle Reverend Gallant zwar entmutigt, aber nicht endgültig besiegt waren. Irgendwann in nicht allzu ferner Zukunft würde es einen neuen Angriff geben und Loren war sicher, dass er diesmal aus dem Süden erfolgte. Was nicht bedeutete, dass seine Wachsamkeit im Channel und entlang der Westküste nachlassen durfte. Aber es galt, das Hauptaugenmerk nach Süden zu richten. Die feindliche Flotte würde ein ganzes Stück östlich an Puerto Rico vorbeisegeln, vielleicht ganz um die Inseln über dem Winde herum, um dann mit den Passatwinden im Rücken anzugreifen. Sie würde sich Kuba aus dem Süden oder Südwesten nähern, abhängig von der Jahreszeit. Immer wieder hatte Loren diesen Plan aus der Sicht des Gegners überprüft und Kelly, Candace und Proctor Pinkham gebeten, ihm Alternativen anzubieten, die den Feind noch schlagkräftiger machten. Niemand von ihnen war imstande gewesen, Paule bessere Karten in die Hand zu geben. Also ging Loren davon aus, dass sie sich auf eben diesen Plan vorbereiten mussten.

Wenn sie sich erfolgreich verteidigen wollten, mussten sie hinter die angreifende Flotte gelangen, damit sie den Wind auf ihrer Seite hatten. Ein derartiges Manöver erforderte große Sorgfalt und wenn das Zeichen zum Angriff gegeben wurde … Von dem Moment an hing alles davon ab, dass sie in der Lage waren, dem Feind davonzusegeln. Es wäre dumm gewesen anzunehmen, dass Rupert erneut altersschwache Boote wie die McMillan-Jollen in den Kampf schickte. Diesmal setzte er bestimmt etwas ein, das schneller und wendiger war, vermutlich Mehrkörperboote. Solche Boote waren der Baracoa-Flotte eindeutig überlegen. Irgendwann würde Rupert dampfgetriebene Schiffe ins Spiel bringen, doch daran arbeitete auch Baracoa. Vielleicht dauerte es noch ein Jahr, aber dann hatten sie die Möglichkeit, einem Angriff mit Dampfschiffen aus dem Norden zu begegnen. Bis dahin mussten sie vor allem schnellere Segler fürchten. Paule hatte unmittelbaren Zugang zu allen teuren Spielzeugen, die von amerikanischen Jachtbesitzern im Lauf der Jahre angesammelt worden waren. Loren hingegen standen nur die Boote zur Verfügung, mit denen sie Kuba erreicht hatten, außerdem einige Katamarane von

Guantánamo. Die Revolutionäre Republik Kuba war kein großes Jacht-Zentrum gewesen.

Wie konnte er der Flotte von Baracoa einen Vorteil verschaffen? Loren dachte an bessere Segelformen, an geringeren Wasserwiderstand, bessere Rumpfgeschwindigkeit und höherer Anstellwinkel. Wenn sie auch nur fünf Grad näher am Wind segeln konnten als die angreifende Flotte, so hätten sie dadurch einen großen Vorteil gewonnen, einen sehr großen.

Mithilfe des Physikers in ihm begann er, ein Modell zu zeichnen, das insbesondere die Faktoren berücksichtigte, die die Zugkraft des Segels beim Trimm nahe am Wind beeinflussten. In nur einer Stunde entwickelte er die Gleichungen aus seinen Erinnerungen an den Bernoulli-Effekt – sie betrafen die Beschleunigung des Winds am vorderen Rand eines Segels und die daraus resultierende, das Boot nach vorn ziehende Kraft. Er schätzte den Widerstand des Kiels, der das Boot daran hinderte, in Windrichtung abzutreiben. Jede dieser Gleichungen erforderte eigene Berechnungen, wobei der Faktor Zeit eine besondere Rolle spielte, was Lorens Gedanken zu T-prime zurückkehren ließ.

Er tauchte noch einmal tief ein in die beiden Komponenten von T-prime und berechnete die Gleichungen neu. Da das Boot und der Ozean, durch den es segelte, gleichermaßen vom Faktor Zeit betroffen waren, glichen sich die Unterschiede aus, wodurch die Berechnungen dasselbe Resultat ergaben. Aber angenommen, Boot und Meer waren nicht gleichermaßen betroffen. Angenommen, T-prime konnte einen Wert für das Segel gewinnen und einen anderen für den Kiel? Loren erinnerte sich vage an etwas, das sich im vergangenen Frühjahr in Ithaca ergeben hatte und vielleicht dabei helfen konnte, ihre Boote schneller zu machen. Unter seinem Bett fand er die Umhängetasche, die ihn beim Flug von Ithaca nach Fort Lauderdale begleitet hatte. Bei den Vorbereitungen für den Aufbruch hatte Homer darauf bestanden, dass Loren das Protokollbuch aus dem Laboratorium mitnahm. Vielleicht, so hatte er argumentiert, fanden sie eines Tages am Pool ein paar Minuten Zeit, über einen Aspekt der Probleme nachzudenken, an denen sie arbeiteten, und dann war es vielleicht nötig, die Aufzeichnungen des Protokollbuchs zu Rate zu ziehen. Loren suchte in seiner Umhängetasche danach und fand es ganz unten.

Er setzte sich auf sein Bett in dem kleinen Haus, das er mit Edward teilte, und ging die datierten Einträge des Buchs durch. Schließlich kam er zu dem Sonntagnachmittag, an dem er der Gruppe seine Entdeckungen über T-prime präsentiert hatte. Dort standen die sechs inzwischen vertrauten Gleichungen, fein säuberlich in seiner Handschrift geschrieben. Er blickte darauf hinab und dachte noch einmal über ihre Bedeutung nach. Es war noch immer erstaunlich, wie falsch sie bis dahin von der Zeit gedacht hatten. Die alte Betrachtungsweise erschien ihm jetzt simpel und naiv. Die Zeit war alles andere als simpel. Sie war grotesk und kompliziert, »pekuliar« in dem besonderen Sinn, in dem Homer dieses Wort verwendet hatte. Andererseits war sie nicht grotesker und komplizierter als die inneren Mechanismen, die Physiker früherer Generationen bei Energie, Gravitation und Licht entdeckt hatten.

Doch all das betraf die Physik, die reine Wissenschaft. Worum es Loren in erster Linie ging, war ein Trick, mit dem er Segelboote schneller machen konnte. Er suchte nach einer Möglichkeit, einen Vorteil aus den Gleichungen zu ziehen. Mit dem Protokollbuch machte er sich auf die Suche nach Edward und fand ihn in der Werkstatt.

»Sieh dir das an, Ed. Etwas aus unserer Vergangenheit.« Loren öffnete das Buch an der Stelle der T-prime-Gleichungen und legte es auf die Diagramme des Telefonnetzes, die sich Edward zusammen mit D.D. Pease angesehen hatte. »Ich störe doch nicht, oder?«

»Himmel, nein. Pease und ich sind nur damit beschäftigt, die normale Welt zurückzubringen. Nichts Wichtiges, keine Sorge. In der nächsten Woche geben wir unserer Gemeinschaft funktionierende Telefone.«

»Oh, gut. Ed, sieh dir diese Gleichung an und sag mir, ob ich auf dem falschen Pflaster bin.«

»Ich nehme an, du meinst eine falsche Fährte. Oder vielleicht einen falschen Dampfer.«

»Ja. Du erinnerst dich sicher, dass ein zweiter stabiler Wert für T-prime existiert, abgesehen von dem, den wir mit unseren Effektoren nutzen. Es gibt den ursprünglichen alten Wert, den ich T-prime-null genannt habe, und er betraf die frühere Welt. Dann gibt es T-prime-eins, den reduzierten Zeitfluss, den wir jetzt haben, eine Verlangsamung um etwa ein Zwanzigstel Prozent.«

»Ja, ich erinnere mich.« Edward wirkte geistesabwesend.

»Aber die Gleichung sagt noch einen zweiten stabilen Wert voraus, eine wesentlich langsamere Zeit als die beiden anderen. Ich nenne diesen Wert T-prime-zwei. Er würde die Zeit auf etwa zehn Tausendstel des gegenwärtigen Werts verlangsamen.«

»Ja.«

»Interessant ist, dass diese Zeit zu langsam wäre, um sich auszubreiten. Ich meine, sie würde Tausende von Jahren brauchen, um das irdische Magnetfeld zu erreichen und sich darin auszudehnen. Ihr Wirkungsbereich bliebe lokal begrenzt, auf die unmittelbare Umgebung eines entsprechenden Effektors.«

»Oh, gut. Es würde mir gar nicht gefallen, die Welt um einen Faktor zehntausend zu verlangsamen. Das wäre ein herber Rückschlag für unser Telefonprojekt.«

»Ja. Aber stell dir vor, wir bauen einen Effektor für T-prime-zwei und befestigen ihn am Kiel eines Segelboots. Wenn wir den Effektor einschalten, kommt es zu einer enormen Verlangsamung der Zeit in Richtung des Strahls. Wenn wir den Strahl senkrecht zum Kiel ausrichten, ergibt sich daraus ein extrem stabiles Segelboot. Es würde nicht mehr krängen und es könnte nicht in Windrichtung abtreiben. Ich meine, es treibt durchaus ab, aber so langsam, dass man es nicht merkt. Verstehst du? Wir hätten den perfekten Kiel. Und er hinge überhaupt nicht vom Wasserwiderstand ab. Das Boot könnte sich ungehindert nach vorn und nach hinten bewegen, aber nicht seitwärts. Und es könnte sich auch nicht zur Seite neigen. Mit anderen Worten: Es hätte vollkommene Stabilität.«

»Nicht unbedingt ein Vorteil, wenn man den Kurs ändern muss«, sagte Pease.

»Dann schalten wir den Effektor ab. Und wenn der neue Kurs anliegt, schalten wir ihn wieder ein. Denkt nur daran, welche Vorteile es für uns hätte, wenn wir ohne seitliche Abdrift und ohne Krängung segeln könnten. Es wäre uns ein Leichtes, den Feind auszumanövrieren.«

»Nicht schlecht«, sagte Edward.

»Nicht schlecht? Dies ist wundervoll und wichtig, Ed! Womit auch immer ihr gerade beschäftigt gewesen seid, ich meine, ihr solltet es stehen und liegen lassen und mit mir an dieser Sache arbeiten.«

Barodin zuckte die Schultern und schenkte Loren ein kleines schelmisches Lächeln. »Pease und ich, wir sind vernünftige Leute und so sehr von der Aussicht auf einen perfekten Kiel beeindruckt, dass wir dir eine ganze Werkbank zur Verfügung stellen, die dort drüben direkt vor dem Fenster. Da kannst du deinen neuen Apparat bauen. Oh, du brauchst uns nicht zu danken. Die Werkbank gehört dir. Stell die Kisten und Kästen auf den Boden, verscheuch die Katze und leg die Funkgeräte beiseite, die auf ihre Umrüstung warten. Du kannst schalten und walten, wie du willst, und musst nur still wie eine Maus sein, um das Alexander-Graham-Bell-Projekt nicht zu stören.«

»Edward! Wollt ihr mir nicht helfen?«

»Natürlich helfen wir dir, Loren. Wir haben dich bereits auf die Liste gesetzt. Du hast eine Nummer. Wie lautet seine Nummer, D.D.?«

»Eins acht sechs. Er kommt direkt nach der neuen Spule für den Wasserboiler im Mädchenwohnheim.«

»Da hörst du's. Nummer einhundertsechsundachtzig. In ein oder zwei Monaten kannst du ganz auf uns zählen.«

Loren räumte die Werkbank frei und brummte dabei vor sich hin. Er brauchte etwa eine Stunde, um mit den Teilen, die er in der Werkstatt fand, einen neuen Effektor zu bauen. Als alles fertig war, berechnete er, wie viel Strom für T-prime-zwei nötig war, und bastelte dann eine entsprechende Energiequelle zusammen. Nichts geschah. Er überprüfte seine Berechnungen und versuchte es erneut. Auch diesmal leuchtete der Strahl nur kurz auf und verschwand sofort wieder; er blieb nicht stabil. Nach der Gleichung sollte er stabil sein, aber das war er nicht.

Nachdem Loren noch einmal alles durchgerechnet hatte, machte er sich auf den Weg zu Sonia. Er wusste, wo sie um diese Zeit am frühen Nachmittag sein würde: im offenen Speisesaal. Dort fand er sie tatsächlich; sie korrigierte gerade einige Aufsätze.

»Hallo, Sonia. Erinnerst du dich an dies?« Loren legte die Seite aus dem Protokollbuch vor ihr auf den Tisch.

Sonia blickte voller Abscheu auf die Gleichungen. »Kaum.«

»Denk an den Sonntag, als ich diese Gleichungen auf dem Plasmaschirm gezeigt habe. Unmittelbar nach der Präsentation haben wir zwei verschiedene Arbeitsgruppen gebildet, die sich mit unterschiedlichen Aspekten von T-prime beschäftigen sollten, und wenn ich mich nicht irre, solltest du die Bedeutung des zweiten stabilen Werts untersuchen, T-prime-zwei.«

»Ich erinnere mich nicht.«

»Das kannst du doch nicht vergessen haben, Sonia. Du hast als erste darauf hingewiesen, dass es einen zweiten stabilen Wert für eine noch langsamere Zeit gibt. Du hast ihn sogar berechnet. Hier steht er, in deiner Handschrift.« Loren deutete auf eine Anmerkung am Rand derselben

Seite, eindeutig von Sonia geschrieben. »Du hast gesagt, der zweite Wert wäre stabil bei einem Zeitfluss von 0,00013.«

»Ich erinnere mich nicht.«

»Jedenfalls, ich hab es ausprobiert und dabei hat sich herausgestellt, dass der Wert nicht stabil ist. Der Strahl verschwindet unmittelbar nach dem Einschalten.«

»Loren, ich muss vierzig Aufsätze korrigieren. Und in einer halben Stunde kommen die Schüler für den Sonderunterricht.«

»Ich bitte dich, Sonia, dies ist wichtig.«

Ärger zeigte sich in ihrem Gesicht. »Wichtig! Ich sage dir, was wichtig ist. Ich habe einen kleinen Jungen, der jede Nacht ins Bett macht. Er schläft zusammen mit zehn anderen Jungen und alle wissen Bescheid. Selbst die Mädchen haben davon gehört. Kannst du dir vorstellen, wie sich das anfühlt? Er ist elf Jahre alt. Er ist elf und es zerreißt ihn innerlich. *Das* ist wichtig. Die Gleichungen spielen keine Rolle.«

»Oh«, sagte Loren. Er kam sich ein bisschen dumm vor und blickte aufs Protokollbuch hinab. Nach einem Moment sah er wieder auf. »Versuch es mit Honig.«

»Was?«

»Gib ihm Honig. Wir hatten ein ähnliches Problem mit meiner kleinen Schwester Sanchy, als sie in dem Alter war. Asunción gab ihr jeden Abend vor dem Zubettgehen einen Teelöffel Honig. Sie sagte, damit wäre ihr Problem bald gelöst. Und so kam es auch.«

»Danke. Ich versuch's.«

»Schaden kann es nicht.«

»Danke. Und jetzt … Ich habe viel zu tun.«

*

Wenige Wochen nach ihrer Ankunft in Baracoa im Frühling hatte Homer das Haus im Schuldorf verlassen, das ihm von Rektor Brill zugewiesen worden war. Stattdessen hatte er sich in einer Hütte direkt am Meer niedergelassen, einen knappen Kilometer den Strand hinunter. Sie gab nicht viel her, aber er brauchte auch nicht viel. Wenn er die Tür öffnete, waren es nur wenige Schritte bis zum Wasser. Der frühere Besitzer war ein Muschelsammler gewesen und daran nahm sich Homer ein Beispiel. Jeden Morgen konnte man beobachten, wie er Muscheln aller Art, Krabben und essbare Algen zum Kochhaus trug. Loren fand ihn um kurz nach drei am Nachmittag in der Hütte. Als er eintrat, lag Homer auf dem Boden, mit einem kleinen Waschbären auf dem Bauch. Die liebevolle Szene entlockte Loren ein Lächeln und natürlich sah Homer das Lächeln. Es schien ihn zu ärgern.

»Oh, ja. So ist das, wenn man alt wird. Das denkst du jetzt, nicht wahr, junger Freund?« Homer stand auf und setzte sich auf den einzigen Stuhl. Der Waschbär sprang auf seinen Schoß. »Du denkst: Wenn man alt wird, lässt man es langsamer angehen und eigentlich ist es gar nicht so schlimm. Man spielt mit kleinen Tieren und den Nachmittag verbringt man damit, rücklings auf dem Boden zu liegen und sich auszuruhen. So ist das mit dem Alter, alles wird nur ein bisschen langsamer. Das denkst du, nicht wahr? Aber da liegst du völlig falsch. Das Alter ist keine Verlangsamung, sondern ein Schiffbruch.« Zorn funkelte in Homers Augen.

»Du brauchst nicht gleich an die Decke zu gehen, Homer. Ich bin nur gekommen, weil ich dich um Rat fragen möchte.«

»Hier ist ein Rat für dich: Werd nicht alt. Das Alter ist wie ein Schiffbruch. Wenn du einen solchen Schiffbrüchigen siehst, so lächele nicht dieses kleine Lächeln, das die Herablassung der Jungen zum Ausdruck bringt. Ich habe mein Los mit diesem kleinen Burschen geteilt, wie ich ein Opfer des Sturms. Wir sind beide schiffbrüchig. Ich, weil ich alt bin, und er, weil er Waise ist. Moment mal! Ich schätze, ich bin ebenfalls Waise, denn meine Eltern sind längst tot. Und du kommst rein und lächelst, als wäre alles in bester Ordnung. Es ist *nicht* in Ordnung. Wir wollen keine Schiffbrüchigen sein. Es ist scheußlich.«

Loren setzte sich auf den Rand von Homers Bett und bemerkte, dass ein zusammengefaltetes Nachthemd unter dem Kissen hervorragte. Homer bemerkte auch diesen Blick. Er war sehr aufmerksam. »Du kennst alle meine Geheimnisse. Tagsüber spreche ich mit Tieren und nachts liege ich mit Maria im Bett. Sag ihr bloß nicht, dass du davon weißt. Sie ist sehr anständig.«

»Kein Wort von mir.«

Homer lehnte sich auf dem Stuhl zurück, kratzte den Waschbären hinter den Ohren und seufzte tief. »Man braucht nicht mehr viel Schlaf, wenn man alt ist. Das gehört zu den wenigen Vorteilen, ein Schiffbrüchiger zu sein. Eine Stunde Schlaf ist viel. Jeden Morgen bei den Besprechungen mit Chandler bekomme ich allen Schlaf, den ich brauche. Dadurch bleibt mir nachts viel Zeit für Maria.«

»Klingt gut.«

»Ist es auch. Dieser pelzige kleine Bursche heißt übrigens Bärenbann oder vielleicht Drachentöter. Ich lerne gerade erst Waschbärisch. Bärenbann, das ist Dr. Loren Martine, Wissenschaftler und Admiral des Ozeans.«

»Hallo, Bärenbann«, sagte Loren. Der Waschbär richtete einen intelligenten Blick auf ihn.

»Was also kann ich für dich tun? Nicht dass ich geneigt wäre, irgendetwas für irgendjemanden zu tun.«

»Ich habe heute Morgen über T-prime nachgedacht.«

»T wie Tee? Du hast über ein Getränk nachgedacht?«

Loren ging nicht darauf ein. »Ich habe unser Protokollbuch hervorgeholt und mir noch einmal die Gleichungen angesehen. Es sollte einen weiteren stabilen Wert für T-prime geben. Die Gleichungen sagen ihn voraus. Aber er existiert nicht. Ich habe einen Effektor für T-prime-zwei gebaut und er funktioniert nicht.«

»An den ganzen Kram erinnere ich mich nicht mehr.«

»Im Ernst, Homer. T-prime ist die wichtigste Arbeit, die du jemals geleistet hast. Zukünftige Generationen werden deinen Namen nicht mit dunkler und leuchtender Materie in Zusammenhang bringen, sondern mit dem Layton-Effekt und deiner Lösung des Rätsels der Pekuliarbewegung. Du bist der Mann, der den Fluss der Zeit geändert hat.«

»Ich? Nein. Das ist gar nicht mein Ding. Physik und Mathematik sind mir viel zu langweilig. Es erstaunt mich, dass du überhaupt daran denkst, obwohl es so viele bessere Möglichkeiten gibt, Körper und Geist zu beschäftigen. Warum gehst du nicht schwimmen, um nur ein Beispiel zu nennen? Das Schwimmen ist wundervoll hier. Oder warum suchst du dir nicht eine nützliche Arbeit? Du könntest Muscheln sammeln. Eine sehr befriedigende Arbeit, kann ich dir sagen, und meine wahre Berufung, wie ich inzwischen weiß. Wirklich schade, dass ich einen so großen Teil meines Lebens verbraucht habe, bevor ich zu dieser Erkenntnis gelangt bin. Zuerst macht es Spaß, die Muscheln zu suchen, in der warmen Sonne und mit einer kühlenden Brise, die mir über die Haut streicht, und anschließend esse ich einen Teil meines Funds. Kann man sich mehr wünschen? He, warum ziehe ich nicht los und suche ein paar Muscheln?«

Er stand auf, wodurch der kleine Waschbär zu Boden rutschte. Neben der Tür lehnte eine Grabegabel für Muscheln an der Wand. Homer nahm sie und ging ohne ein weiteres Wort hinaus.

Loren blieb zurück und wechselte einen verwunderten Blick mit Bärenbann. Ein kurzer Pfiff kam vom Strand und der Waschbär lief zur offenen Tür. Dort verharrte er noch einmal, warf Loren einen letzten Blick zu und machte sich dann eilig daran, Homer über den Strand zu folgen.

*

Peter Chan war Lorens letzte Hoffnung auf konstruktiven Rat. Der Mathematiker von Princeton war nicht nur eine Koryphäe auf seinem Fachgebiet, sondern auch noch Amateur-Physiker. Wie sich herausstellte, war er auch ein recht guter Tischler. Er ging bei D.D. Pease in die Lehre und half bei der Reparatur des Bugs der *Columbia*. Mit einem großen Schweifhobel glättete er die Planken des neuen Bugs.

»Mr. Pease ist ein Künstler mit einem solchen Hobel«, teilte er Loren mit. »Sehen Sie sich nur die linke Seite des Bugs an. Dafür hat er nur ein paar Minuten gebraucht. Ich arbeite seit Stunden an der anderen Seite und sie ist nicht annähernd so gut gelungen.« Er richtete einen kummervollen Blick auf das Ergebnis seiner Arbeit, das für Loren perfekt aussah. Der etwas dickliche Professor trug ein T-Shirt, an dem sich große Schweißflecken gebildet hatten. Holzspäne klebten in der einen Hälfte des runden Gesichts.

»Ich bin zu Ihnen gekommen, weil ich mir Rat von Ihnen erhoffe, Dr. Chan. Ich habe Probleme mit diesen Gleichungen.« Loren legte die betreffende Seite aus dem Protokollbuch auf das gerade geglättete Bugsegment. Sie knieten nebeneinander auf dem Gerüst, das die *Columbia* in der improvisierten Werft umgab. Chan sah sich die Gleichungen kurz an und setzte dann die Arbeit fort.

»Die berühmten T-prime-Gleichungen«, sagte er.

»Ja.« Loren bezweifelte, dass ein so kurzer Blick genügte, um die Gleichungen richtig zu erfassen. Er musste irgendwie das Interesse des Professors wecken, damit er sie sich noch einmal ansah. »Lassen Sie mich das Problem erklären. Es sollte einen zweiten stabilen Wert von T-prime geben, bei 0,00013. Aber das ist nicht der Fall. Meine Versuche, den zweiten Wert zu erreichen, sind gescheitert. Er scheint gar nicht zu existieren, zumindest nicht dort, wo ich ihn erwarte. Doch die Gleichungen sagen ihn voraus.«

»Die dritte Gleichung ist falsch«, sagte Chan und es klang so, als könnte es nicht den geringsten Zweifel daran geben. Er legte den Hobel beiseite, strich über beide Seiten des Bugs und verglich sie mit den Fingerspitzen. Sein Blick ging dabei ins Leere.

Loren starrte ihn an. »Wie können Sie so etwas behaupten? Sie hat den ersten stabilen Wert vorausgesagt, T-prime-eins, und er war genau dort, wo er sein sollte. Andernfalls wären wir gar nicht in der Lage gewesen, die Effektoren zu bauen und mit ihnen die Zeit zu beeinflussen.«

»Ja. Für T-prime-eins ist mit der Gleichung alles in Ordnung. Aber sie beschreibt nicht die Art und Weise, wie die Dinge vor dem Einschalten der Effektoren gewesen sind, die Welt bei T-prime-null, wie Sie es nennen. Ihre Gleichung sieht für die vergangenen achtzehn Monate gut aus, erklärt jedoch nicht, wie es während all der Jahrmilliarden vorher zuging.«

Loren sah auf die Seite hinab und überlegte, was die dritte Gleichung über den Null-Zustand sagte. Es schien alles zu stimmen, soweit er das erkennen konnte. »Was ist falsch daran?«

»Versuchen Sie einmal, die Gleichung mit einem Zeitwert von null aufzulösen.«

Loren kam der Aufforderung nach und rechnete im Kopf. »Und?«

»Und was? Was bedeutet Zeit mit einem Wert null? Es ergibt überhaupt keinen Sinn.«

»Die Gleichung weist nur darauf hin, dass es sich um eine Zeit handelt, in der null Energie im Universum verwendet war.«

»Richtig. Und seitdem hat die verwendete Energie zugenommen, sie ist immer weiter gewachsen. Zeit mit einem Wert null bedeutet also: Es war der Beginn der Zeit, was auch immer man davon halten mag. Vorher kann es keine Zeit gegeben haben.«

»Ja. Darauf deutet die Gleichung hin, auch wenn ich nicht ganz sicher bin, welche Schlüsse sich daraus ziehen lassen.«

»Das Verstreichen von Zeit verbraucht Energie. Ich sage nicht, dass es unmöglich ist. Man hat weitaus Erstaunlicheres entdeckt. Ich meine nur, dass es unwahrscheinlich klingt. Aber angenommen, es stimmt. Dann könnten wir den aktuellen Wert von t berechnen, wenn wir wüssten, wie viel Energie verbraucht worden ist. Wir könnten das genaue Alter des Universums bestimmen.«

»Daran habe ich nie gedacht. Die Menge der verbrauchten Energie kennen wir natürlich nicht.«

»Nein, aber wir könnten die maximale Energiemenge berechnen, die jemals für den ›Verbrauch‹ zur Verfügung gestanden hat. Stellen Sie sich ein Universum vor, das zu Anfang mit Materie vollgepackt war. Stellen Sie es sich als einen massiven Block vor.«

»In Ordnung.«

»Sagen wir, der Block besteht aus … Oh, ich weiß nicht. Woraus könnte er bestehen?«

»Aus Nickel, zum Beispiel. Die Kerne von Planeten scheinen aus Nickel zu bestehen.«

»Also gut, Nickel. Wenn das ganze Universum reines Nickel wäre, hätte es das maximale denkbare Energiepotenzial. Berechnen Sie, wie viel Energie das bei einer Umwandlung der gesamten Materie wäre. Wie auch immer die Antwort lauten mag, es ist zweifellos mehr Energie, als es jemals im Universum gegeben hat.«

»Na schön.« Loren ging auf Chans Logik ein. »Das spezifische Gewicht von Nickel ist 9. Ein Kubikzentimeter Nickel wiegt neun Gramm, mehr oder weniger. Das ist die Masse. Nach der Gleichung $E = mc^2$ ergäbe sich daraus ein Energieäquivalent von …« Loren rechnete. »Es wäre immens.«

»Ja. Nehmen wir jetzt an, dass seit Zeit gleich null so viel Energie in jedem Kubikzentimeter des Universums verbraucht worden ist. Daraus ergibt sich das Maximalalter des Universums.« Chan hatte noch immer keinen zweiten Blick auf die Gleichungen geworfen. Vielleicht war das gar nicht erforderlich, vermutete Loren inzwischen. Er sah erneut auf sie hinab und löste die Gleichungen mit dem gegenwärtigen Wert von t auf.

»Das Ergebnis besteht aus etwas mehr als einer Billion Sekunden.«

»Richtig. Das Universum kann also nicht älter sein als eine Billion Sekunden. Mal sehen. Das Jahr hat pi mal zehn mal eine Million Sekunden. Wir teilen eine Billion durch diese Zahl und daraus ergibt sich: Sie haben gerade herausgefunden, dass das Universum nicht älter als dreißigtausend Jahre sein kann. Gute Arbeit. Nobelpreisverdächtig.«

»Aber wir sind von einer absurden Annahme ausgegangen. Wenn das Universum zu Anfang nicht mit Materie vollgepackt war …«

»Dann haben Sie bewiesen, dass es noch jünger ist. Wenn die maximale Dichte des Universums den heutigen Werten ähnelt, kann es nach Ihrer Gleichung nur einige Minuten alt sein.«

»Was zum Teufel bedeutet das?«

»Es bedeutet, dass Ihre Gleichung falsch ist. Rechnen Sie noch einmal alles durch.«

Loren war völlig perplex. Er suchte nach einem Fehler in Chans Logik, aber es gab keinen. Die Gleichung war tatsächlich falsch. Sie war die ganze Zeit falsch gewesen. Er musste noch einmal von vorn beginnen. »Ich weiß nicht, wo ich anfangen soll.«

Dr. Chan nahm den Hobel und strich damit vorsichtig über die rechte Seite des Bugs. »Sie fangen natürlich dort an, wo Sie sind. Bei Ihren sechs Gleichungen. Dass sie nicht ganz stimmen, bedeutete nicht, dass sie völlig falsch sind.«

Loren blieb skeptisch. »Ich könnte den Rest meines Lebens damit beschäftigt sein.«

Chan hobelte eine Zeitlang und schließlich sagte er: »Ich möchte Ihnen eine Geschichte erzählen. Vielleicht hilft sie. Es geht dabei um einen Physiker namens Planck.«

»Max Planck.«

»Ja. Als Physiker wissen Sie natürlich über Planck Bescheid. Ich möchte Ihnen erzählen, wie der Mann als Mathematiker eingeschätzt wird, was wir Mathematiker von ihm denken. Planck war ein hervorragender Physiker, aber als Mathematiker taugte er nicht viel.«

»Tatsächlich nicht?«

»Nein. Als Mathematiker war er eine Art Gauner. Damals, im Jahr 1899, beschäftigte er sich mit der Frage, warum Metall glüht, wenn es erhitzt wird. Alle waren der Meinung, dass es glühen sollte, aber eher blau und nicht rot. Die Newton'sche Physik sagte voraus, dass ein auf tausenddreihundert Grad erhitztes Kupferstück blaues Licht abstrahlen sollte. Doch bei entsprechenden Experimenten glühte es immer rot. Es zeigte ein hübsches Kirschrot. Die damaligen Wissenschaftler wussten nicht, was sie davon halten sollten. Alle anderen Physiker fragten sich: Was im Innern des Metalls bewirkt ein solches Verhalten, ohne dass Newtons Gesetz infrage gestellt wird? Planck hingegen stellte eine ganz andere Frage. Sie lautete: Wie muss ich Newtons Gleichung verändern, damit sie ein rotes Glühen voraussagt? Er schrieb die Gleichung nieder, fügte die Frequenz des roten Glühens hinzu und bastelte dann daran herum, damit sich die gewünschte Lösung ergab. Die leichteste Veränderung, die ihm einfiel, bestand darin, die Energie in kleine unsichtbare Pakete aufzuteilen, die ›Münzen der Energie‹. Auf der Grundlage dieser neuen Theorie untersuchte er noch einmal die rote Färbung des Glühens, um herauszufinden, wie groß die betreffende Münze sein musste.«

»Plancks Wirkungsquantum.«

»Genau. Er hatte nicht einen klaren Beweis für die Existenz einer Münze der Energie und auch keinen konkreten Grund, bei ihr von einer bestimmten Größe auszugehen. Er nahm die Gleichung und arbeitete sich rückwärts durch sie, damit sie aufging. In der wissenschaftlichen Welt, insbesondere bei den Mathematikern, herrschte natürlich Empörung. Niemand hielt etwas von der Art und Weise, wie er zu seinen Ergebnissen gelangt war. Mit einer Ausnahme. Ein Mann nahm das Ergebnis trotz allem ernst.«

»Einstein.«

»Ja. In seiner zweiten Abhandlung von 1905 griff Einstein auf Plancks Münze der Energie und den Wert der von Planck errechneten Konstante zurück, um zu zeigen, was in der Brown'schen Bewegung geschah. Planck hatte eine wichtige Wahrheit entdeckt. Seine Methode mag nicht unbedingt sauber gewesen sein, aber er fand die Wahrheit heraus. Und deshalb gilt Planck, der schlechte Mathematiker, heute als hervorragender Physiker.«

»Was bedeutet das für mich?«

»Versuchen Sie, ein bisschen an den Gleichungen zu basteln, mein Freund. Finden Sie den zweiten stabilen Wert …«

»Ich habe es versucht!«

»Sie haben dort danach Ausschau gehalten, wo Sie ihn erwartet haben. Suchen Sie dort, wo er *ist.*« Chan bedachte ihn mit einem für Kinder und dumme Tiere reservierten Blick.

»Oh, ich verstehe. Sie meinen ein empirisches Experiment. Ich verändere immer wieder die Energie des Strahls, bis ich einen stabilen Wert finde.«

»Genau. Und wenn Sie den stabilen Wert gefunden haben, fügen Sie ihn der Gleichung hinzu und biegen sie so lange zurecht, bis alles aufgeht.«

»Das wird ziemlich lange dauern. Der zweite stabile Wert könnte sich überall befinden.«

»Dann versuchen Sie es mit einem zweiten Trick. Stellen Sie sich vor, Sie hätten das empirische Experiment bereits durchgeführt und herausgefunden, dass der Wert nicht 0,00013 beträgt, sondern zum

Beispiel 0,000022. Reden Sie es sich ein. Überzeugen Sie sich davon, dass 0,000022 der empirisch beobachtete Wert ist. Geben Sie ihn in die Gleichung ein und finden Sie heraus, wie er sich auswirkt und welche Veränderungen Sie vornehmen müssen.«

»Das ist kein Trick, sondern Schwindel. Der tatsächliche Wert wird mit ziemlicher Sicherheit nicht 0,000022 sein. Also kann ich mit der Erklärung dafür, warum er genau diese Größe haben sollte, überhaupt nichts anfangen.«

»Die Erklärung wäre ungenau, aber alles andere als nutzlos. Sie müssen die Werte einiger Korrekturfaktoren verändern, aber nicht das Konzept.«

»Ich verstehe.« Loren zuckte die Schultern. Viel Arbeit stand ihm bevor und es bedeutete, dass er wertvolle Zeit von seiner wichtigsten Aufgabe abzweigen musste, von den Vorbereitungen auf den zweiten Angriff des Feinds. Er bezweifelte, dass er Gelegenheit fand, den Vorschlag in die Tat umzusetzen. »Danke für den Rat, Dr. Chan. Ich gehe jetzt und denke darüber nach.«

»Ah, mein lieber Freund, Dr. Martine. Das ist das Rezept für ein fünfjähriges Projekt. Gehen Sie nicht. Nehmen Sie hier Platz und geben Sie den Wert 0,000022 ein. Basteln Sie an der Gleichung. Ich helfe Ihnen, während ich gleichzeitig den Bug glätte. Zusammen lösen wir das Problem bis zum Abendessen.«

Loren nickte. Er setzte sich, mit dem Rücken zum Überwasserschiff der *Columbia*, nahm ein Stück Holz und benutzte es als Schreibunterlage. Dr. Chan reichte ihm einen Stift. Loren drehte die Seite aus dem Protokollbuch und schrieb die dritte Gleichung mit einem Wert für T-prime-zwei von 0,000022. Dann lehnte sich zurück und dachte darüber nach, was es bedeuten könnte. Es war kein fünfjähriges Projekt. Es war nicht einmal ein Fünf-Minuten-Projekt. Nach nur neunzig Sekunden sah er auf. »Man könnte dies mit dem gleichen Kunstgriff erklären, den auch Planck benutzt hat.«

»Aha.«

»Wenn wir uns die Zeit in kleinen Paketen vorstellen, wie die Energie aufgeteilt in kleine Münzen, so hängt der Wert von T-prime-zwei von der Größe einer solchen Münze ab.«

»Aha.«

»Ich schätze, deshalb haben Sie mir die Geschichte erzählt.«

»Vielleicht.«

»Aber das ist doch absurd. Münzen der Zeit … Ich habe kein Recht, über so etwas zu spekulieren. Ich habe keine Theorie, keine Erklärung, keinen Grund zu glauben, dass mehr dahintersteckt als reine Spekulation.«

»Aus Ihnen wird nie ein guter mathematischer Gauner. Sie sind zu prinzipientreu.«

»Und der Wert kann ohnehin nicht 0,000022 betragen. Er muss viel kleiner sein. Wenn ich mir jetzt noch einmal die erste Gleichung ansehe, sollte ich imstande sein, Ihnen die genaue Größe der Münze zu nennen. Einen Moment …« Loren starrte auf das, was er gerade geschrieben hatte, und versuchte, eine klare Vorstellung von den Konsequenzen zu gewinnen. »Dies ist verblüffend, Peter. Sehen Sie sich das an!«

Loren sprang auf und wäre fast über das Geländer des Gerüsts gefallen. Dr. Chan hielt ihn am T-Shirt fest und verhinderte einen Sturz in die Tiefe. »Dies ist atemberaubend, Peter. Ein Trick – Schwindel – brachte uns zur Idee einer Quantenzeit, aber jetzt kann ich Ihnen beweisen, dass es tatsächlich so sein muss. Ich kann es beweisen! Es stellt sich nicht mehr die Frage, ob es eventuelle ›Münzen der Zeit‹ gibt. Sie existieren wirklich.« Er hob den Blick von der Seite, die er noch immer in den Händen hielt. »Ich kann es nur noch nicht glauben.«

»Warum sollten Sie es nicht glauben können? Es gibt Münzen der Materie, der Energie, des Lichts und der Gravitation. Weshalb sollte es bei der Zeit anders sein? Warum sollte sich allein die Zeit unendlich teilen lassen können?«

Loren sah erneut auf die veränderte Gleichung hinab und nach einem Moment lächelte er. Vor einem knappen Jahr wäre er von der Entdeckung hingerissen gewesen, von ihren Auswirkungen auf die Universität und die Welt der Physik. Er hätte vielleicht auch an den guten Ruf gedacht, den er damit erwarb. Jetzt spielte nichts von dem eine Rolle. Jetzt dachte er nur daran, dass er mit dieser Entdeckung in der Lage war, den perfekten Kiel zu bauen.

28

Die Bedeutung des zweiten stabilen Werts

Loren kehrte in die Werkstatt zurück, dazu entschlossen, »still wie eine Maus« zu sein und Barodin und Pease nicht bei den banalen Dingen zu stören, an denen sie arbeiteten. Wenn sie nicht merkten, womit er beschäftigt war … Früher oder später würden sie es erfahren und dann bedauerten sie bestimmt, ihm nicht geholfen zu haben. Loren schickte sich an, Geschichte zu schreiben. Wenn Baracoas Segelboote ohne Abdrift und Krängung segelten, kam der Verdienst allein ihm zu. Also sagte er kein Wort, ging einfach zur freigeräumten Werkbank und machte sich an die Arbeit.

Einige Minuten lang versuchten Edward und D.D. Pease seinen Eifer zu ignorieren, doch dann gaben sie auf. »Nun, dies ist ein produktiver Nachmittag gewesen, Pease«, sagte Edward laut. »Wer hätte gedacht, dass wir so schnell mit hundertfünfundachtzig Projekten fertigwerden? Aber sieh an, hier haben wir Projekt Nummer eins fünf acht und es ist fertig. Leg es zu anderen. Was kommt jetzt an die Reihe?«

»Mal sehen. Oh, ja. Projekt Nummer eins acht sechs. Irgendetwas mit einem Kiel, bei dem wir Martine helfen sollen.«

»Ja, jetzt erinnere ich mich daran. Nicht nur irgendein Kiel, sondern der perfekte Kiel. Der arme Junge sitzt da an seiner Werkbank und wartet nur darauf, dass wir zu ihm kommen und helfen.«

»Träumt schön weiter«, sagte Loren. »Ihr könnt froh sein, wenn ich euch an dieser Sache beteilige. Ich neige dazu, sie für mich zu behalten.« Seine unsichere Hand ließ Lötzinn auf den Rand einer Schaltplatte tropfen. »Mist.«

»Lass mich dir helfen, junger Mann.« Edward schob ihn beiseite. »Ah, ein Effektor für T-prime-zwei, wenn ich mich nicht irre, Pease. Mit einigen kleinen Veränderungen. Hat einen stärkeren Eingabekreis, als wollte unser junger Lehrling mehr Strom hindurchleiten.«

»Genau.« Loren überließ es Edward, das Zinn am Rand des Schaltbords zu entfernen und die Kontaktstelle zu verlöten. »Der zweite stabile Wert befindet sich nicht dort, wo er sein sollte. Wir sind meilenweit davon entfernt. Beim zweiten stabilen Wert fließt die Zeit nicht wie Sirup; sie fließt fast überhaupt nicht. Sie ist um weniger als zehn hoch minus zehn langsamer.«

Edward pfiff.

»Hier wird nur Normalo gesprochen«, wandte Pease ein. »Was bitteschön bedeutet zehn hoch minus zehn?«

»Ein Zehnmilliardstel. Die Zeit wird auf ein Zehnmilliardstel ihres normalen Werts verlangsamt. Anders ausgedrückt: Eine Sekunde für uns sind mehr als dreihundert Jahre im Wirkungsbereich des Strahls.«

Barodin blieb skeptisch. »Wie können wir so sehr danebengelegen haben?«

»Es ist faszinierend, Edward. Dr. Chan hat mir dabei geholfen, alles zu verstehen. Es gibt Münzen der Zeit, kleine Pakete, wie bei Licht und Gravitation. Denk nur daran, was das bedeutet!« Loren setzte seine Erklärungen fort, während Edward den Schaltkreis vervollständigte und ihn immer wieder mit Fragen bedrängte. Plötzlich fiel Loren ein, dass es noch keine Möglichkeit gab, die nötige Stromspannung zur Verfügung zu stellen. »Wir brauchen mehr als neunhundert Volt für diesen Apparat. Unsere normalen Netzteile kommen dafür nicht infrage.«

»Bei neunhundert Volt hoffe ich, dass die Stromstärke sehr gering ist«, warf Pease ein. »Andernfalls wird Ihr perfekter Kiel zu einem großen Stromfresser.«

»Ein paar Mikroampere, vielleicht noch weniger.«

»In dem Fall genügt es, einen Kondensator zu laden, der den Effektor speist. Was uns Gelegenheit gibt, einen Prototypen auszuprobieren. Später verwenden wir Batterien mit einem Spannungsvervielfacher.« Pease begann damit, der Schaltplatte einen Kondensator hinzuzufügen. »Wie viel Kontrolle brauchen Sie?«

Loren erklärte die Einzelheiten, als sie den Apparat konstruierten. Pease wurde als erster fertig. »Wir müssen einen Kiel daran befestigen. Wie wäre es mit einem der großen Sperrholzteile?«, fragte er.

»Gut«, sagte Loren. »Schneiden Sie in der Mitte ein Loch von etwa zwanzig Zentimetern. Das sollte für den Flansch des Effektors passen.«

»In Ordnung.« Pease machte sich mit Bohrer und Stichsäge an die Arbeit. Als er das Loch geschnitten hatte, waren Loren und Ed bereit, den Strahl auszuprobieren. Pease trat näher zur Werkbank, um das Geschehen zu beobachten. Loren stellte die Eingangsspannung auf den Wert ein, den er mit der neuen Gleichung errechnet hatte, holte dann tief Luft und betätigte den Schalter. Der Strahl erschien und blieb bestehen.

»Er ist stabil. Aber bringt er die erhoffte Wirkung? Der Apparat müsste jetzt in der Waagerechten blockiert sein.« Loren streckte die Hand aus und versuchte, den Apparat nach vorn zu schieben. Er rührte sich nicht von der Stelle. Als er von oben drückte, ließ er sich frei bewegen. »Meine Güte, das ist unheimlich«, sagte er. Der Apparat fühlte sich an, als glitte er zwischen zwei vertikalen Glasflächen. Er konnte ihn nach oben und unten bewegen, auch zur Seite, aber nicht nach vorn oder nach hinten. »Befestigen wir ihn am Kiel.«

Sie mussten den Effektor abschalten, um ihn durch den Raum zu tragen. Oder vielleicht war das die falsche Denkweise, sagte Loren. An der Kraft, die nötig war, um den Apparat zu bewegen, änderte sich nichts. Er ließ sich damit durch die Werkstatt tragen, innerhalb weniger Sekunden. Aber es waren Sekunden, wie sie im Wirkungsbereich des Strahls verstrichen, das Äquivalent von Jahrhunderten außerhalb davon. Und da sie keine Jahrhunderte Zeit hatten, um den Effektor zu bewegen, war es besser, ihn abzuschalten.

Die Spannung wuchs erneut, als sie den Apparat in den »Kiel« setzten. Sie wussten jetzt, was geschehen würde, wenn sie ihn einschalteten, aber trotzdem konnten sie es kaum abwarten. Als sie fast fertig waren, kam Kelly herein.

»Himmel, hier liegt Adrenalin praktisch in der Luft. Was geht hier ab? Schaut ihr euch vielleicht schmutzige Filme an?«

»Komm her und sieh dir das hier an, Kelly.« Loren tanzte fast vor Aufregung. »Wir haben einen Kiel gebaut. Nicht irgendeinen Kiel, sondern einen perfekten, mit hundert Prozent Wirkungsgrad. Damit können wir nach Belieben segeln, ganz gleich, wie es mit dem Wind steht. Es dürfte eine weitere Riesenüberraschung für Rupert Paule sein. Schalt ihn ein, Edward.«

Ed betätigte den Schalter.

»Stell dir dieses Stück Sperrholz als Rumpf der *Columbia* vor«, sagte Loren. »In Bugrichtung bewegt er sich mühelos durchs Wasser. Aber versuch mal, ihn zu kippen oder zur Seite zu drücken!«

Das Holzteil stand ohne Stützen auf der Kante. Kelly versuchte, es zur Seite zur kippen, aber das ging nicht. Sie konnte es nach vorn und hinten schieben, ohne dass ein Widerstand spürbar wurde, doch auch als sich Kelly mit ihrem ganzen Gewicht dagegen stemmte, ließ es sich nicht zur Seite bewegen. Schließlich hob sie den »Kiel« mit beiden Händen und hielt ihn etwa dreißig Zentimeter über dem Boden. In einer Dimension war er vollkommen stabil, wie an einer unsichtbaren Wand befestigt. An dieser Wand konnte ihn Kelly nach oben und unten und vor und zurück bewegen, aber es war unmöglich, ihn von der »Wand« zu lösen. Allerdings … Es gab keine Wand, nur leere Luft. Schließlich hob sie den Kiel auf die Höhe ihres Gesichts, hielt ihn fest und drückte die Schulter dagegen. Sie ließ das Holzteil mit dem Effektor los und es schwebte dort im Nichts, gehalten von der Schulter.

»Donnerwetter«, sagte sie. »Es ist Magie, reinste Magie.«

Kelly drehte sich ein wenig zur Seite und plötzlich rutschte der Kiel an seiner unsichtbaren Wand nach unten, wodurch sie das Gleichgewicht verlor und auf dem Hintern landete. »Es ist Magie, Loren.«

»Nein, ganz und gar nicht«, erwiderte er. »Es ist nur die Anwendung eines physikalischen Prinzips.« Er wies nicht darauf hin, dass es sich um ein physikalisches Prinzip handelte, von dem bis vor wenigen Stunden niemand etwas gewusst hatte.

»Es ist auf jeden Fall wundervoll«, sagte Kelly. Sie saß auf dem Boden, noch immer an das Holzteil gelehnt. Es schien sie zu entzücken, sich von etwas stützen zu lassen, das auf der Kante stand und seinerseits von nichts gestützt wurde. Sie lächelte. »Funktioniert es auch auf der Seite, Loren?« Sie formte mit der Hand einen Kiel, der auf der Seite lag, mitten in der Luft.

Loren hielt die Frage für dumm und ärgerte sich so sehr darüber, dass er mit scharfer Stimme antwortete. »Natürlich nicht.« Kelly war so intelligent, dass er manchmal vergaß: Sie hatte keine wissenschaftliche

Ausbildung. Selbst an der Highschool hatte sie nie einen Physikkurs besucht. »Es liefe auf einen Skyhook hinaus. *Das* wäre Magie.«

»Warte mal, Loren …« Edward blickte ins Leere, als er an einen horizontalen Kiel dachte.

Loren wandte sich ihm verärgert zu. »Edward! Wach auf. Wir sind keine Zauberkünstler, sondern Wissenschaftler. Ein in der Luft schwebender Kiel würde gegen alle Gesetze der Physik verstoßen. Es gäbe die nach unten wirkende Kraft seines Gewichts ohne eine Gegenkraft. Aber er würde nicht fallen.«

»Aber er würde nicht fallen. Genau das ist der Punkt, verstehst du? Er würde mit neun Komma acht Meter pro Fallsekunde beschleunigen, wie alle auf die Erde fallenden Objekte. Aber es wären sehr langsame Sekunden. Der Kiel würde schließlich den Boden erreichen, wie man es von ihm erwarten darf, nach einigen Sekunden für ihn und nach Jahrhunderten für uns.«

Loren starrte ihn an, verblüfft und noch immer verärgert. Schließlich sagte Pease: »Kein Grund, darüber zu streiten, Leute. Ein kleines Experiment wird Klarheit bringen.« Er schaltete den Effektor aus und hielt dabei das Holzteil fest. Dann legte er es flach auf die Werkbank und schaltete den Apparat wieder ein. »Wenn Kelly recht hat, müsste sich der Kiel jetzt in der Horizontalen bewegen lassen, nicht aber in der Vertikalen. Es sollte also möglich sein, ihn zur Seite zu schieben und …«

Er schob das Holzteil über die Werkbank und ihren Rand hinaus. Peases Stimme verklang, als alle sahen, was passierte: Das Sperrholz mit dem daran befestigten Effektor schwebte in der Luft und glitt langsam zur anderen Seite des Raums.

Stille folgte und fast ehrfürchtig näherte sich Loren seiner Erfindung. Er streckte die Hand aus und berührte das Holzteil. In der Waagerechten ließ es sich problemlos bewegen, doch nicht einen Millimeter in der Senkrechten. Er belastete das Objekt mit seinem Gewicht, ohne dass es sank.

Loren drehte sich um. »Kelly, ich …«

»Oh, Loren«, sagte sie. »Sieh nur, was du erfunden hast.«

*

Sie verpassten die Abendmahlzeit – ans Essen dachte niemand von ihnen. Sie verspürten auch nicht das Bedürfnis, mit Leuten zusammen zu sein, die nicht an der Erfindung beteiligt waren. Es wären zu viele Erklärungen nötig gewesen und die Zeit für Erklärungen hätte ihnen für die Freude über die Entdeckung gefehlt.

»Eigentlich war es Kelly, die es erfunden hat«, sagte Loren nicht zum ersten Mal.

»Sei nicht dumm, Loren Martine. Du hast es erfunden.«

»Aber allein wäre ich nie, nicht in einer Million Jahren, auf den Gedanken gekommen, das Ding auf die Seite zu legen. So weit konnte ich einfach nicht denken.«

»Du hättest nicht eine Million Jahre gebraucht, sondern nur eine Minute, Loren. Du wärst darüber gestolpert. So etwas hättest du nicht lange übersehen.«

»Vielleicht doch.«

»Wissenschaftler erfinden nicht einfach etwas und wenden sich dann davon ab. Sie testen ihre Erfindungen, auf jede nur erdenkliche Weise. Früher oder später hättest du den Apparat auf der Seite ausprobiert.«

»Kelly hat recht, Loren«, warf Edward ein. »Wir hätten herausgefunden, dass T-prime-zwei in allen Richtungen funktioniert. Es hätte nicht einmal lange gedauert, höchstens eine Stunde. Es ist deine Erfindung und auch Kellys.«

Er wandte sich ihr zu.

»Kelly, du weißt nicht, wie wir mit dem Glück umgehen. Ganz gleich, um welche Entdeckung es geht: Das Glück spielt dabei immer eine so große Rolle, dass Wissenschaftler vor Generationen beschlossen, sich nicht mehr den Kopf darüber zu zerbrechen, ob sie ihre Entdeckung einem glücklichen Zufall oder einem Geniestreich verdanken. Sie wurde ohne irgendwelche Einschränkungen den betreffenden Personen zuerkannt. Wenn sich jemand zum Beispiel über Fleming beklagt hätte, der über das Penizillin stolperte, so wären sie für schlechte Verlierer gehalten worden. Menschen, die über wichtige Entdeckungen stolpern, sind nicht weniger nützlich als die Genies. Wenn die wissenschaftliche Abhandlung über dies geschrieben wird, stehen beide Namen als Hauptautoren darauf und deiner als erster Kelly, wegen der alphabetischen Ordnung. Die Schrift wird einen wundervoll esoterischen Titel haben, in der Art von ›Quantenzeit und Unterschiede bei der Zeitträgheit von Skyhookus admirabilis‹, von K. Corsayer und L. Martine.«

»Vergiss nicht Peter Chan«, sagte Loren. »Er hat maßgeblich zu dieser Entdeckung beigetragen. Als Autoren werden also genannt: ›Chan, Corsayer und Martine.‹« Kelly strahlte bei der Vorstellung, zwischen zwei so berühmten Namen genannt zu werden. Loren ergriff sie an den Hüften und setzte sie auf »Skyhookus admirabilis«. »K. Corsayer, wichtige Erfinderin, ruht sich aus, indem sie mitten in der Luft Platz nimmt. Wo sind die Pressefotografen?«

Einige Sekunden lang herrschte Stille, als sie sprachlos staunend Kelly mitten in der Luft beobachteten.

Schließlich sagte die auf dem schwebenden »Kiel« sitzende Kelly: »Und als Coautoren werden unsere treuen Assistenten E. Barodin und D.D. Pease genannt.«

»Das will ich hoffen«, sagte Pease. »Ein Teil der Ehre gebührt uns. Immerhin haben wir dem Bau dieses Apparats eine ganze Stunde unserer Zeit gewidmet. Es war Zeit, die für richtige Arbeit hätte verwendet werden können, wie die Telefone für unser Dorf. Dies hier ...« Er deutete auf das Holzteil unter Kelly, »... ist nur ein Spielzeug. Man kann nichts Vernünftiges damit anfangen. Es sei denn, man hält Luftschiffe für vernünftig.«

»Luftschiffe!«, wiederholte Kelly und lauschte dem Wort. »Wisst ihr, was es für uns bedeuten würde, Luftschiffe zu haben? Es würde unsere Gemeinschaft vollkommen verändern. Wir wären kein Haufen ›Verräter‹ mehr, die an einem Strand hausen. Mit Luftschiffen und unserer Laserwaffe sind wir eine Nation, und zwar die mächtigste auf der ganzen Erde!«

Die mächtigste Nation auf der Erde. Das klang nicht schlecht, fanden sie alle.

»Stimmt«, sagte Loren. »Wegen unseres Überlebens brauchten wir uns keine Sorgen mehr zu machen. Wir müssten uns morgens beim Aufwachen nicht fragen, ob wir an diesem Tag feindliche Schiffe sehen werden, die eine lange Reihe am Horizont bilden und uns mit Nervengas angreifen wollen. Rupert Paule wäre kein Problem mehr für uns. Tausend Rupert Paules könnten uns nichts anhaben.«

Kelly schwebte langsam in Richtung Wand. Loren streckte die Hand aus und zog sie zurück.

Am späten Vormittag des nächsten Tages konnte der erste Prototyp eines Luftschiffs ausprobiert werden: eine rechteckige Plattform mit einem darunter befestigten Effektor. Sie nahmen einen Katamaran des Dorfs auseinander und fügten der Plattform seinen Mast und die Takelage hinzu. Was sie da bauten, war eine Art Eissegelboot, das dicht über der Oberfläche des Meeres dahingleiten sollte. Bei einem Eisboot kam es zu Widerstand, durch die Reibung der Kufen auf dem Eis, doch bei diesem Luftboot war der Widerstand fast null und betraf allein die Luftreibung. Edward wies darauf hin, dass Eissegler eine Geschwindigkeit von hundertsechzig oder mehr Kilometern pro Stunde erreichen konnten. Sie vermuteten, dass der neue Flieger noch ein ganzes Stück schneller war.

»Wir installieren den zweiten Effektor an Deck, mit der Achse senkrecht zur Flugrichtung«, sagte Loren. »Er ist unser Kiel. Damit ist der Flieger in zwei Dimensionen stabil. Er kann sich nur entlang einer Linie bewegen, wie auf einer unsichtbaren Schiene.«

Beim Prototyp gab es keine Möglichkeit zu steuern. Sie konnten nur in einer Richtung segeln, anhalten, den Kiel-Effektor ausschalten, das Boot drehen und anschließend in die entgegengesetzte Richtung segeln.

»Wir können gar nicht anhalten«, gab Kelly zu bedenken.

»Das ist eine Kleinigkeit, um die wir uns später kümmern«, erwiderte Loren. Der Flug stand unmittelbar bevor; von solchen Dingen wollte er sich derzeit nicht ablenken lassen. Kaum war das Segel gesetzt, sprang Loren auf die Plattform. »Ich versuche es als erster …«

»Mit mir zusammen«, sagte Kelly und kletterte an Bord.

»Kelly! Dies ist gefährlich.«

»Oh. Dann sollte ich den ersten Flug vielleicht allein unternehmen. Als das Mitglied der Erfindergruppe, das alphabetisch an erster Stelle steht.«

Während Loren nach einer passenden Antwort suchte, holte Kelly das Segel dicht. »Gut festhalten, Loren. Es geht los …«

Der kleine Segler begann seine Reise, als wäre ein Laster gegen ihn gestoßen. Er sauste übers Wasser und wurde immer schneller. Kellys langes blondes Haar wehte im Wind. Sie wickelte die Schot zweimal um die Decksklampe und behielt ihr Ende in der Hand. Dann rutschte sie hinter Loren und schlang ihm die Arme um die Brust. Offenbar beschleunigten sie noch immer und der Fahrtwind wurde so stark, dass Loren kaum mehr die Augen offenhalten konnte. Es gab keine Möglichkeit der Kommunikation; niemand von ihnen konnte sprechen und hoffen, dass der andere die Worte hörte. Aber Loren vernahm ein lautes »Juhuuuuu!« von der hinter ihm sitzenden Kelly.

Als sie das Segel einige Minuten später fierten, lag der Strand von Baracoa acht Kilometer hinter ihnen. Es schien eine Ewigkeit zu dauern, bis der Flieger langsamer wurde. Schließlich drehte Loren das Segel, um es als eine Art Luftbremse zu verwenden. Während sie noch ein wenig Bewegungsmoment hatten, schaltete er den Kiel-Effektor aus, woraufhin die rechteckige Plattform in den Wind drehte. Indem sie das Segel leewärts hielten, konnten sie den Flieger weiter drehen, bis sein Bug in die Richtung zeigte, aus der sie gekommen waren.

Es fühlte sich seltsam an, auf das Wasser anderthalb Meter unter ihnen hinabzusehen. Und es war schrecklich, sich vorzustellen, einer von ihnen könnte über Bord fallen. Loren bedauerte, nicht an Schwimmwesten gedacht zu haben. Eine weitere Kleinigkeit.

Auf dem Rückweg ließen sie es ruhiger angehen und achteten darauf, dass der Prototyp nicht zu schnell wurde. Als sie sich der Küste näherten, sahen sie Edward und D.D. Pease am Strand – beide winkten. Der Flieger hielt direkt auf sie zu. Sie hätten langsamer werden sollen, aber für Loren war die Versuchung zu groß, über das Publikum hinwegzusausen, und deshalb versuchte Loren nicht, den Kurs zu ändern oder die Geschwindigkeit zu verringern. Edward blieb mutig stehen, davon überzeugt, dass sie rechtzeitig anhalten würden. Im letzten Moment nahm er Abschied von seiner Würde und warf sich in den Sand. Viel zu spät veränderte Loren die Einstellung des Segels, um es erneut als Luftbremse einzusetzen. Der Flieger glitt über den Strand und stieß gegen die Werkstatt, wodurch Loren und Kelly zu Boden fielen.

Kelly kam sofort wieder auf die Beine und umarmte ihn. »Toll!«, rief sie. »Mehr davon! Lass es uns noch einmal versuchen.«

Den Rest des Nachmittags verbrachten sie mit »Experimenten«, die darauf hinausliefen, dass sie sich prächtig vergnügten. Loren ging zur Werft, um mit Dr. Chan zu reden, während Kelly ein »Experiment« – eine Spritztour – mit Edward unternahm. Mit dem Mathematiker im Schlepptau kehrte Loren zur Werkstatt am Strand zurück und erklärte ihm unterwegs alles. Chan starrte mit offenem Mund auf das fliegende Gefährt, als sie sich dem Strand näherten. Lorens Erklärungen schienen plötzlich überhaupt keinen Sinn mehr zu ergeben. Edward und Kelly sprangen von dem Flieger herunter und Chan blickte unter ihn, streckte die Arme aus und suchte nach etwas, dass die Plattform mit dem Segel in der Luft hielt. Einige Minuten später saß er hinter Loren und der Prototyp brach zu einem weiteren Testflug auf. Er gab keinen Ton von sich, als sie drehten, und Loren vermutete, dass es ihr Miterfinder ein wenig mit der Angst zu tun bekommen hatte. Als sie zurückgekehrt waren und Chan wieder festen Boden unter den Füßen hatte, grinste er wie ein Kind. »Das hat richtig *Spaß* gemacht!«

Schließlich kam auch D.D. Pease an die Reihe und flog mit Kelly. Er schien so seine Zweifel zu haben, wollte diese Chance aber nicht versäumen. Die anderen halfen ihm mit einer Schwimmweste auf die Plattform.

Während sie unterwegs waren, kam Loren auf das Thema Steuerung zu sprechen. »Angenommen, wir bringen den Kiel-Effektor auf einer drehbaren Scheibe an Deck an, Edward. Wir brauchen einen Anzeigemechanismus, verbunden mit einem Stromunterbrecher. Man kann die Scheibe ein wenig drehen, während der Effektor ausgeschaltet ist. Wenn er wieder eingeschaltet wird, weicht die neue Position des Kiels vielleicht ein Zehntel Grad von der alten ab. Es gibt einen kleinen Ruck, wenn der Effektor wieder aktiv wird, denn der Flieger ist plötzlich in einer neuen Richtung unterwegs. Wir steuern, indem wir den Kurs in kleinen Abschnitten ändern. Die Abschnitte müssen bei hoher Geschwindigkeit sehr klein sein, damit sich der Ruck in Grenzen hält. Bei geringeren Schwierigkeiten können sie größer werden.«

Edward runzelte die Stirn und dachte darüber nach. »Dabei gilt es viele Verbindungen zu berücksichtigen: zwischen Plattform und Scheibe, zwischen Steuerungsmechanismus und Scheibe, zwischen Effektor und Steuerungsmechanismus … Wir brauchen einen Geschwindigkeitssensor, um zu bestimmen, wie groß die jeweilige Kursänderung sein kann. Zu kompliziert für mich. Wir sollten Pease fragen. Mit mechanischen Dingen kommt er wundervoll zurecht. Sag ihm, was du dir vorstellst, wenn er zurück ist.«

Kaum war D.D. Pease zurückgekehrt, begann Loren auch schon mit seinen Erklärungen. Kelly hörte ebenfalls zu. Pease nickte und begann in Gedanken bereits damit, die erforderlichen Mechanismen zu planen. Als Loren fertig war, wollte er sich sofort auf den Weg zur Werkstatt machen, doch Kelly hielt ihn zurück. »Wenn Sie schon einmal dabei sind, Mr. Pease … Bitte konstruieren Sie noch einen zweiten Mechanismus, mit dem man den vertikalen Effektor kontrollieren kann, den, der die Plattform in der Luft hält.«

Loren glaubte, seinen Ohren nicht trauen zu können. »Ich bitte dich, Kelly. Warum sollten wir den Winkel des vertikalen Effektors verändern wollen? Es wäre eine Katastrophe. Wenn die Plattform jemals auf eine schiefe Ebene gerät, würde sie daran hinabgleiten, bis sie auf den Boden stößt.«

»Denk darüber nach, Loren«, erwiderte Kelly. »Wir brauchen eine Möglichkeit, ein Zuviel an Geschwindigkeit loszuwerden. Wir müssen mit fast zweihundert Stundenkilometern unterwegs gewesen sein. Angenommen, wir steuern den Flieger bei einer solchen Geschwindigkeit über eine leicht nach oben gerichtete schiefe Ebene. Was würde passieren?«

»Ich verstehe, was sie meint«, warf Pease ein. »Es wäre eine Möglichkeit, Höhe zu gewinnen. Man tauscht Geschwindigkeit gegen Höhe. Wenn man die gewünschte Höhe erreicht hat, kann man den Flieger wieder auf waagerechten Kurs bringen.«

Loren ließ es sich durch den Kopf gehen. »Wir brauchen Schutz vor Fehlfunktionen. Mir graut bei der Vorstellung, den vertikalen Effektor ein- und auszuschalten. Was passiert, wenn er sich nicht wieder einschalten lässt?«

»Das ist ein ›kleines Detail‹«, sagte Kelly. »Was bedeutet: Wir überlassen es Mr. Pease, für zwanzig Minuten oder so. Bestimmt benötigt er nicht länger, um sich eine Lösung für alle unsere Probleme einfallen zu lassen, und dann brauchen wir nie wieder darüber nachzudenken. Wir drücken einfach einen Hebel in die OBEN-Position und der Flieger steigt auf. UNTEN bedeutet, dass es hinabgeht. Und noch etwas, Mr. Pease. Die Kontrollvorrichtung für die horizontale Ebene sollte mit einem Lenkrad ausgestattet sein, damit sich niemand Gedanken über das Ein- und Ausschalten des Kiel-Effektors machen muss. Genügen zwanzig Minuten dafür?«

»Geben Sie mir besser eine Stunde«, sagte Pease.

Die ersten Luftschiff-Testflüge fanden am Nachmittag des einundzwanzigsten Januar statt. Die Arbeit an den Steuerungsvorrichtungen nahm fast den ganzen Rest des Tages in Anspruch. Kurz vor fünf riss sich Loren von der Sache los; die anderen waren so beschäftigt, dass sie sein Fehlen gar nicht bemerkten.

Er ging zu seinem Häuschen, wo er alle notwendigen Dinge für ein Abendpicknick bereitgelegt hatte: einen Korb mit Wein, Obst, Käse und Brot. Er fügte eine Decke, Handtücher und Bademäntel für die Zeit nach dem Schwimmen hinzu.

Was an diesem Abend geschehen sollte, war geplant. Er wollte Sonia die Jungfräulichkeit nehmen. Er wollte sie pflücken wie eine hübsche

Blume, im richtigen Moment, und ihr dafür seine eigene geben. Seine eigene Blume, dachte er, die schon viel zu lange darauf wartete, gepflückt zu werden.

Er wanderte zur Schule, wo Sonia gerade ihre Klasse entließ. Der Unterricht dauerte bis spät, weil Mittag und früher Nachmittag viel zu heiß für etwas anderes als Schwimmen und Siesta waren. Loren musste warten, bis sich die letzten Kinder von ihrer Lehrerin verabschiedet hatten. Als alle fort waren, beugte er sich vor und küsste Sonia auf den Kopf. »Kein Schulessen für meine beste Freundin heute Abend. Ich habe ein hübsches Picknick vorbereitet.«

»Das wäre wundervoll, Loren.«

»Wir leihen uns einen Katamaran und segeln die Küste entlang.«

»Ich kann nicht einfach alles stehen und liegen lassen.«

»Ein schlechter Tag?«

»Die Kinder lernen so schnell. Vielleicht war es ein guter Tag, ich weiß es nicht.« Sonia stand auf und legte ihre Unterlagen zu einem Stapel zusammen. »Es war einfach zu viel. Ich war mit meinen Gedanken immer wieder woanders. Der Nachmittag scheint voller cleverer Schüler gewesen zu sein, die eine kluge Bemerkung nach der anderen machten, während ihre Lehrerin aus dem Fenster schaute.«

Loren nahm Sonias Hand und führte sie zu einem Katamaran an den Anlegestellen. Mit einem warmen ablandigen Wind im Rücken segelten sie an der Küste entlang zu einer Stelle, die Loren bereits vor einigen Wochen ausgesucht hatte, zu einem kleinen, sichelförmigen Strand, hinter dem ein Fluss ins Meer mündete. Nachdem sie den Katamaran in den Sand gezogen hatten, nahm Loren erneut Sonias Hand und führte sie ins Landesinnere.

»Wollen wir nicht zuerst schwimmen?«, fragte sie.

»Ja, aber in Süßwasser. Vielleicht finden wir einen Teich, wenn wir dem Fluss folgen.« Loren wusste natürlich, dass es einen Teich gab, denn er war bereits dort gewesen. Nach einigen Hundert Metern erreichten sie die Lichtung mit dem Teich und an seinem grasbewachsenen Ufer breitete Loren die Decke aus.

Sie schwammen nackt im klaren Wasser. Anschließend hüllte Loren Sonia in seinen eigenen Kimono und streifte einen von Edward stammenden Bademantel aus Frottee über. Er spielte den Gastgeber, entfaltete neue Servietten, wickelte zwei Weingläser aus, schenkte Wein ein und verteilte das Essen. Sonia ließ es geschehen und genoss den Luxus. Er hatte einen Lampion mitgebracht, damit sie Licht hatten. Nach dem Essen liebte er Sonia.

Es geschah alles sehr langsam. Er ließ sich Zeit, hielt sein Verlangen unter Kontrolle. Sein Verlangen war nicht so wichtig wie das ihre. Als es fast so weit war, wollte sich Sonia zurückziehen. Sie sagte nein, aber ihr Körper verriet sich und sprach mit eigener Stimme. Loren vernahm beide Stimmen und gehorchte jener, die mit größerer Dringlichkeit sprach.

Anfängerglück half ihm. Sonia wölbte den Rücken unter ihm, als sie den Höhepunkt erreichte. Ihre Augen blieben geschlossen und er beobachtete die Lust in ihrem Gesicht, die intensive Wonne. Dann und erst dann erlaubte er sich, Erfüllung zu finden. Selbst mit jahrelanger Übung hätte er es nicht viel besser machen können.

Loren verstand genug, um zärtlich zu sein, nachdem sie sich geliebt hatten. Er hielt sie in den Armen und flüsterte ihr sanfte Worte ins Ohr. Sie schwieg, war vielleicht ein bisschen melancholisch, was aber durchaus normal sein konnte. Loren redete sich ein, dass sie vor allem Erleichterung fühlte. Er tröstete sie so gut er konnte und schließlich schlief er ein.

Als er erwachte, war Sonia fort. Es sollten Jahre vergehen, bis er sie wiedersah.

29

Die Kieferninsel

Der Mond schien so hell, dass Loren am Strand zum etwa zehn Kilometer entfernten Dorf zurückkehren konnte. Auf dem Weg zu seinem eigenen kleinen Haus kam er an dem von Sonia vorbei, beschloss aber, sie nicht zu stören. Er wusste nicht recht, ob er sich darüber ärgern sollte, dass sie ohne ihn zurückgesegelt war. Vielleicht handelte es sich um eine besondere Art von Scherz. Vielleicht würde sie am kommenden Morgen mit gutmütigem Spott darauf hinweisen, wie erschöpft er gewesen war, nachdem sie sich geliebt hatten. Oder sie wollte einfach nur allein sein. Wer konnte wissen, was ihr jetzt durch den Kopf ging?

Er frühstückte zusammen mit den anderen im Speisesaal der Schule. Sonia war nicht da. Sie erschien an diesem Morgen auch nicht zum Unterricht. Die fünfte und sechste Klasse mussten zusammengelegt werden. Niemand nahm Anstoß daran: Unter Dekanin Sawyer sah man an der Schule die Dinge nicht so eng. Erst am Mittag kam Loren auf den Gedanken, dass Sonia Baracoa vielleicht ganz verlassen hatte. Am Abend wusste er, dass es stimmte, und alle anderen wussten es ebenfalls.

Die Radarstation auf dem Alturas hatte den Katamaran gesehen, als er gegen Mitternacht zurückgekehrt war. Die Wachtposten hatten zuvor beobachtet, wie sich Loren und Sonia auf den Weg machten, und deshalb dachten sie sich nichts dabei, als der Katamaran zurückkehrte. Sie setzten sich kurz mit dem Dorf in Verbindung und meldeten die Ankunft eines freundlichen Boots. Proctor Pinkham ließ die Boote in ihrem kleinen Hafen rund um die Uhr bewachen und die Wächter hatten Sonia spät heimkehren sehen, ohne sich groß Gedanken darüber zu machen. Sie wunderten sich auch nicht, als sie eine Stunde später wieder aufgebrochen war. Ihre Sorge galt eintreffenden Feinden, nicht Freunden, die sich irgendwohin auf den Weg machten. Nach Auskunft der Leute von der Radarstation war Sonia fast genau nach Norden gesegelt. Bei rauem Wind konnte sie zehn, vielleicht sogar fünfzehn Knoten erreicht haben, wenn die See für den Katamaran ruhig genug war. Seit dem frühen Morgen befand sich Sonia nicht mehr in Reichweite des Radars. Als Loren am Nachmittag darüber nachdachte, gelangte er zu dem Schluss, dass sie inzwischen über zweihundert Kilometer entfernt und längst in der Crooked Island Passage sein konnte. Auf der sicheren Funkfrequenz kontaktierte er Kiruna, den Bahama-Channel-Ausguck, und bat, bei Rum Cay nach Sonia Ausschau zu halten. Niemand hatte Sonias Katamaran gesehen und als es Zeit für die Abendmeldung wurde, war noch immer keine Sichtung erfolgt.

Loren ließ das Abendessen ausfallen und saß am Strand. Irgendetwas stimmte nicht, so viel stand fest. Immer wieder ließ er die Ereignisse des vergangenen Abends Revue passieren und suchte nach Hinweisen. Zuerst hatte alles darauf hingedeutet, dass sie sich freute und mit dem einverstanden war, was sich anbahnte. Sie musste es gewusst haben. Wie konnte sie es *nicht* gewusst haben? Was hatte er falsch gemacht? Welches andere Verhalten hatte sie von ihm erwartet? Was war ihr durch den Kopf gegangen? Wo lag sein Fehler?

Sie war scheu und schüchtern gewesen, als er sie ausgezogen hatte. Das war sie immer, wenn sie nackt schwammen. Als er sie nach dem Essen gestreichelt hatte, war es vielleicht unangenehm für sie gewesen, nur den dünnen Kimono zu tragen. Aber diesen Punkt hatten sie nicht zum ersten Mal erreicht und sie waren gewiss nicht weniger zärtlich gewesen wie bei den anderen Gelegenheiten. Sonia hatte den Eindruck erweckt, sich immer mehr für das zu erwärmen, was passierte. Erst ganz zum Schluss hatte sie gezögert. Loren fragte sich, ob er sie gedrängt hatte, bevor sie bereit gewesen war. Nein, das hatte er nicht. Die einzige Auseinandersetzung hatte zwischen Sonia und ihr selbst stattgefunden, mit Loren als fasziniertem Beobachter. Sie schien gewollt zu haben, was geschah. Loren hatte geglaubt, sie über das Hindernis gehoben zu haben, an dem sie zuvor immer wieder gescheitert war. Trotz ihrer anschließenden Niedergeschlagenheit hatte er geglaubt, dass sie imstande gewesen war, alle ihre inneren Widerstände zu überwinden.

Jetzt reifte die Erkenntnis in ihm heran, dass er gegen eine Regel verstoßen und Sonia Gewalt angetan hatte, auf eine ihm unbekannte, aber unverzeihliche Art. Und sie war fort, vermutlich zum Festland zurückgekehrt. Ihre Entscheidung, Baracoa zu verlassen, bot den deutlichsten Hinweis darauf, wie sie empfand. Jede verstreichende Stunde zeigte mit zunehmender Deutlichkeit, dass sie Lorens Liebe zurückwies. So lautete die schreckliche Wahrheit. Er hatte sich allein von Liebe leiten lassen. Begehren war ihm nicht fremd gewesen, natürlich nicht, aber die Liebe kam an erster Stelle. Er war kein dummer Junge, dem es allein um die Befriedigung seiner Bedürfnisse ging. Über ein Jahr hatte er sein Verlangen nach ihr im Zaum gehalten. Er hätte sich noch länger zurückgehalten, wenn sie bereit gewesen wäre, ihm ein bisschen Hoffnung darauf zu geben, dass es schließlich, irgendwann, für sie geben würde, was sie sich beide wünschten. Wenn sie ihm eine Alternative genannt hätte, einen anderen Weg. Aber einen solchen Weg hatte sie ihm nicht genannt, nicht einmal die Richtung, die er einschlagen sollte, und schließlich glaubte er zu verstehen, was das bedeutete: Sie wollte, dass er *ihr* die Richtung wies, dass er den Weg, den er für richtig hielt, mit ihr zusammen einschlug. Er hatte etwas getan, von dem er glaubte, dass es ihrem Wunsch entsprach, aber das war ein Fehler gewesen und jetzt war sie nicht mehr da. Was habe ich falsch gemacht? dachte Loren. Diese Frage stellte er sich immer wieder.

Die Nacht wurde feucht und kalt – ein Unwetter kündigte sich an. Loren dachte an Sonia, wie ihr Katamaran auf den höher werdenden Wellen schaukelte. Er wusste nicht genau, wie gut sie zu segeln verstand. Sie hatte die Navigation immer ihm überlassen; alle nautischen Entscheidungen waren immer von ihm getroffen worden. Als er jetzt darüber nachdachte … Er erinnerte sich nicht daran, dass sie jemals allein auch nur mit einem kleinen Boot aufgebrochen war. Und er wusste, dass sie leicht seekrank wurde. Er verabscheute die Vorstellung, dass sie auf dem Katamaran nicht nur mit schwerer See zu kämpfen hatte, sondern mit Seekrankheit obendrein.

Schließlich kehrte Loren zum Dorf zurück. Alle wussten, dass Sonia gegangen war, und vielleicht kannten auch alle den Grund oder ahnten ihn zumindest. Doch es gab niemanden, mit dem Loren darüber reden konnte, mit einer Ausnahme: Kelly.

Er ging zu ihrem Haus, als es dunkler wurde, und dort fand er sie, auf der Veranda sitzend. Eine dunkelblaue Decke auf Haar und Schultern schützte sie vor der Kälte. Loren setzte sich neben sie auf den Holzboden. Den ganzen Tag hatten sie nicht miteinander gesprochen und auch jetzt schwiegen sie zunächst.

Schließlich sagte Loren: »Ich glaube, es war falsch, was ich getan habe. Ich habe es für das Richtige gehalten, für das, was sie sich wünschte, aber ich habe mich geirrt.«

Kelly gab keine Antwort. Im Licht vom Dorf sah Loren, dass ihre Wimpern feucht waren. »Es ist meine Schuld«, sagte er. »Nicht deine.«

Es dauerte eine Weile, bis Kelly ihr Schweigen beendete. Als sie schließlich sprach, war ihre Stimme so leise, dass sich Loren zu ihr beugen musste, um die Worte zu verstehen. »Ich habe dir nicht alles gesagt, Loren. Ich war so frustriert an dem Tag, als du mich um Rat gebeten hast …« Er konnte ihren Gesichtsausdruck nicht erkennen. Sie hatte sich halb abgewendet. »Ich fühlte mich zurückgewiesen, Loren. Ich habe nur an mich selbst gedacht. Du bist als Freund gekommen, der Hilfe brauchte, aber ich dachte nur: ›Arme Kelly.‹ Ich habe nicht darüber nachgedacht, was am besten wäre für zwei Personen, die mir viel bedeuten. Und so habe ich vor euch beiden versagt. Ich bin so töricht gewesen, dir nicht von der einen Sache zu berichten, die du wissen musstest. Ich bekam einen Hinweis. Ich wusste nicht, was ich davon halten sollte, aber wenn ich dir davon erzählt hätte …«

»Erzähl es mir jetzt.«

»Ich habe dir gesagt, Sonia hätte mir nie wichtige Dinge anvertraut, dass sie eine Art unbeschriebenes Blatt für mich war. Das stimmte auch, zumindest größtenteils. Aber einmal kam sie zu mir und versuchte, mir etwas zu sagen. Sie kam eines Abends und schüttete mir ihr Herz aus. Doch es ergab keinen Sinn für mich, überhaupt keinen. Zumindest nicht zu jener Zeit. Jetzt sieht die Sache anders aus. Jetzt beginne ich zu verstehen. Etwas war falsch und musste in Ordnung gebracht werden.«

»Was hat sie gesagt?«

»Es ging nicht darum, was sie gesagt hat. Sie konnte es nicht in Worte fassen und sprach darum herum. Ich habe heute den ganzen Tag darüber nachgedacht, was Sonia mir an dem Abend erzählte und wie ich darauf reagiert habe. Was Sonia so sehr belastete, war die Sünde, Loren. Ich glaube, sie war davon besessen, von der Sünde.«

»Sünde?«

»Damit rang sie die ganze Zeit. Sie sprach immer wieder von innerer Finsternis, über den Makel, der ihr ganzes inneres Wesen befleckte.«

»Davon hat sie mir nie etwas gesagt.«

»Wie konnte sie? Wie hättest du reagiert? Wie würde ein Mann der Wissenschaft auf die Vorstellung von Sünde reagieren? Was hätte sie von dir, Homer oder Edward erhoffen können? Deshalb kam sie zu mir. Und ich habe das, was ihr so schwer zu schaffen machte, als Dummheit abgetan. An diese Dinge glaube ich nicht mehr als du, Loren. Ich habe auf die Idee reagiert, nicht auf den Kummer, der Sonia dazu veranlasste, sich an mich zu wenden. Nicht sie war dumm, sondern ich. Lieber Himmel, ich glaube, ich habe sogar gelacht. Mit dem Ergebnis, dass sie mir gegenüber nie wieder davon sprach.«

»Sünde …« Was konnte das bedeuten? fragte sich Loren.

Kelly legte ihm die Hand auf den Arm. »Es tut mir so leid, Loren. Wenn ich euch beiden doch nur eine bessere Freundin gewesen wäre … Dafür würde ich jetzt alles geben.«

Loren nickte benommen.

»Ich glaube, sie liebt dich wirklich, Loren. Wenn du meine Meinung hören willst. Wir wissen jetzt vielleicht, was sie quält, aber das bedeutet nicht, dass du ihr gegenüber versagt hast. Ich glaube, sie steht mit sich selbst auf Kriegsfuß. Sie kämpft gegen etwas in ihrem Innern.«

»Woraus könnte ihre Sünde bestehen? Was quält sie? Vielleicht das körperliche Verlangen?«

»Ich denke, es ist eine Mischung aus allem. Ihr Verlangen, ihre Hilfe dabei, den Effektor zu bauen und einzuschalten, ihr menschliches Wesen. Sie sprach von einer Sündhaftigkeit, die sie angeblich immer in ihrem Innern getragen hat. Sonia nannte sie ›Unheiligkeit‹.«

Loren, der die ganze Zeit auf dem Boden der Veranda gesessen hatte, stand auf. »Danke für den Hinweis, Kelly.« Und er kehrte zum Strand zurück.

Er hoffte noch immer, dass Sonia zurückkehrte. Eine Möglichkeit bestand darin, dass sie irgendeine Insel im Channel ansteuerte, um dort allein zu sein und sich zu bestrafen. Wenn das stimmte, würde sie nach einiger Zeit heimkehren. Selbstbestrafung hatte keinen Sinn, wenn sie nicht beabsichtigte, Loren und sich selbst noch eine Chance zu geben. Wenn sie zurückkehrte, würden sie über alles reden und gemeinsam überwinden, was sie trennte und sie so sehr belastete. Anschließend konnten sie ihre Beziehung neu konstruieren, basierend auf den Regeln, die Sonia bestimmte. Ja, es gab noch Hoffnung, zumindest derzeit.

Doch im Lauf der nächsten Monate schmolz die Hoffnung immer mehr dahin, bis sie schließlich ganz verschwand.

*

Die Versuche mit den Luftschiffen fanden inzwischen auf einer mehr wissenschaftlichen Basis statt. Die ganze Gemeinschaft war an dem Bau flacher Rümpfe beteiligt, manche von ihnen bis zu dreißig Meter lang. Wegen des Fahrtwinds, der bei hohen Geschwindigkeiten sehr stark wurde, war es durchaus sinnvoll, dem Rumpf eine Art Schutzraum hinzuzufügen. Die ersten großen Schiffe – Kelly nannte sie »Pavillons« – wurden als Frachter für den Transport von Material benutzt. Manche von ihnen reisten ziemlich weit, bis nach Havanna. Sie brachten schwere Ballen Stoff für Segel, Aluminium für Masten und Bäume sowie Plexiglas für Windschutz und Fenster.

Nach einer gewissen Entwicklungszeit ähnelten die Pavillons großen fliegenden Treibhäusern mit Segeln. Überall gab es Plexiglas und Plastik und hinzu kam ein verglastes Oberdeck mit einem umschlossenen Bereich, der über schräge Beobachtungsfenster verfügte. Dieser Bereich auf dem Oberdeck wurde bei den neuen Flieger-Modellen immer umfangreicher und wohnlicher, wies Kabinen, Kontrollräume und Kartenzimmer auf. Das Gewicht spielte keine Rolle und deshalb bauten sie die Pavillons bequem.

Lamar Armitage begann mit computerisierten Simulationen von Segelformen, die bei hohen Geschwindigkeiten besonders wirkungsvoll waren. Er erstellte einen Simula-Datensatz, der den Luftstrom über die vorderen Segelkanten bei Geschwindigkeiten von bis zu dreihundert Kilometern in der Stunde analysierte. Unter seiner Anleitung baute Pease Prototypen mit stark geneigten Masten. Die ersten Segel bestanden alle aus Stoff, aber schon bald begannen sie, mit Plastikflächen zu experimentieren, die Jalousien ähnelten.

Bei den Streifzügen auf der Suche nach Material trafen die Luftschiffe manchmal auf einzelne Bevölkerungsgruppen und nicht selten geschah es, dass sie mit Freiwilligen zurückkehrten, mit Leuten, die sich einer Gemeinschaft anschließen wollten, die so erstaunliche Flieger bauen konnte. Ende März gab es Luftschiffe auf permanenter Station über dem Bahama Channel, bei den Inseln unter dem Winde und im Nordosten von Puerto Rico. Bisher hatten sie sich noch nicht so weit wie bis zum amerikanischen Festland gewagt.

Die erste Reise nach Norden war eine Erkundungsmission unter der Leitung von Captain Van Hooten. In sicherer Distanz flog er an der Küste entlang und eines Nachts setzte er eine Gruppe Uniformierter (die Uniformen stammten aus Guantánamo) unter dem Kommando von Commander Wu auf der Delmarva-Halbinsel ab. Captain Van Hooten brachte den Pavillon übers Meer zurück, stieg dort auf eine Höhe von gut dreihundert Metern und wartete auf Nachricht von der Gruppe. Eine Woche später holte er sie dort ab, wo er sie zuvor abgesetzt hatte. Es fehlte niemand. Die eine Hälfte der Spähergruppe war bis zur Hauptstadt gewandert, um dort die Lage zu sondieren, und die andere hatte sich in der Nähe von Annapolis umgesehen. Dort wurde das Gros von Rupert Paules neuer Streitmacht vorbereitet, wie Loren bereits vor Monaten vermutet hatte. Die Flotte bestand aus Mehrkörperbooten und Rennjachten, die gerade mit unterschiedlichen Waffen ausgerüstet wurden. Die Kundschafter entdeckten keine Hinweise auf Nervengas, aber fast alle Boote waren mit Behältern ausgestattet, die Chlorgas enthielten. Das überraschte Loren nicht. Chlor war ein weit verbreitetes, industriell genutztes Gas, das sich praktisch überall beschaffen ließ. Eine unkomplizierte, aber dennoch tödliche Waffe. Eine damit angreifende Flotte, die den Wind im Rücken hatte, war eine sehr ernste Bedrohung. Nichts deutete auf Dampfschiffe oder Linearbeschleuniger hin.

Das Abenteuer, den Feind getarnt auszukundschaften, wäre für Loren noch vor wenigen Monaten unwiderstehlich gewesen. Er selbst hätte Commander Wus Platz als Expeditionsleiter eingenommen. Doch inzwischen hatte er die Lust an Abenteuern verloren. Er war gleichgültig, fast apathisch. Wenn Edward ihm eine Arbeit überließ, führte er sie so gut wie möglich aus, doch abgesehen davon zeigte er kein Interesse.

Abends machten sich Kelly und er mit einem kleinen Flieger auf den Weg und erkundeten das Landesinnere. Manchmal landeten sie in den Bergen und aßen Sandwiches, während sie den Sonnenuntergang beobachteten. Zuerst hatte sich Kelly immer wieder angeboten für den Fall, dass Loren reden wollte. Aber das war nicht der Fall. Er wollte einfach nur über die Sierra Maestra oder das Meer hinwegsehen und seinen Gedanken nachhängen. Nach einer Weile begann Kelly damit, ein Buch mitzubringen. Der Flug zurück über die Berge, im Licht der Abenddämmerung oder im Mondschein, war immer ein Vergnügen. Die neuen Segel und die schallisolierten Aufbauten machten die Luftschiffe sehr leise. Sie konnten mit einer Geschwindigkeit von hundert oder hundertzwanzig Kilometern in der Stunde über die Gipfel hinweggleiten und dabei kontemplativen Frieden genießen.

Gelegentlich dachte Loren an den bevorstehenden Kampf. Er freute sich darauf, denn er wollte Rupert Paule einen verheerenden Schlag versetzen. Als die feindliche Flotte immer länger auf sich warten ließ, zog er einen Präventivschlag gegen Annapolis in Erwägung. Doch das ergab keinen Sinn. Am besten war es, wenn sie sich an den vor fast einem Jahr entwickelten Plan hielten. Sie würden warten, bis die Flotte kam, ihren Funk stören und sie auslöschen. Für den Feind würde es genauso sein wie im Oktober: Seine Angriffsflotte verschwand spurlos.

Loren war für den Kampf bereit, interessierte sich aber kaum für die Planung. Er blickte über den Strand, wenn Ted Pinkham versuchte, ihm einen Plan zu erläutern. Schließlich gab es der Proctor auf. Er bat Kelly, Loren bei den Verteidigungsbesprechungen zu vertreten. Sie, Candace und Jared Williams arbeiteten die Einzelheiten des Plans aus.

*

Am fünften Juni jährte sich die Ankunft in Baracoa. Chandler Hopkins plante ein großes Trara, eine Feier ihres Sieges allen Widrigkeiten zum Trotz. Nach einigem Zögern ließen sich Brill und Suzikaya an den Vorbereitungen beteiligen. Es gab Pläne für Theater, Tanz und einen Schulchor. Loren nahm nicht einmal an den Feierlichkeiten teil. Er packte seine Campingsachen in einen Rucksack und wanderte in Richtung Berge. Vier Tage blieb er weg.

Bei seiner Rückkehr stellte ihn Kelly zur Rede. »Loren Martine, du bist dabei, einen neuen Rekord im Trübsalblasen aufzustellen. Dein Gesicht kriegt so viele Falten davon, dass sich die Kinder vor dir fürchten. Sie hören auf zu lachen, wenn du in die Nähe kommst.«

»Tut mir leid, Kelly. Ich werde versuchen, mich zu bessern.«

»Dass du bei den Feiern nicht da warst, haben wir alle sehr bedauert. Wie konntest du nur fehlen? Du bist nicht irgendjemand. Für die Jungen unter uns bist du ein Held, der Held des Bahama Channel. Dass du nicht an den Feierlichkeiten teilgenommen hast, hat allen einen Dämpfer versetzt.«

»Tut mir leid.«

»Es tut dir leid. Dir tut dauernd etwas leid.«

»Tut mir leid. Ich meine …«

»Du weißt nicht, was du mit dir anfangen sollst, nicht wahr? Du hast überhaupt keine Ahnung.«

»Derzeit nicht, nein.«

»Ich weiß es. Ich weiß es, und du nicht, und deshalb möchte ich, dass du dich in meine Hände begibst. Wir gehen auf Entdeckungsreise, nur wir beide. Es wird dir guttun.«

»Ich denke darüber nach.«

»Das ist nicht nötig. Ich habe bereits darüber nachgedacht. Wir erforschen die Île des Pins, die Kieferninsel, auf der anderen Seite von Kuba und mehr als hundertfünfzig Kilometer weit im Meer. Morgen um diese Zeit brechen wir auf.«

Am folgenden Abend flogen sie mit einem neuen, zwölf Meter großen Pavillon los, der *Cornell*. Das Design der ersten Luftschiffe war zu einem großen Teil von den Jachten und Katamaranen beeinflusst worden, die sie im ersten Jahr benutzt hatten. Der Besitzer einer Luxusjacht wie zum Beispiel der *Irena* hätte den Stil der *Cornell* sicher zu schätzen gewusst. Sie verfügte über einen Kontrollraum am Bug, eine kleine Kombüse, eine Toilette im mittleren Teil und eine große Doppelkabine im Heck. Es handelte sich, mehr oder weniger, um eine Luftjacht. Pease hatte die neueren Modelle mit kleinen windbetriebenen Turbinen ausgestattet, die Strom erzeugten, mit dem Batterien aufgeladen wurden. Die Turbinen erhöhten ein wenig den Luftwiderstand, aber das half beim Bremsen, wie Kelly meinte. Die Batterien speisten elektrohydraulische Motoren für den Segeltrimm. Die *Cornell* war so sehr automatisiert, dass man sie ganz von drinnen segeln konnte.

Sie flogen im Mondschein und mit sanftem Wind. Kelly bediente die Kontrollen, während sie an der Küste unterwegs waren, und sie ließ die *Cornell* bis auf eine Höhe von etwa siebenhundert Metern steigen. Sie wandten sich in Richtung Las Tunas und glitten über das Landesinnere hinweg, nach Südwesten. Loren ging nach achtern, um ein wenig zu schlafen. Kelly blieb die nächsten vier Stunden wach. Als sie müde wurde, drehte sie die *Cornell* in den Wind und suchte die Heckkabine auf, um

Loren zu wecken. Er ging nach vorn, um das Steuer zu übernehmen, und Kelly kroch an seiner Stelle unter die noch warme Decke. Als sie erwachte, schwebten sie in einer Höhe von zehn Metern über das Karibische Meer hinweg und die Kieferninsel zeigte sich am Horizont.

Ein Flug rund um die Insel nahm den größten Teil des Morgens in Anspruch. Nirgends zeigten sich Anzeichen von menschlichem Leben. In Baumhöhe flogen sie über leere Ortschaften, Wälder und Seen. Hier wehte der Wind nur noch schwach und sie waren nicht schneller als die mit ihnen fliegenden Seemöwen. Im Innern der Insel gab es überall Teiche und Seen. Kelly deutete auf einen hübschen kleinen See und Loren hielt nach einem geeigneten Landeplatz Ausschau. Mit back gehaltenem Segel reduzierte er die Geschwindigkeit und stellte den vertikalen Effektor leicht nach oben ein, um das restliche Bewegungsmoment aufzufangen, als sie sich einem grasbewachsenen Hügel näherten. Kaum war das Ziel erreicht und die Geschwindigkeit auf null gesunken, richtete er den vertikalen Effektor nach unten.

»Sieh nur, Kelly, darauf bin ich gerade gekommen. Ich habe den Effektor nach unten gerichtet, in die Flanke des Hügels. Auf diese Weise fungiert er als eine Art Anker. Daran habe ich nie zuvor gedacht.«

»Nicht schlecht. Ich habe einmal über die Gebrüder Wright gelesen, dass sie fast jeden Tag etwas Neues erfanden. Sie hörten nie damit auf. So ist es auch mit dir, Loren. Du bist so erfinderisch.«

»Ich bin über die Idee gestolpert«, sagte er.

»Übrigens, ich habe dich hierher gebracht, um dich zu verführen.« Zwei oder drei Sekunden lang sah sie ihn ruhig an. Dann ging sie, um ihren Badeanzug anzuziehen. Sie schloss die Tür der Kabine hinter sich und Loren starrte ihr verblüfft nach.

Trotz ihrer Worte machte sie beim Schwimmen keine Annäherungsversuche. Sie berührten sich nicht einmal. Nach dem Bad ließen sie sich am Ufer von der Sonne trocknen und anschließend legten sie sich in den Schatten. Während der vergangenen Nacht hatte Loren nur wenige Stunden geschlafen und deshalb döste er schnell auf der Decke ein. Kelly ging zum Pavillon, um das Essen vorzubereiten, und als sie zurückkehrte, trug sie ihr weißes Sommerkleid, mit einem weißen Band, das ihr Haar – es war beim Schwimmen nicht nass geworden – zusammenhielt.

Sie aßen schweigend und beobachteten zwei Reiher, die nur wenige Meter entfernt durchs Wasser stakten.

Kelly hatte gesagt, dass sie ihn verführen wollte, aber es war Loren, der schließlich damit begann. Er setzte sich hinter sie, rieb ihr Rücken und Hals und fragte sich, ob er sie jemals geküsst hatte. Natürlich hatte er ihr dann und wann einen Kuss auf die Wange gegeben, das glaubte er zumindest. Aber ganz sicher war er nicht. Er hielt es durchaus für möglich, dass er sie nie geküsst hatte. Plötzlich erschien sie ihm schrecklich verletzlich und er dachte daran, wie mutig sie war, das gesagt zu haben, was sie gesagt hatte, ohne zu wissen, ob sie mit Zurückweisung rechnen musste oder nicht. Er hatte ihren Mut schon einmal kennengelernt, beim Kampf auf dem Deck der McMillan-Jolle. Doch dies war eine andere Art von Tapferkeit. Sie riskierte nicht ihr Leben, sondern ihren Stolz. Sie hatte ihn aufs Spiel gesetzt. Wenn er sie abwies, war ihr Stolz verletzt. Davon verstand Loren etwas.

Sie sah ihn nicht an, aber als er ihren Kopf drehte, sträubte sie sich nicht. Er legte sie auf den Rücken und blieb neben ihr, auf einen Ellenbogen gestützt. Kelly schloss die Augen. Mit dem Handrücken strich Loren ihr über Wange und Kinn, tastete dann mit den Fingerkuppen über den Hals. Die Haut über dem Oberteil des Sommerkleids war kühl. Er betrachtete die eigene Hand, die so intim auf ihr ruhte, er sah ihren Herzschlag, ein kleines Zittern ihrer Brust unter dem weißen Stoff. Als er sich über sie beugte, bot sie ihm die Lippen zum Kuss. Er küsste sie sanft, nahm sie dabei in die Arme.

Er glaubte zu wissen, was am restlichen Nachmittag geschehen würde, doch Kelly steckte voller Überraschungen. Als er ihr das Kleid ausziehen wollte, hielt sie seine Hand fest, biss sich auf die Lippe und meinte, darunter hätte sie nichts an. Er wusste nicht, was er davon halten sollte, bis er begriff, dass sie ihn neckte. Die Kombination von Erotik und Spiel war etwas völlig Neues für ihn. Als er erneut versuchte, die Schnüre des Kleids zu lösen, hielt sie noch einmal seine Hand fest. »Was ist mit meinem Anstand?«, fragte sie.

»Dein Anstand, junge Dame, wird jetzt geopfert.«

»Lieber Himmel.«

»Und ich glaube, du wirst Teil dieses Vorgangs sein.« Loren legte ihre Hände auf die beiden Hälften des gelösten Oberteils. »Wenn ich es dir sage, musst du diese beiden Hälften für mich öffnen. Du musst. Dir bleibt keine andere Wahl, als meinem Befehl zu gehorchen.«

»Welch exquisite Folter, Käpt'n. Doch ich fürchte, ich kann nicht gehorchen.«

»Du musst. Oder du riskierst ernste Konsequenzen.«

»Meine Güte.«

»Jetzt«, sagte Loren.

Langsam und mit offensichtlichem Widerstreben zog Kelly die beiden Seiten des Oberteils zur Seite. Sie hielt den Blick gesenkt und errötete sogar. Sie bot eine perfekte Vorstellung. Loren wollte nicht, dass sie endete, aber schließlich sagte er:

»Das lernt man also beim Theater.«

Kelly sank auf die Decke und lachte. »Bin ich gut?«

»Du hast den Oscar verdient oder welchen Preis auch immer man für einen hervorragenden Softporno bekommt.«

»Den Feuchter-Teenager-Preis.«

»Du bist der beste feuchte Teenager.«

»Und der feuchteste.«

Und dann war sie wieder in ihrer Rolle, aber nicht so übertrieben wie vorher. Ihre Verführung bestand darin, sich verführen zu lassen. Immer wieder hielt sie ihn zurück. Die Sonne stand tief im Westen, als es ihm schließlich gelungen war, sie von dem Kleid zu befreien. Sie hob die Hüften ein wenig, damit er ihr den weißen Bikini-Slip zu den Knien ziehen konnte, und Loren dachte: Wenn das keine einladende Geste ist! Sein Herz klopfte schneller, als der entscheidende Augenblick näher rückte.

Und dann ging es schief.

Im letzten Moment spielte sein Körper nicht mit. Loren war verblüfft. Er hatte von solchen Dingen gehört, war aber davon überzeugt gewesen, dass dieses Problem nur Alte betraf. Er wusste nicht, was er sagen sollte. Er konnte kaum glauben, was geschehen war.

»Nichts ist geschehen, Loren«, sagte Kelly und machte kein Drama daraus. »Wir sind nur noch nicht fertig, das ist alles. Es wird die ganze Nacht dauern, vielleicht auch morgen und die nächste Woche. Wir haben genug Proviant für zehn Tage. Ich werde dich zehn Tage lang verführen. Ich werden dich reizen und in Versuchung führen …«

»Ich bin bereits gereizt und in Versuchung geführt!«

»Dann werde ich dich foltern. Vielleicht leistet mir dein Körper Widerstand, aber er wird nicht gewinnen. Ich wickle ihn um den kleinen Finger. Und wenn ich fertig bin, wird er mir gehören, ganz mir. Er wird seinen

Widerstand aufgeben und sich mir hingeben, ohne sich zurückzuhalten. Er wird mir geben, was ich will.«

»Aber warum passiert dies, Kelly? Warum …?«

»Weil du schrecklich verletzt worden bist, mein Schatz.«

»Aber ein Mann sollte in der Lage sein …«

»Ein Mann ist nur ein Mensch und Menschen können furchtbar verletzt sein, wenn ihre Liebe nicht geschätzt wird. Sonia konnte nicht anders. Sie wollte dir nicht wehtun, aber genau darauf läuft es hinaus. Sie hat dir sehr wehgetan. Du hast dich überhaupt nicht vor ihr geschützt. Du bist ihr in jeder Hinsicht offen gewesen, ohne Vorbehalt. Und jetzt schreckst du davor zurück, dich erneut zu öffnen.«

»Warum hat sie es getan?«

»Aus ihren eigenen komplizierten Gründen. Ich glaube, diese Gründe hatten überhaupt nichts mit dir zu tun.«

»Ich habe sie geliebt.«

»Ja, ich weiß.«

Kelly zog ihn zum See und sie schwammen erneut. Fürs Trocknen jagte sie ihn über die Wiese, splitternackt im warmen Wind. Schließlich fing sie ihn, er ließ es zu. Sie führte ihn in die Kabine des Fliegers und sorgte dafür, dass er sich auf die Kante des Doppelbetts setzte.

»Ich habe etwas für dich zusammengepackt«, sagte Kelly. »Weil ich den Eindruck hatte, dass du nicht bereit warst, an praktische Dinge zu denken. Also habe ich mir deine Sachen vorgenommen und etwas für dich ausgewählt.« Sie holte einen Schlafanzug hervor und half ihm beim Anziehen.

»Ich habe sie geliebt, Kelly.«

»Ja.«

»Ich habe ihr meine ganze Liebe gegeben. Ich habe nichts zurückgehalten.«

»Ich weiß.« Kelly, noch immer nackt, setzte sich neben ihn aufs Bett. Sie blickte aus dem Fenster zu den Bergen, in Gedanken verloren. Loren wartete darauf, dass sie etwas sagte, aber sie schwieg.

»Ich habe sie geliebt«, sagte er noch einmal. »Aber ich bin mir nicht sicher warum. In den Monaten seit ihrem Verschwinden habe ich immer wieder darüber nachgedacht. Rein theoretisch war sie die perfekte Frau für mich: eine Physikerin, hochintelligent und schön. Ich sah uns beide wie in einem Spiegel und dachte: Dies ist ein perfektes Paar. Selbst die

Größe der beiden Spiegelbilder passte. Wir schienen dazu bestimmt zu sein, uns zu lieben. Der Computer einer Partnervermittlung hätte uns sofort zusammengebracht. Aber manche ihrer Verhaltensweisen waren …«

»Bizarr.«

Loren legte sich aufs Bett und beobachtete Kelly. Nach einem Moment vergaß er, was er sagen wollte. Sonia schien plötzlich weit entfernt zu sein und die Erinnerungen an sie waren unklar. Er wusste noch, wie sie aussah: das fast pechschwarze Haar dicht, die Finger lang, mit sorgfältig gepflegten Fingernägeln, ihr Eyeliner, ihre dunkelroten Lippen. Aber es fiel ihm schwer, die Einzelheiten zu einem kompletten Bild zusammenzufügen.

Mit der nackten Kelly in unmittelbarer Nähe war es kaum möglich, an eine andere Frau zu denken. Das durchs Fenster fallende Licht der untergehenden Sonne schien sie in Gold zu verwandeln und das galt insbesondere für ihr Schamhaar, das zu einem goldenen Dreieck wurde. Er hatte vermutet, dass es dunkler wäre als das Kopfhaar, aber jetzt stellte sich das Gegenteil heraus. Loren stellte fest, dass er gaffte. Sie ließ ihn einige Sekunden starren und drückte ihm dann ein Kissen ins Gesicht.

»Sei nicht frech.«

»Kelly, bitte. Lass mich dich ansehen.«

Sie musterte ihn nachsichtig. »Na schön, du darfst mich ansehen.« Sie legte sich aufs Bett. »Ich schließe die Augen. Es ist schwer zu starren, wenn man beobachtet wird, und ich möchte, dass du nach Herzenslust starren kannst.« Kelly schloss die Augen und lächelte. Nach einem Moment seufzte sie tief.

Ihr Entgegenkommen rührte ihn. Und dann, als er ihre unverhüllte Schönheit betrachtete, fühlte er sich mehr und mehr verzaubert. Sie bot ein perfektes Bild des Gebens. Ihr Körper war ein Geschenk für ihn, bedingungslos dargeboten. Die Arme lagen an den Seiten, die Knie waren ein wenig auseinander. Von dort kam der Duft ihres eigenen Verlangens, ausgeschwitzt beim Spiel am Nachmittag. Er war nicht stark, aber zweifellos vorhanden, und er kam von dem goldenen Dreieck, das Lorens Blick fing und festhielt. Ganz plötzlich erwachte sein Körper wieder, mit verblüffender Intensität. Er fürchtete, dass sein Verlangen zu stark sein könnte, dass er kommen würde, wenn er sie auch nur berührte. Er versuchte, sich zu beruhigen, damit er in der Lage war, sie in die Arme zu nehmen. Es dauerte ziemlich lange. Als er sich schließlich wieder unter Kontrolle hatte, war Kelly eingeschlafen.

*

Mitten in der Nacht erwachte er neben Kelly: Er lag in ihren Armen, wurde von ihr gestreichelt. Ihre Hände strichen ihm über den Hintern. Er spürte, wie sie ihn fast bis zum Höhepunkt brachte. Dann beruhigte sie ihn und ließ ihn wieder einschlafen.

Er erwachte erneut. Diesmal hielt sie seine Finger an ihre Brustwarze und schmiegte sich dabei an ihn. Er beobachtete und fühlte einfach nur, überließ sich ihr. Sie nahm seine Hand und strich damit vorn über ihren Körper, über den Bauch und in den goldenen Pelz, den der Mondschein jetzt in Silber verwandelte. Sie drückte seine Finger in sich hinein, in feuchte, nasse Wärme, und er spürte, wie nahe sie dem Höhepunkt war. Doch sie reizte nicht nur ihn, sondern auch sich selbst. Sie hob seine Hand zum Mund und schmeckte einen seiner Finger. Als sie mit dem Test zufrieden war, führte sie die Hand zu seinem Mund und ließ ihn ebenfalls einen Finger mit ihrem Nass kosten. Er leckte sie alle ab. Als er damit fertig war, steckte sie die eigenen Finger in ihre von Silber umgebene Öffnung und holte noch mehr, das er kosten konnte. Dann beruhigte sie ihn und sich selbst ebenfalls und sie schliefen wieder.

Als der Morgen dämmerte, weckte und erregte sie ihn erneut. Er kam sich hilflos vor in ihren Händen. Sein Körper war so verwirrt, dass er seine Widerspenstigkeit zu vergessen schien. Kelly führte ihn in sich hinein und spielte mit ihm, brachte ihn bis fast zum Höhepunkt und wartete dann. Sie war sich ihrer Sache jetzt vollkommen sicher und wusste, dass sie gewonnen hatte. Sie ließ ihn langsamer werden und wies darauf hin, dass er versuchen sollte, nicht zu kommen. Denk an Stroh, sagte sie. An jede Menge trockenes Stroh. Er beherzigte ihren Rat und gab ihr Kontrolle nicht nur über seinen Körper, sondern auch über seinen Geist. Dann waren ihre Hände wieder an seinem Hintern und drückten ihn tiefer. Er gab sich alle Mühe, an Stroh zu denken und sich zurückzuhalten, wie es ihr Wunsch zu sein schien. Er spürte den köstlichen, zitternden Druck, den sie auf ihn ausübte, als er sich in ihrem geheimen Kanal bewegte. Dann fühlte er, wie seine Flüssigkeit in sie tropfte, und aus dem Tropfen wurde ein Strömen, das kein Ende nehmen wollte. Für eine Weile hielt Kelly ihn still, als er gekommen war, und dann schaukelte sie ihn. Diesmal, so wusste er, ging es dabei um ihre eigene Lust. Er fühlte, wie sie sich unter ihm versteifte. Für einen Moment hielt sie inne, begann dann erneut, wölbte sich ihm entgegen und öffnete den Mund zu einem leisen Stöhnen, das ihn belohnte. Kurze Zeit später verriet ihr gleichmäßiges Atmen, dass Kelly eingeschlafen war, und Loren schlief ebenfalls, noch immer in ihr.

*

»Wie oft werden wir uns lieben, was glaubst du?«, fragte er sie. Nach fast einer Woche auf der Insel wusste er kaum mehr, wie oft sie sich bereits geliebt hatten.

»Oh, sehr, sehr oft«, sagte sie. »Wir haben ein ganzes langes Leben Zeit.«

»Im Ernst?«

»Im Ernst.«

»Es erscheint mir zu schön, um wahr zu sein.«

»Ich vertraue dir meinen Lieblingsgedanken über Liebe an. Er lautet: Ich gebe dir meine Liebe und nehme sie nie zurück. Du bist in dieser Sekunde mein Geliebter, weil du in mir bist. Aber du wirst auch in allen anderen Sekunden meines Lebens mein Geliebter sein. Wenn du mit den Fingern schnippst, ziehe ich mich für dich aus.«

»Und wenn du deine Liebe auch jemand anderem gibst?«

»Dann wird auch er für den Rest meines Lebens mein Geliebter sein. Zusammen mit dir, nicht an deiner Stelle. Bin ich schamlos?« Sie sah auf ihn hinab und lächelte schelmisch. Sie lächelte fast immer, wenn sie sich liebten.

»Dein Lieblingsgedanke über Liebe ist nicht schamlos. Er gefällt mir. Was dich betrifft … Du bist natürlich schamlos. Weil du so geil bist.«

»Ja.«

»Aber ›schamlos‹ ist nicht das beste Wort, um dein Liebesspiel zu beschreiben.«

»Wie lautet ein besseres Wort?«

»Fröhlich.«

*

Im letzten Jahr, in Ithaca, hatte Loren in Edwards Bibliothek über Liebe gelesen. Er hatte das Bedürfnis verspürt, aus öffentlichen Schriften zu lernen, was er nicht durch eigene Erfahrung lernen konnte. In den Büchern war immer wieder darauf hingewiesen worden, welche Aufmerksamkeit es erforderte, einer Frau den Höhepunkt zu ermöglichen. Bei Kelly sah die Sache ganz anders aus. Sie kam leicht und schnell. Sie wurde so plötzlich feucht, dass es manchmal auf einen Krampf hinauslief. »Zu schnell«, sagte sie dann. Die Worte galten nicht ihm, sondern ihren eigenen zu eifrigen Lenden. Als er einmal ihren nackten Körper an die Kombüsenwand drückte und sie in dieser vertikalen Position streichelte, strömte ihr Saft über die Innenseite des Oberschenkels. Lorens Finger folgte ihm bis hinab zum Knie.

Von der ersten Berührung bis zum letzten Zittern machten sie Phasen durch, die sehr kurz sein konnten. Wo er sie berührte, schien sie anzuschwellen. Wenn er sie küsste, veränderte sich die Farbe ihres Gesichts. Der Wissenschaftler in ihm beobachtete die Veränderungen. Wie lange er sie auch reizte und erregte, sie wurde die ganze Zeit immer hübscher. Die Veränderung am Ende war ein rosarotes Glühen vom Hals bis zu den Brüsten. Manchmal legte er dann eine Pause ein und wartete, bis die Röte aus der Haut verschwand, um sie dann mit weiteren Liebkosungen zurückzuholen.

Während Kelly durch ihn hübscher wurde, fühlte sich Loren durch sie stärker und viriler.

»Darf ich dich ergreifen und hochheben?«

»Natürlich.«

Sie standen knietief in ihrem kleinen See am Fuß des Hügels, auf dem die *Cornell* ruhte. Loren hob Kelly in eine sitzende Position auf seiner Schulter und dann, mit einer Hand unter ihrem Po und der anderen am Rücken, drückte er sie nach oben, bis seine Arme ganz gestreckt waren. Kelly blieb völlig entspannt, blickte zum blauen Himmel hoch und lächelte verträumt. Loren wusste nicht recht, was er als Nächstes tun sollte, watete zwei Schritte tiefer ins Wasser und warf sie in den See. Prustend kam sie an die Oberfläche, kehrte zu ihm zurück und kletterte für einen weiteren Wurf an ihm hoch. Er warf sie erneut und als sie zum dritten Mal zu ihm kam, legte er sie nahe beim Ufer ins seichte Wasser, mit der Absicht, sie dort zu lieben. Aber nein, sie hatte einen anderen Ort im Sinn: die Mitte der Wiese, wo alle sie sehen konnten. Natürlich war niemand da, der sie beobachten konnte, doch sie fühlten sich herrlich zur Schau gestellt.

*

Kelly konnte so folgsam und willfährig sein, dass sich Loren manchmal vorkam, als liebte er ein vertrauensvolles Kind. Es erschien ihm fast illegal. Doch ebenso oft war sie es, die alles in der Hand hatte. Er gewöhnte sich daran, ihr die Kontrolle zu überlassen. »Darf ich …«, begann sie zu fragen und dann legte er ihr den Finger auf die Lippen und sagte: »Du darfst. Was auch immer du möchtest.«

Bei einem ihrer Spaziergänge durch den Wald erreichten sie ein Dorf mit einem Laden. Loren entdeckte Cracker-Packungen und eine Dose Sardinen fürs Mittagessen, außerdem noch einige Flaschen kubanisches Bier. Im selben Laden fand Kelly ein hübsches gelbes Kleid in ihrer Größe. Sie probierte es an und ließ ihn dabei zusehen. Er bekam es nie satt zu beobachten, wie sie sich aus- und anzog. Den Trainingsanzug verstaute Kelly im Korb, den sie mitgenommen hatten, und sie behielt das Kleid an.

An einem Bach machten sie Halt, breiteten am Ufer die Decke aus, setzten sich und legten die Flaschen zum Kühlen ins Wasser. Nach dem Essen gingen sie in den Wald und folgten dem Verlauf eines breiten Wegs, auf dem Kiefernadeln ein Polster bildeten. Sie zogen beide die Schuhe aus und gingen barfuß weiter.

Der Weg brachte sie zu einigen sehr alten und großen Kiefern. Ihre ersten Zweige waren so weit oben, dass die Bäume eine natürliche Kathedrale bildeten. Pfifferlinge wuchsen hier; zumindest hielt Kelly die Pilze für Pfifferlinge. Mitten in dieser Waldkathedrale gab es eine sonnige Stelle neben einem großen, moosbedeckten Felsen. Kelly lehnte sich gegen diesen Felsen und hielt das Gesicht mit geschlossenen Augen in den Sonnenschein. Loren setzte sich vor sie. Das gelbe Kleid war sehr kurz und endete ein ganzes Stück über den Knien. Er richtete den Blick auf die Oberschenkel direkt unter dem Saum. Sie trug nichts unter dem Kleid, das wusste er. Der Slip befand sich noch in der Tasche ihrer Jeans; dort hatte sie ihn hingesteckt, als sie sich das letzte Mal geliebt hatten.

»Ich würde gern wissen, was du denkst, Loren Martine.«

»Ich denke, dass die Zukunft unseres Lebens ebenso sein sollte wie die Gegenwart«, sagte er. Kelly lehnte sich wieder gegen den Felsen und schloss erneut die Augen. Vor ihren Füßen breitete Loren im Sonnenschein die Decke aus, entkleidete sich dann langsam und sah dabei zu ihr auf. Kelly brauchte nicht zu sehen, was er tat. Sie hörte es, lächelte und wartete.

30

Der Kampf des Tages 421

Nach und nach verlagerte sich der Tätigkeitsschwerpunkt des Dorfs vom Strand und den Anlegestellen zu den Höhen hinter der Siedlung. Zehn neue Kriegspavillons waren dort »vertäut« und schwebten über dem neuen Hauptquartier des Proctors. Bei Geschwindigkeitstests hatte sich herausgestellt, dass diese neuen Flieger über dreihundert Kilometer in der Stunde schnell sein konnten. Jeder von ihn bot fünfzig Personen Platz, doch für den Flug genügten sechs. Zwei dieser Sechs wurden für die aus zwei Teilen bestehende Zielvorrichtung für die Laserwaffe benötigt und die anderen vier kümmerten sich um Segel und Steuerung. Es war nicht klar, was vierzig weitere Personen an Bord sollten.

Loren, der sich immerzu Sorgen machte, dachte an all die Elemente, die perfekt funktionieren mussten, wenn Laserstrahlen vom Himmel kommen und die anvisierten Ziele treffen sollten. Ihm graute bei der Vorstellung, dass ihre beste Waffe genau in dem Moment versagte, in dem sie gebraucht wurde. Woraus auch immer besagte Elemente bestanden: Die verschiedenen Subsysteme von SHIELA und der Satelliten – darunter Energieversorgung, Telekommunikation, Logikschaltungen, Speicherkomponenten und so weiter – konnten nicht repariert werden, wenn es irgendwo in ihnen zu einem Defekt kam. Loren vermutete, dass es Bestandteile mit kurzer Lebensdauer gab, und wenn das erste Teil versagte, fiel vielleicht das ganze System aus. Also dachte er lange über alternative Waffen für ihre Flotte nach. Bisher war ihm nichts Besseres eingefallen als eine Art Projektilregen: Gegenstände, die aus großer Höhe auf den Feind geworfen werden sollten. Da ihnen nichts anderes zur Verfügung stand, hatten sie jedem Pavillon eine halbe Tonne Ziegelsteine aus der Ziegelei in der Nähe des Dorfs gegeben. Die zusätzlichen vierzig Personen an Bord konnten sich als Ziegelsteinwerfer betätigen, wenn es erforderlich werden sollte. Wenn ein solcher Stein aus einer Höhe von zum Beispiel hundertfünfzig Metern fiel, konnte er den Glasfaserrumpf eines Segelboots zerschmettern.

Unterdessen ließ sich auch Kelly Verbesserungen einfallen. »Alles ist ein Symbol«, sagte sie. Die Symbole klar und wirkungsvoll zu gestalten, war ebenso wichtig wie eine funktionsfähige Waffe. Und so fügte sie jedem fertiggestellten neuen Kriegspavillon ihre eigene Erfindung hinzu: eine Flagge. Sie entwarf sie selbst: ein breiter weißer Streifen auf goldenem Grund. Gold und Weiß – die Fahnen flatterten keck und fröhlich am Heck der vertäuten Flieger. Ihr Flattern verlieh dem Ort eine festliche Atmosphäre, wie bei einem Jachthafen im Sommer.

Kelly meinte auch, die Pavillons müssten heroisch klingende Namen bekommen, nicht die Zahlen, an die Loren und Pease dachten. »Wer wäre bereit, sein Leben für den Ruhm von Nummer 52 aufs Spiel zu setzen?« Also hatte D.D. Pease begonnen, den Pavillons Namen zu geben. Er benannte sie nach Nelsons Schiffen bei Trafalgar: *Ajax*, *Conqueror*, *Revenge*, *Defiance*, *Dreadnought*, *Leviathan*, *Bellerophon*, *Swiftsure* und *Téméraire*. Van Hootens Flaggschiff hieß *Victory*.

Nach langen Überlegungen ernannte Proctor Pinkham nicht Loren zum Flottenkommandeur, sondern Van Hooten. Für Loren war es eine große Erleichterung. Van Hooten erwies ihm die Ehre, ihn zu bitten, Captain der *Victory* zu sein. Bei einem Gespräch unter vier Augen wies er darauf hin, dass sie, wenn der Kampf begann, die Rollen tauschen würden; dann wollte Van Hooten die *Victory* übernehmen, damit sich Loren um die Schlacht kümmern konnte. Das war Loren recht. Ihm ging es darum, dass sie den Kampf gewannen; an der täglichen Routine einer Flotte hatte er kein Interesse. Dafür war Van Hooten weitaus besser geeignet.

*

Stacey Hopkins schrieb ein Tagebuch, das praktisch auf eine Chronik der Gemeinschaft hinauslief. Sie hatte am Morgen nach dem Aufbruch von Fort Lauderdale damit begonnen. Jeder Eintrag trug die Zahl des

Tages, beginnend mit Tag 1, als Homer den ersten Dauerhaften Effektor eingeschaltet hatte. Stacey hatte nie einen Tag ausgelassen und für Tag 420 schrieb sie:

Heute wurde unser zehnter Kampfpavillon auf den Namen *Téméraire* getauft und in Dienst gestellt. Dekanin Maria Olivia Sawyer gab sich die Ehre. Wir tranken Champagner (auch ich habe etwas bekommen!) und dann wurde die Flasche mit Gingerale gefüllt, um am Bug zerbrochen zu werden. Offenbar sind andere Gesellschaften nie auf die Idee gekommen, den Sekt zu trinken; sie haben ihn stattdessen bei der Taufe vergeudet. Das ist ein weiteres Beispiel dafür, wie erfinderisch wir in Baracoa sein können.

Miss Kelly Alice Corsayer sagt, dass wir jetzt die mächtigste Nation auf der Erde sind. Nur wir verfügen über Luftschiffe und nur wir können Laserstrahlen vom Himmel herabblitzen lassen. Ich habe die Laserstrahlen nicht mit eigenen Augen gesehen, aber mit vielen Leuten gesprochen, die an der Schlacht im Bahama Channel (siehe Eintrag für Tag 188) oder beim Angriff auf Fort Belvoir (siehe Eintrag für Tag 217) teilgenommen haben.

Ms. Keesha Elijah (oder einfach nur Keesha) ist schwanger. Die glückliche zukünftige Mutter befindet sich derzeit in der Gesellschaft ihres Mannes, Mr. Adjouan N.M.I. Elijah, auf dem Beobachtungspavillon *Homeric*, auf Station in der Nähe von Puerto Rico. Innerhalb von zwei Wochen werden sie für Mrs. Elijahs Niederkunft zurückkehren. Baby Elijah wird der erste geborene Bürger unserer Nation sein.

Leider hat unsere Nation bisher noch keinen Namen. Ich (Miss Stacey Amanda Hopkins) habe vor, mit Senator Chandler Hopkins bald über diese Angelegenheit zu sprechen, damit schnellstens etwas unternommen wird, um dem abzuhelfen. Die mächtigste Nation der Erde sollte einen Namen haben und er sollte nicht einfach Baracoa lauten, denn bei uns leben auch Menschen aus Guantánamo und Santiago de Cuba, unter ihnen Miss Stephanie Anne McCree, meine zweitbeste Freundin, und ihre Eltern.

Es wird immer wieder davon gesprochen, dass wir vielleicht von einer kriegerischen Nation im Norden angegriffen werden, den Vereinigten Staaten von Amerika. Das ist sehr beunruhigend für diejenigen von uns, die alt genug sind, sich daran zu erinnern, dass jene kriegerische Nation einst die guten alten USA waren, die wir liebten. Aber es ist auch sehr aufregend. Die Kinder weinen manchmal, wenn sie daran denken, angegriffen zu werden. Deshalb müssen wir sehr vorsichtig sein, was wir sagen, damit sie keine Albträume bekommen. Aber was mich betrifft … Ich möchte nicht in einer Nation leben, die sich nicht im Krieg befindet, denn worüber sollten die Leute sonst reden? Wir reden die ganze Zeit darüber, feindliche Schiffe zu zerstören, und über Spione, die sich des Nachts zu uns schleichen, um unsere am besten gehüteten Geheimnisse zu stehlen. Ja, es ist aufregend. Allerdings frage ich mich manchmal, ob der Feind nicht vielleicht vernünftig genug ist, uns nicht anzugreifen. (Ich habe hier zweimal »nicht« geschrieben, aber ich glaube, es wird klar, was ich meine.)

*

Die zweite große Seeschlacht begann ähnlich wie die erste. Loren war allein in seinem Schlafzimmer der Alturas-Kommandozentrale und schlummerte neben der noch warmen Stelle an seiner Seite, wo bis vor wenigen Minuten Kelly gelegen hatte. Plötzlich knackte es im Lautsprecher an der Decke und eine Stimme erklang.

»Hallo, Baracoa, hier ist Keesha.«

Loren sprang auf, lief in den Kontrollraum und griff nach Mikrofon und Hörer. »Hier Baracoa. Loren spricht. Ich höre, Keesha.«

»Es geht wieder los, Chef.«

»Eine Angriffsflotte?«

»Ja, und eine ziemlich große. Mein Mann Adjouan ist noch damit beschäftigt, die Schiffe zu zählen. Einhundert, schätzt er. Wir haben sie die ganze Nacht mit dem Radar verfolgt. Dann gingen wir in Position … Sie wissen wo, immerhin war es Ihr Plan.«

»Fünfzehn Kilometer von der Flotte entfernt, in einer Höhe von tausend Metern und in der Nähe von Wolken?«

»Ja, Loren. Wir haben Effektoren in drei Richtungen eingestellt, sind hier oben also so stabil wie ein Felsen. Ich kann es noch immer kaum glauben. Meine Güte, Sie sind wirklich ein toller Erfinder. Wir haben ein Teleskop installiert und es zittert nicht einmal. Manchmal muss ich einen Blick nach unten werfen, um mich davon zu überzeugen, dass wir nicht auf einem Berggipfel sitzen.«

»Ja. Wie ist eure Position?«

»Oh, ja. Ich habe sie hier aufgeschrieben, auf einem Zettel. Mr. Tomkis kümmert sich um die Navigation.« Papier knisterte. »Er sagt, wir sind vierundvierzig Seemeilen südöstlich der Mona-Passage. Die Flotte kam letzte Nacht durch die Passage. Sie segelt jetzt mit Kurs eins neun null und einer Geschwindigkeit von mehr als sechs Knoten.« Sie sprach das letzte Wort wie Kuh-noten aus. »Die Entfernung zur Küste beträgt ungefähr fünfzig Kilometer.«

»Sagen Sie mir, was Sie sehen, Keesha.«

»Es sind größtenteils Mehrkörperboote, wie unsere Katamarane, nur viel länger. An Deck befinden sich Gaszylinder. Adjouan meint, die schnelleren Boote sind nicht mit voller Geschwindigkeit unterwegs, weil sie auf einen sehr großen Segler warten müssen. Er hat quadratische Segel. Mr. Tomkis hat ihn Brigg genannt. Die Brigg ist weiß mit einem roten diagonalen Streifen am Bug und sie ist mehr als doppelt so lang wie die anderen Boote. Ein wirklich großes Schiff.«

Loren markierte die Position der Flotte auf der Karte, als einen nach Südwesten zeigenden Pfeil. Daneben schrieb er die Zeit: 05.20 Uhr.

»Bitte wiederholen Sie Ihre Anweisungen für mich, Keesha.«

»Wir bleiben, wo wir sind, bis die Kampfpavillons eintreffen. Das Wetter ist klar; wir sollten also für den Rest des Tages visuellen Kontakt halten können, ohne uns zu bewegen. Wenn wir Lichtsignalverbindung mit unseren Pavillons haben, geben wir die Position des Gegners durch. Dann segeln wir nach Nordosten zu Captain Klipstein, als Verstärkung für seine Reserve.«

»Perfekt.« Für den Fall, dass es beim Hauptteil der Verteidigungsstreitmacht zu irgendeiner Katastrophe kam, hielt Loren in der Windward-Passage eine Reserve unter dem Befehl von Klipstein bereit. »Gute Arbeit, Keesha. Funkstille von jetzt an. Ende.«

Sie unterbrach die Verbindung ohne ein weiteres Wort. Loren nahm einen Zirkel und maß die Entfernung zur Kontaktstelle südlich von Santo Domingo. Die Baracoa-Pavillons mussten über den Caicos-Inseln eine Zeitlang gegen den Wind kreuzen und sich dann nach Süden wenden, für den Anflug über die Dominikanische Republik hinweg. Bei einer Windgeschwindigkeit von vierzehn Knoten konnten sie die Strecke in etwa sieben Stunden zurücklegen. Rupert Paules Flotte würde fast zwölf Stunden brauchen, um dort einzutreffen; sie brauchten sich also nicht zu beeilen. Loren wollte unbedingt vermeiden, dass der Kontakt zu früh stattfand, wenn die Küste nahe genug war, um einigen Schiffen der feindlichen Flotte ein Entkommen zu ermöglichen.

Das für einen Alarm bestimmte Signalhorn über der Kommandozentrale konnte man überall im Dorf hören, aber Loren beschloss, es nicht zu verwenden. Um halb sieben fand sich praktisch die ganze Gemeinschaft zum Frühstück im Speisesaal ein und bei der Gelegenheit konnte er die Nachricht verkünden. Er stellte sich vor, wie er zuerst sein Essen abholte und dann ans Glas klopfte, um zu den Versammelten zu sprechen. Anschließend würde er sich setzen und frühstücken. Eigentlich hatte er gar keinen Appetit, aber es sollte alles recht eindrucksvoll wirken. Er beschloss, sich neben Stacey zu setzen, damit seine bewundernswerte Ruhe für die Nachwelt festgehalten wurde.

*

Die aus der *Victory* und neun weiteren Kampfpavillons bestehende Verteidigungsstreitmacht traf im offenen Karibischen Meer auf den Feind, mehr als sechzig Seemeilen vom nächsten Land entfernt. Schon vor einer Stunde hatten sie damit begonnen, den gegnerischen Funkverkehr zu stören. Loren formierte sein Geschwader in einer langen Linie, von den feindlichen Schiffen aus gesehen gegen den Wind und in einer Höhe von gut dreihundert Metern. Als erstes Ziel wählte er die weiße Brigg an der Spitze der Angriffsflotte. Bei diesem Kampf würde es Überlebende geben und deshalb sollte die psychologische Wirkung auf den Feind so groß wie möglich sein. Loren wies die *Swiftsure* und *Ajax* an, zusammen mit ihm zu feuern, und bei dieser Entfernung war ein Fehlschuss kaum möglich. Die Brigg bestand aus Stahl und die drei Laserstrahlen verursachten ein metallisches Dröhnen, als sie das Schiff trafen. Es klang fast nach dem Läuten einer Glocke. Die Zeit genügte gerade für eine zweite Salve, dann sank die Brigg auch schon. Danach war alles nur noch eine Frage des Aufräumens.

Die stärkste Erinnerung an die Schlacht in der Karibik bestand darin, wie heiß es in den Pavillons gewesen war. Da sie mit hoher Geschwindigkeit flogen, hatte man große Mühe darauf verwendet, das Innere vor dem Wind zu schützen. Die Fenster ließen sich nicht einmal öffnen, abgesehen von denen der Schlafkabinen im Heck. Doch während des Kampfs waren die Pavillons fast stationär, denn die Geschwindigkeit der gegnerischen Flotte begrenzte ihren Bewegungsspielraum. Der Kontrollraum der *Victory* verwandelte sich schnell in einen Backofen. Loren beauftragte einige Besatzungsmitglieder damit, die Einfassungen der Plexiglasfenster abzuschrauben – sie brauchten frische Luft. Doch die Schlacht war schon vorbei, noch bevor ein Fenster geöffnet werden konnte.

Eigentlich war es gar keine Schlacht, eher ein Ausmerzen von Ungeziefer, das mit langsamem Kriechen versuchte, sich in Sicherheit zu bringen. Nach fünfzehn Minuten waren von den hundert Booten nur noch ein Dutzend übrig. Loren merkte, wie seine Gedanken abdrifteten. Er hatte es gar nicht abwarten können, dass der Kampf endlich begann, und jetzt wollte er, dass er so schnell wie möglich zu Ende ging. Dass dort unten Menschen starben, wusste er zwar, doch ihr Tod blieb fern, rein theoretischer Natur. Loren langweilte sich und begann in Gedanken bereits damit, neue Pavillons zu planen, mit besserer Sicht, externen Kontrollstationen und, ganz wichtig, ausreichend Belüftung. Der Kampf war nur noch ein lästiges Ärgernis. Neben ihm beobachtete Kelly das Geschehen, ohne einen Kommentar abzugeben. Alles war genau geplant; es gab praktisch nirgends Platz für Verbesserungen. Sie hielt ihren Feldstecher auf die feindlichen Schiffe gerichtet, bis es keine mehr gab, bis dort unten nur noch kleine Rettungsboote schwammen. Bis dahin war sie ebenso verschwitzt wie Loren: Ihr Trainingsanzug wies große Schweißflecken auf und das Haar klebte an der feuchten Stirn.

Die letzte Phase des Einsatzes bestand darin, Schlauchboote abzuwerfen – jeder Kampfpavillon hatte ein Dutzend an Bord. Loren brachte seine Flotte bis auf zehn Meter über den Wellen hinab und ging an Deck, um sich alles anzuschauen. Beobachter mit Ferngläsern wiesen Captain Van Hooten den Weg zu Ansammlungen von Schwimmern und wenn sie eine solche Gruppe erreichten, wurde ein Schlauchboot aufgeblasen und zu Wasser gelassen. Die anderen Pavillons gingen auf die gleiche Weise vor. Am Nachmittag befanden sich alle Überlebenden, die sie gefunden hatten, an Bord der Schlauchboote. Daraufhin warfen sie Nylonschnüre und begannen damit, die gelben Boote langsam zur Küste zu ziehen. Gegen Mitternacht würden die Überlebenden am Strand von San Cristóbal in Sicherheit sein. Einige von ihnen, so wusste Loren, würden es zu Rupert Paule zurückschaffen und ihm erzählen, was geschehen war, aber bis dahin verging bestimmt mehr als ein Jahr.

*

Es wurden nicht alle Überlebenden aufgenommen. Da der erste Angriff der Brigg *Eagle* gegolten hatte und alle anderen Schiffe sofort auf Ausweichkurs gingen, waren die Überlebenden der Brigg ein ganzes Stück abgetrieben worden. Und diese Abdrift dauerte an, während sie zusahen, wie die ganze Flotte vernichtet wurde. Beim Aussetzen der Schlauchboote fanden daher nicht alle Schiffbrüchigen der *Eagle* Gelegenheit, an Bord zu klettern. Unter denen, die im Meer zurückblieben, war auch Vizeadmiral Willard Courtenay, erst vor kurzer Zeit zum Flottenkommandeur befördert.

Er klammerte sich an einem Stück Reling fast, das eher schlecht schwamm. Die Alternative war eine leere Plastiktonne gewesen, die zwar besser schwamm, sich aber als instabil herausgestellt hatte. Eine Stunde lang hatte er versucht, auf ihr zu bleiben, und sich dann schließlich für das Stück Reling entschieden. Weit entfernt sah er gelegentlich andere Überlebende, wenn die Wellen sie anhoben. Auch sie waren von den seltsamen Luftschiffen übersehen worden und daher wie er zum Tod verurteilt. Niemand von ihnen durfte hoffen, schwimmend die Küste zu erreichen, selbst wenn sie gewusst hätten, welche Richtung sie einschlagen mussten. Aus und vorbei. Sie waren erledigt. Erledigt. Courtenay drehte das Wort in Gedanken hin und her und fragte sich, welche Bedeutung es ursprünglich gehabt hatte.

Was jetzt geschehen würde, war keine persönliche Tragödie. An den eigenen Tod dachte er so, wie er an den wahrscheinlichen Tod vieler Menschen unter seinem Kommando gedacht hatte: Er war bedauerlich, aber nicht tragisch. Es bedeutete, dass Ressourcen verlorengingen, Ressourcen, die er lieber für die Mission verwendet hätte. Nur das war für ihn wichtig gewesen: die Mission. Jetzt schwamm er zusammen mit den anderen vergeudeten Ressourcen im Meer und beobachtete ein interessantes soziologisches Phänomen, das ihn ein wenig von der eigenen Situation ablenkte. Die Schwimmer hätten sich einander nähern können, um die letzten Momente zusammen zu verbringen, aber niemand von ihnen unternahm einen entsprechenden Versuch. Offenbar gaben sich alle damit zufrieden, allein zu sein, begleitet nur von den eigenen Gedanken.

Courtenay dachte kurz an seine Familie und dann an den schrecklichen Zorn von Rupert Paule. Er glaubte, Paules Gesicht zu sehen, das auf ihn herabschaute. Rupert Paule, der im Wind schwebte und nach unten starrte. Wie kam Paule hierher? Er hätte im fernen Washington sein sollen, aber stattdessen war er hier, fuchsteufelswild. Sein Zorn galt insbesondere Courtenay. Er richtete einen langen knochigen Zeigefinger auf den Mann, der ihn enttäuscht hatte, und nicht nur ihn, sondern die ganze Nation. Courtenay versuchte zu lächeln und Paule zu sagen, dass alles in Ordnung sei. Die andere Seite hatte einen vorübergehenden Vorteil, das war alles. Es würde nicht von Dauer sein, höchstens einige Monate, mehr nicht. Letztendlich würden Paule und seine Streitmacht den Sieg erringen. Sie würden mit der geheimen Waffe gewinnen. Sie hatten eine geheime Waffe, daran erinnerte sich Courtenay. Er erinnerte sich, dass er mit Paule und den anderen darüber gesprochen hatte. Aber er wusste nicht mehr genau, woraus diese geheime Waffe bestand. War es vielleicht Gott, der auf ihrer Seite stand? Etwas in der Art. Zumindest konnte kein Zweifel daran bestehen, dass sie mit der geheimen Waffe siegen würden. Eines Tages. Irgendwann.

Er hätte die schweren Stiefel ausziehen und das Kampfmesser vom Gürtel nehmen können; dann wäre es ihm weniger schwer gefallen, sich über Wasser zu halten. Aber dann hätte er keine vollständige Uniform mehr getragen. Als er das Stück Reling schließlich losließ, sank er langsam, mit den Füßen voran. Er sah nach oben, durchs klare grüne Wasser, und dort, über dem Meer, schwebte noch immer Rupert Paules zorniges Gesicht.

31

Alles ist ein Symbol

Nach dem Zweiten Weltkrieg, beginnend im August 1945, bekamen es Präsident Truman und das amerikanische Volk mit dem stärksten politischen Rauschmittel überhaupt zu tun: Hegemonie. Das Land war mehr als Erster unter Gleichen. Es war nicht nur mächtig, sondern fast allmächtig; es konnte dem Rest der Welt seinen Willen diktieren. Das hat es natürlich nicht getan, aber es wäre dazu imstande gewesen. Wir Amerikaner nahmen eine Kostprobe von der Hegemonie und kamen sofort auf den Geschmack. Wir wurden süchtig danach. Leider dauerte die Phase nicht lange. Die Fast-Allmacht der Vereinigten Staaten hielt während der zweiten Hälfte der vierziger Jahre des zwanzigsten Jahrhunderts an, ging Anfang der fünfziger Jahre jedoch schnell zu Ende. Wer kann es uns verdenken, dass wir voller Wehmut an Truman und seine Zeit zurückdenken? Die amerikanische Geschichte danach kann als lange Phase der Entzugserscheinungen eines Hegemonie-Abhängigen verstanden werden.

Was Truman und das Amerika der vierziger Jahre getroffen hat, traf nach der Schlacht in der Karibischen See auch die Gemeinschaft von Baracoa. Das Gefühl fast unbegrenzter Macht kann sehr berauschend sein. Wer davon erfasst wird, denkt leicht an Größe, an ein Reich.

Provost Suzikaya sprach bei der Ratsversammlung. »Wir müssen jetzt an die großen Verpflichtungen denken, die uns das Schicksal auferlegt hat, an die Verpflichtung, die Welt in eine neue Richtung zu lenken, sie auf den Weg hin zu Erleuchtung und Prosperität zu bringen.« Er legte eine Pause ein, jede stille Sekunde voller Bedeutung. »Unsere kleine Gemeinschaft steht plötzlich im Zentrum der Kultur und Zivilisation, im Mittelpunkt der intellektuellen Aktivität. Ich wähle meine Worte sehr sorgfältig, Freunde. Wenn ich hier vom ›Mittelpunkt der intellektuellen Aktivität‹ spreche, so meine ich, dass wir gewissermaßen das Gehirn der neuen Welt sind.« Suzikaya sprach eine volle Oktave höher als sonst, das Ergebnis jahrelanger Übung. Es weckte in den Zuhörern den Wunsch, ihn zu kneifen, um ihn quieken zu hören. Er dehnte jedes Wort bis zum Zerreißen und dabei gelang es ihm, selbst die Zwischenräume zwischen den einzelnen Silben zu betonen: »in-tel-lek-tu-el-le Ak-ti-vi-tä-t«. Wenn Suzikaya sprach, konnte Homer sofort einschlafen. »Nicht nur auf dem Gebiet der Wissenschaft steht uns die Führung zu, sondern auch in der weltweiten Politik, bei der globalen Wirtschaft und natürlich bei den Künsten.«

Dem von Loren aus gesehen auf der anderen Seite des Tischs sitzende Barodin fiel es schwer, sich zurückzuhalten. Der einzige Hinweis auf Kunst in ihrer Gemeinschaft beschränkte sich bisher auf einen Theaterabend, bei dem kleine Sketche aufgeführt und Lieder gesungen worden waren, teilweise von Kelly auf der Mundharmonika begleitet. Barodin rutschte langsam auf seinem Stuhl nach vorn und verschwand immer mehr unter dem Tisch, bis nur noch eine Hand zu sehen war. Suzikaya gab vor, es nicht zu bemerken.

»So wie die alten Griechen ein Zentrum von Kultur und Bildung waren, so wird auch unsere kleine Nation die Führung einer Welt übernehmen, die bereit und sogar darauf erpicht ist, sich von uns führen zu lassen. *Natürlich* ist sie bereit und erpicht, denn sollte sie es nicht sein, müsste sie damit rechnen, dass unsere weit überlegene Macht jeden Widerstand zerschmettert und …«

»Ja, danke, Mr. Provost«, sagte Chandler. »Danke dafür, dass Sie dieses Thema anschneiden. Ein Thema, das angeschnitten werden musste, wenn ich mich nicht irre. Ich denke, Provost Suzikaya hat mit dem Hinweis auf ›unsere kleine Nation‹ bewundernswerterweise genau den Punkt angesprochen, der hier diskutiert werden sollte. Meiner Ansicht nach haben wir zu lange nur als ›Baracoa‹ von uns gedacht, als ein Dorf. Aber das stimmt jetzt nicht mehr. Wir haben vom ganzen östlichen Drittel der kubanischen Landmasse Besitz ergriffen und wir kontrollieren den Rest. Meine Damen und Herren, wir gestatten keiner anderen Nation, sich auf diesem Rest von Kuba niederzulassen. Ich sage das ohne Furcht vor Widerspruch. Wir könnten es uns als moderne Monroe-Doktrin vorstellen, vielleicht als Hopkins-Doktrin, wenn ich sie so nennen darf. Unserer Gemeinschaft gehört die ganze Insel.

Aber ich möchte Ihre Aufmerksamkeit nun auf ein interessantes Paradox richten. Meine Tochter Stacey hat mich diese Woche darauf angesprochen. Sie sagte: »Wer sind wir, Paps? Beginnen wir damit, von uns als Kubanern zu denken?« Da haben wir die Frage. Ich lege sie vor Ihnen auf den Tisch. Diese neue Nation braucht einen Namen. Sie braucht einen Namen, der in die Geschichte eingeht, während wir das Schicksal erfüllen, das Provost Suzikaya auf so anschauliche und überzeugende Weise dargelegt hat. Es wäre vermutlich eine nette Geste, den Namen zu übernehmen, den dieser Ort von seinen früheren Bewohnern erhielt, die leider zum größten Teil verstorben sind. Aber mit diesem Namen gehen Assoziationen einher, die nicht zu unserem Image passen. Ich meine Assoziationen in Richtung von Bananenrepublik, Dorn im Auge einer fortschrittlichen Kultur, militärisches Abenteurertum …«

»Kuba war nie eine aufgeklärte Nation«, warf Rektor Brill ein.

»Genau. Danke für diese Bemerkung, Rektor. Wir hingegen sind es, wie der Provost gezeigt hat. Aufgeklärt, meine ich. Nein, ich glaube, der Name Kuba eignet sich nicht für uns. Stattdessen brauchen wir einen Namen, der uns als die Kraft von Kultur und fortschrittlicher Führung präsentiert, zu der wir geworden sind. Einen Namen wie Großbritannien, zum Beispiel.«

»Dieser Name wird derzeit benutzt«, sagte Edward. Chandler warf ihm dafür einen bösen Blick zu.

»Ich weiß nicht, ob ich all dem zustimmen kann«, ließ sich Dekanin Sawyer vernehmen. »Mir gefällt der Name Kuba. Er klingt romantisch, nach Musik und Nachtleben. Ich mag dieses Bild. Es gibt Schlimmeres als einen Namen, der für Fröhlichkeit steht, für einfache irdische Freuden …«

»Irdische Freude«, wiederholte Chandler und schüttelte den Kopf. »Genau da liegt das Problem.«

Loren hob die Hand. »Ich weiß nicht genau, welches Problem Sie meinen, aber es gibt einen anderen Grund, warum Kuba sich nicht als Name für unser Land eignet. Kuba ist spanisch und wird es immer bleiben. Und wir sind nicht spanisch. Ich meine, ich bin es, aber unser Land nicht. Kuba ist und bleibt spanisch, katholisch, kommunistisch, dritte

Welt. Keine dieser Beschreibungen trifft auf uns zu. Unsere Sprache ist Englisch, unsere Kultur wurzelt in der von Westeuropa, unsere Religion ist die Wissenschaft und unsere Politik geht in Richtung Individualismus und Gelegenheit – so scheint es zumindest. Der Name unseres Landes sollte all das widerspiegeln oder wenigstens nicht im Widerspruch dazu stehen.«

»Alles ist ein Symbol«, sagte Kelly,

»Stimmt«, pflichtete Loren ihr bei. »Der Name ist ein Symbol. Bisher musste niemand für unsere Gemeinschaft sterben, aber früher oder später wird es dazu kommen. Wir können nicht hoffen, dem Rest der Welt auf Dauer voraus zu bleiben. Und wenn es ums Sterben geht oder um die Bereitschaft dazu, brauchen wir ein Symbol.«

»Wie also sollte der Name lauten?«, fragte Chandler ihn direkt.

»Ich weiß nicht. Dass wir hier sind, verdanken wir einem Mann, Homer Layton. Vielleicht sollte sich der Name unseres Landes an seinen Namen anlehnen. Ich bin nicht besonders gut mit Namen. Vielleicht etwas in der Art von Latonia.« Selbst für Lorens Ohren klang es nicht sehr eindrucksvoll.

Claymore wurde munter, als er diesen Vorschlag hörte. »Das gefällt mir«, sagte er.

»Homericus«, schlug Albert Tomkis vor. »Oder Homerica.«

Die Blicke der Versammelten gingen ins Leere, als sie über Namen nachdachten.

Peter Chan stand auf. »Mit der gebührenden Hochachtung für meinen Freund und Kollegen Dr. Layton …«, sagte er und nickte in Richtung des schlummernden Homer. »Ich denke, es war nicht er, der dieser Nation einen Sinn gab. In mir ist eine feste, unerschütterliche Loyalität in Hinsicht auf diese Gemeinschaft gewachsen, doch sie hat nichts mit wissenschaftlichen Errungenschaften zu tun, eher mit der Art und Weise, wie wir damit umgegangen sind. Wir sind dem Bösen entgegengetreten und haben ihm die Stirn geboten. Darum geht es, für uns alle. Wir haben dem Bösen ins Auge gesehen und ihm eine Lektion erteilt. Ich staune noch immer darüber, dass wir im Mai vergangenen Jahres einen Krieg verhindert haben, und anschließend gelang es uns, zwei mächtige Flotten zu besiegen, die mit der Absicht kamen, uns alle zu töten. Wir traten für etwas ein, das viel besser ist als alles, das sich unsere Feinde vorstellen können. Und wir haben gewonnen. Irgendwo darin liegt das Symbol.«

Chandler blickte über den Tisch und war sich der vollen Aufmerksamkeit der Anwesenden gewiss. Angesichts so viel geballter Brainpower brauchte er sich nicht einmal selbst einen Namen einfallen zu lassen. »Proctor Pinkham?«

»Victoria.«

Stille folgte, als sie darüber nachdachten.

»Aber es klingt martialisch, Ted«, wandte Dekanin Sawyer ein. »Kriegerisch.«

»Sind wir nicht kriegerische Leute, Maria?«, warf Kelly ein. »Sieh uns nur an, wie wir hier sitzen. Alle bis auf Homer tragen Blau. Und dies sind keine unschuldigen blauen Trainingsanzüge mehr, sondern Uniformen unserer Marine. Sieh dich selbst an, Maria. Du trägst nicht nur Uniform, sondern hast auch einen militärischen Rang.« Sie deutete auf die Captainsstreifen, die Dekanin Sawyer am Ende des Schuljahrs erhalten hatte. »Es war nur zum Teil komisch, dass die Dekanin unserer Schulen einen Rang nur eine Stufe unter dem von Van Hooten bekam. Und der Umstand, dass du die Streifen seitdem trägst, weist deutlich darauf hin, dass du ihre Bedeutung für unsere Gemeinschaft verstehst.«

»Mein pazifistischer Vater, Richter Sawyer, wäre entsetzt gewesen.«

»Wir haben zwei große Schlachten und einen Angriff auf die Hauptstadt des Feinds hinter uns«, fuhr Kelly fort. »Loren hat darauf hingewiesen, dass bisher niemand für unser Land gestorben ist, aber er selbst ist zweimal verwundet worden. Schwer.« Ihre Stimme zitterte. »Er verlor so viel Blut in dem kleinen Dingi, dass Mr. Pease beinahe in Ohnmacht gefallen wäre. Und Danny McCree hätte es fast erwischt. Als er von einem Pfeil getroffen vor mir zu Boden sank, habe ich ihn für tot gehalten. Ich dachte schon daran, was wir Gina und den Mädchen sagen sollten.

Wir sind kriegerische Leute. Wir sind ein Volk im Krieg. Die Fanatiker, die in Amerika die Macht an sich gerissen haben, werden nicht ruhen, nur weil sie bisher keinen Erfolg gegen uns hatten. Sie werden uns weiter angreifen, ungeachtet aller Verluste. Weil sie fanatisch sind. Wir werden lange mit ihnen im Krieg sein. Derzeit sind wir ihnen gegenüber im Vorteil, aber das wird, wie Loren eben gesagt hat, nicht immer so bleiben. Langfristig stehen die Aussichten eher schlecht für uns: Wir sind einige Hundert und unser Gegner zählt Millionen. Wir sind der Underdog, trotz unserer Schiffe und der Laserstrahlen. Wir brauchen ein Symbol, das uns zusammenhält und uns Kraft gibt. Symbole dürfen nicht zu subtil sein, sie müssen Herz und Seele erreichen. Auf den Namen Victoria trifft das zu. Er erzählt etwas über unser Volk, das Volk von Victoria Island.«

*

Senator Hopkins freute sich über den Ausgang der Abstimmung. Sie wurde nicht nur seiner latenten Anglophilie gerecht, sondern auch einer anderen Sache, die ihm wichtig war. Er nutzte die gute Gelegenheit und sprach:

»Der Name Victoria steht natürlich nicht nur für Victory, Sieg, sondern auch für eine allgemeine Einstellung, für Respekt dem Anstand gegenüber …«

Von den Versammelten kam ein kollektives Stöhnen. Dies war eins von Chandlers Lieblingsthemen und es erfreute sich keiner großen Beliebtheit.

»Stöhnen Sie ruhig. Und protestieren Sie. Ich sehe, dass Sie protestieren. Aber ich beharre auf dieser Angelegenheit, in Ihrem eigenen Interesse. Wir brauchen ein gewisses Social Engineering bei der Entwicklung einer neuen Kultur für Victoria. Wir würden unsere historische Rolle verraten, wenn wir nicht die unheilvollen Konsequenzen in Betracht zögen, die sich durch ein zu hohes Maß an Laxheit, Nachgiebigkeit und falscher Toleranz ergeben könnten, und lassen Sie mich betonen, dass ich, wenn auch widerstrebend, Schritte einleiten und Maßnahmen ergreifen muss, die etwas repressiv erscheinen mögen, obwohl sie es natürlich nicht sind, denn wenn es zu viel Freizügigkeit gibt, an der uns nichts gelegen sein kann, weil, ich meine …« Chandler verlor den Faden.

Rektor Brill kam ihm zu Hilfe. »Ein mutiger Standpunkt, Senator. Wir sind die Baumeister einer ganz neuen Gesellschaft. Und während wir sie bauen, müssen wir mit geeigneten Maßnahmen den Schutz von Victorias Jugend gewährleisten. Fast die Hälfte der Bevölkerung von Victoria ist jünger als sechzehn Jahre. Und es kommt noch schlimmer: Fast die Hälfte unserer Bevölkerung steht kurz vor der Pubertät. Wir waten hier regelrecht in Hormonen. Die Erwachsenen müssen ihnen ein gutes Beispiel geben, womit ich meine, dass sie nicht nur anständig sein sollen, sondern regelrecht prüde. Alles andere liefe auf ein Spiel mit dem Feuer hinaus. Welchen Sinn hat es, wenn wir uns auf Wissenschaft, Verteidigung, die Künste oder unsere kulturelle Bedeutung für den Rest der Welt konzentrieren, wie es der Provost angedeutet hat, wenn es in unserer Nation massenhaft zu pubertären Orgien kommt? Wir müssen jetzt handeln, um so etwas zu verhindern und Victoria den Viktorianismus zu geben.« Brill zögerte und schien zuerst weitersprechen zu wollen, fand dann aber, dass ihm vermutlich keine besseren Schlussworte einfallen würden. Er setzte sich abrupt.

»Ich glaube, der Rektor hat den Nagel auf den Kopf getroffen.« Chandler verbeugte sich mit echter Zuneigung vor Brill.

Elgar Klipstein wirkte skeptisch. »Und welche Form soll der neue Viktorianismus annehmen, wenn ich fragen darf?«

Chandler straffte die Schultern und gab sich streng. »Die Form von Heirat, Captain Klipstein.« Er richtete einen ernsten Blick auf seinen Widersacher, der plötzlich errötete. Die am Ende des Tischs sitzende Melissa Blake hob die Hand vor den Mund, um ein Kichern zu verbergen.

»Heirat!«, wiederholte Chandler und sprach diesmal direkt zu Homer, der noch immer schlummerte. »Heirat!«, wandte er sich an Maria neben Homer. »Heirat«, fügte er gebieterisch an Adjouan gerichtet hinzu, der zufälligerweise als Nächster von seinem Blick getroffen wurde.

»Ich bin verheiratet, mein lieber Senator. Wenn ich noch mehr verheiratet wäre, liefe es auf Bigamie hinaus.«

»In der Tat, Mr. Elijah. Ich bitte um Entschuldigung. Sie und Ms. Elijah sind ein hervorragendes Beispiel für unsere Jugend. Aber es gibt andere an diesem Tisch, die einen Weg eingeschlagen haben, der nichts Gutes für unsere junge Nation verheißt. Die Betreffenden sollten so schnell wie möglich auf den rechten Pfad zurückkehren.« Chandler hob die Stimme und sah Klipstein und Melissa Blake an.

»Ich protestiere, Senator«, sagte Walter Porter. Chandler bedeutete ihm, still zu sein, aber der Professor war bereits aufgestanden und legte los. »Sollen wir den Aufbau der neuen Gesellschaft mit Repression und Unterdrückung beginnen? Nein, sage ich. Lasst uns unsere Ideale höher setzen. Nehmen wir uns ein Beispiel an Jefferson, Madison und Jay. Wenn es hier darum geht, den Grundstein für eine ganz neue Nation zu legen, so sollten wir um Himmels willen das Individuum und seine Freiheit in den Mittelpunkt stellen. Ich denke an eine Nation, in der die Vorurteile einer Gruppe nie das Gewicht von Gesetzen bekommen. Beginnen wir wie damals Jefferson, indem wir die Rechte des Individuums nicht beschneiden, sondern heiligen. Beginnen wir mit einer ›Charta der Freiheit‹. Wie können wir auch nur daran denken, woanders zu beginnen?

Und lasst uns den anderen Rechten, die wir seit mehr als zweihundert Jahren zu schätzen wissen, eines hinzufügen, das der Oberste Bundesrichter Blackmun als Erster formulierte, nämlich das Recht, in Ruhe gelassen zu werden.« Professor Porters Gesicht glühte, als er fertig war.

Stille herrschte, als er sich setzte. Ed Barodin stand auf und zeigte seine volle Größe von mehr als ein Meter achtzig. Die anderen erwarteten, dass er sprach, aber er schwieg, sah nur Walter an und begann zu applaudieren. Loren war der erste, der ebenfalls aufstand und klatschte, gefolgt von Dekanin Sawyer, Dr. Chan und schließlich den meisten anderen. Sie applaudierten lange und laut.

»Nun«, sagte Chandler, als es wieder still wurde. »Nun. Ich wollte mich natürlich niemandem aufdrängen. Ich meine, es ging mir nur um Ordnung und … Ach, machen Sie, was Sie wollen«, sagte er verdrießlich.

»Danke«, erwiderte Edward. »Diesen Rat beherzigen wir gern.«

Die Lippen des Senators bebten kurz und dann sagte er mit von Herzen kommender Bitterkeit: »Ich bin nur Oberhaupt dieser Gemeinschaft, bis sich jemand findet, der für diese Aufgabe besser geeignet ist, wie Dr. Layton gesagt hat.« Er sah Homer an, der beim Applaus erwacht war. »Sie haben darauf hingewiesen, dass jemand aus unserer Mitte wachsen und schließlich meinen Platz einnehmen würde. Ich bin gern bereit, zur Seite zu treten, aber wo ist er, mein Nachfolger?«

Betretenes Schweigen folgte. Homer erwiderte Chandlers Blick mit ausdrucksloser Miene. Vielleicht wusste er gar nicht, worum es ging.

»Wo ist unser Oberhaupt?«, fuhr Chandler fort. »Wo ist er?«

Die Antwort kam nicht von Homer, sondern von Captain Candace Hopkins auf der anderen Seite des Raums.

»Sie«, sagte Candace.

Chandler sah sie verwirrt an. »Wie bitte?«

»Unser Oberhaupt, Chandler. Nicht Er, sondern Sie. Eine Frau. Sie ist schon vor einer ganzen Weile aus unserer Mitte ›gewachsen‹, wie du es genannt hast, und sie hat die von Homer vorhergesagte natürliche Autorität. Eine Autorität, die wir alle zu schätzen gelernt haben. Schon seit einer ganzen Weile gibt sie uns Rat und weist die Richtung. Es geht nur noch darum, sie offiziell als unser Oberhaupt anzuerkennen.«

Loren richtete einen unsicheren Blick auf Dekanin Sawyer und vermutete, dass Candace sie meinte. Aber Maria sah Kelly an und lächelte. Und dann galten ihr alle Blicke. Kelly blickte sich überrascht um und schien nicht zu verstehen, warum sie sich plötzlich im Zentrum der Aufmerksamkeit befand. »Aber ich bin doch nicht …«

Chandler stand auf. Er lächelte nicht, sondern strahlte regelrecht. Er sah seine Frau an, die ihn mit einem Nicken ermutigte. Daraufhin trat Chandler an Kellys Seite, nahm ihre Hand und zog sie auf die Beine. »Meine Damen und Herren, Bürger von Victoria … Hier ist unser Oberhaupt.«

Diesmal war es Dr. Armitage, der sich erhob und applaudierte. Fast sofort waren alle auf den Beinen und klatschten. Nacheinander gingen sie zu Kelly, um sie zu umarmen oder ihr die Hand zu schütteln. Loren war der Erste. Er küsste sie und hob sie hoch. »Es stimmt. Du bist unser Oberhaupt. Und meins.«

Kelly wirkte noch immer verdutzt und überwältigt.

Als wieder Stille einkehrte, führte Chandler Kelly zum oberen Ende des Tischs. Dann nahm er dort Platz, wo sie bis eben gesessen hatte, und sah sie wie alle anderen erwartungsvoll an.

»Aber ich will doch gar nicht Präsidentin sein …«, begann Kelly. »Ich weiß gar nicht, worauf es dabei ankommt. Und Chandler hat es so gut gemacht. Ich kann nicht Rektor, Provost, Proctor oder so etwas sein.«

»Sie können delegieren, Kelly. Sie müssen nicht alles sein.« Jared Williams klopfte ihr auf die Schulter.

»Na schön, dann delegiere ich hiermit die Aufgaben, die Sie alle bisher wahrgenommen haben. Ich möchte, dass Sie bleiben, was Sie sind. Geht das? Wären Sie bereit, auch weiterhin unser Präsident zu sein, Chandler? Wenn ich Sie darum bitte?«

»Selbstverständlich, Kelly. Um was auch immer Sie bitten.«

Sie wandte sich an Proctor Pinkham, der glücklich nickte, und an Suzikaya und Brill, bekam auch von ihnen eine Bestätigung. »Das erleichtert mich sehr. Ich kann gern eine Art Repräsentationsfigur sein, solange es nicht mehr bedeutet.«

»Nein, Kelly«, sagte Jared. »Wir erwarten mehr von Ihnen. Candace hat eben für uns alle gesprochen. Sie haben natürliche Autorität und sind unser Oberhaupt. Das ist uns allen im Lauf des vergangenen Jahrs klargeworden. Wer in diesem Raum hat Sie nicht irgendwann einmal um Rat gefragt? Ich habe das getan und die anderen ebenfalls. Sie haben uns den Weg gewiesen. Andere können für Sie die Verwaltung übernehmen, doch Ihre Stimme soll es sein, die die Richtung bestimmt.«

Kelly blickte voller Unbehagen auf ihre Hände.

»Welchen Rang soll sie haben?«, warf Dekanin Sawyer ein. »Es muss etwas sein, das Bedeutung verleiht, nicht nur für uns, sondern für alle. Wir können nicht einfach nur als ›Chef‹ von ihr denken. Es sollte ein förmlicher Titel sein, für unsere Kinder, für unsere Bevölkerung, wenn die Nation wächst. Kelly könnte uns die nächsten fünfzig Jahre führen und bis dahin ist aus unserer kleinen Gemeinschaft vielleicht ein Volk von einer Million Bürgern geworden. Wie sollen wir sie nennen?«

Es folgte ein stiller Moment und alle dachten nach. Als Kelly mit gesenktem Blick dasaß, mit goldenem Haar, das ihr auf die Schultern fiel … Sie sah so sehr nach einer Prinzessin aus, dass Claymore Layton es in Worte fasste. »Könnte Kelly nicht unsere Prinzessin sein?«

*

Der Rat ersann seine eigenen Regeln. Es gab keine festgelegte Prozedur dafür, jemanden zur Prinzessin zu machen, und deshalb wurde eine erfunden: Wahl durch Akklamation. Wer sollte sie daran hindern? Der Rausch der Hegemonie dauerte an. Die Versammelten erklärten Kelly zur Prinzessin von Victoria, was in ihren Gedanken an »Kaiserin von allem« grenzte.

Wie man es von einer gesitteten, herzigen Prinzessin erwartete, versuchte Kelly, die Ehre zurückzuweisen, was die anderen nur in ihrer Absicht bestärkte. »Ich bin gar nicht der Prinzessinnentyp«, sagte sie. »Ich bin mir nicht einmal sicher, ob ich Prinzessinnen und dergleichen gutheißen kann. Ich sehe mich eher als Verfechterin des Egalitarismus. Glaube ich wenigstens.« Sie richtete einen hilfesuchenden Blick auf Loren. Er lächelte nur und freute sich. »Könnte ich nicht Ballkönigin oder etwas in der Art sein? Vielleicht nur am Wochenende?«

»Ich möchte etwas dazu sagen, wenn ich darf.« D.D. Pease stand auf und wartete darauf, dass ihm Kelly Redeerlaubnis erteilte. Sie nickte geistesabwesend. »Captain Hopkins hat genau die richtigen Worte gewählt. Sie betonte, Kelly sei bereits das Oberhaupt unser Gemeinschaft und es fehle nur noch die offizielle Bestätigung. Das stimmt. Es stimmt schon seit vielen Monaten. Sie ist auch ein Symbol für uns gewesen. Als Dr. Martine mich für den Angriff auf Fort Belvoir auswählte, habe ich mir vor Angst fast in die Hose gemacht, wenn ich das so sagen darf. Ich brauchte etwas, für das es sich lohnte, das Leben aufs Spiel zu setzen, und dieses Etwas war Kelly. In meinen Gedanken stand sie für Baracoa und jetzt soll sie für ganz Victoria stehen. Alles ist ein Symbol, Kelly. Ihre eigenen Worte. Wenn ich noch einmal mein Leben riskiere, so für Prinzessin Kelly. Sie sind unser Symbol. Sie sind unsere Prinzessin. Wir müssen es nur noch offiziell bestätigen. Das ist erforderlich, damit wir fortfahren und zu größeren Taten schreiten können. Wir haben so getan, als genügte eine Abstimmung, um Sie in Ihre neue Rolle zu pressen, aber das genügt natürlich nicht. Sie müssen dazu bereit sein. Wir müssen Sie fragen und Sie müssen zustimmen. Und so frage ich nun für uns alle: Sind Sie bereit, unsere Prinzessin zu sein?«

Kelly wartete einen langen Moment und nickte dann, den Blick noch immer gesenkt.

Pease lächelte. »Jetzt zum schweren Teil. Sie haben uns lange Zeit geführt, ohne darüber nachzudenken. Von nun an müssen Sie alle Entscheidungen bewusst treffen. Wir nehmen unsere Anweisungen von Ihnen entgegen.«

Kelly nickte erneut und sah schließlich auf, als Pease wieder Platz nahm. Sie wirkte zuerst konfus, doch die Verwirrung löste sich schnell auf. Mit zuerst unsicherer, dann aber schnell fester werdender Stimme sagte sie zu Walter Porter: »Professor Porter, darf ich Sie darum bitten, eine Gruppe zusammenzustellen und eine Charta der Freiheit zu erarbeiten?«

»Es wäre mir eine Ehre.«

Sie wandte sich an Chandler. »Ich möchte Sie um etwas Besonderes bitten, Präsident Hopkins.«

»Gern.«

»Bitte skizzieren Sie für mich Ihre Pläne in Hinsicht auf einen neuen Viktorianismus. Es soll natürlich nur ein Vorschlag sein, mit dem wir uns an die Bevölkerung wenden, keine Haltung, die wir mit Gesetzen erzwingen. Aber ich denke, aus den von Ihnen genannten Gründen könnten wir am besten mit Selbstdisziplin und Stolz stark werden, nicht mit unbeschränkter Freizügigkeit. Ich werde mit Ihnen Rücksprache halten, wie sich dieses Ziel ohne Repression erreichen lässt.«

»Selbstverständlich.«

»Mr. Tomkis, Albert ...«

»Ja. Was auch immer.«

»Könnten Sie sich Gedanken über Victorias Beziehungen zum Rest der Welt machen? Wenn wir stark sein sollen …« Kelly unterbrach sich und wählte ihre Worte neu. »Wir müssen stark sein, denn immerhin sind wir die Hüter des Friedens. Wenn wir uns unterwerfen lassen, kehrt die Welt zu dem Zustand zurück, in dem sie sich befand, bevor Dr. Layton den ersten Effektor einschaltete. Es ist unsere Pflicht, die Welt vor ihren eigenen schrecklichen Leidenschaften zu schützen. Wenn wir stark genug bleiben wollen, um dieser Aufgabe gerecht zu werden, müssen wir wachsen. Das bedeutet eine größer werdende Bevölkerung für Victoria, genug Bürger für die Sicherung unserer Grenzen. Wir müssen mit dem Rest der Welt Handel treiben und uns überlegen, wie wir das bewerkstelligen können, ohne unseren gegenwärtigen Vorteil aufzugeben. Wie wäre es möglich, unsere Technologie zu teilen und der Welt beim Wiederaufbau zu helfen, ohne unsere Rolle zu gefährden? Wären Sie bereit, darüber für mich nachzudenken?«

»Natürlich … Prinzessin.«

»O bitte!« Kelly schnitt eine Grimasse.

»Ich werde darüber nachdenken, Kelly. Sie können auf mich zählen.«

Loren wollte plötzlich nach draußen, um die gute Nachricht zu verkünden. Den anderen erging es vielleicht ebenso. Er wartete darauf, dass Kelly die Besprechung beendete, doch zum Schluss hob Chandler noch einmal die Hand. Kelly nickte ihm zu.

»Noch eine letzte Sache an diesem bereits ereignisreichen und aufregenden Tag. Es gibt da noch ein anderes Symbol, über das wir nachdenken sollten. ›Alles ist ein Symbol‹, hat unser Oberhaupt betont. Versuchen Sie einmal, dies alles aus der Sicht eines Schulkinds von Victoria zu sehen, zum Beispiel eines Vierzehnjährigen.« Chandler dachte dabei vor allem an eine bestimmte Vierzehnjährige. »Unsere Inselnation hat jetzt die Identität, die wir alle für richtig halten. Sie hat auch eine Fahne und eine wundervolle Prinzessin. Aber wie wäre es, wenn die Prinzessin verheiratet wäre, und zwar mit Victorias größtem Helden, einem attraktiven jungen Mann, der uns zum Sieg geführt hat und dabei zweimal verwundet wurde …«

»Chandler!« Ed Barodin warf die Hände hoch. »Sie haben Nerven!«

»… mit einem Mann«, fuhr Chandler fort, »der unsere Prinzessin liebt, wenn mich meine alten Augen nicht täuschen, und von ihr geliebt wird. Denken Sie nur, wie stark ein solches Symbol für uns alle wäre.«

Loren stand auf, lächelte und schüttelte den Kopf. »Sie haben echt Nerven, Chandler. Da hat Ed recht. Und Ihre Augen haben Sie nicht getäuscht.« Er trat zu Kelly, fühlte sich wohl und seiner sicher. Neben ihrem Stuhl sank er auf ein Knie, legte ihr die Hand auf den Arm und zögerte lange genug, um ihr zu zeigen, was jetzt kam. Die anderen am Tisch erhoben sich. »Willst du mich heiraten, Prinzessin? Willst du, Kelly? Gibst du mir deine Hand?«

Loren hatte an mehrere mögliche Antworten gedacht, aber Kelly gab ihm keine davon. Stattdessen blickte sie auf den Tisch und lächelte schüchtern. Als sie sprach, galten ihre Worte nicht allein Loren, sondern der ganzen Gruppe.

»Das könnte eine gute Lösung für unser kleines Problem sein«, sagte sie.

»Welches kleine Problem?«, fragte Chandler nach kurzem Zögern.

Kelly senkte erneut den Blick. »Eure viktorianische Prinzessin ist schwanger.«

VIERTER TEIL

DAS PROBLEM DES BÖSEN

32

St. James

Dreieinhalb Jahre auf der Farm hatten Gordon Buxtehude, General der US-Army (im Ruhestand), gutgetan. Er fühlte sich jünger als während der vergangenen zehn Jahre. Natürlich war er immer in Form gewesen, mehr oder weniger, aber jetzt schaffte er hundert Liegestützen in ungefähr derselben Zeit wie vor vier Jahrzehnten in West Point. In der Scheune hatte er ein Kletterseil aufgehängt, zweiunddreißig Fuß lang, wie es den Vorschriften entsprach – in weniger als elf Sekunden konnte er sich daran emporhangeln. Die Meile lief er in acht Minuten. Nicht schlecht für einen einundsechzig Jahre alten Mann.

Er war sonnengebräunt und gesund, was er dem Umstand verdankte, dass er den größten Teil seiner Zeit draußen verbrachte. Und er lächelte so viel wie seit Jahren nicht mehr. Er lächelte immer, wenn seine Frau zu ihm kam oder sein Sohn oder die Schwiegertochter. Aus dem Lächeln wurde ein glückliches Grinsen, wenn er seine beiden Enkelinnen sah. Lachfalten durchzogen sein Gesicht.

Der Farm ging es gut, wobei sich ein bisschen Glück nicht leugnen ließ. Buxtehude hatte vor Jahren mit der Pferdezucht begonnen und in der vom Effektor veränderten Welt wurden Pferde plötzlich dringend gebraucht. Leuten, die sie züchteten, begegnete man mit großem Respekt. Gelegentlich schickten die Behörden jemanden, der einige Pferde »requirierte«, aber die entsprechenden Leute achteten sehr darauf, ihn bei Laune zu halten. Mehr als die Hälfte seiner Zucht gehörte ihm –

er konnte die Tiere behalten oder verkaufen. Da es einen großen Markt für Pferde gab, verdiente er nicht schlecht.

An einem kühlen Novemberabend begleitete Buxtehude zwei Offiziere in Uniform und einen beleibten Mann in Zivil und mit Aktenkoffer nach draußen. Der Mann im Anzug blieb auf dem Hof stehen und sah zu Buxtehude zurück, dessen Gesicht das Licht der Laterne in seiner Hand empfing.

»Sie denken doch darüber nach, nicht wahr, Gordon?«

»Klar, warum nicht? Darüber nachzudenken, was ich tun soll, beansprucht einen großen Teil meiner Zeit. Damit ist mein Gehirn oft beschäftigt. Dadurch kommen die Dinge, die ich tun könnte, oft zu kurz. Abgesehen natürlich von Farm und Familie.«

»Wir brauchen Sie. Und das meine nicht nur ich. Die Worte kommen von ganz oben.«

»Sehr schmeichelhaft.«

»Und befriedigend. Insbesondere für jemanden wie Sie. Wieder in den Sattel zu steigen, gewissermaßen … Das sollte erheblichen Reiz auf Sie ausüben. Bei uns kündigen sich große Dinge an. Ich kann natürlich keine Einzelheiten nennen, aber ich denke, dass gewisse Dinge bald Früchte tragen.«

»Früchte. Meinen Sie damit so etwas wie das Licht am Ende des Tunnels?«

»Genau.«

»Hm.«

»Lassen Sie es sich durch den Kopf gehen.«

Die drei Männer stiegen in eine wartende Kutsche. Der Kutscher berührte das Hinterteil des Pferds mit einer langen Rute und das Gefährt setzte sich knarrend in Bewegung. Buxtehude sah der Kutsche nach, als sie über die Zufahrt zur Straße rollte. Er wartete, bis er hörte, dass das Tor geschlossen worden war und die Besucher ihre Fahrt fortsetzten. Erst dann kehrte er ins Haus zurück und schloss die Tür hinter sich ab. Als er die Treppe zu seinem Arbeitszimmer hochging, bemerkte er ein kleines rotes Licht an dem Metallkasten am Ende des Flurs. Es handelte sich um einen von einem halben Dutzend elektrischen Apparaten, die zusammen mit einigen wenigen Lampen von einer 12-Volt-Windmühle und Batterien betrieben wurde. So etwas wie Ärger stieg in Buxtehude auf, als er das rote Licht sah, doch der Ärger verwandelte sich schnell in Neugier.

Er betrat das Arbeitszimmer, drehte sich um und schloss die Tür. Dabei fühlte er, dass sich hinter ihm jemand in dem kleinen, schwach beleuchteten Raum befand. Jahrelange militärische Erfahrung vermittelte ihm diesen Eindruck. Er hielt nicht nach dem Fremden Ausschau, als er zum Sideboard trat und sich zwei Fingerbreit Brandy aus der Flasche einschenkte, die die anderen Besucher mitgebracht hatten. Er nahm einen Schluck und dachte einen Moment über den Geschmack nach. Woher bekam Paule dieses gute Zeug? Man hätte meinen sollen, dass alles in den ersten Monaten nach dem 16. Mai getrunken worden war, und neue Vorräte hatten nicht angelegt werden können. Er stellte sein Glas ab und gab zwei Fingerbreit in ein zweites Glas. Dann drehte er sich mit beiden Gläsern zu dem Mann hinter ihm um.

»Ich habe Sie erwartet«, sagte er. »Zumindest nehme ich an, dass Sie der sind, den ich erwartet habe.«

»Ich denke schon«, erwiderte der Mann mit leichtem Akzent.

Eine Gestalt saß im Lesesessel des Generals. Die Messinglampe an ihrer Seite leuchtete auf den Schoß, wo ein Buch hätte liegen können. Das Gesicht der Gestalt, des Mannes, blieb im Dunkeln. Er trug eine flotte, gut geschnittene hellblaue Uniform, die eine gewisse Ähnlichkeit mit den blauen Sommeruniformen der Air Force hatte. An den Schultern zeigten sich die Streifen eines Captains.

Buxtehude streckte die Hand mit dem zweiten Glas aus. »Un vaso de coñac?«

»Gracias.«

Mit fast perfektem Spanisch fuhr General Buxtehude fort: »Wir haben uns lange nicht gesehen, Dr. Martine. Oder heißt es jetzt Captain Martine?«

»Weder noch«, erwiderte der junge Mann. »Ich bin erstaunt, dass Sie mich erkennen, Sir. Wir sind uns nur einmal begegnet, ganz kurz.«

»Sie standen auf meiner Budgetliste, wissen Sie. Ich wusste schon viel über Sie, noch bevor wir uns trafen. Und gelegentlich hören wir das eine oder andere über unsere Nachbarn im Süden, Nachrichten aus dem ›Königreich des Satans‹, wie man es in Washington nennt. Oft ist die Rede von einem hervorragenden jungen Captain und Wissenschaftler. Ich habe auf Sie getippt.«

»Königreich des Satans? Nennt man uns wirklich so?« Loren lachte. »Wir nennen uns Victoria Island.«

»Dann auf Victoria. Auf die Prinzessin von Victoria.« Der General hielt dem Besucher sein Glas entgegen. Sie stießen an.

»Auf die Prinzessin von Victoria.« Beide tranken. Der junge Martine hielt das Glas ins Licht und betrachtete die Farbe der Flüssigkeit. »Sie stecken voller Überraschungen, General: gutes Spanisch, ausgezeichneter französischer Brandy, gute Erinnerung an Stimmen und Akzente. Vielleicht wissen Sie sogar, warum ich hier bin.«

»Nicht unbedingt. Aber ich habe an die Möglichkeit gedacht, dass Sie mich besuchen würden. Oder jemand anderer von Victoria. Ich weiß nicht genau warum. Vielleicht liegt es daran, dass in Victoria derzeit so viel Geschichte geschrieben wird. Und die Geschichte hat immer einen Weg gefunden, mich zu beteiligen. Sind Sie hier, weil Sie mich beteiligen wollen, Captain Martine? Es wird nicht leicht für Sie sein, denn ich bin mit meinem Ruhestand sehr zufrieden.«

»Ich glaube, mein Angebot wird das zweite dieses Abends sein. Und ich hoffe, ich bekomme eine bessere Antwort von Ihnen als Mr. Tolliver. Aber bitte sagen Sie mir: Was finden Sie so befriedigend daran, in Virginia auf dem Land zu leben und Pferde zu züchten?«

»Zwei kleine Mädchen mit Augen groß wie Untertassen, meine Enkelinnen. Und eine etwas in die Jahre gekommene Frau, meine Ehefrau, die ich fast mein halbes Leben lang geliebt habe, worin ich aber erst hier gut geworden bin. Ein guter Sohn und seine hübsche, witzige Frau. Und auch die Pferde. Die Gemeindebehörde und das Militär nehmen mir die besten Pferde weg; offenbar sehen sie in meiner Farm so etwas wie eine Fabrik für Pferde-Rekruten. Die Idioten begreifen nicht, dass die Zucht nur ein Hobby für mich ist. Es geht mir nicht darum, ihnen die Möglichkeit zu geben, Fracht zu ziehen. Ich will Preise beim County-Markt gewinnen. Wir haben einen wundervollen Markt in Scott County. Und natürlich räumen meine Pferde bei den Preisen ordentlich ab. Ja, um Preise geht es, darüber freue ich mich. Aber an erster Stelle kommen meine Familie und die beiden Enkelinnen.«

»Ich habe selbst ein kleines Mädchen.«

»Dann sollten Sie verstehen, was ich meine. Ich hoffe es für Sie. Bei mir hat es lange gedauert. Ich war lange Zeit von Dingen besessen, die keine Besessenheit lohnen, und dadurch habe ich viel Zeit verloren. Was vor drei Jahren im Mai geschah, hat für mich alles verändert. Das können Sie sich vielleicht denken.«

»Ja.«

»Was ich vorher gemacht habe? Keine Ahnung. Jetzt ergibt es keinen Sinn mehr für mich. Wenn ich daran zurückdenke, was ich fast getan hätte, wofür ich mich einspannen ließ …« Der General schauderte. »Ich glaubte, gegen ein Problem zu kämpfen, aber in Wirklichkeit war ich Teil davon.«

Der junge Mann schwieg und wartete.

Buxtehude wechselte das Thema. »Ich habe die Entwicklung Ihrer kleinen Nation beobachtet, Captain Martine. Natürlich lässt man hier nicht viel über Victoria verlauten. Es ist verboten, auch nur den Namen zu nennen. Aber es kommen einem Dinge zu Ohren. Und was wir nicht erfahren, können wir zumindest erahnen. Manchmal überlege ich mir, was Sie planen und wie Sie dabei vorgehen, als bewegten Sie Figuren auf einem Schachbrett, als versuchten Sie, die möglichen Züge des Gegners zu erkennen.«

»Schach. Wir stellen es uns als Schach vor.«

»Ja. Ich wusste genau, wo Sie waren. Nolan Gallant kam hierher und fragte mich, aber ich habe nichts gesagt. Er vermutete bereits Kuba, doch vom genauen Ort hatte er keine Ahnung. Im Gegensatz zu mir. Sie ließen sich in Baracoa nieder, nicht wahr?«

»Ja.«

»Dachte ich mir. Das lag auf der Hand, als klar wurde, dass Elektrizität per Wasserkraft noch funktioniert. Ich habe die Bibliothek in Kingsport besucht und mir den CIA-Atlas von Kuba angesehen. Wussten Sie, dass die CIA Atlanten herausbrachte?«

Martine schüttelte den Kopf.

»Sie hätten sich damit begnügen sollen. Jedenfalls, der Atlas zeigte nur zwei wichtige Wasserkraftwerke, eins mitten in Kuba und das andere näher an der Küste, ›Märtyrer von Girón‹ genannt. Ich wusste, dass Sie sich für den Osten entscheiden würden, wegen der Passatwinde. Und es bot sich die Nordküste an, weil Sie von dort das Ende des Bahama Channel kontrollieren. Es war eigentlich ganz klar.«

»Für uns kam nichts anderes infrage.« Der junge Mann nickte.

»Ja. Was sich inzwischen, nach der Erfindung der fliegenden Schiffe, geändert haben könnte.«

»Stimmt.«

»Jetzt ist der Ort nicht mehr so wichtig, weil Sie mobil sind. Vielleicht ziehen Sie einen anderen in Erwägung, der besser erschlossen ist, zumal Ihre Bevölkerung zunimmt. Sie nimmt doch zu, oder?«

»Ja. Wir haben viele Einwanderer. Die Leute stehen gern auf der Seite des Gewinners. Zuerst haben wir uns Sorgen wegen möglicher Infiltrationen gemacht, aber inzwischen sehen wir das lockerer. Wir ergreifen Maßnahmen, um unsere Technik zu schützen. Und diejenigen, die als Spione zu uns kommen, bleiben oft und werden Teil unserer Gemeinschaft. Victoria ist verführerisch vital.«

»Ja, kann ich mir denken.«

Captain Martine nahm erneut einen Schluck von seinem Brandy. Jetzt war es der General, der wartete, in der Hoffnung, mehr zu erfahren.

»Baracoa wird natürlich immer ein Dorf bleiben«, fuhr Martine fort. »Der Ort konnte nicht richtig wachsen. Das Problem war die Elektrizität. Wir haben Kabel gelegt, über die Berge bis zum Kraftwerk, aber die Kabel selbst haben uns beschränkt. Sie waren nichts im Vergleich mit den industriellen Leitungen, die nach Süden führen. Zwar sind die Mátires de Girón nicht weit von Baracoa entfernt, aber es war nie vorgesehen, von dort aus die nördliche Küste mit Strom zu versorgen. Alle Leitungen führen nach Süden. Wir dachten daran, sie auszugraben und nach Norden zu verlegen, doch schließlich wurde uns klar, dass ein Umzug einfacher ist.«

»Nach Santiago de Cuba.« Es klang nicht nach einer Annahme, sondern nach einer Feststellung.

»Ja. Wir nennen die Stadt St. James.«

»Ein wundervoller Ort. Eine perfekte Hauptstadt für Ihre neue Nation.«

Das überraschte den jungen Mann. »Sie kennen die Stadt?«

»Oh, ja. Ich habe dort vier Monate verbracht, als ich Ende zwanzig war.«

»Da gibt es bestimmt eine Geschichte zu erzählen.«

»Ja, ich denke schon. Meine Familie behauptete damals, die Kubaner seien unzufrieden und würden sich bei der ersten Gelegenheit erheben. Ich wollte vor Ort einen Eindruck gewinnen und deshalb verbrachte ich den größten Teil eines Sommers als Arbeiter in Santiago de Cuba. Ich sprach mit den Menschen und fragte sie, wie sie sich fühlten, was sie von der neuen Regierung dachten. Ich lernte Spanisch, um mit ihnen reden zu können. Was ich hörte, reichte nicht aus, um die Meinung meiner Familie zu ändern, aber es veränderte mich.«

»Ich beginne zu verstehen, warum Chandler Hopkins Sie für den Job möchte, den wir zu vergeben haben.«

»Der gute alte Chandler. Hatte immer eine Schwäche für Abenteuergeschichten. Weil sein Leben so ruhig war, nehme ich an. Woraus besteht der ›Job‹, Captain Martine? Kommen Sie zur Sache. Ich stehe beim Morgengrauen auf.«

»Proctor. So nennen wir unseren Verteidigungsminister. Der alte Proctor – ein Mann, den ich respektiert und sehr zu schätzen gelernt habe – ist verstorben. Er hatte etwas von einem Clown, unser Proctor Pinkham. Wir haben ihn immer für eine pingelige kleine Nervensäge gehalten, mehr Last als Hilfe. Aber es spielte keine Rolle, weil wir ihn mochten. Und dann, als er starb, brach plötzlich alles auseinander. Er war ein hervorragender Organisator und das merkten wir erst, als er plötzlich fehlte. Chandler glaubt, dass Sie bestens dafür geeignet sind, unser neuer Proctor zu werden. Sind Sie bereit, zu uns zu kommen und sich um unsere Verteidigung und die strategischen Planungen zu kümmern? Es ist zweifellos eine der fünf oder sechs aufregendsten Aufgaben, die heute zu vergeben sind. Victoria ist eine Macht, mit der alle anderen Nationen der Erde rechnen müssen.«

Der General zögerte nur kurz, bevor er antwortete. »Nein, ich glaube, ich würde meine Familie nicht einmal für diesen Job aufgeben. Obwohl ich in Versuchung gerate.«

»Wir nehmen auch Ihre Familie mit. In der Nähe von St. James wartet ein wundervolles Grundstück auf Sie, direkt am Strand, mit einem Haus für Sie und Eveline und einem weiteren für Ihren Sohn, seine Frau Dolly und die Mädchen, Virginia und Sissy. Ein siebzig Meter großer Pavillon schwebt derzeit über Ihrem Dach.« Martine zeigte mit dem Finger nach oben. »Mit einem Dutzend bequemen Kabinen an Bord. Sie können frei wählen. Es gibt sogar einen elektrischen Aufzug, der uns nach oben holen kann, wenn der Pavillon etwas tiefer geht. Ich glaube, wir könnten Ihre Enkelinnen in ihren Betten hochholen, ohne dass sie erwachen. Stellen Sie sich vor, wie die Mädchen morgen beim Frühstück Delphine beobachten, während wir in einer Höhe von dreißig Metern über den Golf von Mexiko fliegen. »

Buxtehude fehlten die Worte. Er starrte Martine an und ein dummer Gedanke ging ihm dabei durch den Kopf – er wäre gern einmal mit einem der großen Kampfpavillons geflogen. Ihn faszinierte die Vorstellung, in den Wind zu gleiten. Und ein Frühstück über dem Golf von Mexiko hatte durchaus seinen Reiz. Er schüttelte sich. »Ich nehme an, Sie hätten auch Platz für Mr. Compton, der mir auf der Farm hilft, und seine Frau. Ich habe mich inzwischen sehr an ihn gewöhnt.«

»Natürlich. Sie können mitkommen, wenn sie wollen.«

»Oh, da brauchten sie nicht lange zu überlegen. Sie beschweren sich schon seit einer ganzen Weile über die Entwicklung in unserem Land, vom Wetter ganz zu schweigen. Es würde ihnen sehr gefallen, nach Süden umzuziehen. Und ich denke, meine Familie wäre begeistert, allein vom Abenteuer. Nein, ich bin Ihr Problem, Captain Martine. Ich bin Ihr einziges Problem: zu alt für eine Veränderung. Darauf läuft es hinaus. Die Trennung von meinen Pferden fiele mir sehr schwer.«

»Wie viele sind es?«

Die Frage erstaunte den General. »Einige Hundert …«

»Wir bringen sie alle nach Victoria. Ich schicke einen Frachter. Es könnte einen Tag dauern. Wir bauen ein Gehege an Deck. Die Pferde müssen nur einen Hügel hinauf getrieben werden – der hinter Ihrer südlichen Weide wäre gut geeignet –, und dann auf den Pavillon. Wir können es morgen Abend angehen. Chet Compton und seine Frau Suzanne bringen wir zusammen mit den Pferden auf einer Ranch im Osten von St. James unter. Das Resultat können Sie sich, sagen wir, Freitagmorgen ansehen. Wenn Sie nicht vollkommen damit zufrieden sind, machen wir alles rückgängig und bringen Sie nächste Woche wieder hierher. Schlimmstenfalls läuft es auf einen kleinen Urlaub in der Sonne hinaus. Früher sind die Menschen um diese Jahreszeit in den Urlaub gefahren.«

Der General lehnte sich zurück und schüttelte den Kopf. Er erinnerte sich an eine bescheidene kleine Kampagne vor Jahren, mit der er einen jungen Major von einem rivalisierenden Kommando fortgelockt hatte. Von Lieutenant Colonel Gordon Buxtehude war damals gute Arbeit geleistet worden. Der Major hatte überhaupt nicht mehr darüber nachgedacht, ob er den Wechsel wirklich wollte; nicht einen Moment war ihm bewusst gewesen, dass er auf sehr geschickte Weise manipuliert wurde. Andere Leute dazu zu bringen, dass sie sich so verhielten, wie er wollte … Das war immer Buxtehudes Stärke gewesen. Jetzt argwöhnte er, dass es vielleicht nicht viel gab, das er Captain Martine über die Kunst der subtilen Manipulation lehren konnte.

*

Die Stadt St. James lag zwischen den Vorbergen der Sierra Maestra, entlang einer Bucht, die weit ins Landesinnere reichte, in nördlicher Richtung. Sie bot einen weiten Blick über das Wasser und nach Osten, zu einer erhabenen Bergkette, die sich bis zur Karibischen See erstreckte. Im Nordosten, im höheren Gelände, war die Aussicht noch besser. Dort hatten die feinen Leute in den 40er- und 50er-Jahren des zwanzigsten Jahrhunderts ihre Villen gebaut und dort ließen sich die ersten Umsiedler von Baracoa nieder. An der höchsten Stelle erhob sich ein aus Sandstein errichtetes Kastell, das Parador Monterreal, ein Relikt aus der Zeit der Spanier, mit Zinnen und einem Wehrturm. Das Innere von Monterreal war prachtvoll, genau das Richtige für eine Prinzessin und ihren Hof. Die Wohnungen in den oberen Stockwerken boten viel Platz und durch die großen Fenster hatte man einen prächtigen Blick in alle Richtungen. Der hier oben wehende Wind war warm, sanft und ohne Mücken, was für Kelly und ihr Gefolge bedeutete, dass sie die Fenster gar nicht schließen mussten.

Die Gemeinschaft hatte sich von Monterreal bis hin zum Zentrum von St. James ausgebreitet und umfasste inzwischen mehr als sechstausend Personen. Jeden Tag trafen weitere Menschen ein. Ein Teil der Innenstadt war von Abbruch-Pavillons planiert worden – den Schutt hatten Fracht- und Transport-Pavillons fortgebracht und dem Meer übergeben. Die neu errichteten Gebäude bestanden zum größten Teil aus weiß getünchtem Sandstein: großzügig angelegte Häuser mit viel offenem Platz zwischen ihnen. Eine Architektur, für die Barodin und Pease verantwortlich zeichneten.

Für Edward wurde ein Traum wahr: Endlich bekam er Gelegenheit, etwas Greifbares zu konstruieren, anstatt immer nur mit Gleichungen und Theorien zu tun zu haben. Er hatte sich immer gewünscht Architekt zu werden. Im Archiv von Santiago fand er eine Kopie von Jourdans großem Plan für Paris und er machte sich daran, einen eigenen großen Plan zu entwickeln. Zusammen mit Pease baute er ein Modell der Stadt, wie sie einmal aussehen sollte. Es wurde in Monterreal aufgestellt, neben einem Fenster, das Blick auf die tatsächliche Stadt gewährte. So konnten Beobachter die Verwirklichung des Plans beobachten.

Es gab auch Fortschritte bei vielen anderen Aspekten der Stadt: Restaurants, Kinos, kleine Läden, Kooperativen, eine plötzlich florierende Wirtschaft. Ein Gerichtssystem schlichtete Streit, die Verwendung des Landes wurde genau geplant, man hatte eine Gesellschaft zur Förderung der Landwirtschaft und des Gemeindeaufbaus gegründet und eine Fabrik baute Flieger für einzelne Personen und Familien. Hinzu kam eine Universität. Chandler Hopkins war schrecklich hin und her gerissen gewesen zwischen dem Wunsch, die Universität oder alles andere zu leiten. Widerstrebend überließ er die Universität Walter Porter. Maria setzte ihre Arbeit als Dekanin der Schulen fort.

Seit dem Umzug nach St. James vor sechsundzwanzig Monaten hatten die Bürger von Victoria Erstaunliches geleistet. Doch für die beiden Mädchen, die zum ersten Mal im Kampfpavillon *Ardent* über die Stadt flogen, spielte all das keine Rolle. Sie hatten allein Augen für die Lichter. Sie erinnerten sich nur an ein Leben mit wenigem und schwachem elektrischem Licht, das meistens von einfachen 12-Volt-Birnen stammte, die ihren Strom von einem Windrad der Farm oder dem Generator empfingen, den Buxtehude im Bach installiert hatte. Die Stadt St. James hingegen erstrahlte regelrecht und breitete einen fantastischen Lichterteppich unter ihnen aus.

Mitten im Boden des Salons der *Ardent* gab es eine große Plexiglasblase – dieses Bodenfenster durchmaß fünf Meter und war von einem Geländer umgeben. General Buxtehude stand dort mit Virginia und Sissy und blickte auf die Stadt hinab. »Was haltet ihr davon, Soldaten?«

»Wow!«, sagte Virginia. »Einfach toll.«

Sissy brachte keinen Ton hervor und gaffte mit offenem Mund. Eveline Buxtehude hakte sich bei ihrem Mann ein. Ihre Augen glänzten. »Wir betrachten hier etwas, von dem ich geglaubt habe, wir würden es nie wiedersehen: Zivilisation.«

Captain Martine wies Dolly Buxtehude auf die Sehenswürdigkeiten hing, als die *Ardent* tiefer ging und zum Kastell zurückkehrte. Er gab keine Anweisungen, die den Kurs oder etwas anderes betrafen, mischte sich nicht in die Arbeit der untergebenen Offiziere ein. Buxtehude glaubte, eine Routine zu erkennen, die schon Jahre alt war. Der große Pavillon flog in einem weiten Bogen und landete schließlich neben der oberen Mauer des Kastells, in der Nähe eines offenen Eingangs. Kurze Zeit später wurde die Familie Buxtehude zu einem großen Torbogen geführt, wo ein Mann auf sie wartete, gekleidet in eine lange graue Hose und einen blauen Blazer. Für General Buxtehude sah er wie eine jüngere, dünnere und etwas weniger aufgeblasene Version von Chandler Hopkins aus.

»Hallo, Gordon. Willkommen in Victoria.« Chandler streckte die Hand aus.

»Na so was, Chandler, Sie sind es tatsächlich. Es ist mir ein Vergnügen.« General Buxtehude schüttelte dem Senator herzhaft die Hand. Es überraschte ihn, wie sehr er sich freute, seinen alten Kollegen wiederzusehen. »Sie scheinen recht fit zu sein.«

»Sie ebenfalls. Und hier haben wir die entzückende Eveline.« Chandler nahm ihre Hand und lächelte freundlich, als er dem jungen Colonel Buxtehude, Dolly und den beiden Mädchen vorgestellt wurde. »Nun …« Er deutete in den Saal mit der hohen Decke und den großen Wandteppichen. »Wie gefällt euch unser kleines Schloss? Es mag nicht besonders groß sein, aber es ist unser Zuhause. Nur dreihundert Zimmer, viele von ihnen so groß wie dieser Raum. Na ja, es sind eben schwere Zeiten. Man muss sich mit dem zufriedengeben, was man hat. Ich nenne es notgedrungene Bescheidenheit.«

»Die Bescheidenheit eines Sonnenkönigs, würde ich sagen«, erwiderte General Buxtehude.

»Tja, wer hätte gedacht, dass wir uns einmal wiedersehen, Gordon, und dann noch hier, unter solchen Umständen? Wer hätte gedacht, dass sich die Dinge so sehr ändern?«

»Ja, stimmt.«

»Nun, was wäre ein Schloss ohne Prinzessin? Lasst mich euch zu einer schönen Prinzessin führen. Zu meinem Chef. Sie wartet im Hauptsaal.« Chandler nahm Sissy und Virginia an den Händen. »Habt ihr jemals eine richtige Prinzessin gesehen? Gleich zeige ich euch eine. Ich hoffe, ihr könnt richtig knicksen. Vielleicht sollten wir eine kleine Probe machen, um zu sehen, ob alles klappt. Das ist wunderbar, Virginia, sehr gut. Und du, Sissy, hast es fast richtig gemacht. Fast. Stell den rechten Fuß ein bisschen nach hinten, so … und mach es wie ich, siehst du? Halt den Rock fest. Ja, perfekt!«

Sie kamen durch einen Speisesaal mit einem fünfzehn Meter langen Tisch, der gerade gedeckt wurde. Zwei Küchenarbeiter trugen ein gebratenes Spanferkel auf einem Tablett herein. Bei dem Duft lief dem General das Wasser im Mund zusammen.

»Lechón asado«, sagte Loren. »Zu Ihren Ehren.«

Lechón asado war ein besonderes Lieblingsgericht des Generals. Er fragte sich, woher diese Leute davon wussten. Auf einem Sideboard stand ein riesiger Schokoladenkuchen, groß genug für eine ganze Infanterie-Kompanie. Buxtehude hatte auch eine Schwäche für Schokolade.

Bisher wusste er fast gar nichts über die Prinzessin. Nach seinen Informationen war nicht klar, ob sie zur Cornell-Gruppe gehört hatte oder zu der anderen, die von Fort Lauderdale stammte. In seinem Arbeitszimmer auf der Farm hatte er einen gelben Block mit den Namen von fast hundertfünfzig Personen, die sich bekanntermaßen auf den Weg gemacht hatten, in der Nacht, als der Effektor eingeschaltet worden war. Buxtehude hatte kaum mehr über sie gewusst als nur ihre Namen. Vier Frauen der Gruppe waren unverheiratet gewesen und der General hatte ihre Namen mit einem Fragezeichen versehen, was bedeutete: Jede dieser vier Frauen konnte die Prinzessin sein.

Die Gerüchte in Hinsicht auf die Frau an der Spitze von Victoria grenzten ans Fantastische. Im vergangenen Jahr hatte einer von Buxtehudes Nachbarn einen jungen Mann, der angeblich in Victoria zu Besuch gewesen war, zur Farm gebracht und der General hatte ihn im Lauf eines Abends ausgefragt. Die Prinzessin, so der Mann, habe die fliegenden Schiffe erfunden. Angeblich hatte sie an einer der Seeschlachten teilgenommen, war dabei mit einer Machete in der Hand auf das Deck eines feindlichen Boots gesprungen und hatte gegen die Männer gekämpft, die Nervengas freisetzen wollten. Der junge Mann meinte auch, sie sei wunderschön, aber seine Geschichten stammten aus zweiter Hand; er hatte die Prinzessin nicht selbst gesehen.

Captain Martine führte sie in den drei Stockwerke hohen Großen Saal, blieb an einer Tür stehen, hob ein kleines Kind hoch, das einen blauen Overall trug, und bedeckte es mit Küssen. Der General trat an ihm vorbei in das Zimmer, wo ihn weißer Stuck erwartete, an den Wänden und auch an der Decke mit den dunklen Balken. Ein Innenbalkon zog sich in Höhe des zweiten Stocks an den Wänden entlang. Ein Kamin beanspruchte das eine Ende des Raums, fast so groß wie jener, in den Errol Flynn beim Degenkampf in *Unter Piratenflagge* zurückgewichen war. Dem Kamin gegenüber erhob sich ein Podium und darauf stand etwas, das nur ein Thron sein konnte. Auf diesem Thron saß eine sehr hübsche junge Frau mit braunen Augen und kurzem, rötlichem Haar.

Sie hielt ein Baby auf ihrem Schoß. Nicht weit von ihr entfernt kniete eine zweite junge Frau, groß und blond, auf einer Sitzbank am Fenster und sprach mit einem ernsten Jungen, der etwa zwölf sein mochte. Für einen Moment musterte der General die Frau auf dem Thron, ging dann zu der anderen Frau auf der Sitzbank und verbeugte sich.

»Euer Majestät«, sagte er.

»Willkommen, General.« Sie reichte ihm beide Hände. »Wir fühlen uns sehr geehrt, dass Sie gekommen sind. Es ist mir eine große Ehre. Nennen Sie mich Kelly.« Sie hatte helle graue Augen, voller Neugier. Buxtehude blickte auf ihre Hände in den seinen hinab. Die Finger waren lang und dünn. Sie trugen keinen Schmuck, bis auf den Ringfinger der linken Hand, wo sich eine Art Ehering zeigte: ein Stück Angelschnur mit einem Knoten.

»Sie sind also Kelly Corsayer. Und dies muss Curtis sein.« Er schüttelte dem Jungen die Hand, der errötete und den Blick senkte.

»Das ist General Buxtehude, Curtis.« Kelly schlang dem Jungen den Arm um die Taille. »Er kommt als neuer Proctor zu uns. Du wirst ihn mögen, denke ich, vielleicht genauso sehr wie Proctor Pinkham. Und das gilt für uns alle.«

Sie führte den General zum Thron. »Meine Freundin Melissa Klipstein und ihr kleiner Stuart. Dies ist General Buxtehude.«

»Mrs. Klipstein.« Er verbeugte sich vor ihr.

»General.«

»Ich bin Soldat im Ruhestand, aber aus reiner Angewohnheit habe ich weiterhin Informationen gesammelt. Man muss auf dem Laufenden bleiben. Es geht das Gerücht um, dass ein Captain ihrer Flotte ein Mann namens Klipstein ist.«

»Mein Schatz«, sagte Melissa. »Elgar. Sie werden ihm beim Essen begegnen.«

»Melissas Kind ist fast genauso alt wie meins, General. Deshalb kommen wir von Zeit zu Zeit zusammen, um Erfahrungen auszutauschen. So könnte man das nennen. Aber in Wirklichkeit läuft es darauf hinaus, dass wir den ganzen Nachmittag damit verbracht haben, miteinander zu spielen.« Sie lachte und es klang wie eine Melodie.

Captain Martine näherte sich mit dem kleinen Mädchen. »Dies, General, ist meine zweite Prinzessin und das zweithübscheste Mädchen auf der Welt. Sag dem General hallo, Shimmy.« Das Kind sah zu dem großen Mann auf, mit ruhigem, intelligentem Blick und der Mund leicht geöffnet.

»Unsere Tochter«, sagte Kelly. »Die Kronprinzessin Shimna.« Mit einem liebevollen Lächeln blickte sie auf das kleine Mädchen hinab. »Mein Liebling, du hast Pudding an der Nase.«

Beim Militär waren die beruflichen Entscheidungen besonders schwer. Man musste alles sorgfältig analysieren und genau abwägen, dabei die Diktate von Macht, Einfluss und Position berücksichtigen. Bis zu diesem Moment hatte der General noch nicht entschieden, ob er in Victoria bleiben und der neue Proctor werden sollte. Aber als er jetzt einem kleinen Mädchen mit Pudding an der Nase gegenüberstand, beschloss er, Victoria zu seiner neuen Heimat zu machen.

*

Die Familie Buxtehude und ihre Freunde, die Comptons, waren Teil einer großen Einwanderungswelle. Manchmal trafen an einem Tag mehrere Hundert Immigranten in St. James ein und wurden von den Mitarbeitern des Rektors registriert. Die meisten stammten von benachbarten Inseln und reisten an Bord von Frachtpavillons. Einige kamen vom Kontinent, trotz des Handelsembargos mit dem Norden. Mit Booten reisten sie übers Meer, angelockt von Gerüchten, die von Freiheit und Wohlstand in Victoria erzählten.

Unter den Einwanderern aus dem Norden befanden sich auch Spione. Den meisten von ihnen hatte Rupert Paule befohlen, das Geheimnis der Luftschiffe zu stehlen und sich Zugang zu der Laserwaffe zu verschaffen. Ein Spion allerdings stand in den Diensten eines anderen Auftraggebers. Eine Gruppe namens Führungsgremium schickte ihn. Sie bestand aus sechs Männern und einer Frau und führte keine politische Organisation und auch keine Armee (obwohl es Elemente von beidem gab), sondern eine Art Kirche, von der das Establishment in Washington nichts wusste. Wenn Rupert Paule von der Existenz dieser Gruppe geahnt hätte, wäre er bereit gewesen, sie für einen weiteren Feind zu halten.

Der Spion hieß Nehemiah. Sein Geburtsname lautete Stanley Darling, doch abgesehen von ihm gab es auf der ganzen Welt keine Person, die sich daran erinnerte. Der Name Nehemiah eignete sich viel besser für einen Mann, der für Gott unterwegs war.

Als die Buxtehudes nach Victoria flogen, machte sich Nehemiah auf den Weg zur Westküste von Florida und zur Stadt Naples. Dort wandte er sich an einen Fischer, mit der Bitte, ihn nach Key West zu bringen. Er bezahlte mit Silberdollars. Der Fischer hieß Nicolo und kurz vor Sonnenaufgang brachen sie mit einem kleinen Fischerboot auf.

Nach einer Stunde war Nehemiah seekrank. Es geschah zum ersten Mal, dass er sich dem Meer anvertraute. Bis Cape Sable folgten sie dem Verlauf der Küste und von dort aus ging es bei unruhiger See weiter zur Leeseite der Pine Islands. Das Boot schaukelte so sehr, dass sich Nehemiah den Tod wünschte. Er konnte nicht einmal den Kopf oben behalten. Am Morgen des zweiten Tages erreichten sie ruhigeres Gewässer. Nicolo gab ihm trockenes Brot und Teile eines Kopfsalats. Nehemiah schlief ein wenig, als sie die Reise fortsetzten, und erholte sich langsam. Dass es ihm allmählich besser ging, zeigte sich auch daran, dass er an Gesprächen teilnehmen konnte, obwohl keiner der beiden Männer viel zu sagen hatte. Nach einer Weile fragte er, ob er das kleine Boot steuern dürfe. Aber natürlich, erwiderte der alte Fischer, froh darüber, die Ruderpinne nicht immer selbst halten zu müssen. Er zeigte seinem Passagier, worauf es ankam, und am Nachmittag des zweiten Tages hatte Nehemiah gelernt, ohne Hilfe zu lavieren.

»Mein eigentliches Ziel ist Kuba«, sagte er. »Nur etwa hundertvierzig Kilometer weiter im Süden.«

Nicolo nickte. »In letzter Zeit erzählt man sich viele Geschichten über Kuba. Weiß nicht, ob was an ihnen dran ist. Ich kenne Leute, die sich dorthin auf den Weg gemacht haben, und nie ist einer zurückgekehrt. Also muss es dort gut sein oder sehr gefährlich.«

»Vielleicht sind dort die Straßen mit Gold gepflastert.«

»Vielleicht. Ich schätze, ich werde es nie erfahren.«

»Wenn Sie mich nach Kuba bringen, drücke ich Ihnen noch mehr Silberdollars in die Hand. Und Sie würden erfahren, wie es in Kuba aussieht. Es wäre ein Abenteuer.«

»Oh, sicher. Aber nicht für mich. Meine alte Dame würde sich Sorgen machen. Früher einmal gab es Telefone in Key West und ich hätte sie einfach angerufen und beruhigt. Aber das ist heute nicht mehr möglich und deshalb muss ich zurück.«

»Ich verstehe.« Nehemiah schien nicht enttäuscht zu sein. Nach einem Moment fragte er. »Sind Sie ein Mann Gottes?«

»Ich nicht. Ich bin Grieche.« Er neigte den Kopf nach hinten und lachte über seinen Witz.

Nehemiah stimmte in das Lachen mit ein, obwohl er nicht wusste, was so komisch sein sollte. Dann ließ er das Ruder los, stand auf und streckte sich. Nicolo übernahm wortlos die Steuerung des Boots. Nehemiah trat hinter ihn, als wollte er nach achtern und dort ins Meer pinkeln. Stattdessen drehte er sich um und sah auf den Nacken des Fischers. Jemand mit Übung in solchen Dingen hätte vermutlich eine Methode dafür gehabt, die kaum Kraft kostete. Doch Nehemiah fehlte Erfahrung. Er ballte die Faust und schmetterte sie dem Fischer mit ganzer Kraft an die Seite des Halses. Es knackte laut.

Nicolo ging zu Boden und zuckte. Nehemiah beobachtete ihn fasziniert. Insbesondere das rechte Bein schien ein sonderbares Eigenleben zu haben, vielleicht der letzte Rest Leben, der noch in dem Fischer steckte. Es trat immer wieder, wollte gar nicht damit aufhören. Ein seltsames Geräusch kam aus Nicolos Mund, ein Röcheln tief aus dem Hals.

Nehemiah beobachtete den Mann eine Minute lang und schließlich hatte er genug und warf den immer noch zuckenden Körper über Bord. Das Boot hatte unterdessen in den Wind gedreht. Er erinnerte sich daran, was ihm der Fischer gezeigt hatte, wie man mit dem Segel umgehen musste. Als er an den Leinen zog, blähte sich das Segel wieder auf und das Boot glitt durchs Wasser, mit Kurs auf Kuba. Hinter ihm kam ein letztes Platschen vom Sterbenden.

Es bedeutete Sünde, ein Leben auszulöschen. Es war keine große Sünde, denn der Mann hatte sich selbst ungläubig genannt, aber eben doch eine Sünde. Nehemiah schob einen Haufen Netze beiseite und kniete nieder, um seine Seele zu läutern. Er betete mit der Ruderpinne über der Schulter, behielt dabei den Kompass im Auge. Fast sofort stellte sich ein Gefühl der Vergebung ein und erfrischt richtete er sich auf.

Einen weiteren Tag und eine Nacht segelte er nach Süden. Als er sein Ziel erreichte, hatte ihn die Seekrankheit sehr geschwächt. Er zog das Boot auf den Strand und setzte den Weg zu Fuß fort.

33

Ein großer Verlust

Der erste Dauerhafte Effektor, noch immer in seinem Kompasshäuschen, hatte einen Ehrenplatz im Ratssaal gehabt, der sich im Westflügel des Kastells Monterreal befand. In seiner Mitte zeigte sich ein gleichmäßiges rosarotes Leuchten, nach inzwischen vier Jahren ebenso stabil wie ganz zu Anfang. Der neue Proctor war noch nicht eine Woche im Amt, als er beschloss, den Effektor in einem eigenen Raum unterzubringen, der rund um die Uhr bewacht wurde. Er wollte, dass Besucher des Kastells (es schienen dauernd Leute durch die Flure und Säle unterwegs zu sein) das Licht sahen und begriffen, dass es dieses Licht war, das es zu verteidigen galt. Die Besucher sollten auch die Wachen sehen, deren Präsenz bedeutete: Die Funktion des Effektors war ständig bedroht. Dieser eine Effektor, so Buxtehude, diente als Symbol. Aber er wollte, dass weitere angefertigt und in Victoria verteilt wurden.

Loren überwachte die Konstruktion von zwanzig zusätzlichen Apparaten. Sie wurden in der Werkstatt der Luftschiffwerft von La Sabana gebaut, direkt über der Stadt. Als sie fertig waren, brachte er sie zu Van Hooten und Buxtehude. Admiral Van Hooten rief die sechzehn Captains von Victorias Flotte zusammen und verteilte die Geräte. Vier sorgfältig ausgewählte Kommandeure erhielten ebenfalls Apparate. Die Befehle, die Van Hooten seinen zwanzig Offizieren gab, waren fast mit denen identisch, die Loren im ersten Monat nach der Ankunft in Baracoa gegeben hatte: »Suchen Sie mit Ihrem Apparat allein einen Ort auf, den nur Sie kennen, und verstecken Sie ihn dort an einer trockenen Stelle, zum Beispiel in einem natürlichen Hohlraum, wo ihn niemand durch Zufall findet und wo er auch von Tieren ungestört bleibt. Ich erwarte von Ihnen, dass Sie den Ort selbst auswählen und den Apparat mit Ihren eigenen Händen verstecken. Auf den vor Ihnen liegenden Karten ist das Territorium von Victoria in zwanzig nummerierte Sektoren aufgeteilt. Der Hut dort vor dem Proctor enthält zwanzig Zettel. Jeder von Ihnen geht an dem Hut vorbei und wählt einen Zettel. Innerhalb des Ihnen zugewiesenen Sektors können Sie den Ort frei wählen. Wenn Sie Ihre Zahl gezogen haben, verlassen Sie diesen Raum, ohne mit jemandem zu sprechen. Sie gehen zum Flugplatz und machen sich mit einem Ein-Mann-Flieger auf den Weg, um Ihre Mission zu erfüllen.« Van Hooten nickte Jared Williams an seiner Seite zu. »Würden Sie bitte die erste Zahl ziehen, Captain Williams?«

Jared stand auf. Er hatte sich einen bereits eingeschalteten Effektor unter den Arm geklemmt und den Riemen eines Rucksacks über die andere Schulter geschlungen. Er nahm einen Zettel aus dem Hut, sah darauf hinab, steckte ihn ein und ging zur Tür. Stille herrschte, bis er den Raum verlassen hatte, und dann wandte sich Van Hooten an Candace. »Captain Hopkins.«

Als die Reihe an ihn kam, zog Loren eine Nummer, die den Jardines de la Reina im Golf von Ana Maria entsprach. Die Inseln bildeten eine schmale Kette etwa vierzig Kilometer vor der Südküste von Victoria.

Die Jardines lagen fast vierhundert Kilometer westlich von St. James und Loren schätzte, dass er sie bis Mittag erreichen konnte. Was ihm genug Zeit ließ, um bis zum Abendessen wieder in Monterreal zu sein, wenn er wollte. Er konnte die kommende Nacht in seinem eigenen Bett verbringen. Das *konnte* er, doch er entschied sich dagegen. Wenn er am nächsten Tag oder erst am übernächsten heimkehrte, wusste niemand, wo sich sein Sektor befand. Wahrscheinlich spielte es keine Rolle, doch für ihn war es wichtig.

Die größte Insel der Jardines hieß Cayo Caballones. Ohne einen Blick auf die Karte werfen zu müssen, wusste Loren, dass es in ihrem Innern vier große Süßwasserseen gab, deren Uferbereiche teilweise sumpfig waren. Schon vor einigen Monaten hatte er jene Insel als interessantes Ziel für einen Tagesausflug ausgewählt, vielleicht mit Kelly. Es war ein Ort, wo man hoffen durfte, Kraniche, Ibisse und Löffler zu sehen. Vielleicht war es ein Zeichen für das näher rückende mittlere Lebensalter:

Loren interessierte sich immer mehr für Vögel. Sein Rucksack enthielt sogar ein Handbuch über die Vögel von Kuba. Er betrat den kleinen Flieger, der für ihn vorbereitet worden war und mit eingeschalteten Effektoren einen knappen Meter über dem Boden schwebte. Kaum war das Segel gesetzt, glitt der kleine Pavillon über das Landefeld, das am steilen Hang endete, und wenige Sekunden später befand er sich im Luftraum über St. James.

In einer Höhe von etwa zweihundertfünfzig Metern flog Loren an der Küste entlang und plante seinen Kurs. Die Sonne stand noch tief am Himmel hinter ihm. Er entschied sich für einen Kurs von zwei acht null und blockierte das Ruder. Dann holte er ein Buch mit Kurzgeschichten hervor, das ihm Kelly für die Reise gegeben hatte.

Gegen Mittag hatte er seinen Apparat in einem Felseinschnitt im Norden von Cayo Caballones versteckt, an einem Ort, der praktisch nur per Flieger zugänglich war. Anschließend landete er auf einem kleinen Hügel, der Blick auf eine Sumpflandschaft gewährte, und aß seine Sandwiches. Mit dem Fernglas beobachtete er Regenpfeifer und einen schwarzen Stelzenläufer, einen Vogel, den er nie zuvor gesehen hatte. Der Handbuch enthielt auch eine »Beobachterrubrik«, wo er seine Sichtungen eintrug, doch für diesen Tag verzichtete er auf einen Eintrag. Nach dem Essen brach er wieder mit dem kleinen Pavillon auf und flog nach Südsüdosten über die Karibik. Am frühen Nachmittag segelte der Pavillon über Jamaika hinweg und anschließend ging es nach Nordosten weiter. Er flog dicht über dem Wasser und näherte sich Victoria unterhalb der Gipfelhöhe der Küstenhügel.

Jenseits der Vorberge erstreckte sich auf der linken Seite die Sierra Maestra. Loren kreuzte und flog nach Osten, gegen den Passatwind. Etwa hundert Kilometer von St. James entfernt und von der Stadt aus gesehen gegen den Wind traf er wieder auf die Küste, die hier, östlich von Guantánamo, flacher war. Er rechnete mit Thermik über dem Land, das sich erwärmt hatte, und fand den gesuchten Wind etwa zehn Meter über dem Strand. Mit dieser Brise auf der linken Seite steuerte er an der Küste entlang nach Osten, ein Kurs, der ihn den Passatwinden ausgesetzt hätte, wäre die Thermik nicht stärker gewesen. Am frühen Abend erreichte er die Klippen von Punta Caleta.

Loren wählte einen niedrigen Hügel ein Stück hinter dem Strand und landete den kleinen Pavillon dicht unterhalb des Gipfels. Dann wanderte er durch eine schmale Klamm nach unten und schlug sein Nachtlager am Strand auf. Die Hütte, die er dort an einem Nachmittag vor vier Jahren gebaut hatte, stand noch. Er schenkte ihr keine Beachtung und stellte sein Zelt ein wenig den Strand hinunter auf.

Am nächsten Morgen erwärmte er vom vergangenen Abend übrig gebliebenen Kaffee. Der Rucksack enthielt Obst und Nüsse, genug für ein einfaches Frühstück. Um sechs Uhr in der Früh ging er nach Westen über den Strand. Bisher hatte es Loren vermieden, an seinen letzten Aufenthalt an diesem Ort zu denken und sich an Sonia zu erinnern. Doch jetzt versuchte er, sich in ihre Lage zu versetzen, als sie vor vier Jahren um diese Zeit in derselben Richtung über den Strand gegangen war. Damals hatte sie einen Effektor im Rucksack gehabt. Er hatte ihr den leichten Weg ins Landesinnere überlassen, am Fluss Caleta entlang, dessen Mündung nur einige Kilometer entfernt sein sollte. Es ging jetzt darum, das Timing richtig hinzubekommen. Sonia war gegen sechs Uhr morgens aufgebrochen und kurz nach vier am Nachmittag zurückgekehrt. Daraus schloss Loren, dass sie bis etwa um elf Uhr morgens landeinwärts gewandert war.

Als er die Mündung erreichte, stellte er zufrieden fest, dass sich das Wasser tief in die Vorberge gegraben hatte – der Fluss strömte durch eine Schlucht mit hohen Wänden. Wenn es so blieb, folgte er vielleicht dem Verlauf des Wegs, den Sonia genommen hatte. Genau das hoffte Loren. Er wollte am Fluss entlanggehen, etwa bis um zehn, und dann nach einem Weg in die Berge oder einem möglichen Versteck Ausschau halten. Dabei musste er genauso denken, wie Sonia damals gedacht hatte. Wenn ihm das gelang, fand er vielleicht die Stelle, wo sie ihren Effektor zurückgelassen hatte.

Bis um zehn wurde die Schlucht nicht breiter und flacher, sondern noch tiefer und steiler. Es gab keine Möglichkeit, sie zu verlassen. Über weite Strecken existierte nicht einmal eine Flussböschung, über die man gehen konnte. Es blieb Loren nichts anderes übrig, als gegen die Strömung durchs Wasser zu waten. Nach einer Stunde erreichte er eine Stelle, wo es nicht mehr weiterging. Das Wasser floss dort aus einem schmalen Felsspalt, der zwanzig Meter weit nach oben ragte. Loren wollte nicht in ihn hineinklettern und er war ziemlich sicher, dass sich auch Sonia dagegen entschieden hatte. Wenn sie also so weit gekommen war, hatte sie kehrtgemacht und flussabwärts nach einem geeigneten Versteck gesucht.

Auf dem Rückweg bemerkte er zwei Felsstürze, die sich beide erklettern ließen, wenn auch mit einigen Schwierigkeiten. Doch er beachtete sie nicht. Angesichts von so viel lockerem Geröll wirkten sie nicht sehr einladend. Loren war sicher, dass sie auch für Sonia nicht infrage gekommen waren. Er ging an einer Felswand vorbei, die mehrere vertikale Risse aufwies, die sie erkletterbar machten. Sonia wäre vermutlich imstande gewesen, dort in die Höhe zu klettern und den Felsvorsprung zehn Meter weiter oben zu erreichen, aber Loren hätte es vielleicht nicht geschafft und er bezweifelte, dass Sonia eine solche Route wählen würde, die auch für einen geübten Kletterer ein gewisses Risiko bedeutete. Warum sollte sie sich für einen gefährlichen Weg entscheiden, wenn sie hinter der nächsten Flussbiegung einen leichteren finden konnte?

Loren bemühte sich, in den Kopf der Frau zu schlüpfen, die er nie richtig verstanden hatte. Sie war ihm ein Rätsel gewesen, von Anfang an. In der Rückschau betrachtet musste er sich eingestehen, dass dieses Rätsel vielleicht Teil der Faszination gewesen war, die sie auf ihn ausgeübt hatte. Es gab etwas Sonderbares an Sonia, etwas durch und durch Fremdartiges. Er hatte nie den Versuch aufgegeben, sie zu verstehen, in der Hoffnung, irgendwann einmal Einblick in ihr Innenleben zu bekommen. Inzwischen wusste er, dass dieser Tag nie gekommen wäre. Doch heute fühlte er zum ersten Mal eine Verbindung zu ihrem Denken und Fühlen. Es war fast so, als ginge sie neben ihm, als beobachtete er ihre physische Präsenz. Immer deutlicher wurde der Eindruck, dass er nicht nur dem von ihr eingeschlagenen Weg folgte, sondern ihren Fußstapfen.

Bei der nächsten Flussbiegung nahm Loren am sonnigen Ufer Platz und aß eine mitgebrachte Dose Rosinen. Der Sonnenschein fühlte sich gut an. Er legte sich hin und ruhte nach der kleinen Mahlzeit aus. Auch Sonia hatte hier gelegen und ausgeruht, da war er sicher. Was er jetzt tat, hatte auch sie getan. Er blickte zum blauen Himmel hoch. Eine Kiefer ragte vor ihm auf, direkt neben der Felswand, nur einen Meter von ihr entfernt. Loren glaubte sich imstande, die Kiefer zu erklettern und von ihr aus den Felsvorsprung weiter oben zu erreichen. Aber es wäre eine recht unangenehme Angelegenheit gewesen, denn das Geäst war dicht und der Stamm bestimmt voller Harz. Sonia hätte vielleicht befürchtet, sich zu schmutzig zu machen. Auf der anderen Seite des Flusses gab es ein breites Felsband, sechs oder sieben Meter über dem Wasser. Vulkanschlote und Lavaröhren durchzogen die Felswände darüber. Lorens Blick folgte dem Verlauf des Felsbands bis zu einer großen Lebenseiche. Er setzte sich auf. Der Baum wuchs am Ufer, etwa drei Meter von der Klippe entfernt, die nicht senkrecht aufragte, sondern sich ihm entgegenneigte. In Höhe des Felsbands gab es einen dicken Ast, der bis zur Klippe reichte. Es war nicht nur ein Weg, den Sonia hätte nehmen können; es war der Weg, den sie genommen hatte. Loren war plötzlich ganz sicher.

Er watete durch den Fluss und erreichte die Lebenseiche. Der erste Ast befand sich in einer Höhe von etwa drei Metern und die graue Borke des Baums war glatt. Sonia wäre das Emporklettern nicht weiter schwer gefallen, doch Loren kostete es mehr Mühe. Aber nicht zu viel. Als er das Felsband erreichte, war er kaum ins Schwitzen geraten.

In der Wand vor ihm gab es Dutzende von höhlenartigen Öffnungen. Die ersten kamen nicht infrage, denn sie waren nach oben offen und dem Wetter ausgesetzt. Er kletterte nach oben und näherte sich einer anderen Öffnung, die er für vielversprechender hielt. Doch als er an einer der ungeschützten Höhlen vorbeikam, bemerkte er etwas – der Sonnenschein erreichte gelb lackiertes Holz. Dort, mitten in der Höhle, stand der kleine Kasten, den Pease für den Effektor angefertigt hatte. Er war leer. Weiter hinten stieß Loren auf eine Ansammlung von Steinen. Er hob die oberen und fand, was er zu finden erwartet hatte: die Reste eines Dauerhaften Effektors. Metall und Glas waren zerbrochen; jemand schien den Apparat mit einem der Steine zerschmettert zu haben.

Loren hatte vergeblich versucht, Sonia auf einem intellektuellen Niveau zu verstehen, doch jetzt, für einen Moment, verstand er sie aus dem Bauch heraus. Erneut schien sie vor ihm stehen. Er spürte ihre Präsenz in der Höhle und glaubte zu sehen, wie sie neben dem Effektor kniete, einen Stein in der Hand. Mit aller Kraft schlug sie zu, immer wieder, gab dabei Geräusche von sich, die nicht nur von Kummer und Schmerz kündeten, sondern vor allem von Zorn und Hass.

Es war später Nachmittag, als Loren zu seinem Flieger zurückkehrte. Mit gutem Wind konnte er rechtzeitig fürs Abendessen in St. James sein.

*

Ein dünner Faden schien ihn mit Sonia zu verbinden. Dieser Faden führte von ihm über die Berge von Victoria und auch über die Floridastraße, bis nach Amerika. Wo er dort endete, wusste er nicht, aber er spürte, wo sich Sonia *nicht* befand: Sie hatte sich gegen eine Rückkehr nach Ithaca entschieden. Loren hätte nicht erklären können, warum er so sicher war. Er fühlte, wie sich Sonia am anderen Ende des Fadens bewegte.

Kelly schlief im Bett hinter ihm, als er aus dem großen Fenster nach Norden blickte. Alles war still in Monterreal, alle schliefen, bis auf ihn und die Wächter im Erdgeschoss. Sonia war irgendwo dort draußen, weit entfernt, und sie bewegte sich, war in diesem Moment ebenso wach wie er. Loren versuchte, durch den Faden zu erkennen, was sie dachte oder was sie empfand, doch er empfing nichts. Auch früher, selbst bei einer Entfernung von nur einem Meter oder weniger, hatte er kaum etwas empfangen. Er fühlte jetzt nur, dass sie wach war und sich bewegte.

Es verband sich keine Zuneigung mit seinen Gedanken an sie. Die Liebe war gestorben – vielleicht hatte sie nie existiert. Das Wort Liebe hatte für Loren nur in Zusammenhang mit Kelly und Shimna Bedeutung. Seine ganze Liebe konzentrierte sich auf dieses Zimmer. Er brachte es nicht mehr fertig, mit Hinwendung an Sonia zu denken, doch das bedeutete keineswegs, dass er gar nicht mehr an sie dachte.

Während ihrer gemeinsamen Zeit war sie eine Freundin gewesen, aber keine Geliebte. Das schien sich jetzt auf eine seltsame Art und Weise zu ändern. Wenn sie vor seinem inneren Auge erschien, gab es eine starke erotische Komponente. Er stellte sich vor, sie grob zu behandeln, sie zu benutzen. Es gab einen Hauch Grausamkeit in diesem Bild und die Grausamkeit schien mehr Macht über ihn zu gewinnen. Sonia verlor ihre Eleganz zur Befriedigung seiner Lust und sie gab sich dieser Entwürdigung hin, weil sie sich ihm nicht widersetzen konnte. Dieses Bild kehrte immer wieder zu ihm zurück: Sonia, entwürdigt und in Tränen, wie sie ihn anflehte, sie zu respektieren, und wie sie ihn dann aufforderte, jeden Respekt ihr gegenüber aufzugeben und sie einfach zu nehmen. Loren hasste sich für diesen Gedanken, aber er kehrte immer wieder zurück.

*

Für Lamar Armitage eröffnete die Martine-Chan-Theorie der Quantenzeit Möglichkeiten, die ihn für den Rest seines Lebens beschäftigt halten würden. Sein Interesse galt der Theorie, nicht ihrer praktischen Anwendung. Die praktische Seite dieser Angelegenheit übte keinen Reiz auf ihn aus. Selbst die Luftschiffe erschienen ihm nicht übermäßig beeindruckend.

Nachdem er die Gleichungen mit Peter Chan durchgegangen war, hielt er die vermeintliche Unvereinbarkeit mit dem Gesetz der Gravitation für so offensichtlich, dass er das Interesse daran verlor. Aber die Theorie war faszinierend und der für ihn interessanteste Aspekt bestand darin, dass es vielleicht Partikel und Wellen der Zeit gab, so wie auch Licht in Form von Partikeln und Wellen existierte. Armitage begann damit, sich den Fluss der Zeit als zahlreiche Murmeln vorzustellen, die über-, unter- und nebeneinander rollten. Er machte sich daran, ein komplexes mathematisches Modell dieses Konzepts der Zeit zu erstellen.

Der zentrale Computerraum von St. James befand sich in einem niedrigen Gebäude auf dem Gelände des Kastells Monterreal. Armitage hatte jederzeit Zugang, was er der Einladung der Prinzessin verdankte, im Kastell zu wohnen. Der Raum war so richtig nach seinem Geschmack: ein Durcheinander aus Computern und Elektrozubehör, das aus kubanischen Universitäten und Unternehmen stammte. Abgesehen von einigen Mac-Laptops, die sie selbst mitgebracht hatten, handelte es sich bei den meisten Computern um alte PCs. Die hier arbeitenden Techniker waren hauptsächlich damit beschäftigt, nicht funktionierenden Computern Mainboards und Komponenten zu entnehmen, um sie in andere nicht funktionierende Computer einzubauen. Es gab immer nur höchstens ein Dutzend betriebsbereite Systeme. Das technische Niveau unterschied sich sehr von dem modernen Laboratorium der Universität Johns Hopkins, in dem er vor Jahren gearbeitet hatte, was jedoch keine große Rolle spielte. Die Gerätschaften waren nur ein Link zur gewaltigen Computerpower von SHIELA. Fast jeden Abend verband sich Armitage mit SHIELA und setzte die Arbeit an einer Computersimulation des Zeitflusses fort, wobei er das Programm Simula-6 benutzte.

Er saß vor einem Computerterminal, das über eine Satellitenantenne mit SHIELA verbunden war, und veränderte und erweiterte die Datengruppen, die den Kern des Simulationsprogramms bildeten. Eine junge Jamaikanerin leistete ihm Gesellschaft, eine Assistentin, die ein besonderes Talent für Computer hatte und von ihnen fasziniert war. Sie arbeiteten fast jede Nacht zusammen. Auch jetzt saß sie neben ihm und sah erstaunt auf, als Armitage laut »Donnerwetter!« sagte. Normalerweise ließ er sich durch nichts aus der Ruhe bringen.

Nach einem Moment fügte er hinzu: »Das sollte sich Loren ansehen.« Aufgeregt sprang er auf und verließ den Computerraum ohne ein weiteres

Wort. Nach einigen Sekunden kehrte er zurück. »Gehen Sie zu ihm, Yazmin, ich kann nicht einfach so ins Schlafzimmer der Prinzessin platzen. Laufen Sie ins Kastell und wecken Sie Loren. Sagen Sie ihm, dass er sofort hierherkommen soll. Es ist dringend. Na los. Schnell.«

Die Assistentin überquerte den Hof und eilte ins eigentliche Kastell. Die Wohnungen befanden sich im obersten Stock, aber sie wusste nicht genau wo. Am Ende der Treppe fand sie Shimnas Kindermädchen, eine junge Inderin, die einer großen, geschlossenen Doppeltür gegenüber auf einer Sitzbank schlief. Sie weckte das Kindermädchen und erklärte, worum es ging. Gemeinsam betraten sie das Schlafzimmer und weckten Loren.

»Dr. Armitage meint, Sie sollen in den Computerraum kommen«, sagte Yazmin. »Sofort.«

»Ja.« Loren versuchte, wach zu werden. Er wusste, dass er aus dem Bett springen sollte, aber ihn hielt auch etwas zurück.

Neben ihm im Bett rollte sich Kelly auf die Seite. Sie schien wacher zu sein als er. »Ihr solltet besser gehen, Mädels. Sonst steht gleich ein nackter Mann vor euch. Ich schicke Loren hinunter.«

Die beiden jungen Frauen liefen kichernd zum Flur. Loren stand auf und streifte einen Morgenmantel über. Mit bloßen Füßen ging er die Treppe hinunter und über das steinerne Pflaster des Hofs. Die Farbe des Himmels deutete darauf hin, dass es etwa eine Stunde vor Sonnenaufgang war. Als er den Computerraum betrat, stand Armitage vor seinem Terminal. Er war so aufgeregt, dass er es nicht fertigbrachte, sich wieder zu setzen. Der Monitor zeigte eine schematische Darstellung des Speichers von SHIELA.

»Speicher ist belegt, Loren. Speicher, der zuvor frei war. Soweit ich weiß ist außer mir niemand online, aber hier sind Dateien, die nicht von mir stammen. Und es gibt andere Dateien, die in den letzten vierundzwanzig Stunden verändert wurden, aber nicht von mir.« Armitage streckte die Hand aus und deutete mit einem knochigen Finger auf Datum und Zeit einer Datei. »Sehen Sie nur, hier hat jemand vor weniger als einer Stunde Veränderungen vorgenommen.« Der Finger strich nach links, zum Namen der betreffenden Datei. Er lautete Revelation-13.

SHIELA führte Buch über alle Verbindungen. Es ließ sich feststellen, wer zu einem bestimmten Zeitpunkt online gewesen war. »Öffnen Sie das Ereignisprotokoll, Lamar«, sagte Loren. Das war in jedem Fall die richtige Entscheidung, aber er brauchte sich die Log-Einträge gar nicht anzusehen, um eine Vorstellung davon zu gewinnen, was geschehen war. Er wusste, wer sich mit SHIELA verbunden hatte. Er fühlte es durch den Faden.

»Ich weiß nicht, wie man das macht«, jammerte Armitage. »Die Systembefehle vergesse ich immer wieder. Wissen Sie, wie man die Logdatei öffnet?«

Loren erinnerte sich nicht daran. Hinter ihm sagte jemand: »Lasst mich mal ran.« Er wich beiseite und Kelly nahm in ihrem weißen Bademantel vor dem Terminal Platz.

Sie gab den Befehl ein. Loren wandte sich vom Schirm ab und wartete darauf, dass Kelly den Namen des Users nannte. »Sonia«, sagte sie in einem neutralen Ton.

Beim ersten Kontakt mit SHIELA von Baracoa aus hatte Edward das System angewiesen, alle User bis auf sie auszusperren. Niemand konnte sich bei SHIELA einloggen, ohne eine der fünf noch gültigen IDs zu nennen, und die gehörten: Kelly, Loren, Homer, Edward und Sonia. Die ID-Nutzung war nur möglich, wenn man das betreffende Password kannte. Als Lamar begann, SHIELA zu benutzen, hatte Edward eine neue ID für ihn geschaffen. Niemand hatte daran gedacht, Sonias Zugang zu löschen.

Loren merkte, dass sich die junge Assistentin namens Yazmin näherte. Er nahm sie am Arm und beauftragte sie, Edward zu wecken, der nur einige Minuten von Monterreal entfernt wohnte. Dann griff er nach dem Telefon neben der Tür, rief den Proctor an und erklärte ihm, was geschehen war. Buxtehude hatte einen kleinen Pavillon, der mit einer Crew an Bord über seinem Dach vertäut war. Er versprach, innerhalb von zwanzig Minuten im Kastell zu sein.

»Seht euch das an«, sagte Kelly. »Seit elf Uhr gestern Abend hat sie sich ein Dutzend Mal eingeloggt. Manchmal hat sie sich schon nach ein oder zwei Minuten wieder ausgeloggt. Die längste Online-Zeit ist weniger als eine Viertelstunde.«

»Offenbar hatte sie Probleme mit der Verbindung«, vermutete Loren. »Vielleicht kam es bei ihr immer wieder zu einem Stromausfall. Oder der Kontakt mit dem Satelliten war nicht stabil. Wie dem auch sei, es ist ihr gelungen, Veränderungen an Revelation-13 vorzunehmen. Drucken wir das Programm aus.«

Armitage ging zu einem Apparat, der fast anderthalb Meter breit war und aussah, als könnte er eine Tonne wiegen. Als er ihn einschaltete, gab das Ding jaulende und knirschende Geräusche von sich.

»Was zum Teufel ist das?« fragte Loren. Er hob die Stimme, um den Lärm zu übertönen.

»Unser Drucker«, sagte Armitage kummervoll. »Die revolutionäre Regierung von Kuba unterhielt keine guten Beziehungen zu Nationen mit hochentwickelter Technik. Dies ist ein russisches Produkt, die billige Kopie eines Zeilendruckers, Modell IBM 1403 aus den 1960er-Jahren. Man kann sich nicht mehr denken hören, wenn das Ding druckt, aber wenigstens druckt es.«

Nach einigen Minuten des Aufwärmens war der Drucker bereit. Kelly gab den Befehl für einen Ausdruck des von Sonia modifizierten Revelation-13-Programms ein, woraufhin der große Apparat mit einem regelrechten Getöse begann und sich dabei schüttelte. Als Edward eintraf, ging Loren mit ihm nach draußen, um alles zu erklären. Armitage verließ den Computerraum ebenfalls.

»Ich kann es nicht fassen, dass wir vergessen haben, ihren Zugang zu sperren«, sagte Loren.

Edward schüttelte den Kopf. »Dazu wären wir gar nicht imstande gewesen. Sie hat die gleiche Priorität wie wir. SHIELA lässt nicht zu, dass wir die Zugangserlaubnis eines Gleichberechtigten ändern.«

»Das kann doch nicht sein. Du hast die Zugangscodes für alle anderen gelöscht, unter ihnen die Leute aus dem Pentagon. Sie hatten die gleiche Priorität wie wir, manche von ihnen sogar eine noch höhere.«

»Ich habe die Codes nicht gelöscht. Das konnte ich nicht. Du hast darüber Bescheid gewusst und es vermutlich vergessen. Die Codes sind noch immer da. Selbst Rupert Paule hat eine ID und die Erlaubnis, SHIELA zu benutzen.«

»Aber ich dachte ...«

»Wir haben die betreffenden Speicherbereiche uns zugeteilt. Auf diese Weise verhindern wir, dass sich die anderen einloggen können. Der gesamte Speicher, jedes einzelne Byte, ist unserer Subgruppe namens Cornell zugeteilt. User anderer Subgruppen können sich nicht einloggen, weil SHIELA nicht einmal genug Platz findet, ihre Passwörter aufzuschreiben. Wenn der Computer sie als Mitglieder einer anderen Gruppe als Cornell identifiziert, werden sie blockiert. Ein Fehler im Sicherheits-Subsystem hat uns das ermöglicht.« Bei diesen Worten verzog Armitage das Gesicht. Er hatte das betreffende Subsystem selbst konzipiert.

»Und Sonia gehört zur Gruppe Cornell«, sagte Loren.

»Ja. Also hat sie noch immer Zugang. Ich weiß nicht, ob es möglich gewesen wäre, sie auszuschließen.«

Das Gerassel des Druckers hörte plötzlich auf. Sie drehten sich um und kehrten in den Computerraum zurück. »Bitte sieh dir das Programm an, Ed«, sagte Loren. »Ich schätze, nach vier Jahren bist nur du imstande, den Code zu lesen und herauszufinden, was Sonia angestellt hat.«

Edward nickte.

»Ich habe schlechte Nachrichten für euch Jungs«, sagte Lamar. »Der Drucker hat kyrillische Typen. Die ausgedruckten Worte sind zwar in Englisch, die Zeichen aber nicht, wenn ihr versteht, was ich meine. Es sind russische Zeichen.« Edward stöhnte. »Oh, so schlimm ist es nicht. Man braucht etwa zehn Minuten, um sich daran zu gewöhnen. Danach merkt man es gar nicht mehr. Man könnte es mit der Spielsprache Pig Latin vergleichen. Ich helfe euch.«

Edward und Lamar machten sich daran, das Listing zu dechiffrieren. Die anderen standen beim Terminal und behielten die Updates des Ereignisprotokolls im Auge. Seit Beginn ihrer Beobachtungen war Sonia nicht mehr online gewesen, aber es hatte mehrere erfolglose Versuche gegeben, einen Kontakt herzustellen. SHIELA hielt jeden dieser »Anrufe« fest.

Proctor Buxtehude traf ein und Loren brachte ihn auf den Stand der Dinge. Sie sprachen draußen miteinander, auf dem Hof, um Edward und Lamar nicht zu stören. Als sie wieder hereinkamen, wusste Ed, worauf die von Sonia vorgenommenen Veränderungen hinausliefen.

»Es gibt zwei wichtige Modifikationen. Nummer eins: Sie hat das Programm vorübergehend eingefroren. Mit anderen Worten: SHIELA hat zur Kenntnis genommen, dass Sonia an dem Programm arbeitet, und deshalb lässt das System Änderungen von anderer Seite nicht zu. Es ist von ›vorübergehend‹ die Rede, aber eine zeitliche Begrenzung gibt es nicht. Sie kontrolliert das System und bestimmt will sie die Kontrolle nicht wieder abgeben. Das Resultat ist, dass wir die von ihr vorgenommenen Änderungen nicht rückgängig machen können.

Der zweite Punkt besteht darin, dass sie den Scheitelwinkel für die Ausrichtung der Laser begrenzt hat. Der Grund dafür ist mir schleierhaft. Vorher konnten die Laser in jedem beliebigen Winkel ausgerichtet werden; jetzt können sie kein Ziel mehr erfassen, das sich über ihnen befindet. Was jedoch keinen Sinn zu ergeben scheint. Für uns bedeutet das keine Einschränkung: Wir können noch immer jedes beliebige Ziel auf der Erde anvisieren. Warum sollte uns Sonia daran hindern, ins All zu schießen? Über den Lasersatelliten gibt es doch gar nichts, auf das wir feuern wollen.«

Nur Kelly saß. Nachdem alle anderen eine ganze Weile geschwiegen hatten, sagte sie: »Wie wäre es mit SHIELA selbst? Die Umlaufbahn von SHIELA liegt etwa hundert Kilometer höher als die der Lasersatelliten. Sonia hat Revelation-13 so verändert, dass wir das System nicht benutzen können, um SHIELA zu zerstören.«

Für Loren blieb die Sache rätselhaft. »Aber warum? Warum sollten wir SHIELA zerstören wollen? Selbst wenn Sonia jetzt Zugang zu Revelation-13 hat und das System gegen unsere Flotte einsetzen kann – die Lasersatelliten bleiben eine überaus nützliche Waffe für uns. Was den Systemzugang betrifft, sind und bleiben wir ihr weit voraus. Wir können die Laser schneller und mit größerer Genauigkeit abfeuern. Sie ist nicht einmal zu einer stabilen, dauerhaften Verbindung imstande. SHIELA bietet uns noch immer einen immensen Vorteil.«

»Nein. SHIELA ist eine enorme Bedrohung für uns. Wir müssen das System zerstören.«

»Die Prinzessin hat natürlich recht«, sagte Proctor Buxtehude. »Wenn wir eine Möglichkeit finden, müssen wir SHIELA noch heute Nacht zerstören.«

»Verstehst du denn nicht, Loren?«, fuhr Kelly fort. »Wir können SHIELA nicht gegen Sonia verwenden, weil wir nicht wissen, wo sie ist. Aber sie weiß genau, wo wir sind. Wir sind Zielscheiben für sie. Sonia kann die Laserstrahlen auf Baracoa und St. James richten. Sie könnte methodisch vorgehen und die ganze Insel beschießen, um jedes lebende Geschöpf in Victoria zu töten.«

*

Der Umstand, dass Sonia immer wieder versuchte, sich mit SHIELA in Verbindung zu setzen, deutete darauf hin, dass sie weitere Veränderungen vornehmen musste, um ihr Ziel zu erreichen. Loren ging davon aus, dass die Begrenzung des Scheitelwinkels nur eine von mehreren notwendigen

Modifikationen war. Edward nahm sich erneut den Ausdruck vor und nach einer weiteren Viertelstunde hatte er gefunden, wonach er suchte.

»Hier ist es«, sagte er. »Sie hat nur den ursprünglichen Scheitelwinkel über der Horizontalen begrenzt. Nichts kann uns daran hindern, das anfängliche Setting mit einem Schwenk zu verlassen, und zwar mit jedem beliebigen Winkel, auch nach oben. Es ließe sich folgendermaßen bewerkstelligen: Wir stellen den ursprünglichen Winkel so hoch wie möglich ein und beginnen dann mit einem Schwenk, der noch weiter nach oben führt, bis der Bogen SHIELA erreicht. SHIELA wird den Laser anweisen, den Winkel etwas weiter nach oben zu verschieben und zu feuern, dann noch etwas weiter nach oben und ein weiterer Schuss, und so weiter, bis das Kommandozentrum getroffen wird, was SHIELAs Existenz beendet. Wenn ich Sonia wäre, würde ich online gehen und versuchen, den Schwenkbefehl zu modifizieren, damit uns diese Möglichkeit nicht mehr zur Verfügung steht.«

»Wir müssen also eine Entscheidung treffen«, sagte Loren. »Noch können wir SHIELA zerstören. Aber müssen wir das auch?«

»Welche Wahl bleibt uns?«, erwiderte Kelly. Sie sah den Proctor an, der nickte.

Unbehagen erfasste Loren, als er daran dachte, dass sie unmittelbar nach SHIELAs Zerstörung vielleicht eine Möglichkeit entdeckten, wie man das System hätte neutralisieren können, *ohne* es zu zerstören. Aber die Zeit drängte; sie mussten handeln, jetzt sofort. Er berechnete den Schwenk selbst und Kelly gab die Daten ein. Drei Minuten später erstarrte das Bild auf dem Schirm vor ihnen. SHIELA existierte nicht mehr und damit hatte Victoria die wichtigste Waffe verloren.

34

Der gute Soldat

Zu den Personen von der Akademie der Künste und Wissenschaften, die an jenem Abend bei der Preisverleihung in Fort Lauderdale zugegen gewesen waren, gehörte eine gut fünfzig Jahre alte Frau namens Cynthia Jouvet. Sie war Bildhauerin, hatte im Metropolitan Museum of Art in New York und auch in Galerien in Georgetown, San Francisco und Newport Beach ausgestellt. Das Design der Medaille, die Homer am Abend des 15. Mai erhalten hatte, stammte von ihr. In der ungewöhnlichen Nacht, die der Preisverleihung folgte, hatte sie Fort Lauderdale zusammen mit all den anderen verlassen, war an Bord der Jolle *Kiruna* nach Baracoa gereist und hatte dort ein neues Leben begonnen. Wenn man über ihre genauen Hintergründe Bescheid gewusst hätte, wäre ihr Name nie auf Homers Liste gesetzt worden. Auf dieser Liste hatten nur die Namen von Personen gestanden, die über keine festen Bindungen verfügten. Auf dem Informationsblatt der Liste war dem Namen C. Jouvet ein »Miss« vorangegangen, aber es hätte »Mrs.« heißen müssen, denn Cynthia Jouvet war verheiratet.

An jenem Abend hatte sie beim Packen ihrer Sachen an die Möglichkeit gedacht, zu bleiben und einen Weg nach Norden zu finden, um zu ihrem Mann zurückzukehren. Sie hatte daran gedacht, aber nur kurz. Vor ihrer Abreise nach Fort Lauderdale hatten sie sich gestritten und der Ärger darüber war noch nicht verflogen. Es schien ein Wink des Schicksals zu sein, der sie voneinander trennte. Und so packte Cynthia Jouvet ihre Sachen und machte sich mit den anderen auf den Weg.

Daheim in einem vornehmen Viertel von Millersville, Maryland, gewann Emile Jouvet eine erstaunlich genaue Vorstellung von den Ereignissen am 16. Mai. Als ehemaliger Versorgungsoffizier, der für die Marine elektronisches Gerät beschafft hatte, verfügte er über gute Kontakte beim Militär. Als klar wurde, dass sich mit seinem Porsche nicht mehr viel anfangen ließ, ebenso wenig wie mit anderen Autos, pumpte er die Reifen von Cynthias Fahrrad auf und radelte zu Admiral Zahniser in Annapolis. Anfang Juni, keine drei Wochen nach dem Einschalten des Effektors, waren ihm zwei Dinge bekannt, von denen die meisten Leute außerhalb der Regierung nichts wussten. Erstens: Die kritischen Ereignisse (woraus genau sie bestanden, wusste er nicht) hatten in Fort Lauderdale stattgefunden. Und zweitens: Die Mitglieder der Akademie der Künste und Wissenschaften, unter ihnen seine Frau, waren irgendwie daran beteiligt.

Mitte August bekam Jouvet einen Hinweis von einem Freund in der Administration: Alle privaten Segelboote sollten konfisziert werden. Er besaß eine schnittige Erickson 40 namens *Le Petit Cygne*, die im Jachtklub von Oxford, Maryland, lag. Emile Jouvet fühlte sich dem Land, dem er gedient hatte, treu verbunden, aber seine Loyalität ging nicht so weit, dass er der Regierung des Landes seine geliebte Jacht überlassen wollte. Also stopfte er Proviant und Ausrüstung in einen Rucksack und machte sich mit dem Fahrrad auf den Weg nach Oxford.

Eigentlich hatte sich Jouvet von Anfang an eine neue Begegnung mit seiner Frau gewünscht, und zwar um den Streit zu beenden. Sie sollte nicht das letzte Wort behalten und einfach so verschwinden. In den vergangenen drei Monaten hatte er über all das nachgedacht, was er ihr an jenem Abend hätte sagen sollen. Ein Teil davon hatte es richtig in sich. Er zweifelte nicht daran, dass Cynthia von seinem gesunden Menschenverstand überwältigt gewesen wäre oder zumindest von seiner Lautstärke. Schließlich wäre ihr nichts anderes übrig geblieben, als nachzugeben, was er zum Anlass genommen hätte, sich dafür zu entschuldigen, ein solcher Trottel gewesen zu sein. Oder vielleicht würde er sich zuerst entschuldigen und sie dann mit der Klarheit seiner Logik beeindrucken. So oder so, er wollte sie finden und den Streit aus der Welt schaffen. Sie waren seit mehr als einem Vierteljahrhundert verheiratet und liebten sich noch immer, wenn sie sich nicht gerade hassten.

Aber als Emile Jouvet unterwegs war, erschien es ihm plötzlich nicht mehr so dringend, Cynthia zu finden. Sie kam auch gut allein zurecht und bestimmt ging es ihr gut in der neuen Ordnung der Dinge. Nach dem, was er über seine Kontakte in Erfahrung gebracht hatte, befand sie sich wahrscheinlich auf Kuba, wo man sich über strenge Winter keine Sorgen machen musste. Außerdem sollte es dort genug zu essen geben. Es wäre dumm gewesen, fand er, sofort bei ihr zu erscheinen und den Eindruck zu erwecken, er hätte sich Sorgen gemacht. Besser war's, einige Monate verstreichen zu lassen, damit sie sich fragte, ob er jemals zu ihr kommen würde. Mehr als ein Jahr verbrachte er als eine Art vornehmer Müßiggänger damit, sich die Bahamas anzuschauen, zu campen und zu angeln. Erst dann erschien er in Baracoa Beach.

»Das Geschäftliche des Geschäfts ist das Geschäft«, sagte Jouvet gern. Als er sich in der Gemeinschaft nach einer nützlichen Tätigkeit umsah, wurde ihm bald klar: Hier hieß das Geschäft »Geld«. Zu Anfang gab es kein Geld in Baracoa; die Gemeinschaft funktionierte wie eine erweiterte Schule, in der alle Gebühren im Voraus bezahlt worden waren. Als Emile Jouvet eintraf, wurde allmählich klar, dass ein besseres System als einfacher Tauschhandel für die Zukunft nicht schlecht gewesen wäre. Jouvet beantragte bei Rektor Brill das Monopol für die Prägung von Münzen. Ein Jahr lang suchte er in nahen Dörfern und Städten nach Gold und experimentierte mit Gusstechniken. Anschließend dauerte es nicht mehr lange, bis er erste Münzen an die Bevölkerung verteilen konnte. Er verkündete: Die einzige Möglichkeit, mehr von ihnen zu bekommen, bestand darin, Waren gegen sie einzutauschen oder der Münzprägestätte mehr Gold zu liefern (womit er das Rohstoffproblem löste).

Der Erfolg des Jouvet-Gelds ging nicht nur darauf zurück, dass die sich entwickelnde Wirtschaft ein Zahlungsmittel brauchte. Es lag auch daran, dass die Münzen hübsch waren. Die große Zehn-Dollar-Münze zeigte auf der einen Seite einen lächelnden Säugling, der einen Fuß hielt. Auf der anderen Seite stand geschrieben: VICTORIA – ZEHN DOLLAR. Die kleine Ein-Dollar-Münze zeigte die Hand des Säuglings, halb geöffnet und die Finger nach oben gestreckt. Es war eine Geste, die Frieden bedeutete, aber auch sanft dazu aufforderte, einen gewissen Abstand zu wahren – eine Botschaft, die Victoria sehr gern an den Rest der Welt richtete. Als die Zwanzig-Dollar-Münze eingeführt wurde, trug sie ein Bild des Kastells Monterreal auf der Rückseite und vorn erneut den Säugling. Die Bilder stammten alle von Cynthia Jouvet.

Innerhalb weniger Jahre machte Emile mit seinem Geschäft im wahrsten Sinne des Wortes viel Geld und er hatte eine hübsche Bank in St. James, mit seinem Namen am Eckstein. Doch er langweilte sich. Er wanderte durch die Handels- und Verwaltungszentren der Stadt und suchte nach jemandem, den er beraten konnte. Seine Wahl fiel auf Rektor Brill, der sich bei Chandler Hopkins darüber beklagte. Letzterer hörte sich die Klagen voller Mitgefühl an und unternahm nichts. Ein Rektor, der sich die eine Hälfte seiner Zeit mit Jouvet abplagen musste und die andere mit Suzikaya, fand kaum Gelegenheit, Chandler auf die Nerven zu gehen.

*

Wahrscheinlich wusste Rupert Paule noch nichts davon, dass die aufstrebende Nation Victoria auf ihre wichtigste Waffe verzichten musste, es sei denn, Sonia hatte ihn darauf hingewiesen. Niemand konnte sagen, woraus Sonias Motive bestanden, aber kaum jemand zweifelte daran, dass sie jetzt auf der Seite von Washington stand. Der Proctor hielt sie für eine unabhängige Kraft, die eigene Ziele verfolgte.

Um die Insel weiterhin zu verteidigen, musste Ersatz für die Laserwaffe gefunden werden. Loren stand im Mittelpunkt dieser Bemühungen, da Ed Barodin seine Aktivitäten auf den privaten Sektor verlagert hatte. Loren hatte versucht, ihn zu überreden, an den Verteidigungsbemühungen teilzunehmen, aber Ed wollte nichts davon wissen. In einer weniger libertären Gesellschaft hätten sie ihn zwangsweise rekrutieren können und das wahrscheinlich auch getan.

Loren richtete drei Forschungsprojekte ein, für drei alternative Waffen. Das erste bestand in dem Versuch, wieder Kontakt mit den Lasersatelliten herzustellen und zu versuchen, sie vom Boden aus zu kontrollieren. Dazu war es nötig, ein Computerzentrum einzurichten, das die Funktionen von SHIELA wahrnehmen konnte. Armitage wies darauf hin, dass die Satelliten über ein spezielles Sicherheitssystem verfügten, dazu bestimmt, Unbefugte daran zu hindern, die Kontrolle zu übernehmen. Die neue Bodenstation von Victoria musste einen Weg finden, dieses Sicherheitssystem zu überlisten. Viel Aussicht auf Erfolg gab es nicht, aber sie mussten es zumindest versuchen, wenn auch nur deshalb, um nachvollziehen zu können, was die Gegenseite in dieser Hinsicht unternahm.

Beim zweiten Projekt ging es um den Bau eines Projektils, das sich mithilfe von Licht-Radios lenken ließ. Das Projektil konnte einfach nur ein Bleigewicht sein, das von einem Katapult an Bord eines Fliegers abgefeuert wurde, aber nach dem Start sollte es gelenkt werden können. Es war ein Schritt weg von den Backsteinwerfern, die Loren ein Jahr zuvor eingesetzt hatte.

Das dritte Projekt schließlich betraf einen ferngesteuerten Drohnenpavillon, der in einer Höhe von bis zu zwanzig Kilometern fliegen und das von großen Spiegeln und Linsen eingefangene Sonnenlicht auf ein bestimmtes Ziel lenken sollte. Alle drei Projekte zeigten eine Schwachstelle von Victoria: die Computertechnik. Beim dritten Projekt erforderte die Anordnung aus Spiegeln und Linsen zwei Mikrocomputer an Bord eines jeden Fliegers: den einen für die Kalibrierung der lokalen Effektoren und den anderen für die Ausrichtung der Spiegel und Linsen. Hinzu kamen Computer bei den Drohnenpavillons und den Fliegern, die sie fernsteuerten. Nicht nur die Hardware war ein Problem – es mussten auch Programme für all die Computer geschrieben werden.

Loren sprach vor dem Rat und betonte die Notwendigkeit moderner Ausrüstung. »Wir brauchen die Technik des einundzwanzigsten Jahrhunderts«, sagte er. »Stattdessen haben wir die des neunzehnten.« Er beschrieb den russischen Drucker, der sich jedes Mal heftig schüttelte und extrem langsam druckte, noch dazu in kyrillischen Schriftzeichen.

Als sich Loren gesetzt hatte, stand Armitage auf und beschrieb das Computerzentrum von Johns Hopkins. Daneben schien selbst die entsprechende Ausstattung von Cornell primitiv zu sein. Schlüssel zur Produktivität der Johns-Hopkins-Gruppe, so Armitage, sei die Anschaffung neuer Workstations gewesen, sogenannter JMacs von Apple. Er erklärte, dass die Programme dieser neuen Computer modular aufgebaut waren und aus einzelnen Komponenten bestanden, die für andere Zwecke neu zusammengesetzt werden konnten. Neue Programme ließen sich auf diese Weise mit minimalem Programmieraufwand erstellen. Armitage glaubte, dass Apple seinen Konkurrenten um Jahre voraus gewesen war. Schließlich meldete sich Proctor Buxtehude zu Wort und betonte, wie wichtig es für Victoria sei, ein derartiges Computerzentrum zu bekommen. Er bat den Rat um eine einmalige Ausnahme vom Embargo und schlug eine »Einkaufstour« vor, die nach Amerika führen und Computer beschaffen sollte. Er regte die Entsendung von sechs Kampfpavillons an, drei für die Computer von Johns Hopkins und drei weitere für einen Abstecher zum Auslieferungslager von New Hampshire, wo es weit und breit die größte Ansammlung von Apple-Computern gab. Buxtehude meinte, an beiden Orten sei kaum mit Widerstand zu rechnen, da Computer in einem Amerika ohne Strom keine Rolle mehr spielten.

Die drei sorgfältig vorbereiteten Präsentationen überzeugten den Rat – der Proctor wurde ermächtigt, zwei Einsatzgruppen nach Norden zu schicken. Und da schon mal eine »Einkaufstour« anstand, konnten auch noch andere benötigte Dinge beschafft werden, schlug der Rat vor. Sofort beschloss der Proctor, eine dritte Gruppe nach Newark Delaware zu entsenden, mit dem Auftrag, Kevlar zu holen, einen wundervollen Segelstoff, den eine dortige Fabrik namens DuPont produziert hatte.

Eine Woche vor dem Aufbruch saß Loren in seinem Arbeitszimmer der Luftschiffwerft La Sabana, als Emile Jouvet vorbeikam. Sie kannten sich gut, denn die Jouvets waren häufig in Monterreal zu Besuch. Emile nahm kein Blatt vor den Mund. »Ich glaube, Sie machen einen großen Fehler«, sagte er.

»Ach? Und wobei?«

»Bei den Apple-Computern. Wie ich hörte, haben Sie vor, alles auf Macintosh umzustellen.«

»Stimmt. Wir beabsichtigen, sie aus dem Forschungslabor zu holen, das vom amerikanischen Verteidigungsministerium für Lamar eingerichtet wurde.«

»Ja, ich weiß. Wie gesagt, es ist ein großer Fehler.«

»Worauf wollen Sie hinaus, Emile?«

»Loren, mein junger Freund, sehen wir die Sache einmal langfristig. Derzeit ist die gewaltige industrielle Macht der westlichen Zivilisation größtenteils gelähmt. Unternehmen, die vor dem Einschalten des ersten Effektors an der Spitze standen, haben einen schweren Rückschlag erlitten. Sie finden erst jetzt einen Weg, sich langsam davon zu erholen. Aber irgendwann werden die großen Unternehmen der Welt wieder stark sein. Glauben Sie mir, wenn ich sage: ExxonMobil, Citibank, General Electric, Ford oder IBM sind keineswegs am Ende.«

»Mhm.« Lorens Blick galt den Unterlagen auf seinem Schreibtisch.

»Wenn sie sich wieder nach oben arbeiten, werden sie stärker sein als jemals zuvor. Haben Sie an diese Zeit gedacht Loren? Haben Sie daran gedacht, was es bedeuten würde, von dem Support abgeschnitten zu sein, den zum Beispiel IBM zur Verfügung stellen kann?«

»Sie möchten, dass wir Computer von IBM anstatt von Apple holen?«

»Bladeserver anstatt Apples eher leistungsschwache Maschinen. Natürlich. Verbünden Sie sich mit der Macht jenes großen Unternehmens. Stellen Sie sich an die technologische Spitze. Rüsten Sie unsere Nation mit der Stärke von z/OS, InfoSphere, Cognos und Hypervisor-Technik aus, um nur einige wichtige Dinge zu nennen.«

Loren schüttelte staunend den Kopf. »Ich weiß, dass Sie in der alten Welt Verkaufsleiter eines großen Unternehmens gewesen sind, Emile. Besagtes Unternehmen war nicht zufälligerweise IBM?«

»Natürlich.« Jouvet sagte es so, als wäre die Arbeit für ein anderes Unternehmen nie infrage gekommen.

»Und Ihr heutiger Besuch läuft auf ein Verkaufsgespräch hinaus?«

»Ich biete Ihnen nur meinen Rat an, das ist alles. Ein kleiner Rat von einem Mann, der gesehen hat, welche katastrophalen Folgen es haben kann, wenn man nicht auf den Gewinner setzt.«

»Ich glaube, Lamar Armitage und ich sind kompetent genug für eine solche Entscheidung.«

»Wie die meisten technisch orientierten Personen sehen Sie nur eine Seite der Frage, Loren. Sie lassen Dinge wie kontinuierlichen Support außer Acht.«

»Kontinuierlicher Support? Wo sind Sie die letzten vier Jahre gewesen, Emile? Wir haben keinen Support von IBM zu erwarten. IBM ist tot. Das Unternehmen existiert nicht mehr, ebenso wenig wie all die anderen. Die Menschen haben keine Zeit für irgendwelche Konzerne. Sie sind viel zu sehr damit beschäftigt, Getreide anzubauen und zu ernten.«

Jouvet verzog das Gesicht. »IBM ist nicht tot. Andere Unternehmen mögen tot sein, aber nicht IBM. Ich versichere Ihnen, dass sich in Armonk, Peekskill, Binghampton, Poughkeepsee, San Jose und all den anderen Niederlassungen neues Leben regt. IBM erwacht, steht wieder auf und wird bald alte Größe erreicht haben und übertreffen. Dies ist Ihre Chance, an der Wiedergeburt teilzuhaben.«

»Emile, ich glaube, Sie übersehen hier etwas. Wir haben nicht vor, die Computer zu kaufen. Wir stehlen sie. Selbst wenn wir dafür bezahlen wollten: Es gibt niemanden, von dem wir sie kaufen könnten.«

»Es ist mir gleichgültig, ob Sie die Computer stehlen oder kaufen. Es geht mir nur darum, dass Sie sich für die richtigen Maschinen entscheiden. Die kleinen Spielzeugserver, die Sie im Sinn haben, taugen nichts. Wenn Sie auf Ihrer derzeitigen Denkweise beharren, werden Sie Ihre Entscheidung viele Jahre bereuen. Ich versuche, Ihnen dabei zu helfen, einen schrecklichen Fehler zu vermeiden.«

*

Rektor Brill verbrachte den größten Teil seiner Zeit im neuen Regierungszentrum nicht weit vom Wasser. Seine Büros befanden sich in einer hübschen Suite mit Blick auf den Hafen und er wohnte in dem Gebäude gleich nebenan. Es war eine Ehrensache, dass die Leute zum Rektor kamen und nicht umgekehrt und deshalb überraschte es Loren, als Brill bei der Werft erschien. Er kam mit einer Kutsche, gezogen von vier prächtigen Pferden. Loren führte ihn in die Kantine und bot ihm an, was es dort anzubieten gab: nicht mehr ganz frischen Kaffee.

Der Rektor blickte unglücklich auf die lehmbraune Flüssigkeit hinab. »Captain Martine, Loren … Eine überaus wichtige Angelegenheit bringt mich heute hierher. Nichts Geringeres als der zukünftige Wohlstand von Victoria steht auf dem Spiel und ich möchte … Nun, ich möchte, dass Sie zusammen mit mir darüber nachdenken.«

»In Ordnung.«

»Erinnern wir uns an die letzte Ratssitzung, als Sie, Dr. Armitage und der Proctor die ›Einkaufstour‹ vorschlugen, wie Sie es nannten.«

»Ja.«

»Wenn ich mich richtig erinnere, gab es bei der Abstimmung keine Gegenstimmen. Nicht eine einzige.«

»Richtig.«

»Nun, die Abstimmung hätte gar nicht einstimmiger sein können, nicht wahr?«

»Das ist oft so, wenn es keine Gegenstimmen gibt.«

»Genau. Das wollte ich damit sagen. Oder haben Sie es gesagt?«

»Ich sage nichts. Ich höre zu, Rektor.«

»Oh. Ausgezeichnet. Jemand muss zuhören, denke ich.«

Loren wartete geduldig.

»Nun, wenn mich mein Gedächtnis nicht trügt, haben wir eine Reise nach Norden beschlossen, eine Ausnahme vom Embargo. Darauf haben wir uns geeinigt, nur darauf. Bei der Reise geht es um die Beschaffung von Computertechnik, von der wir alle glauben, dass wir sie brauchen. Allerdings erinnere ich mich nicht daran, dass wir uns auch auf die genaue Zusammensetzung der betreffenden Gerätschaften geeinigt haben.«

»Ganz im Gegenteil …«

»Oh, nun, vielleicht wurde eine bestimmte Marke genannt, doch es sollte möglich sein, diesen Punkt im Licht neuer Erkenntnisse zu überdenken und …«

»Lassen Sie mich raten. Sie haben einen Vorschlag, welche Geräte wir aussuchen sollten.«

»Nun, zufälligerweise …«

»Sie möchten auf die Bedeutung von kontinuierlichem Support des Unternehmens hinweisen, das hinter dem Produkt steht.«

»Ja, in der Tat! Mr. Jouvet ist in dieser Hinsicht mit sehr fundiertem Rat an mich herangetreten. Es sind wichtige Punkte, die wir durchaus in Erwägung ziehen sollten. Wir dürfen nicht unüberlegt handeln und Computer auswählen, die keinen Support bekommen und mit denen wir auf dem Trockenen sitzen, wenn der zukünftige technologische Fortschritt …«

»Rektor Brill, haben Sie jemals ein Programm geschrieben oder mit einem Computer gearbeitet? Haben Sie auch nur in der Nähe eines Computers gestanden?«

»Nicht ganz nahe. Wissen Sie, meine Aufgabe besteht darin, aus der Perspektive einer höheren Position die Richtung zu weisen und dabei auf wichtige strategische Aspekte zu achten, wie zum Beispiel …« Rektor Brill sprach nicht weiter.

»Glauben Sie nicht, Rektor, dass wir dieses Gespräch in Ihrem Büro führen sollten? Ich meine, wäre das nicht ein besserer Ort für die Erörterung einer so wichtigen Angelegenheit?«

»Nun, ja, genau das glaube ich tatsächlich. Mein Büro wäre tatsächlich ein geeigneterer Ort. Immerhin handelt es sich wirklich um eine Angelegenheit von großer Bedeutung.«

»Gut, Ich schlage vor, Sie kehren in Ihr Büro zurück und führen das Gespräch dort zu Ende. Ich bleibe hier. Machen Sie ohne mich weiter.«

*

Am Abend vor der Reise speisten Kelly und Loren allein auf der Terrasse, die einen weiten Blick über St. James bot. Auf dem Tisch brannten zwei Kerzen in Kristallgläsern. Der Mond stand im Osten, die Sterne leuchteten klar. Loren hob sein Glas in der einen Hand und Kellys in der anderen, als sie sich setzte.

»Auf die Liebe«, sagte er und stieß die beiden Gläsern gegeneinander.

Kelly nahm ihr Glas. »Und auf meinen tapferen Krieger. Möge er sicher heimkehren. Loren, ich hasse es, wenn du uns verlässt.«

»Dies ist ein Kinderspiel, Kelly. In vier Tagen sind wir wieder hier. Widerstand ist nicht zu erwarten, denn noch hat niemand begriffen, dass es in Marlowe, New Hampshire, etwas gibt, das es zu stehlen lohnt. Man wird uns nicht einmal bemerken. Ich habe an einen Abstecher in die Stadt gedacht, sehr diskret, um herauszufinden, was sich in der Zwischenzeit getan hat. Und vielleicht bringe ich dir ein Geschenk mit. Ist das nicht so üblich? Wenn jemand eine Geschäftsreise macht, kehrt er mit einem Geschenk für seine Liebste zurück.«

»Da du es schon ansprichst … Es gibt da etwas, das mir gefallen würde, und du brauchst deshalb nicht einmal in die Stadt. Das Lager, das ihr für eure ›Einkaufstour‹ ausgewählt habt, enthält, wenn ich es richtig sehe, alle Arten von Computern und elektronischen Geräten. Ich meine, dort ist nicht nur ein Hersteller präsent, oder?«

»Nein. Was möchtest du?«

»Nun, eigentlich ist es nicht für mich. Ich dachte, vielleicht wäre es besser für Victoria, wenn du außer den Apple-Computern …«

»Kelly! Du auch?«

»Emile hat mir gesagt …«

»Ich weiß, was er dir gesagt hat.«

*

Marlowe, New Hampshire. Der Kampfpavillon *Ardent* schwebte über der umgebauten Fabrik am Ashuelot River. Die Effektoren hielten ihn in einer Höhe von neun Metern über dem Dach. Ein elektrischer Lift war in Betrieb und brachte Ausrüstung hoch, die Besatzungsmitglieder der *Ardent* im Innern des Gebäudes eingesammelt hatten. Hundertfünfzig Bewaffnete schirmten das Gelände ab. Sie gehörten zu den Eskortpavillons *Leviathan* und *Swiftsure*, die sechzig Meter über dem Einsatzort schwebten und nach Gefahren Ausschau hielten. Bisher schien niemand im Ort die Präsenz von Lorens Gruppe bemerkt zu haben. Es war kurz nach zwei Uhr morgens. Sie wollten lange vor Sonnenaufgang fort sein.

Im Innern des Gebäudes hakte Loren die einzelnen Punkte auf seiner Ausrüstungsliste ab, als die Geräte nach und nach zum Dach gebracht wurden. Ein Teil der Lagerbestände hatte einen Wasserschaden erlitten, aber die Schäden betrafen meistens nur die Kartons der Verpackung, denn Plastikhüllen schützten die Apparate im Innern. Abgesehen von einigen zerbrochenen Fensterscheiben deutete nichts auf Vandalismus hin. Im ersten Stock fanden sie mehr Mac-Server, als sie jemals brauchen würden, außerdem auch noch vierzig vollständige JMac-Workstations. Armitage meinte, dass insgesamt vielleicht nur hundert JMacs gefertigt worden waren. Zusammen mit der Beute von Johns Hopkins würde Victoria die meisten davon besitzen.

Es war geplant, mit den Servern ein neues Internet für Victoria aufzubauen. Die JMacs sollten als Entwicklungsmaschinen dienen und für die Kontrollsysteme der Pavillons eingesetzt werden. Doch abgesehen davon wurden auch kleine Computer gebraucht, ausgestattet mit nur einem Prozessor: für die Kontrolle der Raketen und Linsen. Im Keller fand Loren die benötigten Chips und Mainboards gleich kistenweise. Die Wasserschäden waren hier größer und Nagetiere hatten die Plastikhüllen angeknabbert. Dennoch brachte Loren mehr als tausend intakte Prozessorpackungen zusammen. Im Lauf der Zeit würden sie noch mehr brauchen, aber für den Anfang genügte es. Er entdeckte auch ein halbes Dutzend Interface-Module, mit denen sich die Programme der für die Entwicklung bestimmten Computer auf die anderen Rechner übertragen ließen. Außerdem nahmen sie alle Drucker mit, die das Lagerhaus enthielt, und auch das gesamte Druckerzubehör. Schließlich wies Loren die Besatzungsmitglieder an, alles mit einem Apple-Logo aus dem Ersatzteillager zu holen.

Es blieben nur noch wenige Punkte auf seiner Liste übrig.

Auf dem Weg durch die System-Abteilung des Lagers begegnete er zwei Männern von der *Swiftsure*-Crew, mit Kartons beladen. »Moment mal. Was haben Sie da?«

Die beiden Männer setzten die Kartons auf den Boden und salutierten vor Loren. Er stellte fest, dass es gebürtige Kubaner waren. »Haben Sie einige private Einkäufe gemacht?«, fragte er sie auf Spanisch.

»Nein, Sir«, erwiderte der kleinere Mann. »Befehl von Captain Hopkins. Sie hat uns gebeten, vier solche Systeme mitzubringen, Sir.« Er zeigte Loren einen Zettel, auf dem in Candaces Handschrift Modellnummer und Produktcode geschrieben standen: BladeCenter PS700 Server.

»Ich verstehe. Wissen Sie, wer ich bin?«

»Ja, Sir«, erwiderten die beiden Männer wie aus einem Mund.

»Ich halte es für erforderlich, Captain Hopkins' Anweisungen außer Kraft zu setzen.«

»Ja, Sir.«

»Begleiten Sie mich.« Loren führte die beiden Kubaner in die Abteilung für elektronisches Spielzeug und Computerspiele. Dort zog er einige Packungen aus den Regalen und drückte sie den beiden Männern in die Arme. Als sie nicht noch mehr tragen konnten, schrieb er eine Mitteilung auf Candaces Zettel.

»Richten Sie Captain Hopkins einen schönen Gruß von mir aus und geben Sie ihr dies.« Er stopfte den Zettel in die Jackentasche des nächsten Mannes. »Sie wird das hier weitaus nützlicher finden als die Geräte, die Sie ursprünglich holen sollten.«

»Ja, Sir.«

*

Als sie sich La Sabana näherten, wies Loren seinen Steuermann an, über den vertäuten Schiffen zu kreisen, um festzustellen, ob die anderen Pavillons sicher heimgekehrt waren. Er atmete erleichtert auf, als er Klipsteins Flaggschiff *Superb* und Van Hootes *Resolute* sah, beides neue sechzig Meter lange Kampfpavillons. Die Eskorte bestehend aus der *Ajax*, *Revenge*, *Bellerophon* und *Dreadnought* war ebenfalls präsent. Die *Victory* und die *Conquerer* waren für eine Umrüstung vorgesehen und hätten sich irgendwo in oder über der Werft befinden sollen, doch von ihnen fehlte jede Spur. Mit einem Nicken bedeutete Loren dem Steuermann, den Pavillon nach unten zu bringen, zum letzten freien Platz am Luftschiff-Terminal. Proctor Buxtehude wartete bereits auf ihn, als er über die Rampe schritt.

»Willkommen zurück, Captain. Alle Missionen erfolgreich. Zwei Gruppen sind vor Ihnen zurückgekehrt, wie Sie sehen, und die vierte hat sich per Licht-Radio gemeldet. Sie befindet sich über der Karibischen See und wird in einigen Stunden hier sein.«

»Es gab eine vierte Einsatzgruppe?«

»Oh, ja. Ich habe die *Victory* und die *Conquerer* nach Boca Raton geschickt, unter dem Kommando von Captain Wu.«

»Boca Raton.« Loren seufzte.

»Ja. Dort gibt es eine Produktionsanlage, in der moderne Computer gebaut wurden. Ich hielt es für besser, auf Nummer Sicher zu gehen und ein paar Geräte von dort zu holen.«

»Ich wusste gar nicht, dass Sie sich für Computer interessieren, Sir.«

»Nein, aber zufälligerweise bin ich am Morgen nach Ihrem Aufbruch Emile Jouvet begegnet und wir haben ein längeres Gespräch geführt. Mit Computern kennt er sich erstaunlich gut aus.«

»Oh, ich weiß.«

»Jedenfalls, heute Nachmittag ist die Gruppe zurück und dann können Sie sich ansehen, was sie mitgebracht hat. Ich bin sicher, Sie werden mit den von Emile empfohlenen Geräten zufrieden sein. Ich kann mir kaum vorstellen, dass sie nicht nützlich sind.«

Loren nahm seine Sachen und ging zu einem kleinen Flieger, dessen Pilot darauf wartete, ihn nach Monterreal zu bringen. Er schüttelte den Kopf. In gewisser Weise konnten sie von Glück sagen, dass Emile Jouvet auf ihrer Seite stand, oder zumindest nicht auf der anderen. Er war ein guter Soldat und setzte sich mit großem Engagement für das ein, was er für die richtige Sache hielt. Wenn er all seine Tatkraft für Rupert Paule eingesetzt hätte, wäre Victoria zweifellos in Schwierigkeiten geraten.

35

Maria Sonnenschein

Der Mann namens Nehemiah war in St. James erfolgreich gewesen. Die meisten anderen von Rupert Paule entsandten Spione arbeiteten in La Sabana, in der Nähe der Technik, die sie stehlen sollten. Doch Nehemiahs Ziel war nicht technologischer Natur. Er hatte Arbeit im Büro von Rektor Brill gefunden und nahm die dortigen Aufgaben ebenso ernst wie seine Tätigkeit aus Spion. Es dauerte nicht lange, bis er das Vertrauen des Rektors gewonnen hatte und sich praktisch um das ganze Büro kümmerte, was ihm nicht nur Zugang zu Informationen aller Art gab, sondern auch großen Bewegungsspielraum.

Eines Morgens führte ihn etwas, das erledigt werden musste, zum Büro des Quästors, was ihm Gelegenheit gab, durch einen langen Flur im obersten Stock des Regierungsgebäudes zu gehen. Er hörte das Klacken von Absätzen und stellte fest, dass ihm eine einzelne Frau entgegenkam. Als sie ins Licht der Fenster kam, wurde ihm plötzlich klar, um wen es sich handelte: um die Prinzessin. Es erstaunte ihn, wie groß und schön sie war, wie elegant selbst in einer einfachen Jeans. Das Haar trug sie hochgesteckt. Er drehte sich um, als sie an ihm vorbeigegangen war, betrachtete ihren Rücken und vor allem den langen Hals. Ich werde sie töten, dachte er. Und es würde einfach sein. Vor dem inneren Auge sah er seine Hände an ihrem Hals und das Bild erregte ihn so sehr, dass er eine Erektion bekam. Doch zuerst musste er sich um seine Mission kümmern, bei der es um etwas anderes ging.

Nehemiah schritt weiter durch den Flur und versuchte, sich wieder zu fassen.

*

Edward Barodin, Meisterarchitekt von St. James, fühlte sich wohl. Er saß Kelly gegenüber in der obersten Etage der Bibliothek von Monterreal. Im Kamin neben ihnen brannte ein kleines Feuer und sie genossen ein Glas kubanischen Brandy nach dem Essen. Loren war sofort nach der Mahlzeit zu Bett gegangen und so blieben Kelly und Edward allein. Edward war mal mitteilsam, mal nachdenklich. »Im Ernst, Kelly, was ich am meisten vermisse, ist der Spaß, den wir zusammen hatten. Nicht Wissenschaft und Forschung. Erst recht nicht die Mathematik. Und Computer habe ich immer gehasst. Aber es hat mir immer gefallen, wenn wir zusammensaßen, ein bisschen scherzten und lachten: du, Loren, Homer, Sonia, Claymore und ich. Es waren schöne Zeiten.«

Kelly nickte verträumt.

»Jetzt habe ich ein Projekt, bei dem ich wirklich ich selbst sein kann. Es begeistert mich so sehr, dass ich mich manchmal wie berauscht fühle. Ich kriege einfach nicht genug davon. Aber manchmal … Manchmal wünsche ich mir, jemanden zu haben, mit dem ich meine Besessenheit teilen kann.«

»Du hast Mr. Pease …«

»Pease ist mein Guru. Ich sitze zu seinen Füßen, Kelly. Er weiß so viel mehr als ich jemals wissen werde. Ich liebe ihn, meinen guten alten D.D. Aber er ist kein Fachkollege. Er ist jetzt das für mich, was Homer früher für mich war: eine Inspiration, ein Berater und jemand, an den ich mich wenden kann, wenn ich nicht weiterweiß. Ich habe also einen neuen Homer. Aber wer mir fehlt, ist Loren.«

»Ausgerechnet Loren?«

»Ja. Er und ich, wir waren wie Kinder, die sich zusammen auf dem großen Spielplatz der Wissenschaft vergnügten und sich in allen Ecken und Winkeln eines Themas umsahen, manche von ihnen so faszinierend wie der Schrank von Narnia. Wie waren unschuldig und von unserer Unschuld entzückt. Wie sehr ich ihn vermisse! Manchmal möchte ich ihn packen und ihm den perfekten Gewölbebogen zeigen, den ich für ein neues Dach geplant habe, oder ein kleines Fenster für ein kleines Zimmer, so hübsch, dass man beim Eintreten lächelt. Aber er sieht sich so etwas an, ohne etwas zu sehen. Unsere Wege haben sich voneinander getrennt und führen in verschiedene Richtungen. Das ist das Traurigste von allem.«

»Lass nicht zu, dass so etwas passiert, Edward! Schüttle ihn. Öffne ihm die Augen. Er möchte sehen, was du ihm zeigst. Ihm liegt ebenso viel an dir wie dir an ihm.«

»O nein, ich glaube, ich habe ihn verloren. Er ist fortgegangen, hat eine schöne Prinzessin geheiratet und eine entzückende Tochter gezeugt. Er kümmert sich um eine ganze Flotte und hat keine Zeit für einen alten Jugendfreund.«

»Das ist dummes Zeug, Edward Barodin. Loren ist dein guter Freund und wird es immer sein. Du solltest nur etwas mehr Zeit mit ihm verbringen.«

»Dafür gibt es kaum Gelegenheit, bei all seinen Verpflichtungen und auch meinen. Wir bekommen uns kaum zu Gesicht und wenn wir uns einmal begegnen, so bei offiziellen Anlässen wie dem Essen heute Abend. Und sieh nur, was dann passiert. Er ist so müde, dass er um halb zehn ins Bett geht.«

»Ich werde eingreifen und euch beide auf eine gemeinsame Mission schicken. Darüber denke ich schon seit einer Woche nach. Ich habe beschlossen, euch nach Europa zu senden.«

»Im Ernst, Kelly: Was die Universitätsgebäude betrifft, habe ich eine Aufgabenliste so lang wie mein Arm …«

»Die Leute kommen auch ohne dich zurecht, Edward, du wirst überrascht sein. Jemand anderer wird vortreten und sich um die Arbeit kümmern, voller Freude über die gute Gelegenheit.«

»Ich behaupte nicht, dass es keine Versuchung für mich wäre, aber ich kann wirklich nicht …«

»Edward! Denk an mich. Welchen Spaß macht es, Prinzessin zu sein, wenn man niemanden herumkommandieren darf? Dies ist ein Befehl. Du wirst mit Loren nach Europa fliegen. Du musst. Oder ich schicke dich zum Scharfrichter. Ich bin eine sehr launische Prinzessin und kriege Wutanfälle, wenn ich nicht meinen Willen bekomme.«

»Oh, das lässt natürlich alles in einem ganz anderen Licht erscheinen. Ich wusste gar nicht, dass du einen Scharfrichter hast.«

»Dutzende.«

*

Im Jahr zuvor hatte Victoria Kontakt mit der französischen Regierung aufgenommen und den Grundstein für Handelsbeziehungen gelegt. Die Franzosen brauchten Transportmittel für ihre Waren, doch mehr als alles andere erhofften sie sich die Möglichkeit, eigene Luftschiffe zu bauen. Der Rat beschloss, das Pavillon-Monopol wenigstens fünf weitere Jahre zu behalten und die Technologie anschließend relativ stabilen Gesellschaften zur Verfügung zu stellen. Die Franzosen schienen dafür infrage zu kommen. Es wurden Botschafter mit Paris ausgetauscht.

Kellys Motive, die *Ardent* nach Frankreich und dann nach Spanien zu schicken, hatten kaum etwas mit internationalen Beziehungen und weitaus mehr mit der Festigung von Lorens und Edwards Freundschaft zu tun. Vor allem aber diente die Reise dazu, Loren zu seiner Familie zu bringen. Es war Kelly ein Rätsel, warum er sich nicht längst auf den Weg nach Alba de Tormes gemacht hatte, wo seine Schwestern lebten, warum er nicht einmal eine Nachricht geschickt hatte. Wenn er von seiner Familie sprach, steckten seine Worte immer voller Liebe, doch er schien es nicht eilig zu haben, sie wiederzusehen. Er meinte immer wieder, bestimmt seien alle sicher. Kelly vermutete, dass er Zweifel hatte und befürchtete, dass die Wirklichkeit ganz anders aussah.

Immer wieder sprach sie ihn darauf an, auf ihre fröhliche, aber nicht zu beirrende Art: »Es ist auch meine Familie, Loren. Und ich habe so wenige Verwandte.« Und so erklärte er sich schließlich zu der Reise bereit.

Im Morgengrauen vor dem Abflug der *Ardent* zog Loren Kelly aus dem Bett und stellte sie schläfrig und nackt vor den großen Spiegel. Er schlang die Arme um sie und bewunderte ihr Spiegelbild. »Ein perfektes menschliches Wesen«, sagte er. »Perfekt, exquisit, wunderschön, sexy und herrlich, vor allem aber perfekt.«

Sie gähnte. »Bin ein bisschen flach«, sagte sie.

»Kelly! Davon verstehst du nichts. Du bist perfekt.«

»Ich finde nur, dass ich hier oben etwas mehr gebrauchen könnte.«

»Nein.«

»Eine schönen großen Busen … wie Sonia.«

»Nein. Wenn man etwas Perfektes ändert, wird es unvollkommen.«

»Ich bin immer eifersüchtig auf sie gewesen und dachte, man sähe es mir deutlich an. Sie war all das, was ich immer sein wollte: gebildet, schön, anmutig, elegant, eine hervorragende Schauspielerin. Und sie hatte eine atemberaubende Figur. Es schien einfach nicht gerecht zu sein. Sie hatte alles.«

Loren drehte sie, zog sie an sich, küsste sie auf Wangen, Stirn und Lider und sagte: »Meine Kelly, meine einzige Liebe. Gibt es etwas, das du nicht für mich bist? Geliebte, Besessenheit, Porno-Prinzessin, Mutter meiner wunderschönen Tochter, Oberhaupt einer großen Nation, Symbol für alles, das uns wichtig ist …«

Sie sah ihn ernst an. »Wie sind deine Schwestern, Loren?«

»Was?«

»Wie sind sie als Frauen?«

»Ich weiß nicht.« Er wandte den Blick ab. »Ich schätze, du wirst sie eines Tages kennenlernen.«

»Bring eine von ihnen hierher, wenn sie möchte, Loren. Wenn es in ihr Leben passt und wenn sie zu einem Besuch bei uns bereit ist. Ich habe das Gefühl, dass es jetzt auch meine Schwestern sind, aber ich kenne sie gar nicht. Ich könnte eine Schwester gebrauchen. Erfüllst du mir diesen Wunsch, Loren?«

»Ja, natürlich. Wenn eine von ihnen mitkommen möchte. Doch das bezweifle ich. Wahrscheinlich sind sie alle verheiratet und dicke alte Mütter.«

Kelly wusste, welche ihm am wichtigsten war. »Bringst du Chlotide mit? Bittest du sie, dich hierher zu begleiten, damit ich Gelegenheit habe, sie kennenzulernen, Loren?«

»Ja. Ich bin sicher, dass sie nicht mitkommen kann, aber ich werde sie fragen.«

*

Edward war noch nie auf einem der neuen großen Kampfpavillons gewesen. Der Luxus des Gästequartiers an Bord der *Ardent* erstaunte ihn ebenso wie die allgemeine Eleganz. Durch das Fenster seiner Kabine auf dem Oberdeck sah er das aufgewühlte Meer einige Dutzend Meter weiter unten. Eine schmale Inselkette verschwand am südlichen Horizont: die Inseln unter dem Winde, wie er vermutete. Ganz sicher war er nicht, denn es geschah zum ersten Mal, dass er so weit nach Osten flog. In den letzten beiden Jahren hatte er Victoria überhaupt nicht verlassen. Die lange goldene und weiße Fahne Victorias wehte am horizontalen Mast, der direkt hinter der Kabine aus der Steuerbordseite ragte. Er beobachtete, wie die Fahne eingeholt wurde und in ihrem Gehäuse verschwand. Die Sonne stand niedrig am Himmel hinter ihnen, berührte gerade den Horizont. In ihrem Licht sah Edward sein Spiegelbild in der Mahagoni-Verzierung am Rand des Fensters.

Er drehte sich zum Spiegel um und fuhr damit fort, sich anzuziehen. Zu den Vorbereitungen dieser Reise hatte der Erwerb mehrerer neuer Anzüge, Hemden, Schuhe, Krawatten und sogar eines Huts gehört. Nur bei der Heirat von Loren und Kelly hatte sich Edward jemals so herausgeputzt. Die neue Kleidung war nicht nur für Paris und Spanien bestimmt, sondern auch für die Abendessen an Bord, die recht formell sein sollten, wie er gehört hatte.

Das erste Abendessen war eine private Angelegenheit in der Suite des Captains. Edward fragte sich voller Neugier, wie sie beschaffen sein mochte. Angesichts der überall präsenten Dekorationen und Veredelungen nahm er an, dass das Quartier des Captains üppig ausgestattet war. Auf dem Weg dorthin ging Edward die breite Treppe zum Hauptsalon hinab und vermied es, zum großen, von einem Geländer umgebenen Bodenfenster zu blicken. Es sah nach einem Loch aus, ein Eindruck, der ihm Unbehagen bescherte. Vom Salon aus führte ein Flur nach achtern, mit Offizierskabinen zu beiden Seiten, und am Ende dieses Flurs befand sich die Suite des Captains. Edward erreichte eine geschlossene weiße Tür, vor der zwei Besatzungsmitglieder Wache hielten, eines von ihnen eine Frau. Er nickte ihnen freundlich zu. »'n Abend.«

»Dr. Barodin«, sagte der Mann. »Guten Abend, Sir.«

Die beiden Wächter öffneten die Doppeltür für ihn und was sich dahinter befand, sah nach einem Foyer mit Bücherschränken auf beiden Seiten aus. Ein Kadett in Galauniform eilte ihm entgegen. »Dr. Barodin«, grüßte er und führte Edward zwei Stufen hinunter in den Hauptraum, der das ganze Heck des Fliegers beanspruchte. Die gewölbte Rückwand wies mehrere längs unterteilte Fenster auf, die Blick auf die in der Ferne verschwindenden Inseln boten. Der Raum war sehr großzügig bemessen, vergleichbar mit dem Wohnzimmer eines großen Luxusapartments. Ein Dutzend Personen hatten sich eingefunden. Loren winkte von einem grauen Diwan, wo er einem älteren Paar gegenübersaß. Schwarz, Weiß und Grau bestimmten die Einrichtung des Raums – die Offiziere in ihren weißen Uniformen passten gut in diese Umgebung. Der Kadett führte Edward herum und stellte ihn den Anwesenden vor.

»Unser Arzt, Dr. Bolen. Ich glaube, Sie kennen ihn bereits.«

»Steven.«

»Hallo, Edward. Freut mich, dass Sie bei uns sind. Bitte werden Sie nicht krank. Ich stelle mir dies gern als Urlaub vor und beabsichtige, während der Reise nach Paris vor allem zu schlafen.«

Anschließend präsentierte der Kadett zwei Offiziere. »Dr. Barodin, dies sind Commander Myer, der stellvertretende Kommandant, und Lieutenant Bentenjew.«

Edward schüttelte dem Commander die Hand und wandte sich dann Lieutenant Bentenjew zu, einer Frau fast ebenso groß wie er, mit weißblondem Haar und hellblauen Augen. Sie trug keine Uniform, sondern ein Abendkleid, und schenkte ihm ein schelmisches Lächeln. Er deutete eine Verbeugung an und gab ihr einen festen Händedruck. »Lieutenant.«

»Rita.«

»Äh, Edward.«

»Ich weiß. Dies ist Oliver Myer«, sagte sie und deutete auf den anderen Offizier. Dann kehrte ihr Blick zu Edward zurück. »Auf der *Ardent* kursiert das Gerücht, dass Sie sich die Belle-Époque-Architektur in Paris ansehen wollen, mit der Absicht, sich von den Fassaden für die Universität inspirieren zu lassen.« Rita Bentenjew lächelte bei ihren Worten, zeigte perfekte Zähne. Sie beugte sich vor und legte Edward die Hand auf den Arm. »Wären Sie bereit, eine interessierte Amateurin mitzunehmen? Wenn sie die Skizzenblöcke für Sie trägt?«

Edward hätte es nie für möglich gehalten, dass ein Lieutenant so gut riechen konnte.

»Interessieren Sie sich für Architektur, Lieutenant?«

»O ja. Zumindest für die Architektur von Paris. Und die von St. James.«

»Dann müssen Sie mich begleiten«, sagte Edward.

Rita Bentenjew blieb an seiner Seite, als er den übrigen Gästen vorgestellt wurde, unter ihnen der französische Botschafter und seine Frau, die von einem Besuch in Victoria heimkehrten. Als er seinen Platz am Tisch fand, stellte er fest, dass das Gedeck neben ihm für Rita reserviert war.

Während des Essens sprach Loren davon, dass er großen Respekt vor dem Ermessen und der Tüchtigkeit eines gewissen jungen Lieutenants habe, und Edward ahnte, dass alles für ihn vorbereitet worden war – vielleicht sollte er verkuppelt werden. Was musste sein Freund von ihm denken, nach all den Jahren ohne Frau? Vielleicht hielt Loren ihn für schwul oder asexuell, was beides nicht stimmte. Wenn Loren tatsächlich so etwas vermutete, stellte die hübsche Offizierin in ihrem blauen Chiffonkleid vielleicht eine Art Feuerprobe dar. Sie hatte ein tiefes, erotisches Lachen, das einen erschauern und nach Worten suchen ließ, die Rita erneut zum Lachen brachten. Edward merkte, wie er dumm lächelte, bereits halb von ihr verzaubert. Am Ende der Mahlzeit wusste er, dass sie zur einen Hälfte Russin und zur anderen Finnin war, dass sie in Yale bildende Künste studiert hatte und nicht gebunden war. Das alles sagte sie ihm direkt. Die indirekte Botschaft war sowohl stärker als auch subtiler. Sie hing in der Luft zwischen ihnen, zusammen mit ihrem Duft.

Am Ende des Abends begleitete ihn Rita bis zum Hauptsalon, bevor sie durch den Offiziersflur zu ihrer Kabine zurückkehrte. Als sie sich eine gute Nacht wünschten, blieb Edward darauf konzentriert, nicht zum Bodenfenster zu schauen, das nachts noch beunruhigender wirkte. Er ging die Treppe hoch, den Blick starr nach vorn gerichtet. Aber anschließend, als er sich die Zähne putzte und auszog, waren seine Gedanken wieder bei Rita. Wie schön und sympathisch sie doch war. Er hoffte, dass sie bald den Mann fand, der alles für sie sein konnte, was sie sich wünschte.

*

Nach vier Tagen in Paris segelte die *Ardent* nachts über den offenen Atlantik und wandte sich dann nach Süden, in den Golf von Biscaya. Am Morgen erreichte sie die portugiesische Stadt Oporto. Direkt dahinter mündete der Duero ins Meer. Loren wies den Steuermann an, dem Flusstal nach Osten ins Landesinnere zu folgen. Der Juniwind über dem warmen Land war unbeständig und wehte manchmal gar nicht. In größerer Höhe gab es vermutlich zuverlässigere Winde, aber bei der gegenwärtigen Geschwindigkeit hätte der Aufstieg in große Höhen eine Ewigkeit gedauert. Loren gab sich damit zufrieden, langsam durchs Tal zu schweben, während er im vorderen Kontrollraum frühstückte. Am späten Vormittag überflogen sie die spanische Grenze und erreichten den Tormes.

Edward kam zu ihm, als sie sich Lorens Heimatort näherten. Die gelben Mauern von Salamanca zeigten sich windwärts. Loren deutete für Edward auf die Sehenswürdigkeiten der Stadt.

»Verlang bloß nicht von mir, dass ich Tintenfisch esse, Loren.«

»Du wirst ihn probieren und dir mehr davon wünschen. Tintenfisch in seiner eigenen Tinte …«

»Igitt.«

»… von meiner Schwester Celuza zubereitet. Sie ist sehr stolz auf ihren *Pulpo en su tinta*. Natürlich willst du nicht ihre Gefühle verletzen, weil sie so nett und liebenswürdig und empfindsam ist, und deshalb isst du auch noch eine zweite Portion und vielleicht eine dritte obendrein.«

»Meine Güte. Ich fürchte, darauf läuft es hinaus.«

»Und meine Tante ist für ihre Aale bekannt, kleine Aale, in Öl und Knoblauch sautiert. Sie zischen auf dem Teller, wenn man sie isst, und man könnte meinen, dass sie noch leben.«

»Lieber Himmel.«

Edward spürte, wie sich Lorens Hand um seinen Arm schloss. »Oh, Edward, da ist es.« Loren zeigte auf ein weiß getünchtes Gebäude am Fluss.

»Welch ein herrlicher Flecken Erde. Er ist genau so, wie du ihn beschrieben hast.« Edward bemerkte, dass Loren blass geworden war. Er legte ihm den Arm um die Schultern. »Es ist alles in Ordnung mit deinen Schwestern, mit jeder einzelnen von ihnen. Du wirst sehen.«

»Ja.«

Loren deutete zu den roten Hügeln, die sich hinter dem Dorf erhoben, und die *Ardent* änderte den Kurs und wurde noch langsamer. Kurze Zeit später verharrte sie etwa neun Meter über dem Boden. Der Aufzug brachte sie nach unten und als sie ihn verließen, sahen sie Kinder und Hunde, die über den Hang auf sie zuliefen. Einige Erwachsene folgten nicht weit dahinter. Bevor das von lautem Gebell begleitete Willkommenskomitee eintraf, war der Aufzug wieder oben und die *Ardent* kreuzte gegen den Wind, kehrte ins Zentrum des Tals zurück. Sie wollte den Rest des Tages über dem hügeligen Land verbringen und anschließend im Schutz der Dunkelheit mehr als dreihundert Kilometer weit nach Madrid fliegen. Loren hatte Anweisung gegeben, eine kleine Gruppe von Leuten, die Spanisch sprachen, in Madrid abzusetzen – sie sollten die dortige Lage sondieren. Es war vorgesehen, dass die *Ardent* in genau sieben Tagen nach Alba de Tormes zurückkehrte.

Die Kinder wahrten sicheren Abstand, bis die Erwachsenen zu ihnen aufschlossen, und näherten sich dann zusammen mit ihnen. Edwards Spanisch war ein bisschen eingerostet, aber er glaubte, die ersten Worte zu verstehen. Sie lauteten. »Es ist der Martine-Junge, stellt schon wieder

Unfug an.« Sprecherin war eine alte Frau, die ein braunes Schultertuch und ein Kopftuch trug. Loren ergriff ihre Hand und küsste die Rückseite.

»Tia Juana, so gesund wie damals, als ich ein Junge war, und nicht dünner.«

Mit der freien Hand zwickte sie seine Wange.

»Was ist mit meinen Schwestern, Juana?«

»Sind alle bei guter Gesundheit und in guter Stimmung, was sie keineswegs ihrem Tunichtgut von Bruder verdanken. Und wer ist dieser große Mann mit dem Haar so lang wie das eines Mädchens?«

»Mein Freund Eduardo. Dies ist Señora Iguarda, Edward. Sie war Zahlmeisterin in der Mühle meines Onkels.« Loren sagte es auf Spanisch.

Edward fühlte sich ein wenig hilflos und fragte sich, wo er das Wörterbuch verstaut hatte. Die Señora reichte ihm die Hand und er beugte sich tiefer als Loren darüber. Sollte er den Handrücken wirklich küssen oder nur mit den Lippen berühren? Ein Fehler ließ ihn vielleicht wie einen Tölpel dastehen. Er entschied sich, die Hand tatsächlich zu küssen, und offenbar fand Tia Juana nichts daran auszusetzen.

Sie hatten Reisetaschen zu tragen und gingen deshalb langsam über den Hang. Die Kinder eilten mit der Nachricht ihrer Ankunft voraus und mit dem Hinweis, dass sich Loren Martine unter den Besuchern befand, die mit einem fliegenden Schiff unter silbernen Segeln gekommen waren. Als sie sich den Häusern näherten, bemerkte Edward eine junge Frau mit schwarzem Haar, die ihnen eilig entgegenlief. Ihr offener weißer Kittel wehte wie eine Fahne hinter ihr. Sie lief auch dann noch, als sie den Hügel erreichte und es nach oben ging. Aus dem Augenwinkel sah Edward, wie Loren neben ihm seine beiden Reisetaschen losließ. Aus einer Entfernung von fast zwei Metern sprang die Frau, landete in seinen Armen und warf ihn fast zu Boden. Sie küsste ihn erst auf den Mund und dann überall im Gesicht, sagte immer wieder »Lorentino«. Als Loren sie schließlich absetzte, war Loren sprachlos und brachte keinen Ton hervor. Die Frau wandte sich an Edward, wischte sich Tränen von der Wange, streckte die Hand aus und sagte in gutem Englisch: »Ich bin Chlotide.«

»Das dachte ich mir«, sagte Edward und nahm die Hand. Die Frau lächelte, den anderen Arm noch immer um Loren geschlungen. »Es ist mir eine große Freude …« Und dann unterbrach er sich, als er die Ähnlichkeit bemerkte. Chlotide ähnelte Sonia so sehr, dass sie Zwillinge hätten sein können: dunkle Haut, das zart wirkende Gesicht, die Figur, etwa die gleiche Größe. Auch diese Frau hatte das Haar hinter die Ohren geschoben und es war ebenso lang wie Sonias, als Edward sie zum letzten Mal gesehen hatte. Loren wusste offenbar, was seinem Freund durch den Kopf ging, denn er wandte den Blick ab. Nur der Gesichtsausdruck war anders. Chlotide steckte voller Sinnlichkeit und Fröhlichkeit, ganz anders als Sonia, die immer zurückhaltend gewesen war. »… hier zu sein«, beendete Edward den begonnenen Satz.

Chlotide lachte, trotz der Tränen, die ihr jetzt wieder über die Wangen rannen. Dann zog sie Loren zu sich und küsste ihn erneut. Vorn steckte ein Stethoskop in der Tasche ihres weißen Kittels. Sie war Ärztin, hatte Edward früher gehört.

Schließlich fand Loren die Stimme wieder. »Das ist mein großer Freund Eduardo«, sagte er. »Eduardo Barodin, Chlotide Martine.«

»Oh, ein großer Freund. Nun, in dem Fall …« Sie bot ihre Lippen Eduard an, der sich beugte, sie küsste und ihr dabei in die Augen sah.

»Er sieht sehr gut aus, dein Eduardo. Vielleicht könnte er eine deiner Schwestern heiraten … Oh, er ist doch nicht verheiratet, oder?«

»Nein. Welche Schwester sollen wir für ihn auswählen? Vielleicht Celuza?«

»Celuza hat einen Freund.«

Es standen noch immer Kinder um sie herum. Chlotide nahm zwei Jungen, zerzauste ihnen das Haar und belud sie dann mit dem Gepäck. »Behaltet diese beiden im Auge«, sagte sie über die Schulter hinweg und auf Spanisch zu Loren und Edward. »Es sind Diaz-Jungen, zwei richtige Schlingel. Wahrscheinlich enden eure Reisetaschen im Fluss.« Dann nahm sie Loren am einen Arm und Edward am anderen und führte sie hinunter zur Mühle.

Kurze Zeit später hatte Edward Sierpa, ihren Mann Alberto und die beiden Söhne kennengelernt. Beim Mittagessen eine Stunde später begegnete er Asunción und den Babys der Familie, Ana-Lucia und Sanchy, inzwischen vierzehn und siebzehn Jahre alt. Vor dem Abendessen versammelten sie sich auf der Terrasse auf dem Fluss, tranken Vino tinto und aßen Tapas. Bei dieser Gelegenheit traf Edward Celuza und ihren Freund Juan. Er versuchte, den Überblick zu behalten – bisher waren ihm sechs von Lorens Schwestern bekannt. Kurz bevor sie zum Abendessen Platz nahmen, stellte man ihn Maria del Sol vor und in dem Moment geschah etwas, das er für unmöglich gehalten hatte: Er verliebte sich.

*

Maria del Sol war das größte der Martine-Mädchen, sogar die Größte in der ganzen Familie. Sie war groß genug, um ihm auf gleicher Höhe in die Augen zu sehen und genau das machte sie, wobei ihr zu gefallen schien, was sie sah. Zwar sprach sie nicht darüber, aber ihre Schwestern wussten, was sie dachte. Loren bekam das alles natürlich nicht mit.

Sie war neunundzwanzig und damit ein Jahr älter als Loren. Nach einem weiterführenden Studium der Anthropologie war sie Professorin dieses Fachgebiets geworden. Zwar befasste sich die Anthropologie in erster Linie mit dem Menschen, aber MariSols Interesse galt mehr den Vögeln und anderen Tieren, den Nachbarn des Menschen auf der Erde. Sie war Naturalistin. Wenn sie in der Universität keine Vorlesungen hielt und nicht mit der Familie beschäftigt war, verbrachte sie ihre Zeit in den Hügeln und Bergen, beobachtete und zeichnete jedes lebende Geschöpf, das sie entdeckte. Ihre Zeichnungen waren wundervoll: mit Bleistift angefertigte Skizzen, später mit bunter Tusche ausgemalt. Die Universität hatte ein Buch mit ihren Illustrationen und Beschreibungen des Lebens in den Bergen herausgebracht.

»Wir gehen heute Nachmittag nach meiner Rückkehr auf die Jagd«, teilte sie Edward am zweiten Morgen mit. »Wir werden schrecklich spät fürs Abendessen sein. Gefällt dir die Jagd?«

»Ich glaube, sie wird mir gefallen, wenn du möchtest, dass sie mir gefällt.«

»Das möchte ich wirklich. Wir jagen ohne Waffen, nur mit unseren Händen.«

»Oh.«

Als sie an jenem Nachmittag in den Bergen unterwegs waren, erklärte MariSol die Regeln der Jagd: »Unsere Beute ist der Falke, der die kleinen Erdhörnchen tötet. Ich mag die Erdhörnchen. Sie gefallen mir mehr als die Falken. Das ist unfair, ich weiß, aber so ist das nun einmal. Also jagen wir Falken.«

»Mit bloßen Händen.«

»Nur mit den Händen. Ich werde es dir zeigen.«

Sie mussten zu den Höhlen der Erdhörnchen kriechen, auf dem Bauch liegend und ohne einen Laut. Edward beobachtete ein Weibchen mit zwei Jungen aus einer Entfernung von nur zehn Metern – nie zuvor war er einem echten Wildtier so nahe gekommen. Fasziniert sah er zu, wie das Weibchen die Jungen putzte. Es war ein so sanftes, liebevolles Bild, dass er verstand, warum Maria del Sol diese Seite gewählt hatte. Er schaute zu ihr und sie drehte demonstrativ die Augen nach oben. Ganz langsam hob Edward den Kopf und sah den Falken, der dort am Himmel kreiste, genau über dem Weibchen mit den beiden Jungen. MariSols Lippen formten die Worte: »Ich zeige es dir.« Der Falke war so groß wie ein kleiner Adler, wirkte ebenso entschlossen wie gefährlich. Sorge regte sich in Edward. Der Vogel hatte es ganz offensichtlich auf die Erdhörnchen abgesehen.

Plötzlich fiel der Falke und wurde im Sturzflug immer schneller. Als er die Erdhörnchen fast erreicht hatte, sprang Maria del Sol auf, hielt die Hand wie eine Pistole und rief: »Peng! Peng! Peng!« Dann sank sie auf den Boden zurück und lachte, als der Falke mit einem Schrei fortflog.

Edward stand blass da und brauchte einen Moment, bis er begriff, dass sie ihn gefoppt hatte. »Auf diese Weise jagst du mit bloßen Händen?«

»Ja«, lachte sie. »Was hältst du davon?«

»Ich weiß nicht recht.«

Sie setzten ihre Wanderung durch die Berglandschaft fort, bis die Sonne dem Horizont entgegensank. Sie machten sich auch dann noch nicht auf den Rückweg, als der Sonnenuntergang unmittelbar bevorstand. MariSol meinte, dies sei eine besonders interessante Zeit für die Beobachtung von Tieren. Edward folgte ihr durch eine schmale Schlucht und hinunter zu einer kleinen grünen Wiese neben einem Bach. Im niedrigen Gestrüpp am Rand der Wiese hielten sie inne.

»Jetzt musst du ganz still sein, vielleicht für lange Zeit«, sagte MariSol. Sie legte sich auf den Rücken und schaute zu den Bergen in der Ferne, die bereits die Farben des beginnenden Abends trugen. Ihr Blick schien ins Leere zu gehen. Edward sah zum Bach, wo vermutlich irgendwann Tiere erscheinen würden, um zu trinken. Als er sich wieder MariSol zuwandte, waren ihre Augen geschlossen und das Gesicht wirkte wie im Schlaf entspannt. Aber Edward glaubte, dass sie noch wach war. Er bedauerte plötzlich, sein Skizzenbuch nicht mitgebracht zu haben. Dies wäre eine gute Gelegenheit gewesen, nicht etwa Tiere zu malen, sondern die Frau an seiner Seite. Sie hatte hohe Wangenknochen, fast wie eine amerikanische Indianerin, und langes kastanienfarbenes Haar mit roten und beinahe rotblauen Tönen. Die Finger ihrer auf der Brust gefalteten Hände waren sehr lang. Diese Hände, dachte er, hätte er zuerst gezeichnet. Die Wimpern lagen flach auf den Wangen, ein dunkles Braun auf dem etwas helleren Braun der Haut. Die Wangen hatten etwas Erstaunliches, etwas, das ihm schon vorher aufgefallen war, ohne dass er es benennen konnte: die Abwesenheit von Schatten oder Ringen unter den Augen. Sie schien jede Nacht tief und fest zu schlafen und jeden Morgen vollkommen erfrischt zu erwachen. Das Gesicht dieser Frau zeigte nicht einen Hauch von Anspannung. Nie zuvor hatte Edward einen friedlicheren Menschen gesehen.

Offenbar gab es ein Geräusch. Edward hörte nichts, aber MariSol öffnete die Augen. Sie blickte nicht zum Bach, rollte sich stattdessen auf die Seite und flüsterte ihm auf Spanisch ins Ohr: »Sieh jetzt zum Wasser, unten beim toten Baum.«

Edward hob den Blick, hielt Ausschau und fühlte dabei überdeutlich den warmen Atem am Ohr. Am Ufer des Bachs bemerkte er ein Tier so groß wie ein Terrier, aber niedriger und mit dichtem Fell. Nachdem das Geschöpf getrunken hatte, setzte es sich auf die Hinterläufe und sah sich um. Edward konnte es recht deutlich erkennen: schwarz, mit einem weißen Streifen, der von der breiten Schnauze ausging, zwischen den Ohren hindurchreichte und über den ganzen Rücken lief. Das Tier wirkte irgendwie vertraut.

»Ein Tejón«, sagte MariSol. »Ein Dachs.«

Sie beobachteten den Dachs, bis er sich schließlich auf und davon machte. Maria del Sol meinte, dass es sich um ein Männchen handelte, etwa fünf Jahre alt.

Die lange Dämmerung gab ihnen etwas mehr Zeit. MariSol führte Edward zurück durch die kleine Schlucht und zu einigen Kiefern auf einem kleinen Plateau. Dort fiel ihr etwas auf und sie bedeutete ihm, leise näher zu kommen. Vorsichtig hob sie einen großen Zweig an und darunter erschien ein kleiner Hase, der mit einer Mischung aus Furcht und Hoffnung zu ihnen hochsah. MariSol ließ den Zweig wieder sinken und führte Edward weiter, zu einem Felsvorsprung hinter den Kiefern, der einen guten Blick auf den Tormes und den Ort Alba bot. Der Felsvorsprung war gerade groß genug, dass sie nebeneinander sitzen konnten. MariSol hielt Edward fest, bis er sicher saß. Vor ihnen ging es steil dreißig Meter in die Tiefe.

Er fühlte ihre Wärme dort, wo sie sich berührten, an Schulter, Arm, Hüfte und Bein. Mit einem kleinen Lächeln wandte sie sich ihm zu und sagte nichts. Ihre Augen waren groß und klar.

»Weißt du, welche Nacht dies ist?«, fragte er sie.

»Oh, ja. Deshalb fühle ich mich so wundervoll.«

»Heute ist der 21. Juni. Dies ist die Nacht der Sonnenwende.«

»Ja.«

Edward streckte die Hand nach oben, zu einem Moosfladen mit einer kleinen Blume in der Mitte. Er pflückte die blaue Blume, die nicht größer war als ein Streichholzkopf.

»Darf ich dir dieses kleine Geschenk geben, Maria Sonnenschein? Für die Mittsommernacht?«

»Ja, danke.« Sie nahm die Blume würdevoll entgegen. »Ich werde sie in der Nähe meines Herzens tragen.« Sie legte die kleine Blume auf die Spitze ihrer Zunge und schluckte. »Ganz nahe.«

»Dies ist meine erste Mittsommernacht«, sagte Edward. »An die anderen erinnere ich mich nicht und diese werde ich nicht vergessen.«

MariSol blickte lächelnd übers Tal. Nach einem Moment hakte sie sich bei ihm ein. »Mein kleines Geschenk für diese Mittsommernacht ist ein Kuss.« Sie beugte sich zu ihm und sah ihm in die Augen, als sie sich küssten. Und dann sanken ihre Lider, als sie sich ganz dem Kuss hingab.

»Jetzt müssen wir uns sputen«, sagte sie anschließend. »Denn selbst am Mittsommerabend wird es schließlich dunkel und wir haben einen weiten Weg vor uns.«

*

Jeden Abend nach dem Essen wurde gesungen. Für Asunción war Musik die wichtigste Ergänzung der schulischen Bildung. Sie meinte, die Schulen brächten junge Menschen hervor, die sich mit Sprache, Wissenschaft, Mathematik und Literatur auskannten, in musikalischer Hinsicht aber völlige Ignoranten waren. Also sangen sie jeden Abend, in so vielen verschiedenen Stimmen wie es Personen gab. Auch Edward musste singen; die strenge Asunción ließ keine Ausnahmen zu.

Bei einem Lied, einem Liebeslied, sang Celuza den Teil der jungen Frau und der Chor schlüpfte in die Rolle des Geliebten. Celuzas Stimme war die höchste und reinste von allen und sie stand auf, um ihren Teil des Lieds zu singen. Als sie sang, sah Juan Navarro zu ihr auf und seine Augen schienen zu schmelzen. Seine Liebe war so offensichtlich, dass Sanchy schließlich den Kopf zu ihm beugte und voller Schalk sagte:

»Halte durch, junger Mann! Wenn du jetzt nachgibst, musst du dich der Feuerprobe stellen.« Und dann lachte sie zusammen mit dem Rest der Familie.

Nur Juan und Edward lachten nicht. Juan lief vor Verlegenheit rot an und Edward war einfach nur verwirrt. »Das musst du mir erklären«, wandte er sich an Asunción.

»Oh, ja, ich glaube, du solltest Bescheid wissen«, erwiderte sie. Edward verstand nicht, warum das die allgemeine Heiterkeit fördern sollte, doch offenbar war es der Fall. Insbesondere Sanchy und Ana-Lucia prusteten laut. »In der Region von Salamanca«, fuhr Asunción fort, »gibt es ein Gesetz, das Heiraten regelt. Nach diesem Gesetz kann kein Mann heiraten, ohne sich zuerst gründlich vom Arzt seines Wohnorts untersuchen zu lassen. Es ist eine sehr gründliche Untersuchung.«

Juan errötete noch mehr, sofern das überhaupt möglich war, und Edward war noch immer verwirrt. »Das scheint durchaus vernünftig zu sein …«

»Ja, es ist vernünftig. Wir sprechen von ›Feuerprobe‹, weil der Arzt in Alba Dr. Chlotide Martine ist.«

»Oh.«

»Eins unserer Mädchen zu heiraten, ist keine leichte Sache«, sagte Chlotide. »Denn der Arzt von Alba nimmt seine Aufgabe sehr ernst.« Sie lächelte und sah Edward direkt an. »Die Untersuchung ist die Feuerprobe.«

Edward lachte ein wenig unsicher mit den anderen und vielleicht errötete auch er ein bisschen.

An den meisten Abenden blieben sie nach dem Essen am Tisch sitzen, erzählten sich Geschichten und standen erst auf, wenn jemand so müde wurde, dass er oder sie schlafen gehen musste. Die Geschichten, an denen die Familie Martine besonderes Interesse zeigte, betrafen Victoria. Die Kunde von der jungen Nation in der Karibik – und insbesondere ihrer Prinzessin – übte auf die jungen Frauen der Familie Martine großen Reiz aus.

Als alle Geschichten erzählt waren, die Loren und Edward einfielen, baten die Mädchen darum, die besten noch einmal zu erzählen. »Erzähl uns noch einmal, wie die Prinzessin mit dem Schwert in der Hand aufs Deck des feindlichen Schiffs gesprungen ist, Lorentino«, bettelte Sanchy. Und dann erzählte Loren noch einmal die Geschichte von der Schlacht im Bahama Channel, wie die blutüberströmte Kelly versuchte hatte, den Kanister mit dem Nervengas über Bord zu stoßen. Als er fertig war, saßen seine sieben Schwestern still und mit in die Ferne gerichtetem Blick da: Jede schien sich vorzustellen, mit der Machete in der Hand einem Feind gegenüberzutreten.

»Ist sie wirklich so schön, die Prinzessin?«, fragte Ana-Lucia mit großen Augen. Sie schien bereit zu sein, jede Übertreibung zu glauben.

»Sie ist wahrscheinlich die schönste Frau, die jemals gelebt hat«, sagte Edward. »Und vielleicht ist sie sogar noch schöner.« Er sah Ana-Lucia in die Augen, als er diese Worte an sie richtete.

»Meine Güte!«, entfuhr es ihr.

Loren hielt den Zeitpunkt für geeignet, um auf den eigentlichen Zweck seines Besuchs zu sprechen zu kommen. »Die Prinzessin würde sehr gern ihre Schwestern kennenlernen. Sie hat mich gebeten, eine von euch mitzubringen, wenigstens für einen Besuch.«

Sofort erklangen aufgeregte Stimmen am Tisch – alle sieben Schwestern boten sich begeistert an.

Loren lachte. »Irgendwann bekommt jede von euch Gelegenheit zu einem Besuch. Aber ich dachte mir, die erste sollte längere Zeit in Victoria bleiben und zur besonderen Freundin der Prinzessin werden.«

Chlotide saß neben Loren. Sie legte ihm die Hand auf den Arm und sagte ernst: »Ich kann meine Praxis schon ab morgen früh meinem Assistenzarzt überlassen. Wähle mich, Loren.«

»Oh, ich glaube, du bist hier zu wichtig, um dich fortzubringen«, lautete Lorens Antwort. Er sagte es leichthin, aber sie zuckte zusammen, als hätte sie einen Schlag erhalten, und zog die Hand zurück. Es folgte eine Stille, die niemand mit Worten zu füllen wusste. Schließlich fügte Loren matt hinzu: »Jede von euch kommt früher oder später nach Victoria.«

*

Schließlich war es Maria del Sol, die mit der *Ardent* nach Victoria flog. Asunción gab Edward strenge Anweisungen mit auf den Weg:

»Du musst sie oft zu uns zurückbringen, Edward. Und gib in der Zwischenzeit gut auf sie Acht.«

36

Zwischenfall bei Redstone

Die *Ardent* war an ihrem Platz über der Luftschiffwerft La Sabana vertäut. Loren befand sich seit dem Nachmittag des vergangenen Tages an Bord und der Abflug war für kurz nach Morgengrauen vorgesehen. Durch das offene Fenster neben seinem Bett blickte er verärgert auf den Boden, den man bereits deutlich erkennen konnte, so hell war es schon. Wenn es nach ihm gegangen wäre, hätte die *Ardent* der *Superb* weit oben am Himmel Gesellschaft geleistet, wo eine kühle Brise wehte und man schlafen konnte. Hier unten ließ einen die Augusthitze des Nachts nicht richtig zur Ruhe kommen.

Aber es ging eben nicht nach ihm. Seit dem vergangenen Morgen führte Commander Myer den Befehl über die *Ardent*. Loren hatte zur gleichen Zeit das Kommando über das Geschwader übernommen, das aus der *Ardent*, der *Superb* und der alten *Dreadnought* bestand. Ihm oblag die Leitung der Mission und deshalb konnte er nach den Regeln des Proctors nicht auch Captain des Flaggschiffs sein. Natürlich blieb er der ranghöchste Offizier. Er hätte Myer vor Stunden wecken und ihm befehlen können, die *Ardent* auf eine Höhe von sechs- oder siebenhundert Metern zu bringen, aber damit hätte er sich in seine Angelegenheiten eingemischt. Loren wollte sich nicht einmischen und außerdem sollte die Crew glauben, dass er ruhig und friedlich schlief, dass ihm die Hitze nichts ausmachte und er sich von der allgemeinen Aufregung über die Mission nicht anstecken ließ. Doch die Wahrheit lautete: Er hatte kein Auge zugetan.

Warum fühlte er sich immer so lebendig, wenn etwas bevorstand, das Gefahr, Tod und Vernichtung bedeutete? Das Geschwader würde zu einer feindlichen Bastion fliegen, mit der Absicht, Leben auszulöschen und Dinge zu zerstören. Wer gab ihnen das Recht dazu? Derzeit hatte Victoria bei der Auseinandersetzung mit dem Kontinent die Oberhand und jetzt schickte sich die junge Nation an, ihre Macht auszunutzen und dem Gegner Verderben zu bringen. Unterschied sich das so sehr von den Aktionen, die Rupert Paule und seine Schergen vor Jahren gegen das revolutionäre Kuba unternommen hatten? Dieses Unternehmen würde kleiner sein und es würde weniger Tote geben, aber wo lag abgesehen davon der Unterschied? Wie konnte sich Loren über die Unbekümmertheit von Cuba Libre empören und in aller Ruhe über die Ereignisse der nächsten Tage nachdenken, während er im seidenen Schlafanzug im Bett lag? Es gab Menschen, die an diesem Morgen lebten, mit all ihren Träumen und Hoffnungen, und tot sein würden, bevor die Woche zu Ende ging. Es war vor allem der Tod dieser unschuldigen Opfer, der ihn beschäftigen sollte; stattdessen *freute* er sich auf den bevorstehenden Kampf. Sein Herz schlug schneller, wenn er daran dachte, die neuen Waffen gegen den Feind einzusetzen.

Loren drehte sich auf die Seite und kehrte dem offenen Fenster den Rücken. Kurze Zeit später rollte er herum und lag mit dem Gesicht zum Fenster. Schließlich stand er auf und ging mit bloßen Füßen in den Hauptraum seiner Suite. Dort stand ein Couchtisch mit einem Sofa und zwei bequemen Sesseln. Auf dem Tisch, neben einem silbernen Tablett mit einer Karaffe Sherry und sauberen Gläsern, lagen große Bücher, die Gemälde und Fotos vom alten Kuba zeigten. Bilder hingen an den weißen Kabinenwänden. Man hätte meinen können, dass das Zimmer zu einer eleganten Wohnung in Manhattan gehörte. Aber dieser Eindruck täuschte natürlich: Der Raum befand sich im Heck eines Kriegsschiffs, das sich anschickte, in die Schlacht zu segeln.

Loren spürte ein Zittern, als die Segel gesetzt wurden, und einen Moment später nahm die *Ardent* Fahrt auf. Als sie sich den hohen Toren des Terminals näherte, trat Loren in den Ankleideraum und zog seine Uniform an – er wollte sich den Leuten an den Terminalfenstern nicht im Schlafanzug zeigen. Wenige Minuten später stand er neben Myer und Lieutenant Bentenjew beim Eingang des Hauptsalons.

Die Besatzungsmitglieder bildeten eine lange Reihe, die vom Terminal ausging. Sie sahen aus wie Passagiere, die hintereinander auf einer langen Rampe Aufstellung bezogen hatten. Commander Myer begrüßte jedes einzelne Crewmitglied mit seinem oder ihrem Namen. Es war eine Zeremonie, der sich Loren oft unterzogen hatte, ohne viel dabei zu denken, aber für Myer schien es eine relativ neue Erfahrung zu sein. Loren beobachtete ihn mit kritischem Blick. Der Mann war gut ein Dutzend Jahre älter als er, was Loren noch kritischer machte. In gewisser Weise ärgerte es ihn, dass Victorias Luftflotte so schnell wuchs, dass jemand wie Myer schon nach kurzer Zeit ein eigenes Schiff bekam, ob er als Kommandant hervorragend oder einfach nur kompetent war. Rita Bentenjew stieg dadurch zur stellvertretenden Kommandantin auf und sicher dauerte es nicht lange, bis auch sie zum Captain wurde, wodurch die Ränge unter ihr nach oben nachrückten. Es ging alles viel zu schnell, fand Loren. Die Flotte wuchs zu schnell, mit dem Ergebnis, dass viele Besatzungen aus Leuten bestanden, denen es zwar nicht an Eifer mangelte, wohl aber an Erfahrung. Andererseits: Victoria brauchte die Schiffe. Die junge Nation musste imstande sein, sich zu verteidigen.

Es gab nicht nur immer mehr Kriegsschiffe – das Wachstum betraf auch die Handelsflotte. Den Handelsgesellschaften stand es frei, um die besten Marineoffiziere zu werben, und von dieser Möglichkeit machten sie Gebrauch. Die Flotte schien sich in eine Art Tretmühle zu verwandeln, die mehr und mehr Personal für den Bedarf des Handels produzierte. Unter Victorias Einwanderern, vor allem aus England und Frankreich, gab es zahlreiche Kandidaten, die sich für die Schiffe eigneten, aber inzwischen war die Wachstumskurve zu steil geworden. Loren wünschte sich eine Möglichkeit, alles ein wenig zu verlangsamen, es ruhiger angehen zu lassen, doch er wusste auch: Das war nicht möglich. Um die hundertzehntausend Quadratkilometer von Victoria zu verteidigen, brauchten sie eine große Flotte und eine ständig wachsende Wirtschaft.

Mit einem Zischen flog ein mittelgroßer Pavillon an ihnen vorbei und legte vor ihnen auf der Backbordseite an. Aus dem Augenwinkel erkannte Loren die Farben von Buxtehudes persönlicher Flagge am Heck des Schiffs. Es musste die *Helenic* sein. Einen Moment später ging der Proctor an den Wartenden vorbei und kam mit seinem Adjutanten an Bord. Er nickte dem Adjutanten zu, der Loren daraufhin einen versiegelten Einsatzbefehl gab. Ein Prickeln von Aufregung lag in diesem Vorgang, der auf Geheimhaltung und Bedeutung hinwies, obwohl Loren den Befehl kannte – immerhin war er maßgeblich an der Planung dieses Einsatzes beteiligt gewesen. Der Proctor grüßte Myer und Bentenjew, wandte sich dann zum Gehen.

Mit einem amüsierten Lächeln beugte er sich zu Loren und sagte leise: »Am Ende der Reihe erwartet Sie eine Überraschung, wie ich sehe.«

Der letzte Wartende war Claymore Layton. Er trug die alte Uniform, die er zum letzten Mal bei der Schlacht im Bahama Channel getragen hatte, einen blauen Trainingsanzug mit dem Namen »Clay« auf der Brust und »Palomar« auf dem Rücken. Er zog einen großen Seesack über den Boden. Als alle anderen empfangen worden waren, trat Claymore vor den Commander. Myer richtete einen verwirrten Blick auf Loren, der jedoch nicht darauf achtete – sollte er allein zurechtkommen.

»Äh … Mr. Layton«, sagte Myer.

»Hallo.«

»Nun, dies ist eine Überraschung.« Myer versuchte, Lorens Aufmerksamkeit zu bekommen. Loren wandte sich ab und sah der davonfliegenden *Helenic* nach.

»Hab meinen eigenen Schlafsack mitgebracht«, sagte Claymore und deutete auf den Seesack. Er ergriff Myers Hand und schüttelte sie ordentlich, nahm dann auch die Hand von Lieutenant Bentenjew. »Hallo, Rita.« Dann wandte er sich wieder dem Commander zu und lächelte freundlich.

»Äh …«, sagte Myer und zögerte.

Wie bei einem geistig zurückgebliebenen Kind gab es Claymore schließlich auf und sah Bentenjew an. »Sie können ihm sagen, dass ich niemandem zur Last fallen werde.« Er deutete mit dem Daumen auf Myer. »Er scheint besorgt zu sein.«

Rita nickte und gab die Botschaft pflichtbewusst an den direkt neben ihr stehenden Myer weiter. »Mr. Layton weist darauf hin, dass er niemandem zur Last fallen wird.«

»Nun gut, Lieutenant. Bringen Sie unseren Gast zum Gästequartier auf der Steuerbordseite. Ich weiß gar nicht, worauf Sie warten.«

»Ja, Sir.«

Bentenjew führte Clay zur Treppe. Myer deutete auf den Seesack und ein Besatzungsmitglied zog ihn übers Deck der *Ardent*, folgte damit der blonden Offizierin mit Claymore an ihrer Seite.

*

Die Entdeckung, dass einige GPS-Satelliten noch funktionierten, hatte die Navigation vereinfacht. Es war relativ leicht gewesen, Empfänger an Bord der Pavillons zu installieren und eine Verbindung mit den Computern herzustellen, damit sie die GPS-Signale verarbeiten konnten. Zu dem Ausrüstungsmaterial, das Loren von Marlowe, New Hampshire, mitgebracht hatte, gehörten Datenträger mit sehr detaillierten digitalen Karten der Welt. Die entsprechenden Informationen waren inzwischen Teil der Navigationsprogramme. Der große Bildschirm im Kontrollraum der *Ardent* zeigte eine genaue Karte von Nordalabama und drei blinkende weiße Punkte wiesen auf die Position des Geschwaders hin. Loren beobachtete, wie die *Ardent*, *Superb* und *Dreadnought* nach Nordosten flogen, dem Tennessee River entgegen. Durch das Bodenfenster des Kontrollraums waren nur dichte Wolken zu sehen. Als der erste weiße Punkt den Fluss erreichte, erklang Myers Stimme. Der Commander wies den Steuermann der *Ardent* an, den Kurs zu ändern und dem Tennessee River nach Osten zu folgen. Loren beobachtete, wie die beiden Pavillons hinter ihnen ebenfalls den Kurs änderten. Dann kehrte er in seine Kabine zurück und wechselte die Uniform gegen zivile Kleidung.

Es war die Idee des Proctors gewesen, dass auch Frauen zu den Erkundungsgruppen gehören sollten, die zum Feind flogen oder in unbekannten Regionen die Lage sondierten. Das Militär des Kontinents schien bisher nur aus Männern zu bestehen und deshalb glaubte der Proctor, dass Frauen bei einer Kundschaftergruppe aus Victoria dabei halfen, Verdacht vorzubeugen. Seine Ansicht nach sah nichts harmloser aus als ein eingehakt gehendes Paar. Die Landegruppe an diesem Morgen bestand aus Loren, Rita Bentenjew und zwei Besatzungsmitgliedern, einem Mann und einer Frau. Sie alle sollten abgetragene Jeans und Arbeitshemden tragen.

Loren gesellte sich zum Rest der Gruppe am Bodenfenster im Hauptsalon hinzu. Seit einer Viertelstunde deuteten die Bewegungen der *Ardent* darauf hin, dass sie tiefer gegangen und langsamer geworden war. Was er jetzt durch das Bodenfenster sah, als sie die Wolkendecke durchstießen, war ein grauer, regnerischer Tag. Sie näherten sich einem hügeligen, bewaldeten Gebiet, mit dem Fluss etwa anderthalb Kilometer weiter im Norden. Nach wenigen Minuten verharrte die *Ardent* über einer kahlen

Hügelkuppe. Weit und breit deutete nichts auf Siedlungen oder Menschen hin. Loren ging zum Lift.

Als er auf die Plattform des Aufzugs trat, stellte er fest, dass er nicht eine von vier Personen war, sondern eine von fünf. Nummer fünf war Claymore. Er trug ein weißes T-Shirt und eine khakifarbene Hose. Loren hob die Hand, drehte sich um und sprach mit dem Crewmitglied, das die Liftkontrollen bediente – er wollte keinen Ausflügler mitnehmen. Doch der Motor des Aufzugs brummte bereits und die Plattform löste sich von der Unterseite des Pavillons, senkte sich von Kabeln gehalten der Hügelkuppe entgegen. Auf dem Weg nach unten stellte sich Claymore den beiden Besatzungsmitgliedern vor, die Loren und Bentenjew begleiteten. »Claymore« sagte er und sie antworteten »Nancy« und »Robert«. Als die Plattform anhielt, verließ Claymore sie als Erster. Loren zuckte die Schultern und folgte ihm.

Von der Kuppe des Hügels aus machten sie sich nach Norden auf den Weg, wobei ihnen ein kleiner Kompass die Richtung wies. Wege führten kreuz und quer durch das Waldschutzgebiet, vermutlich für Jogger und Picknicker bestimmt. Im Wald selbst stießen sie auf keine lebende Seele, aber als sie ihn verließen und eine Straße erreichten, begegneten sie einer Prozession aus Fußgängern und Karren, gezogen von Tieren oder Gruppen von Menschen. Die Karren, bemerkte Loren, schienen aus den Unterböden von Autos zu bestehen. Darauf waren Rahmen aus Holz angebracht, gefüllt mit landwirtschaftlichen Produkten und Feuerholz.

Als sie sich dem Ort näherten, trafen sie auf uniformierte Soldaten, die am Straßenrand ausruhten. Sie waren alle bewaffnet: die unteren Ränge mit Schlagstöcken wie jenen, die einst von Polizisten benutzt worden waren, die Offiziere mit Schwertern und Säbeln. Die meisten Uniformen schienen bunt gemischt zu sein. Loren legte Rita den Arm um die Taille, als sie an den Soldaten vorbeigingen. Nancy und Robert gingen ebenfalls Arm in Arm. Claymore, der den Abschluss bildete, lächelte und nickte den Uniformierten zu.

Owens Springs war keine richtige Stadt, aber groß genug, dass nicht jeder jeden kannte. Die Ankunft der fünf Kundschafter von der *Ardent* erregte keine Aufmerksamkeit. Loren und die anderen sahen sich aufmerksam um und versuchten, möglichst viel in Erfahrung zu bringen. Überall waren Soldaten unterwegs, offenbar auf Kurzurlaub aus dem nahen Stützpunkt. Die meisten von ihnen sprachen mit einem ausgeprägten

Südstaatenakzent. Loren wusste, dass er mit seinem eigenen Akzent sofort auffallen würde, und deshalb schwieg er. Nancy Sargent war für die Einsatzgruppe ausgewählt worden, weil sie wie die Einheimischen sprach – sie sollte das Reden übernehmen. Unweit der Ortsmitte fanden sie etwas, das eine Art Versammlungshalle zu sein schien, und Loren gab Nancy ein Zeichen, woraufhin sie das Gebäude betrat. Claymore und Robert folgten dem Verlauf der Straße und sahen sich die Schaufenster der Läden an. Loren und Rita nahmen auf der Veranda der Versammlungshalle Platz und hielten sich an den Händen. Er sah sie an und versuchte, möglichst romantisch zu wirken, mit dem Ergebnis, dass er sich ziemlich dumm vorkam. Aber daran gab es nichts auszusetzen, denn Liebende sahen oft dumm aus. Rita erwiderte seinen Blick und lächelte.

Hinter ihnen auf der Veranda umringte eine Gruppe einen jungen Mann, der einen schmutzigen Overall trug. »Es gibt immer Arbeit bei den Schleusen«, sagte er. »Ich behaupte nicht, dass es leichte Arbeit ist. Ganz im Gegenteil.« Er zeigte den anderen die Blasen an seinen Händen. »Ich habe die Pumpen betätigt, bis ich blutige Hände hatte. Aber sie bedrängen einen dort nicht wegen irgendwelcher Papiere. Und sie bezahlen nach jedem abgefertigten Kahn. Mein Bruder, er ging an Bord eines dieser Kähne. Fährt die ganze Strecke bis zum Mississippi. Vielleicht mache ich das auch. Hier in dieser Gegend gibt es keine Zukunft. Es ist nur eine Frage der Zeit, bis ihr in der Army endet. Je mehr Soldaten abhauen, desto mehr holen sie von den Farmen, um sie ›einzuziehen‹, wie sie es nennen. Da halte ich mich lieber raus.«

Ein anderer junger Mann sagte. »Mein Cousin berichtet, dass sie einem den Handrücken tätowieren wollen, wenn man eingezogen worden ist. Im ganzen Land soll das geschehen. Um die Suche nach Deserteuren zu erleichtern. Er meint, es sei am besten, nach Kanada zu gehen. Dort haben sie Strom, mehr als wir hier. Und vielleicht funktionieren dort auch die Autos, so wie bei uns hier, vorher.«

Kurze Zeit später verließ Nancy das Gebäude, woraufhin sie Clay und Robert einsammelten und den Ort in der Richtung verließen, aus der sie gekommen waren. Als sie sich dem Wald näherten, bedeutete Loren der Gruppe, die Straße zu verlassen und sich hinter einem Dickicht zu verstecken. Von dort aus konnten sie einen zwischen zwei Kurven gelegenen Teil der Straße beobachten, ohne selbst gesehen zu werden. Es war heiß geworden und auf der Straße herrschte weniger Verkehr. Der am

Morgen gefallene Regen verdunstete und dichte Dunstschwaden trieben umher. Sie hielten nach einem einzelnen Soldaten Ausschau, einem Offizier. Während sie warteten, öffneten sie ein Paket mit Sandwiches, vom Schiffskoch für sie vorbereitet. Sie hatten noch nicht alles aufgegessen, als ein Opfer in Sicht geriet.

»Er hat einen Säbel«, flüsterte Loren. »Steckt in einer auf den Rücken gebundenen Scheide.«

»Wäre es besser, wenn er keine Waffe hätte?«, fragte Claymore. Loren drehte den Kopf und sah ihn erstaunt an. Claymore richtete sich auf, trat zur Straße und schlenderte dem näher kommenden Soldaten entgegen. Sonst war niemand auf der Straße zu sehen. In ihrem Versteck konnten Loren und die anderen Claymores Stimme deutlich hören.

»Hübscher Säbel, Mister. Wie viel?«

»Was?«

»Ich bin Sammler und habe jede Menge Geld.«

»Soll das ein Witz sein? Man würde mir das Fell über die Ohren ziehen. Außerdem bin ich Major«, betonte der Mann. »Ich verkaufe kein Regierungseigentum. Erst recht nicht meinen Säbel.«

»Vermutlich ist er schlecht ausbalanciert. Die meisten dieser Säbel haben einen zu schweren Griff.«

»Meiner nicht. Es ist ein Marine-Säbel. Es gibt keine besseren.«

»Das sind die schlimmsten. Das ganze Gewicht im Griff.«

Der Major ging an Claymore vorbei, überlegte es sich dann anders und kehrte zurück. »Was verstehen Sie überhaupt davon?«

»Ich erkenne einen zu schweren Griff, wenn ich ihn sehe.« Claymore zuckte die Schultern.

»Dies ist der Säbel eines Marine-Captains. Es steht sogar sein Name drauf.« Der Mann langte über die Schulter und zog den Säbel aus der Scheide. »Hier, sehen Sie.«

Clay beugte sich interessiert über die Klinge.

»Sehen Sie? Da steht er, der Name.«

Claymore deutete auf eine Stelle über der Gravur. »Hier, wo die Seriennummer geschrieben steht. Dies ist der Schwerpunkt. Dort sollte der Säbel im Gleichgewicht sein. Vier Finger unterhalb des Griffs. Aber das ist bei diesem Säbel nicht der Fall. Wegen des zu schweren Griffs.«

»Der Griff ist nicht zu schwer.«

»Na ja, versuchen Sie es selbst. Halten Sie Ihren Finger als Brücke und versuchen Sie, die Klinge auszubalancieren.« Claymore hielt den eigenen Finger als Beispiel. »Nehmen Sie das Ende des Säbels in die Hand und legen Sie die Klinge auf den Finger, mit der Stelle, an der die Seriennummer eingraviert ist. Dann sehen Sie es selbst.«

Der Offizier war ganz offensichtlich verärgert. Er drehte den Säbel so, dass der Griff auf Clay zeigte, hielt den Finger wie zuvor Claymore und legte die Klinge darauf, mit der Seriennummer auf dem Finger.

»Jetzt lassen Sie los. Sie werden sehen, wohin der Säbel fällt.«

Der Major ließ die Klinge los und sie kippte sofort, vom schweren Griff nach unten gezogen.

Claymore fing den Säbel. »Sehen Sie? Nicht richtig ausbalanciert, wie ich gesagt habe. Übrigens sind Sie jetzt mein Gefangener.«

Clay hielt den Säbel mit der Spitze auf der Brust des Offiziers, der langsam die Hände hob. Loren und die anderen traten hinter dem Dickicht hervor, mit Luftpistolen und elektrischen Stäben in den Händen. Sie führten den Mann weit genug in den Wald, damit ihn niemand hörte, wenn er schrie. Nancy holte die Reste des Essens hervor und Loren nickte Robert zu, damit er das Verhör begann.

»Sie werden uns alles sagen, was wir wissen wollen. Wenn Sie nicht antworten, tun wir Ihnen weh. Vielleicht tun wir Ihnen sogar sehr weh.« Robert zeigte dem Major ein grimmiges Lächeln. Der junge Mann gehörte seit einem Jahr zur Crew der *Ardent* und Loren kannte ihn als recht sanfte Person. Aber er war auch ein wenig grobschlächtig, wodurch er in dieser neuen Rolle glaubhaft wirkte.

»Probier den Elektrostab an ihm aus, Robby«, sagte Rita. Sie setzte sich und aß den Rest ihres Sandwiches. »Ich würde gern sehen, wie er zusammenzuckt. Halt ihm das Ding zwischen die Beine.«

»Das ist nicht nötig«, erwiderte der Offizier. »Ich beantworte alle Ihre Fragen. Ist mir völlig schnuppe.«

»Was geht im Arsenal vor sich?«

»Neue Waffen werden für die Verladung auf Kähne vorbereitet.«

»Welche Art von Waffen?«

»Napalm. Und auch Nervengas.«

»Welchen Sinn hat Napalm? Können sie das Zeug explodieren lassen? Wie soll es eingesetzt werden?

»Es gibt lange magnetische Schienen, auf denen die Bomben beschleunigt werden. Auf diese Weise kann man sie ziemlich weit schießen. Wenn die Bombe aufschlägt, beginnt das Napalm zu brennen. Im Arsenal gibt es ein Testgelände. Dort habe ich gesehen, wie die Bomben anderthalb Kilometer weit flogen und beim Ziel mit großen orangeroten Flammen brannten. Die Magnetschienen werden demontiert und an Bord der Kähne gebracht, zusammen mit anderen Dingen. Mehr weiß ich nicht.«

»Wohin fahren die Kähne?«

»Flussabwärts. Wohin genau die Reise geht, kann ich Ihnen nicht sagen. Wer sind Sie?«

»Was soll mit den Waffen geschehen? Wozu sollen sie eingesetzt werden?«

»Mir sind nur Gerüchte zu Ohren gekommen. Angeblich werden in New Orleans Dampfschiffe ausgerüstet. Ich weiß nicht, ob das stimmt. Dampfschiffe der Navy. Vielleicht sollen die Magnetschienen an Bord dieser Schiffe installiert werden. Als Waffen gegen die Kubaner. Vielleicht will man sie gegen Castro einsetzen. Was weiß ich?«

»Warum Castro?«

»Weil er die Strahlenwaffe kontrolliert, wegen der nichts mehr funktioniert, Autos und Pistolen und so. Er ist der Feind. So heißt es jedenfalls. Keine Ahnung, ob das stimmt.«

»Wo befinden sich die Schienen? Wo im Arsenal?«

»Im Testgelände. Dort befinden sich einige von ihnen, jene, die für die Kähne bestimmt sind. Das Gelände nimmt den ganzen westlichen Teil des Waffendepots ein, entlang der Rideout Road, unweit der Grenze zwischen Redstone und der alten NASA-Station. Die anderen Schienen befinden sich schon im Hafen und warten darauf, verladen zu werden. Lassen Sie mich gehen?«

»Wo befinden sich Napalm und Gas?«

»Ist alles zu den Docks beim Wheeler Naval Weapon Center gebracht worden. Dort hat man es in den langen grünen Lagerhäusern untergebracht, die streng bewacht werden.«

»Ist schon etwas davon verladen?«

»Ich glaube nicht. Die Kähne sind bereits da und warten, aber soweit ich weiß, haben sie noch keine Ladung aufgenommen. Es heißt, die Dampfschiffe seien noch nicht bereit. Also bleibt der ganze Kram zunächst in den Lagerhäusern. Das habe ich jedenfalls gehört. Aber bis zum Abtransport dauert es nicht mehr lange. He, kann ich jetzt gehen?«

Robert sah Loren an, der nickte. »Ziehen Sie sich aus«, sagte Robert. Sie hatten beschlossen, eine aktuelle Uniform mitzunehmen, um sie für den Fall zu kopieren, dass irgendwann einmal eine uniformierte Kundschaftergruppe in den Einsatz geschickt werden musste. Außerdem glaubten sie, dass der Offizier ohne seine Kleidung weniger gefährlich war.

Der Mann begann damit, sein Hemd aufzuknöpfen. Während er sich auszog, fragte ihn Robert nach militärischen Identifikationspapieren. Er steckte die Brieftasche des Majors zusammen mit Hemd und Hose in einen Rucksack. »Ziehen Sie auch den Rest aus«, sagte er. Der Mann richtete einen verlegenen Blick auf die beiden Frauen, die ihn interessiert beobachteten.

Schließlich stand er nackt vor ihnen und bedeckte seine Blöße mit beiden Händen. Rita lächelte wieder. Sie packten ihre Sachen und Rita trat mit Handschellen zu dem Mann, drückte seine Handgelenke zusammen und legte sie ihm an. Die Handschellen schienen den Offizier weniger zu stören als der Umstand, dass er ein bestimmtes Körperteil nicht länger mit den Händen bedecken konnte. Er errötete, und noch etwas mehr, als ihm Rita in den Hintern kniff. Sie entnahm ihrem Rucksack ein langes Kabelschloss, schlang es um einen Baum und durch die Handschellen, bevor sie es zuschnappen ließ.

»Es hat ein Kombinationsschloss«, teilte sie dem Nackten mit. »Es sind nur drei Zahlen. Ein oder zwei Stunden sollten genügen, alle Kombinationen auszuprobieren.« Sie zeigte ihm den Schlüssel für die Handschellen und legte ihn deutlich sichtbar auf den Waldboden, einige Meter entfernt und damit außerhalb seiner Reichweite.

Als sie zur Straße zurückkehrten und sich noch in Hörweite des Mannes befanden, sagte Rita laut: »Ein süßer Bursche.«

*

Während die Erkundungsgruppe unterwegs war, hatte Commander Myer eine große Drohne vom Achterdeck gestartet. Gesteuert wurde sie mithilfe von Funksignalen, die der Hauptcomputer im Kontrollraum der *Ardent* sendete. Myer überließ die Drohne Besatzungsmitglied Daniele Surceuil und betonte, es sei ihr erstes eigenes Kommando. Sie stand vor dem Computer und gab dem ihr zugewiesenen Operator Anweisungen, die dafür sorgten, dass die unbemannte Drohne über dem Arsenal kreiste und höher aufstieg. Als Loren und seine Gruppe zurückkehrten, hatte die Drohne eine Höhe von fast fünf Kilometern erreicht.

Surceuil richtete gerade die Linsen aus, als Loren, der inzwischen geduscht und eine frische Uniform angezogen hatte, in den Kontrollraum kam. Er beobachtete das Geschehen über ihre Schulter hinweg. Der Monitor vor Surceuil zeigte Bilder von der Kamera, die an Bord der Drohne installiert war und ihr Deck zeigte. Zylindrische Röhren ragten dort nach oben und zu den Seiten, wodurch das Deck wie der Rücken eines Stachelschweins aussah.

»Und los«, sagte Daniele Surceuil.

Der Operator gab den Befehl ein und Loren sah die Wirkung auf dem Schirm. Die Röhren gaben ihre Ladung frei, kleine Pavillons, jeder von ihnen mit Effektoren, einem kleinen Computer für die Erfassung von Zielen und zwei übereinander angeordneten Linsen ausgestattet, die mit Elektromotoren genau ausgerichtet werden konnten.

Besatzungsmitglied Surceuil erstattete Loren Bericht, ohne den Blick vom Schirm abzuwenden. »Wir sind viertausendachthundert Meter über den Docks. Von hier oben aus können wir auch andere Ziele unter Beschuss nehmen, Sir. Ich habe es überprüft.«

Loren nickte. »Weitermachen, Captain.«

Es schmeichelte Surceuil, Captain genannt zu werden, und gleichzeitig war sie ein wenig verlegen. Der Protokolloffizier des Proctors hatten diesen Punkt ausdrücklich betont: Ein unabhängiges Kommando erforderte den Ehrentitel und deshalb war Daniele Surceuil Captain, ebenso wie Myer, solange Loren die Aufgaben des Commodore wahrnahm. Wenn die unabhängigen Kommandos zu Ende gingen, kehrten alle zu ihren normalen Rängen zurück. Bei dieser Reise war Loren der einzige Captain, aber er musste Commodore genannt werden. Myer und Surceuil wurden Captain genannt, obgleich sie es nicht waren. Der Protokolloffizier hatte darauf hingewiesen, dass es einen guten Grund dafür gab, abgesehen vom Spaß, neue Anreden auszuprobieren. Es erinnerte Loren an ein altes College-Spiel, bei dem Studenten Zahlen am Tisch weitergaben und trinken mussten, wenn sie ihre aktuelle Zahl vergaßen.

»Wir können anfangen, Sir. Ich habe den Fokus noch nicht ausprobiert, aber wir könnten ihn an einem Ziel testen.«

Loren nahm das Mikrofon des Licht-Funks und stellte eine Verbindung zur *Superb* und *Dreadnought* her. »Pavillons, in Position gehen. Bis auf weiteren Befehl Position halten.« Er nickte Myer zu, der ihn gehört hatte. Die *Ardent* setzte sich in Bewegung. Myer hatte sie bereits in die Nähe der vorgesehenen Position gebracht und so dauerte es nicht lange, bis die *Ardent* den Bug hob, um das gewonnene Bewegungsmoment wieder zu verlieren. Als das Schiff fast stationär war, wurden die Blockierungseffektoren eingeschaltet, die wie Anker wirkten.

Myer wandte sich an Loren. »In Position, Commodore.« *Superb* und *Dreadnought* meldeten ebenfalls Bereitschaft.

Loren blickte durchs Bodenfenster. Das Wetter hatte sich gebessert und der Tag war klar. Er bemerkte Menschen an den Docks, die zu ihnen hochsahen. Sie waren zu weit entfernt, um ihre Gesichter zu erkennen, aber Loren konnte sich die Überraschung und Sorge darin vorstellen. Weitere kleine Gestalten kamen aus den Gebäuden und gesellten sich den anderen am Hafen hinzu. Umso besser. Loren wartete, bis der Strom aus Menschen versiegte.

»Aktivieren Sie die Linsen, Captain Surceuil.«

»Ja, Sir.« Sie wies den Operator an, die Feuerleitcomputer der drei Pavillons ihre Ziele auswählen zu lassen.

»Alle Pavillons nehmen die ihnen zugewiesenen Ziele unter Beschuss.« Die Bestätigungen kamen von den beiden anderen Schiffen und von Lieutenant Bentenjew, die an den Kontrollen des Zielcomputers der *Ardent* saß.

Loren trat an Ritas Seite und beobachtete, was geschah. Ihr Monitor zeigte die grünen Lagerhäuser bei den Docks, das erste Ziel der *Ardent*. Der Blickwinkel war fast direkt von oben, und ein eingeblendetes Fadenkreuz zeigte die Zielerfassung der Linsen. Bentenjew hatte das letzte Gebäude gewählt, das am weitesten von der Zufahrtsstraße entfernt war. Das sollte Überlebenden Gelegenheit zur Flucht geben, wenn sie schnell genug reagierten. Rita lenkte das Fadenkreuz ein wenig zur Seite und gab den Feuerbefehl ein. Sofort erschien ein weißer Fleck auf dem Dach des Gebäudes, genau in der Mitte des Fadenkreuzes. Rauch stieg auf. Loren wich ein wenig zurück und beobachtete den gleichen Vorgang durch das Bodenfenster.

Die Linsenwaffe war nicht so eindrucksvoll wie der SHIELA-Laser. Es zuckten keine blauen Blitze vom Himmel und es donnerte nicht.

Was sich dort unten auswirkte, war gebündeltes, heißes Sonnenlicht und die Wirkung war dramatisch genug. Das Metalldach wölbte sich wie weich werdende Schokolade. Als die Hitze das Innere des Gebäudes und die dort lagernden Napalmkanister erreichte, kam es zu einer plötzlichen Stichflamme, die das ganze Lagerhaus verschlang. Die kleinen Gestalten am Hafen liefen – die meisten von ihnen flohen über die Zufahrtsstraße, weg vom Feuer. Einige sprangen in den Fluss. Loren versuchte, nicht an die Menschen zu denken, die es weder zur Zufahrtsstraße noch zum Fluss geschafft hatten.

Er stand wieder neben Rita. Sie sah zu ihm hoch, hoffte vielleicht auf Hilfe von ihm, doch er beschränkte sich darauf, ihren Blick ruhig zu erwidern. Schließlich schaute sie wieder auf den Schirm. Als keine Menschen mehr aus den anderen Lagerhäusern kamen, richtete sie das Fadenkreuz dorthin. Kurze Zeit später brannten alle Gebäude lichterloh, woraufhin Rita damit begann, den Hafen und die leeren Kähne unter Beschuss zu nehmen. Durch die Seitenfenster beobachtete Loren, wie die beiden anderen Pavillons die ihnen zugewiesenen Ziele in Flammen aufgehen ließen. Er sah auf die Uhr, als das Arsenal von Redstone und das Wheeler Naval Weapon Center vollkommen zerstört waren. Es hatte weniger als eine Stunde gedauert.

*

Das Geschwader kreiste langsam über dem Einsatzort und gewann nach und nach an Höhe. Sie mussten nahe bei der Drohne bleiben, bis die alle ihre Linsen eingesammelt hatte und wieder an Bord der *Ardent* geholt werden konnte. Loren wollte plötzlich allein sein. Er ging zur Treppe, die zum zweiten Deck führte, das fast ausschließlich Quartieren und Büros vorbehalten war. Am Ende des langen zentralen Korridors bot eine Wendeltreppe Gelegenheit, die äußeren Decks zu erreichen. Dort würde sich niemand aufhalten, bis die Drohne in Sicht geriet, in etwa einer Stunde.

Loren trat nach draußen an die frische Luft und ging an der Reling entlang nach vorn, um einen besseren Blick auf das Testgelände zu haben. Der gefangene Offizier hatte gesagt, dass es sich neben der Rideout Road erstreckte, der wichtigsten Nord-Süd-Verbindung der Militärbasis. Es fiel ihm nicht weiter schwer, die Straße zu erkennen, zumindest ihren Anfang. Rauch verhüllte den Rest.

Ganz vorn traf er Claymore Layton, der gen Himmel blickte. Es war so normal für Clay, den Himmel zu beobachten, dass sich Loren nichts dabei dachte und auf die Frage verzichtete, was da sein Interesse geweckt hatte. Doch Claymore legte ihm die Hand auf den Arm und deutete zu einer vertikalen Ansammlung von Gewitterwolken.

»Etwas ist da oben«, sagte er. »Jemand.« Eine plötzliche Anspannung lag in seiner Stimme. »Dort. Dort oben. Siehst du?«

Loren blickte in die Richtung, in die Claymores Hand zeigte, und bemerkte einen Fleck vor dem hohen Wolkenzylinder, weit über ihnen. Zuerst vermutete er, dass er sich um einen großen Vogel handelte, aber der Fleck bewegte sich nicht, und es gab nur ein Objekt, das völlig bewegungslos in der Luft schweben konnte.

Loren eilte zur Wendeltreppe, nahm auf dem Weg nach unten zwei Stufen auf einmal und rutschte am Geländer entlang. Mit voller Geschwindigkeit rannte er durch den Flur, die zentrale Treppe hinunter, durch den Hauptsalon und in den Kontrollraum. Offiziere und Besatzungsmitglieder sahen ihm erstaunt nach.

Es saß niemand am Radar. Die Crew des Kontrollraums stand am Geländer des Bodenfensters und beobachtete die Ergebnisse des Angriffs. Die Männer und Frauen freuten sich offenbar darüber, was sie angerichtet hatten. Die gute Stimmung erfüllte Loren mit plötzlichem Zorn.

»Radar besetzen, sofort!«, rief er. »Alle auf ihre Posten. Dies ist eine Kampfsituation, keine Party.«

Der Radar-Mann eilte mit rotem Gesicht herbei.

»Richten Sie die Erfassung auf den nordöstlichen Quadranten. Schnell.«

Der Schirm über der Konsole wurde dunkel und zeigte dann die neue Radarortung, weiß auf grünem Grund. Nicht weit von der Mitte entfernt erschien ein weißer Punkt, der langsam verblasste, als der Radarstrahl weiterwanderte. Bei der nächsten Runde erschien der Punkt erneut. Loren klopfte mit dem Finger darauf. »Vergrößern Sie diesen Sektor. Geben Sie mir Kurs und Koordinaten. Verlieren Sie das Objekt bloß nicht aus dem Auge.«

»Ja, Sir«, erwiderte der Mann.

Myer näherte sich besorgt.

Loren wandte sich dem Kommandanten der *Ardent* zu. »Ein feindliches Schiff, Captain. Es beobachtet uns. Ein Gegner, der zufrieden festgestellt hat, dass wir nicht nach ihm Ausschau halten, weil wir keine militärische Streitmacht sind, sondern ein Haufen eingebildeter Amateure.«

»Ja, Sir.«

»Sie werden den Pavillon entweder aufbringen oder zerstören.«

»Ja, Sir. Verstanden.«

Jetzt gab es keine Plaudereien mehr im Kontrollraum. Myer wies die *Ardent* an, mit maximaler Geschwindigkeit nach Westen zu fliegen. Per Licht-Funk setzte sich Loren mit der *Superb* und der *Dreadnought* in Verbindung und befahl ihnen, die Drohne aufzunehmen und anschließend allein nach Victoria zurückzukehren.

Als es im Kontrollraum nichts mehr zu tun gab, nahm Loren ein Teleskop mit Stativ aus einem Schrank und kehrte aufs Außendeck zurück. Ganz vorn am Bug stellte er das Teleskop auf und es zeigte ihm einen kleinen hölzernen Pavillon mit schwarzen Segeln. Aufbauten mit Unterkünften und dergleichen existierten nicht. Die Besatzungsmitglieder bewegten sich auf einem offenen Deck und trugen weite Kleidung. Der Pavillon erinnerte Loren an die ersten, die sie vor drei Jahren gebaut hatten.

Als klar wurde, dass die *Ardent* mit der Verfolgung begonnen hatte, ging der schwarze Pavillon in einen langen Sturzflug, wobei er immer schneller wurde. Dicht über den Hügeln kehrte er zum horizontalen Flug zurück und verschwand. Loren ging ebenfalls tiefer. Es gab noch eine Spur auf dem Radar und sie folgten ihr für den Rest des Tages und einen Teil der Nacht. In den Bergen im westlichen North Carolina verloren sie den fremden Pavillon schließlich ganz.

37

Die Lady

»Wenn Paule ein Luftschiff bauen kann, so kann er Hunderte bauen.« Loren unterstrich die Worte mit einer Geste, die auf eine große Flotte hinwies. Sie befanden sich in der Bibliothek im obersten Stock von Monterreal. Es war ein kleines Treffen nach dem Abendessen: vier Personen, unter ihnen auch Edward und Maria del Sol. »Es hängt nur von der Arbeitskraft ab. Das notwendige Material hat Paule. Mit Luftschiffen würde er nicht mehr daran denken, Waffen per Schiff über den Tennessee River zu transportieren. Stellt euch vor, was eine solche Fahrt mit dem Schiff nach New Orleans bedeutet. Dutzende von Schleusen müssen durchfahren werden und es wäre ein Umweg nach Norden nötig, bis zum Ohio River. Was mit einem Kahn Monate dauern würde, könnte mit einem Pavillon an einem Tag erledigt werden.«

Loren und Edward hatten bei ihrer Rückkehr vom morgendlichen Besuch bei Claymore darüber gesprochen und präsentierten ihre Logik jetzt Kelly und Maria del Sol. Loren sah Edward an, der sofort seinen Teil beisteuerte. »Wenn Paule Pavillons hätte, würde er seine Ressourcen nicht mit dem Bau von Dampfschiffen vergeuden. Ein Dampfschiff wird zu einem Relikt, sobald man fliegen kann. Paule würde den Bau sofort einstellen, sobald ihm der Prototyp eines Fliegers zur Verfügung stünde. Aber wir wissen, dass er nicht damit aufgehört hat. Loren hat Kundschafter nach New Orleans und Annapolis geschickt und sie haben gemeldet, dass weiterhin Dampfschiffe gebaut und getestet werden, was viel Geld kostet und sehr aufwändig ist.«

Kelly musste unbedingt verstehen. Das war nicht nur wichtig, sondern sogar von wesentlicher Bedeutung. Loren vermied es, sie direkt anzusehen. Sie hasste es, manipuliert zu werden.

»Außerdem hatte der schwarze Pavillon keine Fahnen. Zumindest hat niemand welche gesehen.« Edward wandte sich an Loren, der bestätigend nickte, fuhr dann fort: »Er ließ sich keiner Nation zuordnen. Das sähe Paule ganz und gar nicht ähnlich. Er hätte bestimmt die amerikanische Flagge gesetzt.«

Loren nickte erneut. Es passte alles zusammen. Es gab nur eine Erklärung. Er hoffte, dass Kelly die entscheidenden Worte sprach, aber sie schwieg. Also sprach er sie selbst. »Es muss Sonia gewesen sein«, sagte er.

Kelly blieb skeptisch. »Sie hätte die Effektor-Technik nicht stehlen müssen, so viel ist klar. Ich schätze, es wäre nicht weiter schwer für sie gewesen, denn Hinweise gab es genug. Aber trotzdem ...«

»Ich zweifle nicht einen Moment daran, dass wir Sonias Pavillon gesehen haben«, betonte Edward noch einmal. »Doch die Frage lautet: Was hat sie vor? Sie hat uns schon einmal in große Gefahr gebracht, als sie das SHIELA-Programm veränderte und offenbar bereit war, die Laserwaffe gegen uns zu richten. Warum? Was steckt dahinter?«

»Warum hasst sie uns?«, fragte Maria del Sol. Sie runzelte kummervoll die Stirn und ihr Akzent wurde noch deutlicher als sonst. »Was haben wir ihr angetan? Ich verstehe das nicht.«

Kelly schüttelte den Kopf. »Niemand von uns versteht es.«

»Vielleicht hasst sie uns nicht alle«, sagte Loren. »Vielleicht hasst sie nur mich.« Verlegen wandte er den Blick von Edward und seiner Schwester ab. Vermutlich wussten sie Bescheid. »Wir waren ein Paar«, fügte er schließlich hinzu und sah kurz zu Kelly.

Sie schenkte ihm ein sanftes Lächeln. »Ja, das stimmt.« Und zu den anderen: »Mit Sonia stimmte etwas nicht, als sie uns verließ. Sie sprach mit niemandem und daher wissen wir nicht, was mit ihr los war. Wir vermuten, dass es etwas mit ihrer Beziehung zu Loren zu tun hatte.«

Das war Teil von dem, was Loren und Edward am Morgen von Claymore gehört hatten. Edward fasste es kurz zusammen: »Einige Tage vor ihrem Verschwinden ging Sonia zu Clay, um mit ihm über das zu reden, was sie so sehr belastete. Während des Rückflugs wies Clay Loren darauf hin. Deshalb sind wir heute Morgen bei ihm gewesen, um mehr zu erfahren.«

»Sonia erzählte ihm von einer Schwärze in ihrem Innern«, sagte Loren. »Er glaubte, dass sie so etwas wie schwarze Tinte meinte, etwas in der Art, dass sie deshalb litt, wie bei einer Krankheit, dass die Tinte ihr Schmerzen bereitete. Er meinte, Schmerz strömte aus ihr, deutlich sichtbarer Schmerz. Aber der Strom versiegte nicht, so viel Schmerz auch aus ihr herauskam.« Solche Worte hatte Claymore benutzt. Für Loren klangen sie ziemlich verwirrend, aber vielleicht konnten die anderen mehr Sinn darin erkennen. Doch das schien nicht der Fall zu sein, denn sie schwiegen.

»Vor einigen Jahrhunderten wäre es uns leicht gefallen, so etwas zu verstehen«, sagte Kelly schließlich. »Wir hätten gedacht, dass sie litt, weil sie Gottes Gnade verlassen hatte. Wir hätten geglaubt, dass eine Sünde sie verflucht und von Gott entfernt hätte. Aber dies ist das einundzwanzigste Jahrhundert. In diesem Jahrhundert klingt so etwas verrückt. Dennoch glaube ich, dass es sich auf diese Weise beschreiben lässt.«

Edward schüttelte den Kopf. »Wir alle haben dann und wann mit Schuld zu kämpfen. Wir bringen sie nicht unbedingt mit ›Sünde‹ in Verbindung, zumindest nicht im religiösen Sinne, aber wir kennen die Bedeutung von Moral. Wir prüfen unser Verhalten und seine Auswirkungen auf andere. Manchmal machen wir Fehler, die uns belasten. Doch wir laufen nicht weg und erklären den Leuten den Krieg, gegen die oder bei denen wir uns versündigt haben. Wir versuchen, den Fehler wiedergutzumachen, den angerichteten Schaden zu beheben. Was Sonia macht, ergibt keinen Sinn.«

Stille folgte und nach einer Weile zuckte Kelly die Schultern. »Vielleicht ist es gar nicht Sonia. Vielleicht steckte jemand anderer hinter dem Versuch, SHIELA gegen uns einzusetzen. Vielleicht ist es einem von Paules Leuten gelungen, sich mit Sonias ID in das System zu hacken. Vielleicht stammte der schwarze Pavillon doch von Rupert Paule. Es könnte der erste Prototyp bei einem Testflug gewesen sein.«

»Es war Sonia«, beharrte Loren. »Ich weiß, dass sie es war. Die Schwärze in ihr … Es ist Hass auf uns, Hass auf etwas, das wir verkörpern. Auf etwas, für das ich ein Symbol bin und ganz Victoria mit mir. Sonia hasst es so sehr, dass sie in den Krieg ziehen will, um es zu zerstören. Da bin ich ganz sicher. Es gibt nur eine Möglichkeit, den Grund für ihren Hass herauszufinden und die Gefahr zu bannen.«

»Welche Möglichkeit?«, fragte Kelly, obwohl sie die Antwort bereits kannte.

»Wir müssen sie fragen.«

»Das kann doch nicht dein Ernst sein, Loren. Vielleicht ist sie vollkommen verrückt.«

»Ich glaube nicht. Ich glaube, ich muss zu ihr und sie direkt fragen, wie man das Unrecht wiedergutmachen kann. Und dann machen wir es wieder gut, wenn wir können. Denn Sonia kann ein sehr gefährlicher Feind sein, wenn wir ihr Gelegenheit dazu geben. Wir sollten versuchen, ihre Freundschaft zurückzugewinnen.«

Als sie an jenem Abend zu Bett gingen, versuchte Kelly noch einmal, Loren von seinem Vorhaben abzubringen. »Ich möchte nicht, dass du dich auf den Weg machst, Loren. Ich habe Angst vor Sonia.«

»Denk daran, dass sie deine Freundin war, Kelly. Sie hat dich gern gehabt und du sie.«

»Ja. Aber es war eine andere Sonia. Diese Sonia jagt mir Angst ein. Unsere alte Sonia war vernünftig, oder schien zumindest vernünftig gewesen zu sein, und diese neue ist es nicht. Unvernunft kennt keine Grenzen. Wenn jemand damit beginnt, Dinge zu tun, die nicht mehr der Kontrolle des gesunden Menschenverstands unterliegen … Dann wird alles möglich. Hinter den Grenzen der Vernunft erstreckt sich die Welt des Wahnsinns und sie ist grenzenlos. Das Böse wartet dort.« Kelly sah ihn, die Sorge in ihrem Gesicht unübersehbar. »Ist das Böse nicht die Abwesenheit von Vernunft? Liegt das Problem des Bösen nicht genau dort?«

*

Für die Reise nach Norden wählte Loren einen kleinen Pavillon, die *Canandaigua* mit einer aus vier Personen bestehenden Besatzung. Das Kommando führte Danny McCree. Hinzu kamen ein Lieutenant, ein »Airman«, wie die gewöhnlichen Besatzungsmitglieder genannt wurden, und ein Steward. Sie nahmen den gleichen Weg wie zuvor die *Ardent*, über das Tiefland im Osten von Georgia und dann nach Nordosten, an den Adirondack Mountains entlang, bis dorthin, wo sie den schwarzen Pavillon aus den Augen verloren hatten.

Die *Canandaigua* war mit einer Elektronik ausgestattet, die normalerweise nur Kampfpavillons zur Verfügung stand. Insbesondere hatte sie ein Langstreckenradar und einen Radarsensor, der Alarm gab, wenn sie selbst geortet wurde. Sie flogen in einer Höhe von fast zwei Kilometern und waren somit vom Boden aus kaum zu erkennen.

Über den Great Smoky Mountains meldete der am Radarschirm sitzende Airman: »Östlich von uns bewegt sich etwas.«

Loren blickte auf den Monitor, der nicht nur den Radarimpuls zeigte, sondern auch eine farbige Karte der Region. Weiße Punkte schwebten im Süden von Asheville. Er beobachtete, wie sie in verschiedene Richtungen glitten.

»Es sind sieben«, sagte der Mann am Radar. »Und dort kommt ein achter aus Nordosten.«

Der an der zweiten Konsole sitzende Danny McCree hatte eine detaillierte Karte von dem Gebiet unter ihnen auf den Schirm gerufen. Derzeit befanden sie sich über dem Pisgah National Forest. McCree deutete auf einen langen schmalen See im Wald. »Das wäre eine geeignete Stelle, Loren. Im Norden gibt es höheres Gelände, wo wir Sie absetzen können. Und wir haben freie Bahn zum See, um genug Geschwindigkeit für den Aufstieg zu bekommen. Mit ein wenig Glück sieht uns niemand kommen und gehen.«

Loren nickte. Er konnte von jeder beliebigen Stelle aus losgehen; wichtig war in erster Linie die Sicherheit des Pavillons. Als die *Canandaigua* tiefer ging, nahm er seinen abgenutzten Rucksack, der nicht nur ein Licht-Funkgerät und einen Signalgeber enthielt, der Danny für die Abholung zurückrufen sollte, sondern auch Proviant und zusätzliche Kleidung. Nichts im Rucksack würde seine Herkunft verraten, abgesehen von den beiden Geräten, und die wollte er anderthalb Kilometer von der Landestelle entfernt verstecken.

Zwanzig Minuten später stand er allein am Hang eines Hügels und beobachtete, wie der Pavillon zum See flog und schneller wurde, bis er im Süden verschwand. Loren rückte seinen Rucksack zurecht und marschierte los. Noch an Bord hatte er sich den Weg gut eingeprägt, da er keine topografische Karte bei sich führte. Es sollte eigentlich keine Probleme geben: nach Südosten, dem Verlauf der Feuerschneise bis nach Dellwood folgen, von dort über die Staatsstraße, fort von den Bergen, nach Canton, Enka und schließlich Asheville. Loren schätzte, dass er dafür zwei Tage brauchte. Anschließend entschied die jeweilige Situation über sein weiteres Vorgehen.

Bei seinen früheren Gelegenheiten, das Leben auf dem amerikanischen Kontinent zu beobachten, waren ihm kaum Unterschiede zur alten Zeit aufgefallen. Natürlich fehlten Autos und andere von Verbrennungsmotoren angetriebene Fahrzeuge, aber die Städte, die er gesehen hatte, wirkten erstaunlich normal. Die dort wohnenden Menschen schienen ein friedliches und auch einigermaßen komfortables Leben zu führen. Doch die Berichte der ausgeschickten Späher und Kundschafter malten ein anderes Bild. Darin hieß es, dass sich auf dem Land feudale Strukturen ausbreiteten, als gäbe es keine zentrale staatliche Identität mehr, nur noch kleine Dorf-Nationen, jede von ihnen isoliert und einzigartig. In der Nähe von Canton, wo Loren in einem Gehöft für die Nacht Halt machte, hörte er etwas davon.

Das Paar in dem Farmhaus bereitete ihm einen freundlichen Empfang. Es hatte gerade Rosenkohl aufgetischt und strich Butter auf Maiskolben, als Loren erschien und um einen Schlafplatz in der Scheune bat. Das Paar bot ihm eine Mahlzeit und sogar trübes Bier aus einem Krug an. »Langen Sie zu, junger Mann. Wer weiß, wann Sie wieder Gelegenheit bekommen, ordentlich zu essen. Bei den Cavanaughs ist der Tisch immer gut gedeckt.«

»Danke, Sir. Sie sind sehr freundlich.« Loren hatte Hunger. Das Farmer-Ehepaar wartete darauf, dass er mit dem Essen begann, und so griff er zu.

»Uns wurde viel gegeben«, sagte der Mann. »Wir hatten so viel Glück, dass es unsere Pflicht ist, anderen zu helfen. Ihr Wanderer seid alle Gottes Kinder. Meine Frau und ich wollen unseren Teil leisten und etwas von der Fülle weitergeben, die uns zuteil wurde.«

Loren kaute Mais und schluckte. »Sie sind sehr freundlich.«

»Dies ist selbstgemachtes Brot.« Der Mann lachte. »Na ja, heutzutage gibt es nur noch selbstgemachtes Brot, schätze ich. Aber dies ist *gutes* selbstgemachtes Brot.«

»Schmeckt ausgezeichnet.«

Der Mann richtete einen fragenden Blick auf ihn. »Ich nehme an, Sie sind Mexikaner.«

»Nahe dran«, sagte Loren. »Ein weiterer Wetback*, der nach Norden geht und Arbeit sucht.«

»An Arbeit mangelte es hier gewiss nicht.«

»Könnte ich etwas für Sie tun? Um mich für all dies erkenntlich zu zeigen?«

---

* Wetback: Ein illegaler Wanderer, der durch den Rio Grande geschwommen ist.

»Nun, Sie könnten morgen beim Obst-und-Gemüse-Wagen helfen, falls Sie zum Markt von Asheville wollen. Und wenn nicht ... Keine Sorge, dann geben Sie die Freundlichkeit, die Sie von uns empfangen haben, an jemand anderen weiter. So gleicht sich letztendlich alles aus.«

»Ich bin nach Asheville unterwegs und helfe Ihnen gern bei Ihrem Wagen. Außerdem freue ich mich über die Gesellschaft.«

»Dann ist es ein Glück für beide Seiten, dass Sie gekommen sind.«

»Ich kann zweifellos von Glück sagen.« Loren nahm noch ein Stück warmes Brot. »Wie ist das Leben hier? Seit der großen Veränderung, meine ich.«

»Besser als in Durham, so viel steht fest«, sagte die Frau. Sie spuckte die Worte fast.

Mr. Cavanaugh klopfte ihr auf die Hand. »Meine Frau hat Verwandte in Durham«, erklärte er Loren. »Letzten Sommer kamen einige von ihnen zu uns und erzählten von neuen Machthabern, die Steuern erheben. Hohe Steuern. Das passiert manchmal. Irgendwo beginnt ein Sheriff, ein Bürgermeister oder ein Polizeichef, sich wichtig zu machen. Nimmt eine Gruppe von Rowdys in seine Dienste. Und dann dauert es nicht lange, bis Steuern erhoben werden, die manchmal so hoch sind, dass sie einem das Rückgrat brechen. Sie versuchen, sie so anzusetzen, dass man nicht verhungert und die Steuern auch weiter bezahlen kann. Aber in Durham sind sie richtig hoch. Die Verwandten meiner Frau gerieten in Konflikt mit dem Boss und er verjagte sie.«

»Hier ging es ähnlich zu«, sagte Mrs. Cavanaugh und nickte. »Hier in Canton hatten wir unser eigenes kleines Problem in Gestalt des ehemaligen Bürgermeisters. Ließ sich von woanders was einflüstern und erfand eine Steuer, wie die Stadtbosse. Doch dann kamen die Schwarzjacken und führten ein kleines Gespräch mit ihm, woraufhin er sich aus dem Staub machte. Trug seinen Unfug woandershin.«

»Schwarzhemden?«

»Sind von Asheville. Jansenisten. Wir sind nicht ganz mit ihren Lehren einverstanden, meine Frau und ich. Aber an ihren guten Taten besteht kein Zweifel.«

»Und sie haben fliegende Maschinen!«, sagte die Frau. »Segelnde Luftschiffe, die schnell dahingleiten, fast so schnell wie Düsenflugzeuge. Manche Leute bezeichnen die Luftschiffe als Magie.«

»Es gibt viel Magie auf der Welt«, sagte der Mann zu seiner Frau. Er sprach in einem geduldigen Ton. »Und fast alles ist gute Magie. Aber wenn wir es besser verstehen, stellt sich heraus, dass es eigentlich gar keine Magie ist. Nur gut angewandter Verstand oder Gottes Gnade. In diesem Fall wissen wir noch nicht genau, welche der beiden Erklärungen zutrifft.«

»Manche Leute sprechen von schwarzer Magie, das weißt du. Wenn sich die Luftschiffe bewegen, sind sie wie Flugzeuge, aber wenn sie anhalten, schweben sie angeblich mitten in der Luft, ohne herunterzufallen. Das ist nicht normal.«

»Wer weiß schon, was normal ist? Ich nicht. Ich habe viele seltsame Dinge gesehen und als wir uns an sie gewöhnt hatten, war alles in Ordnung. Ich glaube nicht, dass die Luftschiffe etwas mit schwarzer Magie zu tun haben, wahrscheinlich nur mit Wissenschaft. Ich glaube, hier bei uns gibt es keine schwarze Magie, vielleicht nirgendwo.«

»Sei dir da nicht so sicher. Bei ihr würde es mich nicht überraschen.«

Der Mann lachte. »Bitte verzeihen Sie meiner Frau, junger Mann. Sie hält nicht viel vom Oberhaupt der Schwarzjacken.« Er wandte sich wieder an Mrs. Cavanaugh. »Sie hat ihre eigenen Ansichten, ihre eigene Art und Weise, so wie wir. Ich gebe zu, dass ihre Art ungewöhnlich zu sein scheint, aber sie hat viel Gutes getan, die Lady, das muss man ihr lassen.«

Dem Gesichtsausdruck seiner Frau war zu entnehmen, dass sie diese Ansicht nicht teilte. Mr. Cavanaugh fuhr fort: »Ich kenne niemanden, der nicht von ihren Taten profitiert hätte. Na ja, der ehemalige Bürgermeister von Canton hatte vielleicht nicht viel davon, aber dafür hatte er umso mehr, bevor die Lady einschritt. Denk nur an all die Armen, denen sie geholfen hat. Denk an den armen Ehemann meiner Cousine, der sich das Bein brach: Die Lady hat ein ganzes Luftschiff voller Schwarzjacken geschickt, die für ihn die Ernte einholten. Und nicht nur das. Sie brachten sie sogar mit einer ihrer Flugmaschinen zum Markt in Asheville und gaben ihm anschließend das Geld. Sie sind gute Nachbarn, ja, das sind sie, und das respektiere ich.«

»Für mich ist dies alles neu«, sagte Loren und hoffte, noch mehr zu erfahren.

»Auf die eine oder andere Weise haben die guten Taten der Lady uns alle erreicht. Unsere beiden Söhne sind Anhänger von ihr. Das ist vielleicht der Grund, warum meine Frau wenig von ihr hält. Unsere Söhne sind fortgegangen, um ihr zu folgen und zu dienen. Aber sie sollen in ihrem Auftrag immer nur Gutes tun, das ist das Wichtigste.«

»Aber was sie sagt …«, warf Mrs. Cavanaugh ein. »Es ist unheimlich, was sie sagt.«

»Sie spricht im Radio«, erklärte Mr. Cavanaugh. »Jeden Samstagabend. Das meint meine Frau. Und dabei spricht sie von Dingen, die manchmal recht überraschend sein können.«

»Sie sagt, dass es etwas schrecklich Böses in der Welt gibt. ›Unheiligkeit‹ nennt sie es. Es gibt zwei unheilige Nationen, die eine östlich von hier, und die andere im Süden, vielleicht in Südamerika. Und sie sind schrecklich böse. Das sagt die Lady.«

»Es hat auch Böses in anderen Zeiten gegeben.« Der Mann wandte sich wieder seiner Frau zu. »Dein Vater ist nicht in den Krieg in Europa gezogen, um gegen Gute zu kämpfen, die für kurze Zeit auf Abwege geraten sind, das weißt du. Er zog los, um gegen das Böse zu kämpfen. Und vielleicht gibt es mehr davon, wie die Lady behauptet.«

Mrs. Cavanaugh hörte gar nicht richtig zu und wartete darauf, dass sie selbst wieder sprechen konnte. Sie hatte dem Gast noch mehr zu sagen. »Sie sagt, dass unsere Autos und Maschinen nicht ihre Kraft hätten verlieren sollen, dass es kein göttlicher Wille war. Es war vielmehr der Wille der bösen Nationen. Und wenn sie davon spricht, klingt ihre Stimme anders. Dann klingt sie so, als wäre sie verrückt. Das glaube ich wenigstens. Und sie hat auch noch andere seltsame Ansichten. Lässt sich immer wieder über die Sünden des Fleisches aus. Die sieht sie praktisch überall, die Sünden des Fleisches.« Mrs. Cavanaugh blickte auf ihren Teller. »Ihrer Meinung nach ist alles zwischen Mann und Frau Sünde. Das sehen wir nicht so. Zumindest nicht ganz.«

»Im Radio klingt sie manchmal extrem.« Mr. Cavanaugh wandte sich wieder an Loren. »Aber ich bin in Asheville gewesen, im Herrschaftshaus, in dem sie wohnt, und habe sie dort direkt sprechen gehört. Die Leute gehen am Samstag zu ihr und hören ihr zu, wenn sie auf dem Rasen spricht. Ich bin ebenfalls hingegangen. Sie klang gar nicht so verrückt. Sie ist felsenfest von dem überzeugt, was sie sagt. Ihre Überzeugung ist wie ein Licht, das aus ihr kommt. Ein Licht der Leidenschaft, nicht des Wahnsinns. Und sie ist schön …«

Mrs. Cavanaugh stürzte sich auf dieses Wort. »Das ist es also, wie? Das hat meinem David und meinem Seth den Kopf verdreht. Sie ist schön, eine Isebel. Sie steckt voller verrückter Ansichten, aber das bemerken meine Söhne gar nicht. Sie sehen nur ihre dunklen Augen, ihr schwarzes Haar, die langen Beine und ihre geschmeidigen Bewegungen. ›Oh, Mutter, du solltest ihre geschmeidigen Bewegungen sehen‹, sagt mein Seth. Wie eine Schlange, nehme ich an.«

»Ich bitte dich, es gibt keinen Grund, so etwas zu sagen«, erwiderte Mr. Cavanaugh. »Man muss die Lady nach ihren Taten beurteilen. ›An ihren Früchten sollt ihr sie erkennen.‹ Und die Früchte ihrer Arbeit sind alle gut. Dafür respektieren wir sie. Die Lady und ihre Gefolgsleute sind uns gute Nachbarn und dafür müssen wir uns revanchieren. Auch wenn wir nicht mit allem einverstanden sind, was sie sagt.«

Am nächsten Morgen brachen Loren und Mr. Cavanaugh nach Asheville auf. Der Obst-und-Gemüse-Wagen wurde von einem Esel gezogen und machte deshalb nicht viel Arbeit. Bei den Hügeln halfen sie ein wenig, aber ansonsten war es kaum mehr als ein gemütlicher Spaziergang. Am vergangenen Abend hatte Loren in Gedanken eine Liste von Fragen zusammengestellt und bekam unterwegs alle Antworten, ohne zu neugierig zu wirken. Die Nacht verbrachten sie bei Freunden der Cavanaughs.

Der nächste Tag war ein Samstag. Loren beschloss, dem Herrschaftshaus einen Besuch abzustatten, um selbst zu hören, was die Lady zu sagen hatte.

*

Unterdessen in Victoria, im Kastell Monterreal …

»Wie heißen Sie, mein Freund?«

»John Nehemiah, M'am.«

»Nun, John, offenbar haben Sie sich verlaufen, denn dies ist das Apartment von Captain Martine.«

Ihm klopfte das Herz, nicht wegen der Entdeckung – er hatte halb damit gerechnet, entdeckt zu werden –, sondern wegen der Frau, die dort vor ihm stand. Er hoffte, dass sie seine Erregung nicht bemerkte. »Ich bitte tausendmal um Entschuldigung, M'am. Ich bin vom Kurs abgekommen, könnte man sagen. Ich habe den Captain gesucht, wollte aber nicht stören. Der Rektor hat eine dringende Mitteilung für Captain Martine.« Er hob einen Umschlag mit dem Emblem des Rektors.

»Der Captain ist fort. Ich erwarte ihn zurück in … Nun, es wird noch eine Weile dauern, bis er zurück ist. Das sollte Rektor Brill eigentlich wissen.«

»Oh, die Mitteilung kommt aus dem Büro des Rektors«, log Nehemiah geschwind. »Nicht vom Rektor selbst.«

»Sie müssen sie mir übergeben. Ich sorge dafür, dass mein Mann sie bekommt, sobald er wieder da ist.«

»Oh, so dringend ist es nicht.« Der Umschlag enthielt nur ein leeres Blatt Papier. Wenn er ihn ihr aushändigte und sie ihn öffnete … »Wenn der Captain nicht da ist, können wir die zusätzliche Zeit nutzen, der Mitteilung genauere Details hinzuzufügen. Es ist ein Bericht über … die Einwanderung. Darum hat er gebeten. Ich nehme ihn wieder mit und arbeite noch etwas mehr daran, solange er fort ist. Es gibt mir Gelegenheit, die Daten zu aktualisieren.«

Die Frau brachte ihn zur Tür und deutete die Treppe hinunter. Er ging und bemerkte, dass sie mit den beiden Wächtern sprach, die ihren Posten verlassen hatten und beim Fenster am Ende des Flurs miteinander plauderten. Das war Pech. Von jetzt an würden sie aufmerksamer sein und es ihm schwerer machen, wenn er noch einmal hierherkommen musste.

Draußen versuchte Nehemiah, sich zu beruhigen, aber sein Puls raste noch immer – das Herz wollte einfach nicht langsamer schlagen. Der Blick der grauen Augen schien noch immer auf ihn gerichtet zu sein und bis in seinen inneren Kern zu reichen, was ihn zutiefst beunruhigte. Er war noch immer so erregt, dass er nicht einmal aufs Fahrrad steigen konnte und es schieben musste. Als er das Kastell verlassen hatte, lehnte er sich an einen der Bäume am Rand der Zufahrt und dachte an nichts. Schließlich stieg er auf und radelte zurück zur Stadt.

Unterwegs entschied er, nicht ins Büro zurückzukehren. Niemand würde ihn vermissen. Er war viel zu durcheinander, um zu arbeiten.

Nehemiah wusste, dass er eine Sünde beging und sich schämen sollte. Aber sein derzeitiger Zustand machte es notwendig. Um den Erfolg der Mission zu gewährleisten, musste er ihr seine volle Aufmerksamkeit widmen und dazu war er nicht imstande. Wenn die Sünde ihm half, sich zu konzentrieren, so glaubte er sie bereits halb vergeben. Er brachte sein Rad auf den Weg zu den Klippen an der Küste, nicht weit von der Pferdefarm der Comptons entfernt. Er war mehrmals dort gewesen, immer wegen der Pferdegespanne, die die Kutsche des Rektors zogen. Als er die Farm erreichte, fuhr er rechts am Haus vorbei und zu den Ställen dahinter. Im Longierzirkel jenseits davon fand er die gesuchte Person, den Grund für die Fahrt hierher.

»Na, wenn das nicht John ist, der Mann des Rektors. Hallo, John.« Die junge Frau führte eins der Fohlen an einer langen Leine durch den Zirkel. Sie war etwa achtzehn, vollschlank und exotisch. Nehemiah vermutete, dass auch orientalisches Blut in ihren Adern floss. Sie war ihm schon früher aufgefallen.

»Hallo«, erwiderte er. Ihren Namen kannte er nicht. »Wie wär's mit einem Ausritt? Ich dachte, wir könnten vielleicht einige Reitpferde ausprobieren. Möglicherweise brauchen wir welche für eine Parade.«

Sie richtete einen abschätzenden Blick auf ihn und gewann den Eindruck, dass er wegen mehr gekommen war als nur Pferdefleisch. Sie hielt ihn für attraktiv und auch ein wenig geheimnisvoll. Ein Ritt in die Berge mit ihm lief vielleicht auf ein Abenteuer hinaus. »Können Sie reiten?«, fragte sie und lächelte.

»Und ob. Vielleicht besser als Sie.«

»Oho, ein Cowboy. Na, wir werden sehen.« Sie beschloss, ihn mit Gallimare auf die Probe zu stellen, ging in den Stall und holte die Sättel.

Sie ritten an der Küste entlang, über einen schmalen Pfad, der zu den zweiten Klippen führte. Er ritt ausgezeichnet. Sie mochte Männer, die gut ritten, da wurde sie schwach. Vielleicht ritt er tatsächlich noch besser als sie. Jedenfalls war er so schnell, dass es ihr schwer fiel, nicht den Anschluss zu verlieren.

Am Ende des Pfads stand eine kleine Hütte, einst Heim eines Schäfers und seiner Familie. Nehemiah hatte sein Pferd dort angebunden, als die junge Frau eintraf. Wortlos griff er nach ihren Zügeln. Eher der schweigsame Typ, fand sie. Er hob die Hand und half ihr vom Pferd.

In der Hütte machte er sich sofort daran, sie zu entkleiden. Besonders sanft ging er dabei nicht vor, aber sie beschwerte sich nicht. Noch nicht. Sie mochte es, wenn ein Mann ein bisschen grob war. Er ließ seine Hose hinunter, ohne die Stiefel auszuziehen, und warf sich auf sie.

»He, immer mit der Ruhe«, sagte sie. »Ich laufe nicht weg.«

Sie war trocken und deshalb kam er nicht so leicht in sie hinein, obwohl er begierig stieß. Er spuckte in die eine Hand und drückte den Speichel in sie, was wehtat.

»Au«, sagte sie. »Warte.«

Einen Moment später war er in ihr und stieß hart zu. Das kleine Bett unter ihnen wackelte und ihre Hüften prallten gegeneinander, was ihr neue Schmerzen bereitete. Er achtete nicht darauf. »He …«, sagte sie. Er legte ihr die Hand auf den Mund. Welches Interesse konnte er daran haben, was sie jetzt sagte? Die andere Hand knetete ihre Brust. Er legte die Wange auf die Hand, die den Mund zuhielt, und blickte auf das gefangene Tier hinab, das in eine große braune Aura gehüllt war. Er kam. Er musste kommen. Und jetzt war es so weit. Mit einem heftigen Schaudern ergoss er sich in ihr und es gelang ihm nicht, ein Stöhnen zurückzuhalten. Er pumpte noch mehr in sie hinein, kam noch einmal, und vielleicht ein drittes Mal, stöhnte immer wieder.

Als es vorbei war, fühlte er Abscheu. Für einen Moment galt der Abscheu ihm selbst und er hasste seine Schwäche, doch dann richtete sich das alles gegen die junge Frau. Er ließ von ihr ab und zog die Hose hoch – es widerte ihn an, dass sie ihn nackt sah. Und ihre Nacktheit erfüllte ihn mit Ekel. Verblüfft starrte sie zu ihm hoch und versuchte nicht einmal, ihre Blöße zu bedecken.

»Du denkst vielleicht, dass ich in dir gekommen bin«, zischte er wütend. »Aber da irrst du dich. Ich habe in dir gepisst. Verstehst du? Ich bin nicht gekommen, sondern habe gepinkelt!«

»Himmel, du bist wirklich ein netter Bursche«, sagte sie.

Je länger sie ihm ihre Nacktheit zeigte, desto größer wurde sein Zorn. »Hinaus!«, kreischte er. »Hinaus mit dir!« Neben dem Bett stand ein kleiner Tisch mit einer Petroleumlampe. Er zerbrach die Lampe und goss das Petroleum auf sie. Sie bekam es plötzlich mit der Angst zu tun und sprang auf. Er kreischte erneut, Worte, die keinen Sinn ergaben.

Ihre Kleidung lag in einem Haufen neben der Tür. Auf dem Weg dorthin rutschte sie aus, fiel halb und hielt sich im letzten Moment am Türrahmen fest. Er blickte auf sie hinab und bekam den After zu sehen, was das Feuer des Zorns in ihm noch heißer brennen ließ. Welch eine Beleidigung! Er schrie, ohne schreien zu wollen, und trat mit dem rechten Bein. Den Hintern wollte er treffen, zielte in seiner Wut aber nicht richtig und traf stattdessen die Hüfte. Dabei rutschte er im vergossenen Petroleum aus, wodurch die junge Frau gegen den Türrahmen gedrückt wurde. Holzsplitter bohrten sich ihr in Wange und Schulter; Blut rann ihr übers Kinn. Sie glaubte, dass er sich ihr von hinten näherte, und wandte sich zur Seite, um dem befürchteten Schlag auszuweichen. Aber er war noch auf den Knien, im Bettlaken verheddert, und versuchte, wieder auf die Beine zu kommen.

Durch das Bemühen, dem erwarteten Schlag auszuweichen, kippte die junge Frau zur Seite und rollte durch die Tür. In der einen Hand hier sie ihr T-Shirt. Die restliche Kleidung befand sich in der Hütte, aber sie dachte nicht einmal daran, die übrigen Sachen zu holen, lief los und floh in den nahen Wald. Ein Weg erstreckte sich dort, mit einem weichen Polster aus Kiefernnadeln, und sie lief wie der Wind, nackt und unbehindert. Sie wollte erst stehenbleiben, wenn sich der Mann kilometerweit hinter ihr befand. Sie wusste, dass sie um ihr Leben lief.

In der Hütte schmetterte Nehemiah die Faust gegen den Türrahmen. Dabei traf er einen Nagel, der als Kleiderhaken diente, und riss sich daran die Hand auf. Sein Blut tropfte dort in den Staub, wo eben ihres getropft war. Sein eigenes Blut! Er sah, wie es sich mit dem der schmutzigen jungen Frau vermischte, und ein weiteres Stöhnen kam aus seinem Mund.

Er sollte sie verfolgen. Sie würde allen erzählen, was hier geschehen war. Sie würden kommen, wenn sie ihre Geschichte gehört hatten: große Männer mit Fäusten wie Hämmer. Sie würden ihn schlagen. Plötzlich hatte er Angst, heimgesucht vom Schreckgespenst des Schmerzes. Und das war noch nicht alles. Seine Mission, seine heilige Mission … Er konnte sie nicht zu Ende bringen. Es war alles ihre Schuld. Er hätte ihr sofort folgen, sie zu Boden werfen und auf sie einschlagen sollen, bis sie tot war. Für einige Sekunden stellte er sich mit einem Stein in der Hand vor, ein Stein, der ihr den Schädel zertrümmerte. Genau das hatte sie verdient, und noch wichtiger: Es war das, was die Mission erforderte. Aber sie war fort. Er konnte sie jetzt nicht mehr einholen, da war er sicher. Sie hatte sich auf und davon gemacht, schnell und leichtfüßig, jung und gesund. So schnell konnte er nicht laufen, nie wieder, nicht mit der Kraft seiner Männlichkeit vergossen und vergeudet.

Nehemiah sank auf den schmutzigen Boden bei der Tür. Alles war verloren. Er musste fliehen. Er musste seinen Posten im Verwaltungsbüro aufgeben, den Zugang zu all den für die Mission erforderlichen Informationen. Nur wegen der verdammten Frau! Was für eine Schlampe! Wie hatte sie ihm so sehr schaden können? Was hatte er getan, um so etwas zu verdienen? Elend und Kummer erfüllten ihn. Er ließ den Kopf hängen, hob die Hände vors Gesicht und weinte.

*

Was Mr. Cavanaugh »Herrschaftshaus« genannt hatte, war ein riesiges Anwesen mit eigenem Park – ein erstaunlicher Ort selbst für jemanden, der in einem Palast wohnte. Loren wanderte umher, bewunderte die weiten Rasenflächen und großen, alten Bäume. Das Fehlen von motorisierten Werkzeugen hatte in anderen Teilen der Welt zu einer Vernachlässigung der Gartenpflege geführt, aber hier war alles perfekt: das Gras kurz, die Hecken gestutzt, das Wasser in den Fischteichen klar, die Wege ohne Unkraut. Überall sah Loren schwarz gekleidete Bedienstete bei der Arbeit. Er vermutete, dass es sich um Jansenisten handelte. Noch aufregender als die Bemühungen der gegenwärtigen Arbeiter waren die Leistungen jener Menschen, die dieses Anwesen geplant und angelegt hatten. Loren fragte sich, wer sie gewesen sein mochten und welche Vision hinter all dem steckte.

Der Park war voller Menschen. Ganze Familien mit Kindern hatten Picknickdecken auf dem Rasen ausgebreitet und aßen Brote und Obst, das sie in Körben mitgebracht hatten. Die Leute trugen Freizeitkleidung, wie an einem Tag im Urlaub. Kurz nach drei machten sich alle auf den Weg zum Herrschaftshaus. Loren wollte nicht zu früh eintreffen und wahrte einen gewissen Abstand. Als er schließlich einen Platz für sich fand, auf dem westlichen Rasen hinter dem Haupthaus, hatte sich eine große Menschenmenge versammelt. An der rückwärtigen Seite des Hauses gab es eine Terrasse, begrenzt von einer Mauer hoch wie ein großer Mann. Der größte Teil des Publikums befand sich auf der anderen Seite dieser Mauer. Auf der Terrasse war eine Bühne errichtet worden und darauf zeigten zwei Jongleure ihr Geschick. Geschminkte Clowns standen in den Ecken der Bühne und weitere liefen durch die Menge der Wartenden. Loren hörte das Lachen von Kindern.

Als die Lady auf die Bühne trat, stand die Sonne dicht über dem Horizont. Ein Scheinwerfer schien dort durch eine Lücke zwischen den Wolken zu leuchten und tauchte die Lady in goldenes Licht. Es hätte selbst dann nicht besser aussehen können, wenn es möglich gewesen wäre, so etwas zu arrangieren. Als die Sonne unterging, richteten sich Bogenlichter auf die Lady. Sie sprach fast zwei Stunden.

Loren hätte nicht beschwören können, dass die Frau auf der Bühne wirklich Sonia war, dazu stand er zu weit entfernt. Was er sah und hörte, bot keinen absoluten, jeden Zweifel ausräumenden Beweis. Das Lautsprechersystem war alt und verzerrte die Stimme so sehr, dass er nicht einmal alle Worte verstand. Aber was ihn sicher machte, dass dort wirklich Sonia stand und zu den vielen Menschen sprach, war die Hingerissenheit des Publikums. Tausende saßen auf dem Rasen, wie von ihr verzaubert. Die Lady sprach über zwei Themen, die Mrs. Cavanaugh erwähnt hatte: das Böse auf der Welt und die Sünden des Fleisches.

Sie hatte weder gute Nachrichten noch Trost für die Zuhörer. In ihrem Herzen seien sie durch und durch schlecht, sagte die Lady und das Publikum glaubte ihr. Sie müssten mit sich selbst ringen, Stolz und Weltlichkeit unterdrücken. Dabei würden sie immer wieder versagen, prophezeite die Lady. »Der heilige Paulus sagt uns, dass ein gerechter Mensch siebenmal am Tag der Sünde verfällt«, betonte sie. Aber durch all die Fehlschläge dürften sich die Menschen nicht davon abhalten lassen, es immer wieder zu versuchen. Um sich von ihren Schwächen zu befreien, brauchten sie ihre Hilfe, die Hilfe der Lady. Sie würde ihnen helfen, die Sündhaftigkeit des Fleisches abzustreifen und darüber hinauszuwachsen. Doch dazu war Opferbereitschaft notwendig. Rettung durch Opfer, hieß es. Was sie von ihnen verlangte, würde über das hinausgehen, was gewöhnliche Menschen ertragen konnten, aber sie *würden* es ertragen, wenn sie ihr vertrauten. Sie forderte die Zuhörer auf, ihr Leben dem Guten zu widmen. Nicht dem Guten im Abstrakten, das wäre zu schwer gewesen für diese armen, ignoranten Leute. Nein, sie sollten für die Sünden des Fleisches sühnen, indem sie das Fleisch für den Krieg gegen das Böse opferten. Gegen die Unheiligkeit und ihre Dunkle Präsenz, die das Licht der Sonne verfinsterte, den Jungen und Unschuldigen ihr Glück nahm. Die Dunkle Präsenz war eine Macht, eine Insel voll des Bösen. Diese Macht hatte von ihnen Besitz ergriffen, ohne dass jemand imstande gewesen war, sich dagegen zu wehren. Sie hatte ihnen die Kraft genommen, sie unterworfen, sie gezwungen, wie Tiere zu leben. Aber sie, die Lady, würde sie gegen die Dunkle Präsenz in den Kampf führen. Gemeinsam würden sie das Böse überwältigen und besiegen und auf diese Weise Heil erlangen.

Zum Schluss der langen Rede standen die Leute und es herrschte eine seltsame Stille. Ruhig und geordnet gingen sie über die von Bäumen gesäumte Zufahrtsstraße. Viele von ihnen wirkten ergriffen von dem, was sie gehört hatten. Einige weinten.

Auf dem Weg zurück zur Stadt kam Loren mit einem älteren Paar ins Gespräch. Die Frau sagte nur wenig, aber der Mann erkundigte sich nach seiner Herkunft und dem Akzent. Sie waren sehr freundlich, boten ihm Essen und einen Platz für die Nacht. Loren nahm das Angebot dankbar an. Unmittelbar nach der Mahlzeit ging er zu Bett und schlief sofort ein.

*

Er träumte von Sonia. Sie betete bei ihm, bei seinem Leichnam. Aus dem Sarg sah er zu ihr auf. Sie stand neben ihm, auf der Höhe seines Kopfes. Er blickte an ihrem Gewand hoch, an nackten Beinen, die in der Dunkelheit aufragten. Ihre Beine waren über ihm gespreizt, ein Fuß links von seinem Kopf, der andere rechts. Er hatte die Augen offen und konnte den Blick nicht von der Stelle zwischen den Beinen abwenden. Sie sprach, nicht zu ihm, sondern zu einer großen Menschenmenge. Sie belehrte ihre Zuhörer über die Sündhaftigkeit des Fleisches. Die Leute verehrten sie, er fühlte ihre Bewunderung – für sie war Sonia die Essenz von Reinheit und Tugend. Er fürchtete, dass sie bemerkten, wohin sein Blick gerichtet war, aber er konnte ihn nicht abwenden, er konnte nicht einmal blinzeln. Er hoffte, dass seine offenen Augen unbemerkt blieben, doch das war nicht der Fall. Empörte Rufe erklangen im Publikum, erst einige wenige, dann immer mehr. Die Leute waren aufgebracht und drängten nach vorn, auf ihn zu. Sie streckten ihm die Hände entgegen, zerrten ihn aus dem Sarg.

»Nimm seine Füße. Halt sie fest.«

»Schläft nackt. Wie man es von ihm erwarten kann.«

»Was?« Loren versuchte, sich aufzusetzen. Hände drückten ihn aufs Bett zurück.

»Wir bringen ihn nicht nackt fort. Wir müssen an der Herrin des Hauses vorbei und sie ist eine gute, gottesfürchtige Frau. Hier, zieh ihm das an.«

Erneut fühlte Loren Hände, die seinen Oberkörper hielten, während andere ihm etwas über die Beine streiften und sie dabei anhoben. Ein einzelnes Licht strahlte ihm entgegen und blendete ihn, das Licht einer Taschenlampe. Ein halbes Dutzend Männer waren bei ihm im Zimmer. Der Reißverschluss seiner Hose wurde nach oben gezogen, der Gürtel am Zwerchfell festgezurrt. Die Hände hoben ihn vom Bett.

»Jetzt einen Strick um die Hände. Auf den Rücken.«

»Was ist los?«, brachte Loren benommen hervor. Er bekam einen Schlag an den Kopf.

»Sei still. Oder es gibt noch mehr davon.«

»Nicht um die Füße, Dummkopf. Dann müssten wir ihn tragen. Um die Mitte. Hier, das Hemd. Zieht es ihm an, über die Stricke.

»Wer seid ihr?« Seine Stimme klang rau, voller Furcht.

Ein Gesicht erschien direkt vor ihm, vom Licht der Taschenlampe erhellt. »Halt dein verdammtes Maul. Hast du verstanden? Klappe halten!« Diesen Worten folgt ein Hieb in den Bauch, mit solcher Wucht, dass er sich zusammenkrümmte und ihm die Luft wegblieb. Übelkeit erfasste ihn.

Die Männer stießen ihn durch die Tür und in einen Flur, in Richtung einer Treppe. Bei der Treppe angelangt sah Loren den älteren Mann und seine Frau in Morgenmänteln an der Tür ihres Schlafzimmers stehen. Ihre Gesichter wirkten hart, unfreundlich. Erneut gaben ihm die Hände einen Stoß und dadurch verlor Loren auf der obersten Stufe das Gleichgewicht. Er fürchtete, die steile Treppe hinunterzufallen und sich dabei das Genick zu brechen. Instinktiv ließ er sich auf die Knie sinken, um seinen Schwerpunkt nach unten zu verlagern; vielleicht versetzte es ihn in die Lage, die Stufen hinunterzurollen. Doch die Männer packten ihn, bewahrten ihn vor einem Sturz und zogen ihn wieder auf die Beine. Im Licht der Flurlampe sah er, dass sie alle schwarze Kleidung trugen.

Kurze Zeit später hatten sie die Treppe hinter sich und waren draußen, wo ihn die Männer anhoben und auf die Ladefläche eines Wagens warfen. Er nahm Pferdegeruch wahr. Einige der Schwarzgekleideten stiegen zu ihm auf den Wagen und stellten ihre Füße auf ihn, damit er liegenblieb. Es war bitterkalt. Mit einem Ruck setzte sich der Wagen in Bewegung; Hufe klapperten.

Nach einer endlos langen Fahrt zog man Loren von der Ladefläche und brachte ihn durch die Tür eines niedrigen weißen Gebäudes. Eine Treppe führte nach unten. Ein Stoß ließ Loren die Stufen hinuntertaumeln und unten sank er auf den Boden eines hell erleuchteten Zimmers. Der Boden schien aus festgetretener Erde zu bestehen. Er kam halb nach oben und sah sich um. Ein großer Tisch aus massivem Holz stand vor ihm und dahinter saß ein in Schwarz gekleideter Mann, der sich vorbeugte und auf ihn herabsah. Außerdem befanden sich noch etwa zehn andere Männer in dem Raum, alle in Schwarz. Niemand von ihnen wirkte freundlich.

Bei einem von ihnen – er schien der Jüngste zu sein – war das Gesicht eine hasserfüllte Fratze. Als Loren verwirrt zu ihm hochsah, spuckte ihm der junge Mann ins Gesicht.

»Lass den Unsinn«, sagte der Mann hinter dem Tisch. »Wir müssten ihn saubermachen und wir haben Besseres zu tun. Hebt seinen Kopf.«

Hände gruben sich Loren ins Haar, zerrten den Kopf nach oben und hielten sein Gesicht ins Licht.

»Mal sehen, welcher von unseren Freunden es ist.« Vor dem Mann am Tisch lag ein Stapel großer Fotos. Das harte Papier war kraus, wie achtlos getrocknet. Der Mann nahm ein Foto nach dem anderen, hielt es hoch, verglich es mit Lorens Gesicht und legte es wieder beiseite. Auf der Rückseite eines jeden Fotos stand etwas geschrieben, vielleicht der Name. Insgesamt waren es etwa fünfzig Bilder.

»Aha«, sagte der Mann schließlich. »Hier haben wir ihn.«

Er drehte das Bild und las, was auf der Rückseite geschrieben stand. Loren erkannte sich selbst auf dem Foto. Es zeigte ihn in Uniform, nicht im alten Trainingsanzug, sondern in der neuen weißen und goldenen Uniform. Also konnte das Bild höchsten zwei Jahre alt sein.

»Captain Loren Martine«, las der Mann. Seine Züge verhärteten sich. »Na, ist das nicht ein guter Fang? Wirklich nett von Ihnen, dass Sie zu uns gekommen sind, Captain. Das erspart uns die Mühe, Sie zu holen.«

Er legte das Foto auf den Stapel, nahm alle Bilder und klopfte mit ihnen auf den Tisch, um den Stapel zu ordnen.

»Bringt ihn fort!«, befahl der Mann.

Jemand näherte sich von hinten. Loren wollte plötzlich herausfinden, wen die anderen Fotos in dem Stapel zeigten. Als ihn jemand auf die Beine zog, wankte er nach vorn, näher an den Tisch heran. Der Mann hinter ihm fluchte. Loren richtete sich auf, bekam ein Knie unter das Ende des Tischs und hob ihn an. Der Stapel mit den Fotos kippte und die Bilder fielen zu Boden. Loren erkannte Aufnahmen von Edward, Kelly, Adjouan, Elgar Klipstein und Gordon Buxtehude. Die anderen Bilder wirkten vertraut, aber er erhielt keine Gelegenheit, die Gesichter zu identifizieren. Der fluchende Mann kam auf ihn zu, die rechte Hand zur Faust geballt und zum Schlag gehoben. Loren duckte sich zur Seite und der Hieb traf ihn unter der Schulter. Er fiel, prallte gegen die Seite des Tischs und landete mit der Wange auf einem der Fotos. Nur die Augen waren zu sehen; der Rest befand sich außerhalb seines Blickfelds.

Es schienen Kellys Augen zu sein, aber das war seltsam, denn Kellys Foto hatte doch dort drüben gelegen, oder? Dies konnten nicht ihre Augen sein, es sei denn, es gab mehrere Fotos von ihr.

Er war noch immer benommen.

Jemand packte ihn unsanft und hob ihn hoch, was ihm Gelegenheit gab, das ganze Bild zu sehen. Es zeigte ihm das rundliche Gesicht seiner Tochter Shimna.

38

Wo Engel zittern

Die Männer brachten Loren in einen gefliesten Hygienetrakt im Keller des Herrschaftshauses. Dort gab es mehrere Duschkabinen, durch Vorhänge abgetrennte Umkleidezimmer und vier separate Toiletten mit Waschbecken. In einem Nebenzimmer stand eine alte Badewanne und hinzu kam ein Wandschrank – das war alles. Die Haupttür des Hygienetrakts war von außen verriegelt, die Fenster waren hoch und klein. Überall herrschte eine alles durchdringende feuchte Kälte.

Loren brauchte vier Stunden, um sich von den Fesseln zu befreien. Sein linkes Auge war angeschwollen, was er zumindest zum Teil dem Tisch verdankte, gegen den er gestoßen war. Bei einem der Waschbecken ließ er kaltes Wasser darüber laufen. Unter dem Auge zeigte sich eine hässliche Prellung an der Wange. Loren betrachtete sein Spiegelbild im matten Licht. Was war an ihm so hassenswert? Was hatte den Zorn der schwarzgekleideten Männer geweckt? Er fühlte nichts, was sie betraf; wie hatte sich in ihnen so viel Wut auf ihn anstauen können? Das blasse Gesicht im Spiegel erschien ihm ungeeignet für so intensive Empfindungen. Natürlich ging es gar nicht um das Gesicht, auch nicht um ihn selbst. Das wusste Loren. Er hatte nur das Pech, etwas zu symbolisieren, das die Männer hassten. Er war ein Symbol, nichts weiter. Ein Symbol für den Feind, das Unheilige, für die Dunkle Präsenz.

Die weißen Kacheln des Bodens waren eiskalt unter seinen bloßen Füßen. In einer Ecke lagen mehrere benutzte Handtücher, nicht zu feucht. Er schlang einige von ihnen um sich und versuchte zu schlafen.

Sein Gehirn funktionierte nicht richtig; Schlaf half vielleicht. Er schien nicht einschlafen zu können, aber plötzlich erwachte er, vor Kälte zitternd. Es konnte nicht viel Zeit vergangen sein, vielleicht nur Minuten.

Es kam noch immer kein Licht durch die kleinen, hohen Fenster. Nur die schwach leuchtende Glühlampe an der Decke verhinderte vollständige Dunkelheit. Elektrischer Strom bedeutete, dass es vielleicht noch mehr Lampen gab. Loren begann mit einer Runde durch den Trakt, tastete im Dunkeln und suchte insbesondere neben der Tür, durch die man ihn hereingebracht hatte. Und tatsächlich: Seine Finger fanden einen alten Schalter. Als er ihn drehte, ging oben eine Leuchtstoffröhre an. In der Nähe von Asheville hatte es kaum Anzeichen von Elektrizität gegeben und er fragte sich, woher dieser Strom stammte. Wenn es Licht gab … Vielleicht existierte auch eine Heizung. Er hielt nach einem Thermostat Ausschau und als er keinen fand, probierte er es mit dem warmen Wasser in einer der Duschkabinen. Nach einigen Momenten wurde das kalte Wasser tatsächlich warm und dann heiß. Loren zog sich aus und trat in die Kabine. Nach der Dusche ließ er das heiße Wasser laufen, damit es in dem Raum etwas wärmer wurde. Mit grimmiger Befriedigung dachte er daran, dass er auf diese Weise vielleicht das ganze Warmwasser verbrauchte, wodurch die Leute, die ihn gefangen genommen hatten, gezwungen waren, am Morgen kalt zu duschen. Er fühlte sich viel besser, streckte sich auf dem aus Handtüchern improvisierten Bett aus und schlief tief und fest.

*

Gegen Mittag öffnete sich die Tür, und jemand schob ein Tablett mit warmen Cornflakes und einem Glas Milch herein – es hatte sogar jemand Honig auf die Cornflakes gegeben. Es folgten weitere Stunden des Wartens. Loren versuchte sich vorzustellen, was ihn erwartete, aber seine Fantasie versagte. Er hätte Angst haben sollen. Tatsächlich fürchtete er sich ein bisschen, wegen des Zorns der Schwarzgekleideten auf ihn. Und wegen Sonia. *Unvernunft kennt keine Grenzen*, erinnerte er sich.

Als sich die Tür das nächste Mal öffnete, war die Furcht Langeweile gewichen. Gehorsam ließ er sich von den Männern abführen.

Museumsstücke füllten die oberen Stockwerke des Herrschaftshauses: verzierte Holzmöbel, Wandteppiche, Vasen aus erlesenem Porzellan, mit Seide bezogene Diwane, Tische aus Ebenholz, darauf hohe barocke Lampen. Orientteppiche bedeckten den Boden, alle in perfektem Zustand. Die Zimmer sahen aus wie das Setting für einen Historienfilm. In jedem Raum präsentierten Vasen frische Gartenblumen. Loren bemerkte Bedienstete in weißen Livreen, die saubermachten und Tabletts mit Gläsern und Tellern trugen.

Der Weg führte durch den Hauptteil des Hauses und dann über eine breite Bogentreppe in den dritten Stock. Loren folgte einem Schwarzgekleideten und zwei weitere gingen hinter ihm.

Sie schritten durch einen langen Flur mit Oberlichtern. Die Doppeltür an seinem Ende führte in ein Vorzimmer, das ebenso üppig eingerichtet war wie die anderen Räume. An einer Wand standen mehrere Rüstungen mit bunten Schilden, Schwertern und Streitkolben. An der Tür auf der gegenüberliegenden Seite bemerkte Loren vier junge Frauen in kurzen schwarzen Kleidern, die fast wie Cocktailkleider aussahen. Alle vier waren dunkelhaarig und hübsch. Sie schienen siebzehn oder achtzehn zu sein, älter nicht, und sie lächelten, als freuten sie sich auf etwas. Schon im Flur hatte Loren ihr Kichern gehört. Sie beobachteten ihn fasziniert, als er sich näherte. Ihre Augen glänzten und er dachte an die Möglichkeit, dass sie Drogen genommen hatten. Kaum war er an ihnen vorbei, wiederholte sich das mädchenhafte Kichern.

Die Schwarzgekleideten hinter Loren packten ihn und schoben ihn durch eine weitere Tür in eine Art Bibliothek. Er verlor das Gleichgewicht und fiel auf einen Läufer. Die plötzliche Machtdemonstration war vermutlich für die Person bestimmt, die sich in diesem Raum befand, dachte Loren. Einer der Männer trat ihn, als er aufzustehen versuchte. Er blieb liegen und sah hoch.

Sonia saß an einem Schreibtisch, der unter einem hohen, bleiverglasten Bogenfenster stand. Sie drehte ihren Sessel, wandte sich halb der Mitte des Raums zu und richtete einen kurzen, nicht sonderlich interessierten Blick auf Loren, sah dann die Männer an.

»Das ist der Gefangene. Martine, Milady.«

»Ja, das sehe ich.«

»Wie befohlen.«

»Ja.« Papiere lagen vor Sonia auf dem Schreibtisch. Sie blickte darauf hinab und für einen Moment schien es, als wollte sie die Arbeit fortsetzen, ohne auf die Schwarzgekleideten und den Gefangenen zu achten. Dann seufzte sie. »Er soll aufstehen«, sagte sie. »Wollen wir mal sehen.«

Loren wurde mit solcher Kraft hochgerissen, dass seine Füße kurz den Bodenkontakt verloren. Die beiden dafür verantwortlichen Männer standen zu beiden Seiten und hielten ihn fest. Sonia kam hinter dem Schreibtisch hervor; ihr Gesicht veränderte sich nicht, als sie näher trat. Sie sah ihn direkt an, ohne zu lächeln, hob die Hand und berührte die angeschwollenen Stellen am Auge und auf der Wange. Ihre Hand war eiskalt.

»Was ist das?«

»Er hat Ärger gemacht und brauchte eine Lektion.«

»Aber ihr habt sein hübsches Gesicht verunstaltet.«

»Ja …«, gestand der Mann voller Unbehagen.

»Nun, lassen wir es dabei bewenden.« Sonia klopfte Loren zweimal auf die Wange, unter der Prellung. »Bindet ihn an den Ring.«

Erneut kicherten die an der Tür stehenden jungen Frauen. Die Männer griffen etwas sanfter zu, als sie Loren zu einer Nische zwischen den Bücherschränken brachten. Dort war ein Metallring groß wie der Kopf eines Mannes in die Wand eingelassen. Eine schwere Kette führte durch diesen Ring, mit Handschellen an beiden Enden. Ein kleiner Schlüssel steckte in einer der Schellen. Zwei Männer hielten Loren fest und ein dritter legte ihm die Handschellen an. Dann wichen die Männer zurück und gaben Sonia den Schlüssel. Sie nahm ihn und ließ ihn in der Tasche ihres Rocks verschwinden. Loren war an die Kette gefesselt, mit einem Bewegungsspielraum von weniger als einem Meter.

»Du und deine Männer, Diakon … Ihr könnt jetzt gehen. Wir möchten mit dem Gefangenen allein sein.«

»Sehr wohl, Milady.«

Loren beobachtete, wie die Männer den Raum verließen. Die jungen Frauen wichen beiseite, um sie gehen zu lassen, traten dann wieder zur Tür und beobachteten den gefesselten Gefangenen mit glänzenden Augen. Alle vier drängten sich in der Tür zusammen.

Sonia folgte Lorens Blick zu den jungen Frauen. »Weg mit euch!«, sagte sie und winkte, woraufhin die Mädchen verschwanden. Sie lächelte nachsichtig, als wäre er überhaupt nicht da. Ohne ein Wort oder einen Blick in seine Richtung ging sie zum Schreibtisch und sammelte die dort liegenden Papiere ein. Sie fügte sie vorn einem Buch hinzu, schloss es und legte es beiseite. Dann ging sie zu einer Tür, die Loren bisher nicht bemerkt hatte, und verließ die Bibliothek.

Die jungen Frauen befanden sich noch immer im Vorzimmer; er hörte ihre gedämpften Stimmen, gelegentlich ein Lachen. Eine von ihnen riskierte einen verstohlenen Blick durch die Tür. Das Gesicht verschwand, kaum sah Loren in ihre Richtung. Er wartete. In seiner Nähe stand eine Art Massageliege an einem der Bücherschränke, breit wie ein Einzelbett auf Rädern. Er bedauerte, dass er die Liege nicht erreichen konnte. Er hätte sich gern auf sie gelegt, denn er fühlte sich plötzlich sehr müde.

Als Sonia zurückkehrte, trug sie nicht mehr Rock und Pulli, sondern ein kurzes schwarzes Gewand mit einem goldenen Gürtel an der Taille. Es ähnelte der Kleidung der vier jungen Frauen. Warum so viel Schwarz? Was bedeutete es für sie? Auch zuvor hatte sie oft schwarze Kleidung gewählt, weil sie ihr gut stand, nahm er an. Aber hier lag der Fall anders. Hier schien das Schwarz eine Besessenheit zu sein, die zum allgemeinen Geschehen gehörte.

Sonia ließ sich wieder Zeit und blieb stumm. Direkt vor Loren blieb sie stehen und sah ihm in die Augen. Die kalte Hand kehrte an seine Wange zurück.

»Ich …«, begann er, aber sie legte ihm einen Finger auf die Lippen, sagte nichts und sah ihn nur an. Erneut vermittelte sie den Eindruck, einen Fremden anzusehen oder ein Objekt zu betrachten.

Sonia wandte sich ab, ging zur Tür und klatschte in die Hände. Sofort erschienen die vier jungen Frauen und wirkten sehr aufgeregt. Sonia lächelte über ihren Enthusiasmus. »Nun, ich wisst sicher, was ich möchte«, sagte sie.

»Ja, Milady«, antworteten sie wie aus einem Mund und liefen fort. Wenige Sekunden später waren sie wieder da, die erste von ihnen mit einer Ledertasche so groß wie ein Maniküretui. »Es ist alles bereit«, sagte sie.

»Danke, Lisa.« Die junge Frau öffnete das Etui und bot es ihr an. Sonia entnahm dem Etui eine Injektionsnadel und hielt sie ins Licht des Fensters. Loren beobachtete, wie einige kleine Tropfen aus der Spitze kamen, als sie den Kolben drückte.

»Was hoffst du von mir zu erfahren?« Lorens Stimme zitterte. Die jungen Frauen schienen die Frage aus irgendeinem Grund für lustig zu halten. Sonia schenkte ihr keine Beachtung.

Sie sah Lisa an und lächelte. »Möchtest du es übernehmen, meine Liebe?«

»O ja, Milady.«

Sonia gab ihr die Spritze, trat dann neben Loren und ergriff mit beiden Händen die Manschette seines Hemds. Sie zog und der Stoff gab nach, riss bis zur Schulter auf. Loren blickte verblüfft darauf hinab – er wäre dazu nicht imstande gewesen. Und offenbar hatte sie sich nicht einmal angestrengt. Sonia nahm seinen Arm und drückte ihn zur Seite, wodurch die Kette durch den Ring rasselte und die andere Hand zum Ring gezogen wurde. Sonias Bewegung lenkte Lorens Blick auf die Muskeln in Oberarm und Schulter; sie wölbten sich wie die eines Bodybuilders und im Bizeps zeichneten sich deutlich die Adern ab. Sie ging recht sanft mit Lorens Arm um, doch er begriff plötzlich, dass es zwecklos gewesen wäre, Widerstand zu leisten.

Nie zuvor in seinem ganzen Leben hatte er eine Injektion bekommen, ohne dass die betreffende Körperstelle zuerst mit Alkohol oder Äther sterilisiert worden war. Hier fehlte sowohl das eine als auch das andere. Die junge Frau, kaum mehr als ein Mädchen, stach ihm mit einem leisen Quieken die Nadel der Spritze in den Arm. Loren fühlte einen dumpfen Schmerz, als sie den Kolben drückte. Dann zog sie die Nadel zurück und atmete dabei mit einem Schnaufen aus.

»Was hoffst du von mir zu erfahren?«, fragte Loren erneut. »Was gibt es, das du nicht schon längst weißt? Der Schlüssel zur Laserwaffe? SHIELA existiert nicht mehr, das sollte dir klar sein.«

Sonia achtete nicht auf ihn.

»Was könnte ich dir sagen, das du nicht schon weißt?«

Mit dem Hauch eines Lächelns drehte sie sich zu ihm um. »Du wirst uns überhaupt nichts sagen, Loren. Es sind nicht deine Geheimnisse, die uns interessieren.«

Alle lachten, sie und die vier jungen Frauen. Für Loren hatte ihr Lachen einen blechernen Klang, wie von einem schlechten Lautsprecher übertragen. Ein metallischer Geschmack lag ihm auf der Zunge und Schwäche erfasste ihn.

Sonia sah wieder ihre jungen Begleiterinnen an. »Fort mit euch, meine Engel. Dies ist nichts für euch. Geht.« Sie wirkten enttäuscht, gehorchten aber und verließen den Raum durch die Tür zum Vorzimmer.

Lorens Knie drohten nachzugeben. Er gab sich alle Mühe, aufrecht stehen zu bleiben. Seine Zunge schien angeschwollen zu sein und fühlte sich wie ein Fremdkörper an. Sonia stand vor ihm; nur etwa zwanzig Zentimeter trennten ihn von ihrem Gesicht.

»Wir haben auf dies gewartet, nicht wahr?« Sie sprach leise. Er fühlte ihre Hände auf seiner Brust, als sie das Hemd aufknöpfte und dann mit kalten Händen über seine Haut strich. Sie beugte sich vor, küsste die eine Brustwarze und dann auch die andere. »Wir haben beide gewartet.« Ihre kühlen Lippen berührte die Prellung über dem Wangenknochen, gab ihm dort einen sanften Kuss. Er brachte keinen Ton hervor. Wieder fühlte er ihren Mund an seiner angeschwollenen Brustwarze. Sonia legte ihm vorn die Hand auf die Jeans, drückte und spürte, wie er anschwoll. Sie rieb, die Hand bewegte sich auf und ab und sie murmelte etwas, das er nicht verstand.

Loren konzentrierte sich darauf, die Knie steif zu halten. Wenn sie sich auch nur ein bisschen beugten, würde er zu Boden sinken, daran zweifelte er nicht. Sonias Hände waren nun hinter seinem Gürtel, glitten über den Unterleib. Ihm fiel es schwer, den Kopf oben zu behalten. Er kippte immer wieder nach vorn, was ihn beobachten ließ, wie Sonias Hände seinen Gürtel öffneten und den Reißverschluss nach unten zogen. Sie griff in die Hose, fasste ihn. Ihr Atem war plötzlich zu hören, warm an seiner Brust. Sie schob seine Jeans ein Stück nach unten, über die Hüften. Eine Hand war jetzt hinten, streichelte ihn dort, und die andere vorn. Und dann waren ihre Lippen auf den seinen und ihre Zunge bahnte sich einen Weg. Eine Hand erschien an seinem Nacken und zwang ihn näher. Seine Knie gaben nach und er rutschte an der Wand nach unten. Sie folgte ihm, küsste ihn begierig. Dann stand sie wieder, holte den kleinen Schlüssel aus einer Tasche ihres schwarzen Gewands und schloss die erste Handschelle auf. Nicht mehr an den Ring gefesselt sank Loren der Länge nach zu Boden und rollte auf die Seite. Sonia war über ihm und schloss auch die andere Schelle auf. Dann hob sie ihn wie einen Sack und legte ihn auf die gepolsterte Liege.

Sie stand neben der Liege und betrachtete ihn. Loren hatte sich nie für prüde gehalten, aber jetzt drängte alles in ihm danach, sich zu bedecken. Doch er konnte nicht. Dass die Jeans nur halb unten war, schien es irgendwie noch schlimmer zu machen. Er fühlte ihre Blicke. Ihre Hände und Lippen strichen über seinen Körper, erforschten ihn. Er war sich ihrer Erregung bewusst – ihre Lippen wurden heiß und die Kälte wich aus den Händen.

Sie rollte ihn herum, zog ihm die Fingernägel über Rücken und Hüften. Sie streichelte sein Hinterteil, schob die Finger zwischen die beiden

Backen und weiter nach unten. Loren merkte, wie er angehoben wurde, in eine halb kniende Position. Er konnte sich nicht dagegen wehren; sein Körper gehorchte ihm nicht. Sie hob ihn an und drückte den Oberkörper nach unten, bis seine Brust das Polster der Liege berührte und nur noch der Hintern nach oben ragte. Seine Beine steckten noch immer in den Jeans, wie darin verheddert. Sonia schien sich von ihm entfernt zu haben. Ein langer Moment verstrich. Loren versuchte, den Kopf zu drehen, aber es ging nicht. Die Tür des Vorzimmers stand noch immer offen und er bemerkte Bewegungen im Augenwinkel. Gesichter erschienen in der Tür, Gesichter mit glänzenden Augen, und wieder hörte er das mädchenhafte Kichern.

Sonias Hände waren jetzt an seinen Hinterbacken und schoben etwas Glitschiges zwischen sie und in ihn hinein. Mein Gott, dachte er. Dies ist eine Vergewaltigung. Etwas wurde in ihn hineingestoßen und zwar so heftig, dass er nach vorn rutschte. Vergewaltigung. Ein langes Stöhnen kam aus seiner Kehle. Es tat weh, aber Sonia stieß immer wieder mit dem Etwas. Er versuchte, das Objekt aus sich herauszudrücken, aber die Muskeln von After und Rektum blieben schlaff. Sonia stieß weiter mit dem Gegenstand, drehte ihn, erforschte sein Inneres. Und dann plötzlich, als sie genug hatte, hörte sie auf und zog das Etwas zurück.

Sie war über ihm, drehte ihn auf den Rücken, und dann war ihr Mund bei ihm, und die Zunge. Sein verräterischer Körper reagierte. Ihr langes Haar strich ihm über die Lenden. Die Zunge kehrte zurück, dann das Haar, und erneut die Zunge. Loren hörte sich stöhnen, als sie ihn immer mehr zu einer vollen Erektion brachte.

Dann saß sie auf ihm und platzierte seinen Kopf so, dass er zu ihr hochsehen konnte. Sie trug nichts unter dem schwarzen Gewand, das war ihm zuvor klargeworden, als sie sich gegen ihn gedrückt hatte. Sonia griff nach dem Saum, hob das Gewand über den Kopf und zeigte sich. Sie blickte an sich selbst hinab und deutete zum Schambein. »Ist es nicht darum gegangen vor all den Jahren, Loren? Nur darum?«

Sie nahm ihn in sich auf und ihre Hüften bewegten sich vor und zurück. Es schien unmöglich zu sein, dass sein Körper so etwas zuließ, dass er daran teilnahm, doch genau das war der Fall. Er kam fast sofort. Sie ignorierte es, ihre Hüften blieben in Bewegung und sie schien vor allem auf sich selbst konzentriert zu sein. So ging es weiter, eine ganze Weile, bis das Vor und Zurück ihres Beckens für Loren fast schmerzhaft wurde. Schließlich erreichte sie den Höhepunkt. Sie sprach nicht, gab kein Geräusch von sich, aber eine Ruhe erschien in ihrem Gesicht. Der Mund öffnete sich ein wenig, doch die Augen blieben geschlossen. Sie verharrte auf ihm, zitterte ein wenig. Dann waren ihre Augen wieder offen und das Gesicht, das eben noch friedlich und entspannt gewirkt hatte, zeigte plötzlich Langeweile. Sie schwang sich von ihm herunter und verschwand.

*

Als Loren erwachte, fand er sich in einem Bett mit frischen weißen Laken wieder. Das Licht der Nachmittagssonne fiel durch ein Fenster. Der Raum war groß, die Einrichtung elegant, aber unpersönlich – ein Gästezimmer, vermutete er. Die fröhlichen Farben und Blumenmuster an den Wänden deuteten darauf hin, dass es sich nicht um Sonias Zimmer handelte.

Etwas knisterte, wie von der umgeblätterten Seite eines Buchs. Loren drehte den Kopf, was ihm eine gewisse Mühe bereitete. Dort saß sie, in einem bequemen Sessel am Fenster und mit einem Buch auf dem Schoß. Sie trug wieder ihren grauschwarzen Tweedrock und darüber einen schwarzen Pulli. Ihre Füße ruhten auf einem Polsterhocker. Die Beine steckten in einer Strumpfhose, natürlich schwarz, und hinzu kamen schwarze Schuhe. Sie merkte, dass er erwacht war, sah auf und lächelte. Loren versuchte zu sprechen, aber die Zunge in seinem Mund war noch immer angeschwollen.

»Pscht«, sagte sie. »Lass dir Zeit.« Sie legte ihr Buch fort und stand auf. Mit einem Arm unter der Schulter hob sie ihn weit genug an, um ihm ein Glas Wasser an die Lippen zu setzen. Er trank hastig. »Langsam, langsam. Immer mit der Ruhe.« Sie ließ ihn wieder sinken und beschäftigte sich damit, Laken und Decke glatt zu streichen. Als sie damit zufrieden war, kehrte sie zu ihrem Platz am Fenster zurück, nahm das Buch und sah ihn noch einmal an, bevor sie das Buch öffnete. Wieder ihr kleines Lächeln. Sie hatte eine Lesebrille, die an einer Schnur um den Hals hing, und die setzte sie jetzt auf. Der Gesichtsausdruck, als sie zu lesen begann, weckte alte Erinnerungen, zeigte eine vertraute Mischung aus Eifer und Intensität.

Die Szene war so friedlich und häuslich, dass man die andere für einen scheußlichen Traum hätte halten können. Hier waren sie beide zusammen,

Loren und Sonia, wie es ihnen bestimmt gewesen war. Der Ehemann mit einer Grippe im Bett und in der Nähe die liebevolle Ehefrau, die sich um ihn kümmerte. Nichts an der ruhig lesenden Frau deutete auf Gewalt hin, auf Besessenheit, auf den Zorn, der sie dazu getrieben hatte, ihn zu entwürdigen. Oder war es wirklich nur ein Traum gewesen, so wie der andere, von der Sonia, die mit gespreizten Beinen auf seinem Sarg stand? Nein, das glaubte er nicht. Er war noch immer nicht imstande, mehr zu bewegen als Finger, Zehen und den Kopf. Seine Gedanken trieben dahin, während er reglos dalag, und schließlich schlief er wieder ein.

Als er erwachte, musste er sein Bedürfnis verrichten. Er konnte nicht aufstehen, aber er brachte einige Laute hervor, die Sonias Aufmerksamkeit weckten. Sie kam und beugte sich über ihn, um seine Worte zu hören. Er erklärte, worum es ging. Sie nickte, hob ihn mühelos aus dem Bett und stellte ihn auf die Beine. Er trug einen dunkelblauen Kimono, ein japanisches Schlafgewand, das sie für ihn zurechtrückte. Sie schlang einen Arm um ihn und hielt ihn, damit er nicht das Gleichgewicht verlor und fiel. Loren starrte auf seine Füße hinab und wollte, dass sie sich bewegten. Das eigene Gewicht war noch immer zu viel für ihn, aber Sonia half ihm. Sie führte ihn am Ende des Betts vorbei und zur Tür.

Er war verlegen, doch ihr schien es nichts auszumachen. Mit der Professionalität einer Krankenschwester kümmerte sie sich um ihn und gab ihm Gelegenheit, sich zu erleichtern. Er schloss die Augen und als er fertig war, setzte sie ihn auf eine gepolsterte Bank neben der Wanne. Das Geräusch von strömendem Wasser. Der Schrank neben dem Waschbecken enthielt Flaschen mit Öl und Salz. Sonia runzelte die Stirn, während sie die Auswahl betrachtete, wählte dann eine der Flaschen und gab rosarote Flüssigkeit ins Bad. Rosenduft erfüllte das Zimmer. Sie schob die Ärmel ihres Pullis nach oben, wandte sich Loren zu und zog ihm den Kimono aus. Mit einer ins Wasser getauchten Hand prüfte sie die Temperatur, hob ihn dann wieder und setzte ihn in die Wanne. Inzwischen hatte sich Schaum gebildet, der seine Blöße bedeckte. Loren sank zurück, mit dem Kopf ans Ende der Wanne. Vorn drehte Sonia den Hahn auf und ließ noch mehr heißes Wasser hereinströmen. Sie konnte ihn verbrühen, ihn bei lebendigem Leib kochen, dachte er. Er wäre nicht in der Lage gewesen, sich dagegen zu wehren.

Als das Wasser fast den Rand der Wanne erreicht hatte und unangenehm heiß zu werden begann, drehte Sonia den Hahn zu. In der plötzlichen Stille hörte Loren ein Rauschen in den Ohren. Sonia setzte sich auf den breiten Rand der Wanne, beugte sich zu ihm und begann damit, ihn zu waschen. Loren dachte an nichts; es gab nichts, an das er denken konnte, und Gedanken erforderten ohnehin zu viel Kraft. Er spürte nur Trauer, eine Trauer, die so schwer auf ihm lag wie das duftende Wasser. Sonia wusch ihn gründlich, und zwar überall.

Schließlich ließ sie das Wasser aus der Wanne und spülte ihn ab, von Kopf bis Fuß. Dicke weiße Handtücher lagen auf einem Tisch bereit. Sie wickelte ihn in eins, nachdem sie ihn aus der Wanne gehoben und erneut auf die Beine gestellt hatte. Er lehnte sich gegen den Handtuchhalter neben der Wanne, während sie ihn abtrocknete. Anschließend ergriff sie ihn und legte ihn mit dem Rücken auf die gepolsterte Bank. Plötzliche Furcht erfasste ihn und er fragte sich, was sie jetzt mit ihm vorhatte. Sonia stand wieder am Schrank und suchte dort nach etwas Neuem. Sie kehrte mit einer kleinen Phiole zurück, einem verzierten Fläschchen, wie man es für Parfüm verwendete. Es enthielt Duftöl und sie ließ etwas davon auf ihre Hand tropfen, rieb es ihm auf die Brust und unter die Arme. Dann kamen seine Füße an die Reihe. Sie nahm jeweils einen in beide Hände und massierte den Fuß, bis die Haut das Duftöl aufgenommen hatte. Schließlich rieb sie auch seine Genitalien mit dem Öl ein und betrachtete sie dabei neugierig. Als sie fertig war, streifte sie ihm wieder den Kimono über und trug ihn zurück zum Bett.

*

Es dämmerte, als Loren wieder erwachte. Er stellte fest, dass er sich wieder bewegen konnte, wenn er auch noch ein wenig unsicher auf den Beinen war. Er wankte ins Bad und trank aus dem dortigen Wasserhahn. Bei seiner Rückkehr stand Sonia in der Tür auf der gegenüberliegenden Seite und deutete auf die Kleidung, die sie aufs Fußende des gemachten Betts gelegt hatte. »Das kannst du anziehen«, sagte sie. »Ich glaube, darin fühlst du dich besser.« Sie schien den Raum nicht verlassen zu wollen, während er sich ankleidete, und deshalb ging er mit den Sachen ins Bad.

Sie hatte ihm ein kurzes schwarzes Gewand mit einem Stoffgürtel gebracht. Auf eine seltsame Art und Weise stand es ihm gut, wie er im großen Spiegel sah. Trotzdem: Unterwäsche, Hemd und Hose sowie ein Paar Stiefel – schwer genug, um Leuten, die ihm in den Weg gerieten, ordentlich in den Hintern zu treten – wären ihm lieber gewesen. Das Spiegelbild zeigte ihm pulsierende Zornesadern an den Schläfen.

Sonia saß im Sessel am Fenster, als er das Bad verließ. Er blieb vor ihr stehen.

»Warum?«, fragte er.

Sie sah auf. »Oh, was das betrifft, würde die Erklärung eine Weile dauern.« Bei diesen Worten lag erneut die Andeutung eines Lächelns auf ihren Lippen.

»Du hast mich geschändet.«

»Ja.«

»Könnte es einen Grund dafür geben?«

Sie zuckte die Schultern.

»Nenn ihn mir.«

»Vielleicht später.«

Loren hörte das Kichern der jungen Frauen im Nebenzimmer, außerdem das Klirren von Besteck und Gläsern. Offenbar wurde ein Tisch gedeckt.

»Was könntest du damit erreicht haben?« Er starrte auf sie hinab und wartete auf eine Antwort.

Sie dachte wie amüsiert über die Frage nach, sah dann erneut zu ihm auf und sagte: »Vielleicht hatte ich meinen Spaß.«

»Ich verstehe. Und für diesen Spaß …«

Sie unterbrach ihn, indem sie die Hand hob. Er sprach nicht weiter, aber sie schwieg, sah ihn nur an. Schließlich sagte sie: »Spaß ohne jede Sünde.«

»Ohne Sünde! Wie kannst du solchen Unsinn reden? Wie kannst du glauben, einen anderen Menschen auf eine so scheußliche Weise zu behandeln, ohne dich mit Sünde zu beflecken? Was zum Teufel bedeutet Sünde für dich, wenn du glaubst, davon frei zu sein? Du steckst voll davon!«

»O ja, ich stecke voll davon, das stimmt. Sünde füllt mich von Kopf bis Fuß. Sie umhüllt mich ganz und gar, Körper und Seele. Du bist es, der Spaß ohne Sünde hatte. Das ist mein Geschenk für dich.«

»Glaubst du vielleicht, es hätte mir gefallen?«

»O ja. Ich weiß, dass es dir gefallen hat. Nicht deinem dummen, verwirrten kleinen Ich, aber deinem Körper. Er hat mich nicht belogen. Er konnte nichts vor mir verbergen.«

Loren errötete, als er sich erinnerte. »Wenn du so sehr an Sünde denkst …«, sagte er nach einem Moment. »Wie erträgst du es dann, solche Sünde auf dich zu laden?«

»Es ist ganz einfach.« Sonia lächelte erneut. »Eine bedauerliche Tatsache des Lebens: Ich bin verdammt.« Es klang so, als erklärte sie einem Schulkind eine offensichtliche Wahrheit. »Also spielt es keine Rolle. Überhaupt keine. Für Verdammte bedeutet zusätzliche Sünde nichts.«

»Dieses Gespräch ist grotesk. Alles, was ich hier erlebt habe, ist grotesk.«

»Glaubst du?« Ihr Blick ging ins Leere. Wieder gewann Loren den Eindruck, dass sie ihn gar nicht richtig sah, ihn gar nicht richtig wahrnahm. Sie schien in Gedanken ganz woanders zu sein.

»Du bist verrückt.« Er sagte es leise, mehr zu sich selbst. Offenbar hörte sie ihn gar nicht.

Die Benommenheit war verschwunden und er fühlte, wie die Kraft in seine Muskeln zurückkehrte. Mit ihr kam neue Entschlossenheit. Wenn er es hier mit Wahnsinn zu tun hatte … Nun gut, er war bereit, es damit aufzunehmen. Vielleicht würde es sogar leichter sein als das, was er hier erwartet hatte: Verrücktheit, eine besondere Logik, auf einer Höhe mit seiner eigenen, aber ihm völlig fremd. Ja, Wahnsinn war ihm lieber. Dafür glaubte er sich gewappnet.

Loren schritt durch den Raum und blickte in den Hof hinab. Lichter bewegten sich dort, getragen von zehn oder mehr Personen. Er beobachtete sie aufmerksam und vergaß für einen Moment, dass sich Sonia hinter ihm befand. Wie viele waren es? Das musste er wissen, wenn er diesen Ort verlassen wollte. Die Kraft, die sich nun in ihm ansammelte, verlangte nur, dass er nicht über alle Ereignisse des vergangenen Abends nachdachte. Wenn er sich auch nur für einen Augenblick jenen schrecklichen Erinnerungen hingab … Er spürte, dass er seine Kraft dann wieder verlieren und erneut hilflos sein würde. Also nahm er sich vor, nicht daran zu denken. Nie wieder.

Eine der jungen Frauen stand neben Sonia, als sich Loren umdrehte. »Bitte die Flurwächter herein«, sagte Sonia. »Damit unser Gast sie sieht.« Die junge Frau – das Mädchen – nickte und trat nach draußen. Als sie zurückkehrte, wurde sie von zwei kräftig gebauten Schwarzgekleideten begleitet. Jeder von ihnen hielt einen Schlagstock in der Hand. Sie nickten Sonia respektvoll zu. Sie schickte die beiden Männer mit einer wortlosen Geste fort und richtete einen bedeutungsvollen Blick auf Loren.

»Sie bewachen den Flur, der diese Suite mit dem Rest des Gebäudes verbindet. Es gibt keinen anderen Weg als an ihnen vorbei. Ich glaube, du verstehst.«

Loren achtete nicht auf sie, öffnete nacheinander die Schranktüren und sah sich den Inhalt an. Irgendetwas davon konnte sich vielleicht als nützlich erweisen.

»Was du brauchst, findest du dort gewiss nicht«, sagte Sonia.

Er gab vor, es nicht zu hören. Die Tür auf der anderen Seite, so wusste er, führte in den Flur. Die Suite bestand aus Schlafzimmer, Bad, der Bibliothek, die er am ersten Abend kennengelernt hatte, und dem Vorzimmer. Die beiden Wächter richteten finstere Blicke auf ihn, als er die Bibliothek betrat. Die jungen Frauen, die sich dort aufhielten, unterbrachen ihr Geschnatter, als er hereinkam. Sie waren damit beschäftigt, einen langen Tisch zu decken, für zwei Personen, jeweils an den Enden. Sie trugen wieder Schwarz, aber diesmal waren die Kleider länger und sahen fast wie Nachthemden aus. Jedes Kleid hatte einen ovalen Ausschnitt, allerdings nicht zu tief, und darüber trug jeder der jungen Frauen eine Perlenkette.

Sonia wartete im Schlafzimmer auf ihn. Sie saß ruhig im Sessel am Fenster, die Hände im Schoß gefaltet. Erneut blieb Loren vor ihr stehen und sah auf sie hinab. Es gab wichtige Angelegenheiten, die geklärt werden mussten, ein Appell an das, was von ihrer Vernunft noch übrig war. Doch sein Zorn schob all das beiseite.

»Grotesk!«, sagte er lauter, als es eigentlich seine Absicht gewesen war.

Die Antwort bestand aus dem inzwischen vertrauten kleinen Lächeln.

»Das gilt für dich ebenso wie für das Haus«, sagte Loren. »Rüstungen mit Schwertern und Schilden, Löwenköpfe an den Wänden … Wie ein Londoner Bordell. Deine Schwarzgekleideten, die hirnlosen Dienerinnen …«

»Meine Engel.«

»Engel. Grotesk.«

Sonia hob und senkte die Schultern. »Die Sünde des Stolzes befindet sich hier in diesem Raum. Ein Teil meiner Aufgaben besteht darin, denen zu helfen, die von Stolz befallen sind. Damit sie ihre Sündhaftigkeit einsehen und büßen können.«

»Bitte halt mir keine Vorträge über Sünde. Dafür ist mein Leben zu kurz.«

»Zu kurz.«

»Und woher kommen deine ›Aufgaben‹, wenn ich fragen darf? Wer hat sie dir gegeben? Wie kommt es, dass eine Frau, die sich selbst als ›verdammt‹ bezeichnet, davon überzeugt ist, anderen bei der Buße helfen zu müssen?«

»Das ist mein Opfer, das größte von allen. Ich befreie die anderen, indem ich ihre Sünden in mich aufnehme. So wie ich gestern Abend deine Sünden in mich aufgenommen habe.«

»Danke.«

»Alle anderen Sünden verblassen daneben.« Sonias Augen leuchteten, als sie davon sprach. Freude zeigte sich in ihrem Gesicht. »Andere Opfer sind vorübergehend und, ach, bedeutungslos. Um den Armen zu helfen, opfert ein Mann alles, aber was gibt er eigentlich auf? Nur die vergänglichen Freuden dieser Welt, und dann bekommt er seinen Lohn. Ich habe auch den Lohn aufgegeben, die Ewigkeit. Das ist mein Opfer; es ermöglicht anderen, frei von Sünde zu sein.«

»Grotesk.«

Sonia runzelte die Stirn und überlegte vielleicht, wie sie diesem kurzsichtigen Mann etwas erklären sollte, das sie für offensichtlich hielt. »Die Geschichte hat ihre eigene zwingende Logik. Die Renaissance folgt der Erfindung der Druckerpresse, Merkantilismus geht dem Aufstieg der Nationen voran, das Römische Reich erlebt seinen Niedergang durch das Erstarken des Christentums. Und so weiter. Die Menschheit als Ganzes wird von Logik geleitet. Aber es ist ein Gruppenphänomen. Das Individuum ist nicht an diese Logik gebunden. Das Individuum ist immer grotesk. Die große Mehrheit von uns schlägt Richtungen ein, die sich historisch betrachtet als Sackgassen herausstellen. Wir sind wie die Moleküle eines Gases, die mit den Seiten des Becherglases im Laboratorium kollidieren und versuchen, es in die eine Richtung zu schieben, während andere Gasmoleküle es in die andere Richtung drücken. Es gibt eine Gegenkraft, die unsere Bemühungen zunichte macht, und so sind wir grotesk.«

»Du bist grotesk.«

»Nein, du bist es, mein lieber Loren. Sieh dich nur an. Du bist einer der ›Gründungsväter‹ einer neuen Gesellschaft, einer neuen Nation namens Victoria. Du bist einer ihrer Architekten. Aber was hast du gebaut? Eine Gesellschaft, die auf nichts basiert. Sie hat keine Traditionen, keine gemeinsamen Wurzeln, keine Ethik. Sie ist nichts weiter als ein dummer, gottloser Staat. Und was habt ihr an die Spitze dieses Staats gestellt? Ich habe lange gelacht, als ich davon hörte. Eine Prinzessin!«

Loren starrte sie sprachlos an.

»Eine Prinzessin, eine dumme Erfindung, wie aus einem Märchen geholt. Als Symbol für die ganze neue Nation, für Victoria. Und was für eine Prinzessin: eine an Größenwahn leidende Tippse.« Sonias Stimme wurde scharf bei diesen Worten. »Wer ist hier grotesk?«

»Wir sind mächtig …«

Sie winkte ab. »Eine vorübergehende Laune des Schicksals. Eure Macht basiert auf einem kurzzeitigen technologischen Vorteil. In zehn Jahren haben alle Nationen Luftschiffe und was wird dann aus Victoria?«

»Victoria wird ein Staat sein, wie alle anderen.«

»Ich glaube nicht. Ich glaube, euer ›Staat‹ wird aus einem Haufen zänkischer Intellektueller bestehen und von irgendwelchen Schurken übernommen, die es zufälligerweise auf euer Territorium abgesehen haben. Ihr werdet diesen Schurken gegenüber hilflos sein, mein Lieber, denn sie kommen geeint von einer gemeinsamen Sache, die Bedeutung hat.«

»Du meinst deine Schurken, nehme ich an.«

»Oder andere.«

Loren drehte den Kopf, als er ein Geräusch an der Tür hörte. Eine der jungen Frauen stand dort und gab Sonia ein Zeichen. »Das Essen ist fertig, Milady. Wir können auftragen.«

Der Duft von gebratenem Fleisch kam durch die Tür. Loren wandte sich ab.

Neben ihm lachte Sonia. Es klang melodisch, wie das Lachen eines Kinds. »Ach, Loren, du bist so leicht zu durchschauen. Das warst du immer.«

»Was?«

»Du denkst: ›Von dieser diabolischen Frau nehme ich nicht einmal eine Brotkruste entgegen.‹ Aber Tatsache ist: Du hast Hunger.«

Sie hatte in beiden Punkten recht. »Da irrst du dich«, behauptete er. »Wenn wir schon essen müssen, so sollten wir es schnell hinter uns bringen. Es gibt wichtige Dinge zu besprechen.«

Zwei der jungen Frauen hielten Lorens Stuhl, als er Platz nahm. Er blickte zu Sonia und fühlte sich durch mehr von ihr getrennt als nur die Länge des Tischs.

»Meine Engel«, sagte sie und deutete auf die vier Mädchen. »Giselle, Anya, Lisa und Bernadette.«

Sie sahen ihn, neugierig und mit glänzenden Augen. Er gewann erneut den Eindruck, dass sie unter Drogen standen. Loren versuchte, ihnen keine Beachtung zu schenken.

Als sein Teller voll war, teilte er ihn in zwei Hälften, dazu entschlossen, die größere Hälfte unangetastet zu lassen. Er aß mit gesenktem Kopf. Große Kelchgläser mit Wein und Wasser standen bereit. Loren trank beides. Als er die kleinere Hälfte aufgegessen hatte, schob er den Teller beiseite.

»Bist du entschlossen, gegen uns in den Krieg zu ziehen?«, fragte er.

»O ja.«

»Nichts kann dich davon abhalten?«

»Nichts. Abgesehen vielleicht von einer bedingungslosen Kapitulation.«

»Aber warum? Warum hältst du einen Krieg gegen uns für notwendig?«

»Sühne.«

»Ich verstehe nicht.«

»Das überrascht mich kaum.«

»Du musst es tun?«

»Ja, ich muss. Ich muss zerstören, was du geschaffen hast. So einfach ist das.«

»Ich bin nicht dein Feind, Sonia.«

»Nein.« Sie dachte darüber nach. Loren sah, dass sie überhaupt nichts gegessen hatte. Geistesabwesend stocherte sie mit der Gabel in ihrem Essen. »Du bist nicht mein Feind. Deine Frau ist mein Feind.«

»Kelly?«

»Nein, nicht Kelly. Sie ist nur ein unwissendes Kind. Kelly an sich bedeutet mir nichts, sehr wohl aber die Prinzessin. Sie ist mein Feind. Weil sie ein Symbol darstellt.«

»Vorhin hast du Kelly ein Symbol aus einem Märchen genannt, eine Erfindung von grotesker Dummheit.«

»Habe ich das?« Sonias Blick ging in die Ferne.

»Und jetzt machst du daraus einen strategischen Schlüssel für Victorias Macht.«

Sonia zuckte die Schultern und schien an seinen Argumenten gar nicht interessiert zu sein. »Der kommende Krieg wird jene Macht auslöschen. Und an ihrer Stelle wird sich eine andere Kraft bilden, eine der Rechtschaffenheit …« Sie schwieg.

Als klar wurde, dass sie nicht weitersprechen wollte, sagte Loren: »Könntest du nicht lernen, uns nicht zu hassen?«

Die Frage überraschte sie. »Ich hasse euch nicht. Weder dich noch die anderen. Ihr seid meine Freunde. Meine Liebe gilt euch allen. Deshalb muss ich eingreifen. Um dem Volk von Victoria meine Liebe zu bringen.«

»Um uns zu retten.«

»Ja. Ihr habt nichts. Ihr braucht mich. Ich muss euch zu dem Frieden führen, den ich gefunden habe; ich muss euch helfen zu verstehen. Ihr widersetzt euch, weil ihr eure eigenen Bedürfnisse nicht versteht. Also muss ich diesen Widerstand brechen und euch gegen euren Willen Hilfe bringen.«

Die jungen Frauen hatten den Tisch abgeräumt und servierten den Nachtisch, einen Kuchen mit Honig und Nüssen. Loren aß ein Stück, war aber nicht bei der Sache. Das Mädchen namens Giselle stellte ein Glas vor ihn und füllte es mit Wein aus einer kleinen Flasche.

»Das ist Muskat«, sagte Sonia und deutete auf den Wein. »Es gibt nicht mehr viel davon. Nur noch ein paar Flaschen für unsere ganz besonderen Gäste. Vielleicht ist dies der letzte Rest.«

Loren leerte das Glas und fragte sich, welche Worte er wählen sollte, um etwas in Sonia zu bewegen. Wenn es bei diesem »Spiel« Trümpfe gab, so hielt sie allein Sonia in der Hand. Sie hatte ihn vollkommen unter Kontrolle, konnte sogar nach Belieben die Spielregeln verändern. Und sie war durch und durch unberechenbar. Sie hatte gesagt, dass sie ihn und die anderen nicht hasste, und deshalb ging er davon aus, dass es doch der Fall war. Seine Schwester Chlotide hatte einmal gesagt, dass man nur das Unbekannte hassen konnte. Wenn es ihm gelang, ihr die Bürger von Victoria näher zu bringen, so nahe, wie sie ihr einst gewesen waren … Ein Appell an die Vernunft war sinnlos, aber vielleicht kam er mit einem Appell an ihre Gefühle weiter.

»Die Kinder der *Stella Linda* gehen jetzt zur Universität«, sagte Loren. »Wir haben eine wundervolle Universität für sie gebaut, Sonia. Ich wünschte, du könntest sie sehen. Der kleine Junge namens Tiger, erinnerst du dich an ihn? Er war der Beste seiner Klasse. Hielt uns einen Vortrag über ›die Zukunft‹. Und es war ein guter Vortrag. Sie sind alle voller Hoffnung für die Zukunft. Wir haben fünf Fakultäten an unserer Universität. Die Professoren kommen aus Frankreich, England, Spanien und natürlich aus Victoria. Akademiker gab es bei uns immer mehr als genug. Sie …«

»Aber es gibt nichts, das sie lehren können.«

»Da gibt es sogar sehr viel: Mathematik, Physik, Chemie, Verwaltung und Kunst.«

»Es gibt kein Prinzip, das sie leitet, nur leeren Humanismus.«

»Natürlich existiert ein solches Prinzip: die Ethik des Individualismus, die Religion der Wissenschaft …«

»Ah!«, sagte Sonia.

Loren starrte sie verständnislos an und suchte noch immer nach Worten für das, was er sagen wollte. Seine Gedanken rasten, doch der Körper wurde plötzlich schwer und müde. Hinter ihm bei der Anrichte kicherten die jungen Frauen. Sie kicherten dauernd und das Geräusch war lauter als zuvor, klang blechern. Er hatte einen metallischen Geschmack im Mund und blickte erschrocken auf das leere Weinglas.

»Nein!«, rief Loren. Er kam auf die Beine, drückte sein ganzes Gewicht gegen den Tisch und versuchte, ihn anzuheben und zu kippen. Doch er rutschte nur an der Ecke entlang. Mühsam hob er den Kopf, der plötzlich eine Tonne zu wiegen schien. Zwei der jungen Frauen waren an seiner Seite und hielten ihn an den Armen. Ohne ihre Hilfe wäre er zu Boden gesunken.

Sonia stand auf und sprach leise zu dem Mädchen an ihrer Seite. »Du kannst die Wächter im Flur fortschicken, Anya. Wir brauchen sie nicht mehr.« Das Mädchen lief hinaus.

Loren wollte etwas sagen, aber sein Mund gehorchte ihm nicht mehr.

»Nun, Loren, du bist heute Abend Gegenstand unserer Aufmerksamkeit. Du bist unsere einzige Unterhaltung. Die Tortur geht weiter.«

Sie deutete zur gepolsterten Liege in der Nische. Loren konnte sich nicht wehren, als er dorthin geführt wurde. Als Anya zurückkehrte, winkte Sonia sie zusammen mit der vierten jungen Frau zu sich und ging mit ihnen zur Liege, wo die anderen beiden mit Loren warteten. »Kommt, meine Engel«, sagte sie. »Heute Abend dürft auch ihr spielen.«

39

Sünde und Sühne

Am späten Morgen fiel Sonnenschein auf Sonias Gesicht und weckte sie. Der Engel Luzifer stand am Fußende ihres Betts, wie so oft.

»So schön«, sagte er und zog das Laken fort. Nackt lag sie da und konnte sich nicht bewegen, ihre Blöße nicht einmal mit den Händen bedecken. »Eines Tages wirst du mir gehören und allein meinem Vergnügen dienen.« Luzifer richtete einen gierigen Blick auf sie.

»Aber noch nicht.« Sie sagte es mit mehr Mut, als sie fühlte. Seiner Macht waren Grenzen gesetzt, wie sie wusste. Die Regeln schützten sie derzeit vor ihm.

»Aber bald. Ich kann warten. Was bedeutet Zeit für mich? Ich werde dich bekommen, es ist unvermeidlich.« Luzifer war größer als ein Mann und breiter in den Schultern. Seine Augen glichen denen einer Katze und glühten gelb. So war er: wie ein paarungsbereiter Kater. Der Buckel vorn an seiner Hose bot einen unübersehbaren Hinweis. Sonia schauderte und versuchte, die Fassung zu wahren.

»Aber noch nicht«, sagte sie. »Sprich, warum bist du hier?«

Das Begehren wich Ärger. Sie beobachtete, wie es in den Katzenaugen funkelte. Voller Abscheu warf er das Laken auf sie zurück. »Du spielst mit mir, Frau. Das wirst du noch bereuen.«

»Ja, zweifellos.«

Es folgte eine längere Pause. Dann: »Dein dummer Plan gefällt mir nicht.«

»Ich weiß.«

»Dieser sinnlose Krieg. Mir liegt etwas an der Inselnation Victoria.«

»Natürlich. Sie ist dein Werk.«

Er nickte. »Wenn du sie zerstörst, riskierst du meinen Zorn.«

Sie lachte bitter. »Das ist mir immer klar gewesen«, erwiderte sie.

»Du wirst der erste bedauernswerte Mensch sein, der seine Seele verliert und nicht meine Liebe gewinnt, der sowohl die Wut meines Gegenparts als auch meine eigene zu spüren bekommt.«

»So sei es.«

Er starrte sie an. »Dein Leid wird über alles bisher Dagewesene hinausgehen«, sagte er und genoss jede einzelne Silbe. »Es wird dem Wort Qual eine neue Bedeutung verleihen.«

»Ich weiß.«

»Und dennoch beharrst du auf deinen Absichten?«

»Ich muss.«

Luzifer verschwand und Sonia schlief wieder ein.

*

Lorens Tortur am dritten Abend war anders. Er befand sich wieder in der Bibliothek, an den Metallring gefesselt. Er hatte den Ring betrachtet und festgestellt, dass die Kette Spuren an ihm hinterlassen hatte. Unten schien er recht abgenutzt zu sein.

»Ich bin nicht der erste, wie?«

»O nein. Nicht der erste.«

»Sag mir, was schließlich mit den anderen passiert ist.«

»Einige von ihnen sind treue Anhänger geworden. Andere sind übergeschnappt. Was wird mit dir geschehen, Loren?« Die Frage schien Sonia zu amüsieren. »Wirst du deine Sündhaftigkeit einsehen und dich auf meine Seite stellen? Ich glaube nicht. Nein, ich glaube, du wirst zerbrechen, wie sprödes Metall, das splittert, wenn man versucht, ihm eine neue Form zu geben. Aber ich werde dich trotzdem neu formen.«

»Du bist verrückt, vollkommen verrückt.«

Sie zuckte nur mit den Schultern.

Solche Worte nützten nichts, machten es höchstens noch schlimmer. Loren bedauerte, dass er sich dazu hatte hinreißen lassen. Auf diese Weise kam er gewiss nicht weiter. »Erzähl mir mehr über die Sünde, Sonia.«

Sie strahlte, wie ein Kind, dem man Süßigkeiten versprochen hatte. »Ja, wenn du möchtest.«

»Angeblich spielt Sünde keine Rolle für dich, weil du unrettbar verloren bist.«

»Ja.«

»Also denkst du an andere.«

»Das ist meine Aufgabe. Sie fiel mir zu, ob sie mir gefällt oder nicht. Ich bin ein Hirte und die Menschen um mich herum sind meine Schafe. Meine Pflicht besteht darin, ihnen bei der Läuterung zu helfen.«

»Was ist mit deinen ›Engeln‹, den einfältigen Mädchen, die nach deiner Pfeife tanzen? Hast du sie nicht zur Sünde geführt? Ich weiß, dass du sie zur Sünde geführt hast. Ich kann es bezeugen.« Lorens Stimme zitterte. »Wie rechtfertigst du das?«

Sonia nickte, als hätte sie diese Frage schon einmal gehört und eine Antwort parat. »Ein gerechter Mensch verfällt siebenmal am Tag der Sünde«, wiederholte sie aus ihrer Predigt. »Das sagt uns der heilige Paulus. Das gilt für Mann und Frau. Beide sind nicht imstande, der Sünde zu widerstehen. Der Glaube, dass wir der Sünde widerstehen könnten, ist ebenfalls eine Sünde, die Sünde des Stolzes. Wir können gegen die Sünde kämpfen, aber letztendlich verlieren wir den Kampf, weil das Fleisch schwach ist. Die Botschaft, die ich meinen Anhängern gebracht habe, erzählt nicht davon, die Sünde zu meiden, denn das ist unmöglich. Ich lehre sie, die Sünde zu erkennen und zu sühnen.«

»Ihre Sühne besteht darin, dir in den Krieg zu folgen?«

»Ja, das ist eine Möglichkeit. Aber nicht die einzige. Du wirst sehen.«

Loren wünschte sich plötzlich, den Mund gehalten zu haben. Sonia klatschte in die Hände und sofort kamen die vier jungen Frauen aus dem Vorzimmer, wirkten wie immer aufgeregt und voller Eifer. Sonia stand auf, ihr Gesicht von Ärger umwölkt. Als die vier »Engel« ihren Gesichtsausdruck bemerkten, wurden sie plötzlich ernst. Sonia richtete einen finsteren Blick auf sie und alle vier sahen zu Boden. »Wer von euch hat gesündigt?« Sie ging an ihrer Reihe entlang und betrachtete die blassen Mienen. »Wer hat die Freuden des Fleisches genossen?«

Eine von ihnen, die jüngste, schien von der Frage mehr beunruhigt zu sein als die anderen.

»Du, Anya?«

»Milady …« Sie hob hilflos die Hände.

»Ja, ich glaube, du hast gesündigt. Ich weiß es.«

»Ich …«

»Ihr habt alle gesündigt, ihr Lieben, und ihr wisst, was das bedeutet. Aber du, Anya … Deine Sünde war am größten. Weil deine Lust am größten war. Ist es nicht so?«

»Bitte nicht, Milady.«

Die anderen drei jungen Frauen lächelten. Sonia wandte sich ihnen zu. »Nehmt ihre Arme. Haltet sie für die Strafe fest.«

Anya kreischte und versuchte, zur Tür zu fliehen, aber die anderen Mädchen packten sie und zerrten sie zurück. »Nein!«, rief Anya. Tränen strömten ihr über die Wangen.

»Doch, meine Liebe. Du weißt es.« Giselle, zieh das Zweiersofa dort drüben hier vor unseren Gast. Mit dem Rücken zu ihm.« Sonia erteilte die Anweisungen in aller Ruhe und Anya starrte entsetzt. Als die kleine Couch an der richtigen Stelle stand, wandte sich Sonia wieder an Anya. »Dies soll deine Sühne sein, meine Liebe. Wenn es vorbei ist, wird eine große Last von dir weichen. Der Mann wird Zeuge deiner Strafe werden.«

Das Mädchen weinte.

»Beugt ihren Rücken über die Lehne.« Anya heulte, als die anderen Mädchen sie erneut ergriffen und direkt vor Loren in Position zwangen.

Sonia beugte sich von hinten über sie und sprach in ihr Ohr. »Er wird es sehen, Anya, alles. Das soll deine Strafe und auch deine Sühne sein. Warst du stolz? Dann sollst du erniedrigt werden. Gab es Lust? Dann sollst du Demütigung erfahren.« Loren hörte die Worte kaum, so laut war Anyas Schluchzen. Sonia richtete sich auf, griff nach den Schulterstücken des Kleids und zerriss den Stoff über die ganze Länge des Rückens. Die anderen »Engel« zerrten an der Unterwäsche, bis Anya völlig nackt war. Loren drehte den Kopf zur Seite und schloss die Augen. Unvernunft kennt keine Grenzen, erinnerte er sich. Seine Gegenwart war Teil der Erniedrigung des Mädchens, daran konnte er nichts ändern. Aber er musste nicht zusehen, dazu konnte ihn niemand zwingen. Er wünschte sich eine Möglichkeit, auch die Ohren zu schließen, um nicht die Schreie zu hören und das Klatschen der Schläge auf das Gesäß der Hilflosen.

Als es vorbei war, richtete Sonia scharfe Worte an die drei jungen Frauen, die ihr bei der Bestrafung geholfen hatten. »Für euch gibt es heute kein Abendessen. Ihr kennt den Grund. Und ihr werdet heute nicht mehr miteinander sprechen. Jede von euch geht auf ihr Zimmer und bleibt dort allein mit ihren Gedanken. Ich komme zu euch, bevor ihr euch schlafen legt. Fort.«

Loren hörte noch immer Anyas Weinen. Sein Kopf blieb zur Seite gedreht und er hielt die Augen geschlossen. Als er sie schließlich öffnete, trug Anya einen weißen Bademantel und saß schluchzend auf dem Sofa, das wieder an seinem alten Platz stand. Sonia saß neben ihr, den einen Arm um ihre Schultern geschlungen. Sie küsste Anyas Tränen. »Schon gut«, sagte sie. »Es ist vorbei. Und jetzt fühlst du dich besser, nicht wahr?« Sonia hatte eine Hand im Bademantel und streichelte Anya. »Ist es nicht so? Wieder von Sünde frei zu sein … Fühlt es sich nicht viel besser an?«

Anya nickte und zitterte noch immer. Sie richtete einen verlegenen Blick auf Loren. »Hat er alles gesehen?«, fragte sie Sonia.

»Alles. Absolut alles.«

»Warum bin ich bestraft worden und die anderen nicht, Milady? Das ist nicht gerecht.«

»Nein, das ist es nicht. Aber auch die anderen werden an die Reihe kommen und das Warten darauf ist Teil der Strafe.«

»Ich möchte Lisa schlagen. Das möchte ich wirklich. Darf ich, Milady?«

»Nach Herzenslust, meine Liebe.«

Als sie fort waren, ließ Loren den Kopf auf die gepolsterte Kopfstütze sinken. Auch diesen Teil des Wahnsinns verbannte er aus seinen Gedanken. Eines Tages würde er mit einer Flotte von Kampfpavillons zurückkehren, um Rache zu nehmen. Dazu war es nicht notwendig, sich an Einzelheiten zu erinnern. Es genügte, wenn er an die Notwendigkeit dachte, diesen Ort zu zerstören, mit allem, was sich darin befand.

*

Er erwachte mitten in der Nacht, als die nahe Bodenlampe eingeschaltet wurde. »Weißt du noch, als wir über den zweiten stabilen Wert von T-prime gesprochen haben?«

»Was?«

»Der zweite stabile Wert.«

Loren schlief noch halb. »Ja, wir haben darüber gesprochen«, sagte er schließlich. »Zumindest habe ich versucht, mit dir darüber zu reden. Aber du …«

»Ja.« Eine ungeduldige Geste. »Ich denke jetzt daran. Der zweite stabile Wert befindet sich nicht dort, wo wir ihn erwartet haben. Er ist viel größer.«

»Ja.«

»Die Erklärung lautet, dass es eine Quantenzeit gibt, dass die Zeit in eine Vielzahl kleiner Pakete aufgeteilt ist. Aber das weißt du natürlich schon. Du musst darauf gekommen sein, bevor du einen Effektor für T-prime-zwei bauen konntest.«

»Ja.«

»Und ich musste darauf kommen, bevor ich in der Lage war, meinen ersten Flieger zu konstruieren. Die Zeit ist also ein Quantenphänomen.«

»Ja.«

»Wie Licht, Materie und Gravitation.«

»Ja.« Wohin sollte dies führen? fragte sich Loren verwirrt.

»Die Dualität von Licht, Materie und Gravitation besteht darin, dass sie beide Eigenschaften in sich vereint, die von Partikel und Welle. Das Quantum der Zeit ist ihr Partikel. Aber wo ist die Welle?«

Loren überlegte. »Keine Ahnung. Auf diese Weise habe ich nie darüber nachgedacht.«

»Ich schon.«

Seiner Meinung nach ergab es kaum einen Sinn. »Eine Lichtwelle ist ein Konstrukt in zwei Dimensionen, in Raum und Zeit. Wenn es Zeitwellen gibt … In welcher zweiten Dimension würden sie entstehen?«

»Das ist die falsche Frage.« Es glitzerte in Sonias Augen. Offenbar freute sie sich darüber, ihm einen Schritt voraus zu sein. »Trenn dich von der Vorstellung, dass die Welleneigenschaft und eine der von der Welle belegten Dimensionen miteinander identisch sind. Nehmen wir die Wellenvariable als etwas Abstraktes. Nennen wir sie Lambda.« Sonia setzte sich neben ihn auf die gepolsterte Liege. Sie hatte ein Klemmbrett dabei, legte es sich auf den Schoß und begann damit, eine Wellengleichung zu schreiben, mit unterschiedlichen Lambda-Werten für Raum und Zeit. »Vergiss für einen Moment, dass Lambda die Zeit ist. Übrigens sollte ich darauf hinweisen, dass ich hierfür Mathematik ohne Kommutation verwende. Mit anderen Worten: A mal B ist nicht unbedingt gleich B mal A.«

Loren zuckte die Schultern und blickte auf die Gleichung.

»Folgen wir jetzt der Logik und denken wir daran, dass Lambda eine Quantenvariable ist.« Sie schrieb schnell und Loren sah ihr über die

Schulter. Trotz der Umstände war sein Interesse geweckt. Wie so oft in der Vergangenheit staunte er über Sonias Verstand. Für sie war die Mathematik etwas Warmes und Weiches, dem sie nach Belieben Form geben konnte. Nur die Geschwindigkeit, mit der sie schrieb, setzte ihr Grenzen. Während Loren beobachtete, kam er sich vor wie ein Schüler, der mit seiner Lehrerin arbeitete, oder wie ein Lehrling an der Seite des Meisters. Doch seine Fesseln wiesen darauf hin, dass die Rollenverteilung eine andere war.

»Sieh nur«, sagte Sonia schließlich. »So löst sich die Gleichung auf. Man könnte es mit einem Spiel Solitär oder Patience vergleichen. Jetzt ersetzen wir Lambda überall durch t, wobei es zu bedenken gilt: keine Kommutation. Und voilà, eine stehende Welle der Zeit in der Zeit.« Sie wandte sich ihm triumphierend zu. »Siehst du? So muss es sein. Wie dumm von uns, dass wir es nicht sofort erkannt haben. Es ist die einzige Erklärung.«

»Und was bedeutet es?«

»Was es bedeutet?« Sonia runzelte die Stirn. »Was es bedeutet? Muss es denn unbedingt eine Bedeutung haben? Genügt nicht die Eleganz des Konstrukts?« Sie sah auf ihr Klemmbrett hinab und hob dann den Blick. »Eine Welle der Zeit in der Zeit …«

Sie schaltete das Licht aus und ging.

*

Die junge Frau namens Giselle war allein im Vorzimmer und kam, wenn Loren sie rief. Sie trug den Schlüssel an einer Halsschnur, in ihrer Bluse. Wenn er auf die Toilette musste, rief sie einen Wächter, der ihn begleitete. So ging es den ganzen Morgen. Von Sonia keine Spur.

Es wäre für Loren nicht weiter schwer gewesen, das einfältige Mädchen nahe genug heranzulocken, um es niederzuschlagen und ihm den Schlüssel abzunehmen. Aber er brachte es nicht über sich. Giselle war bereits Opfer einer anderen, schrecklicheren Gewalt geworden. Außerdem gab es eine bessere Möglichkeit. Die Kette, die ihn an den Ring fesselte, konnte er nicht zerreißen – sie bestand aus gehärtetem Stahl, ein Produkt der alten Zeit. Aber die Verbindung mit den Handschellen schien nicht so stabil zu sein und das galt auch für die Schellen selbst, die offenbar geschmiedet waren. Loren war nicht kräftig genug, das Metall zu brechen oder zu biegen, das hatte er bereits versucht. Doch wenn er über einen

Gegenstand verfügte, der schwer genug war … Dann konnte er sie vielleicht mit einigen wuchtigen Schlägen von der Kette lösen.

Die Bücherschränke zu beiden Seiten enthielten aus Stein gemeißelte Bücherstützen, die jeweils mindestens zehn Kilo wogen. Das Exemplar, das er erreichen konnte, war für Lorens Zwecke vielleicht nicht schwer genug, aber wenn er die zweite Bücherstütze in die Hand bekam und damit zuschlug … Er zog an der Kette und nahm die Bücher aus dem Regal, die ihn von der zweiten Stütze trennten. Als das Regal leer war, stützte er die Hüfte darauf und streckte das Bein. Er kam damit gerade weit genug, um die Stütze zu berühren und die Zehen hinter sie zu schieben. Nach und nach gelang es ihm, sie näher heranzubringen, bis sie in Reichweite geriet. Er nahm das Objekt in eine Hand und stellte fest, dass es schwerer war als erwartet. Plötzlich hatte er eine neue Idee. Wenn er mit den Bücherstützen zuschlug, wurde es ziemlich laut, aber wenn er sie als Schwunggewichte verwendete … Er nahm auch die andere, leichtere Stütze. Wenn er sie beide schwang, würde am Ring etwas nachgeben, da war er sicher. Entweder löste er sich aus der Wand oder die Verbindungsstelle der Handschellen gab nach. Oder er brach sich ein Handgelenk. Loren biss die Zähne zusammen und schwang.

Der schwache Punkt war die Öse der linken Handschelle. Sie brach und ein Metallsplitter flog durch den Raum. Das Knacken war ziemlich laut und Loren befürchtete, dass Giselle es hörte und hereinkam. Doch nichts dergleichen geschah. Entweder hatte sie ihren Posten verlassen oder sie schlief.

Es dauerte einen Moment, bis Loren begriff, dass er frei war. Die schwere Kette blieb mit der rechten Handschelle verbunden, aber er war nicht mehr an den Ring gefesselt.

Bevor er sich auf den Weg machte, stellte er Bücher und Bücherstützen ins Regal zurück. Sollten Sonia und ihre Engel glauben, er hätte sich allein mit der Kraft seiner Muskeln befreit. Als er fertig war, ging er auf leisen Sohlen ins Schlafzimmer und schloss die Tür hinter sich. Von dort konnte er den Flur erreichen und am Vorzimmer vorbei, ohne es betreten zu müssen.

Er öffnete die äußere Tür einen Spaltbreit. Der Wächter stand allein am Ende des Flurs und kehrte ihm den Rücken zu. Loren beobachtete ihn – nur dieser Mann stand zwischen ihm und seinem Entkommen. Zorn stieg in ihm auf, die Bereitschaft, sich seine Freiheit mit Gewalt zu erkämpfen. Mit drei schnellen Schritten war er hinter dem Wächter und hatte die Kette an seinem Hals. Er drückte zu und zog, damit der Mann keinen Laut von sich geben konnte. Als Loren ihn auf den Boden hinabließ, war der Mann tot. Er zerrte die Leiche ins Schlafzimmer, legte sie dort in den leeren Schrank. Nie zuvor in seinem Leben hatte er einfach so jemanden umgebracht, aber erstaunlicherweise spürte er nicht die geringste Reue. In seinem Innern war nur Platz für Zorn und Entschlossenheit.

Es wären nur einige Minuten nötig gewesen, den toten Wächter zu entkleiden und in seine Sachen und Schuhe zu schlüpfen – das wäre besser gewesen, als weiterhin diesen dämlichen schwarzen Kittel zu tragen. Aber Loren dachte nur noch an Flucht und wollte keine Zeit verlieren. Zumindest die Schuhe wären ihm zu groß gewesen; damit hätte er nicht laufen können. Er schlüpfte durch die Tür, schlich durch den Flur und zu einem Fenster im Verbindungskorridor. Außer ihm hielt sich niemand im dritten Stock auf. Durchs Fenster betrachtete er das Dach, sein nächstes Ziel. Er schien sich an einer Stelle zu befinden, wo ein Flügel des Gebäudes auf den Hauptteil stieß. Der Flügel verfügte über ein spitz zulaufendes Schieferdach – nicht unbedingt das, wonach er gesucht hatte. Aber in der Mitte des Haupttrakts war das Dach flach und wies ein eisernes Geländer auf. Vom Fenster aus ließ sich nicht erkennen, was sich dort befand, doch er war guter Hoffnung.

Um unter das flache Dach zu gelangen, musste er dem Verlauf dieses Flurs bis zum Ende folgen und anschließend die Treppe nehmen. Loren lief leise, mit bloßen Füßen. Die Treppe brachte ihn zu einem weiteren Flur und als er hörte, dass sich jemand vom anderen Ende näherte, huschte er durch eine offene Tür. Das Zimmer dahinter war dunkel und seine Augen brauchten einen Moment, um sich anzupassen. Als er sah, was der Raum enthielt, schnappte er nach Luft. Wohin er auch blickte, überall sah er Folterinstrumente. Hinter ihm im Flur kamen die Schritte näher. Loren drückte sich neben der Tür an die Wand, bis sich die Schritte wieder entfernt hatten. Inzwischen hatten sich seine Augen noch besser an die Dunkelheit gewöhnt und als er den Blick erneut durchs Zimmer streichen ließ, erwiesen sich die vermeintlichen Folterinstrumente als Sportgeräte. Offenbar befand er sich in einer Art Fitnessraum. Licht kam durch die Tür auf der gegenüberliegenden Seite. Loren durchquerte den Sportraum und anschließend etwas, das eine Art begehbarer Kleiderschrank zu sein schien. Aber es war kein Schrank. Ein Bett stand vor einem Fenster, eine einfache Pritsche mit einer darauf ausgebreiteten Wolldecke. Am Kopfende des Betts bemerkte Loren einen hölzernen Tisch mit einem Foto. Das Bild zeigte ihn. Er nahm es und erinnerte sich. Auf dem Foto stand er in Claymores Küche und rückte einen Rahmen neben dem Fenster zurecht, sah dabei über die Schulter und lächelte für den Fotografen. Sonia hatte dieses Bild während ihres letzten Winters in Ithaca gemacht.

Er legte das Foto auf den Tisch zurück. Auf der anderen Seite hatte der kleine Raum eine weitere offene Tür und hinter ihr war es dunkel, so finster wie in dem Fitnessraum. Als er eintrat, spürte er sofort die Präsenz einer anderen Person. Im schwachen Licht erkannte er eine weiß lackierte Kommode und einen Tisch mit Stühlen. Die Möbel waren kleiner als sonst; die Stühle schienen für Kinder bestimmt zu sein. In der Ecke sah er ein Kinderbett und darin stand ein kleines Mädchen mit schwarzem Haar und dunklen Augen. Ernst blickte es übers Geländer hinweg. Es war etwa in Shimnas Alter oder vielleicht etwas älter. Für einen langen Moment stand Loren völlig reglos und starrte das Mädchen an.

Schließlich trat er näher. Das Kind zeigte keine Furcht, als er sich ihm näherte. Vertrauensvoll blickte es zu ihm auf. »Wie heißt du?«

»Laura«, lautete die Antwort.

Sie streckte ihm die Arme entgegen und er hob sie hoch, sah ihr in die Augen. »Laura.«

»Ich weiß, wer du bist«, sagte sie. »Ich kenne dich von Bildern.«

»Ja. Ich bin gekommen, um mit dir auf eine Reise zu gehen. Es wird ein Abenteuer sein. Wir fliegen am Himmel. Möchtest du das?«

»Vielleicht«, sagte Laura.

»Halt dich fest. Halt dich gut fest.« Loren griff nach der weißen Decke, die zusammengelegt am Ende des Kinderbetts lag, und nahm das Mädchen in den linken Arm, um die rechte Hand mit der Kette frei zu haben. Sein Orientierungssinn teilte ihm mit, dass die Tür auf der anderen Seite in den Flur zurückführte, den er verlassen hatte, als sich die Schritte näherten. Er öffnete die Tür und trat hindurch, nachdem er sich vergewisserte hatte, dass sich niemand auf der anderen Seite befand.

Eine Doppeltür erwartete ihn am Ende des Flurs und dahinter lag der größte Raum, den er bisher im Herrschaftshaus gesehen hatte. Er nahm die ganze Breite des Gebäudes ein, mit längs unterteilten Fenstern und Türen zu beiden Seiten. Ganz hinten befand sich ein Kamin, so groß, dass man aufrecht darin stehen konnte. Zu beiden Seiten des Kamins bemerkte er offene Torbögen.

Dieser Raum, dieser *Saal*, beeindruckte mit seiner Pracht. Der Boden bestand aus roten Marmorfliesen. Tapisserien und Gemälde hingen an den Wänden. Neben dem Eingang standen lebensgroße Statuen, die amerikanische Ureinwohner zeigten – sie wirkten so echt, dass Loren zusammenzuckte, als er sie sah. Sein Blick wanderte noch durch den großen Raum, als er hinter sich Schritte hörte, die schnell näher kamen. Er lief los, in Richtung der Torbögen neben dem Kamin, aber plötzlich strömten Schwarzgekleidete durch sie in den Saal. Innerhalb weniger Sekunden waren es Dutzende und damit saß Loren in der Falle.

Eine seltsame Stille herrschte, als ihn die Männer umringten. Sie waren alle bewaffnet, einige mit Schlagstöcken, andere mit Speeren. Ein älterer Mann – der Mann, den Sonia Dekan genannt hatte – führte das Kommando. Die anderen warteten auf seine Anweisungen. Der Dekan behielt Loren im Auge und sagte: »Ergreift ihn.«

Doch die Männer näherten sich nicht. Loren hielt das Kind im linken Arm und seine rechte Hand schwang die Kette. Mit einem angemessen drohend klingenden Surren strich sie durch die Luft. Er wollte nicht derjenige sein, auf den sie traf, und die Schwarzgekleideten schienen ebenso zu denken. Die Situation lief auf ein Patt hinaus. Loren drehte sich, während er die Kette schwang, damit keiner der Männer lange hinter ihm stand. Als er sich der Seite des Saals zuwandte, durch die er hereingekommen war, sah er, wie sich dort ein Wandteppich bewegte – eine Hand schob sich dahinter hervor. Eine dunkle Öffnung zeigte sich hinter dem Teppich und darin erschien ein faltiges Gesicht über einem kleinen Körper. Ein zwergenhafter Mann stand dort, grinste und winkte. Loren wusste nicht recht, was er davon halten sollte, aber es war die einzige Möglichkeit. Er öffnete den Mund, stieß einen markerschütternden Schrei aus und griff mit schwingender Kette die Schwarzgekleideten an, die zwischen ihm und der Öffnung standen. Die Männer stolperten fast übereinander, so eilig hatten sie es damit, ihm auszuweichen. Loren erreichte den Wandteppich und fand sich plötzlich in Dunkelheit wieder, als eine Tür hinter ihm zuknallte und die Öffnung verschloss. Schwere Stiefel pochten von der anderen Seite dagegen.

Etwas Licht kam durch einen schmalen Beobachtungsschlitz. Loren spähte hindurch und sah Sonia in einem der beiden Torbögen auf der anderen Seite des Raums. Ihr Mund war geöffnet und durch die geschlossene Tür hörte er ihren Schrei. Es war ein Schrei ohne Bosheit und Zorn, aber voller Schmerz.

»Kommen Sie, Mister, kommen Sie.« Hände streckten sich Loren entgegen und zogen ihn durch einen schmalen Gang. »Hier können wir nicht bleiben. Nein, wir müssen weg. Hier wird es bald heiß, ja, sehr heiß.« Den Worten folgte ein fast schrilles Lachen. »Zu heiß für uns.«

Loren folgte dem kleinen Mann durch die Finsternis und spürte, wie Laura ihm die Hände ins Haar grub. Bisher war sie völlig still geblieben. Sein Helfer zog erneut an ihm. Es ging weiter durch den Gang und dann über eine so schmale Treppe, dass er sie seitlich hinuntergehen musste. Als sie zu einer zweiten Treppe gelangten, blieb Loren stehen.

»Wohin gehen wir?«, fragte er.

»Hinab«, antwortete der kleine Mann. »Es gibt einen Tunnel, der bis zum Fluss führt. An einer geheimen Stelle erreichen wir dort das Wasser. Sie werden nicht wissen, wo sie nach uns suchen sollen.« Während der kleine Mann sprach, schaltete er eine kleine Taschenlampe ein und in ihrem Licht sah Loren ein normal großes Gesicht, das nicht zu dem zwergenhaften Körper darunter passte. »Hinab, hinab, zum Fluss.«

»Und dann?«

»Dann fliehen wir. Wir setzen die Flucht übers Land fort und verhalten uns unauffällig.«

»Klar. Es ist ja nicht so, dass wir auffallen: ein barfüßiger Mann, der einen kurzen schwarzen Kittel trägt, begleitet von einem Zwerg. Man wird uns für ganz normale Leute halten.«

»Ich bin kein Zwerg.«

»Entschuldige. Aber du bist auch nicht unauffällig.«

Das faltige Gesicht lächelte reumütig. »Nein. Also, was machen wir?«

»Können wir aufs Dach?«

»Ja. Und dann?«

»Vielleicht gibt es dort oben einen Flieger. Ist nur so eine Vermutung.«

»Die Luftboote. Oh, ohne mich, Mister. Von den Luftbooten halte ich gar nichts. Ich lege zu großen Wert darauf, dass meine Knochen heil bleiben.«

»Da brauchst du viel Glück, wenn dich die Schwarzgekleideten finden, mein Freund.«

Das Licht flackerte und ging aus.

»Na schön, gehen wir«, sagte der kleine Mann nach einigen Sekunden. Sie drehten sich um und kehrten in die Richtung zurück, aus der sie gekommen waren. Beobachtungsschlitze gewährten Blick in einige der Räume, an denen sie vorbeikamen, und durch manche von ihnen fiel ein wenig Licht. Loren versuchte, die Orientierung zu behalten, als es eine Treppe hinaufging, an die er sich nicht erinnerte. Er blickte durch den nächsten Schlitz und sah die Bibliothek, in der er angekettet gewesen war, die Nische mit der gepolsterten Liege.

»Haben Sie von hier aus zugeschaut?«, fragte er.

»Sehr unterhaltsam«, erwiderte der kleine Mann. »Interessanter als das Fernsehen in der alten Zeit. O ja, ich schaue zu, wenn es nichts Besseres zu tun gibt. Kommen Sie, schnell. Keine Zeit für eine Plauderei wie unter alten Freunden.«

Kurze Zeit später erreichten sie einen Dachboden mit Giebelfenstern. Loren musste sich bücken, um nicht gegen die Balken zu stoßen. Am Ende des Dachbodens fanden sie eine Tür und der kleine Mann öffnete sie vorsichtig, warf einen Blick hinaus. Er winkte Loren näher. Vor der Tür reichte Loren ihm das Kind. Laura streckte dem kleinen Mann die Arme entgegen. »Nino«, flüsterte sie.

»Hallo, junge Dame. Keine Angst. Halt dich an Nino fest.«

Loren schob sich an ihm vorbei zur Tür und sah durch den Spalt einen aus Holz gebauten Flieger, am dunklen Dach festgemacht. Zwei Wächter standen am Geländer und beobachteten von dort aus, was unten geschah. Rufe klangen vom Hof. Zwei Wächter – Loren hätte mit zwanzig fertigwerden können.

Er sprang durch die Tür und auf den ersten Mann zu, prallte so heftig gegen ihn, dass der Wächter halb übers Geländer fiel. Loren griff nach den Beinen, bekam schwarzen Stoff zu fassen und zog mit seiner ganzen Kraft. Der Mann verlor endgültig den Halt, fiel übers Geländer und schrie. Der zweite Wächter riss entsetzt die Augen auf und bekam keine Gelegenheit zu einer Reaktion. Loren war so voller Zorn, dass er rot sah, im wahrsten Sinne des Wortes: Der zweite Mann zeichnete sich als dunkle Gestalt in rotem Dunst ab. Er packte diese Gestalt an Hemd und Gürtel, hob sie mit der Kraft der Wut hoch und warf sie übers Geländer, dem ersten Mann hinterher.

Als er sich umdrehte, kletterte Nino mit dem kleinen Mädchen an Bord des Fliegers. Loren lief zu ihnen und hörte schwere Schritte, die sich durch den Dachboden näherten. Bevor sich die Tür öffnete, war er über die Reling des Fliegers hinweg.

»Sie sollten besser die Steuerung übernehmen«, sagte Nino. »Ich vergesse immer, wo hinten und vorne ist.«

Es gab nur drei Kontrollen, Effektoren für vertikal, horizontal und nach vorn. Der vertikale bestimmte vermutlich die Nach-oben- und Nach-unten-Stabilität. Loren wählte für die beiden anderen die neutrale Position und spürte, wie der kleine Flieger mit dem Wind zur einen Seite des Dachs glitt. Rufe erklangen hinter der Tür. Loren setzte das Segel, um Geschwindigkeit zu gewinnen, und einen Moment später hatten sie das Dach hinter sich gelassen und flogen über dem Hof. Zornige Schreie kamen von unten. Loren veränderte die Einstellung des Kiel-Effektors, um den Flieger in den Wind zu drehen und noch schneller werden zu lassen. Ein Blick über die Seite zeigte ihm Männer, die Armbrüste nach oben richteten, und unmittelbar darauf pochte es: Bolzen bohrten sich in die Unterseite des kleinen Pavillons. Loren griff nach dem vertikalen Regler und drückte ihn nach unten, woraufhin der Flieger mit einem Sturzflug begann, der ihn sehr schnell werden ließ. Er brachte ihn in die Horizontale zurück, als sie über den Hofs sausten und dann über den weiten Rasen, auf dem sich am Samstag die vielen Leute eingefunden hatten. Wasser glitzerte voraus, der Fluss. Loren ging noch etwas tiefer, flog dicht übers Gras und stieg auf, um über die Bäume hinwegzusetzen. Er wusste nicht, ob den Schwarzgekleideten Radar zur Verfügung stand, aber sie sollten nicht in der Lage sein, ihn zu orten, solange er in so geringer Höhe flog.

Eine scharfe Kurve nach rechts kostete den Flieger Geschwindigkeit, doch im warmen Landwind auf der anderen Seite des Flusses gewann er sie zurück. Loren folgte dem Ufer flussaufwärts und flog in einem weiten Bogen, der ihn immer mehr nach Westen führte. Sie huschten unter den Ästen hindurch, die die Bäume am Ufer weit über den Fluss streckten, mit einer Geschwindigkeit, die der eines schnellen Wagens entsprach. Ein Angler am Ufer sah erschrocken auf, als sie vorbeirasten.

Nach einer Weile wandte sich der Fluss wieder nach Osten und dort opferte Loren etwas von ihrer Geschwindigkeit, um für den Flug nach Nordwesten über die Bäume aufzusteigen. In den Tälern ging er tiefer, hielt sich dort wieder dicht über dem Boden. Straßen mied er. Über einen Kompass verfügte der kleine Flieger offenbar nicht, aber Loren wusste, wo sie sich befanden. Er erkannte die Berge voraus, Kopf und Schultern von Sterling Summit und links davon Mt. Chiltoes. Die Linie zwischen Asheville und Chiltoes brachte ihn direkt nach Dellwood. Von dort konnte er der Timber Road in den Wald folgen, dem Transportweg für das Holz, bis zu dem Ort, wo man ihn abgesetzt hatte und wo der Signalgeber versteckt war.

Die Sonne stand noch hoch am Himmel. Die Abenddämmerung wäre Loren lieber gewesen, aber es ließ sich nicht ändern. Nichts und niemand würde ihn aufhalten. Von Verfolgern war weit und breit nichts zu sehen.

Loren atmete ruhiger, als er auf der rechten Seite den Beginn des Walds sah. Er brauchte der Timber Road gar nicht so weit zu folgen, wie er zunächst gedacht hatte, denn er konnte den See schon von hier aus sehen. Behutsam steuerte er den kleinen Flieger nach rechts und näherte sich dem kleinen See mit dem Wind im Rücken. Als sie ihn erreicht hatten, flog er einen Bogen, der vor allem dazu diente, Geschwindigkeit zu verlieren. Schließlich landeten sie am selben Hang, an dem die *Canandaigua* ihn abgesetzt hatte.

Es war nicht weiter schwer, den versteckten Signalgeber zu finden, und nachdem Loren ihn eingeschaltet hatte, brachte er den kleinen Flieger zum See zurück. Der Wind war ungünstig für die Richtung, in die er fliegen wollte, und deshalb kreuzte er in Richtung der Berge, stieg dabei nach und nach auf. Es war nicht nötig, auf die *Canandaigua* zu warten; sie würde sie finden. Es kam vor allem darauf an, Abstand zum Herrschaftshaus zu schaffen und schließlich nach Victoria zu fliegen. Wenn Danny sich vom Signalgeber den Weg weisen ließ und erst zu ihnen aufschloss, wenn sie fast zu Hause waren … Es spielte kaum eine Rolle. Wichtig war, dass sie dort so schnell wie möglich eintrafen.

Nino und das Mädchen kauerten hinter einer Plane, die vor dem Fahrtwind schützte. Loren starrte sie verblüfft an und brauchte eine Weile, bis ihm klar wurde, was ihn so erstaunte: Sie froren. Es war kalt, aber das merkte er erst jetzt. Er hatte noch immer die Hitze des Zorns in seinen Adern. Als er sich beruhigte, begann er zu frösteln. Erst zitterte er nur ein wenig, dann immer stärker. Als die *Canandaigua* sie schließlich aufnahm, waren sie alle blau vor Kälte.

40

Was sich drinnen rührt, wenn das Licht aus ist

»Der Jansenismus war im siebzehnten und achtzehnten Jahrhundert eine Bewegung in der katholischen Kirche und ging auf den holländischen Theologen Cornelius Otto Jansen zurück, dessen Lehre als Häresie galt.« Der Sprecher war ein Gast im Kastell Monterreal, ein Mann in mittleren Jahren und mit vorzeitig grau gewordener Löwenmähne. Loren beneidete ihn um seine tiefe Stimme und die Kontrolle, mit der er sprach. Im Vergleich dazu war seine eigene Stimme kaum besser als ein Quieken. »Heute benutzen wir das Wort ›Häresie‹ für einen abweichenden Glauben. Doch in der Zeit der großen Häresien bezog sich der Ausdruck auch auf eine Splittergruppe des Glaubens und auf die Gemeinschaft der Gläubigen. Die häretischen Jansenisten bildeten eine kleine Gruppe und zum Zentrum ihrer Bewegung wurde die französische Stadt Port Royal. Die Jansenisten setzten sich für eine Rückkehr zu den Lehren des Augustinus ein. Das ist typisch für Häresien: Sie alle befürworteten die Rückkehr zu früheren, strengeren Glaubensrichtungen und Praktiken. Ihnen allen war eine gewisse nervige ›Heiliger als ihr‹-Art zu eigen. So hielten sich die Jansenisten für heiliger als der Papst.«

Kelly hatte aufmerksam zugehört. »Woraus bestand der besondere Glauben der Jansenisten, Pater McGrath?«

»Bitte nennen Sie mich Robbie«, erwiderte McGrath. »Die Jansenisten glaubten an die unvermeidliche Verderbtheit der menschlichen Seele.

Sie hielten die Erbsünde für so schlimm, dass die meisten Menschen nicht in der Lage waren, sie zu überwinden, woraus sie den Schluss der Unvermeidlichkeit von Sünde zogen. Das führte zu sonderbaren Praktiken der Selbstgeißelung und extremen Fastens. Manche Jansenisten verzichteten auf Wasser, bis sie verdursteten.«

Loren schüttelte den Kopf. »Das ist etwas, das ich nie ganz verstanden habe: wie ein solcher im Grunde genommen unmenschlicher Glaube Fuß fassen konnte. Welchen Reiz hatte es für Menschen zu hören, dass sie rettungslos verloren waren und sich selbst quälen mussten? Man hätte meinen sollen, dass solche Ideen von den Leuten für viel zu dumm gehalten wurden und sofort auf dem Müllhaufen der Geschichte landeten.«

Pater McGrath seufzte. »Ich weiß, was Sie meinen, Loren. Wenn man sich mit Häresien beschäftigt, fällt einem etwas auf, das bis zu einem gewissen Grad in allen Kulten und Glaubensvorstellungen präsent ist: Die Psychologie des Anti-Selbst kann für Menschen sehr attraktiv sein. Man sollte meinen, dass ein bestimmter Kult an die besten Interessen der Menschen appelliert, an Vernunft und den Wunsch nach Trost, Selbstachtung, Liebe und Freiheit – elementare menschliche Bedürfnisse. Aber die Kulte, die länger von Bestand geblieben sind, sprechen den Menschen nicht darauf an, sondern stellen alle, mehr oder weniger, sein Selbst infrage. Ich glaube, eine ganz und gar komfortable Religion könnte nicht überleben. Wir möchten, dass uns jemand etwas lehrt, das im Gegensatz zu unseren natürlichen Neigungen steht. Das bedeutet: Wir sind bereit zu glauben, dass diese Neigungen falsch sind.

Man nehme das Grundbedürfnis des Menschen, sein Verlangen nach Liebe, sowohl geistiger als auch körperlicher. Eigentlich scheint es eine harmlose private Sache zu sein, zumindest wenn es Erwachsene betrifft und die Betreffenden einverstanden sind. Man sollte meinen, dass eine so private Angelegenheit von der Religion unberührt bleibt. Aber seit dem Anbeginn der Zeit hat es keine mir bekannte Religion gegeben, die der Sexualität nicht irgendwelche Regeln auferlegte: wie, wann und wo Sex stattfinden darf, mit wem, wer dabei zuschauen darf und wer nicht, ob man die Finger oder Ellenbogen benutzen darf, wer oben und wer unten zu liegen hat, wo man hinfassen kann und wohin nicht, ob Sex mit Cousins und Cousinen, Minderjährigen, Eltern und Geschwistern zulässig ist, ob man ein Auge zudrücken kann, wenn jemand mit jemandem vom gleichen Geschlecht herumspielt oder Hand an sich selbst legt, ob Petting, Zungenküsse, Hinternreiben und was weiß ich noch alles erlaubt ist oder verboten gehört. Es gibt keine einzige erotische Praxis auf der Erde, die nicht von mindestens einer offiziellen Religion für sündhaft erklärt ist, während andere sie erlauben.

Wir könnten den gesamten Inhalt des Kamasutra nehmen und jeder Stellung eine Nummer geben. Dann könnten wir einen Tisch nehmen, mit den nummerierten Stellungen auf der einen Seite und den hundert wichtigsten Religionen auf der anderen. Anschließend legen wir Zettel in die Mitte, mit Hinweisen wie ›Religion Nummer N akzeptiert Stellung Nummer M, lehnt aber X, Y und Z ab. Schon nach kurzer Zeit wäre der Tisch voll von solchen Zetteln; es gäbe schließlich keinen Platz mehr. Auf vielen Zetteln stünde ›Nur am Mittwoch, mit überkreuzten Zehen‹ oder ›nur für Priester erlaubt‹. Wenn man die Regeln nur einer Religion nimmt, kann man sich genügend Erklärungen und Rechtfertigungen zurechtlegen. Aber nimmt man sie alle, so gewinnt man eher den Eindruck, es mit dem Werk eines kosmischen Komikers zu tun zu haben. Von Ernsthaftigkeit, Vernunft und Sinn keine Spur.«

»Klingt so, als hätten Sie Probleme mit dem Konzept der religiösen Verbote sexueller Praktiken«, sagte Loren.

»Oh, ganz und gar nicht. Es sind nur die Regeln der anderen Religionen, mit denen ich nichts anfangen kann. Die meiner eigenen sind völlig in Ordnung.«

Loren sah Pater McGrath groß an und vermutete, dass er sich einen Scherz mit ihm erlaubte.

»Könnte eine Gruppe ehrlicher religiöser Menschen daran glauben, dass Vergewaltigung eine angemessene Methode der Bestrafung ist?«, fragte Kelly. »Um die Seele der bestraften Person von unvermeidlicher Sünde zu befreien?«

Pater McGrath schnitt eine Grimasse. »Davon habe ich noch nie gehört, aber warum nicht? Einen solchen Kult kann ich mir durchaus vorstellen. Er wäre nicht schlimmer als einige andere.«

»Ich habe noch Fragen in Bezug auf die Verdammnis«, sagte Kelly. »Könnten Sie uns auch dazu Ihre Meinung sagen, Robbie? Gibt es einen Präzedenzfall für Menschen, die sich für hoffnungslos verdammt halten, sich aber gleichzeitig verpflichtet fühlen, für ihre Sünden zu büßen und anderen zu helfen?«

Pater McGrath nickte. »Das bringt uns zu den Jansenisten zurück. Sie glaubten, dass es den meisten Menschen bestimmt ist, in der Hölle zu schmoren, und dass nur eine kleine, von Gott auserwählte Elite in den Himmel kommt. Die Verdammten müssen ein Leben der Läuterung und Unterwerfung führen, ohne irgendeinen Lohn dafür zu empfangen. Das entsprach dem jansenistischen Konzept des totalen Opfers, der Opferung nicht nur des Körpers, sondern auch der Seele. Sehr beliebt bei Menschen mit geringer Selbstachtung, nehme ich an. Wie dem auch sei, offenbar landeten diese Vorstellungen nicht auf dem ›Müllhaufen der Geschichte‹, wie Lorens Erlebnisse zeigen.«

»Und die Menschen, die all diesen Unfug glaubten ... Waren sie nicht verrückt?«

Der Pater hob die Hände. »Wer kann das sagen? Was bedeutet ›verrückt‹? Die Mullahs und Ajatollahs halten mich für verrückt, wegen der Dinge, an die ich glaube, und ich halte sie für verrückt, wegen der Dinge, an die sie glauben. Aber was glaubt Er?« McGrath blickte nach oben. »Falls Er darüber nachdenkt, falls Er existiert, falls Er ein Er ist und keine Sie, falls Er/Sie sich überhaupt um uns schert ... Kann ich noch ein Bier haben?«

Kelly griff nach der silbernen Glocke auf dem Couchtisch und läutete. Kurz darauf wurde ein Tablett gebracht und nachdem Kelly ihren Gast bedient hatte, schenkte sie sich selbst nach. »Trotzdem erscheint es mir seltsam, dass solche irren Überzeugungen heute noch existieren, im einundzwanzigsten Jahrhundert.«

»Oh, das einundzwanzigste Jahrhundert.« Pater McGrath wirkte amüsiert. »Dieses Konzept, meine Freunde, ist nicht annähernd so robust, wie man annehmen könnte. Für einen großen Teil der Welt ist das einundzwanzigste Jahrhundert noch nicht angekommen. Er wartet sogar noch auf das zwanzigste. Ein kleiner Teil konnte es in Empfang nehmen, aber mit dem Einschalten der Effektoren wurde es ihm wieder genommen. Für den Rest von uns ist es hier, aber nicht immer. Wenn wir allein sind, wenn das Licht aus ist, wenn sich die Realität des Tages trübt ... Dann rührt sich in uns das dunkle, finstere Mittelalter. Wenn das geschieht, ist das einundzwanzigste Jahrhundert weit weg. In vielen Menschen hat das Mittelalter als eine sehr reale Entität überlebt.«

Kelly lehnte sich zurück. Sie fühlte nicht, wie sich das dunkle Mittelalter regte, zumindest nicht in ihr. Aber die Worte von Pater McGrath erklärten zumindest teilweise die Ereignisse in Asheville. Dort schien das Mittelalter gut zu gedeihen. Sie sah auf und schenkte ihrem Gast ein Lächeln. »Heute habe ich unter anderem Folgendes gelernt: Es ist sehr schade, dass wir Sie nicht schon früher kennengelernt haben, Robbie McGrath. Ich hoffe, Sie kommen öfter nach Monterreal und werden unser Freund.«

Der Pater lächelte. »Das würde mir sehr gefallen«, erwiderte er.

Als McGrath gegangen war, saßen Loren und Kelly allein am Tisch und waren sich noch immer der Präsenz des Mittelalters bewusst. »Wir haben heute noch etwas anderes gelernt«, sagte Loren. »Nämlich dass uns der Müllhaufen der Geschichte nicht vor Sonia schützt. Ihr Wahnsinn ist keine gefährliche Schwäche, wie wir bisher angenommen haben, sondern die Quelle einer erschreckenden Kraft.«

*

Loren und der Proctor verbrachten den größten Teil der Woche damit, die Sicherheitsvorkehrungen zu überprüfen. Sie bildeten eine neue Palastwache aus einheimischen Kubanern. Zuvor hatten diese Leute als möglicherweise instabiles Element gegolten, das kein hundertprozentiges Vertrauen verdiente. Jetzt waren es die Einzigen, denen Loren vertraute. Voller Sorge erinnerte er sich an die Fotos, die Personen im Innern des Kastells und in La Sabana gezeigt hatten. Buxtehude wies darauf hin, dass sich offenbar ein Spion Zugang zum Büro des Rektors verschafft hatte – in dieser Angelegenheit wurde noch ermittelt.

Sonia hatte gesagt, dass die Prinzessin ihr Feind war, ein Symbol, das sie zerstören wollte. Also musste das Symbol besser geschützt werden. Als sich Loren um diesen Schutz kümmerte, dachte er mit wachsender Sorge daran, dass die Frau, die er zufälligerweise liebte, in direkter Verbindung mit diesem Symbol stand. Das mit der Prinzessin als Oberhaupt der Nation Victoria erschien ihm plötzlich dumm. Er bedauerte, nicht gründlicher über die Konsequenzen nachgedacht zu haben, damit Kelly heute seine geliebte Frau und Shimnas Mutter sein konnte, mehr nicht. In der Anonymität hätten sie ein sicheres Leben führen können. Dieses Ideal war jetzt unerreichbar fern.

Wenn Kelly die Essenz von Victoria repräsentierte, so wurde der Schatten von Sonia Duryea zu einem Symbol von anderer Art. Es gab keine offiziellen Meldungen über eine zweite feindliche Macht auf dem

Kontinent. Nur der innere Kreis wusste von der Zerstörung der Laserwaffe oder von der Rolle, die Sonia dabei gespielt hatte. Und nichts war von Lorens Erlebnissen in Asheville bekannt geworden. Dennoch wuchs in der Bevölkerung das Gefühl, dass Sonia – die einzige bekannte Person, die Victoria den Rücken gekehrt hatte – eine Gefahr für die Existenz der Nation darstellte. Die Boulevardpresse von St. James erwähnte sie oft und brachte ihr Bild. Sie war das perfekte Gegenmittel für eine Nachrichtenflaute: geheimnisvoll, schön und gefährlich.

Einige Wochen nach Lorens Rückkehr brachte die Zeitung »St. James Diary« einen Artikel, in dem Sonia als Oberhaupt einer einflussreichen Gruppe bei den atlantischen Staaten bezeichnet wurde. Offenbar hatten einige Neuankömmlinge diese Information gebracht. Angeblich, so der Artikel, verfüge sie über Luftschiffe und vielleicht sogar strategische Waffen. Die Überschrift über Sonias Foto lautete: »DRACHENLADY PLANT KRIEG«.

Daraus ergab sich ein Problem in Hinsicht auf die kleine Laura. Bisher war sie Gast im Kastell und bei Shimna untergebracht gewesen. Sie schien zuvor nie ein anderes Kind gesehen zu haben und bei ihrem Anblick zu begreifen, dass sie es zum ersten Mal mit einem anderen Geschöpf wie sie selbst zu tun hatte. Kelly vermutete, dass sich das arme Kind für eine Art Freak gehalten hatte, weil es im Vergleich mit allen anderen Menschen in seiner Umgebung so klein und unentwickelt war. Wie auch immer die Erklärung lauten mochte, Laura schloss Shimna sofort in ihr Herz und Kelly liebte sie wie ihre eigene Tochter.

Für Kelly lag der Fall klar: Sie würden Laura adoptieren und zwei Kinder großziehen anstatt nur eins. In dieser Hinsicht gab es für sie nicht das geringste Problem. Loren sah die Sache ein wenig anders. Wer Laura erblickte und genauer darüber nachdachte, musste zu dem Schluss gelangen, dass sie sein Kind war, aber nicht Kellys. In St. James gab es Hunderte, die sich an Sonia erinnerten, und auch daran, dass er sie geliebt hatte. Von Lauras Aussehen und ihrem Alter konnten sie darauf schließen, wer ihre Mutter war. Vermutlich würden sie das Kind »Tochter der Drachenlady« nennen. Und wenn es zum Krieg mit den Jansenisten kam, würde Laura das Stigma des Verrats ihrer Mutter tragen.

Seine Lösung des Problems bestand darin, Laura aufzugeben, sie das Kind von jemand anderem werden zu lassen, damit es weniger Grund für die Frage gab, wer ihre Eltern waren. Seine Wahl fiel auf Maria del Sol.

Als sich Kelly einverstanden erklärte, brachten sie Laura zu dem kleinen Haus, das Edward für sich und seine zukünftige Braut gebaut hatte. Maria del Sol saß neben Edward und hörte nachdenklich zu, während Loren alles erklärte. Dann beobachtete sie das kleine Mädchen, das vor ihr auf dem Läufer spielte.

»Laura wäre meine Tochter. Sie wäre unsere Tochter, wenn wir heiraten, Edward.« Ihre Augen glänzten. »Unser schönes Kind. Oh, Loren und Kelly, was macht ihr uns da für ein wundervolles Geschenk. Sie ist … perfekt.«

Kelly sah sie an und Tränen erschienen in ihren Augen.

»Die Leute könnten denken …«, begann Loren.

MariSol lachte unbeschwert. »Wir wissen genau, was sie denken werden. Dass Fräulein Maria Sonnenschein einen jugendlichen Fehltritt hatte. Es wird ihnen leicht fallen, das zu denken, weil sie glauben, heißblütige spanische Mädchen könnten ihren Schlüpfer nicht anbehalten. Was hältst du davon, dass mein Ruf auf diese Weise Schaden nimmt, Edward?«

»Von Schaden kann überhaupt nicht die Rede sein. Ich glaube, es gibt dir einen Hauch von Romantik, ein bisschen Pep. Übrigens bin ich begeistert von der Idee. Oder zählt meine Meinung nicht?«

»Überhaupt nicht«, sagte Maria del Sol mit fester Stimme. »Ich habe dieses uneheliche Kind zur Welt gebracht, weil ich einfach nicht widerstehen konnte. Und du, armer Mann, musst dich damit abfinden, dass ich bereits eine Tochter habe.«

»Ich bin trotzdem begeistert. Und natürlich einverstanden.«

»Vielleicht sollten wir ihr einen anderen Namen geben«, sagte Loren.

»Wir nennen sie Veronica«, erwiderte die neue Mutter ohne zu zögern. »Veronica.« Sie streckte dem Kind die Hände entgegen. »Komm her, mein Schatz. Vielleicht gefällt es dir, auf meinem Schoß zu sitzen.«

»In Ordnung«, sagte Laura/Veronica. Als sie auf MariSols Schoß saß, sah sie Kelly an und sagte: »Sie ist furchtbar schön, nicht wahr, Kelly?«

»Furchtbar, ja.«

Maria del Sol lächelte. »Danke, Veronica. Glaubst du, es könnte dir gefallen, bei mir und meinem Mann zu leben?«

»Vielleicht.«

»Na gut, dann probieren wir es aus.«

»Kann auch Nino kommen? Ich habe oft mit ihm gespielt.«

»Ich denke schon.«

»Und meine Schwester Shimna?«

»Sie ist jetzt deine Cousine. Die Sache ist ein bisschen kompliziert, aber nach einer Weile wirst du verstehen. Und ja, sie kann so oft kommen, wie sie möchte.«

*

In der tiefen Verzweiflung während seiner Gefangenschaft hatte Loren zwei schreckliche Wahrheiten erkannt. Erstens: Er würde nie fähig sein, Kelly zu erzählen, was mit ihm in Asheville geschehen war. Mit dieser Erinnerung musste er für den Rest seines Lebens allein zurechtkommen. Und zweitens: Er würde nie wieder mit einer Frau schlafen können, weil es ihn an die Vergewaltigung im Herrschaftshaus der Lady erinnert hätte.

Glücklicherweise erwiesen sich beide »Wahrheiten« wenige Stunden nach seiner Rückkehr als falsch. Die Worte strömten aus ihm heraus, kaum war er mit Kelly allein und sie ging sofort mit ihm ins Bett. Sie liebten sich schnell und dann noch einmal, langsam. Kelly verschob ihre Termine für die nächsten Wochen und sie brachen mit der *Cornell* auf. An einem leeren Strand, den sie ganz für sich allein hatten, genossen sie die Sonne, badeten nackt und verführten sich gegenseitig.

»Du bist atemberaubend«, sagte Loren und blickte auf Kelly hinab, nachdem sie sich einmal mehr geliebt hatten. »Du bist die perfekte Geliebte: erotisch, lustvoll, kokett, komisch und voller Liebe.«

»Ist es nicht seltsam?«

»Seltsam?«

»Wie wir uns verhalten. Unsere Bedürfnisse. Wie eine weitere Erfindung des kosmischen Komikers, den Pater McGrath erwähnt hat. Seltsam ist vor allem unsere Vorstellung von einer guten Ehefrau und einer Geliebten. Du sagst, dass ich beides bin, und ich glaube, du hast recht. Aber wie hat unsere Kultur eine Tugend aus dem gemacht, was ich bin? Das ›ideale Sexwesen‹ muss ständig geil sein, wie wir. Wie ich. Aber was für ein seltsames Ideal. Bei mir läuft es auf ein Jucken hinaus.«

»Auf ein Jucken?«

»Ja. Es juckt mich in meinem Kern, vom Hintern aufwärts bis zu den Hüften. Ein großes, starkes Jucken. Und du bist es, der mich kratzt und mir Erleichterung verschafft. Das ist alles. Tugend spielt dabei gar keine Rolle. Es ist nur ein Jucken.«

»Kellys juckender Kern.«

»Wenn ich dem Jucken nachgebe, bin ich wie ein alter Köter, der nach seinen Flöhen kratzt. Und doch entspricht es dem, was und wie wir unserer Meinung nach sein sollten. Du denkst in diesen Bahnen und ich ebenfalls. Ist das nicht seltsam?«

»Seltsam, aber gut.«

»Fühlst du dich besser, Liebling?«

Loren wusste, was sie meinte. »Ja, Kelly. Vielleicht mag ich es nur nicht mehr so gern wie früher, wenn die Frau auf mir sitzt.«

»Es gibt andere Stellungen. Wir können sie alle ausprobieren.«

*

Loren stand auf der Brücke der *Ardent*, mit Myer und Rita Bentenjew an seiner Seite. Sie warteten auf Anweisungen. Dies war Commander Myers letzte Mission mit der *Ardent*; wenn sie zurückkehrten, warteten die Papiere des Captains auf ihn. Rita würde seinen Platz einnehmen, nach ihrer Beförderung zum Commander.

Bei dieser Reise führte Loren das Kommando über die *Ardent*, denn Van Hooten befehligte die Flotte. Kelly glaubte Loren emotional zu sehr in die Sache verwickelt, um ihm die ganze Flotte anzuvertrauen. Sie hatte recht. Dies war eine sehr emotionale Mission für ihn: Sie wollten das Herrschaftshaus der Lady zerstören und das Machtzentrum der Jansenisten auslöschen.

»*Ardent*, gehen Sie in Position«, tönte Van Hootens Stimme aus dem Lautsprecher des Licht-Funks.

»*Ardent*, Segel in den Wind«, sagte Loren und spürte wenige Sekunden später, wie der Pavillon schneller wurde. Sie kamen an neunter und letzter Stelle, direkt hinter Tom Buxtehudes *Bellerophon*. Van Hooten führte die Flotte mit der *Resolute* an. Sie hatten über den Bergen auf den Beginn der Morgendämmerung gewartet. Jetzt, mit der Stadt Asheville am Horizont, flogen sie dem Ziel entgegen.

Bei der Ratsversammlung, die über den Einsatz entscheiden sollte, waren verschiedene Meinungen aufeinander geprallt. Loren, der Proctor und die meisten Airmen hatten sich für die Zerstörung ausgesprochen, doch Kelly und die anderen bezogen Stellung dagegen. Eine Abstimmung wäre leicht zugunsten von Lorens Plan ausgegangen. Aber dazu kam es nicht, denn Kelly wies darauf hin, dass sie den Einsatz nicht einmal dann zulassen würde, wenn die einzige Gegenstimme von ihr käme. Sie meinte, ein Krieg gegen die Jansenisten sei nicht nötig. Sie hielt es für möglich, ihnen einen Frieden aufzuzwingen und diesen Frieden mit Victorias Macht zu erhalten.

Es war nie zuvor geschehen, dass der Rat eine Ansicht vertrat und die Prinzessin eine andere, und Dekan Porters Verfassung bot keinen Ausweg aus dem Dilemma. Als man ihn um eine Stellungnahme bat, meinte er, ohne Konsens könne kein Einsatz stattfinden. Beide Seiten hatten ein Vetorecht. Also musste ein Kompromiss gefunden werden. Kelly schlug vor, den Jansenisten einen Olivenzweig anzubieten und ihnen gleichzeitig mit Vernichtung zu drohen. Das war der gegenwärtige Stand der Dinge. Loren führte den Olivenzweig bei sich, in Form eines Umschlags in seiner Diplomatentasche. Er wollte ihn überbringen und, wenn Sonia das Angebot ablehnte, das Herrschaftshaus niederbrennen. Die Linsen waren bereits ausgebracht worden und folgten ihnen in einer Höhe von mehr als drei Kilometern.

»Verkehr auf dem Radar?«, fragte Loren.

»Nichts, Sir. Der Luftraum ist leer. Zu früh für sie?«

»Wer weiß.«

Erneut kam Van Hootens Stimme aus dem Lautsprecher und ordnete einen Kurswechsel für die Flotte an. Sie hatten den Fluss erreicht und würden ihm nun bis zum Rand des Anwesens folgen. Die *Ardent* schloss sich dem Manöver an. Myer war Wachoffizier und gab den entsprechenden Befehl. Loren blickte aus dem Seitenfenster. Van Hooten war sehr vorsichtig und ließ die Pavillons in einer Höhe von fast zwei Kilometern fliegen. Wenn feindliche Luftschiffe jetzt starteten, um sie abzufangen, würden sie kostbare zwanzig Minuten brauchen, um diese Höhe zu erreichen. Und bis dahin war der Kampf schon vorbei.

Doch es stiegen keine feindlichen Schiffe auf.

Schließlich geriet das Herrschaftshaus in Sicht und wirkte sehr ruhig. Nichts regte sich dort. Es waren keine Flieger, Karren oder Wagen zu sehen. Es kam kein Rauch aus den Schornsteinen. Die Besatzung der *Ardent* blieb angespannt, aber Loren wusste, dass das Gebäude leer war.

Van Hooten schickte eine Erkundungsgruppe mit kleinen Pavillons los. Loren verließ die Brücke mit der Anweisung, ihn sofort zu benachrichtigen, wenn sich etwas ergeben sollte. Die Landegruppe würde nichts finden, da war er sicher. Sonia und ihre Schwarzgekleideten, die ganze

Glaubensgemeinschaft – sie alle hatten sich auf und davon gemacht, vielleicht zu verschiedenen Orten, wo sie sich jahrelang verstecken, Kräfte sammeln und Vorbereitungen für den letzten Kampf treffen konnten. Das hätte Loren an ihrer Stelle getan und er war sicher, dass Sonia eine solche Entscheidung getroffen hatte.

Deprimiert legte er sich aufs Bett. Der Kampf, der offenbar nicht stattfinden würde … Er hatte ihn gebraucht. Und Sonia hatte dafür gesorgt, dass er ihn nicht bekam. In einem Moment der Verzweiflung dachte er, dass er sie nie besiegen würde. So verrückt sie auch sein mochte, sie war schlauer als alle anderen und ganz bestimmt schlauer als Loren. Er konnte den Rest seines Lebens damit verbringen, sie zu verfolgen, ohne sie jemals zu erreichen. Bis sie schließlich von ihm erreicht werden wollte, und dann war es zu spät.

Am Nachmittag schwebte die Flotte nur noch etwa hundert Meter über den Gebäuden. Die Kundschafter waren zurückgekehrt und Van Hooten gab ihren Bericht bekannt. Nach Aussage der Stadtbewohner waren die Jansenisten Tage zuvor mit ihren Luftschiffen aufgebrochen und nach Westen geflogen.

Durchs Beobachtungsfenster im Boden blickte Loren auf die Dächer des Herrschaftshauses hinab. Es war niemand da, der Kellys Olivenzweig in Empfang nehmen konnte; in gewisser Weise mussten sie also von einer Ablehnung ausgehen. Er konnte von Van Hooten verlangen, alles in Schutt und Asche zu legen, als Zeichen dafür, welchen Preis man zahlen musste, wenn man Victoria herausforderte. Ein leeres Gebäude niederzubrennen, war nicht unbedingt das, was sich Loren gewünscht hatte, aber es war immer noch besser als gar nichts. Ja, er würde es tun. Von der ganzen Anlage sollten nur Ruinen übrig bleiben.

»Meine Güte, sieht das toll aus.« Myer trat neben ihn ans Beobachtungsfenster. »Sehen Sie sich nur die Dächer an. All die Verzierungen … Ein wahres Meisterwerk. Biltmore, so lautete der Name dieses Herrschaftshauses, das fast wie ein Schloss aussieht.« Er richtete einen fast flehentlichen Blick auf Loren. »Olmstead hat den Park entworfen, Frederick Lay Olmstead. Es war sein letztes großes Werk. Und das Haupthaus … Ich muss wohl nicht viele Worte darüber verlieren, denn Sie haben es von innen gesehen.«

Bin ich so transparent? fragte sich Loren. Konnte selbst Myer erkennen, was ihm durch den Kopf ging?

»Es ist eins dieser Prachtstücke aus der Vergangenheit, die in der modernen Ära ihresgleichen suchen. Es ist unsere Pflicht, sie für die Nachwelt zu erhalten.«

Angewidert und von hilflosem Zorn erfüllt ging Loren fort.

*

Auf dem Rückweg wurden sie von einer aus zehn kleinen Pavillons bestehenden Flotte angegriffen. Es geschah über dem Golf, südlich von New Orleans.

»Himmel«, sagte der Airman am Radarschirm neben Loren. »Sehen Sie sich das an, Captain.«

Loren blickte auf das Display und sah eine Gruppe aus hellen Punkten, die von Westen herankam. Er langte nach dem Mikrofon des Funkgeräts, aber Van Hootens Stimme tönte bereits aus dem Lautsprecher.

»Mögliche feindliche Pavillons in zwei sieben fünf. Entfernung sechzig Kilometer. Kurs halten. Die *Resolute* hat ihre Linsen gestartet.«

Aber zu spät, dachte Loren. Die Linsen nützten nur dann etwas, wenn sie sich in einer Höhe von mehreren Kilometern befanden, zwischen der Sonne und ihren Zielen. Sie würden Stunden brauchen, um eine solche Höhe zu erreichen. So viel Zeit blieb ihnen auch, wenn Van Hooten entschied, den Angreifern lange genug auszuweichen und sich ihnen erst dann zum Kampf zu stellen, wenn die Linsen einsatzbereit waren. Plötzlich bedauerte Loren, nicht mit mehr Nachdruck auf dem Oberbefehl bestanden zu haben. Ihm war klar, was getan werden musste, aber galt das auch für Van Hooten? Es ging jetzt darum, dass sie schneller wurden und sich vom Feind entfernten; auf keinen Fall durften sie aufsteigen.

»Alle Schiffe beginnen mit Aufstieg auf tausendfünfhundert Meter.«

Loren versuchte, sich seinen Kummer nicht anmerken zu lassen. Er hörte, wie Myer den Befehl weitergab, woraufhin die *Ardent* zu steigen begann. Dadurch verlor sie Geschwindigkeit und je langsamer sie wurde, desto näher rückte der Zeitpunkt des Gefechts. Neben ihm befahl Rita, die Projektilwaffen zu laden. Die mit Federspannung betriebenen Raketenwerfer waren im Nahkampf sehr wirkungsvoll, mussten nach der ersten Salve aber mit Muskelkraft neu gespannt werden, was umständlich war und lange dauerte. Sie brauchten jetzt vor allem Zeit. Wenn sie genug

Zeit bekamen, konnten sie weiter aufsteigen und ihre Hauptwaffe, die Linsen, in Position bringen.

Loren griff nach dem Mikrofon. »*Ardent* an *Resolute*.«

»Wir hören, *Ardent*.«

»Bitte um Erlaubnis, den Kurs zu ändern, Sir. Auf eins vier fünf, direkt vor den Wind, für maximale Segelgeschwindigkeit.« Das bringt uns von den Angreifern weg, Admiral, falls Sie das noch nicht bemerkt haben.

Mehrere Sekunden lang blieb das Funkgerät still und dann wies Van Hooten die Flotte an, nach Südosten zu drehen. Jetzt noch der Befehl, die Höhe zu halten, dachte Loren, aber der Lautsprecher schwieg erneut.

»Entfernung?«, fragte er den Radarmann.

»Vierzig Kilometer. Kommen weiter näher.«

»Stellen Sie die Höhe fest.« Bestimmt flogen sie weit oben, dachte Loren. Es bedeutete einen großen Vorteil, über dem Gegner zu sein. Gegen einen Anflug in einer Höhe von drei oder mehr Kilometern sprach nur die Kälte – in ihren offenen Pavillons drohten Sonias Leute zu erfrieren, wenn sie längere Zeit in einer solchen Höhe flogen. Loren war sich dessen während der ganzen Reise bewusst gewesen, aber Van Hooten schien nicht daran gedacht zu haben. Wenn der Feind über Luftschiffe verfügte, mussten die Victoria-Pavillons in maximaler Höhe fliegen, über drei Kilometer hoch. Er spürte, wie die *Ardent* in den horizontalen Flug überging, aber sie fühlte sich träge an. Beim Steigflug hatte sie die Hälfte ihrer Geschwindigkeit eingebüßt.

»Höhe der feindlichen Schiffe: tausendachthundert Meter.«

»Höhe der feindlichen Schiffe: tausendachthundert Meter«, sprach Loren ins Mikrofon des Licht-Funks. Selbst Van Hooten, der hinter einem Schreibtisch besser aufgehoben war, sollte verstehen, was das bedeutete. Es wäre dumm gewesen, sich einem Feind zum Kampf zu stellen, der einen Höhenvorteil von dreihundert Metern hatte. Die längeren und schnelleren Pavillons von Victoria konnten beschleunigen, die Distanz zum Feind halten und dabei nach und nach aufsteigen, um etwa dreihundert Meter jede Viertelstunde. Es kam nur darauf an, zunächst eine direkte Konfrontation mit den Verfolgern zu vermeiden. Das war natürlich genau das, was der arme Van Hooten nicht wollte. Er wollte umdrehen und kämpfen. Wenn sie den Steigflug mit ihrer gegenwärtigen Geschwindigkeit fortsetzten, konnten sie zwar die Höhe des Feinds von tausendachthundert Metern erreichen, aber auf Kosten praktisch ihrer ganzen Vorwärtsgeschwindigkeit. Der Gegner hätte den Kampf dann mit seinem größeren Bewegungsmoment kontrollieren können. Loren sah zur Uhr an der Wand. Halte dich noch vierzig Minuten zurück, Van Hooten, dachte er. In vierzig Minuten, oder besser noch in einer Stunde, würden sie über dem Feind und Herr der Lage sein. Vielleicht hatten sie bis dahin sogar die Linsen in Position. Loren blickte zur Sonne, die schon recht tief stand. Das war ein weiterer Punkt, den es zu berücksichtigen galt. Die Linsen nützten ihnen nichts mehr, wenn es zu spät wurde. In diesem Fall spielte es kaum eine Rolle, denn Loren rechnete ohnehin nicht damit, dass sie mit den Linsen etwas anfangen konnten.

Er sah erneut auf die Uhr. Noch etwas Geduld, Admiral.

Nach fünfundzwanzig Minuten gab Van Hooten die Anweisung, auf tausendachthundert Meter zu steigen und Vorbereitungen für den Kampf zu treffen. Die *Ardent* stieg weiter auf und wurde dabei immer träger. Als sie die angegebene Höhe erreichte, war ihre horizontale Bewegung fast auf null gesunken und der Feind kam schnell näher.

»Ich frage mich, womit sie angreifen wollen«, sagte Myer.

Loren hatte sich noch nicht die Zeit genommen, darüber nachzudenken. Natürlich musste der Gegner Waffen haben, denn sonst würde er nicht angreifen. Nun, es würde sich bald herausstellen, worüber er verfügte. Durch die Fenster auf der Steuerbordseite waren die schwarzen Pavillons bereits zu sehen. Rita bereitete sich darauf vor, die Raketen abzufeuern, und die *Ardent* erzitterte, als sich das erste Geschoss auf den Weg machte. Einen Moment später ging einer der schwarzen Pavillons in Flammen auf.

»Meine Güte, Rita, womit haben Sie geschossen?«

»Es war nur ein Bleiprojektil. Was auch immer dort brennt, es befand sich bereits an Bord.«

»Ein schwarzer Pavillon vor uns«, sagte Myer. Er sprach ruhig. »Kommt direkt auf uns zu.«

Plötzlich begriff Loren, was die Waffe des Gegners war. »Steuermann!«, rief er. »Sturzflug.«

Der Steuermann bewegte den vertikalen Regler; die *Ardent* verließ ihre Position und sank.

»Hart nach links.« Loren legte dem Steuermann die Hand auf die Schulter. »Noch härter.«

Die *Ardent* raste nach unten und der schwarze Pavillon nahm die Verfolgung auf, kam auf Kollisionskurs heran.

»Passt auf!«, rief Myer.

Für ein oder zwei Sekunden fragte sich Loren, was man mit einer solchen Anweisung anfangen sollte. Worauf sollte man aufpassen? Dann warf er sich zu Boden und der dunkle Angreifer schmetterte gegen die Seite der *Ardent*.

Loren war sofort wieder auf den Beinen. Überall lagen Holz, Plastik und Glas, aber die *Ardent* war noch intakt. Der Angreifer war zu leicht gewesen, um allein mit dem Aufprall schwere Schäden anzurichten. Vom mittleren Bereich des Kontrollraums war ein Teil fortgerissen worden. Das Deck des kleinen schwarzen Fliegers hatte sich auf der einen Seite hineingebohrt, bis hin zur gegenüberliegenden Seite. Es roch stark nach Benzin, aber zum Glück gab es kein Feuer. Loren griff erneut nach dem Mikrofon des Licht-Funks.

»Den Angreifern ausweichen!«, rief er. »Es sind Kamikaze. Sturzflug, Van Hooten. Befehlen Sie der ganzen Flotte den Sturzflug.«

»Was?«

»Nach unten. Hinab zum Meer.«

Die *Ardent* flog wieder horizontal und wartete auf den Befehl, aber Van Hooten zögerte erneut. Und während er noch überlegte, wurde die *Swiftsure* getroffen.

Bei allen bisherigen Kämpfen hatte Victoria nicht ein Leben verloren, doch damit war es nun vorbei. Ein schwarzer Pavillon nahm die *Swiftsure* aufs Korn und traf sie mittschiffs. Das Benzin an Bord des Angreifers ergoss sich auf das Ziel und entflammte, vielleicht durch den Aufprall oder von einem Zünder in Brand gesetzt, der trotz der veränderten Zeit funktionierte. Von einem Augenblick zum anderen stand die *Swiftsure* lichterloh in Flammen.

»Sturzflug«, sagte Van Hooten.

Jared Williams' Stimme drang aus dem Lautsprecher. »Hier ist die *Superb*. Es sind noch vier Angreifer übrig, und sie kreisen. Es wird einige Minuten dauern, bis sie zurückkehren können. Bitte um Erlaubnis, der *Swiftsure* zu helfen.«

Loren beobachtete, wie weiter oben Besatzungsmitglieder vom brennenden Pavillon sprangen. Die *Superb* näherte sich von der Seite und manövrierte, um unter die *Swiftsure* zu gelangen.

»Jared …« Loren sprach ins Mikrofon. »Richten Sie den Bug auf die Angreifer, wenn sie herankommen. Halten Sie die Position so lange wie möglich und gehen Sie dann in den Sturzflug. Sie erreichen die Höchstgeschwindigkeit nach dreißig Sekunden und schneller können die Angreifer nicht werden. Sie haben nichts zu befürchten, wenn Sie mehr als dreißig Sekunden vor dem Eintreffen des Gegners mit dem Manöver beginnen.«

»Verstanden, Loren.«

Noch mehr Besatzungsmitglieder der *Swiftsure* sprangen und landeten auf der *Superb*. An Bord der *Ardent* wies Rita zwei Airmen mit Feuerlöschern an, einen Schaumteppich auf das benzingetränkte Deck zu legen. Der Steuermann befand sich wieder an seinem Posten. »Wenden, Steuermann«, sagte Loren. Er wusste nicht genau, wie viel Segel ihnen geblieben war, aber die *Ardent* brachte ihren Bug schnell in den Wind und drehte sich. »Segel für Geschwindigkeit. Fliegen Sie unter der *Superb* hindurch. Wir versuchen, den einen oder anderen Angreifer von ihr abzulenken.« Er sah sie nun, die schwarzen Pavillons, wie sie sich von Osten näherten. »Lieutenant Bentenjew, ist Ihre Projektilwaffe einsatzbereit?«

»Die Kontrollen funktionieren. Weiß der Himmel, ob noch etwas da ist, das abgefeuert werden kann. Vielleicht haben wir die Geschosse bei der Kollision verloren.«

»Erledigen Sie einen der feindlichen Flieger. Wählen Sie einen aus.«

»Ja, Sir.«

Die *Ardent* erzitterte zweimal, als zwei weitere Raketen starteten. Eine von ihnen traf das Ziel und setzte es in Brand. Zwei der übrigen Angreifer gingen tiefer und hielten auf die *Ardent* zu. Der Blick des Steuermanns war auf diese beiden Flieger gerichtet.

»Den Kurs halten, Steuermann. Wir gehen erst runter, wenn der Angriff beginnt.« Loren brauchte seine ganze Willenskraft, um ruhig zu sprechen. »Bis es zu spät für sie ist, umzudrehen und die *Superb* anzugreifen. Auf Kurs bleiben. Und jetzt … Sturzflug!«

Der Bug der *Ardent* kippte nach unten und sie fiel dem Meer entgegen. Loren wankte zum Heckfenster und hielt nach den schwarzen Fliegern Ausschau – beide folgten und schienen näher zu kommen. Trümmer stürzten an ihnen vorbei. Wind rauschte durch die offenen Fenster der *Ardent*.

»Höhe?«, rief der Steuermann.

»Meine Instrumente funktionieren nicht mehr«, antwortete der Airman hinter ihm. Er musste fast schreien, um das Heulen des Winds zu übertönen. »Sie sind auf sich allein gestellt.«

»Winkel halten!«, rief Loren und blickte erneut durchs Heckfenster. Die beiden Flieger hinter ihnen kamen weiterhin näher, aber langsamer als vorher, und nach einigen Sekunden schrumpfte die Entfernung nicht mehr. Sowohl die *Ardent* als auch ihre Verfolger hatten die vom Luftwiderstand bestimmte Höchstgeschwindigkeit erreicht. »Jetzt abfangen, aber vorsichtig, damit wir nicht auseinanderbrechen.« Loren fühlte sich schwerer werden; das Deck unter ihm schien nach oben zu drücken. Es donnerte und krachte, als Trümmer fielen und durch den Kontrollraum rutschten. »Weiter so.« Durch die vorderen Fenster war noch immer nichts anderes zu sehen als blaues Meer – kein Zeichen von einem Horizont. Loren hielt den Atem an, den Blick auf das Blau gerichtet. »Noch etwas mehr.« Das Heulen und Krachen wurde ohrenbetäubend laut.

»Dort«, sagte der Steuermann, als der Streifen des Horizonts in Sicht geriet. »Komm schon, Baby, heb die Nase.«

Loren sah zurück, als die *Ardent* aus dem Sturzflug kam. Einer der beiden schwarzen Flieger hatte seine Takelage zusammen mit den Segeln verloren und der andere zog einen Schweif aus Trümmern hinter sich her. Beide versuchten, dem Beispiel der *Ardent* zu folgen und den Sturzflug ebenfalls zu beenden. Einer schaffte es, der andere nicht. Loren beobachtete, wie der zweite schwarze Pavillon zerbrach. Im einen Moment war er ein noch einigermaßen intaktes System aus Holz, Metall, Seilen und Segeln, im nächsten nur noch ein Durcheinander aus Einzelteilen, die in dieselbe Richtung fielen, aber nicht mehr miteinander verbunden waren. In der Trümmerwolke erkannte Loren Menschen. Sein Blick folgte ihnen, als sie zusammen mit den Trümmern fielen und schließlich ins Meer stürzen.

»Wir steigen auf, Steuermann, und lassen den anderen Pavillon unter uns hindurchfliegen. Er hat seine Segel verloren und kann uns nichts mehr anhaben. Gut so. Jetzt in die Horizontale und Höhe halten. Lieutenant, schicken Sie einige bewaffnete Airmen an Bord des feindlichen Fliegers. Wir bleiben darüber, bis er anhält. Der Captain soll zu mir gebracht werden. Ich habe eine Botschaft für ihn.«

*

Commander Myer war nicht mehr da. Unmittelbar vor der Kollision hatte er neben Loren gestanden und dann war er plötzlich weg gewesen. Niemand wusste, was mit ihm passiert war. Es gab keine weiteren Opfer an Bord der *Ardent*. Jared und die *Superb* waren mit einigen Überlebenden der *Swiftsure* entkommen, die sich während des Sturzflugs an Deck festgeklammert hatten. Neun von zehn Angreifern waren zerstört. Der Feind hatte neun kleine Pavillons und etwa zwanzig Mann verloren. Victoria hatte die *Swiftsure*, eine großen Teil ihrer aus vierzig Personen bestehenden Crew sowie Oliver Myer verloren. Ein klarer Sieg für die Drachenlady.

Lorens Stimmung war gedrückt, als ein junger Mann in schwarzem Caban und schwarzer Hose zu ihm gebracht wurde. Es ärgerte ihn, dass die Begegnung im halb zerstörten Kontrollraum der *Ardent* stattfinden musste. Die Airmen empfanden ähnlich wie Loren und behandelten den Gefangenen ziemlich grob. Sie stießen ihn auf einen Sitz neben der Flugkonsole. Loren stand und blickte auf ihn hinab.

»Von mir erfahren Sie nichts«, zischte der Mann.

»Aber Sie werden zuhören und mehr verlangen wir gar nicht.«

Der Mann starrte wortlos.

»Ich nehme an, Sie wissen, wo die Lady ist.«

»Ich werde es Ihnen nicht sagen.«

»Ich nehme weiter an, Sie werden zu ihr zurückkehren, nicht wahr?«

»Reine Spekulation.«

»Oh, ich spekuliere gern. Geben Sie ihr dies. Eine Botschaft von Victorias Prinzessin.« Loren reichte ihm einen Umschlag.

Der Mann nahm den Umschlag entgegen, öffnete ihn sofort und zog den Inhalt heraus. Er blinzelte verwundert. »Was ist das?«

»Die Lady wird verstehen.«

Der Mann betrachtete noch einmal den Inhalt des Umschlags: das Foto eines kleinen dunkelhaarigen Mädchens. Darunter stand geschrieben:

»Miss Laura Martine-Duryea, jansenistische Botschafterin und Garant von Victorias Sicherheit, übermittelt ihre Grüße.«

Der Gefangene zuckte die Schultern und steckte das Foto in seine Hemdtasche.

Loren wandte sich an die Airmen, die den Mann zu ihm gebracht hatten. »Werfen Sie einen Ballen Segeltuch und was sonst noch nötig ist auf den Flieger unter uns. Und werfen Sie auch diesen Burschen hinab. Achten Sie darauf, dass er überlebt.«

»Sechs Meter«, sagte einer der Airmen. »Ich denke, dass könnte er überleben. Gerade so.«

Loren schickte sie mit einem angewiderten Wink fort.

41

Jubiläum

Proctor Buxtehude betrat Lorens Büro im Kastell und winkte mit einem Bündel Papieren. »Kenne deinen Feind«, sagte er und legte die Unterlagen auf den Schreibtisch. »Die letzten Kundschafterberichte.«

Loren sah auf. »Fassen Sie es für mich zusammen, Gordon. Ich hab's satt, dauernd irgendwelche Berichte zu lesen.«

»Oh, das Übliche. Rupert Paule hat sich in Camp David verkrochen, umgeben von bewaffneten Wächtern, gibt Aufrufe heraus und erklärt immer wieder den Notstand. Dort, wo ich gewohnt habe, mal gerade hundertsechzig Kilometer entfernt, schenken ihm die Leute so wenig Beachtung, als gäbe es ihn überhaupt nicht. Die Jansenisten verhalten sich still in ihrem eigenen Schlupfwinkel am Big Sur. Der souveräne Staat Main ist aus der Union ausgetreten. Paule wäre außer sich, wenn er davon wüsste, aber er hat keine Ahnung. Die Franzosen treiben ein bisschen Handel in den zentralen Vereinigten Staaten, womit sie gegen das Embargo verstoßen. Sie kommen über Kanada und glauben, wir merken nichts davon. Kaufen Weizen und verkaufen Wein und Spirituosen. Von Cape Canaveral aus sind weitere Spione zu uns unterwegs, der übliche Haufen. Es kotzt mich an. Diese Leute geben nicht einmal anständige Feinde ab.«

»Wir sollten sie trotzdem nicht unterschätzen«, mahnte Loren. »Nichts über Sonia?«

»Es fehlt jede Spur von ihr. Vermutlich befindet sie sich in ihrem neuen Hauptquartier, in einem noch herrschaftlicheren Herrschaftshaus. Ein klarer Fall von Größenwahn.«

»Sehen Sie sich unser Kastell an. Für einen noch mächtigeren Dritten stünden wir vielleicht ebenso absurd da wie Sonia.«

»Jedenfalls, man hat sie nicht außerhalb des Gebäudes gesehen. Sie predigt nicht mehr, geht auch nicht mehr im Radio auf Sendung. Die Samstagsprogramme gibt es noch immer, aber der Dekan spricht jetzt. Vielleicht ist sie tot.«

»Nein, das glaube ich nicht.«

»Nichts deutet darauf hin, dass in den jansenistischen Werften neuen Flieger gebaut werden, zumindest keine militärischen. Für eine richtige Flotte würden sie Jahre brauchen.«

»Vielleicht bauen sie woanders, in einem geheimen Stützpunkt, von dem wir nichts wissen. Ich rechne noch immer damit, dass sie eines Tages an unserem Horizont erscheinen, dass sie aus dem Osten kommen, mit der untergehenden Sonne im Rücken, ausgerüstet mit neuen Waffen, an die wir nicht gedacht haben.«

»Wenn sie kommen, so mit Stöcken und Steinen, denke ich. Und wir werden sie mit einigen neuen Tricks empfangen. Aber ich glaube nicht, dass sie kommen werden. Vermutlich hat uns Sonia einfach vergessen.«

»Das halte ich für ausgeschlossen. Ihre Art von Besessenheit verschwindet nicht einfach so.«

»Die Logik der Verrückten kennt keine Regeln. Vielleicht ist sie jetzt von etwas ganz anderem besessen, dem Okkulten, den Pyramiden oder Gobelinstickereien.«

Loren war nicht überzeugt, aber der Gedanke spendete einen gewissen Trost. Er hatte selbst schon daran gedacht und sich vorgestellt, Sonia eines Tages wiederzusehen, wenn sie beide alt waren, und sie dann zu fragen: Was ist aus deinen Kriegsplänen geworden? Woraufhin sie antwortete: Welche Kriegspläne meinst du?

Er schüttelte den Kopf. »Ich mache mir trotzdem Sorgen.«

»Sechs Jahre sind vergangen«, sagte Gordon sanft.

Ein Quieken kam aus dem Flur. Zwei Mädchen in Partykleidern liefen ins Zimmer. Der Proctor bückte sich und hob sie beide hoch, eins unter jedem Arm, wandte sich dann mit ernster Miene an Loren. »Bitte entschuldigen Sie die Störung, Euer Exzellenz. Hier haben wir zwei Stromer, denen es gelungen ist, sich an den Wächtern vorbeizuschleichen. Ich werfe sie persönlich von der höchsten Zinne.«

»Nein, nein, nein, nein!«, riefen die Mädchen wie aus einem Mund und dann fragte Shimna auf der einen Seite Veronica auf der anderen: »Was ist eine Zinne?«

»Ich weiß nicht genau, aber ich möchte nirgends runtergeworfen werden.«

»Sehen wir uns die beiden Stromerinnen mal an«, sagte Loren und stand auf. Buxtehude stellte sie auf die Beine. »Oh, das sind hübsche Kleider.«

»Shimna hat meins für eine Weile und dies ist ihrs. Wir tauschen und tauschen.«

»Was sagt ihr zum Proctor, Mädchen?«

Sie standen gerade und sagten: »Guten Morgen, Mister Proctor, Sir!« Und sie machten einen Knicks.

»Guten Morgen, Mädchen. Und eure Kleider sind wirklich hübsch. Ich weiß gar nicht, welches hübscher ist. Wir müssten alle Leute abstimmen lassen, aber natürlich gäbe es dabei keinen Verlierer, weil beide Seiten gleich viele Stimmen bekommen.«

Veronica tanzte vor Aufregung. »Wir haben jede Menge Leute für die Party eingeladen. Und alle werden unsere neuen Kleider sehen. Kelly hat auch Diademe für uns vorbereitet, aus Blumen. Shimmys Diadem ist aus gelben Blumen und meins aus weißen. Kelly hat sie mit ihren eigenen Fingern angefertigt.«

»Mit ihren eigenen Fingern, sagst du?«

»Ja!«

»Und es wird Kuchen geben«, fügte Shimna hinzu. »Kuchen und Pudding und Schokolade und Jongleure und Hornisten und Sketche und Schweinebraten und Tanz mit Musik und alle kommen fein herausgeputzt und trinken Punsch.«

»Es gibt sogar Punsch?«

»Ja, weil es ein Juh-bi-läum ist.«

Der Proctor nahm Shimna an den Hüften und setzte sie vorn auf Lorens Schreibtisch, wiederholte den Vorgang dann mit Veronica. »Sag mir, Shimna, was genau ist ein Jubiläum?«

»Eine Feier für die Prinzessin, weil sie schon so lange Prinzessin ist.«

»Haben wir hier eine Prinzessin? Mal überlegen …«

»Es ist Kelly!«, riefen die beiden Mädchen.
»Oh, ja, jetzt erinnere ich mich. Prinzessin Kelly.«
»Sie hat das hübscheste Kleid, das du je gesehen hast«, sagte Veronica mit großen Augen. »Es ist ganz weiß und glänzt …«
»Satin«, sagte Shimna.
»Mit Gold an den Rändern und so.«
»Und darunter ein Satin-Slip mit Spitzen.«
»Was du nicht sagst.«
»Sie ist die schönste Prinzessin, schöner noch als die in den Märchen.«
»Das ist sie wirklich. Da kann Victoria wirklich von Glück sagen, nicht wahr?«
»Victoria hat die schönste Prinzessin, die stärkste Flotte, das größte Schloss …«
»Und den größten Proctor!«, fügte Veronica hinzu.
Shimna nickte ernst. »Victoria ist der Mittelpunkt der Welt«, sagte sie.

*

Manchmal ein Physiker, dann wieder Krieger, für eine Weile ein Mann des zwanzigsten Jahrhunderts und dann einer des Mittelalters. Doch tief in seinem Herzen war Loren nichts von all dem. Kelly hatte vor langer Zeit seinem Ego geschmeichelt, indem sie ihn mit den Brüdern Wright verglichen hatte. Allerdings war er weniger Erfinder und mehr Forscher. Die Erfindungen waren ein Nebenprodukt seiner Neugier, der Suche nach Antworten auf die wundervolle Frage: Wie funktioniert das? In den letzten Jahren hatte er immer wieder Apparate und Apparaturen auseinandergenommen, um herauszufinden, wie sie funktionierten. Oft handelte es sich um Dinge, die er sein Leben lang für selbstverständlich gehalten hatte. Jetzt musste er plötzlich wissen, wie es in ihrem Innern aussah. Er entwickelte großes Geschick bei einfachen mechanischen Dingen: Die Reparatur von Shimmys Fahrrad oder ihrer Eisenbahn erfüllte ihn mit Frieden und gab ihm das Gefühl, etwas geleistet zu haben. Was brauchte er mehr?

Er beobachtete die Parade am Nachmittag und dachte nur an mechanische Details. Die Umzugswagen rollten nicht, sondern schwebten – eine einfache Anwendung der Effektor-Technik. Die Wagen selbst nutzten eine eigene, sehr alte Technologie: Maschendraht, in bestimmte Formen gebogen und mit buntem Seidenpapier beklebt. Diese Technik fand Loren ebenso interessant wie die Effektoren. Er fragte sich, wie die Koordination der Marschkapellen gelang. Die Aufmerksamkeit der Musiker schien allein den auf ihren Instrumenten befestigten Notenblättern zu gelten. Sahen Sie überhaupt den Stab des Dirigenten? Er stellte sich vor, einen koordinierenden Apparat zu entwickeln, einen kleinen Sender für den Takt, verbunden mit einem Empfänger, der zum Beispiel am Bein getragen werden konnte und den Takt mit regelmäßigen Vibrationen angab. Doch die Musiker kamen auch ohne eine solche Hilfe gut zurecht. Er sah sich um und hielt nach weiteren erstaunlichen Dingen Ausschau. Zum Beispiel: Welcher Trick sorgte dafür, dass all die Pfadfinder-Kinder (seine beiden Töchter unter ihnen) in so geordneten Reihen marschierten?

Beim Essen später am Abend dachte er über die Sitzordnung nach. Eine alles andere als triviale Angelegenheit bei hundertfünfzig Gästen. Dabei galt es viele Dinge zu berücksichtigen: Protokoll, Nähe zur Prinzessin, nicht zu viele Männer oder Frauen an einer Stelle, die Berücksichtigung von Freundschaften und, ja, auch Feindschaften, Platz für Kinder, leichter Zugang für jene, die Bewegungsprobleme hatten, für Linkshänder Plätze, die ihnen genug Ellenbogenfreiheit ließen. Loren stellte sich vor, ein lineares Programm zu schreiben, in dem jede Restriktion als Gleichung präsent war und das einen Sitzplan ausdruckte. In diesem Fall hatte jemand die Sitzordnung ohne ein solches Programm bestimmt und gute Arbeit geleistet. Er stellte fest, dass Homer, der während der letzten Gänge immer wieder einnickte, einen besonderen Stuhl bekommen hatte, ausgestattet mit einer gepolsterten Kopfstütze, damit sich sein Kopf nicht gefährlich weit dem Salat entgegenneigte. Shimna und Veronica hatten Nino zwischen sich, der sie mit geflüsterten Kommentaren unterhielt und dafür sorgte, dass sie sich von ihrer besten Seite zeigten. Auf ihren drei Stühlen saßen sie etwas höher als die anderen Gäste. Chandler Hopkins, jetzt Ehrenpräsident, saß am anderen Ende des langen Tischs, Kelly gegenüber, wie der Vater der Familie.

Es klirrte, als eine Gabel an die Seite eines Glases schlug. Rektor Jouvet stand auf und wartete, bis es still geworden war. »Meine Damen und Herren, am zehnten Jahrestag ihrer Herrschaft … auf die Prinzessin von Victoria.« Alle erhoben sich, bis auf Kelly in ihrem weißen Satinkleid. Sie lächelte und senkte den Blick.

»Auf die Prinzessin.«

»Sehr richtig!«

»Auf die Prinzessin.«

Chandler blieb stehen, als die anderen wieder Platz nahmen. »Bei so viel Aufregung um die Prinzessin und all der Bedeutung ihres Titels … Da könnte jemand anderer, der noch viel wichtiger ist, zu kurz kommen. Meine Damen und Herren, auf die Person, die uns so sanft und geschickt durch unser erstes Jahr auf Victoria geführt hat, und durch all die Jahre danach. Auf Kelly Corsayer.« Diesmal standen die Leute auf und klatschten. In dieser kompliziert gewordenen neuen Welt gab es wenig, über das man sich von ganzem Herzen freuen konnte, und Kelly kam dem ziemlich nahe.

Als sich die Gäste wieder gesetzt hatten, bezog das ganze Küchenpersonal Aufstellung und applaudierte der Prinzessin. Daraufhin erhoben sich die Gäste erneut und klatschten – diesmal galt ihr Applaus den Köchen und Kellnern für das vorzügliche Essen.

Es folgte ein Moment der Stille und den nutzte Loren. Er stand auf. »Ich schlage vor, dass wir die nächsten Trinksprüche sitzend ausbringen. Mit dem ständigen Aufstehen und Hinsetzen vergeuden wir nur wertvolle Trinkspruchzeit.« Er wandte sich Kelly zu und hob das Glas. »Auf meine Liebe.«

Den letzten Toast brachte Shimna aus, die dazu auf ihren Stuhl kletterte. Sie hielt ihr Glas in beiden Händen und sagte: »Auf meine Mama.« Alle klatschten.

»Meine lieben Freunde …« Kelly blieb sitzen und sprach mit klarer, für alle deutlich vernehmbarer Stimme. »Diese vier Trinksprüche haben mich zutiefst bewegt. Ich fürchte allerdings, dass mir die nächsten vier zu Kopf steigen und mir einen Tisch mit beschwipsten Feiernden bescheren könnten. Deshalb sage ich: Lasst die Unterhaltung beginnen.

Wir haben heute Abend einige Überraschungen vorbereitet und die erste ist ein Lied des Jungenchors von Victoria.«

Kelly hatte diese Worte kaum gesprochen, als Knaben durch die Tür neben ihr traten. Curtis sprang auf und gesellte sich ihnen hinzu. Einer seiner Freunde half ihm dabei, ein goldenes Gewand überzustreifen, damit er ebenso gekleidet war wie die anderen.

»Der Chor wird das Lied auf Latein singen«, fuhr Kelly fort. »Ich habe die Worte nachgeschlagen. Das Lied beginnt mit: ›Lasst uns deshalb preisen, denn wir sind jung …‹

Bei diesen Worten denke ich: Wen sollen wir preisen, die wir jung sind, wenn nicht jene, die nicht mehr so jung sind? Bei all den guten Freunden, die hier an diesem Tisch sitzen, sehe ich viel weißes Haar. Und unter jedem weißen Schopf sitzt jemand, der Victoria mehr gegeben hat, als ich jemals geben kann. Unsere Gemeinschaft hatte das große Glück, von unseren Älteren geführt zu werden. Ich nenne eure Namen nicht, Freunde; alle wissen, wer gemeint ist. Aber die anderen von uns, die noch keine weißen Haare haben … Ich bitte euch, mit mir in das Lied einzustimmen, mit mir zu preisen. Für jeden von uns gibt es einen oder mehrere Ältere in diesem Raum, die es verdient haben, gepriesen zu werden.«

Kelly nickte dem Chor zu und vierzig hohe Stimmen begannen:

»Gaudeamus igitur, Juvenes dum sumus …«

*

Die letzte Szene jenes Abends ist in mein Gedächtnis eingebrannt, für immer. Sie klebt wie ein süßlicher Duft an mir, angenehm erst, dann widerwärtig und schließlich Übelkeit erregend, ohne jemals zu verschwinden.

Ich ging vor den anderen Gästen in den großen Ballsaal, wie üblich mit Kelly an meiner Seite. Ganz vorn im Saal nahmen wir auf einer Art doppeltem Stuhl Platz, der auf einem kleinen Podium stand. Hinter uns hingen zwei zehn Meter lange Victoria-Fahnen von der Decke herab. Ein Kellner brachte uns ein Tablett mit Süßigkeiten und zwei Tassen, die starken kubanischen Kaffee enthielten, mit Milch und Zucker für meine Prinzessin, schwarz für mich. Während die Gäste noch hereinkamen, begannen zwei Jongleurinnen mit ihren Darbietungen. Die beiden jungen Frauen waren sehr komisch. Auf Zehenspitzen schlichen die Leute zu ihren Plätzen in den langen Sitzreihen zu beiden Seiten des großen Raums. Als die Jongleurinnen fertig waren, trat Danny McCree auf und sang »Galloway Bay« mit einer Stimme, die mich mit ihrem vollen Klang erstaunte. Anschließend sang er eine Art Jig, begleitet von seiner Tochter Stephanie. Den beiden McCrees folgte ein Barbershop-Quartett; ich weiß nicht mehr, was es sang.

Während der verschiedenen Auftritte saßen nicht alle Gäste auf ihren Plätzen; manche gingen hin und her und sprachen leise miteinander. Unserer Unterhaltung gegenüber waren wir recht locker eingestellt. Niemand nahm Anstoß, wenn man während eines Lieds mit Freunden in einer Ecke plauderte oder während eines Theaterstücks mit Gläsern anstieß. Außerdem waren Kellner zwischen den Gästen unterwegs.

Während eines Lieds kam Edward zu mir aufs Podium und flüsterte: »Du hast den besten Sitz des Hauses mit Beschlag belegt, mein Freund. Ich habe jetzt ein Auge darauf geworfen, also fort mit dir. Ich möchte deiner Frau einen Jubiläumskuss geben, Erinnerungen mit ihr austauschen und noch ein Glas Punsch mit ihr trinken.« Er hielt zwei Kelchgläser in den Händen. Ich gab meinen Platz auf und strich Kelly über die Wange, bevor ich vom Podium trat.

Ich erinnere mich nicht mehr an die Personen, mit denen ich anschließend gesprochen habe, auch nicht an die Auftritte auf der Bühne. An einer Stelle spielte eine Band und Melissa Klipstein, hübsch und fröhlich wie immer, zog mich auf die Tanzfläche. Während wir tanzten, sagte sie:

»Heute feiern wir nicht nur Kelly, sondern auch Sie, Loren Martine. Was aus Victoria geworden ist, verdanken wir auch Ihrer Vision.«

»Das sind nette Worte von einer Person, die immer nett ist und an diesem Abend vermutlich genug Punsch getrunken hat, um noch netter zu sein als sonst.«

Sie lachte über meinen kleinen Scherz. »Es steckt auch Wahrheit in den Worten. Wir haben viel erreicht …«

»Das stimmt zweifellos.«

»… und Sie sind bei allem dabei gewesen, mitten drin. Ich weiß noch, als ich Sie das erste Mal gesehen habe.«

»O ja. Als wir die *Stella Linda* fanden.«

»Ich rutschte an der Leine entlang, Ihrem Segelboot entgegen. Sie standen unten im Bug, bereit dazu, mich aufzufangen. Ich wusste nicht einmal Ihren Namen. Und dann auf halbem Weg zu Ihnen, blies mir den Wind den Rock um die Ohren und ich dachte: Welche Unterwäsche habe ich an? Hoffentlich die hübsche.«

»Es hat mich abgelenkt. Deshalb habe ich Sie nicht aufgefangen, sondern wurde zu einer Art Kissen, auf dem Sie landeten. Ich wäre fast zu Boden gegangen.«

»Mitten drin waren Sie. Damals und seitdem immer.«

Dekan Porter löste mich ab und ich tanzte mit Maria Sawyer.

»Es sind nicht die weißen Haare, auf die ich schaue, Loren, sondern die Jungen, die ganz Jungen. Zum Beispiel Miss Stacey Hopkins. Wie spritzig und intelligent sie ist, voller Energie. Sie wächst zu einer unaufhaltsamen

Kraft heran. Wir sind Verwalter und Betreuer gewesen, mehr nicht. Wir haben einige Hundert Kinder aufgenommen und ihnen geholfen, das zu entfalten, was in ihnen steckte. Ist das nicht wundervoll?«

Ich tanzte auch mit Candace Hopkins und natürlich gab ich Marias Bemerkungen über Stacey an sie weiter. Und ich tanzte mit meiner Schwester Chlotide und Dolly Buxtehude. Nach einer Pause gab es noch mehr Unterhaltung, wobei eine Gruppe mit Flöten und Bongos den Anfang machte, glaube ich. Emile Jouvet saß jetzt neben Kelly, stellte ich fest. Sie bemerkte meinen Blick und winkte. Nino ging mit den Mädchen umher, eins an jeder Hand, und sorgte dafür, dass sie allen Gästen gute Nacht sagten, bevor sie zu Bett gingen. Ich setzte mich zwischen Edward und Maria del Sol.

Vor uns traten ein Clown im Harlekin-Kostüm und ein Akrobat auf. Ich sah nicht hin und hatte für den Moment genug von Unterhaltung. Aber mir fiel auf, dass Kelly den Harlekin so beobachtete, als fragte sie sich, ob sie ihn schon einmal gesehen hatte. Er war ein attraktiver Bursche, mit dunklen, brennenden Augen. Wie schwerfällig folgte er dem Akrobaten, der immer wieder sprang, sich in der Luft drehte und Saltos machte, auf eine so agile Art und Weise, dass das Publikum klatschte. Der Akrobat trug eine schwarze Strumpfhose und eine Maske, die den oberen Teil des Gesichts und den Kopf bedeckte. Ich wandte mich wieder MariSol zu und setzte das Gespräch mit ihr fort. Sie sagte etwas, das Veronica betraf, und sah dabei zur Bühne. Mein Blick kehrte dorthin zurück, während ich ihr zuhörte.

Der Mann in Schwarz hielt nun einen langen Stab in der Hand und lenkte die Aufmerksamkeit des Publikums auf das spitze Ende. Er verfolgte den Harlekin und stieß den Stab nach ihm. Ein Sprung brachte den Akrobaten über den Clown hinweg. Das Timing war perfekt: Der Harlekin drehte sich genau in dem Moment, als der Akrobat sprang, nach seinem Verfolger um, der natürlich nicht da war. Er starrte übertrieben ins Publikum und hielt nach dem Mann Ausschau, der direkt hinter ihm stand. Kelly lachte. Der Akrobat, der noch immer den langen Stab hielt, wandte sich ihr mit einer geschmeidigen Bewegung zu.

Neben mir sagte Maria del Sol: »Die Bewegungen des Mannes haben eine fast feminine Eleganz.«

Ein weiterer Moment verstrich und dann begriff ich, stand auf und ging zur Bühne, den Blick auf den zu eleganten Burschen gerichtet.

Was dann geschah, dauerte nur eine Sekunde, gerade Zeit genug, ein-und-zwanzig zu sagen. Es war das Schrecklichste, das sich meinen Augen jemals dargeboten hat. Der Akrobat machte zwei schnelle Schritte nach vorn, dem Podium entgegen, und warf den Stab wie einen Speer, legte seine ganze Kraft in den Wurf. Der Speer flog an mir vorbei. Ich wollte ihn allein mit Willenskraft aufhalten und er schien tatsächlich ein bisschen langsamer zu werden, aber das lag nur an meiner beschleunigten Wahrnehmung. Ich lief, doch meine Füße schienen aus Blei zu bestehen. Der Speer flog langsam, aber ich war noch langsamer. Und dann bewegte sich wieder alles mit normaler Geschwindigkeit. »NEEEIIIN …!«, schrie ich und beobachtete hilflos, wie sich der Speer Kelly in die Brust bohrte.

Ein rotes Spritzen und dann war ich bei ihr. So viel Blut … Ich konnte es nicht glauben. Eine derartige Menge hatte ich noch nie gesehen. Wende dich nie ab, sagte eine Stimme in mir. Wende dich nie ab. Freilegen der Atemwege, Beatmung und Herzdruckmassage. Das kommt zuerst. Den Speer stabilisieren. Ich hielt ihn dort fest, wo er in den Körper eingedrungen war. Wende dich nie ab.

Ich hörte etwas, von dem ich mir wünsche, dass ich es nie wieder hören muss: Kellys Atem, aber nicht durch den Mund, sondern durch die Wunde, ein grässliches, saugendes Geräusch. Ihre Augen waren offen und sie starrte mich erschrocken an. Ich beugte mich dicht über sie. »Oh, Loren …«, sagte sie. Und dann kam ein seltsames Geräusch von ihr, wie ein Rülpsen, doch dieser Rülpser brachte keine Luft hervor, sondern dunkelrotes Blut, das ihr über die Lippen strömte. Wende dich nicht ab, sagte die innere Stimme. Wenn du dich abwendest, kannst du nicht mehr helfen. Aber es war mehr, als ich ertragen konnte, und zu meiner großen Schande wandte ich mich ab.

Chlotide war neben mir. »Weg mit ihm«, sagte sie. »Bringt ihn fort.« Sie löste meine Hand vom Speer und ersetzte sie durch ihre eigene. Dann gab sie mir einen Stoß mit den Hüften, so heftig, dass ich fast vom Podium geflogen wäre.

»Plastik!«, rief Chlotide. »Plastikfolie! Irgendetwas aus Plastik, schnell. Und Sauerstoff, die beiden Flaschen aus der Kinderkrippe.« Natürlich. Plastik für eine Luft ansaugende Wunde. Jetzt fiel es mir wieder ein. Plastik, um die Wunde zu versiegeln und normales Atmen zu ermöglichen. Ich wollte mich auf den Weg zur Küche machen, sah aber im gleichen Augenblick eine junge Frau von dort kommen, mit Frischhaltefolie in der Hand.

Hinter mir erklang ein Ruf und ich drehte mich um. Dort stand der Harlekin, mit brennenden Augen. Er hielt ein Schwert in der Hand, ausgerechnet ein Schwert, ein Instrument nicht des Kriegs, sondern des Theaters. Ich trug einen Säbel in der Scheide an meiner Seite, eine Zeremonienwaffe, die mir bei einem Kampf kaum etwas nützen und vermutlich zerbrechen würde. Aber ich zog den Säbel mit der von Blut bedeckten Hand. Der Anblick des Bluts ließ roten Zorn in mir aufsteigen und ich näherte mich dem Mann mit der Absicht, ihn zu töten. Er schützte seinen Partner, den schwarzgekleideten Akrobaten, der sich an den schweren Vorhängen emporhangelte und offenbar das obere Fenster erreichen wollte. Ich hob den Säbel und erinnerte mich an die Worte des Proctors: Die Spitze ist der einzige Ort, dem sich der Gegner nicht nähern möchte. Aber dieser Bursche machte genau das. Er sprang mir entgegen, direkt auf die Spitze des Säbels. Wir gingen beide zu Boden.

Als ich wieder auf die Beine kam, stand der Akrobat oben auf der Fensterbank und sah auf uns hinab. Sein Blick galt nicht mir, sondern dem Sterbenden zu meinen Füßen. Während des Kletterns nach oben war die Maske verrutscht und der Akrobat nahm sie nun ganz ab. Langes schwarzes Haar kam zum Vorschein. Ich starrte noch immer verwirrt nach oben. Die Akrobatin sah in die Augen des Mannes, der vor mir starb. »Nehemiah«, sagte sie, hob die Hand zum Mund und warf ihm einen Kuss zu. Ich senkte den Blick und beobachtete, wie so etwas wie Ekstase durchs Gesicht des Mannes huschte. Dann war er tot.

Edward kam mit den Wachen, die über Projektilkatapulte verfügten. »Schießt!«, rief er. »Worauf wartet ihr? Schießt! Tötet sie.« Die Männer knieten und zielten.

Draußen pochte es und dann kratzte etwas über die Außenmauer. Ich sah wieder nach oben und bemerkte durchs Fenster einen Mast mit einem schwarzen Segel. Die Frau drehte sich und sprang durchs Glas. Neben mir schossen die Wachen, aber zu spät.

Ich lief zum unteren Fenster und sah nach draußen. Ein Pavillon rauschte vorbei, ging tiefer und wurde dadurch schneller. Ich sah kurz sein Heck, bevor er über die Mauern hinweg war und der Stadt entgegenfiel.

Elgar Klipstein stand hinter mir. »Ich lasse sie verfolgen. Wir haben Pavillons auf dem Dach.« Er lief los, war aber ebenfalls zu spät.

Veronica, dachte ich. Sie ist das Ziel. Ich stürmte zur Tür. »Wo ist Nino?«, rief ich. Am Fuß der Treppe stieß ich auf Kellys Zofe, ihr Gesicht voller Entsetzen. »Oben«, sagte sie und deutete zu den Wohnungen im obersten Stock. Ich nahm drei Stufen auf einmal und rannte durch den Flur.

Als ich die Tür von Shimnas Zimmer aufriss, saßen die beiden Mädchen auf ihren Betten und starrten mich aus großen Augen an.

»Warum ging das Fest so plötzlich zu Ende, Paps?«, fragte Shimna.

Nino erschien neben mir und flüsterte: »Sie haben nichts gesehen. Ich hab sie weggebracht.«

Ich blickte auf den genialen kleinen Mann hinab. Mit seinem faltigen Gesicht hatte er immer alt ausgesehen, aber jetzt wirkte er greisenhaft, wie eine nach langer Zeit ins Leben zurückgekehrte Leiche. »Danke, Nino. Vielen Dank.«

Die kubanischen Wächter waren mir gefolgt und gafften durch die offene Tür. Ich nahm zwei von ihnen, führte sie durchs Zimmer und nach draußen auf die steinerne Terrasse. »Die Mädchen sind in großer Gefahr. Passt gut auf sie auf, ich bitte euch.«

Sie hießen José und Alguin und waren seit Jahren Wächter unserer Familie. »Wir schützen sie mit unserem Leben, Commodore«, sagte Alguin.

Die beiden anderen Wachen postierte ich im Flur vor Shimnas Tür und gab ihnen Anweisung auf Spanisch, damit die Mädchen nichts verstanden. »Die Männer in Schwarz könnten kommen, um Veronica zu holen. Sie sind ihr Schutz. Lassen Sie nur Nino oder engste Familienangehörige durch diese Tür. Weisen Sie alle anderen ab. Töten Sie jeden, der trotzdem versucht, in dieses Zimmer zu gelangen.

Die Männer nickten ernst und zogen ihre langen Kampfmesser.

Man ließ mich nicht in den kleinen Raum, den Dr. Bolen für die Operation ausgesucht hatte. Chlotide und die Krankenschwester von der Notaufnahme in der Klinik folgten ihm. Ich durfte nicht hinein. Benommen stieg ich die Treppe hoch und wählte die Richtung instinktiv, wie ein verwundetes Tier, das in seinen Bau zurückkehrt. Ich begegnete niemandem, wankte durch die Bibliothek, das Wohnzimmer und erreichte unser Schlafzimmer.

Eine Brustwunde, die Luft ansaugte. Kategorie 4 auf der Ersteinschätzungsliste, die wir uns eingeprägt hatten. Es bedeutete Überlebenschancen von dreißig Prozent oder weniger. Bei einem Unfall mit mehreren Verletzten durfte man nicht einmal versuchen, einer solchen Person zu helfen, es sei denn, es stand genug medizinisches Personal zur Verfügung.

Wenn es auch nur eine Person mit geringerer Kategorie gab, so musste man erst ihr helfen, so gering war die Hoffnung, die andere zu retten.

Ich sah mich in dem Zimmer um. Alles war so aufgeräumt. Kelly hasste Unordnung. Sie ließ praktisch nie etwas liegen und so gab es im Schlafzimmer fast keine persönliche Note von ihr. Fast. Halb taub sank ich dort aufs Bett, wo Kelly schlief. Auf dem Nachtschränkchen lag ihre blaue Plastikmundharmonika.

Epilog

Der Unterschied zwischen einem Happy End und einem Ende, das nicht so glücklich ist, hängt davon ab, wo die Geschichte aufhört. Wir nehmen Anteil an den Figuren und wenn wir einer von ihnen lange genug folgen, wird es irgendwann betrüblich. Die letzten Ereignisse sind traurig oder zumindest beunruhigend, wie in diesem Fall.

Meistens entfaltet sich die Geschichte in chronologischer Reihenfolge mit den geschilderten Ereignissen. Aber es gibt dabei keine strikten Regeln. Zu den kleinen Tricks, die man benutzen kann, gehören Rückblenden, Abweichungen von den Diktaten des Flusses t. Eine solche Rückblende kann man auch als Nachwort verwenden, als Epilog oder Postskriptum. Es kann dazu dienen, den Blick des Lesers zurück zu richten, fort vom Dilemma, das die Chronologie geschaffen hat. So könnte man zum Schluss der Erzählung die Aufmerksamkeit des Lesers auf einen glücklicheren Moment richten, zum Beispiel auf eine Neujahrsparty im Haus der Laytons, während des letzten Winters in Ithaca.

*

Kelly drückte die Klingel des Hauses an der Wyckoff Avenue und trat in der Kälte vom einen Bein aufs andere. Der Preis der Eitelkeit: Ihr hübschester Mantel war nicht warm genug für den Januar. Aber er war weiß und schön und sie bereute ihre Wahl nicht, obwohl sie fror.

Edward riss die Tür auf. »Hurra! Jetzt sind wir komplett! Es ist Kelly!« Die letzten Worte rief er in den Flur, zog Kelly herein und schloss die Tür. »Frohes neues Jahr, meine Liebe. Ich hoffe, es wird wundervoll für dich.« Er küsste sie auf die Wange und nahm ihr den weißen Mantel ab.

»Ich liege schon wieder zurück, wie üblich.« Kelly lachte. »Bin ich sehr spät dran?«

»Wir haben nur dagesessen und niedergeschlagen auf dich gewartet. Meine Güte, du hast dich richtig in Schale geworfen.«

»Neues Kleid. Gefällt es dir?«

Edward führte sie ins hellere Wohnzimmer, um einen besseren Blick auf sie zu werfen. Aus der Küche kamen Stimmen; die anderen schienen sich dort versammelt zu haben. »Das sehe sich einer an, Kelly. Wo ist die Brille, die eigentlich auf deiner Nase sitzen sollte?«

»Gegen Kontaktlinsen eingetauscht. Was hältst du davon?«

»Was ich davon halte? Mein Gott, ich glaube, ich bin blind gewesen. Und dieses Kleid.« Kelly drehte sich vor ihm. »Und dein Haar, so sehe ich es zum ersten Mal. Es ist umwerfend. Kelly, du bist wunderschön.«

»Ach, Edward, da steckt ein großer Schmeichler in dir.«

»Von wegen Schmeichler. Willst du wissen, was in mir steckt? Dunkle Geheimnisse und … Begehren.« Er gab vor, mit beiden Händen nach Kellys Hüften greifen zu wollen.

Sie tanzte von ihm fort. »Gebt auf Barodin Acht!«, rief sie zur Küche. »Ich glaube, er hat zu viel Punsch getrunken.«

Claymore stand am Herd und mischte Kartoffeln und weiße Rüben. »Frohes neues Jahr, Clay.« Kelly gab ihm einen Kuss auf die Wange. »Frohes neues Jahr, Leute.« Sonia und Loren arbeiteten neben der Spüle. Homer und Maria saßen am Fenster. Sie machten Platz für Kelly und sie setzte sich zwischen sie. »Babysitter-Katastrophe«, sagte sie. »Hat sich gestern Abend von ihrem Freund getrennt und musste mir davon erzählen, mit Tränen und allem Drum und Dran. Kelly beginnt ihr neues Jahr also zweiundzwanzig Minuten zu spät und von da an wird's immer schlimmer. Kein Wunder, dass ich dauernd hinterherhinke. Was ist mit euch?«

Homer legte ihr den Arm um die Schultern. »Ich hinke noch mehr hinterher, hinter allem. Gestern weniger als heute und heute weniger als morgen. Sieh dir nur diese rosaroten Wangen an, Maria.«

»Mir fällt noch etwas auf. Keine Brille, sondern Kontaktlinsen.«

»Ein neuer Look für ein neues Jahr.«

»Komm und schau dir an, was Claymore für uns hat, Kelly«, sagte Sonia über die Schulter.

Kelly ging zu ihnen. »Hui, Sonia in Rosa. Hübsch.«

»Das ist die wahre Sonia. Oder vielleicht auch nicht. Ich habe noch nicht darüber entschieden.«

»Ich helfe ihr, den Salat zu waschen«, sagte Loren. Er hatte Sonia von hinten den Arm um die Taille geschlungen.

»Oh, du bist eine wunderbare Hilfe. Genau das, was eine Frau in der Küche braucht. Das und ein Dienstmädchen.«

»Claymore hat etwas für uns, das du vielleicht noch nie gesehen hast.« Sonia deutete in die Ecke. »Jedenfalls hab ich's hier zum ersten Mal erblickt.«

»Was in aller Welt …?« Eine verzinkte Wanne stand dort, mit Eis gefüllt, und in dem Eis lag eine riesige schwarze Weinflasche.

»Das ist eine Jeroboam, eine Drei-Liter-Champagnerflasche.« Edward bückte sich und drehte sie, damit man das Etikett sehen konnte. »Ein Veuve Cliquot, drei Sterne. Für uns kultivierte Leute bedeutet das: leckeres Sprudelwasser.«

»Wow.«

»Was glaubst du, Clay? Können wir?«

»Mach sie auf.«

Edward öffnete die Flasche und es gab den üblichen Knall. Loren hielt ein Tablett mit Gläsern bereit. Kelly half Edward, die schwere Flasche zu heben und einzuschenken. Als alle Gläser gefüllt waren, traten sie in der Mitte der Küche zusammen und stießen an. »Auf ein in jeder Hinsicht gutes neues Jahr«, sagte Homer.

Nach dem ersten Schluck nahm Loren Kellys Arm. »Du hast noch nicht das Beste gesehen. Komm und wirf einen Blick auf Homers Brief.« Er führte sie zu einer Pinnwand aus Kork, wo ein Brief mit verziertem Briefkopf neben einer Einkaufsliste festgesteckt war. »Kam heute Morgen per Kurier.«

Kelly las die Zeilen und ihre Augen wurden groß. »Homer! Das ist wundervoll. Du bist berühmt.«

Homer trat näher. »Ach, berühmt. Das ist es also, was ich bin. Die Leute halten viel von Berühmtheit, also muss es was Gutes sein. Besser wär's allerdings, wieder jung zu sein.«

Kelly umarmte ihn.

»Loren las den Text des Briefs laut: »Das Nobelpreis-Komitee teilt Ihnen mit, dass Ihr Name auf die Liste der Kandidaten für den diesjährigen Preis für Physik gesetzt worden ist.«

»Sie haben den Preisträger noch nicht bestimmt«, sagte Homer. »Stellt euch nur vor, wie viele solche Briefe sie verschickt haben. Und die Empfänger sind alles alte Knacker wie ich. Während der nächsten Monate kommt es wahrscheinlich zu Hunderten von Herzanfällen, alle wegen Aufregung.«

»Aber welch eine Ehre.«

»Ich bin ein Nobelpreis-Kandidat. Ihr vier seid Nobelpreis-Kandidat-Assistenten. Und Maria und Claymore sind Nobelpreis-Kandidat-Assistenten-Gehilfen.«

Edward hob sein Glas. »Lasst uns darauf trinken.«

Nach dem Essen gingen Homer und Maria für ein Nickerchen nach oben. Die jungen Leute blieben am Tisch sitzen und tranken den Rest Champagner.

»Wir können wirklich von Glück sagen, Homer gefunden zu haben«, meinte Kelly. »Oder von ihm gefunden worden zu sein, wie Loren und ich.«

»Es hat zweifellos mein Leben verändert«, sagte Loren.

»Das gilt für uns alle.«

Sonia hielt ihr Glas bereit, als Edward einschenkte. »Ich habe vier Jahre mit ihm gearbeitet, noch vor Edwards Zeit. Er war mein Doktorvater. Immer wieder habe ich über seine Entdeckungen gestaunt und mich gefragt, wie sein Verstand funktioniert. Doch das Erstaunlichste an Homer ist nicht seine Intelligenz, sondern seine Freundlichkeit. Ich glaube, er ist der freundlichste Mann, dem ich jemals begegnet bin.«

»Er ist tatsächlich sehr zuvorkommend, insbesondere uns gegenüber.«

»In gewisser Weise sind wir seine Kinder«, sagte Edward.

Kelly nickte. »Und er gibt uns ein Beispiel. Derzeit arbeiten wir für Homer und lassen uns von ihm führen. Aber eines Tages übernehmen wir selbst die Führung und dann müssen wir zeigen, dass wir von ihm gelernt haben.«

»Genau das möchte ich«, sagte Loren.

»Das möchten wir alle.« Kelly hatte wieder rote Wangen, diesmal vom Champagner. »Gibt es einen besseren Tag für gute Vorsätze als Neujahr? Wie wäre es, wenn wir uns gemeinsam etwas vornehmen? Zum Beispiel dass wir etwas aus unserem Leben machen, das Homer ehrt. Also los.« Sie nahm Edwards Hand auf der einen Seite und Lorens auf der anderen. Sonia auf der anderen Seite des Tischs folgte ihrem Beispiel und vervollständigte den Kreis.

»Woraus soll unser guter Vorsatz bestehen?«, fragte Edward. »Es muss etwas Großes sein.«

»Etwas, das die Welt verändert«, sagte Loren.,

»Etwas, das den Menschen hilft, ein besseres Leben zu führen«, sagte Sonia.

»Etwas, das wir gemeinsam tun können«, sagte Kelly.

Edward sprach die Worte. »Hiermit verpflichten wir uns.«

Es folgte ein Moment der Verlegenheit, als sie die Hände sinken ließen. Ein bisschen zu viel Gefühl für moderne junge Leute. Und vielleicht auch zu viel Champagner.

Nach einer langen Pause stand Loren auf. »Das ist alles ein bisschen abstrakt. Ich bin mehr für praktische Dinge, ein Mechaniker, wie Homer sagt. Ich stecke Homers Nobelpreisbrief in den Rahmen, den Claymore dafür gefunden hat.«

»Das dürfte ein historischer Moment sein.« Sonia griff nach ihrer Handtasche. »Zeit für ein Foto.« Sie holte ihre kleine automatische Kamera hervor.

Das Glas des Rahmens stand im Abtropfgestell neben der Spüle – dort hatte Claymore es nach dem Waschen abgestellt. Loren schob es in den Rahmen und fügte die Rückseite mit dem Brief hinzu.

»Ich schätze, wir könnten ihn hierhin hängen«, sagte Kelly und nahm den alten Kalender ab, wodurch ein Haken an der Wand frei wurde.

Loren hob den gerahmten Brief. »Tretet zurück und sagt mir, ob er gerade hängt.«

»Rechts ein bisschen nach oben.«

»Sieh hierher, Loren.

»Bitte freundlich lächeln.«

»Sag ›Cheese‹.«

»Bleib so.«

Loren lächelte für Sonia, die durch die Kamera blickte, und auch für Kelly und Edward. Dies sind meine Freunde, dachte er. Für immer. Dann klickte es.

Über den Autor

Tom DeMarco ist Projektmanagement-Experte, vielgefragter Berater und Autor zahlreicher im Carl Hanser Verlag erschienenen Bestseller wie „Der Termin“ oder zuletzt „Wien wartet auf Dich“. Insgesamt hat er bislang dreizehn Bücher geschrieben, unter ihnen Romane, Sachbücher und eine Sammlung von Kurzgeschichten. Er begann seine berufliche Laufbahn als Softwareentwickler bei den Bell Telephone Laboratories und arbeitete damals am größten Computer der Welt. Er ist Partner der Atlantic Systems Guild, einer Beratergruppe, die sich auf die komplexen Prozesse der Systementwicklung spezialisiert hat, mit besonderem Augenmerk auf die menschliche Dimension. Zu seinen Betätigungsfeldern gehörten auch Organisationsgestaltung, Prozessberatung und auswärtige Angelegenheiten. Eine Zeitlang lehrte er Moralphilosophie an der Universität von Maine. Heute lebt er mit seiner Frau Sally Smyth in Camden im Bundesstaat Maine an der amerikanischen Ostküste.

Inhalt

DRITTER TEIL

VIERTER TEIL